Min Kamp

⑤

**Karl
Ove
Knausgård**

想象另一种可能

理
想
国
imaginist

我的奋斗
VOL.5
雨必将落下

[挪威] 卡尔·奥韦·克瑙斯高 著

李树波 译

上海三联书店

第六部分
Del 6

在卑尔根的十四年，从 1988 年到 2002 年，早就过去了，没有留下一点痕迹，除了某些人可能还记得的某些事，这个人留住的一瞬间，那个人的一瞬间，当然还有我自己对那段时间所能记起来的部分。但是这部分少得惊人。回溯我在这个巷道狭长、雨光迷离的西部小城度过的数千天，唯一还在的只有屈指可数的几桩事和一大团情绪。我写过的日记已烧毁，我拍的照片只带走了十二张，堆在写字台边的地板上，和我那段时间收到的所有来信混在一起。我翻着它们，目光在这里或那里停驻，每次心情都滑进低谷，毫无例外。那真是一段狗日子。我知道的那么少，想要的那么多，得到的全是空。但是当我去那里的时候是带着怎样的心情啊！那年夏天我和拉尔斯一起徒步沿途搭车去佛罗伦萨，我们在那待了几天，又坐火车去布林迪西 [1]，车里热到我们觉得要烧起来了，不得不把脑袋伸到开着的车窗

---

[1]　布林迪西（Brindisi），意大利南部普利亚大区布林迪西省的首府，也是重要港口。——译者注，下同。

外。布林迪西的夜晚，黑暗的天空白房子，几乎梦幻般的暖洋洋，大批人群还在各公园里，到处都是骑小摩托的年轻人，高声喧哗和嚷嚷。我们排上了队，跟着大队伍，从陆地上往去比雷埃夫斯（Piraeus）的大船上走。队伍里几乎全是我们这样背着大包的年轻人。罗得岛气温49度。在雅典度过了一天，这是我去过的地方里最乱的，而且热疯了，然后船去了帕罗斯岛和安提帕罗斯岛，我们每天白天躺在海滩上，晚上则灌一肚子烈酒直到醉死过去。一天晚上我们在那儿遇见了几个挪威女孩。当时我去了洗手间，拉尔斯告诉她们他是个作家，今年秋天就要进创意写作学院上学。我回去的时候他们聊得正欢，拉尔斯只是看着我，微笑。他想干吗？他会撒些无伤大雅的小谎，这我知道。可我在这儿他也敢这样？我也没多嘴，但决定以后和他保持距离。我们一起去了雅典，我的钱花光了，拉尔斯倒还剩很多钱，他决定第二天飞回国。我们坐在一家露天餐厅，他吃了鸡，下巴油光闪闪，我喝了一杯水。我最不愿意的就是向他要钱，我用上他的钱只有一条路，就是他得问我想不想借钱。他没开口，所以我就让自己饿着。第二天，他出门去机场，我搭公共汽车出城，在一条高速公路上跳下车，开始搭便车了。仅仅几分钟后，一辆警车停了下来，他们一个字英文都不会说，但我明白了在那儿搭便车是不被允许的，然后我又搭公共汽车回了市中心，用我最后一笔钱买了张去维也纳的火车票，一条白面包，一大瓶可乐和一条香烟。

我以为这次行程颇要花上几个小时，所以当我了解到全程差不多要两天就震惊了。这个车厢里坐着一个和我同龄的瑞典男孩和两个看来比我们大两岁的英国女孩。我们深入南斯拉夫腹地以后他们终于明白过来我没钱也没吃的，就邀请我分享他们的食物。窗外的景色美得让人心痛。山谷们，河流们，农场们，小村们，人们的衣服让我联想到了十八世纪，而且显然现在地里的劳作与那时也并无不同，用的是马和干草车，镰刀和犁。火车有一部分是苏联的。我晚上在各车厢之间溜达，被那些外国字母，陌生的气味，异样的车厢内饰，异国的面庞迷住了。我们到达维也纳时，两个女孩中一个叫玛丽亚的，想和我交换地址。她长得挺招人，一般情况下我会想象也许有一天我会去诺福克 [1] 找她，也许和她在一起然后住下来，但是那一天，游荡在维也纳郊区的街道上，这一切都失去了意义。我依然满脑子都是关于英薇尔的念头，我和她只见过一面，在那年春天的复活节，但是我们后来开始通信，她让其他所有一切都黯然失色。我搭上了一个端庄的金发女人的车，她大概三十多岁，把我载到高速公路旁的一个加油站，在那里我又问了几个大货车司机能不能捎上我，其中一个点了头，他应该快五十岁了，又黑又瘦，眼睛闪闪发光而深邃，等他吃完饭就可以走了。

　　我站在外面这温暖暮色里，抽着烟，看着沿路那所有的灯随着夜晚的降临而变得越来越显著耀眼，被车辆的呼啸包围着，呼啸声不时被开关车门发出的轻微但坚硬的撞击声打断，被往返于远处停车场和这个大加油站的人们发出突如其来的声音打断。室内，一个又一个独自坐着静静吃饭的人，分散在一个又

---

[1] 诺福克（Norfolk），英国城市。

一个带孩子的大家庭之间，孩子们和家长们如水漫过他们所坐的桌子。我被内心无声的欢呼充满，这完全就是我最喜欢的一切，最普通的和最熟悉的，高速公路、加油站、咖啡简餐厅，同时也是我不熟悉的，细节把它们与我惯见的那些区分开来。那个司机出来了，他向我点头示意，我跟着他，爬上了那辆巨大的车，把包放到身后，坐直了。他发动了车，一切都嗡嗡响起来，灯都亮起来了，我们慢慢地开出去，越来越快，但一直很沉，直到我们安全地行驶在高速公路最里道上，他才第一次扫了我一眼。瑞典？他说。挪威，我说。噢，挪威！他说。

整晚以及次日的一部分时间我和他坐在一起。我们交流了几个足球运动员的名字，尤其是鲁内·布拉策斯（Rune Bratseth）让他兴奋起来，但是他一句英文都不会说，也就只能这样了。

我在德国，我很饿，但是口袋里没有一分钱，能做的就只有抽烟、搭便车以及希望好运降临。一个开着红色大众高尔夫的年轻人停了下来，他说他叫比约恩，还要往前开挺远一段，他很健谈，到了晚上，他也到了地方，邀请我进他的家门，还请我吃早餐麦片加牛奶，我吃了三碗，他给我看了他和他弟弟小时候在挪威和瑞典度假时拍的照片，他的父亲是个北欧迷，他说，所以他叫比约恩。他的兄弟叫图尔。他边说边摇着头。他开车把我带到高速公路上，我把我的三盒碰撞乐队（The Clash）磁带给了他，他和我握手道别，我们互祝好运，我又站在了一条匝道边。三个小时后，一个戴着眼镜的敦实胡须男人开着红色雪铁龙 2CV 在我面前停下了，他要去丹麦，我可以这一路都坐他的车。他对我很照顾，当我说我在写作时他表示出了兴趣，我想他可能是某种教授吧，他在一个咖啡厅给我买了吃的，我睡了几个小时，我们到了丹麦，他给我买了更多的食物，当我终于和他分手时，已经在丹麦中部，离希茨海尔斯只有几小时的路程，也就是说离家很近了。但是最后一部分走得很慢，我有时候能搭上几英里的车，晚上十一点我才刚刚到达洛肯[1]，于是决定在海滩过夜。沿着一条窄路溜达，穿过一片低矮的森林，这里那里的沥青路面上堆着沙子，很快沙丘就在我面前升起，我走上去，大海在我面前躺着，灰色的，空荡荡的，在这斯堪的纳维亚夏日白夜里。几百米外有个露营地或者度假屋群，传来各种高声喧哗和汽车引擎声。

在海边待着真好。感受着那儿空气中淡淡的盐味和粗粝的海风。这是我的海，我快要到家了。

我找到一个坑，展开睡袋，爬了进去，拉起拉链闭上了眼。这个感觉真叫不舒服，好像任何人都可以走过来看到我，但是最近几天我真的太累，所以我就像爆炸里的光那样转瞬熄灭了。

我醒了，因为下雨。我从睡袋里钻出来时冻得全身发僵，穿好裤子，收拾好行李，开始朝里走。已经六点了。灰色的天空，毛毛雨静静地下，若有若无，我冻僵了，走得飞快想让身子暖和起来。我梦里的那种氛围让我难受。梦里有爸爸的兄弟居纳尔，或者是他的怒气，因为我总喝酒而且老干不靠谱的事。

---

[1] Løkken，丹麦的海滨度假小镇。

现在我终于明白过来，就在我匆匆穿过前一天晚上走过的同一片低矮森林时。所有的树木都在密集的云层下纹丝不动地站着，一派灰色，与其说是生物不如说更像死物。林间铺着沙丘，以变化多端且难以预测还总是被动的模式炸开，在某些地方像流淌在粗糙沥青路面上一条细沙的河。

我走上了一条略宽的路，沿着它走了几公里，在一个路口放下包开始搭便车。到希茨海尔斯也没多少路了。但是我也不知道在那里会发生什么，我没钱了，显而易见，从那里坐船前往克里斯蒂安桑并不容易。也许能事后发账单？如果我能碰到一个同情我处境的和气人儿？

哦，天哪，现在雨也大起来了。

幸运的是还不算冷，不管怎样。

我点了根烟，用手梳过头发。雨水把发胶打得粘稠。我在裤腿上擦了擦手，弯下腰来，从包里拿出随身听，在我随身带着的几盒磁带里摸索了一下，选了 XTC 乐队的《开玩笑》（*Skylarking*），把磁带放进去，然后站直了。

梦中好像还出现过一截腿？是的。差不多从膝盖以下就锯断了。

我微笑了，就在音乐从小小的扬声器里涌出的时候，我的内心被这个专辑发行那段时间的种种填满。我那时应该上高二。但是我满脑子想的主要是在特韦特的那个家，我坐在圈椅里，喝茶、抽烟、听《开玩笑》，爱着汉娜。英韦那时和克里斯廷是一对儿，也在那儿。和妈妈的所有那些对话。

那边沿着马路开来一辆车。

当月亮小姐躺下

太阳先生站起来

我，我在一圈圈漂着旋转

像白兰地里的一条虫

在这个大铜杯中

来的是辆皮卡车，引擎盖上有公司名字，红色的，这一定是个去上班的工匠，他呼啸而过时甚至都没有看我一眼，然后第二首歌从第一首中缓缓上升，我超喜欢这些过渡片段，也有一些东西在我心里升起。我拖着脚慢慢兜圈，一次又一次向空中举起手。

眼前出现了一辆新车。我伸出了大拇指。这一次的司机也是个早上犯困的人，甚至都没有赏脸看我一眼。显然我站的这条马路上跑的主要是当地的车。但是他们就不能停一停吗？就不能把我带到大路上？

过了两小时后，终于有人对我起了怜悯之心。一个二十来岁、戴着圆眼镜的德国人，看起来很严肃，把他的小欧宝车停在路边。我朝他跑过去。把装满行李的背包扔在后座。在他身边副驾驶位上坐下。他从挪威过来，他说，正在往南开，可以在某个高速公路上让我下车，这段路虽然不长，但是也许对我有点帮助。我说是的，是的，好极了。车窗迅速地起了雾，他边开着车边向前弯腰，用一块抹布擦着挡风玻璃。我说，也许都是我的错。他说，什么？我说，车窗上的雾。他嘶嘶地说，当然是因为你。行吧，我想，如果他非要这样的话，我往后一倒靠在座位上。

二十分钟后，他让我在一个大加油站边下车，我在外面来回溜达，问我看到的每一个人去不去希茨海尔斯，能不能捎上我。我又湿又饿，在路上这些天来看起来已狼狈不堪，每个人都对我摇头，直到一个开着小货车的男人对我微笑着说，来吧，上车，我要去希茨海尔斯。我意识到他的车里装满了面包和烘焙点心。我一路都在想我要不要问他讨一条面包，但我不敢，我最大胆的尝试就是说我饿了，他也没领会这个暗示并作出反馈。

我在希茨海尔斯和他告别以后，正好有艘渡轮马上要开。我背着沉甸甸的背包跑到售票处，上气不接下气地向店员解释我的情况，我没钱，能不能先给我一张票，然后给我发账单？我有护照可以证明自己的身份，而且我的付款记录也很好。她友好地微笑，摇着头，办不到，我一定要付现金。但是我必须要去对岸！我说。我住在那儿！而且我没有钱！她再次摇了摇头。不好意思，她说，拧过头去不再看我。

我坐在港口的一个马路牙子上，背包放在两脚之间，眼睁睁看着那条大渡轮离开驶出，平稳滑行，驶向大海。

我下一步该怎么办？

一种可能是再次搭车往南，直下瑞典，然后再往北。但是那条路难道就没有一定要通过的水路吗？

我尝试着在眼前想象出地图，看看丹麦和瑞典之间有没有陆地连接，但好像真的没有？得一直南下到波兰，然后北上苏联到芬兰，再从那儿回挪威？搭顺风车的话真的需要几个礼拜。在东欧阵营国家我是不是还得要签证之类的东西？但我当然可以去哥本哈根，离这里只有几个小时车程，碰碰运气看能否在那里搞到点钱，坐船去瑞典。真到必要时也可以乞讨。

另一个可能是让妈妈把钱转到这里的一家银行。这应该没什么问题，但可能要花上两天。而且我也没钱打电话。

我又打开了一包骆驼牌香烟，一根接一根抽了三支烟，边看着那些汽车安静地开来排好一条新队。许多去乐高乐园或洛肯海滩的挪威家庭。还有些德国人要往北走。有很多野营房车，很多摩托车，在最远处是大型货车。

我口干舌燥，又拿出了随身听。这次我放了一盒罗克西音乐的带子进去。但第二首歌以后音乐就开始失真，电池指示灯也闪了起来。我把它放好，站起身来，背好包，开始往城里走，穿过那屈指可数也丝毫不予人慰藉感的希茨海尔斯街道。饥饿不时挞伐着我的胃。我估量了一下要不要走进一家面包店，问他们是否愿意舍给我一条面包，但是他们当然不会答应。我都不敢去想这种丢人现眼的被拒场面，决定还是等等再说，等到忍耐不下去的时候。所以他们有克奈普面包 [1] 吧，我想，又朝海边溜达过去。在一个可以算咖啡简餐厅和街头小摊的结合体前我停了下了脚步，在这里肯定至少能讨到一杯水吧，最起码。

店员点点头，从他身后的水龙头中给我装了一玻璃杯水。我在窗边坐下。里面几乎已经坐满。外面又开始下雨了。我喝

---

[1] Kneip 面包，挪威很流行的一种全麦面包，由十九世纪巴伐利亚牧师克奈普博士创制，这里作者用的是谐音。

水抽烟。过了一会儿，两个年龄和我差不多的男孩走进了门，全身上下全套防雨装备。他们解开帽子，四下张望。他们中的一个朝我走过来，可以坐这吗？当然可以，我说。我们聊起了天，听起来他们来自荷兰，正要去挪威，他们一路都骑自行车。当我说我一文不名，一路从维也纳搭便车来到这，试图在这里登船，他们快笑疯了。这就是你只喝水的原因？其中一个说，我点点头，他问我要不要喝杯咖啡，我说那就太好了，他站起来为我买了一杯。

我和他们一起走出去，他们说希望我们船上见，然后就和他们的自行车一道消失了，我步履沉重地走到大货车排队那儿，开始问司机们能不能带上我，我没钱买船票。不，没一个愿意的。他们一个个地发动了车，慢慢开上船，于是我回到咖啡馆，坐着看着渡轮，渡轮又一次慢慢驶出码头，越来越小，半小时后完全就消失了。

晚上还有最后一班渡轮。我搭不上这班船的话，就必须搭车去哥本哈根。这就算下一步计划。我等船时，从包里找到了手稿，并开始读起来。我在希腊写了一整章，有两天早上我涉水到了一个小岛，从那里又到了更远的一个岛，鞋子、T恤、本子、笔、一个装着瑞典文版《杰克》（*Jack*）和香烟的口袋都在头上顶成一小堆。在那里，山上的一个小山窝子里，我独自在写作。那感觉就像我终于到达了我想去的地方。我坐一个希腊小岛上，在地中海中央，写我的第一本小说。同时我又焦躁不安，那就像什么也没有，只有我，和那里的虚空，我第一次意识到那就是所有。就像在那儿一样，我自身的空虚就是所有，甚至当我坐下来阅读，沉浸在《杰克》里，或埋头在白纸簿子上写"加布里埃尔"，加布里埃尔是我的主人公，我也一样地意识到了那虚空。

我有时候跳进大海，这墨蓝色舒爽的海水，但是没跳几次我就想起来那里可能有鲨鱼。我知道地中海没有鲨鱼，但我想就此打住吧，然后边咒骂着自己边全身滴着水上了岸，真白痴，居然会怕这里有鲨鱼，这是什么鬼，我才七岁吗？但是当我独自在阳光下，独自面对大海，完全放空。这感觉就像我是世界上最后一个人。阅读和写作都变得毫无意义。

然而当我读到关于希茨海尔斯码头上克奈普面包的想法那一章，我觉得那段写得挺好。我能进入创意写作学院就证明我有才华，现在的关键在于怎么出来。我的计划是在明年写一本小说，然后次年秋天出版，部分取决于和印刷厂打交道之类的事要花多长时间。

它会叫《水在上面／水在下面》。

几个小时后，暮色降临，我又沿着大货车排出的队走过去。一部分司机坐驾驶座上，昏昏欲睡，我就敲着车窗，看他们怎样打个激灵醒来，然后他们要么打开车门，要么把窗户摇下来，听我想从他们那得到什么。不行，我不能搭车。不行。当然不行，难道要他们为我买船票吗？

渡轮靠着码头，发着光。我周围所有的引擎都发动起来了。这唯一的一列汽车缓缓驶开，头几辆车已经通过渡轮大开的嘴进入船的深处，消失了。我不知所措，只是对自己说最后都会好起来的。你没听过一个挪威年轻人在度假时活活饿死，或者滞留丹麦，无法回家吧？

最后一批大货车里有一辆车边站着三个人在谈话。我朝他们走过去。

"嗨，"我说，"你们有没有人愿意带我上船的？你们要知道，我没有钱买船票。而且我必须回家。我两天没吃饭了。"

"你是哪里人？"其中一个人用阿伦达尔那边的口音问。

"阿达尔，"我尽量模仿那个口音说。"或者说，特罗姆岛，那儿。"

"没开玩笑吧？"他说，"俺也打那出来的！"

"哦，啥地方？"我说。

"法尔维克，"他说，"你呢？"

"蒂巴肯，"我说，"你能把俺捎上吗，可行？"

他点了点头。

"上车，一会俺上船时你就蹲下来，没事的。"

我们就如此这般行事。我们开上船时，我蜷成一团坐在驾驶室底板上，背对车窗。他停好车，关掉了引擎，我拿起背包，跳到甲板上。我向他道谢时，两眼都聚不了焦。他在我身后喊着，嘿，等等！我转过身来，他递给我一张五十丹麦克朗的纸币，说他用不上这个，但是也许我能派上用场？

我在船上餐厅坐下，吃了一大份肉饼。船开始向外滑行。我周围空中飘满兴致高昂的谈话声，已经是晚上了，我们在旅途中。我想到了那位司机。通常情况下，我不会对他们多加留意，他们在方向盘后消磨生命，没有受过教育，肥胖，对天下

14

万事都充满偏见，他和这些人也没有不同，我就是那么看他的，可是真见鬼了，他居然捎上了我！

第二天早上，汽车和摩托车嗡嗡地从轮渡中驶出，进入克里斯蒂安桑市的道路，随后这座城市又回到了完全的安静。我坐在公交车站的楼梯上。阳光灿烂，天空高远，空气已暖起来。卡车司机给我的钱里我还省下了一些，这样就可以打电话给爸爸说我要来了。他最讨厌的莫过于不速之客。他们在几英里外买了座房子，冬天出租，夏天自住，直到他们再次前往北挪威工作。我的打算就是在那待几天，然后借钱买去卑尔根的票，也许搭火车，那是最便宜的。

但现在打电话还太早。

我拿出从上个月开始写的那本小小游记，写下了从奥地利迄今发生的所有事。在洛肯做的梦很是费了几页纸，那个梦给我留下很深的印象，在我身体里设下了一道禁令或边界，我认为这是一个重要事件。

在我周围，公交车频繁起来，就在不到一分钟前，一辆新的公共汽车靠站，排空了乘客。他们要去上班了，我看着他们的眼睛，那里有工薪阶层的茫然眼神。

我站起身来，去城里逛逛。马肯斯街上几乎完全空荡荡，只有这里或那里一个人急匆匆上坡或者下坡。一个底部掉下来的垃圾桶边，几只海鸥撕开垃圾袋，又翻又刮。我最后到了图书馆前，是习惯把我带到了这里，我在高中期间几次恐慌情绪发作的时候，都会走到这儿来，现在我充满同样的恐慌感，我没地方可去,大家都看到了,我解决问题的办法就是跑到这里来,在这里,一个人可以自己溜达也没人来寻根究底。

我面前是广场和那个有铜绿色屋顶的灰色砖砌教堂。一切都又小又凄凉,克里斯蒂安桑是一个小城,在我南下欧洲好好见识了一番以后,现在很清楚地看到了这一点。

街对边的墙上靠着个流浪汉,他坐着睡着了。长胡子和长头发,褴褛的衣衫让他看上去像个野人。

我在一个长凳上坐下来,点了支烟。也许他的生活就是最好的生活呢?他想干什么就干什么。如果他想闯进某个地方,他就那么干了。他想喝个烂醉,他就喝了。他想骚扰过路的人,他就出手了。他饿了,就去偷食物。好吧,人们要么把他当作垃圾要么当他透明。但是只要他不在意他人眼光,那这些都和他无关。

最初的人类就是这么生活的吧,在他们开始群居生活并开始务农之前,那时他们只是四处游荡,找到什么吃什么,能在哪儿睡就在哪儿睡,每一天都过得像生命的第一天或最后一天。对面这个人没有要回的家把他束缚住,没有工作要对之负责,没有不能错过的钟点,他很累,是的,那就就地一躺。这个城市就是他的森林。他一直在外流浪,皮肤已经黑黢黢,沟壑密布,头发和衣服都满是污垢。

就算我有这个意愿,我永远也无法成为他,我很清楚。我永远不能发疯,永远不能变流浪汉,这是无法想象的。

广场外一辆老旧的大众面包车停了下来。一个胖乎乎、穿着随便的男人从一侧车门下来,一个胖乎乎、穿着随便的女人从另一侧跳下来。他们打开后车门，开始往下卸一箱箱的鲜花。我把烟头扔到沥青地面上，把包背好，又走回到公交车站，在那里我给爸爸打了个电话。他很生气恼怒，说我来得不是时候，他们现在有个小小孩，这样到跟前了才说，他们没法接待我。我应该早点打电话，那就什么都好办了。现在奶奶要来这边，一个同事也要来。我说我明白了，抱歉没有提前打电话，然后我们挂了电话。

我手握电话站了一会，整理一下思绪，接着拨了希尔德的号码。她说我可以住她那儿，她现在就过来接我。

半小时后，我坐在她身边，在那辆老大众高尔夫里，往城外开，车窗开着，阳光晃眼。她笑起来，说我闻起来真臭。我到了后一定要洗个澡。这样我们可以坐在屋子的后花园里，那里够阴凉，还有她可以给我做早饭，我看起来很需要这个。

我在希尔德家住了三天，这时间足够妈妈往我的银行账户存了一点钱，然后我坐火车去了卑尔根。那应该是个下午，阳光漫过内阿格德尔[1]森林密布的风景，这片土地以其独有的方式吸纳着阳光：湖泊和河里的水潋滟流光，茂密的针叶树在闪烁，森林地面泛红了，一阵风的气息让落叶林的叶子悸动起来，眨起了眼。在这光与色的游戏深处，阴影慢慢长大，变浓。我在最后一节车厢的玻璃前站了良久，看着这些细节，而风景持续地消失，像被扔了回去，被新来的风景替代，流水般涌

---

[1] Indre Agder，是东阿格德尔郡和西阿格德尔郡的内陆部分。

来，树桩和树根的河流，山尖和被连根拔起的树木，溪流和篱笆，突然闪现的点缀着农舍和拖拉机的被开垦的山坡。唯一不变的，是我们身下的铁轨，以及两点一直反射在轨道上的闪闪阳光。这真是奇怪的现象。它们看起来像两个待在那不动的光球，但火车时速超过一百英里，而光球之间的距离却始终纹丝不动。

整个旅程中我几次回到那个位置去看光球。它们让我情绪高昂，几乎快乐起来，就像在那里面蕴藏着希望。

其他时候我坐在我的座位上抽烟喝咖啡，读点报纸，但不读书，我觉得书可能会影响我的文章，会让我失去那点我借以进入创意写作学院的东西。过了一会儿，我拿出了英薇尔的信。我整个夏天都随身带着它们，它们的折叠处已经磨得稀薄，它们的内容我也几乎烂熟于心，但是它们内蕴宝光，我每次展读，都会触碰到一种美妙而生机勃勃的东西。那就是她，既是我和她仅有一次的会面记得的她，也是从她笔下流淌出来的她，但那也是未来，在前方等着我的未知。她和所有人都不同，那么特别，奇怪的是，当我想到她时，我也像变了个人，变得特别起来。我更喜欢想她的时候那个我自己。那就像关于她的念头在我内心清除了某些东西，给了我一个崭新的开始，或者把我带到了某个别处。

我很清楚她就是那个对的人，我第一眼就看到了这点，但也许不是一个念头，而只是感知，她身上的东西，在她眼里灵光闪现的那些，正是我想身陷其中的，或者常相依伴的。

那到底是什么呢？

哦，一种对内心或者当下的了然洞察，就像笑声刚刚逝去，却在下一秒又卷土重来。在她的存在里，似乎总有一种时时近乎怀疑的思量，虽然愿意被打消，但总担心上当。那里有一种脆弱，却不是虚弱。

我那么喜欢和她说话，也那么喜欢和她笔谈。我们见面后第二天我早上想到的头一桩就是她，这倒不意味着什么，因为类似的事经常发生。但是事情并没有到此打住，之后每一天我都在想着她，到现在为止已经四个月了。

我不知道她对我是不是也这样。可能未必，但是从她文字的语调里，我能看到这对她也造成了某种期待和吸引。

在弗勒，妈妈从联排房公寓搬到天使谷一栋房子的地下室公寓，离市中心十分钟路程。它的地理位置很好，一边靠着森林，另一侧是一片田野，尽头是河。但公寓面积却很小，挺学生气，一个有厨房和浴室的大房间，仅此而已。她会一直待在那里，直到租到更适合的房子，甚至买一套。我想过搬到卑尔根前那两周住在她那儿，可以写东西，但她建议我借她叔叔斯泰纳尔的度假木屋来住，度假屋在外婆家农场那边山上的森林里。她开车送我过去，我们在屋子外喝了杯咖啡，然后她离开，我走进小木屋。松木的墙，松木的地板，松木天花板和松木家具。一两块手工编的毯子，一些简单的画。一个篮子里有堆周刊杂志，一个壁炉，一个小厨房。

我在没有窗户的那堵墙边支起餐桌，一边放一叠纸，另一边放一叠磁带，然后就坐下。但是我无法落笔。我第一次在安提帕罗斯岛上觉察到的空虚感又回来了，我认出了它，和之前的感觉一模一样。世界空荡荡，或本来无一物，只是一幅图景，而我也是空虚。

我倒在床上睡了两个小时。我醒来时，外面已经暮色一片。蓝灰色发亮的夜空像面纱一样笼罩着森林。写作的念头仍然让我有点抗拒，所以我选择了穿上鞋子出去走走。

森林外侧的瀑布在轻啸，除此之外就是极度寂静。

不，从什么地方传来了一阵铃声。

我顺着溪边的小径走下去，走进了山上的森林。云杉高大阴森，它们脚下的山体被青苔覆盖，裸露的树根随处可见。有些地方细长的小落叶乔木试图挺身而出，伸向有光处，在有些地方，围着倒下的树木形成了小小的空地。沿着小溪是开放空地，当然，在这里它打着漩涡，拍击，奔腾，沿着山体和山石坠落。除此之外都是密不透风的墨绿色针叶林。耳畔是我自己的呼吸，我往上走的时候，心跳撞击着胸口，跃动在脖颈，弹着太阳穴。瀑布奔腾的声音高起来了，没多久我就站在那块巨岩上，下面是巨大的水潭，看着水顺着那陡峭赤裸的山岩奔流而下。

它真美，但是对我毫无用处，我走进瀑布旁的树林，爬上那光秃秃的山石，我想顺着它一直往上爬几百米，到达山顶。

天空是灰色的，在我旁边滚滚而下的水像玻璃一样清澈透明。我脚下的苔藓湿透了，有时完全伏倒，这时我的脚就打滑，露出下面的黑暗的山体。

突然有什么跳到了我的脚前。

我吓得全身发僵，一动不动地站着。似乎心脏也不跳了。

一个灰色的小生物走了过去。那是一只老鼠或者某种小的鼠类。

我努力笑了一下。继续往上爬，但是小小的害怕在我心里扎了根，现在我望着那片黑沉沉的森林感到了不舒服，之前我听到的那片平整的瀑布声，本来让我感觉很美好的，现在变得有了威胁性，阻止我去听到自己呼吸以外其他的声音，所以几分钟后，我往回走，开始下山。

在营地外有石头搭起来的火塘，我坐下来点了支烟。当时可能是十一点或者十一点半。这个牧场看起来也许就像外婆二三十年代在这里干活时的那个样。是啊，就和当年看上去差不多。尽管这样，一切都已经全然不同。那是 1988 年 8 月，我是个八十年代人，跟杜兰杜兰（Duran Duran）和 The Cure 乐队处于同一时代，而不是和外祖父听着的那小提琴和手风琴音乐一个时代,薄暮时分,他和一个同伴随着那音乐疾步走上山坡，要邀请外祖母和她的姐妹们去跳舞。我不属于此地，即使我知道这森林是八十年代的森林，这山脉是八十年代的山脉，但是依然对这里没有感觉。

那我在这里做什么？

我该写作的。但我写不出来，我的灵魂深处如此孤独寂寥。

一周过去了，妈妈沿着那条石子儿铺成的小路开车上来，我坐在木屋门口台阶上，背包放在两腿之间，等着她，一个字也没写。

"你过得还好吗？"她说。

"还好，"我说，"不过，我没完成太多工作。"

"嗯，"她说，看着我，"但是可能休息一下对你有好处。"

"是啊，肯定的。"我说着系好了安全带，然后我们开车回到弗勒，停下来，在桑峡湾宾馆吃晚餐。我们选了一张靠窗的桌子，妈妈把包挂在椅子上，然后我们去餐厅中间的自助餐吧取食物。那里差不多都空了。然后我们拿着自己的盘子坐在桌前，一个招待走了过来，我要了个可乐，妈妈要了瓶法里斯牌气泡水，当他走开时，她开始谈论她打算在学校开设的精神病护理专业成人课程，现在看来八字有一撇了。她自己找到了场地，一个很登样的老学校，根据她的说法，和护校本来也离得不远。它有灵魂。她说，一座有年代的木头建筑，宽敞的房间，高高的天花板，与她现在教课的低矮砖平房完全不一样。

"听起来挺好的。"我说，望向停车场，那里停着稀稀拉拉几辆车，在阳光下闪耀。河流另一侧的山坡全绿了，除了一条由许多房子组成的长带，那斑斓颜色在颤动。

招待回来了，我喝了一大口玻璃杯里的可乐。妈妈开始说到我与居纳尔的关系。她说，我看起来似乎已经内化了他，并使他成为我的超我，告诉我什么能做，什么不能做，什么是错的，什么是对。

我放下刀叉，看着她。

"你看了我的日记？"我说。

"不，不是日记。"她说，"但是你留下了你在度假时写的一本书。你真的做到了坦坦荡荡，什么都告诉了我。"

"但那就是日记，妈妈。"我说，"不应该看别人的日记。"

"不应该，毫无疑问，"她说，"我知道。但是既然你把它放在客厅桌上，看起来也不像你想把它藏起来。"

"但是你应该看出了那是本日记？"

"看不出来，"她说，"那是本旅行日志。"

"好吧好吧，"我说，"我错了，我不应该把它放在那儿。但是你说我把居纳尔内化了是什么意思？你想说什么？"

"你描写的那个梦，以及你之后对它的想法，看起来就是这样。"

"是吗？"

"你成长的过程中你父亲对你很严厉。但他突然消失了，然后你可能有个感觉就是从此可以为所欲为。这样你就有了两套规范，但是都是外来的。所谓规范的作用就是要有自己的边界。它必须是内生的，来自一个人的自我。你爸爸就没有这个，也许这就是他总是痛苦的缘故。"

"啊，"我说，"据我所知他还活着。无论如何一周前我还和他通过电话。"

"但是现在似乎你在内心让居纳尔代替了你父亲的位置，"她继续下去，瞥了我一眼，"这不关居纳尔的事，这里重要的是你的边界。既然你现在已经成年，这个问题还要你自己去解决。"

"这就是我写日记时想解决的事，"我说，"但是然后它就被所有人读过了，所以要自己弄清楚这个问题已经不可能了。"

"我很抱歉，"妈妈说，"但那时候我根本没想到你把它当作日记，否则我绝对不会看它。"

23

"没事，我说过了，"我说，"我们还要甜点吗？"

我们在她的公寓里坐下来，一直聊到深夜，然后我走到玄关里，把身后的门关上，拿起靠在窄小浴室墙上的充气床垫，把它放在地板上，铺上床单，脱了衣服，关了灯光，躺下睡了。我能听到她在里面轻轻的呼吸声，以及不时有辆汽车在外面驶过。床垫的塑料气味让我想起童年，帐篷露营和野地风景。时代已经不一样了，但是那种希冀的感觉还是一样的。明天我要去阜尔根，那壮阔的大学城，住在我自己的公寓里，然后去创意写作学院。那些傍晚和深夜我会坐在歌剧院咖啡厅里，或者在"洞穴"夜总会听特别棒的乐队演出。那太带劲儿了。但是最带劲儿的还是那就是英薇尔要搬去的城市。我们说好了我们会在那里见面，我有了一个电话号码，我到达后就会打那个电话。

这一切好得太不真实，我躺在充气床垫上想，对即将发生的一切充满不安和喜悦。我一会用这侧身子躺，一会儿又换一边，这时能听到里间妈妈睡梦里的喃喃。是的，她说。然后很长时间没动静了。是的，她又说。是这样。停了很长一会，是的，是的，嗯。是的。

第二天，妈妈带我去了商场，她想给我买件外套和一条裤子。我找到了一件带毛里子的牛仔夹克，看上去不赖，以及一条绿色类似军服的裤子，还有一双黑鞋。然后她送我到公共汽车站，给钱让我买票，站在车前，当汽车驶出公交车站，驶上公路时她一直冲我挥手。

几个小时的森林、湖泊、让人晕眩的高山以及狭窄的峡湾、农场和田野、一趟渡轮和一个长长的山谷，在那儿公交车一会儿高高地爬到山巅，下一刻就几乎到了水平面上，一列似乎没有尽头的隧道，在这之后，房屋和路牌的密度开始增加，人烟也越来越稠密，道路两边出现了工厂建筑、围栏、加油站、购物中心和施工地带。我看到一个指向国立商学院的路标，我想，米克勒[1]四十年前上的就是这个学校。我看到山脚下堡垒般矗立的桑德维肯精神病医院，另一边则是午后阳光下闪闪发光的湖面，帆和船在氤氲中显得不那么鲜明，背景是点点岛屿、山脉以及低低笼罩着卑尔根的天空。

我在布吕根码头（Bryggen）最尽头跳下了公共汽车，英韦在猎户座酒店值晚班，我要从他那取他的公寓钥匙。我身外这城市沉溺在只有暮夏下午独有的那种倦意中。偶尔有一两个人身穿短裤和T恤，身后拖着长长的、明灭不定的阴影。房屋墙壁上阳光耀眼，纹丝不动的阔叶树，一艘帆船一顿一顿地驶出港口，光秃秃的桅杆。

酒店前台人头涌动。英韦在柜台后忙着，他抬头看到我，说一辆满载美国人的大巴刚到，看这儿，这是钥匙，咱们一会儿见，不是吗？

我搭公共汽车去了丹麦广场，往上爬了三百米的坡到了他

---

[1] 昂纳尔·米克勒（Agnar Mykle，1915—1994），挪威作家，被认为是挪威文学里最富争议的人物之一。

的公寓，我打开门锁，把背包在玄关里放下，站着待了一会儿，想想下一步该干什么。窗户朝北，太阳西挂，即将坠入大海，所以室内阴暗而凉爽。这里闻起来是英韦的味儿。我走进客厅，四下打量，然后进了卧室。那里贴着张新海报，那是一张看起来有点像幽灵的裸女照片，下面印着"蒙克与摄影"几个字。墙上还贴着一些他自己拍的照片，有个系列来自西藏，大地是明亮的红色，一群衣着褴褛的男孩和女孩摆好姿势让他拍，他们的眼神幽暗而疏离。推拉门旁边的一个角落里，吉他靠在吉他放大器上。放大器顶上又摆着一个巨大的回声效果器。一条朴素的白色宜家毯子和两个软垫将床变成了沙发。

我在高中期间来看过英韦几次，他的这几间房对我来说几乎是神圣的，它们代表了他本人以及我想成为的一切。那是我生命中从来没有的东西，以及我曾经想到达的地方。

现在我到了，我想，走到厨房里，做了几片面包抹黄油和配菜，我站在窗前吃完了，就着眼前一排排阶梯状排下去的老工人住宅楼，底部正对着弗桑尔路。另一边，于尔里肯山上的那根高杆在阳光下闪烁。

我忽然意识到，最近我大部分时间都独自一人。除了开始和希尔德后来和妈妈一起那几天，我在雅典告别拉尔斯以后就再也没有和其他人相处过。因此，我简直等不及英韦回家。

我放了一张扼杀者乐队（Stranglers）的唱片，然后拿着一本他的相簿把自己扔到了沙发上。我的胃莫名其妙地痛了起来。那感觉像是一种饥饿，但不是为食物，而是为了其他的什么。

也许英薇尔也已经到了这个城市？就坐在我周围成千上万

间公寓中的某处？

英韦回来后打听的第一件事就是和英薇尔进展得如何。我
以前没和他说得太多，那年初夏我们促膝坐在楼梯上时和他说
了几句，就那些，但已经足以让他明白我这回动了真格了。也
许会是件大事。

我说她这次也要来卑尔根，以及她应该会待在城外靠凡托
夫特那边，以及我该给她打个电话约第一次见面的时间。

"也许今年是你的走运年，"他说，"新女友，创意写作学
院……"

"我们还不是男女朋友。"

"还不是，但是照你说的，她对你有感觉吧？"

"也许有点。但我怀疑她对我的感觉不至于像我对她那么
疯狂。"

"但是这也不是没可能。只要你走好每一步。"

"只是一夜情？"

"我可没这么说，"他说，看着我，"想来点葡萄酒吗？"

"好，这个可以有。"

他站起来，消失在厨房，再次出现时手里拿着一只醒酒樽，
又进了洗手间。我听到几声深吸气和咕嘟声，然后是汩汩流淌声，
他走出来时手里的醒酒壶已经装满。

"1988 年的酒，"他说，"但是这酒不错，所以是相当值了。"

我啜了一口。这酒酸得我哆嗦了一下。

英韦笑了。

"不错？"我说。

"味道是相对的，"他说，"你要和别家的自酿酒比嘛。"

我们沉默地喝了一会儿，英韦起身走向吉他和放大器。

"从我们上一次见面以来我写了几首歌，"他说，"你想听吗？"

"好啊，我想听。"我说。

"或者只是些胡思乱想。"他说，将吉他皮带在肩膀上固定好。"其实那只是一些连复段。"

当我看到他站在那儿，我的心忽然变得柔软。

他打开音箱，背对我站着，给吉他调音，调好回声效果器，然后开始演奏。

那柔软消失了，因为这音乐很好，他弹的这些，吉他声又洪亮又庄严，连复段也很悦耳而抓人，听起来像是史密斯乐队（The Smiths）和变色龙乐队（The Chameleons）的混合。我想象不出他的这些是从哪儿来的。音乐性和弹奏技巧都比我高了不知多少。他一定是天生就会，他开始的那一刹那，就好像他从来就会这些。

他弹完了以后，把吉他放下，才转向我。

"这太好了。"我说。

"你真这么想？"他说，在沙发上坐下来。"这只是几个小招式，我该有一些歌词，这样它们才能算是完成了。"

"我不明白你为什么不加入某个乐队？"

"没有，"他说，"我时不时地和波尔一起玩一点，这以外我就不认识任何其他玩音乐的人了。但是现在你来了呀。"

"我不会玩乐器。"

"你可以从写词开始呀？还有你不是能打鼓吗？"

"不，"我说，"我真不行。但是也许我可以写点什么。"

"就这么定了。"他说。

秋天到了眼前，我想，我们站在这一长排低矮的联排房子外的马路上等出租车。在这明亮的夏日夜晚里有一种深度，说不清楚方位，但是明白无误地存在着，许诺了某种湿润、幽暗和吮吸之物。

几分钟后，出租车来了，我们钻进去，它飞快迅猛地开向丹麦广场，经过那座大电影院，驶过大桥，沿着尼戈尔公园，进入市中心，在这里我失去了方向感，街道们只是街道，房子们只是房子，我消失在这个大城市，被它吞了下去，我喜欢这样，因为我同时也看到了自己，这个进入都市的年轻人，到处都是玻璃、混凝土和沥青，还有路灯、窗口和路牌灯光下的陌生人。当我们滑入内部，我的脊背生寒。引擎嗡鸣，交通灯从绿变红，我们停下来的地方是汽车站无疑了。

"那不是我们上次去的地方吗？"我说，朝路对面的建筑点了点头。

"说的一点没错。"英韦说。

我那时十六岁，第一次去他家。来的时候，我手里牵着一个当时在一起的女孩。我借了英韦的除汗剂来用，我们要离开他家前几分钟，他站在我的面前，卷起我衬衫的袖子，把他的发胶递给我，看着我把把它抹到头发，然后说：好了，我们现在出发。

现在我十九岁，所有这些我自己都有了。

我在市中心看到了海面，然后我们左转，经过一栋巨大的水泥建筑。

"这就是格里格音乐厅。"英韦说。

"所以它就在那儿啊。"我说。

"那就是'麦加'。"他说，冲一家日杂超市点了点头，"这是全城最便宜的商店。"

"你平时都在那买东西吗？"我说。

"在我没啥钱的时候，"他说，"不过那里就是尼戈尔大街。你记得那个'糟透！'乐队的歌词吗，'我们沿着尼戈尔大街奔跑，就像我们在西部荒野。'"

"记得，"我说，"那么，'前台'呢？'我到了前台，那里简直挤死人'？"

"那是在挪威宾馆的迪斯科舞厅。就在那后面。但是那里现在换了别的名字。"

出租车开到人行道边，停了下来。

"我们到了。"司机说。英韦递了张一百块钞票给他，我下了车，抬头看到我们面前建筑上的招牌。那上面白底上粉红色和黑色字体写着"歌剧院咖啡"。那些巨大的窗户里人头涌动，如阴影般充盈在小而清晰的蜡烛火焰之间。英韦从另一边车门下车，和司机道别，砰地关上车门。"我们走吧。"他说。

他在大门里停了一下，扫视一下里面，看着我，

"没有熟人，我们上楼。"

我跟着他走上楼梯，经过一些桌子，走到酒吧，酒吧的位置和一楼完全相同。我以前来过这里，但只是很短一会儿，而且是在白天：那完全不是一回事。到处都坐着人，都在喝啤酒。这地方看起来和一间公寓差不多，我想，就是摆满了桌子和椅子，和转角处的一个吧台。

"那是奥拉，是他！"英韦说。我向他点头的方向看去。奥拉，我在那年夏天早些时候见过的，和其他三个人坐在一张桌子旁。他微笑着挥手。我们走过去了。

"去找个椅子，卡尔·奥韦，我们就坐这了。"英韦说。

另一堵墙边的钢琴旁有一把椅子，我走过去取它，拎起它时我觉得全身赤裸，我这么做没错吧？我就这么拎着它穿过整个场子？有人看着我了，这些都是大学生，老练的常客们，我脸烧红了，但无路可走，只有把椅子搬到英韦已坐下的那张桌子。

"这是我的弟弟卡尔·奥韦，"英韦说，"他马上要到创意写作学院上学了。"

他说这话时笑了。我以前没见过的那三个人的视线落到我身上，两个女孩和一个男孩。

"所以你就是那个我们已经久仰大名的弟弟啊。"其中一个女孩说，她有一头金发和狭长的眼睛，当她微笑时简直见牙不见眼。

"我叫谢斯蒂尔。"她说。

"我叫卡尔·奥韦。"我说。

另一个女孩留着黑色侍童头，抹大红唇膏，穿黑衣。她也说了她的名字，坐在她身边的他，一个腼腆人物，红金色头发，苍白的皮肤，咧开嘴微笑时也说了。我下一秒就把他们的名字都忘了。

"想来杯啤酒吗？"英韦说。

他会走开，把我留在这儿吗？

"好，可以。"我说。

他站起身来。我低头看着桌子。突然意识到我可以抽烟，我拿出烟草，开始卷烟卷。

"你 – 你去过罗罗斯基勒[1] 吗？"奥拉说。

他是我小学以后认识的人里唯一一个口吃的。从他的外表谁都看不出来这点。他戴着巴迪·霍利[2] 那样儿的黑框眼镜，深色头发，五官端正，虽然他并没有刻意打扮自己，但他身上有些东西让我第一次见到他时就觉得他像是玩乐队的。现在也是这样。他穿着白衬衫，黑牛仔裤和一双黑色尖头鞋。

"是，"我说，"但我没看到很多乐队演出。"

"为 – 为什么没有？"

"因为还发生了很多其他的事啊。"我说。

"是，我能 – 能想象。"他微笑着说。

和他一起待不了多久你就能意识到他有颗温暖的心。我很高兴他和英韦是朋友，而上一次，他的口吃对我有些困扰的，英韦和口吃的人也交朋友？这一次已经对我没什么压力了，尤

---

[1] 罗斯基勒音乐节（Roskilde Festival），从 1971 年起，每年在丹麦罗斯基勒市举行的为期八天的文化节和音乐节，也是北欧最大的音乐节。

[2] Buddy Holly（1936—1959），和猫王同时代的美国摇滚歌手和作曲家。

其当我看到他还有其他三位朋友。他们对口吃都没有特别反应，既没有刻意容忍也没有轻视，我在他说话时所感到的——即这种情形本身，现在他开始口吃了，我不能表现出留意到这点的样子，这情形变得如此突兀而让人不舒服，难道他看不到我在他口吃时有怎样的念头吗？——这些在他们的脸上丝毫看不出来。

英韦把啤酒放在我面前的桌子上，坐下。

"那你写什么呢？"深色头发女孩说，看着我，"诗还是散文？"她的眼睛也很黑。她的做派里有一种造作出来的居高临下意味。

我深深啜了一大口啤酒。

"我现在正在写一本小说，"我说，"但是我们也该有诗歌。这方面我写得不多，但是可能也是必须要写的……哈哈！"

"你已经有自己的电台节目了吧？"谢斯蒂尔说。

"以及在地方报纸上自己的评论专栏。"英韦说。

"这倒是，"我说，"但那也是前一阵的事了。"

"那么，你的小说是关于什么呢？"黑头发说。

我耸了耸肩。

"各种各样的事儿。但它就像是汉姆生和布考斯基的结合吧，我这么觉得。你读过布考斯基吗？"

她点点头，慢慢把头转开，看向楼梯上出现的那些人。

谢斯蒂尔笑了。

"英韦说过，霍夫兰 [1] 会给你们当老师？他太棒了！"

"是的。"我说。

一切安静了那么一小会儿，我的意识不再能聚焦，于是向后斜靠着，而其他人在聊天。他们是在学校认识的，读的是媒体研究专业，那也正是他们在聊的。讲师们和理论家们的名字，书名、唱片和电影的名字流水般在桌子上方来来去去。他们坐着聊天时，英韦摸出一支烟嘴，塞了枝香烟进去，抽了起来，烟嘴的存在让他的烟抽得有点装腔作势。我努力不去看他，假装若无其事，因为其他人也都这样。

"再来一杯啤酒？"我说，他点了点头，然后我朝酒吧走过去。两个招待之一站在对面的酒龙头边，而另一位正把一托盘玻璃杯放进墙上的一个开口里，我意识过来那里面其实是个小小的升降板。

太神奇了，这个小小的升降梯载着物品在楼层之间滑上滑下！

啤酒龙头那边的招待懒洋洋地朝我转过来，我竖起两根手指，但是他什么也没说，只是转过了身子。另一个招待与此同时朝我转过来，我靠在柜台上弯下腰，表示我要买酒。

"嗯？"他说。

他的肩膀上挂着一条白手巾，白色衬衫外套着条黑围裙，长长的连鬓胡子，一个看起来像文身的东西伸出一截在脖子上，清晰可见。这个城市里连招待看起来都有模有样。

---

[1]　朗纳·霍夫兰（Ragnar Hovland, 1952—），挪威小说家，诗人。

"两杯啤酒。"我说。

他一手握住两个杯子，接住两个龙头流下的啤酒，同时四顾着场子里的情况。

最里面那边来了张熟脸，那是英韦的哥们阿尔维德，和他一起的还有两人，他们冲着英韦那张桌子走过去。

第一个招待把两个半升啤酒放在柜台上。

"七十四克朗。"他说。

"但是我是和他点的！"我说，冲另一个招待点了点头。

"你刚和我点了两杯，如果你也找他点了两杯，你就得付四杯的钱。"

"可我没带够钱。"

"那我们要把酒倒掉吗？你自己要搞清楚你到底点了多少，一共一百四十八克朗，谢谢。"

"那就等一会。"我说，然后走向英韦。

"你有钱吗？"我说，"我的学生贷款到账后就还给你。"

"你不是去给我买酒吗？"

"是啊……"

"给你。"他递给我一张一百克朗的钞票。

阿尔维德看着我。

"这不是那家伙吗。"他说。

"是啊。"我说，迅速笑了一下，不太确定该怎么反应，最后我指着吧台说："就是去一下……"然后就去交了钱。

当我回来时，他们已经换了张桌子。

"你买了四杯酒？"英韦说，"怎么回事？"

"就是那样，"我说，"点啤酒的时候闹了点误会。"

第二天下雨了，英韦去上班的时候我就在公寓里待了一整天。也许是与他那些大学生朋友的见面，也许仅仅因为开学的日子要到了，不管怎样我突然觉得惊恐，我什么都不会，而我马上就要和其他可能更老练、更聪明的学生们坐在一起，一起写作，当众朗读，被评头论足。

我在帽架上拿了把伞，把它撑开，然后在雨中顺着斜坡跑下去。我记得在丹麦广场有家书店。没错，我打开门走进去，那里一个人都没有，卖的主要是办公用品，看起来是这样，但是他们至少有几架子书，我手里拿着湿淋淋的雨伞，扫视着它们。我口袋差不多空空如也，所以我决定买一本口袋文库。汉姆生的《饥饿》（ *Sult* ）。它花了我三十九点五克朗，我还剩十二克朗了，这笔钱我用在后面小广场的面包铺里，买了一条很好的面包。我在倾盆大雨中爬上坡，雨水和密布的黑云改变了整个景观，把一切都封闭起来。水沿着窗户流下，顺着车身滚下，从屋顶的水槽里冲下然后顺坡而下，在地上形成小股犁沟般的波浪。我跋涉上坡时水流从脚边轰然而过，而雨打在伞上如鼓鸣，每走一步，装着面包和书的口袋都拍着我的大腿。

我开锁进了公寓。里面的光线已经暗了，离窗户最远的角落已经暗沉下来，所有的家具和物品都散发着往常一样的气息。在这里而不感知到英韦的存在是不可能的，他的气息停驻在房间里，然后我在厨房料理台上切了几片新鲜面包，找出了人造黄油和棕色羊乳酪，想着以后我的房间将散发出怎样的气氛，以及有没有人也会注意到这一点。我的小单间公寓是英韦给我弄到的，他认识一个今年要去拉丁美洲的女孩，她住在桑德维肯那边，在阿布萨隆·拜尔斯街街。到明年夏天之前我都可以接着租那里。我很幸运，大部分新生刚入学的时候都要住在某栋集体宿舍里。或者在凡托夫特我父亲读书时住过的某间宿舍，那时候我还小；或者是阿尔雷克，英韦入学的前半年就住那。这些地方不是什么好地段，我知道，住在市中心就帅呆了，最好是在托加曼尼根广场（Torgalmenningen）一带，但桑德维肯也不错。

我吃好了，把食物放回去并收拾好，然后在客厅里坐下来，一支烟，一杯咖啡，开始看书。通常我读书很快，飞快地翻页，不会执着于它是怎么写出来的，作者应用了怎样的方式或者哪一种语言，我唯一感兴趣的就是情节，我被吸入其中。这一次我试图慢慢地读，一句一句来，去注意句子之间发生的事情，如果发现对我来说很重要的部分，就用手里的笔划上一道。

在第一页上我就有所发现。那里出现了一次时间转换。开始是用过去时态写的，然后忽然换成现在时，随后又回到过去时。我在那下面划了一道线，放下书，然后从卧室的桌上拿了一张白纸。回到沙发上开始写。

汉姆生，《饥饿》，笔记，1988 年 8 月 14 日
从一般性的事物开始，关于城市。从远方看过来的视角。然后主角醒来。交替使用过去时和现在时。为什么？让它更有张力，也许。

外面的雨倾盆而下。在下面弗桑尔路行驶着的车辆发出的呼啸简直就像是一片海。我一直在读书。故事之简单简直一目了然。他在房间里醒来，蹑手蹑脚地走下楼梯，因为他有阵子没付房租了，然后出门进城。没什么特别的事发生，他只是带着饿瘪了的肚子到处溜达，并想着这事。这完全就是我可以写的东西。一个人在小公寓醒来然后出门。但是他必须有点什么，必须有点特别的东西，比如说，他饥肠辘辘。这就是主题。但是那应该是什么呢？

写作不是什么神奇的把戏。它只要有个好点子，就像汉姆生做过的那样。

我想这些的时候，一部分担忧和不安被释放出去了。

英韦回家时，我在沙发上躺着睡着了。我一听到开门的动静就站起来，用手在脸上擦了几把，出于某种原因，我不想被看到在大白天睡觉。

我听到他把包放在玄关的地板上，把外套挂在衣钩上，去厨房的路上和我"嗨"了一声。

我认出了那个拒人于千里之外的表情。什么人都不想搭理，至少不想搭理我。

"卡尔·奥韦？"一会儿他喊道。

"啊？"我说。

"你过来一下。"

我照他的吩咐，走过去在门口停下来。

"你到底是怎么刮棕酪的，嗯？不能刮这样的厚块，要我给你示范一下吗？"

他将奶酪刨放在棕酪上，刮下薄薄一片。

"就这样，"他说，"你看，刮薄片多简单的事？"

"是的。"我转身说。

他说："还有件事。"

我回过头来。

"如果你在这儿吃东西，要把面包屑清理干净。我可受不了回来还得跟在你后面收拾，真的。"

"是受不了。"我说，走进洗手间。我眼里汪着泪水，用冷水把脸冲洗了几次，抹干，走进客厅，又坐下，开始读《饥饿》，我听到他在里面吃东西，收拾，走进卧室。过了一会儿，就没有动静了，我知道他睡着了。

第二天类似的情形又发生了，那是我洗完澡后没有擦干浴室地板，这让他很恼火。他还给我下了几条指示，一副居高临下的口吻。我什么也没说，埋下头来，他怎么说我就怎么做，但是我的内心有什么在躁动。那天后来我们买了东西回家，他又认为我关车门用的力气太大，你不用使这么大劲摔上门，你能不能小心点，这也不是我的车，然后我就炸了。

"你别再说我必须要怎样了，听到没有！"我喊道，"我再也不想听到这种话了！你把我当成一个小屁孩！我受不了你了！"

他瞥了我一眼，手里拿着车钥匙站在那儿。

"你明白了吗？"我说，眼里闪着泪光。

"我再也不这样了。"他说。

而且他再也没有这样过。

那个星期我们出了很多次门。每次发生的事情都差不多，英韦遇到他的熟人，把我介绍给他们，说我是他弟弟，马上就要到创意写作学院上学。这样就给了我一些优势，似乎我已经是个人物，不需要去刻意表现什么，但是这同时也比较难办了，我必须要能配得上这一切。说出口的得是未来作家该想出来的东西，别人以前从未想到的东西。但此路不通。他们思考过了一切，他们懂的比我多。是的，我终于明白过来，我说的和我想的，是他们很早以前就说过想过，而且已经放下的东西。

但是和英韦一起喝酒真美妙。几杯过后，我们俩之间的热度升温了，这些天来在我们之间那些瞬间就能生长起来的沉默，能隔阂我们的恼怒，徒然找不到我们之间会心点的那种感觉，虽然已经有很多，似乎都在这升温里以及相继而来的温暖里化掉了：我们对视着，知道了我们是谁。半醉中穿过整个城市，爬坡朝着公寓走过去，再也没有危险，再也没有沉默，围绕着我们的是沥青路面上闪烁的灯光，黑暗里呼啸而过的出租车，落单的男人或者女人蹒跚而过，或者其他在外面消遣回来的年轻人，我可以看着英韦，他走路时稍稍有点前倾，和我一模一样，问他：你和克里斯廷到底是怎么回事，你已经翻篇了吗？他也能看着我，回答：没有，我永远也翻不了篇，谁也比不上她。

下着毛毛细雨，云在我们头上掠过，被城市里散发出来的光从下方照亮，英韦严肃的脸。我已经意识到这浓郁的汽车尾气始终笼罩着丹麦广场。载着两个年轻人的小绵羊摩托车，在红绿灯前停了下来。骑车的他把俩腿放在沥青路面上，而坐在后面的她则把双臂紧紧地缠绕在他身上。

"你还记得斯蒂娜和我分手时那会儿吗？"我说。

"还行吧。"他说。

"你放了'糟透！'，'一切都会过去，一切都会结束'。"

他看着我，笑了。

"我干了这事？"

我点点头。

"这话对你也适用。它会过去的。你还会爱上另一个人。"

"那时候你几岁？十二？这不完全是一回事。克里斯廷是我此生挚爱。我只有这辈子。"

对此我什么也没说。我们沿着船厂区的另一边上坡，在一幢高大的红砖房那左转，据我所知那是所学校。

"但是这事也有个好处，"他说，"当我对其他女孩全不上心的时候，她们忽然以另一种方式变得有意思起来了。我根本无所谓，这样我就能把她们弄到手。"

"我知道这是真的，"我说，"我的问题就是我没法不在乎她们。比如，英薇尔。我们见面时我肯定会紧张得要死，一个字都说不出来。然后她会以为我就是那样，然后我们就没戏了。"

"不会啦，"英韦说，"肯定会顺利的。她知道你的为人。你们整个春天和夏天都在通信。"

"但是那只是纸上的我而已，"我说，"在纸上我可以是理想中的我。用多少时间都行，对不对，深思熟虑。但在现实里见面我就没辙了。"

英韦吹了口气。

"别想太多了，都会好的。她那方面的感受应该也会完全是这样。"

"你真这么想？"

"是的，当然！和她一起喝杯啤酒，放松一下。肯定会顺利的。"

他从口袋里拿出钥匙，放下雨伞，穿过大门，走上那窄小的被雨水浸得湿滑的楼梯。我站在他身后，等他开门。

"我们睡觉前再来一杯葡萄酒？"他说。

我点点头。

整个星期，我的烦躁与日俱增，我变得越来越心神不宁，这种感觉我这辈子也没有过。我很知道我只是在希望生活即将开始，正经的人生。然后我将进入自己的世界，不管要去哪儿要在哪儿都不再依附英韦。我已经问他借了几百克朗，拿到学生贷款前应该还会再借几百。我犯傻了，我从霍菲尤搬到英韦这里通知了邮局更改地址，所以我来到的时候，催账罚单已经在等着我了，电费单以及我买立体声音响那家商店的账单。后者更严重一些，如果这次我不付钱，他们就要采取法律行动来强制扣款。

哪怕那个立体声音响质量好一点呢，我还能接受。但是我买的那玩意儿，质量太次了。英韦有一个纳德牌功放和两个小巧但不错的 JBL 音箱，奥拉也有一套挺棒的音响，还有一些另行购买的配件，那才是值得拥有的，不是这操蛋的日立音响。

很快我的欠账就超过了两万。

我也在琢磨着是不是该给自己买份色情杂志。现在我住在大城市里，谁也不认识，只要把杂志从书架上拎起来，放在柜台上，付钱，放在袋子里然后回家。但是我始终没有下手，我去了几次附近一家烟草杂货店，目光滑落到那金发女郎们身上，那大乳房，赤裸的皮肤，印在亮闪闪的纸张上，让我喉头肿胀。但是我每次放到柜台上的总是份报纸，以及一包烟草，从来没有这些杂志。很大程度是因为我与英韦住在一起，在那藏东西感觉并不好，也因为我不够胆子把杂志放在柜台上时坦然面对店员的目光。

我再等等吧。

收房的日子到了；我和英韦一起把霍菲尤运来的东西从地下室抬到车里，一共八个纸箱，完全把后车窗的视线挡住了，英韦格外小心地把车开下人行道，向下行驶。

"如果你现在一个猛刹，我脖子可就拧了。"我说，因为纸箱们在我身后一直摞到了车顶。

"我尽量小心，"他说，"但我可不敢保证。"

多少天来第一次天是干的。城市上方厚厚的云层是灰白色，我们周围街上的光线是柔和的，但没有想遮盖什么或装饰什么的意味，它更像是等着被发现，用自己的方式姗姗而来。斑驳着灰色和黑色的沥青路面，绿色和黄色的砖墙，汽车尾气和沥青粉尘混在一起的气味，灰绿色的树木，船厂区湾边光滑的灰色水面。当我们的车开上桑德维肯那边的山坡时，颜色变得更加鲜润，在那大部分房屋都是木头的，那光滑的油漆则在中间色调的阳光下闪耀。

英韦在一个小公园旁边拐进去，靠边停在人行道旁，前方就是一个电话亭。马路对面的房屋墙壁上挂着的路牌上写着阿布萨隆·拜尔斯街街。

"就是这儿？"我说。

"就是那间转角房子。"英韦说，下了车。他飞快地举手打了个招呼，我跟随他的视线，一个女孩站在底层公寓的窗口后面，手里拿着块抹布，朝我们看过来。

我们走过马路，她走出门口，我和她握了手。她说来得正好，她刚刚打扫擦洗完。

"快进来吧！"

这个小公寓就是个小房间，家具不能更简单了；窗下面是沙发，沙发前是餐桌，靠对面墙是写字台。那还有一张可以变成床的沙发。在这个小房间里，一扇门隔出一个极小的厨房。这就是全部了。四壁是一种深沉的褐色调子，如果厨房门口没有那堵防火墙，这就会显得很凄凉了。防火墙上用油漆画了风景画，悬崖上的一棵树，俯瞰着大海。看起来和火柴盒上的图形没啥不同，或者就像谢尔坦·弗勒格斯塔 [1] 用作《火和火焰》（ *Fyr og flamme* ）封面的图案。

她看到我盯着它看，笑了起来。

"真的，是不是很好看！"她说。

我点点头。

---

[1]　Kjartan Fløgstad，挪威作家，生于 1944 年，六十年代在卑尔根大学读语言。

"钥匙给你，"她说，她递给我一个小包，"这个是大门口的，这个是这里房门的，这个是阁楼上储藏室的。"

"洗手间在哪儿呢？"我说。

"楼下，那里有公用的淋浴间和卫生间。有点不方便，但是这可省不少租金。我们下去看看？"

楼梯很陡，下面的过道狭窄，一侧是一个很小的地下室公寓，住着一个叫莫滕的家伙，另一侧是淋浴间和厕所。我喜欢这里的种种不便，而那老旧发霉的砖墙给我一种陀思妥耶夫斯基感，大城市里一个年轻的穷学生。

再上来的时候，她给了我一堆已经填写好的租金表，一只手抓着只空水桶，另一只手拿着扫帚，在洞开的门口向我们转过身来。

"现在希望你在这里住得开心！至少我在这里度过了一些美好时光。"

"谢谢！"我说，"旅途愉快，明年夏天见！"

她消失在拐角处，扫帚扛在肩膀上咣当。我们开始把箱子搬进来。完事后，英韦上了车，开车去了酒店，他得在那儿当下午的班，而我把腿放在桌子上，抽了根烟，然后才开始把打包的东西拿出来。

公寓就在街面上，人行道就在窗前经过，就算没有如过江之鲫的人流，外面每隔一会儿总有人头晃过，一间敞开的公寓是如此吸引人的景象，以至于所有人都屈服于向里面瞅一眼的诱惑。我在唱片收藏上方弯下腰来，一转身就看进一个四十来岁女人的双眼，她立马就得体地收回了视线，但是还是在我这留下了一个印象。我挂起约翰·列侬的海报，一转身就撞上两个十二岁男孩的视线。我组装好咖啡机，把插头捅进柜子边的插座，一转身正看进一个快三十岁、一脸络腮胡子男人的眼睛。为了尽快结束这个局面，我在一个窗户上钉了一张床单，在另一个窗上钉上桌布，然后我在沙发上坐下，一种奇异的骚动感，这就好像我的内在比外在还要大一些。

我放了几张唱片，冲了一杯茶喝，读了几页《饥饿》。外面下起雨来。在唱片歌曲之间的短促间歇里，我听到雨点在我脑后的窗户上轻轻洒下。时不时地，有人在楼上闹腾，而黄昏逐渐降临，整个房间逐渐变暗。楼梯上的走动，上面涌来的高声喧哗，音乐响起，一个聚会要开始了。

我掂量着要不要给英薇尔打电话，这城里我只认识她，但还是把这念头大力推了出去，我不能没有准备就和她见面，我只有一次机会，我不能糟蹋了这个机会。

她留下的印象实在神奇。我和她坐在同一张桌旁一共只有半小时。

半个小时的见面能让人陷入爱情吗？

哦是的，可以的。

一个不认识而且几乎一无所知的人，可以把你完全填满吗？

哦，是的。

我站起身来拿出了她的信。那封最长的是仲夏收到的，她说她正和以前的房东全家一起穿越美洲大陆，在沿途每个景点和有名的地方都停下来，这些地方可不少，她说，差不多每个城市都有它引以为傲、名扬四海的东西。她利用这些停留的时间溜开，偷偷抽一根烟，她写道，或者躺在房车的床上，凝视外面的风景，有时是壮阔美丽而充满戏剧性，有时则单调无聊，但一直是异国的。

我想象着她的样子，但不仅仅如此，她想的我都认同，也就是说，我精确地知道她想说的是什么，她的状态怎样，这也许因为她的笔调，也许因为她闪着的那些小小光芒，这些我都感同身受，还有，这种另一个人抵达了我曾经到过之处的感觉，以前从不曾有过。光，喜悦，轻松，紧张，混合在一起，就好像在恶心的边缘摇晃着保持平衡，总是近于惶恐，因为我如此渴望，这几乎是我唯一想要的，但是如果没戏呢？如果她不愿意接纳我？如果我不够好？

我把信放下，穿上外套和鞋子，出门，想去找英韦，他十一点才下班，但如果我运气好，正赶上那边没什么事儿，我们就能聊一会天或者一起抽几根烟。

我先走到马路对面，为了瞅一眼我楼上那一家，但我只看到窗口几个后脑勺。雨下得挺大，但我没有伞，也绝不肯穿雨衣出门，所以就算不舒服，发胶也开始滴在我额头上，我埋头向前冲，淌着水往下走。

最近的几个街区房屋都刷成了白色，都是木头房子，所有边角都斜着，屋顶高低参差，有些屋子有石阶通向人行道，有些没有。下面的街区则是砖房，长长一排相对来说比较高的出租公寓楼，可能建于本世纪初，从它简朴无装饰的墙壁来看无疑是为劳工们建造的。

最重要的是，山在那儿，从即使最深和最暗的小街里也能看得见。下方，海在那里，房屋和树木之间的一瞥就能见。这里的山比霍菲尤的山高，海则一样深，但是它们影响意识的方式有了不同。城市自有重力，在鹅卵石、沥青、砖楼庭院和木屋区中，在窗户和灯光、汽车和公共汽车、街道汇集起来的面孔和身体中，面对这一切大海和群山就轻了，几乎轻若无物，只是人们目光休憩之处的一道背景板。

我想，如果只有我一个人住在这里，比如，在山间的一个小木屋里，附近一幢房子都没有，风景还是完全一样，那么我会感到山的分量和海的深沉，我会听到各种风声吹过群峰，海浪拍打下面的岸沿，如果我不曾胆怯，我甚至会愿意去守望这一切。这片风景就会是我带入睡眠，为之醒来的东西。现在就不一样了，我整个身体都觉察到，各种面孔才是这里最重要的。

我沿着这长长的，刷着红漆几乎像棚子的制绳工厂木房子走着，到了另外一边，经过超市走到更宽的主干道，走到底转右，经过那幽静的灰色圣玛丽教堂，三年前我第一次来这里看英韦和妈妈就留意到它了，因为它一点也不张扬，不知不觉就滑入周边环境中，因为它自十一世纪以来就一直在那儿，我走过它然后向下朝布吕根码头走去。

汽车们亮着车灯滑过。海水就像泳池里的水那样缓慢上上下下晃动，它是纯黑色的。一些帆船被拴在那儿，光滑的船体反射着沿路路灯发出的光。其中的一艘船上，有人坐在顶层喝着酒，他们的声音低沉，脸上只映着些微光。沃格斯布恩区那边滚滚而来的声音，汽车声、音乐声、叫喊声到这里都变得遥远了。

英韦和另一个人站在前台后面。我进来时他刚好把头朝我转过来。

"你已经闲得无聊了？"他说，看向他的同事。"那是我的兄弟卡尔·奥韦。他上周才搬到这里。"

"你好。"对方说。

"你好。"我说。

他走进后面的房间，英韦轻轻用笔敲着自己面前的柜台。

"就是得出来透透气，"我说，"就想或许能过来找你，出来走走就有个由头了。"

"好吧，这里什么事都没发生。"他说。

"看到了，"我说，"你待会回家吗？"

他点点头。

"但是阿斯比约恩来城里了。也许我们会到你那去一趟，我们就能看看你那边情况怎样。"

"就这么着，"我说，"到时候你带把伞过来，好吗？你有两把，对不对？我可以借一把，学生贷款到了就还。"

"我争取记着。"

"那就回头见。"

他点点头，我又出去了。我还是不想坐在我的小单间里，所以我在这城市潮湿的街道上溜达，上坡走过歌剧院咖啡，真是挤满了人，但是我不敢一个人进去，就向下朝另一边的大海走去，经过一些看起来像仓库、摇摇欲坠的建筑，上了个坡，在顶上停了下来，因为布吕根码头和桑德维肯就那样卧在我脚下，在沃根湾的另一侧，在这湿润的灰黑的空气里闪闪发光！

我顺着那一边走下去，走向开阔宽广的广场，经过了一家砖和玻璃造的酒店，名叫"海王星"，在这个雨水常年倾泻流淌的城市真是名副其实，我想，然后我想我一定要记住这一点，回家后我要把它写下来，抬眼远望，又发现人行道尽头有一个砖砌的大门楼，心里明白那是老城门之一，因为妈妈指给我看过另外一座，和这一模一样，在市中心另外一边。我横穿马路，经过了一座办公大楼，它从水面像悬崖一样升起，绕过拐角，我前面就是海滩码头终点站，去松恩峡湾的船就在那出发，在那后面，就是沃格斯布恩区。

一股幸福的激流贯穿了我。雨在下，这里有灯光，这里有这座大城。这里有我，我将要成为一名作家，一颗新星，一束照亮他人的光。

我用手撸了撸头发，抹平发胶，在裤子大腿侧擦干手，加快脚步，希望这种幸福感能一路持续到回家，足够绵长直至我回到小公寓，直至上床躺平。

那天晚上我睡觉的时候，逐渐感到我所躺的床就放在外面街道上。这其实也不奇怪，在也许是被远处教堂钟声的叮当唤醒以后，我想，因为这张床紧靠窗户下方的墙，不但人行道上每被踏上一脚都清晰可闻，而且房子就在人来人往的十字路口，人们从城里消遣回来站在这里聊个天，马路对面还有个电话亭，很明显，晚上这个电话亭一直有人在用，用它订出租车，身边还围着一群朋友；用它对爱人或者朋友或者他们觉得曾经伤害过自己的人直诉心声；用来破口大骂或者乞求谅解。

我静静地躺了一会儿收拢心神，然后穿好衣服，一手拿毛巾，一手拿着洗发水下到地下室。走廊里蒸汽弥漫，我摸到淋浴间的门，锁住了，一个女孩的声音在里面喊着，我马上就好！好吧，我说，靠在墙上等着。

我身边的门开了，一个和我年龄差不多、头发乱蓬蓬的家伙探出了脑袋。

"你好，"他说，"我刚听到这里有动静。我叫莫滕。你就是那个刚搬到一楼的人？"

"是的。"我说，和他握手。

他笑了一下。他全身上下只穿着内裤。

"你是干什么的？"他说，"在上学？"

"我刚来城里，"我说，"我马上要读的是那种写作学校。"

"有意思！"他说。

这时淋浴间的门开了。一个看起来二十五上下的女孩出来了。她在身上裹了条巨大的毛巾，一条小一点的缠在头上。身后跟着一团蒸汽云。

"你好，"她微笑着说，"我们以后再正式认识一下，但是现在这里空出来了！"

她走开了。

"嘿－嘿－嘿。"这声音来自莫滕。

"那你呢？"我说，"你在上学吗？"

"我们一会儿再说这个！你洗澡吧，不然又有人来了！"

淋浴间的地面是砖砌的，没有被水浇热的地方寒冷如冰。地漏里满是头发，堆着她洗发香波打出的泡沫，钩在那儿堵住了，闪着光。墙上的一块壁板底端已经微微卷起，而本应是白色的门已经黑乎乎了，从贴边木条及其上面那一截往下都色彩斑驳。但是水是热的，很快我就站在那儿，头上打好肥皂，低低哼着《捉鬼敢死队》("Ghostbusters")，天知道是出于什么原因。

再上楼后我就不敢出门了，因为英韦没说准他们什么时候来，但这也不是什么大事，我的身体里有了一种和昨天完全不同的安宁，用了点时间把厨房用具放好，把衣服放进衣橱，贴上最新的照片，开一张清单列出学生贷款到手后我要买的东西。这些都做完后，我站在门口，试图用英韦和阿斯比约恩的眼睛来看这一切。打字机在桌上，看起来不错。那张谷仓的海报，还有那张在几乎是黑色的、充满戏剧性的美国天空下的谷仓和艳黄色玉米，这也不错，一个灵感之源。约翰·列侬的海报，披头士乐队四人里最有反叛精神的，也不错。墙边地板上的唱片收藏，看上去很引人注目的一大堆，对阿斯比约恩来说尤其如此，我知道他是懂行的。图书收藏是减分项，只有区区十七本，我也没有参照系来了解这些书名头响亮程度如何。但是索比·克里斯滕森，我有他的《披头士》和《蜗牛》(*Sneglene*)，他就一锤定音了。英瓦尔·安比约恩森也是如此，我有他的三本书，《23大厅》(*23-salen*)，《最后的猎狐》(*Den siste revejakta*)，《白色的黑鬼》(*Hvite niggere*)。

我把一本打开的《可卡因小说》(*Novel with Cocaine*)放在桌上，在旁边放上两期《窗》(*Vinduet*)，一本打开，另一本不打开。

三本打开的书似乎太多了，看上去似乎有些刻意。但两本打开的和一本没打开的则不会有人怀疑，完美。

一小时后，我坐下来试图写点东西，门铃响了。英韦和阿斯比约恩站在台阶上。他们似乎有点躁，我感到，他们其实已经想去下一个地方了。

"你来卑尔根真是太有意思了，卡尔·奥韦。"阿斯比约恩说，微笑着。

"是啊，"我说，"请进！"

我关上了我们身后的门，他们站在地板中间，环顾四周。

"你把这里收拾得不错啊。"英韦说。

"嗯，"阿斯比约恩说，"在这里有个单间真好极了，但是你？"

"怎么？"我说。

"那张列侬的海报，那张你一定要拿下来，在这不合适。"

"哦？"我说。

"这是高中生干的事，约翰·列侬，去他的地狱吧。"

他说这些的时候微笑着。

"你同意吗？"我说，看着英韦。

"当然啦。"他说。

"那我应该贴什么来代替呢？"

"什么都行，"阿斯比约恩说，"比约罗·霍兰更好。"

"我其实还真喜欢披头士。"我说。

"你不喜欢，"阿斯比约恩说，"不要是披头士，好吗。"

他转向英韦，又微笑了。

"我以为你说你弟弟音乐品位挺好？他还有自己的电台

节目？”

“人无完人。”英韦说。

“你们请坐吧。”我说。虽然这一步被约翰·列侬海报耽误了，我的脑袋发烫，因为我在阿斯比约恩说出那句话的同时就完全明白他是错的，当然那属于高中时代，而我还是能骄傲地把它放在这里，在我自己的小公寓里，被我的家当包围着。

“我们打算进城，喝一杯牛奶咖啡什么的，”英韦说，“你要不要一起？”

“我们不能在这儿喝咖啡吗？”我说。

“坐在‘歌剧院’里更好，对吧。”英韦说。

“好吧，当然。”我说，“等一会，我得加件衣服。”

当我们站上台阶时，阿斯比约恩和英韦拿出了墨镜戴上。我的在房间里，但是回去取它就太刻意了，所以我就随它去了，和他们一起往下走，沿着湿润的街道漫步，街道由于反射着从头顶云层孔隙里穿下来的太阳光而熠熠生辉。

我只见过阿斯比约恩一两次，每次都没有和他多聊，但是我知道他对于英韦很重要，所以他对我也就重要起来。他经常大笑，我注意到每次笑完他就完全安静下来。他留着短头发和隐约的鬓角，有点圆乎乎的脸上温暖而有神的眼睛，屡屡会闪出光芒。今天他和英韦一样都穿全黑。黑色李维斯牛仔裤，黑色皮夹克，黑色马丁靴上钉着明黄的线。

“你能进创意写作学院真是太不简单了，”他说，“朗纳·霍夫兰的确太他妈好了。你读过他的东西吗？”

“没有，老实说。”我说。

"你一定得读。《漂浮在水上》(*Sveve over vatna*),是最地道的挪威大学生小说。"

"真的?"

"是的,还是最地道的卑尔根小说。它完全是 over the top[1]。啊,他真好。他喜欢痉挛乐队(Cramps)。光看这个!"

Over the top 是他们经常用到的说法,我注意到。

"好吧。"我说。

"痉挛乐队你应该听过。"

"是啊,必须的。"

"你是明天开学吧。"英韦说。

我点点头。

"我有点紧张,老实说。"

"你都考进去了,"英韦说,"他们知道自己在做什么。"

"希望是这样吧。"我说。

白天的歌剧院咖啡与晚上的歌剧院咖啡完全两样。现在这里不再挤满喝啤酒的学生,而是形形色色的人,还有五十多岁的老太太们,面前各自摆着咖啡杯和蛋糕碟。我们在一楼的窗户旁找到一张桌子,外套挂在椅背上,然后去付钱。我身无分文,所以英韦给我买了杯牛奶咖啡,而阿斯比约恩则买了一杯意式浓缩咖啡。当我看到别人给了他那个小杯时,我才想起来了,那就是我和拉尔斯在过了意大利边境后的第一个拖车停靠站得

---

[1] 原文为英语,顶尖的。

到的东西，我们要的是咖啡，然后那儿就给了我们这样的小杯，里面是如此浓又稠的咖啡，完全喝不下去。我又吐回到杯子里还看着招待，招待根本不看我，这里什么破事也没有发生。

但是阿斯比约恩似乎很喜欢这个。他吹着那棕黑色的表面，啜了一口，将杯子放回杯托上，望向窗外。

"你读过约恩·福瑟吗？"我说，看着他。

"没有，写得好吗？"

"我也不清楚，他是那里的老师之一。"

"我知道他写小说，"阿斯比约恩说，"他是现代主义者，一个西挪威现代主义作家。"

"你怎么不问我有没有读过约恩·福瑟，"英韦说，"我也读书，你知道的。"

"我从没听你提到过他，所以我想你没读过他，"我说，"但是你读过？"

"没有，"英韦说，"但我也许读过呢。"

阿斯比约恩笑了。

"毫无疑问你们是哥俩！"

英韦掏出烟嘴，点了支香烟。

"你还放不下你那些戴维·西尔维安 [1] 的做派呢，依我看来？"阿斯比约恩说。

英韦只是摇了摇头，慢悠悠地呼出一口烟，顺着桌面。

"我在找西尔维安那样的眼镜，但是我一听到价格眼前就

---

[1] David Sylvian，英国摇滚歌手，"日本"（Japan）乐队灵魂人物。

黑了。"

"哦，天哪，英韦，"阿斯比约恩说，"这是你迄今为止最差劲的笑话了，而且它的含义也不浅呢。"

"是，我承认。"英韦笑着说，"但是十个双关语梗里只有一两个能成功。问题在于必须要经历过所有可耻的失败才能达到成功。"

阿斯比约恩向我转过头来。

"你真该看看英韦想到约尔斯特的机场当然该叫阿斯楚普[1]时候的样子，他乐得都不行了，不得不离开房间，被自己的笑话乐得！"

"可那真是好得要命啊！"英韦说，然后笑了起来。阿斯比约恩也笑了。然后就好像谁按下了开关似的，他忽然就停了下来，安静地坐那。我注意到他抽温斯顿牌香烟，他点了支烟，第二口就把那杯意式浓咖啡干掉了。

"奥拉在城里吗，你知道吗？"他说。

"在，他来了有一阵子了。"英韦说。

他们开始谈论专业话题。提到的大部分名字都是我闻所未闻的，而且当我不太熟悉他们讨论的上下文时，即使他们聊到我熟悉的电影和乐队时我都没法插话。聊天快成了吵架。英韦认为本身就真实或真挚的东西是不存在的，任何事物都以某种

---

[1] 阿斯楚普（Nikolai Astrup）是挪威著名画家,出生并居住在约尔斯特（Jølster）,英韦建议以阿斯楚普为假想中的约尔斯特机场命名,一来符合机场以本地名人命名的国际惯例,二来和著名的丹麦哥本哈根凯斯楚普机场（Kastrup）仅差一个字母,因此他为自己这个绝妙的谐音双关而倾倒。

方式刻意表现，他还用布鲁斯·斯普林斯汀的形象为例。他的家常气质就和戴维·西尔维安或大卫·鲍伊的怪异造作一样，都是刻意而为，经过深思熟虑的。当然，阿斯比约恩说，你说的当然没错，但这也不排除确实有率真的表达？英韦说，谁？举个例子？汉克·威廉斯，阿斯比约恩说。汉克·威廉斯！英韦说。他除了迷思什么都没有。什么样的迷思？乡村迷思，英韦说。哦我的天哪，阿斯比约恩说。

英韦朝我看过来。

"文学里也一样。一本娱乐小说和一本高雅小说之间没什么区别，这个和那个一样好，区别只在于它们所获得的灵晕，而这取决于阅读它们的人，而不取决于书本自身。根本就不存在'书本自身'这样的东西。"

我以前从没思考过这些，也就啥也没说。

"漫画呢？"阿斯比约恩说，"唐老鸭和詹姆斯·乔伊斯一样好？"

"原则上如此。"

阿斯比约恩笑了，英韦笑了。

"但老实说，"他说，"是接受定义了作品或者艺术家，这就是艺术家们在游戏之物。当然，不论他们最后高雅还是低俗，一切都是造作。"

"你的工作就是在前台搞接收，所以你最清楚。"阿斯比约恩说。

"还有你那件夹克，不管怎么说，那是件单纯的皮夹克。"英韦说。

他们又笑了起来，然后又没声音了。英韦站起来去取了份报纸，我也有样学样，当我们坐着翻报纸时，我想到自己在场就觉得很振奋，这个周日下午我和两个老练的大学生坐在卑尔根的一家咖啡馆里，而且这不是一个例外事件，不是我来找他们玩，这就是我已经置身其中的生活，属于我的生活，以至于我几乎无心浏览报纸上印了什么。

半个小时后，我们离开了，他们要去找奥拉，他住在格里格音乐厅后的一条街上，英韦问我要不要一起，但我说不了，我要准备一下明天的事，其实真正的原因是我太高兴了，简直按捺不住，所以必须自己待着。

我们在托加曼尼根广场尽头的一家叫"狄更斯"的店外分手了，他们祝我好运，英韦说我回头一定要给他打电话，说说情况如何，我问他是否能最后一次借点钱给我，他点点头，从身上寻摸出一张五十块钱给我。然后我赶紧穿过这个宽广开阔的广场，雨水当头倾盆浇下，虽然阳光仍然照耀山边的房屋，我头顶的天空还是沉重的蓝黑色。

回到我的小公寓里，我不仅取下了约翰·列侬的照片，还把它撕成小片扔进了垃圾桶。然后我决定给英薇尔打电话问我们这个周末能不能见面，现在时机不错，我打心眼里感到轻松，就好像这轻松感就是为她打开的一个口子，因为她是我走着那长长上坡路一路都想着的人，就好像和英韦以及阿斯比约恩一起度过亢奋的一小时后，我的内在最渴望的就是更亢奋的事情，当然其类型会是完全不同的，因为和英韦和阿斯比约恩在一起时那让人百爪挠心的感觉其实转瞬即逝，只限于那一时一地，而我和英薇尔的关系里那种悸动则是别样的，指向即将发生的事情，未来里的某一刻，那时这激动终将被释放，而我也终将能和她在一起。

她和我。

一想到这一切真的有可能发生而不仅是一个狂妄自大的梦，我心花怒放。

外面乌云密布，曾惊鸿一瞬的阳光完全消失了，雨水泼打着道路。我跑向电话亭，把写有凡托夫特那个电话号码的纸条放在电话盒顶，往投币槽里塞了个五克朗硬币，拨出号码，等待。一个年轻男人的声音回答了，我说找英薇尔，他说在那住的人里没有叫这个名字的，我说她应该要搬过去的，但是可能还没搬来，他说，噢，没错，有一间房现在空出来了，我抱歉打扰了，他说没事儿，然后我收线了。

晚上七点钟，门铃响了，我走出去开门，那是约恩·奥拉夫。

"你好！"我说，"你怎么找到我这儿的？"

"我给英韦打电话了，能进来吗？"

"能，天啊。"

自复活节以来我就没见过他，那时候我们一起去弗勒和英薇尔见面。他在那个城市读法律，但是从他接下来在差不多半小时里说的，我明白了他大部分时间和精力都花在了"自然与青年"（Natur og Ungdom）机构的工作上。他在志向上很理想主义，一直都这样：有年夏天，我们和外公外婆一起住在南伯沃格，我们应该有十二或十三岁，我站着倚在自行车把上，聊着附近各种各样的女孩，讲到其中一个时我说她挺恶心，他忽然就打断我，你觉得你很美味吗，哈？

我有点尴尬，于是把自行车前后推着，从那时开始我就一直记得这一刻，他对他人的关心，以及维护他人的意愿。

我们聊天喝了一杯茶，他问我要不要一起去他的小屋，就在附近，我当然愿意，很快我们就下坡走过去了。

"今年夏天你见到过英薇尔吗？"我说。

"是啊，可以这么说，有那么两次吧。你是想问她过得怎样？你给她写信了，不是吗？"

"是，从那以后我们一直在通信。她就要来这了，所以我想我会和她见面。"

"你对她有意思？"

"这么说太轻飘飘了，"我说，"我还从来没有对其他人有过这么强烈的感觉。"

"这就很来势汹汹了，"他笑着说，"还有，我们到了。"

他在绳索厂对面一座高而狭长的砖楼里一扇门前停了下来。玄关和楼梯都是木头的，予人一种赤裸甚至是穷苦的印象。他的小公寓由两个小间组成，厕所在外面的走廊上，没有淋浴间。他去上厕所时我浏览了一下他的唱片收藏，少而没有体系，好唱片和坏唱片一样多，一部分是出片时所有人都买的，两张确实很好的，比如水男孩（Waterboys），两张不怎么好的，比如闹钟乐队（The Alarm）。这就是一个对唱片不怎么感兴趣的人的唱片收藏，主要随大流。但是他曾组过乐队，他能吹萨克斯风，那时候我们还小，正是他教了我架子鼓的基本节奏，以及踩镲、小鼓和大鼓怎么配合。

"我们一定要那天晚上一起出去玩，"他又进门的时候对我说，"这样你就能见见我的朋友们。"

"是以前那些朋友？"

"是，永远都是这几位，我估计。伊达尔和泰耶，他们是我见得最多的。"

我站起身来。

"我们再约吧，我得走了。明天是开学第一天。"

"恭喜你考上了！"他说。

"是啊，这感觉真好。"我说，"但我也有点紧张。我也不知道那儿水平如何。"

"你总知道你自己的水平吧？无论如何，我读过的那些就很好。"

"希望如此啦，"我说，"总之我们再约！"

午夜时分它来了，我被惊醒，在黑暗中躺了几秒，琢磨着要不要起身换条新内裤，但还是就那样又睡着了。五点五十分，我再次睁开了眼。同时我也滑入清醒神智里，意识到了自己身所何处，胃因为紧张而拧着。我闭上眼睛，想再睡会儿，但是休内过于亢奋，于是我起来，在腰间围了条浴巾，走下冷冰冰的楼梯，穿过冷冰冰的走廊，进入同样冷冰冰的浴室。在那几乎能把人烫熟的水流下待了半小时，我上楼，换衣服。一丝不苟，有条有理。一件黑衬衫和那件黑背心，背后是灰色的。那条黑色李维斯牛仔裤，铆钉皮带，那对黑鞋。头发上抹足了发胶,让它能好好地高耸着。我还留着一个从英韦那拿来的塑料袋,是维珍 [1] 的,里面放了笔记本和一支笔,还有《饥饿》,给袋子加一点分量。

我铺好床,让它回复沙发的模样,喝了一杯茶,重糖,因为我全无吃早餐的胃口,我坐着看向窗外,看着那光溜溜的电话亭,闪耀着阳光,后面公园里完全背光的草坪,下面的树木,看着那座陡峭挺立的山,上面有一排砖房,还有在阴影里的那些,我站起来,放了张唱片,翻了翻几本《窗》杂志,所有这些都是为了让时间快些到九点,我就能出门了。十一点才开学,但我想我可以在城里先走走,也许来一杯咖啡,再读点什么。

一个清洁工沿着街道走下来,长长的扫帚在一个肩膀上绕成一个轮子。一只猫在草坪上踱步。砖房后山腰的公路上,我看到一辆救护车在它们之间的空档里开过,慢吞吞的,没有开着警报或闪着灯。

就在此时此地,就在这一瞬间,感觉就像我不管要什么都能得到,我内心广袤无边。这和写作没关系,这是另一种东西,一种敞开,就像这一瞬间我可以站起来就走,走啊走,直到世界尽头。

这感觉持续了大概有半分钟,也许。然后它消失了,虽然我试图让它回来,它还是逝去了,大概就像做完一个梦后你想去抓住它,而它已经远去,淡出了。

---

[1] Virgin 不但是英国航空公司也是曾是唱片书店。

几小时后，在我沿着街道朝市中心走下去时，体内有种温和而无害的紧张，是的，我行走时感到轻盈而美好，也许因为阳光灿烂，身边街道充满生机。朝着修道院的上坡路上，我看到沥青路面的尽头生着纤长的草叶，在一些地方，房屋间有一些裸露的山岩，将这座城市与周边荒野的山脉相连，与下方的大海相连。这所有没有被人类染指的一切，城市只是风景的一部分，而不是自足个体，就是与周边环境隔绝的那种，我在到达后头几天已经感受到了，它让我全身流过一股美好的情绪。雨铺天盖地，太阳铺天盖地，一切和一切都关联着。

　　英韦很仔细地告诉过我路怎么走，我毫不费力地找到了方向，走下一条狭窄的过道，穿过了一些怪模怪样的破旧小房子，在那儿，在一个坡底，就是水边的船厂。它是砖造的，很有十八世纪风格，甚至还有一条粗大的工厂管道。我走到门口，摸了摸门，它开着，走进去。空旷的走廊上有几扇门，没有门牌。我继续向里走。一个门里走出一个人，他看起来能有三十多岁，戴着黑色大眼镜，斑斑点点的 T 恤，是位艺术家。

　　"我要去创意写作学院，"我说，"你知道在哪儿吗？"

　　"不清楚，"他说，"反正肯定不在这儿。"

　　"你肯定吗？"我说。

　　"这点我当然肯定，"他说，"不肯定我就不会这么说了。"

　　"当然不会。"我说。

　　"不过试试上面吧，在那边，那里似乎有几间办公室。"

　　我照他说的做了。走上楼梯，走进门。一条走廊，墙上有一些船厂当年辉煌时的照片，最里面是螺旋楼梯。

我打开一扇门，走进一个过道，许多扇门里的一扇透出光线，我往里面看了一眼，是个画室，我转身往回走，在进门玄关处停下，那里有个大概三十出头的女人，穿着浅蓝色外套，圆润的面庞上大大的眼睛，牙齿有些歪斜，刚好走进来。

"你知道创意写作学院在哪吗？"我说。

"我想它在楼上，"她说，"你是那儿的学生吗？"

我点点头。

"我也是，"她笑着说，"我叫尼娜。"

"卡尔·奥韦。"

我跟着她走上楼梯。她的肩上挂着一个和钱包差不多的背包，她身上那种循规蹈矩的气息，不仅仅体现在外套、钱包和那小巧的淑女范靴子上，更表现在她把头发扎起来的方式，像十九世纪少女的发型。这让我失望。我期待着的是更硬核，更狂野，更黑暗的。至少不要是庸常的。他们如果录取这样平庸的人，那么我出现在这里可能就因为我很平庸。

她打开了楼梯顶部的门，然后我们走进一个大房间，一边是斜屋顶墙和三个大窗户，另一边是两扇门中间夹着一个书架。中间几张围成马蹄状的课桌。三个人坐在那里。他们面前的地板上站着两个男人。一个颀长清瘦，穿着件西装，袖子卷起来，朝我们直视过来，微笑着。他脖子上有条金项链，我注意到，他手指上戴着几枚戒指。另一个生得矮一些，也穿着西装外套，过紧的衬衫绷出了个小肚子，飞速瞥了我们一眼，然后眼光往下看。两人都留着胡须。第一个人大概三十五岁上下，另一个，交叉抱着胳膊肘，大概是三十岁。

他们看起来有点紧张，在这种意义上来说，他们浑身散发出一种此时此刻不愿待在这里的气息。但他们努力做着恰恰相反的事。

"欢迎，"清瘦的那位说，"朗纳·霍夫兰。"

我和他握手，说了我的名字。

"约恩·福瑟。"另一个说，他说得那么快，就像把名字吐了出来。

"先坐下来。"朗纳·霍夫兰说，"如果你们想喝点什么，咖啡壶里有咖啡，里面房间有水。"

他说话时交替地看着她和我，话音一落他就移开了视线。他的声音有些颤抖，好像他确实需要定定神才能把这些话说出来。同时，他也给人留下了精明的印象，就好像他知道其他人不知道的事，于是移开了视线好在内心最深处笑话我们。

"我还没看过你的书，"我看着他说，"但我之前当过老师，我们那儿用了你的一本教科书。"

"哦，这就奇怪了。"他说，"我从来没出过教科书。"

"但是那上面有你的名字，"我说，"我敢肯定，朗纳·霍夫兰，对不对？"

"没错，但是我还是没有写过什么教科书。"

"但是我确实看到了。"我说。

他微笑了。

"你不可能，除非我在哪儿有个分身鬼魂。"

"我敢肯定。"我说，但我意识到我再说什么也没用了，就把我的口袋放在一把椅子上，走到咖啡机边，从那小小一叠塑料杯里拉出一个,倒满咖啡。我看过他的名字,这点我完全确定。他为什么不肯承认呢? 出小学课本应该不丢人吧? 还是那正是原因所在?

我坐下,点了支烟,把一个烟灰缸拉过来。桌子那边坐着的黑发中年妇女看着我。我的视线和她的相遇时她微笑了。

"埃尔塞·卡琳。"她说。

"卡尔·奥韦。"我说。

她身边坐着一个女孩,正在读着什么。她可能有二十五岁,一头长长金发紧紧扎成马尾巴,就像她脸上的皮肤一样紧绷,加上小而端正的嘴,让她看起来很严厉,她朝我投来短短一瞥,我从中看出了成色十足的怀疑,这更强化了她的严厉风貌。

在另一方向坐着一个年龄差不多的男孩,他高高瘦瘦,小脑袋,大喉结,还有一个标志性微微外凸的嘴,他身上有种一眼可见的正经又普通的模样。

"克努特,"他说,"很高兴认识你。"

门那边又来了两个,一个留着络腮胡、戴眼镜,穿红色格子伐木工人衬衫,浅蓝有领短夹克,棕色细条绒长裤,我觉得他看起来像二手漫画或者之类商店的临时工。另一个是女孩,个头挺矮,她穿着宽松的黑色皮夹克,黑裤子和一双沉重的黑鞋。她的头发也是黑色,我看向他们那短短一瞬间里她甩头又把刘海向后捋了两次。但是她的嘴长得很感性,双眼黑得像两块煤。

"彼得拉。"她边说边把椅子向后拉。

"我叫谢蒂尔。"他说,边冲着桌子低头微笑。

她冲对方快速眨了两下眼,嘴唇在牙齿上滑开,看起来就像在冷笑。

我不想盯着人家看，所以我看向屋顶之间宽阔的空隙里露出的峡湾，另一边是一个码头，停着一艘锈迹斑斑的大船壳。

门又开了，一个在三十或三十五岁上下的女人进来了，纤瘦，散发着灰色的哑光，她的眼睛倒是喜悦而灵动的。

我啜了口咖啡，眼光再次投向黑头发那位。

她的特点如此齐整利落，但她的灵晕是坚硬的，甚至是残忍的。

她看着我，我微笑了，她没有报之以微笑，我脸红了起来，用力把烟头捻熄在烟灰缸里，拿出笔记本，在面前的桌上放好。

"看来所有人都到了。"朗纳·霍夫兰说，他和约恩·福瑟一起走到房间的另一端，那里的墙上挂着黑板。他们坐下了。

"我们要不要等萨根？"福瑟说。

"我们再等他几分钟吧。"霍夫兰说。

不管怎样，我是那里最小的一个，比其他人小一大截。在挪威，出版处女作的平均年龄大概在三十出头，这是我在什么地方读到过的。我马上就要满二十了。但是其他几个人也还在线内，彼得拉，克努特，谢蒂尔。他们都在二十五岁上下。黑头发有没有四十岁？总之她穿得就像四十岁的人，宽袖子，大耳环。但是还有紧紧裹着腿的裤子。细细描过的眉毛。窄窄嘴唇上抹着粗暴的口红。她到底能写些什么？

还有那个她，尼娜。她的脸庞柔和得似乎融在周边背景里，苍白的大片皮肤，眼睛下面有点黑晕，瀑布般的金发。她大概写得更好一些，但从另一方面来说，到底能有多好？

门口来了个小个子，那应该就是萨根了。他戴着顶蓝色的护耳冬帽，棕色皮夹克，蓝衬衫和深棕色灯芯绒裤子。黑色打卷儿的发，一小块秃顶，一个小肚子。

"抱歉我迟到了。"他说，打开右边的门，慌慌张张地走进去，出来时夹克和帽子已经不见了，坐了下来。

"那么我们就开始了？"他看着另外两个人说。霍夫兰双手撑在椅子座位边缘，福瑟抱着胳膊坐着，目光投向斜下方。两人都点了点头，萨根对我们致以欢迎。他说了说学校的缘起，说这是他的主意，又是怎样付诸实现的，还有今年已是成立第二年，以及能到这上学是一种殊荣，我们是在七十多名申请者里被挑选出来的，老师们则来自全国最好的作家之列。他请福瑟和霍夫兰发言，两人谈了谈教学计划。这个星期我们要过一遍我们申请时交上来的文字，以全体会议的方式。跟着就是讲诗歌的部分，随后是散文、戏剧和议论文。中间穿插着写作和客座讲师。其中一位会出现在各种课程里，他叫厄于斯泰因·勒恩[1]，也基本是霍夫兰和福瑟以外的主要任课老师。在春天，我们会有一段更长的创作时间，然后我们在结业前要提交一个更长的作品，也会得到作品评介。教学方式是两位老师先把理论过一遍，随后就是作业和文本细读。这说的不是文学史，约恩·福瑟突然说，这是他第一次主动发言，他们希望讲解和讨论的文本主要来自比较近的时期，也就是现代的或者后现代的。

---

[1] Øystein Lønn（1936—），挪威作家，出生于克里斯蒂安桑。

厄于斯泰因·勒恩，又是一个我不知道的作家。

我举起来手。

"怎么？"霍夫兰说。

"你们知道还有哪些客座讲师会来吗？"

"是的，现在整个名单还没有完全确定，但是扬·谢尔斯塔和谢尔坦·弗勒格斯塔无论如何会来。"

"太好了！"我说。

"没有女作家吗？"埃尔塞·卡琳说。

"有的，当然。"霍夫兰说。

"也许我们应该来一轮自我介绍？"萨根说，"你们就说说你们叫什么名字，多大年龄，和你写了什么，这一类吧。"

埃尔塞·卡琳先开始，她不慌不忙，边说边逐个打量桌边围着的每个人。她今年三十八岁，出了两本小说，她说，但没有接受过这方面的教育;她希望在这一年能更上一层楼。比约格，那个眼睛灵动的暗淡女人叫这个名字，出了一本小说。其他人都还没有出过书。

然后轮到我了，我说了自己的名字，说我十九岁，写的是散文，它们介于汉姆生和布考斯基之间，现在我在写一本小说。

"彼得拉，二十四岁，散文。"彼得拉说。

我们的课程计划也发下来了，萨根拿出来一堆书，这是给我们的，是某个出版社送的，我们可以在托尔·乌尔文的《掘墓者》(*Gravgaver*)和梅雷特·莫肯·安德森的《来自》(*Fra*)中二选一。这两人我都没听说过，但是选了乌尔文，主要因为这个名字。

所有人一起离开了课室，在船厂区上方的山坡我不经意就
到了彼得拉身边。

"你觉得如何？"我说。

"关于什么？"

"好吧，学校。"

她耸了耸肩。

"老师们都是自我中心，自以为了不起。不过他们也许能教
会我们一些东西。"

"他们也不是自我中心吧？"我说。

她从鼻子里哼了一声，一甩头，手伸进刘海里，看着我，
淡淡微笑笼罩在她的嘴上。

"你看到霍夫兰那些首饰了吗？他戴项链和戒指，甚至还有
一个手环，看起来活像个皮条客！"

我对此没说什么，尽管我觉得她有点苛刻。

"还有福瑟那么紧张，他甚至都不敢看我们一眼。"

"他们毕竟是作家。"我说。

"所以？要对他们网开一面吗？也许？毕竟他们只是坐在一
个地方写作，除此之外也没有什么了不得的。"

谢蒂尔从旁边轻盈滑步过来。

"我其实不是考上的，我，"他说，"我在候补名单上，然后
有人在最后一分钟表示不来了。"

"对你来说真是好事。"彼得拉说。

"对，没问题，我就住在本市，所以只要来上学就行。"

他说的是卑尔根方言。彼得拉则是奥斯陆口音，其他人也一样，除了卑尔根人尼娜和来自西南部或者哪儿的埃尔塞·卡琳。来自南部的只有我一个，当我想到这个时，南部出过什么作家吗？威廉·克拉格[1]，对，但那是在十九和二十世纪之交。加布里埃尔·斯科特？一回事儿，比约恩波[2]，当然，但是他把这一点几乎完全从他个人性格里抹去了，至少从我看过的那次电视采访中表现得是这样。那次他讲的是纯正的国语，在他写的书里也没有很多羊背石和尖艇。

在我们身后是埃尔塞·卡琳在飘扬。她看起来属于那种身边总缠绕着一团动静或者什么东西的女人，包包，衣服，香烟和胳膊。

"嗨。"她说，目光落在我身上。"我发现我正好是你的两倍。你十九，我三十八。你真年轻！"

"对。"我说。

"你能进这个学校真好啊。"

"是。"我说。

彼得拉转身走了，谢蒂尔用他友善的双眼注视着我们。然后我们又碰到了其他人，他们在路口等着过街灯变绿。街道对

---

[1] Vilhelm Krag（1871—1933）挪威抒情诗人、作家和新闻记者，他在克里斯蒂安桑出生成长，被誉为"南部诗派"的创始人，加布里埃尔·斯科特（Gabriel Scott，1874—1958）是他的追随者。

[2] Jens Ingvald Bjørneboe（1920—1976）出生在克里斯蒂安桑的高产作家和公共知识分子。

面的房屋摇摇欲坠，墙壁被汽车尾气和沥青灰尘熏得灰暗，窗户们已完全不透明。阳光依然灿烂，但北边山上天空几乎已全黑。

我们横穿马路，走上一个斜坡，经过一间尽是破烂货的古董店，根据我从窗户里所见来判断是如此，那里面贴着各种漫画杂志，一块铺着毡子的平面上摆着一些廉价口袋文库本，都被太阳晒得发白，因为下午时它们就靠窗口放着。再过去一点，在街对面就是游泳馆。我决定了这一两天就找时间去那里。

到歌剧院咖啡那，我们这个小团伙就四散了，我和他们道别，赶紧往家走。我本该买一些书的，最好是几本诗集，我这辈子就几乎没读过一首诗，除了在学校学过的那些（主要是韦格兰和维尔登韦），还有高中时挪威语课上我们搞了一种类似小歌舞剧场的东西，我和拉尔斯读了吉姆·莫里森、鲍勃·迪伦和西尔维亚·普拉斯写的东西。那六首诗就算我这辈子读过的真正的诗了，首先我要说我什么也没记住，其次我估摸着我们在学院里要打交道的会是另一种不同类型的诗歌。但是等学生贷款来了再说吧。

家里的邮箱里只有广告，但是在广告中有一册薄薄的英文读书俱乐部目录，总部竟然在格里姆斯塔德[1]。我仔细看了一遍，在那订书不用先付订金。我勾选了一本莎士比亚合集，一本奥斯卡·王尔德合集，一本是 T.S. 艾略特诗歌和戏剧合集，都是英语的，最后一页上我选了一本摄影集，照片上是穿得很少和

---

[1] 挪威阿德格尔郡的一个城市。

什么都不穿的女孩，但这不是色情，而是艺术，或至少是严肃的摄影，但对我来说功效都是同样的，一想到我很快就可以坐在这看着它们，也许……打一发，一阵战栗和寒意从我身体穿过。我还没有做过这事，但是现在我觉得不做这个倒是不自然的，因为也许每个人都在这么做，然后面前就出现了这个机会，这本书，我在它旁边打个勾，在背面写下了期数和书名，在下面写下我的名字和地址，撕下回执。这是免费的，收件人付邮费。

借着寄这个的劲儿，我也许还能寄一些更改地址通知卡出去，我慢吞吞踱去邮局，手里拿着书的订单和我的红黑相间小地址本。

回来的时候下起雨来。这不是我熟悉的那种先下一两滴，然后慢慢增加力度的雨，不是，它在一秒钟内就完成从零到一百的加速：上一秒还没下雨，下一秒十亿雨点同时砸向地面，我周围的地面荡漾起了雨声，几乎像鼓掌那样。我小跑着下坡时，内心在大笑，真是个神奇的城市！和往常一样，每当我看到或感到美好时都会想到英薇尔。她是这个世界里活生生的人，她有她独特的体验、回忆和经验，她有自己的父母、姊妹和朋友，以及她生长于斯，徜徉于斯的风景，所有这些都汇入她的此在，所有这些复杂存在构成了另一个个体，而当我们看到他们时我们看到的少之又少，但已足以看到他们的善，看到他们心中的爱，毫无条件的，一双严肃的眼睛里突然满溢出快乐，一双顽皮又狡黠的眼睛突然转为惘然或自诘，就像在摸索，一个在摸索的人，还有比这更美的吗？已经有了这丰足的内在，却依然在摸索？你看见了这个，因此堕入情网，它微不足道，也许有人会说它

74

微不足道，但它总是对的。心永远不会错。

心永远不会错。

永远永远心不会错。

接下来几个小时都是大雨滂沱，颠动的雨伞，发了疯的汽车雨刷，车灯柔润地割破雨天的昏暗。我坐进沙发，一会看看那边发生了什么，一会看看书，乌尔文的《掘墓人》，一个字也看不懂。虽然我真的努力集中精神，尽可能慢地阅读，一次读上好多页，依然看不懂。每个字我都认识，不是因为这个，句子我也明白，但是我不明白的是它想说什么。毫无头绪。这让我彻底泄了气，我知道给我们发这两本书肯定有理由。这两本一定被认为是好书，必读的书，而我看不懂。

一点门都摸不着。那写的就是在播放老唱片时有人咳嗽，然后一个人开着一辆热得不可思议的车去参加葬礼，然后一对夫妇在一个什么度假胜地。这些我都明白，但是首先这里没有任何情节，其次没有先后顺序，没有背景，一切都出现得没头没脑，这些都还好，但是到底那没头没脑地出现的是什么？那不是观念，也不是某个固定人物在思考的东西，那也不是思辨，不是描写，而是所有这些都来一点，一锅烩，但明白了这一点依然无济于事，因为我没有抓住那最重要的，这意味着什么？

希望这就是我们会学到的。

要做的就是小心地跟进，把别人讲的记下来，什么都不漏掉。

福瑟说过现代主义和后现代主义，听起来挺好的，这就是我们和我们的时代。

我坐下来吃晚饭——在这缺钱时期晚饭就是五片面包抹上黄油再加三个溏心煮鸡蛋，有人敲门。这是楼下的邻居，莫滕，他一手拿着把带散步手杖柄的黑色长雨伞，穿红色皮夹克、蓝色李维斯牛仔裤、水手鞋和白袜子，虽然这次他的头发不再乱糟糟，身上还是有种野性，可能尤其在他看我的目光，但是他的身体语言里也有，就好像他正为了压抑什么而使出了全部力气。也在于他的笑声，就像在最诡异的地方响起的。

"你好！"他说，"我可以进来吗？这样我们可以聊会儿天。上次太赶了，可以这么说。哈哈。"

"进来吧。"我说。

他在门里停下来，四下看看。

"坐吧。"我说，跪在音响前，放上一张唱片。

"《三十七度二》，是的，"他说，"我其实看过这个。"

"很好。"我说着转身面对他。他坐下前把裤子拉到膝盖上。他身上有种一本正经的劲，和这粗俗同时存在，同样还有这充满整间房的野性之强烈印象。

"是的，"他说，"她很美，尤其是她疯了的时候！"

"是的，那就是她了，好吧。"我说，在他面前桌子对面的椅子上坐下。

"你在这里住了很久吗？"我说。

他摇了摇头。

"没有，先生！我是两个星期前搬来的。"

"你读法律？"

"完全正确。法律和法条。但是你准备成为作家，是不是？"

"是，今天开学。"

"见鬼了，我本来也可以考虑这个。把这里所有的东西都表达出来。"他说，拍拍胸膛。"我有时候难受坏了。你可能也这样？"

"是的，会这样。"

"能发泄出来真的太爽了，是不是？"

"是啊，但这不是原因，确实。"

"什么的原因？"

"我写作的原因。"

他看着我，肯定地笑了，然后两手平放在大腿上，像是准备站起来，但他没有，而是往沙发里靠了进去。

"你谈恋爱了？就是现在，我说？"他说。

我看着他。

"你呢？既然你先问的？"

"我被人迷住了。我必须这样说。迷住了。"

"我确实是这样，"我说，"如此地不可思议。"

"她叫什么名字？"

"英薇尔。"

"英薇尔！"他说。

"不要说你认识她？"我说。

"没有，没有，她是学生吗？"

"是。"

"你们已经在一起？"

"没有。"

"和你一样大？"

"是的"

"莫妮卡比我大两岁。可能这不是很好。"

他拨拉着伞骨，伞靠着腿立着，靠在沙发边上。我拿出烟草包开始搓烟卷。

"你和楼里其他人见过了吗？"他说。

"没呢，"我说，"只有你，然后就是看了一眼那个洗完澡的姑娘。"

"莉莲，"他说，"她住在楼梯那边，和你一层楼。她的楼上住了个老太太，她一有空就睡觉，不过那也不是什么事儿。你楼上是鲁内。松达尔来的好小伙儿。就是这些了。"

我说："我以后肯定会和他们熟起来的。"

他点点头。

"我不耽误你时间了。"他说，站了起来。

"再聊，我以后应该还会听到更多关于英薇尔的事，我有这个预感。"

他走了出去，他的脚步逐渐在楼梯下方消失，我继续用餐。

第二天早上，我去了卑尔根大学，看看学生贷款有没有发下来，并没有。我沿着"高地"——大家都这么叫大学主楼——

旁边的一条街离开了。街顶头是风筝山 [1]，法学院学生的地盘，我在那儿转右，顺着那些狭窄小街中的一条走下去，完全出乎意料地就到了游泳馆旁，我从它旁边走过时把空气深深地吸入肺部，只为人行道边的栅格里散出的氯味儿，童年所有美好的回忆都像在夜里休憩的花儿在第一缕阳光下那样绽放。

但是我经过的地方没有阳光可言，雨水被匀而密地筛下来，建筑物之间可见峡湾水面沉重而灰黑地躺在那儿，上面的天空低而饱含水分，水天之间的分界似乎已被抹去。我的身体蜷成一团，也穿上了雨衣，一件绿色又轻飘飘的东西，让我看上去像个农民或者郊区来的傻子之类的家伙，但是在这样的天气你别无选择，因为这下来的量不像半个小时就要结束的样子。我顶上密布的云层是灰色的，镶着黑边，在这城市上空像一顶装满水鼓动荡漾的篷布。

这对教室里的气氛造成一定影响，那所有的雨鞋、雨伞和湿夹克，再加上外面的灰沉沉的光线，让窗玻璃上反射出了室内景象，让我想起来了这些年我曾到过的所有不同教室，北挪威也包括在内，它已经被整理进我美好回忆里关于室内空间那部分。

我坐下来，拿出笔记本，从那一摞复印装订好的文章合集里拿出一册，开始阅读，既然其他人都在这么做。上面黑板下坐着福瑟和霍夫兰，也在干同样的事。我们首先要评阅的是特鲁德的文字，就是那个特绷着的人。她写的是诗，而且也很美，

---

[1] Dragefjell，卑尔根的山，原名西德尼丝山，因为山上多风，适合放风筝而得名。

这我一眼就看出来了。有梦一般的风景、马匹、风和光，所有这些都凝聚在寥寥几行中。我读完了，但是我不知道应该寻找什么，不知道哪一部分好，哪些不好，或者怎样能让它们更好。正我阅读的时候，一股恐惧从我胸膛里滋生出来，这比我写的好太多了，简直无法放在一起比较，这是艺术，我至少还明白这一点。如果福瑟或霍夫兰要我发表一点对这些诗的看法，我能说些什么？这些话有什么含义，树下站着几匹马，下一行里一把刀滑过了皮肤？还有几匹马飞驰过一片草地，蹄声如惊雷，而一只眼睛悬在地平线上方？

几分钟后，我们正式开始了。福瑟请特鲁德朗诵。她纹丝不动地坐了一会儿，收拢心神，然后开始了。她的声音以某种方式切入了诗歌本身，我觉得，那不像诗歌从她的嘴里被吐出，而是那首诗已经在那儿，然后她带着她的声音走了进去。同时，她的声音容纳不下任何其他，只有诗歌能在此容身，那寥寥几个词就像一个封闭之整体，在里面也没有任何关于她的任何东西。

我喜欢这个，但也有些不舒服，因为它什么也没对我说，我不知道她想要什么，或者说不知道这些诗在谈什么。

她结束后，霍夫兰把话接过来。现在我们要评论这些文本，轮流发言，这样每个人都有机会说点什么。我们要牢记的是，他说，我们在这讨论的所有文本都未必是完成的或者完整的，我们正是在批评的过程中学习。但是，对我们重要的不仅仅是我们自己文本得到的批评，参与这个过程，去评价别人也同样重要，因为这个课程的重中之重就是阅读，学会阅读，提升阅读能力。对于一个作家来说最重要的不是写作，而是阅读。你们要尽可能多地阅读，这样并不会让自己迷失，变得照猫画虎，恰恰相反，你们会找到自己，读得越多越好。

评论环节开始了。这一轮里有不少摸索和犹疑，大多数人都满足于说自己喜欢某个意象或某个句子，但是在这过程里也逐渐提炼出了一些概念，这些概念又被逐渐展开，慢慢地被每个人都领会了，比如"韵律"，这韵律是"好"的或"还没有完全到位"，然后说到"音色"，关于"入口"和"出口"，关于"力量"和"切割"。这是一个美妙的入口，韵律到位了，中间部分有些模糊，我不太清楚那是什么，但是那儿有些刺耳，所以也许你可以在这里修整一下，我不确定，但是在出口就有了强烈的意象，把整首诗给提起来了。那里谈论诗的方式听起来就逐渐变成大概这样。我喜欢这种风格，因为它没把我排斥在外，入口和出口都是我能理解的概念，我对出口尤其掌握得越来越好，就是要有提升，或者就像在最后一行那里要有什么冉冉升起，我总是在寻找这个，如果能找到我就说出来。找不到的话我也说出来。我就说，在这儿你让这首诗封闭起来了。你看到了吗？最后一行？它在做总结，把自己从内部关起来了。要不你把它删了？这样整首诗就打开了？你看？关于分行的问题在这些解读里也被提出来了，很快就看出来，所谓的散文诗是众矢之的，虽然这么说有点耸人听闻，但是它就是普通散文分了段假装是诗，它看起来像诗，实际上不是，而且它很七十年代，那个时候的人才干的事儿。当然还提到了所有的写作技术，比如隐喻和头韵，但是提的次数也不多，我觉察到隐喻常常会招人讨厌，约恩·福瑟和那部分写诗的学生都是这样，就好像隐喻几乎是丑陋或陈腐的，从某种意义上来说不够现代或者是老古董，对我们来说毫无用处。这是糟糕的品位，一言以蔽之，大而无当，头韵就更糟。被谈论得最多的主要是韵律、音色、分行、入口和出口。我注意到约恩·福瑟在评论时总是在捕捉不一般的，与众不同的，独特的东西。

第一堂课的讨论里几乎完全没出现概念，只有克努特能用一套完备的词汇来谈论诗歌，而他的话也因此最有分量。特鲁德全程都聚精会神坐着倾听，不时记录一下，还会很直截了当地问，为什么是这样，为什么不是这样。我意识到她已是作家和诗人，她不仅只是志向远大，而确实已经走了很远了。

轮到我了，我说这首诗很有意境，深邃，但是有点难以谈论。有些地方我不太明白她的意图。我说克努特说过的话里我大部分都赞同，有一行我真的很喜欢，但是也许她可以考虑删掉那一行。

我说着这些话的时候，我看到她毫不上心。她没有记录，没有注意听，她嘴角含笑地看了我一眼。我很受打击，觉得被欺负了，但我什么也做不了，除了坐回椅子上，把纸张推开，说我没什么可补充的，然后从杯子里啜一口咖啡。

然后约恩·福瑟发言。他摆动脑袋的方式是前后向的，活像只鸟儿，有时候又像在对什么大吃一惊，或者撞上了什么，他说这些话时犹豫不决，充满了停顿、打磕巴、哼哼哈哈、嗤鼻，不时来一口深呼吸，无不散发着紧张和不安，但是他的话却以另一种方式充满了确定性。他自信满溢，绝无质疑的余地。

他现在说的，都是真理。

他把所有诗歌都过了一遍，点评了它们的优点和短处，他说马在诗歌和艺术里是一个美好而古老的主题。他提到了《伊利亚德》里的马，以及帕台农神庙浮雕中的马，他提到了克劳德·西蒙[1]笔下的马，但这些马，他说，更接近一种原型，我不知道，你读过埃伦·艾南[2]吗？这里有某种东西让人想起她。梦呓。

我把所有这些都记了下来。

伊利亚德，帕台农神庙，克劳德·西蒙，原型，埃伦·艾南，梦呓。

那天下午回家的路上我走下船厂区旁那个坡后就悄悄顺着左边一条小巷溜走了，以免与其他人同行。雨还在下，就像我来的时候一样均匀地淅沥筛下，所有的墙壁，所有的屋顶，所有的草坪和所有的汽车都湿漉漉地闪光。我兴致很高，今天过得真不错，特鲁德对我的意见丝毫不在意，也毫不掩饰地让所有人都看到这点，但这事已经不再困扰我。因为在课间休息期间，当我们坐修道院那边的咖啡馆里，我和朗纳·霍夫兰聊了会儿，也参与了一个关于扬·谢尔斯塔的观点交换讨论。是，其实是我挑起了关于他的话题。埃尔塞·卡琳问我除了汉姆生和布考斯基还喜欢读谁的书。

---

[1] Claude Simon（1913—2005），法国作家、诗人，1985年诺贝尔文学奖获得者。
[2] Ellen Einan（1931—2013），挪威诗人、插画家。

83

我说最喜欢的作家是谢尔斯塔,尤其是最近出的《大历险》(*Det store eventyret*),还有《镜》(*Speil*)和《伪人》(*Homo Falsus*),是,甚至他的处女作《地球静静地转动》(*Kloden dreier stille rundt*)就很好。她说他的书有点冷和编造。我说要的就是这个,谢尔斯塔追求的就是用一种不一样的方式来描述人类,不走内心,而是从外部,很多书里的人物被塑造得很温暖其实是一种错觉,或者更像是一种编造,当然,我们已经习惯了这个,认为这才是真实或温暖,而其他的方式就一点不真实。她说是的,我明白这一点,但我仍然认为那些人物很冷淡。她说"我认为"对我来说已经是胜利了,它不是论点,只是一种感觉,或者说是一种惯性。

课间休息后,我们审阅了谢蒂尔的文字,那是篇散文,这些文字从头到尾都在魔幻和怪诞边缘,谈论它们的方式又是全新的一种。不再是关于入口、出口或音色,我们所关心的是情节,以及每个句子本身,当有人说它太夸张了,我说在我看来这就是作者所要表达的,那就是"over the top"。讨论更活跃了,这些讨论起来就轻松多了,让人如释重负,我是这里的一分子了。

明天就轮到我的文本被阅读和讨论了。这让我害怕,但还是很期待,我正走向海滨大道,以某种方式来说我写的东西应该是好的,否则我就不会入选了。

在山边,从车站旁那闪闪发光的棋子石上看上去,万绿丛中,红色缆车在索道上美美地滑行。霓虹灯拼出"缆车"的字母,那一段拐弯正好有点阿尔卑斯山的感觉,从城市中心升起的一条山间铁道,离那些古老德国木头房子一石之遥。如果不去想那海面，很可能会觉得自己置身德奥的阿尔卑斯山中。

哦，这恒常徘徊在此的晦暗！它不是随着夜晚而来，也与阴影无关，这淡淡的充满了淋漓雨水的晦暗，它几乎总在那儿。这种时候事物和事情就收缩起来，因为太阳能把空间打开，能把这空间里的万物打开：比如说，一位父亲将购物口袋放进在斯托勒集市外的汽车后备箱里，妈妈催促着孩子们钻进后座，然后自己坐在前座，将安全带拉过胸前扣好，在阳光闪耀天空开阔时看到这场面是一回事，所有这些动作似乎都在空气中颤动，就好像在进行的同时也在淡去消失，而在雨中，在被这微弱的晦暗所包围时看到这样的家庭就完全是另一种场面，他们的行为中就会有种异样的持续感，就好像他们是某种雕像，在这一刻这些人被定在此处——就好像在下一刻此处这些人就会消失似的。台阶外面的垃圾桶，在汹涌而下的阳光里看到它们是一回事，你几乎看不见它们，就好像那里本来就空无一物，而在雨天的灰暗天光下里看到它们就完全两样了，此时它们如纯银铸就，傲立着闪光，其中有些器宇轩昂，有些忧伤而情绪低沉，但它们都在这儿，就在此时，就在此刻。

卑尔根，是的。不同房屋立面上都停驻着的匪夷所思之力被紧紧压在一起。当你沿着某个斜坡缓缓上行时，当你看着它，当你面对它，你会感到一种巨大的吸力。

但是在横穿整个城市后把自己关在小屋里也是很好的，就像躺在风暴眼里，所有人的目光都被挡在外面，我唯一能感到完全自在的地方。这个下午烟草告罄，但我早就预备着这一刻的到来，这几天来的烟头我都保留下来了。我把咖啡机打开后，在抽屉里找到了剪刀，把烟蒂的烟灰部分都剪掉。做完这一步后，我把它们都打开，把里面干燥发脆的旧烟丝倒回到空烟草包里，最后几乎装满了一半。我的手指头都黑了，闻起来烟味呛人，我在水龙头下洗了洗手，又切了一片生马铃薯放进包装里。一会儿烟草吸收了水分后基本就和新烟草一样了。

傍晚我去电话亭给英薇尔打电话。还是一个男人接电话。英薇尔，好，稍等，我看看她是不是在家。

我在等待时全身颤抖。

脚步过来了，我听到有人拿起了听筒。

"你好。"她说。

她的声音比我记忆里的要低沉。

"你好，"我说，"我是卡尔·奥韦。"

"嗨！"她说。

"嗨，"我说，"怎么样了？你来城里有一段时间了吧？"

"没有，我星期一到的。"

"我已经来这里一共两个星期了。"我说。

沉默。

"我们之前说好要见个面，"我说，"我不知道你是不是还这么打算，不过我想比如说周六？"

"好啊，现在我日程上还什么都没有安排呢。"她笑着说。

"在歌剧院咖啡馆，好吗？然后我们可以去洞穴夜总会，或者类似的地方。"

"你是说，就像真正的大学生一样？"

"是的。"

"完全可以。但是我要警告你，我会有点怯场。"

"为什么？"

"我以前也没上过大学啊，这是其一。还有我谁也不认识。"

"我也会怯场的。"我说。

"那就好，"她说，"所以就算我们的话不多，也不会太糟糕。"

"不会，"我说，"恰恰相反，这听起来好极了。"

"你也别太夸张了。"

"只是实话实说！"我说。

她又笑了。

"我成为大学生后终于有了第一次约会了，歌剧院咖啡，星期六，我们几点……嗯，大学生们一般几点出去？"

"我懂的和你一样少，不过七点怎样？"

"听起来不错。就这么说定了。"

当我穿过马路回到小屋时，我的胃都拧起来了。这感觉就像我随时都会呕吐出来。尽管一切进展顺利。打电话时说上几句是一回事，面对面坐着，内心灼烧，哑口无言又是另一回事。

那时候特别困扰我的有两件事。一件是对我来说时间过得太快，而一切都还没来得及发生，另一件是我从不大笑。也就是说，我偶尔也会大笑，当我被某种事物里的滑稽感打败以至于笑不可抑的时候，大概半年里总有一次，但这往往让我不舒服，因为我完全无法控制自己，收不住自己，我也不喜欢让别人看到这些。所以我可以在内心大笑，这个能力我有，但是在日常情况下，在社交场合里，当我和一桌子人坐在一起聊天时，我从未开怀笑过。我失去了这种能力。我频繁微笑作为补偿，有时候我也会爆发出某种接近笑声的动静，所以我不认为有人会想到或者留意到这事。但是我很清楚，我从未大笑过。因此我理所当然对作为一种现象的笑本身更留意，我注意它由何而起，它听起来怎样，它究竟是什么。人们总是在笑，说上几句话，大笑几声，又有人说上几句，大家都笑起来。它润滑了谈话，或给他们又带来了一些预期之外的收获，这收获与大家说了些什么没有太大的关系，倒是和与他人的相聚有关。特定的场合，相聚的人们。在这些场合下，每个人都大笑，当然是以自己独有的方式，有的时候是由某些真正有趣的事情引发，这时笑声更持久，欢声笑语盖过了一切，也有时候似乎是完全无缘无故的，就像是因为友情或者坦荡。它也能掩饰不确定，我理解这一点，但它也可以很强大，是给予的，一只伸出的手。当我还小的时候，我常常开怀大笑，但不知道什么时候这一切结束了，也许早在我十二岁时，至少我记得那时候有部罗尔夫·韦森隆（Rolv Wesenlund）的电影把我吓坏了，它叫《不会笑的人》（*Mannen som ikke kunne le*），也许就是从我听说到这部电影开始，笑不出来这事才让我心里沉甸甸起来。所有社交场合都变成了我既身在其中又置身事外的东西，因为我缺乏那些填满社交场合的东西，那就是人和人之间发生联系的手段，笑声。

但是我并不是性格阴沉！我也不是生无可恋！我也不是内向而心事重重的家伙！我甚至都不是害羞或者腼腆！

只是我看起来就是如此。

虽然这才是我第三次去创意写作学院，但我对它已经熟稔到有家的感觉了，去那儿的路，那些通向沃格斯布恩区的陡峭斜坡，然后沿着那一列办公楼和海滨大街的商店走过去，在修道院那边上坡，再下坡走进对面的窄巷，一切都被编进了从低沉天空里倾下的雨幕里，还有我们置身其中的房间，一面墙是书架，另一面墙是黑板，第三面斜墙上是窗户。我踱进去，和来了的人打招呼，脱下湿外套，从湿漉漉的塑料袋里拿出纸和书，放在桌上，给自己倒了点咖啡，点支烟。

"这天气。"我摇摇头说。

"欢迎来到卑尔根。"谢蒂尔从一本书中抬起头来说道。

"你在读什么？"我说。

"《迷失的天空》，胡里奥·科塔萨尔的短篇小说集。"

"写得好吗？"

"好，但是它们可能有点冷。"他微笑着说。我也报以微笑。

在桌子中央放了一摞复印件，我看到那字体，打字机符号和几行我用黑色签字笔做的几处更正才意识到那就是我的文稿，然后拿了一份复印件。

埃尔塞·卡琳截住了我的视线。

她坐着，一条腿放在椅子上蜷在身体下，另一只手抱着膝盖，另一只手里拿着烟和手稿。

"你兴奋吗？"她说。

"也不算，"我说，"有点，也许。你喜欢这个，或许？"

"你等着瞧吧！"她说。

坐在她旁边的比约格扫了我们一眼，微笑。

彼得拉从另一端的门口进来，她没拿伞也没穿雨衣，她的黑色皮夹克因潮湿而泛着光，头发湿答答粘在脑门上。她背后是特鲁德，穿着绿色雨裤和绿色雨衣，头上系着雨帽，腿上是高筒雨靴，背上是皮背包。我起身走向厨房角那边，往杯子里倒满了咖啡。

"还有其他人要吗？"我说。

彼得拉摇了摇头，其他人都没朝我看过来。特鲁德站在斜窗下的地板上，脱下裤子，虽然她里面穿着牛仔裤，这个动作本身还有她站着鳗鱼般扭动的样子，让我站住了。我把手插进裤兜，尽量不引人注意地走回我的座位。

"就是说大家都来了？"霍夫兰从黑板下的座位说。福瑟在他身边坐着，叉着胳膊，看着地板，和头两天一个样。

"今天的第一小节我们要用在卡尔·奥韦的文本上。课间休息后，我们就开始分析尼娜。卡尔·奥韦，你准备好了的话，就可以开始朗读了。"

我朗读，其他人专注地跟着看他们手里的手稿。我读完后就开始了评论环节。我记下了一些关键词。埃尔塞·卡琳认为语言新鲜充满活力，情节则也许有点不出人意料，谢蒂尔说这让人信服，但有点无聊，克努特认为它像索比·克里斯滕森，但这并不是说这本身有什么不好，他说。彼得拉认为那些名字不怎么样。她说，得了吧，加布里埃尔和戈登和比利。想要显得酷，但其实幼稚而愚蠢。比约格认为还是挺有趣，但她想知道这两个男孩之间的关系，特鲁德说它有些手段，但是也有很多陈词滥调和刻板印象，是啊，对她来说，多到了无法卒读的程度。尼娜则喜欢我拼写上用 a 结尾，有方言特色，她还认为描写自然的部分很美。

霍夫兰最后发言。他说这是篇写实的散文，忠于现实，写得很美妙，某些地方也让他想起索比·克里斯滕森，不时地还出现了些语法错误，但是这些文字蕴含着很大的力量，这是叙事，而叙事是一种需要努力才能掌握的艺术。

他看着我，问我是否要补充些什么，或者我还有什么问题。我说我对这次讨论感到满意，我也受益匪浅，但是我想知道哪些是陈词滥调和刻板印象，特鲁德能不能在文本里指出来。

"好啊，"她说，拿起文章，"比如说，'踏上了白人从未涉足过的地方'。"

"但它本来就该是陈词滥调啊，"我说，"这就是我要表达的点。他们就是这样看世界的。"

"可是这本身还是陈词滥调，你知道吧。你还写了'太阳从树叶丛中斜瞅过来'，还有'充满威胁意味的乌云带来了雷的消息'——带来了雷的消息，是不是？你还有'小马驹安卧在掌心'——安卧——从头到尾都是这样的东西。"

"文章里还有很多装模作样的地方。"彼得拉说。她说"戈登"时，微笑着用手指比了一对引号，"说'给你 five seconds（五秒）'，这太蠢了，因为我们明白作者是希望我们知道他们是从电视上学到这一套，包括说英语，之类的。"

"现在我觉得你们有失公允了，"埃尔塞·卡琳说，"我们又不是在讨论诗歌。我们不能要求每个句子都达到同样的高水准，整体才是重点。正如朗纳所说，这是一个叙事，是一门艺术。"

"继续写就好了，"比约格说，"我觉得这很有意思，个人认为！而且在整个课程里肯定很多事都会改变的。"

"这话我同意，"彼得拉说，"只要改掉这些尴尬的名字，我就很满意了。"

点评以后我愤怒又羞愧，同时也迷茫，因为虽然我估摸着那些赞许的词主要是安慰我的，但是我凭自己本事考进来了是铁一般的事实，像谢蒂尔这样就不是考上的，所以文章里肯定还是有可取之处的。但陈词滥调是最糟糕的，按照特鲁德的说法，我的文字里除了陈词滥调以外啥都没有。还是这仅仅是因为她长了对势利眼，自以为了不起，是个诗人，比其他人都高一头？埃尔塞·卡琳说过我写的并不是诗，霍夫兰也强调了这是篇写实的散文。

我就这样坐那儿东想西想，身边其他人打开他们带的午餐包，埃尔塞·卡琳新做了一壶咖啡。但我知道现在不是我能一人向隅的时候，那就好像我真的往心里去了，就好像他们真的打击到了我，就好像我公开承认我写的东西没有他们写的那么好。

"你看过的那本书，我可以翻一下吗？"我对谢蒂尔说。

"当然可以。"他说，把书递给我。我翻了翻。

"他是哪儿的人？"

"阿根廷，我想。但是他在巴黎住了很久。"

"这是魔幻现实主义，对吗？"我说。

"是的，可以这么说。"

"我特别喜欢马尔克斯，"我说，"你读过他吗？"

谢蒂尔笑了。

"读过，但是他不是我喜欢的风格。对我来说太臃肿了。"

"嗯。"我说，把书还给他，然后在笔记本上写下了胡利奥·科塔萨尔。

放学后，我去了"高地"领学生贷款。我在自然历史博物馆门口排队，队倒不长，已经是下午快下班了，验明正身，签名，领取写着我名字的信封，放进袋子里，然后向学生中心走去，那里的各种机构里有个小银行。斜坡正中的灰色混凝土建筑在雨中闪闪发光。学生们穿过层层的门，正面的，两侧的，川流不息，或者单人疾行，或者慢吞吞随着一群人溜达，一些人如鱼得水般自在，另一些像我一样是新来的，识别出他们一点都不难，至少我是这么认为的，因为他们看起来一副垂头丧气，茫然无措的样子，所有感官都张着，他们在这儿肯定没呆多少天。

我进了门，走上长长的楼梯，进入一个宽阔的开放区域，到处是柱子和楼梯，到处都站着人的小摊位，这是学生电台，学生报纸，学生运动协会，学生划艇俱乐部，基督教学生协会，但是我是来过这里的，我迈着坚定的步伐朝着顶头的银行走去，在那里我又排上了队，几分钟后，不但把钱存进了银行，还取出了三千克朗，揣进裤子口袋。然后到学生书店"学斋"，在书架间逛了半小时，开始的时候全无方向，心神不定，有意思的科目太多了，而且我觉得我可能在写作里都用得着，比如心理学、哲学、社会学或艺术史，但我把注意力集中在文学批评领域，这是最重要的，我想要一些关于诗歌解析的书，也许是关于现代主义，再加一些诗集和一些小说。我先找到了一本约恩·福瑟的小说，叫《血，石头是》（*Blod. Steinen er*）。封面是黑色的，上有一副阴阳脸的照片，我把它翻过来，封底写着"二十七岁的约恩·福瑟，哲学硕士，霍达兰郡创意写作学院的老师，今年出版了他的第四本书"。我对此感到自豪，因为我上的就是创意写作学院，这就好像是对我的肯定。必须的。前面的书架上有几本詹姆斯·乔伊斯的书，我选择了名字最吸引人的那本，《斯蒂芬英雄》（*Stephen Hero*），然后我发现了一本关于文本分析的书，是瑞典文的，叫《从文本到情节》（*Från text till handling*），我翻了一下，章节标题是"文本是什么"，"解释或理解"，"文本"，"情节"，"故事"，可能过于基础了吧，我想，同时里面有些东西也是我不懂的，比如，"通向批判诠释学之路"或"历史时代和现象学时代的格言"，但它看起来相当激动人心，让人心潮澎湃，我想去学习，就拿上它。我找到了查尔斯·奥尔森（Charles Olson）的诗集，我对他一无所知，但是当我翻看它的时候，发现和特鲁德写的诗差不多，所以也拿上了它。它叫《晨光考古学家》（*Archeologist of the Morning*）。我又在这摞书里添了两本艾萨克·阿西莫夫的书，我也要有些我能随便看看的东西。这些书旁边是一位叫约翰·伯格写的小说《G》，在内侧折页上说这是一本知识分子小说，所以我也拿上了。科塔萨尔的书没找到，不过一本让·热内所著叫《小偷日记》的口袋书被我放上了书擤，最后我觉得应该有一些哲学，很幸运，我一下就找到一本同时讨论了哲学和艺术的书，黑格尔，《美学概论》。

付完书款后，我上楼去食堂。我来过这里，和英韦一起，但是那时我什么都不用管，英韦包办了一切。现在我独自在这，这个巨大屋子里所有学生在进餐的场面让我头脑发热。

柜台在屋子的那一头，在那可以点正式晚餐热菜或自己取玻璃柜里的冷食，然后向三个收银员中的一个付款，就能在房间里找张桌子坐下了。那顶端的窗户上有雾，里面的空气潮湿到病态的程度，嗡嗡喧闹声在其中起起伏伏。

我扫了一眼所有的桌子，当然没有发现任何认识的人。一想到要一个人坐那儿就败兴，所以我转身朝另一个方向走过去，因为这条路尽头转向尼戈尔公园，那有家"烧烤"餐厅，既有热菜又有啤酒，比食堂贵一些，但是那没关系，我的口袋里塞满了钱，也没有什么需要节省的理由。

我买了一个汉堡套餐和半升啤酒，拿到一个靠窗没人的座位上。坐在这里的学生似乎比食堂里的学生年龄大一些，也更老练，而且这里有些老年男女，我猜他们是老师，如果他们不是我听说的那种永远的学生族，四十多岁的男人，头发蓬乱，连鬓胡子，穿针织毛衣，坐在某个柜子般大的斗室里写硕士论文已经到了第十五个年头，而世界从他身边呼啸而去。

我边吃饭边翻看着刚买的书。在福瑟那本书的内页上引用了谢尔斯塔在1986年的一句话："为什么《卑尔根时报》上没有铺天盖地地全是关于约恩·福瑟的评论？"

95

所以，福瑟是一位出色的作家，这还不够，他还是国内最优秀作家里的一员，我在把面包和肉一起咀嚼成美味糊糊的时候作如是想，抬起了视线。尼戈尔公园的灌木丛像一堵绿墙般傲立，面对那狭窄的铁艺围栏，雨水从它们上方的灰色空气中斜冲下来，又被一阵狂风撕裂，就在下一秒，风吹过我下面的街道，让两个刚走下楼梯的女人手里的伞啪地绽放。

晚上，我给英韦打了电话，问他最近在干什么。他说他在工作，学生贷款到的那晚他出去了，而且我应该弄一个电话，这样他就不需要每次要我干什么都要爬坡走到我的小屋这里来。我说我的学生贷款已经拿到了，我可以考虑电话的事了。

"出去玩得怎样？"我继续。

"很不赖。我带了一个女孩回家。"

"那么，她是谁？"我说。

"你不认识的人，总之。"他说，"我们在'高地'互相看了对方一眼，仅此而已。

"你们现在谈恋爱了？"

"不是，没有，完全不是这样。你呢，你那边怎样？"

"还行，不过很有些东西要读"。

"读？我以为你们是要写作的？"

"哈哈，总之我今天买了本约恩·福瑟。看起来挺好的。"

"啊哈。"他说。

停顿了一会儿。

"但是如果你们没开始写东西，你可以给我写几段词吗？多多益善，这样我就可以把那些歌弄出来。"

"我试试吧。"

"就这么着。"

我写了一整晚，直到深夜，听着音响里的音乐，喝着咖啡，抽着烟，为英韦写歌词。当我三点钟睡下时，已经有了两首写了一半但是很不错的，以及一首写完的。

《你摇摆得太美》

对我微笑
不要唠叨
想帮你脱掉
那层层缠绕

跳舞
从狂欢到孤独
直到我说停，停，停，停
我的欲望无尽

都只关于你
你摇摆得太美
你摇摆得太美

对我微笑

不要缥缈

只想在你怀抱

日日复蹈

跳舞

从狂欢到孤独

直到我说停，停，停，停

我的欲望无尽

都只关于你

你摇摆得太美

你摇摆得太美

你摇摆得太美

你摇摆得太美

　　星期五下课后我们一起出去了。霍夫兰和福瑟迈着稳重的步子把我们带到了韦瑟尔厅。这是个高级的地方，桌上铺着白色的桌布，就在我们坐下的同时，马上来了位穿白衬衫和黑围裙的招待给我们点餐。我还从来没有过这种经历。周围的气氛轻松美好，一周结束了，我很高兴，我们是八个被精心挑选出来的创意写作学院学生，同桌的有至少在卑尔根大学生圈子里已经闻名遐迩的朗纳·霍夫兰，以及国内最重要的年轻后现代主义作家之一、在瑞典也备受好评的约恩·福瑟。我还没有和他们一对一谈过话，但是我现在就坐在霍夫兰旁边，啤酒上了以后，我深深喝了一口，然后抓住了机会。

"听说您喜欢'痉挛'乐队？"我说。

"哦？"他说，"你从哪听来这种恶毒谣言？"

"一个哥们儿说的。说得对吗？还是怎样？你喜欢音乐吗？"

"喜欢，"他说，"'痉挛'乐队我也喜欢。所以是的。问你哥们儿好，告诉他他说对了。"

他微笑但是回避了我的目光。

"他说我还喜欢其他什么乐队吗？"

"没有，只提到'痉挛'。"

"那么，你喜欢'痉挛'吗？"

"是的，那还挺好的，"我说，"但是我这阵子听得最多的是预制新芽乐队（Prefab Sprout）。你听过他们最新的那张专辑吗？《从兰利公园到孟菲斯》（*From Langley Park to Memphis*）？"

"是的是的，但是《史蒂夫·麦昆》（*Steve McQueen*）依然是我最喜欢的专辑。"

比约格从桌子对面对他说了些什么，他前倾过去靠近她，一脸礼貌的表情。她身边坐着约恩·福瑟，正和克努特交谈。他的文本是我们最后一轮讨论的，现在他还一脑子都是那事，这我能看出来。他写诗，简练得非同寻常，一般只有两三行，有时只有两个词排在一起。我没弄明白它们说的是什么，但是它们有种残酷的意味，你简直不能相信这点，如果你看到他坐那微笑的样子，他的气场之友善几乎和他的诗歌之短一样确凿。

他的话挺密的。所以不是因为这个。

我把空啤酒杯放在面前的桌上，想再来一杯，但我不敢招手叫招待过来，就一直等到了其他人再点的时候。

我身边坐着彼得拉和特鲁德在聊天。看起来简直像她俩从前就认识。彼得拉似乎突然打开了自己，而特鲁德那种拘谨和专注则完全消失了，现在她身上几乎有些少女气息，如释重负一般。

虽然我还不能说我和他们中的任何一个很熟，但我对他们的观感已经可以积累成对他们性格的印象了，比约格和埃尔塞·卡琳除外。她们都是文如其人，让我感到我可以基本确定了解她们。彼得拉是个例外。她是个谜。我想，有时候她可以纹丝不动坐着，目不转睛盯着桌子，似乎人根本不在房间里，好像她就在那啮噬着自己的内在，当时我这么想，因为虽然她一动不动，眼神也黏着在同一个点上，她身上依然有种侵略性。她对内啮噬着自己，这是我的感知。当她抬起视线时，唇上总是挂着讽刺的笑。她的评语也常常是嘲讽，很少心慈手软，但从某种方式来说它们更是真实的，而不是夸大。当她变得热切起来，以上这些就会消失，然后她的笑声就会变得由衷，甚至是孩子气的，她的双眼常闪着光，璀璨。她的文字就像她一样，当她朗读它们的时候我是这么想的，就像她一样棱角分明，充满勇气，有时笨拙不雅，但总是充满锋芒和力量，几乎总是反讽的，但并不因此而丧失诚意。

特鲁德起身走过餐厅。彼得拉转向我。

"你不问问我喜欢哪些乐队吗？"她笑着说，但看我的眼神黑暗而戏谑。

"我要问的，"我说，"你喜欢什么乐队？"

"你觉得我会在意这种男孩热衷的玩意吗？"她说。

"我怎么知道呢，好吧。"我说。

"我看起来像这样的人吗？"

"老实说，像，"我说，"这皮夹克还有之类的。"

她笑起来。

"除了那些傻了吧唧的名字，所有那些陈词滥调，以及缺乏心理洞察力，我还挺喜欢你写的。"她说。

"那也就不剩什么可以喜欢的了。"我说。

"还是有的，"她说，"不要因为别人说什么而不开心。那什么都不算，只是言语而已。看那边两个家伙，"她边说边冲向我们的老师点头，"他们在我们的崇拜里畅游呢。快看约恩。看克努特的眼神。"

"首先，我没有不开心。其次，约恩·福瑟是个好作家。"

"哦？你读过他了？"

"读了点。我星期三买了他新出的小说。"

"《血，石头是》。"她用低沉的西部口音说，富有戏剧性的双眼注视着我。然后她发出那由衷的涓涓笑声，又戛然而止。"恶心，里面的事实太多！"她说。

"但你写的里面就没有吗？"我说。

"我是来这里学习的呀，"她说，"我要尽我所能把他们吸空。"

那位招待走到我们的桌边，我朝空中升出一根手指。彼得拉也学我的样子。开始我以为她在取笑我，然后明白过来她也点了一杯。特鲁德回来了，彼得拉转向她，我向前倾过去，想让约恩·福瑟留意到我。

"你认识扬·谢尔斯塔，对吗？"我说。

"对，还算熟吧。我们是同事。"

"你觉得自己算后现代主义者吗？"

"不，我可能更像一个现代主义者。至少和扬比起来是这样"

"是啊。"我说。

他低头看着桌面，好像才发现了啤酒，长长地啜了一口。

"你觉得我们开学这几天怎么样？"他说。

他是在问我的看法？

我的脸热了起来。

"特别好，"我说，"我有感觉将会在很短时间有很大收获。"

"这很好，"他说，"我们以前没教过太多课，我和朗纳都是。这对我们来说也是全新的体验，和你们差不多。"

"是啊。"我说。

我知道我现在该说点什么，因为一场对谈已经在我面前展开，但我不知道该说些什么，沉默在我们之间滋生了几秒，他就移开视线，迎向其他人热情的呼喊，我也起身朝厕所走去，厕所在餐厅另一端入口外。那里已经站着个人冲小便池撒尿，我不知道是要和他站在一块把事儿办了，还是排队等坐厕间，坐厕一会儿就空出来了。里面的瓷砖上躺着一小块厕纸，被尿还是水泡软了。这里味道很冲，我撒尿时用鼻子呼吸。外面的洗手盆里哗哗地响。然后就是干手机的啸声。我慢吞吞走下台阶然后出去，正值那两个人消失在门后，而另一个老一点的男人正好进来，他挂着副强大的肚囊，有卑尔根式的红润脸庞。虽然厕所乱糟糟的，地板又软又脏，闻起来臭烘烘，但它还是和外面那有着白桌布和穿黑围裙招待的餐厅一样共有一种沉甸甸的分量。或许是因为年代感，那瓷砖和小便池都来自另一个时代。我在水龙头下冲洗双手，看着镜中的自己，所见到的和我此刻感到的那种自卑完全联系不上。那个男人岔着腿站在小便池前，我把手放进热空气流里，翻转了几次，回到桌边，一杯新啤酒已经在那儿等着我了。

那杯喝完后，我又开始了下一杯，胆怯慢慢地在体内开始溶解，被一种逐渐升起的温和与柔软取而代之，我不再觉得我是谈话的边缘人，小组的边缘人，而是在它们正中间，我一会坐那里与这个交谈，很快又和那个交谈，我现在再去洗手间的时候，就好像把整桌人都带上了，他们就在我脑子里，他们在那里，一团杂拌儿，面孔和声音，见解和态度，哈哈大笑和咯咯窃笑，然后当有人开始收拾东西要回家时，我根本没有留意到，那完全发生在我注意力的边缘，很不重要，谈话和喝酒在继续，但后来约恩·福瑟先站起来，然后是朗纳·霍夫兰，这就糟了，没有他们，我们什么都不是。

"再来一杯！"我说，"时间还不晚呢，而且明天是周六。"

但是他们都不为所动，他们要回家，他们走后，解体趋势蔓延开去，尽管我对每一个人都发出请求，再多待一会，桌子依然很快就空了，只剩彼得拉和我。

"你不走吗？"我说。

"快了，"她说，"我住的地方出城后还有一段路，所以我要搭公共汽车。"

"你可以在我那过夜，"我说，"我住在桑德维肯。那有张沙发可以给你睡。"

"你这么想喝？"她笑着说，"那我们再去哪儿？这里可是没法再坐下去了。"

"歌剧院？"我说。

"可以啊。"她说。

外面比我估计的要亮些，夏夜的残光映白了我们上方的天空，我们朝着剧院走过去，经过一排出租车，路灯的深黄色灯光就像从湿润的棋子石地面上拔出来的，空中淅淅沥沥下着细雨。彼得拉背着她的黑皮包，虽然我没有看着她，但我知道她脸上的表情是严肃而紧绷的，她的动作生硬而有棱有角。她就像只貂，会咬那些朝她伸出手的人。

在"歌剧院"那有很多空桌子，我们在二楼窗口坐下。我为我俩买了啤酒，她一口气喝了将近半杯，用手背擦了擦嘴唇。我思量着应该说些什么，又想不出什么，于是也一口喝下几乎半杯。

五分钟过去了。

"你在北挪威那边是干什么的？"她突然说，但口气很理所当然，就好像我们已经促膝谈了很久，她目光一直胶着在她手里拿着的几乎空了的啤酒杯上。

"我那时当老师。"我说。

"我知道，"她说，"但是什么让你去做这件事？你想达到什么目的？"

"我不知道，"我说，"自然而然就那样了。但我当时的打算是要在那写作。"

"为了写作而在北挪威申请一份工作是一个奇怪的主意。"

"是的，也许。"我说。

她去买啤酒。我看看四周；很快那里面就满是人了。她将胳膊肘支在柜台上，手里拿着张百元钞票，一位招待站在她对面，倒了半升酒。她的嘴唇滑过牙齿，同时眉毛皱了起来。前几天她说过她改了名字。我还以为是姓，但是错了，她改的是名字。她其实本来叫安娜或者希尔德之类，最常见女孩名字里的一个。她把自己真正的名字抛在身后，这事让我想了很多，因为我和自己名字之间的纽带如此紧固，以至于我被叫成别的什么完全不可想象，那会以某种方式把一切全都改变。但是她做到了。

妈妈改过名，但那是改成了爸爸的姓，一种常规操作，后来她又改了一次，改回她原来的姓。爸爸也改过名字，那个更不一般，他改掉的是家族的姓，而不是他自己所独有的名。

她回来的时候两手各拿着半升啤酒，坐下了。

"你相信谁？"她说。

"你什么意思？"

"在课堂上，在学校里。"

我不太喜欢她用的这些词，我更喜欢学院这个字，但是我对此没说什么。

"我不知道。"我说。

"我说的是'相信'，显然你什么都不知道。"

"我喜欢你写的东西。"

"乡下地方才要听这些奉承话。"

"是的。"

"克努特：完全空洞。特鲁德：装模作样。埃尔塞·卡琳：小女人散文。谢蒂尔：幼稚。比约格：无聊。尼娜：不错。她是一个被压抑的人，但是她写得很好。"

她笑起来了，斜眼看我，审视着。

"我呢？"我说。

"讨厌，你，"她说着吹了口气，"你对自己一无所知，也不知道你在干什么。"

"那你知道自己在做什么吗？"

"但至少我知道我不知道，"她说，又笑了，"还有你有点女气，不过你有一双有力的大手，这是加分项。"

我移开了视线，五内如焚。

"我这张嘴就是这样儿。"她说。

我喝了几大口酒，在屋子里四处张望了一下。

"你不会被这点小事就冒犯了吧，好吧！"她说，咯咯一乐。"如果你想，我还能给你一些更差的评语。"

"完全不想。"我说。

"你也是总端着架子。但这是时代特色，不是你的错。"

那么你呢！我的话都到了嘴边。是什么让你自我感觉如此之好？如果我女里女气，你就是条汉子。你走路的时候看起来完全就是个男的！

但是我什么也没说，慢慢地，火焰自己下去了，部分也是因为我货真价实地快醉了，快要到达那个任何事情都不再重要

106

的节点，或者更精确地说，是所有事情都变得同等重要。

又喝了两杯，我还在那儿。

有人走近了屋子，我在坐得满满当当的桌子中间，看到一张认识的面孔走过去。是莫滕，他穿着他的红色皮夹克，背了个浅棕色的包，手里拿着把长折叠伞。当他一见到我，整个人都亮了起来，大踏步全速到了我们桌前，瘦长而吊儿郎当，鬈发直立，闪烁着发胶的光芒。

"嘿，伙计！"他笑着说，"你出来喝酒啦？"

"是啊，"我说，"这是彼得拉。彼得拉，这是莫滕。"

"嗨。"莫滕说。

彼得拉的目光飞快在他身上滑过，敷衍地一点头，然后就转头看向别的方向。

"我们学院的人一起出来的，"我说，"其他人早早就回家了。"

"还以为作家们就是坐着喝大酒呢，"他说，"我在自习室坐到现在。我现在彻底没辙了。我什么都不懂！都不懂！"

他笑了，四下里看看。

"我其实是在回家路上，就是进来看看有没有熟人。但是有件事我必须得说，我特别钦佩将要成为作家的你们。"

他严肃地看了我一会儿。

"不过我得走了，"他说，"再聊！"

当他拐到角落的酒吧那边时，我告诉彼得拉那是我邻居。她无可无不可地点了点头，喝光了剩下的啤酒，然后站起来。

"我现在走了，"她说，"车还有十五分钟就到了。"

她把夹克从椅背上拿起来，手握成拳头，塞进袖子里。

"你不是要到我家过夜吗？我没问题的。"

"不了，我回家。不过可能我把你这个邀请留到下次用，"她说，"再见。"

然后，她手放在包上，双眼直愣愣看前方，朝楼梯走去。这里其他的人我一个都不认识，但是还是在这又坐了一会，以备又有谁来，后来我受不了一个人待在这，就穿上雨衣，抓起袋子，走出去踏入这个城市风萧萧的黑暗里。

早晨十一点钟，我被墙壁那边的嘎嘎作响和撞击吵醒。我坐起身来，周围看了看，那是什么声音？然后我明白过来，又往床上一倒。邮箱挂在墙壁那一边，但是到今天为止我还没有睡过懒觉，所以并不知道邮件来时的动静。

在我头顶，有人走来走去，唱着歌。

但是这房间，难道不是亮得异乎寻常吗？

我站起来，撩起窗帘。

外面出了太阳！

我穿好衣服，去商店里买牛奶、小面包和当天的报纸。我回来时打开邮箱的锁。除了两个被转来的账单，还有两个取件单。我赶紧去邮局，拿到两个厚包裹，我在厨房里用剪刀把它们打开。一本莎士比亚作品合集，一本是 T·S·艾略特的诗歌和戏剧合集，一本奥斯卡·王尔德合集，一本裸女摄影集。

我在床上坐下来翻看它，兴奋让我颤抖起来。不，她们不是全裸，其中许多人穿着高跟鞋，还有一个穿着敞开的衬衫，露出纤长棕色的上半身。

我把这本书放在一边，边吃早餐边看买的三份报纸。《卑尔根时报》的主打内容是昨天上午发生的一起谋杀案。在照片里我认出了案发现场的地点，继续读下去就得到了证实：谋杀案现场距离我现在位置仅隔两个住宅小区。这还不够，嫌疑人还在逃。他十八岁，在一家职业学校就读，报纸上这么写的。出于某种原因这一点击中了我。我想象着他现在置身何种情境里，一间地下室小屋，我想象着，孤独地站在被拉上的窗帘后，不时朝边上拉过来一点点，看外面的街上发生了什么，他只能看到脚踝的高度，他的心一直猛烈撞击着胸膛，对自己犯下的事的那种绝望撕裂了他的内心。他用手捶着墙，他来回踱步，估量着是要去自首还是在这里再待几天，然后试着逃跑，登上某一艘船，也许，去丹麦或英国，然后搭车去欧洲大陆。但是他没有钱，除了一身衣服就身无长物。

我向窗外看去，想看看外面有没有异常情况，比如一群警察，或一堆停着的警车，但一切如常，除了阳光，像一张光幕笼罩着万物。

我可以和英薇尔聊这起谋杀，这个话题不错，他当时就在这，在我这一带，就是现在，而一队简直可以说是集结起来的警察部队正在四处寻找他。

也许我也可以写写这个？一个男孩杀死一个老男人，藏匿起来，而警察对他的包围圈在慢慢缩小？

我永远都写不了这个。

一种失望感砍向我的内心，我站起来，把烟灰缸和玻璃杯拿在手里，将它们放在厨房的水槽里，和其他本周内用过的其他脏盘子堆在一起。有一件事她没有说对，她，彼得拉，就是我完全不了解自己，我想，望向外面那闪耀着绿色的公园草坪，一个女人一手拉着一个孩子从上面穿过。我所有的就是自知之明。我完全知道我是谁。我认识的人里很少有人能做到这点。

我走回去，要弯下腰来翻翻唱片，同时视线不由自主被那本新书吸过去了。一阵心惊肉跳的喜悦震动了我，洞穿了我。现在就可以啊，这儿只有我一个人，又没有什么特别的事要干。再也没有理由拖下去了，我这么想着，把它拿在手里，打量着四周，我怎么能不引人注意地把它拿到下面的厕所里去呢？用塑料口袋？不，谁上厕所会拿个袋子啊？

我解开裤子的纽扣，拉下拉链，将书塞进去，又把衬衫拉出来放在外面，尽量弯下去腰去观察这看上去什么样，会不会有人看出来我在那儿藏了本书。

也许。

但是，如果我拿条毛巾呢？如果有人过来，这种情况下我就可以用毛巾挡在肚子前面，等擦肩而过那几秒钟过去。事后我还可以洗个澡。不管怎样，我先上厕所再洗个澡，不会有人对此产生什么怀疑的。

如此这般。裤腰里塞着书，手里拿着最大号的浴巾，我走出大门，穿过短短的走廊，走下楼梯，走进走廊，走进厕所，我锁好门，抽出书，开始翻看。

尽管我以前从来没有手淫过，也不知道具体该怎么做，但我还是懂的，这些年来，至少是在足球更衣间里听到的关于撸管的笑话里，泛滥着"拉"和"推"等字眼，我的肢体里血在澎湃，我把那玩意从内裤的小口子里掏出来，注视着那站在一个度假别墅之类地方外面的长腿红唇女人，在地中海的什么地方，这是从白色石灰墙和那虬结的枝丫来判断的，她头顶的绳子上挂着一排衣服，手里拿着一只盆，除此以外身上就全裸了，我看着她，看了又看，全身美好而让人战栗的曲线，手指攥着前后套弄着，开始是整根，但是，几下以后我就只是在顶端上使力，同时盯着那个拿着洗衣盆的女人，然后，一阵欲望的波澜在我体内升起，我想为了充分利用这个，我不能光看她，还得再多看一个女人，我又翻了翻，这里有另一个女人坐在秋千上，全身只穿着红鞋，系带顺着脚踝蜿蜒而上，然后一阵抽搐贯穿了我，我试着把它往下按好射在马桶里，但是没成功，它太硬了，所以第一发精液直接命中掀起的马桶盖，又慢慢流淌而下，这时第二批正喷涌而出，完全进了马桶，因为我这时想起来一个好主意，全身向前弯下去，就能更好地调整角度。

噢。

我做了。

我终于做了这件事。

这事丝毫没有什么神秘之处。恰恰相反，它简单得不可思议，倒是我之前从来没做过这事颇有一些奇怪。

我合上了书，擦擦干净，洗了洗，无声无息地站了一会儿，好听清外面是否有人在我设想之外来到了门前，又把书塞回裤腰里，抓起毛巾出去。

我这才第一次开始考虑我到底做对了没有。是应该射在马桶里吗？还是应该射在洗手池里？或者应该拿好一大团厕纸射在里面？还是一般来说应该躺在床上做？从另一方面来说，这事是完全的隐私，所以即使我做得偏离常规也完全没关系。

就在我把书放在写字台上，把没用过的毛巾叠好放好在衣橱里的那一刻，门铃响了。

我去过去开门。

是英韦和阿斯比约恩。两人都戴着墨镜，和上次一样，身上都有些躁动不安的气息，这可能是因为英韦的拇指插在裤子皮带扣里，阿斯比约恩的拳头塞在裤子口袋里，或者是因为他们身子半拧向外面，只在我打开门时他们才转过身来。或者又因为他们并没有摘下墨镜。

"嗨，"我说，"进来吧！"

他们跟着我进了小屋。

"我们就来问你要不要和我们一起进城，"英韦说，"我们想去几家唱片店看看。"

"想啊，"我说，"反正我也没有什么其他的事。是现在走？"

"对。"英韦说，拿起那本有裸女的书。"你给自己买了这本画册，我看到了。"

"是啊。"我说。

"你用它来干什么勾当也不难猜。"英韦说着笑起来。

阿斯比约恩也笑了一下，就是那种表示本次造访的这一环节已结束的笑法。

"这可是严肃摄影作品。"我边说边穿上外套，弯下腰开始系鞋带。"这是那种艺术书籍。"

"是啊是啊。"英韦说，放下了书。"列侬照片拿走了？"

"是的。"我说。

阿斯比约恩点了支香烟，转向窗户，望着外面。

十分钟后，都戴着墨镜的我们肩并肩走过广场。峡湾吹来的风吹得旗杆上的三角旗扑拉扑拉，啪啪脆响，阳光从清一色蔚蓝的天空照下来，在万物表面闪耀跳跃。顺着托加曼尼根那条街下来，每次那儿的交通灯一变绿，汽车就像一群狗那样纵身追出去。广场上挤满了人，在他们之间的大盆里，几立方米发绿的可能是冷冰冰的水里囚着张着嘴四处游动的鳕鱼，爬作一堆的螃蟹，龙虾们一动不动地趴着，前螯被白线绑着合在一起。

"待会我们要在'扬子江'吃饭吗？"英韦说。

"完全可以啊，"阿斯比约恩说，"只要你保证不说那儿的饭菜和中国食物根本不是一回事。"

英韦没有回答，从口袋里掏出一盒烟，在红绿灯前停下。我向右看，那里是一间装满蔬菜的小棚。看到成捆的橙色胡萝卜堆得老高，让我想起了和特罗姆岛的园丁一起工作的两季，那时我们俩一起拔胡萝卜，洗干净再包装，我和大地如此接近，黑色而肥沃，在八月下旬和九月初的夜空下，黑暗和田野紧密相连，田野尽头的灌木丛和树木沙沙作响，这一切让我被一阵阵幸福的战栗贯穿。为了什么呢？我现在想。我那时候怎么会那么幸福？

灯变绿了，我们在人群当中晃晃悠悠轧着马路，经过一家钟表公司，走到开阔的大广场，在房屋之中就像森林里的一片草甸，我问我们到底要去哪里，英韦说计划先去阿波罗，然后再去几家二手店。

在音乐商店中翻翻唱片大碟，这事我在行，对货架上的大部分乐队我都多少有些了解，我将它们拿起来，看看制作人是谁，谁参与了演奏，在哪儿录的音。我虽然是内行，但是还是不断朝英韦和阿斯比约恩那边瞥去，我们站在那儿，让唱片从我们的指间滑过，每当他们中的一个拿起一张唱片，我都要看看是谁的，打动他们的点在哪儿，对于阿斯比约恩来说是老唱片，是奇特怪诞的那些，比如乔治·琼斯或巴克·欧文斯，他拿给英韦看的一张圣诞唱片着实奇怪，他们笑了起来。阿斯比约恩说这张绝对是 over the top，英韦说没错，这个真够作的。不过他和我依然还同在一个体系里，英国后朋克乐队，美国独立摇滚乐队，也许还有一些澳大利亚乐队，当然还有几个挪威乐队，别的就没有了，至少就我所知是这样。

我买了十二张唱片，其中大部分乐队之前出的专辑我也买过，还有一张英韦推荐的，《瓜达尔运河日记》（*Guadalcanal Diary*）。一个小时后我们在中餐厅坐下，他们因为我买了那么多唱片笑起来了，但我能感到这笑声中是有尊重的，并非仅仅是笑我这个从没有拥有过这么多钱的新生，也因为我是个发烧友。一大碗蒸米饭被放在桌子上，它粘在随碗上的大瓷勺上，我们动手开挖，每人盘子上都堆起了饭，英韦和阿斯比约恩都把那棕色的酱汁倒在了米饭上，我也有样学样。它几乎完全消失在米粒之间，原本黑色粘稠的在下一秒就变成棕色，米粒在其中清晰可见。吃起来味道有点辛辣，但接下来一口的牛肉杂碎就可就强得太多了。英韦用筷子吃，坐在那儿像中国人一样用手指夹着它们前后挥舞。然后，我们吃了炸香蕉配冰淇淋，又喝了杯咖啡，小碟上有一块"After Eight"巧克力。

吃饭过程中，我一直在努力弄清楚两个他们这样的好朋友在一起时究竟是怎样相处的。他们说话时彼此双眼对视多长时间才转开视线看向下方。他们聊些什么，聊多久以及为什么聊起这个话题。回忆，你记得那一次吗？其他朋友，他说了这样或者那样？音乐，你听过这首或者那首歌，这张或者那张唱片吗？学业？政治？刚发生的事，昨天，上周？当一个新的话题出现时，它是和上个话题关系特别近，就像是从上一个话题上剥下来的那样，还是和它八竿子打不着，突然冒出来的？

但我也不是沉默地坐那观察他们，整个过程我都是他们中一分子，又微笑又发表意见，我唯一没做过的就是忽然找个话题发表长长的独白，而英韦和阿斯比约恩都这么做了。

那么他们现在在做什么？他们做的这些有什么意义？

首先，他们几乎没有对彼此提出过任何问题，我倒是这么做过。其次，几乎所有东西之间都有关联，几乎没有什么话题是凭空抛出来的。第三，最主要的就是要一起乐。英韦讲了个故事，他俩都乐了，阿斯比约恩还玩味着它，把故事强化发展成一个假设情节，如果还行，英韦就继续发展它，它就变得越来越荒唐。笑声停下了，又过了几秒，阿斯比约恩又说了点什么和这相关的事，也是为了让人开心，然后类似的事情再来一次。有时他们也会以这个方式谈起严肃的事，然后他们反复斟酌，有时是以辩论的方式，对是对，但是，你可以这么说，但是，不，这点我不同意，之后可能停顿一下，这会让我吓一跳，以为他们真的生气了，直到他们又聊起了新的故事，趣事或者玩笑。

我一直特别留意着英韦，他可别说什么蠢话或表现出任何形式的不在行，以至于显得比阿斯比约恩差，这一点对我来说很重要，但这事没有发生，他们棋逢对手，这让我很高兴。

吃饱了又心满意足，我从市中心走上山，两手各拎着一袋唱片晃晃荡荡，当我快要走到小屋时，一辆警车缓缓驶过，我就想到了那个年轻的杀人犯。所以警察在找他，是的，现在他就藏在这个城市里某个地方。想想吧，他该有多害怕。想想，他该怕死了吧。他犯下的事有多可怕。杀了另一个人，把刀捅入另一个人的身体，他倒在了地上，为了什么？这个问题一定此时在他内心咆哮。为了什么？为了什么？一个钱包，几百块钱，什么都不是。噢，他内心一定被煎熬着。

当我为和英薇尔的约会准备停当时，才五点过了几分，为了消磨这些多出来的时间，我走下去找莫滕，敲了敲他房门。

"进来！"他在里面大吼。

我开了门。他正站着把音响的音量调低，穿着 T 恤和短裤。

"你好啊，先生。"他说。

"你好，"我说，"我能进来吗？"

"当然可以啊，坐吧。"

漆成白色的墙壁很高，是砖砌的，最上面有两个窄窄的、几乎不透明的长方形气窗。房间很简朴，如果不说是寒素的话。一张箱子般的床，也漆成白色，棕色的条绒质地的床垫和同一种面料的棕色大枕头，它的前面是张桌子，另一边有张椅子，都是那种在跳蚤市场和旧货店里能找到的货色，很五十年代感。一个立体音响，几本书，最抢眼的一本是厚厚的红色《挪威法律》。靠墙上的一把椅子上放着电视。

他坐在床上，两个大枕头垫在背后，比我以前见到的他还要放松。

"在该死的'高地'过了一周。"他说，"还有多少周？三百五十周减一？"

"最好按天算，这样的话，"我说，"那么您已经消磨了五天。"

"哈哈哈！这是我听过最蠢的话了！那么还有两千五百个单位！"

"那就那样了呗，"我说，"如果按年算，那么你还有七个单位。但是，从另一方面来看，您每次完成的进度就还不到千分之一。"

"或者是百分之一千分，按照我班上某人有次说的。"他说，"坐下，先生！你今晚要出去吧？"

"为什么这么说？"我说，坐下了。

"你看起来像，油光水滑，之类的。"

"哪有，不过我是要出门。要见英薇尔。老实说，是第一次。"

"第一次？你在某个报纸征友广告上找到的她还是怎样？哈

哈哈！"

"我今年春天和她见过一面，在弗勒，见了半小时左右。我完全陷进去了。从那个时候开始我就没有想过其他任何事情。但是我们一直在通信。不管怎样。"

"哦，这样。"他说，身子倚在桌上，敲着一个烟盒的末端，它向他滑过去，他打开烟盒，拿出了一根烟。

"你要吗？"

"为什么不呢？我的烟草在上面。不过下次我请你抽烟卷。"

"这就是我为什么从抽烟卷的家伙们那搬走的原因。"他说着把烟盒扔给我。

"那你是从哪儿来的？"我说。

"西格达尔，东部一个小破村子。只有森林和痛苦。你知道，那里产厨柜。西格达尔厨房。那是我们的骄傲。"

他点燃了烟，手飞快地梳了梳头发。

"看上去油光水滑是好还是坏？"我说。

"好，绝对的，"他说，"你是去约会。那你必须穿得好一些。"

"是。"我说。

"你是南部人吗？"他说。

"是的，我家在南边一个小破镇，如果不说那地方很操蛋的话。"

"如果你家在操蛋镇，我家就在鸡巴村。"

"鸡巴和蛋就该在一起。"我说。

"哈哈！你说的都是什么啊？"

"我也不知道，"我说，"就是忽然想到这么一句。"

"对,你是作家嘛。"他说,又往后一倒靠在床上那些枕头上,一只脚抬上去踩着床垫上,把烟吹向天花板。

"那么你的童年过得怎么样?"他说。

"我的童年?"

"对,你小时候?过得怎么样?"

我耸了耸肩。

"我不知道啊?我经常嚎,也就记得这些了。"

"经常嚎?"他说,开怀大笑,笑得都咳起来了。这很有感染力,我也笑起来了,即使我还没明白他在笑什么。

"哈哈哈!嚎!"

"怎么回事?"我说,"是因为我干了那事?"

"怎么嚎?"他边说边坐了起来,"噭噭噭噭噭呜!是这样吗?"

"不是,嚎嗨的嚎,或者说哭吧,用东部人的话来说。"

"噢!你小时候经常哭鼻子!我还以为你说的是站着像狼一样呜呜地嚎!"

"哈哈哈!"

"哈哈哈!"

当我们乐够了,停歇了一下。我在烟灰缸里摁熄了烟头,把一只脚放在另一只脚上。

"我小时候基本都是自己一个人到处溜达,"他说,"整个初中和高中时期我都渴望着逃离。所以现在这样坐在这里真是太美妙了,在底层,在我自己的小屋里,虽然这里看起来很糟。"

"是啊。"我说。

"但是我很担心法律，我觉得可能这不是我擅长的领域。"

"不是星期一才开学吗？现在说这个为时过早了吧？"

"也许。"

外面的门被砰地撞上了。

"那是鲁内，"莫滕说，"他总在洗澡。说起来真是不可思议的干净人呢。"

他又乐了。

我站起身来。

"我和她约了七点，"我说，"所以我还有几件事要处理一下。你今晚出门吗？"

他摇了摇头。

"我想着要读书的。"

"法律书？"我说。

他点点头。

"祝你和英薇尔一切顺利！"

"谢谢。"我说，然后上楼回到我的小屋。外面是傍晚那奇异的光线；在树木和屋顶上方冉冉升起的西边天空，焕发着红光。一些乌云的边缘向内卷着。我放了一张旧的"大国"的豪华单曲唱片，吃了个小圆面包，穿上那件黑色西装外套，把钥匙、打火机和硬币从裤兜转移到外套口袋里，免得裤子大腿处有不雅的凸起，又将烟草包放在西服内袋里，走了出去。

英薇尔走进歌剧院咖啡馆时并没有看到我。她踟蹰着环顾四周，身穿一件白底蓝条纹毛衣，米色外套和蓝色牛仔裤。她的头发比我上次见到时要长了。我的心猛烈撞击着胸膛，以至于无法呼吸。

我们的视线相遇了，但她没有像我希望的那样立刻容光焕发起来。唇上一抹微笑，仅此而已。

"嘿，"她说，"你一直都在这里呀？"

"是的。"我说着站起来又在半当间停住了。我们之间还不太熟，拥抱也许太过了，但是我这时又不能坐回去，那样就像盒子里的弹簧小丑了，所以我顺势完成起身的动作，伸出脸颊，幸运的是她也把脸靠过来，和我碰了一下。

"我还希望是我先到呢。"她说着，把包和外套先后挂在椅背上，"这样我就赢你一局了。"

她又微笑了，坐下来。

"你要来一杯啤酒吗？"

"没错，"她说，"我们必须要喝酒啊。你能不能现在买一轮，然后我再给你买一杯？"

我点点头，朝酒吧走去。房间里人开始多了。我排队的时候前面还有两个人。我小心翼翼地避免直视她，但是用眼角余光看到她正凝视着窗外。她把手放在腿上。我很高兴能离场片刻，很高兴不用坐在那儿，不过现在轮到我了，我买了两杯半升啤酒，就不得不往回走了。

"过得怎么样？"我说。

"是说学开车的事？还是我们已经说过了那个？"

"我不知道。"我说。

"太多新东西了，简直让人胆战心惊。"她说，"新房间，新专业，新书，新人。是啊，这倒不是说我以前读过任何专业。"
她描补了一下，乐了。

我们对视着，我认出了她那自带笑声的眼神，我第一次见
到就不能自拔。

"就是我以前说过的，我会怯场的！"她说。

"我也一样。"我说。

"干杯。"她说，然后我们小心地把玻璃杯碰了一下。

她的头向旁边一斜，从包里拿出一盒香烟。

"噢，现在该怎么办？"她说，"我们要不要再从头开始来
一次？我进来，你坐这儿，我们来一个拥抱，你问我过得怎样，
然后我回答你，再问你还好吗。这样的开场就好多了！"

"我这里也差不多，"我说，"太多新鲜事了。尤其是学院里。
不过我哥哥也在这里上学，所以我这一段都跟着他混。"

"还有你那位鲁莽的表哥？"

"约恩·奥拉夫，对！"

"在他祖父母家那边我家有度假屋。现在看来有百分之五十
的可能他们也是你祖父母 [1]。"

"在南伯沃格？"

"对，我们在对面利赫斯滕山下有个小木屋。"

"真的？从我小时候开始，我每年夏天都去那里。"

---

[1] 约恩·奥拉夫和卡尔·奥韦是同一个外公外婆，英薇尔和约恩·奥拉夫没有熟
到能确定和她家度假屋相邻的到底是约恩·奥拉夫的外公外婆还是爷爷奶奶
（二者在挪威语都称 besteforeldrene），所以说有一半可能是卡尔·奥韦的外公
外婆。

"那下次你可以划船过来找我。"

我对其他任何事都没有兴趣了，我想。一个和她单独度过的周末，在那神秘的利赫斯滕山下木屋里，世上难道还有比这更美妙的事吗？

"那应该会很有意思。"我说。

又安静下来了。

我努力不去看她，但却无法平静，她坐在那儿看着桌子的样子真好看，手上的香烟烟雾缭绕。

她抬头，遇到了我的视线。我们微笑了。

她眼里的温暖。

她全身笼罩的光芒。

就在那一眼对视结束的同时，她全身涌上来那点尴尬和不自信，她的眼光追随着她在烟灰缸上轻掸烟灰的手。我不知道这缘何而起，却感同身受，她在捍卫自己，也捍卫自己所处的这一情境。

我们在那儿坐了差不多一个小时，这真是一种折磨，我们俩都没法去主导这个局面，它似乎是独立于我们而存在的一样事物，比我们所能掌控的更大，更沉重。我每说一句话，都像在试探什么，而每次能留下的，总是那隐约的试探之意，而不是说出来的话。她则看着窗外，很不愿意在场的样子，她也是这样。不过，我有几次是这么想的，也许她被阵阵突如其来、惊心动魄的喜悦浪潮席卷，只是因为她现在和我一道坐在这里，就像我因为和她一道坐在这里所感受到的那样。我没有办法确认，我不了解她，不知道她平时是什么样子。但是当我提出来我们该走了，我能看到她如释重负。外面的街道暗下来了，但是没有乌云压顶，让这个黄昏有了夏天的感觉，它更坦荡，轻松，充满希望。

我们顺着一道坡走上"高地"，沿着一条斜路，一侧是高墙，另一侧是栏杆，下面是一排高高的砖房。明亮窗户里的房间看起来像水族馆。人们在街道上徜徉，我们后面和前面都有脚步声。我们什么也没说。我脑子里唯一的念头就是她在我身边几厘米之外走着。她的脚步，她的呼吸。

我第二天早上醒来时，外面下着雨，这城市特有的绵绵密密小雨，它不以横扫或暴击来耀武扬威，却主宰着一切。就算你出门时穿上雨衣、雨裤和胶靴，回家时依然是全身湿透。雨水爬上袖管，渗进领围，雨衣下面的衣服被潮气打湿，更不用说当雨水无休止在城市上方筛下时，是怎样地作用于所有的墙壁和天花板，所有的草坪和树木，所有的道路和门廊。一切都是湿的，一切都笼着一层湿气的膜，你沿着码头边缘走下去，感觉就像水面上的东西和水下的紧密相连，在这个城市里，这两个世界之间的边界是滑动的，如果不说它是流动的。

它也在我心里生了根。整个星期天我都待在室内，但是我的想法和情绪还是受了天气影响，就像是被置于某种灰色、均匀而暧昧之物中，星期天气氛更强化了这感觉，街道空荡荡，哪儿都关门，让我想起我所经历过的无数个星期天。

百无聊赖。

吃过早午餐后，我出去给英韦打电话。运气不错，他在家。

我和他说了与英薇尔的约会，还有我什么都说不出来，表现完全失常，他说根据他自己的经验，她肯定也是一样，他们同样地容易紧张，对自己很苛刻，他们。给她打电话，说感谢这次会面，他说，建议下次再见面，也许不是一晚上，也许就是喝杯咖啡。然后我想知道现在到哪个程度了。我说我们已经有个差不多的约定了。他问这个约定是谁提出来的。英薇尔，我说。那就很清楚了嘛，他说，她当然对你有兴趣！

他对此这么肯定，我也高兴起来。我也同样坚信这一点了。

我们收线之前，他说他周六要在家举办一场聚会，我一定得去，以及我想带什么人去都没问题。当我在雨中跑过马路时，还在想我可以带上的人都有谁呢。

哦，还用说吗，当然是英薇尔！

走进我的小公寓时我想到了安妮，我在克里斯蒂安桑地方电台工作时她是和我配合的技术人员。她眼下就在卑尔根，肯定愿意一起来。约恩·奥拉夫和他的朋友们。也许叫上莫滕？

接下来的几小时里，我在裤腰里揣着书去了三次楼下。这天剩下的时间，我用在写作上，当傍晚来临，我拿着刚买的诗集和文本分析书坐在沙发上，为第二天就要开始的诗歌课做准备。

第一首诗很短。

《当下》

不管你说了什么，

让根追随，

让它们晃荡

以及所有泥土

只是为了清楚告知

它们从哪里来

只是为了清楚告知它们从哪里来？

我又读了一遍，然后才发现这首诗说的是词语的根。也就是说，话语的根和土应该被展示出来，让听到这些词语的人知道这些词语是从哪儿来的。换句话说，说糙话，或者是别怕说糙话。

这就是全部吗？

不，肯定不能是这样。词语显然是其他一些事的象征。也许是我们自己。就是说我们不要隐藏我们的来历。我们一定不要忘记过去的自己。就算那不一定是很光鲜的。这首诗并不难懂，只要仔细阅读逐字琢磨就行。但这一招也不是对所有诗都适用，有些诗不管我读了多少遍，怎么绞尽脑汁，还是读不懂。有首诗尤其让我恼火。

他穿着房子在

头上是天他

穿着房子

在头上是天他穿着

房子在头上

纯粹的超现实主义。房子在头上的那人——这究竟是什么意思？——那是一片天空，还是说房子就是他的天堂？好吧，就算房子是他头脑的意象，不同的想法就是房子里的各个房间，而这些，我们所看到的这些，是天堂。然后呢？他这么写的目的是什么？为什么要把这些一字不差地重复两遍半？这是纯粹的装腔作势，他本来也是无病呻吟，所以就把几个词砌在一起，把一切交给命运。

接下来的两天，我们被诗歌、诗人名字、流派和方向所轰炸。有夏尔·波德莱尔和阿蒂尔·兰波，纪尧姆·阿波利奈尔和保罗·艾吕雅，雷纳·玛利亚·里尔克和格奥尔格·特拉克尔，戈特弗里德·贝恩和保罗·策兰，英格褒·巴赫曼和内莉·萨克斯，居纳尔·埃克勒夫和托尔·乌尔文；有关于大炮和尸体的诗，天使和妓女的诗，门房的妻子和海龟，马车夫和土地，夜晚和白天，我坐那儿记笔记时眼前就浮现出这样的场景，所有这些就像被撂成不同的堆头，因为除了夏尔·波德莱尔和托尔·乌尔文，这些是我从来没有听说的名字，我也不可能在脑子里建立某种编年历，所有这些都是某个整体的一部分，来自现代欧洲的现代诗，单独来看这些诗也不是那么现代，基本是在第一次世界大战战火熄灭后不久，我在一次课间休息里提到了这点，即这些诗是现代诗，但是同时又相当陈旧，至少它们的主题如此，这岂不是自相矛盾，约恩·福瑟说，这个观点挺有意思，但最重要的是它们在形式上是现代的，它们为之赋予语言表现形式的激进思想也是现代的。到今天来说也仍然是激进的，他说。保罗·策兰，没人比他走得更远。这时我才明白过来，所有这些我搞不懂的东西，所有这些在我面前关上了大门、隔绝起自己小宇宙的诗，恰恰就是它们的激进之处，就是让它们现代起来的东西，也就是和我们的关联所在。

约恩·福瑟读了保罗·策兰的一首诗，叫《死亡赋格》，它阴森，摄人心魄，让人难受，我晚上在家又读了一遍，福瑟像做弥撒那样读出的这首诗犹在耳畔，我发现，之前感受到那种催眠感和不适是由我所熟悉的那些事物引发的，但是就在这些词语穿过我的脑海时它们自身具有的熟稔感消失了，又被编织进了诗里，汇入了全诗里鼓荡着的暗黑，椅子只是椅子，死亡，桌子只是桌子，死亡；外面的街道空荡荡地躺着，黑暗中一片死寂，这不只是来自天际的黑，也来自诗里。

但是即使这首诗触动了我，我还是不明白它是怎样做到的，或者说为什么能做到。

> 清晨的黑牛奶我们傍晚喝
>
> 我们中午早上喝我们夜里喝
>
> 我们喝呀喝
>
> 我们在空中掘墓躺着挺宽敞 [1]

---

[1] 《死亡赋格》（*Todesfuge*）的开头。此处用的是北岛译文。

这首诗里无底深渊般的黑暗是一回事，它说了什么又是另一回事。它背后隐藏着什么想法？如果我要写出这样的东西，我肯定要知道它从哪里滋生出来，知道它的起点，它要表达的哲思。我能不能写出能和它比肩的东西？我一定要牢牢抓住这一点。

　　如果我现在要写一首诗，我会写什么？

　　它一定是关于最重要的事。

　　最重要的是什么？

　　是英薇尔。

　　以及爱情。或者是陷入情网。每一次当我想她的时候，贯穿我的那种轻盈，当我想到她真的存在，她现在就在这里，和我在同一座城市，我们即将再见时那喜悦的撞击。

　　这是最重要的。

　　一首关于它的诗看起来又是什么样子呢？

　　写了两行以后已经显示出老套的倾向了。我没有办法像现代主义者那样将这些撕碎，然后抛洒在页间。我对此能想到的意象也传统得很。山间的溪流，冷冷的涧水上跳跃着阳光，山谷两侧是高高的山上顶着白色冰川。这是当我思索何为幸福时想到的唯一意象。她的脸，也许？或者镜头推向她的双眼，虹膜，瞳仁？

　　为什么呢？

　　她微笑的样子？

　　是的，是的，都是很好，但是那样我已经无限偏离了出发起点了，保罗·策兰那暗黑、催眠感和几乎摄人心魄的吸力。

我从床上起身，拧亮灯，在写字台前坐下开始写。半小时后我已经写好了一首诗。

眼，我叫你，来了，
面颊，我的爱，悲伤
和生命奏起的
黑色乐章
眼，我叫你，来

这是我写的第一首真正的诗，我关掉灯又回到床上躺得笔直，对创意写作学院又有了比刚开学时更好的感觉，我又往前进了一大步。

第二天，我们拿到了第一次写作课作业。这是约恩·福瑟给我们布置的，根据一张图写一首诗，他说，任何图或画都可以，午饭后我就上路了，去小伦格加德湖边的博物馆找一张我可以写的画。上午出过太阳，在城市的所有色彩里都多了一种强烈的欲望，所有都是湿润的，闪耀的，有种罕见的深度，在那绿色山间和蓝天下让人晕眩。

走进去后我从包里拿出笔记本和笔，把包存进一个衣柜里，付钱后走进了这差不多空无一人的寂静大厅。第一张引起我注意的画是一幅单纯的风景画，画的是峡湾的一个小村，一切都是清晰的具象，就是那种你可以想见的沿着不管是哪儿的海岸都能遇到的景致，在画面上也有一些梦幻色彩，不是吉特尔森那种魔幻的手法，那是另一种梦，难以捉摸，却更勾人。

如果我是在现实里看到这个风景，我绝对不想在其中逗留。但是，当我在这看到它，挂在这白色大厅里，这就是我想去的地方，这就是我所渴望的东西。

我的眼睛弥漫着泪光。我喜欢这张画，是一个叫拉尔斯·赫特维格[1]的人画的，如此强烈，它扭转了整个情况，我不再仅仅是一个创意写作学院的学生，要在对艺术一窍不通又要不懂装懂的情况下写一首关于画的诗，我是一个能从心底里感受到这一切的人，泪水就在眼眶里。

带着由这一变化激发的喜悦，我继续向里走。博物馆里有大量阿斯楚普绘的油画作品，这我是知道的，这也是我来这的原因之一。阿斯楚普是约尔斯特人，那也是我外祖母的家乡，阿斯楚普的父亲在那当牧师。在我整个成长过程里，我们家楼梯上方墙壁上有一幅阿斯楚普的画，它画了一块草甸，往上延展伸向一个老农庄，上方是一些雄伟壮大却并不具有威胁性的峰峦，这是一个仲夏夜，开满了毛茛花的草地上，尘土在光线中盘旋。这张画我看了那么多次，都成为我的一部分了。挂着这幅画的墙外就是道路和住宅区，一个完全不同、更清晰、更实在的世界，有窨井盖和自行车把，邮箱和野营车，自家用婴儿车车轮改造的手推车和穿着月球靴的孩子们，但画里的夜间世界同样也不是梦，不是童话，在现实里能找到它，那山坡上

---

[1] Lars Hertervig（1830—1902），挪威画家，在德国杜塞多夫受美术教育，1854年因精神崩溃返回挪威南部家乡，贫病交加，死后才得到认可，其风景画被誉为挪威绘画里登峰造极之作。

的农场就是外祖母的家，她很多兄弟姐妹仍然生活在那里，我们有时候在夏天去看他们。外祖母还记得阿斯楚普，妈妈说，他是村子里人人都谈论的话题，在外祖母和外祖父的家里挂着他画的另一幅画，我这一辈子看过它不知多少次。画的是白桦林，黑白相间的树干密密地生着，几个小孩在林间走动，采着什么东西，这幅画里有种可怖的气氛，几乎看不到天空，但是它被挂在日常世界正中，就在餐边柜上方，也就滑入了那儿的安宁。

几乎所有阿斯楚普的画都以约尔斯特的事物为题材，真好，它们画的是我在现实生活里所熟悉的地方，我能认出来，但是也可以说是认不出来。这种双重性，一个既熟悉又陌生的空间，并不是我会想到或者反思的东西，但它还是我所熟悉信赖的，这就像当我要读书时不会去反思我正在步入的房间，我不假思索地信赖着它，我是怎样从这一个瞬间走入下一个瞬间，离开包围着我的所在又走入下一个，却几乎总是在思念着我所不在的那个别处。

阿斯楚普的画是我的一部分，当约恩·福瑟让我们写一首关于画的诗时，我首先就想到了他。我打算在博物馆里四处逛一逛，打开自己的感官，如果出现了什么能给我灵感的东西，我就以它为题材，如果没出现，我会写一张阿斯楚普的画，它已经在我的系统里了。

我在那儿溜达了半个小时，站在拉尔斯·赫特维格和阿斯楚普的作品前面做了些笔记，描写了画上的一些细节，这样我回家后写诗时就还能记得它们。之后，我在湖边走了走，走进

132

了马肯区，城市这一区我从来没有来过。这里挤满了人，是阳光让人们纷纷走出家门。我在画廊咖啡馆喝了杯咖啡，写了几行诗，然后继续朝着托加曼尼根的方向走去，在那里，看着教堂居高临下俯瞰城市的景致，一个念头击中了我，可以去找英薇尔，看看她在不在自习室里。这个想法让我战栗。但我对自己说，这有什么好怕的，她就是个和其他人一样的人，又是个同龄人，再说上一次也不是只有我难以呈现出自自然然的言谈举止，也许她也是一样，她应该也满怀见人的紧张而且和我一样意图强烈，当我快步朝"高地"走上去时正是这个想法让我感觉好多了，情绪振奋了起来。

再说了，我走到顶上按照她以前给我指的方向走着，想到我其实也算有事找她，我想邀请她参加英韦的聚会。如果情况不错的话，我就留着这话不说，这样就有理由下次给她打电话，但是如果情况不妙，我就可以把这张底牌打出来。

从外面炽烈阳光里走进来，心理学系学生大楼入口更显得黑暗，以至于我开始都看不清那儿挂着的大楼一览牌上的字母。当它们慢慢浮现出来时，紧张让我分神，有那么几秒视线无法在那些字母上对焦。喉咙发干，脑子发热，我终于搞明白了自习室在哪儿，当我走进去的时候，很明显比我走过的那些学生要不自在得多，我站着一排排的课桌看过去，在另一端的某张桌子边有人站起来，冲我挥手，是她，她飞快地清理了座位，穿上了牛仔外套，朝我走过来，嘴上带着微笑。

"你来得正好！"她说，"要去喝杯咖啡吗？"

我点点头。

133

"你带路吧，这里我一点都不熟。"

今天外面坐满了学生，在长凳上，在路边和台阶上，我们最后每人拿着自己的咖啡在西登豪根[1]学校的食堂里坐了下来，这里桌子旁边人少。这一次我们之间的气氛轻松多了。我们先聊了聊她的专业，还有在凡托夫特和她共用厨房的那些家伙，我和她说起莫滕，接着就是英韦，我读高中时来这里找他玩是多么了不得的事，她也说起了一些她成长里的事，她说她以前是典型的假小子，踢足球，偷别家花园里的果子，我说这些在现在的她身上已经快找不到痕迹了，她笑着说，她也没打算在卑尔根踢球，但是下次桑德尔队过来比赛时她要去体育馆看，还有在他们的主场佛斯哈根的几场比赛她也准备去看。我也说了说斯塔特俱乐部，还有我和英韦在体育馆里见证了斯塔特在1980年最后一场里以 4-3 击败罗森堡队，成为联赛冠军的那一幕，我们冲上球场，最后到了更衣间里为球员们欢呼，他们把球衣扔出来，我居然不可思议地一把抓住了斯韦恩·马蒂森的球衣，所有球衣里最珍贵的，九号。但是有个成年的家伙从我手里把球衣扯出来，抢走了。我说能够和她这样的女孩子坐在这里聊足球真是太奇妙了，她说也许她的箱子里还有更多的惊奇等着我呢。她又说起了她的姐姐，说到她们的那种自卑情结，并不是她说她会做的那些事，而是她所说的话，一直在和她的笑声自相矛盾，和她的眼眸自相矛盾。她的眼神丝毫没有被那悲惨描述灼烧过的痕迹，甚至还把那描述转向了相反的意味。

---

[1] 卑尔根大学城的一个区。

出于某种原因，我告诉她关于一桩小时候的事，我搞到了副高山滑雪护目镜，那时大概是八岁还是九岁，护目镜酷得不得了，但是它也有毛病，它上面没有镜片。尽管如此，随后我们在房子下面的坡上玩小滑雪板时，我还是戴上了它。下雪了，雪片片飞入我的眼睛，我基本上什么都看不见，但是我还是照玩不误，一切都很顺利，直到又来了几个大一点的男孩子。他们认为我的眼镜和我玩得一样帅，他们就是这么说的，我自豪得快要爆炸了，然后他们当然问他们能不能借它，我说不行，没商量，但最后我还是让自己屈服了，其中一个男孩戴上眼镜正要往前走时，他转过身来，对我说：这居然没有镜片！他不是笑话我或者怎么样，他就是纯粹的被我震了，怎么会有人戴着没有镜片的滑雪护目镜在外面玩？

我们在那坐了半个小时，我又送她回自习室。我们在外面停下来，又聊了一会，这时莫滕走上坡来，即使还隔着老远也绝对错不了，穿红色皮夹克的青年男子本来也不多，而他们之中只有莫滕才能以他那样的方式招摇过市，像玩偶一样僵硬，却照样充满能量和力量。但是现在他的头不再像我以前见他的时候那样高昂着，他走近时，我抬手打招呼，看到他一脸绝望。

他停下脚步，我给他俩互相介绍了一下，他给她一个短促的微笑，再把视线转向我。他眼里有眼泪。

"我完蛋了，"他说，"我真他妈完蛋了。"

他看向英薇尔。

"不好意思用词不雅了，美丽的小姐。"

又朝我转过来。

"我不知道该去哪。我受不了了。我现在一定要找个心理咨询师。我必须要和谁谈谈。然后我就打电话了，你知道他们说了什么吗？他们只看急诊，我说这就是急诊，我再也受不了，我说，他们问我有没有自杀的想法？当然我想过自杀！我失恋了，一切都见鬼了。但这显然不够紧急。"

他久久地看着我。我不知道自己该说些什么。

"你就是学心理学的，对吗？"

她回答之前瞥了我一眼。

"我一周前刚开学。"

"你知道这种情况下我该去哪儿看吗？"

她摇了摇头。

他又朝我看过来。

"我晚上有可能来找你。行吗。"

"行，当然，你随时过来。"

他点点头。

"回聊。"他说着就晃荡着走远了。

"那是你好朋友吗？"等他走到听不见我们说话的地方，英薇尔说。

"还不算，不。"我说，"他就是我说过的那个邻居，我只见过他三到四次，他这个人什么心思都放在外面，我从没见过这样的人。"

"没有，确实可以这么说。"她说，"我现在要进去了，你会给我打电话吧？"

这话击中了我，刹那间，不会长于一秒或者两秒，我无法呼吸。

"会啊，"我说，"我会打的。"

当我就在坡顶上停下来，看着在我眼皮下躺着的城市，幸福的感觉如此疯狂，以至于我简直不明白怎样才能勉力支撑着回家，怎样还能有心思坐在小屋里写作，继续吃和睡。但世界就是这样设置的，你突然遭遇了这样的时刻，内在的幸福在追寻外在的对应之物，并找到了，就算在最无情无义的世界一角，也一定能找到，因为美是一切的钥匙。我的意思是，如果世界和现在这个完全不一样，没有高山和海洋，平原和湖泊，沙漠和森林，由超乎我们想象的异样物质构成，在所有我们所知的事物以外，就是这样我们也会在其中找到美。比如说，一个由格利奥和籁伊，阿依旺比利和氪纽拉马或以太特拉，普鲁气和卢皮特构成的世界，不管它们是什么：我们都会歌颂它，因为这就是我们，我们赞美这个世界并爱它，不是出于某种必要，世界就是世界，我们仅有的这世界。

八月最后的这个星期三，我走下台阶，朝着市中心前行，心里有一块地方能放下所有我看到的东西。一级台阶上磨得泛白的石板，妙不可言。与一个中间凹下去的屋顶比肩的是直挺挺的砖楼，如此悦目。下水道栅格上一张暗淡的包过香肠的纸，随风而上几米后再次降落，这一次是在人行道上，被踩扁的香口胶白色斑点：不可思议。一个穿着敝旧西装的干瘦老人弓着腰向前走，手里拎着的袋子里鼓鼓囊囊装满酒瓶子：可观的一幕。

世界伸出了手，我欣然与之相握。一直走过市中心，在另一边走上坡，走回小屋，我立即坐下来写我的诗。

第二天第一节课一开始我们就交上了作业。我们坐下聊天喝咖啡时，这些作业就被拿去复印。我们能听到复印机的轰鸣声。因为门是打开的，每次复印机照亮纸张时，那短促的咆哮声就会传到房间里。那一叠印好了，福瑟把这些诗分发给大家，大家立即都安静了，开始阅读。他把胳膊向前一甩，看看时间，评论环节就要开始了。

已经有了固定的程序了：一个学生读诗，其他学生挨个发表评论意见，这一轮结束后，老师再对文本进行点评。最后一个部分是最紧要的，尤其是在福瑟担任授课教师时，因为尽管他很紧张而且看起来有点担惊受怕的样子，但他说出的话却很有分量，有说服力，他一开口，所有人就不由自主地倾听。

他对每一首诗都用了很长时间，在每个字里行间逗留，表扬写得好的部分，批评不好的部分，反复斟酌有潜力的部分，以及那些或许可以以其他方式发展的部分：他全程非常专注，目光胶着在文字上，从来没有走过神，而我们坐在那记录他的话。

我的诗是最后·首被评论的，它的题材是自然。我想要描绘这风景的美丽和开阔，诗的最后以小草呢喃着"来吧"而结束，就像它对着读者诉说一样，这表达了我看到那图画时的感受。因为这幅画是风景画，所以这首诗里也没有任何现代之物，我枯坐了一阵子，试图用各种办法让它更接近当下，就突然想到一个词"宽屏天空"，就用上去了，这里所表达的和我在散文里创造出来的印象差不多，那里男孩们的现实感已经被在电视和读物的所见染上了颜色，主要还是电视。在这里要造成的是一样的效果。它代表着与自然抒情以及诗意分道扬镳，这次当我大声朗读这首诗时，也觉得它的效果很理想。

福瑟穿着袖子卷起来的白衬衫和蓝色牛仔长裤，下巴上冒着胡须茬，眼睛下有黑眼圈。我读完诗后他就不再看着诗稿了，刚才轮到别人时他还会再看一会诗稿的，而眼下他立即就开讲了。

他说他喜欢阿斯楚普，而且我不是世界上第一个写他的人，奥拉夫·海于格才是。然后他亲自来分析这首诗。第一行，他说，是陈词滥调，你可以划掉。第二行也是老一套。以及第三和第四行。这首诗里唯一有价值的部分，他把每一行都删掉后说，就是"宽屏天空"这个词。这就是我以前从来没见过的东西，你可以留着。然后其他的都可以删。

"但是这首诗就什么也不剩了。"

"是不剩什么了，"他说，"但是对自然的描述和赞美都是陈词滥调。在你的诗里没有任何阿斯楚普的神秘色彩，你把它完全平庸化了。但是，宽屏天空这个词，我说过，还不算太差。"

他抬起视线。

"好了，我们把这些诗都过了一遍。有没有人要一起去'亨里克'来杯啤酒？"

所有人都要去。我们一队人在黄昏的雨里走上坡，到了歌剧院那条街对面的咖啡馆。我的眼泪一直要夺眶而出，一句话都没说，同时我也知道只有在大家走路的情况下才能得体地保持沉默，但当我们在室内坐下来时，我就得说点什么，表现出愉悦的样子，或者至少是热情参与的劲头，这样别人就不会意识到福瑟的话伤我多么深。

另一方面，当我深深陷进沙发里，面前桌子上摆着杯啤酒时，我又觉得我不能表现得兴致太高，那么就太明显了，显得我就是很努力地装作什么都没发生。

彼得拉在我旁边坐下来。

"你写的那首诗很美。"她轻轻笑着说。

我没搭理她。

"我说过什么来着，你总是端着架子。"她说。"那只是一首诗而已，"她说，"行了。"

"你说起来轻松。"我说。

她用嘲讽的眼睛看着我，摆出了她那嘲讽的笑。

约恩·福瑟看着我。

"写好诗很难，"他说，"没有多少人能做到这点。你已经有了一个好词，这很好了。你明白吗？"

"好吧，我知道。"我说。

他看起来想再补充点什么，但他又坐回去了，看向窗外。他试着想安慰我，这比他的点评本身更让我觉得丢人。这意味着他认为我是需要被哄的人。他和其他人谈文学，他哄我开心。

我不想当第一个离场的人，那样的话所有人都会认为我因为不开心受不了才走的。第二个走也不好，第三个也不行。他

140

们还是会这么想。但是如果我是第四个离开，那别人就想不到这个，至少不会推理出这个结论。

幸运的是本来大家也没有打算待到很晚，一天的劳作后来杯啤酒就是大家来这的目的。过了一小时，我就可以起身离开而丝毫无损于脸面。雨水下大了，倾盆大雨泼了满街，商店关门时间已过，市区空旷无人。去见鬼吧雨，去见鬼吧人类，所有嶙峋山边排列而上的破烂木屋，都去见鬼吧。我玩命地快走，只想回到家里，锁上门，一个人待着。

终于进门了，我脱下鞋子，把滴着水的雨衣挂在壁橱里，把装着文稿和笔记本的袋子放在书架最上层，因为我只要看它一眼那羞耻感必定会卷土重来。

让人绝望的是我们有了新的作业。今晚要写一首新的诗，明天朗诵，被点评。我也要让它去见鬼吗？

不管怎样，我现在写不了，我想着，往床上一躺。头上雨水噼啪敲窗。当风从草坪上吹过来，被压上屋子墙壁时有一阵弱弱的呼啸。有时木头吱吱作响。我想到了我从小就住在那的房子，它外面的风，发出更强大也更有力的呼啸，因为它舞动了那么多树木。那是怎样的声音啊。它突然拔高，移向别处，消失了，又再次陡然拔高，叹息着穿过森林，树丛前倾后倒，似乎要连根拔起，远走高飞走。

我最喜欢的树是独自伫立在住宅区里那些空地上的松树。它们在树林里长大，但后来树林被砍倒，山被炸开，被装上了草坪和房屋，就在它们旁边。它们高高瘦瘦，许多树枝都是直直地向上生长。当太阳照在它们身上时，这些枝丫红得几乎像

141

火焰在燃烧。它们看起来像桅杆，每当我站在房间窗口，抬头看着邻居家空地时都这么想，它们前后摇摆，空地像船，栏杆是舱板，房屋是舱，住宅小区就是整个舰队。

我起床到厨房。前天晚上我把所有脏盘子、刀、叉都放在盆里，倒满热水，放了点洗洁精，然后泡着。现在只需要用冷水把它们冲干净就行了。我很高兴能想到这个办法，让洗碗的劳动变得轻而易举了。

我完成这事后，在打字机前坐下，打开，把一张纸卷进去，发了会呆，就开始写一首新诗。

屎。屎。屎。屎。屎。屎。屎。屎。屎。屎。屎。
屎。屎。屎。屎。屎。屎。屎。屎。屎。屎。屎。
屎。屎。屎。屎。屎。屎。屎。屎。屎。屎。屎。
屎。屎。屎。屎。屎。屎。屎。屎。屎。屎。屎。
屎。屎。屎。屎。屎。屎。屎。屎。屎。屎。屎。
屎。屎。屎。屎。屎。屎。屎。屎。屎。屎。屎。
屎。屎。屎。屎。屎。屎。屎。屎。屎。屎。屎。
屎。屎。屎。屎。屎。屎。屎。屎。屎。屎。屎。
屎。屎。屎。屎。屎。屎。屎。屎。屎。屎。屎。
屎。屎。屎。屎。屎。屎。屎。屎。屎。屎。屎。
屎。屎。屎。屎。屎。屎。屎。屎。屎。屎。屎。
屎。屎。屎。屎。屎。屎。屎。屎。屎。屎。屎。

屁。屁。屁。屁。屁。屁。屁。屁。屁。屁。屁。屁。屁。
屁。屁。屁。屁。屁。屁。屁。屁。屁。屁。屁。屁。屁。
屁。屁。屁。屁。屁。屁。屁。屁。屁。屁。屁。屁。屁。
屁。屁。屁。屁。屁。屁。屁。屁。屁。屁。屁。屁。屁。
屁。屁。屁。屁。屁。屁。屁。屁。屁。屁。屁。屁。屁。
屁。屁。屁。屁。屁。屁。屁。屁。屁。屁。屁。屁。屁。
屁。屁。屁。屁。屁。屁。屁。屁。屁。屁。屁。屁。屁。
屁。屁。屁。屁。屁。屁。屁。屁。屁。屁。屁。屁。屁。
屁。屁。屁。屁。屁。屁。屁。屁。屁。屁。屁。屁。屁。
屁。屁。屁。屁。屁。屁。屁。屁。屁。屁。屁。屁。屁。
屁。屁。屁。屁。屁。屁。屁。屁。屁。屁。屁。屁。屁。
屁。屁。屁。屁。屁。屁。屁。屁。屁。屁。屁。屁。屁。
屁。屁。屁。屁。屁。屁。屁。屁。屁。屁。屁。屁。屁。
屁。屁。屁。屁。屁。屁。屁。屁。屁。屁。屁。屁。屁。
屁。屁。屁。屁。屁。屁。屁。屁。屁。屁。屁。屁。屁。
屁。屁。屁。屁。屁。屁。屁。屁。屁。屁。屁。屁。屁。
屁。屁。屁。屁。屁。屁。屁。屁。屁。屁。屁。屁。屁。
屁。屁。屁。屁。屁。屁。屁。屁。屁。屁。屁。屁。屁。
屁。屁。屁。屁。屁。屁。屁。屁。屁。屁。屁。屁。屁。
屁。屁。屁。屁。屁。屁。屁。屁。屁。屁。屁。屁。屁。
屁。屁。屁。屁。屁。屁。屁。屁。屁。屁。屁。屁。屁。
屁。屁。屁。屁。屁。屁。屁。屁。屁。屁。屁。屁。屁。
屁。屁。屁。屁。屁。屁。屁。屁。屁。屁。屁。屁。屁。

尻。尻。尻。尻。尻。尻。尻。尻。尻。尻。

尻。尻。尻。尻。尻。尻。尻。尻。尻。尻。

尻。尻。尻。尻。尻。尻。尻。尻。尻。尻。

尻。尻。尻。尻。尻。尻。尻。尻。尻。尻。

尻。尻。尻。尻。尻。尻。尻。尻。尻。尻。

尻。尻。尻。尻。尻。尻。尻。尻。尻。尻。

尻。尻。尻。尻。尻。尻。尻。尻。尻。尻。

尻。尻。尻。尻。尻。尻。尻。尻。尻。尻。

我拿出那张纸看了看。

想到要在学院里朗读它，想到届时会成个什么样子，他们会如何反应，他们会说些什么，我心里就涌起许多小气泡般得意。还会说这些都是陈词滥调，说我除了这一个词其他都应该删掉吗？

哈哈哈！

我倒了杯咖啡，点了根烟。我这兴高采烈也不是单向的，我当众朗读这首诗也冒了很大风险，那是挑衅，是迎头痛击，我最不想要的，那就是把自己袒露任人解读。我对它如此恐惧，以至于想要这么去做的念头就更加诱人。我感觉到的是禁忌的力量，就像恐高症那样，让人头晕目眩，我竟然能真的做到这个。

八点钟门响了，我以为是莫滕，但其实是约恩·奥拉夫，在雨中，他穿着敞开的外套和跑步鞋站在楼梯上，就好像我们住一个院子里他一偏腿就溜达过来了，在某种程度上这也是事实，他的小单间离我这里不远。

"还在忙着吗？"他说。

"没有，我忙完了。"我说，"进来吧！"

他一屁股在沙发上坐下，我拿来两杯咖啡，在床上坐下。

"那儿怎么样？"他说。

"一切都还挺好的，"我说，"但是很酷，当我们讨论文本时没人指手画脚。"

"没有。"他说。

"我们现在在写诗。"

"那你会写吗？"

"我以前没写过。但是最重要的是走出门去，人总要尝试新东西。"

"是的，"他说，"我自己目前还没上轨道。要读的东西太多了，一切都让我感到自己欠账太多了。这不像在人文学科里那样，你可以躺在以前知道的东西上面，或者运用理性……唉，人当然都应该要理性。"他笑着说，"但是有那么多要掌握的东西，所要求的准确度完全是在另一个层次上。所以唯一有用的就是要读书。那些家伙真是很刻苦，你知道嘛，一大早就去自习室，晚上才回家。"

"你不是这样？"

"我会的，"他笑了，"我只是还没开始。"

"我觉得创意写作学院也一样难读，尽管方式不一样。我们倒不是一定要掌握什么，读书不会让人成为作家。"

"肯定的。"他说。

"你要么是有这个本事，要么没有。我觉得。但是当然阅读也很重要。但是那也不是决定性的。"

"不是。"他说这，喝了一口，然后朝写字台和那几乎空空如也的书架走去。

"我很想写那些丑陋的东西，企图在里面找到美，你明白吗，美的就是美的，丑的就是丑的，这说法不对。美和丑更是相对的。你听过宣传乐队（Propaganda）吗？"

我看着他。他摇了摇头。我走过去，放起了他们的唱片。

"这一部分是雅致，暗黑的，美丽的，然后突然出现一种无调性又丑陋的东西，破坏了那美丽的，但是这是好的，你明白了吗？"

他点点头。

"听，丑陋的部分开始了。"

我们俩都静静地坐着，听着。然后高潮滑向结尾，我走过去调低了音量。

"你说到丑陋的那些话特别好，但这个音乐和我所想象的不完全一样，"他说，"这个也不算丑陋，不完全是。"

"也许不算，"我说，"但是当你写作时它可能就不一样了。"

"对。"他说。

"我今天晚上写了首诗。明天要在学院里读。怎么说，我还不是特别确定。它是相当激进了。你要看吗？"

他点点头。

146

我走到写字台前，拿了那张写着诗的纸，递给他。

他的样子安详平和，专注地看向那张纸，然后我看到他脸颊上泛起淡淡的红色，他突然转过身去，放声大笑起来。

"你不是要朗读这个吧，啊？"他说。

"就是它，"我说，"就这么打算的。"

"还是不要了，卡尔·奥韦，你会显得很傻的。"

"这是一种挑衅。"我说。

他又笑出声来。

"这倒是的，"他说，"但是别读这个了。你说你还不确定。别读了。"

"我再看看。"我说，接过他递给我的纸张放在桌子上。"还要加点咖啡吗？"

"但我马上得回去了。"

"顺便说一下，英韦周六要搞个聚会。你有兴趣吗？他让我问问你。"

"肯定去啊，太棒了。"

"我想咱们先在这里先喝一点热个身。然后再叫出租车去那儿。"

"行！"

"你要想带上一些朋友也没问题。"

他站起身来。

"那我们几点开始？"

"我不知道啊，七点？"

"那我们到时见。"他说，把脚伸进鞋子里，穿上外套走出去了。我跟着他到了楼梯处。他转向我。

"别读那玩意儿！"他说。然后就消失在拐角处漆黑的雨里。

就在我刚刚躺下那会儿，两点钟，我听到有人在进门处停了下来，用钥匙开了门，门被砰的一声甩上。脚步穿过走廊又下了楼梯，我意识到那是莫滕。下面传来音乐，他放出的音量前所未有地高，持续了也许五分钟，瞬间就没有声音了。

我第二天醒来时，依然没有作出决定，所以我把诗稿带在身上，打算在最后一刻做决定。这个决定并不困难。当我走进课室时，看到其他人已经在他们的位置上坐好，面前桌上摆着杯咖啡或茶，正在放松，他们的包、背包或袋子靠着桌腿放着（如果不是在他们身后靠墙放着），和他们的湿雨伞放在一起，也有人把雨伞打开放在复印室里的地上或者桌子和茶水间之间的地板上，晾干以备下次使用，我看到的这一切，我感到的这一切散发出的友好气氛，我意识到我没法读出那首诗。那首诗充满了仇恨，它属于我的小屋，在那只有我一个人，而不是这里，我与他人共处的地方。我当然可以打破两个空间之间的区隔，但是有种很强大的东西让它们泾渭分明，就像在说它们不能混在一起。

直接说我什么诗都没写，也很丢人。所有人都会明白我没写是因为昨天福瑟的点评，这就像直接承认我是软骨头，受不了压力，脆弱又幼稚，不独立又弱小。

为了纠正这种印象，我努力保持专注，对别人诗的点评环节显得兴趣盎然又投入。而这也挺顺利，我已经开始找到了评论诗歌的路数，我知道了要寻找什么，什么是好，什么是不好，也能够用清晰明了的方式表达出来，这点不是所有人都能做到的。作为一个把语言运用得得心应手的人，就是要在斟酌和犹疑已经很明显的时候，在视线闪开，桌边刚刚抛出的观点又立即收回的时候，出现了几乎难以忍受的困惑和停滞的时候，然后我一开口，清晰和条理就回到了讨论里。

回家的路上我去"麦加"买了七百多克朗的食物，出门的时候拿着满满的六袋子，想到我怎样拖着这些口袋一路回家的场景真让人丧气，所以我挥手叫了部出租车，它拐到人行道这边停了下来，我把口袋们放进后备厢，自己坐在后座上，像皇室成员一样驶过湿漉漉的街道，凌驾于我身边街道上所发生的日常挣扎之上，尽管代价不菲，我在"麦加"买东西省下的钱在这一趟里全花掉了，但是这很值。

到家后我把买回来的东西放好，拿着摄影集去了趟地下室，吃了晚饭，然后试着写点东西，这次不写诗，诗已经是过去了，我现在是散文作者，当我发现句子像以前那样来得行云流水，只要把它们写出来，我松了口气，在某种程度上我还担心福瑟对那首惨不忍睹的诗歌的点评会伤害到我在散文写作上的自信，但是这情况没有发生，一切都如往日般流畅，我写了四页后收尾了，就走出去给英薇尔打电话。

这一次我不那么紧张了，首先是她让我打电话的，其次我也要邀请她参加一个聚会，就算她不来，那也不代表她拒绝了我。

在透明塑料材质的小圆顶下，我站着，听筒压在耳朵上，等待另一端的人拿起电话。塑料壳上雨滴拉出了长长的航道，在下端汇成较大的一簇，以均匀的间隔坠成小球，坠向沥青地面。我头顶上的路灯灯光里则是被雨纵向分割的空气。

"你好？"

"嗨，我找英薇尔……"

"我就是啊，嗨！"

"嗨，最近怎么样？"

"我觉得挺好的呀？对，都挺顺利的。我现在自己坐在房间里读书。"

"听起来不错。"

"是，你呢？"

"呃，我挺好的。我琢磨着，你想不想参加周六的一个聚会？也就是明天？是我哥哥要在家热闹一下。"

"这个听着很棒啊。"

"先在我这小聚热身一下，然后我们打车过去。他住在索尔海姆湾那边。你七点钟能来吗？"

"可以。"

"不管怎样，约恩·奥拉夫会来，所以有你认识的人。"

"真是哪儿都有他啊，你这表兄弟。"

"是，也可以这么说。"

她短促地笑了一下，我们之间又静下来。

"那我们就说好了？"我说，"明天，七点到我这儿？"

"好的，我一定带着我的好心情和积极面貌出现！"

"我很期待，"我说，"到时见。再见！"

"再见"。

第二天上午，我打扫了公寓，换了床单，洗了衣服晾在地下室的架子上，我希望万一聚会后她和我回家的时候一切都能尽善尽美。很明显，必须发生些什么。第一次时我那样被动和挣扎，那是可以理解的，也不是决定性的。第二次约会已经有些不同，它发生在中午，进展挺好，足以让我们彼此熟悉起来。但是现在，我们这第三次在卑尔根的见面，我必须要表白，要采取行动，否则她就会在我手指缝里溜走了。我不能光用说的，还需要动作，一个吻，一个搂抱，然后，也许当我们晚上离场出来时，走在英韦公寓外的街道上，我提出问题，你愿意和我一起回家吗？

这个念头令人胆战心惊，但我必须如此，没有其他的路可以选择，如果不这么做，所有的就都白费了。这倒不是说我要机械地执行这个计划，我必须见机行事，解读形势，试图去了解她的意愿，她的状态，但我不能顺其自然，我必须要行动起来，即使她会拒绝我，那她也许不愿意，也许是还没有到时候。

但是，如果她愿意和我一起回家，我就必须告诉我这儿的情况。我早泄，已经很多次了，试图掩饰这一点太过耻辱，我根本做不到。我必须要坦白说出来，让它变成一个很小、不碍事、能够解决的问题。我唯一一次真正和别人睡过，就是那个夏天在罗斯基勒音乐节的帐篷里，我们做的次数越多，做得就越好，所以我至少知道自己是行的。但是我并不在意她，是不是，她对我来说什么也不是，但英薇尔不同，她的身上维系着我的全部，我只想和她在一起，不可以因为这个理由而失败。

我所知道的另一件事是喝酒会有帮助，同时也不能喝得太醉，那样她可能会认为我和她在一起只想着那一件事。绝非如此！没有什么比这更远离真相了。

约恩·奥拉夫和他的两个朋友伊达尔和泰耶第一批到。我提前已经喝了三罐半升啤酒，言行里已满溢着自信。我摆出一盆薯片和一碗花生米，和他们聊起了创意写作学院。他们读过朗纳·霍夫兰，听说过扬·谢尔斯塔，谢尔坦·弗勒格斯塔就更不用说。我想当我说到这些人要来给我们上课时，他们肯定会被震住的。

"他们应该会谈谈自己的写作生涯，"我说，"但是最重要的部分是他们要读我们的文字，然后进行讨论。你们喜欢谢尔斯塔的，对吗？"

门铃一响我就起身去开门。这是安妮。她全身穿黑，头上一顶黑色小帽，露出一长绺头发卷在额头上。我弯腰给了她一个拥抱，她将手放在我的背上，在我伸直腰后那手还在那儿放了一会儿。

"见到你真好。"她笑着说。

"见到你也真好，"我说，"快进来！"

她把背包放门里的地板上，脱下外套的时候就和其他人打了招呼。她那冒泡香槟般的轻盈和兴高采烈曾经让我吃惊，因为这和她其他时候那种暗黑、哥特式的喜好和风格完全不同。

那时的安妮爱的是异教乐队（The Cult）和 The Cure，耶稣和马利亚链条和比利时拥挤迪斯科（Crammed Disc）唱片品牌下的那些乐队，TMC（The Mortal Coil）和极地双子星（Cocteau Twins），迷雾、黑暗与死亡浪漫是她，但是现在嘴上挂着微笑，不管到哪儿都兴致勃勃地蹦蹦跳跳也是她。她比我大，但我们一起工作的时候，她在窗户另一侧控制室的操纵杆后面，我则坐在麦克风后面，我有一阵子以为她可能对我有意思，但是我也不太确定，因为这种事是无法确定的，不管怎样什么都没发生。我们是朋友，都喜欢音乐，我比她喜欢英伦摇滚的程度多那么一点。现在她是个大学生，像我一样独自在这座城市，但已经有了很多朋友，她坐在椅子里，一只胳膊放在扶手上，和其他人聊着天，看她这样我明白了她这话的意思。这一点都不奇怪。她本来就外向，飞快地就进入了今晚我小屋里这个学生圈子的中心。

我大口喝酒，为的是快点喝到那个我可以不假思索就去说话行动的位置，只有自然、自由、自在，门铃在快到八点时再次响起，我去开门，我一点儿也不紧张不紧绷，只是单纯地为要见到她感到高兴，英薇尔，她站在雨中的楼梯上，包挂在肩上，微笑着。

我给了她一个拥抱，她跟着我进来，跟其他人打了招呼，有一点点腼腆，也许还有点紧张，从包里拿出了一瓶葡萄酒。我赶紧进厨房拿出了开瓶器和一个酒杯。她在沙发上的约恩·奥拉夫和伊达尔之间坐下来，将开瓶器钻进软木塞里，将酒瓶放在膝盖之间，"啵"的一声把它抽了出来。

"所以你就住在这里。"她说，倒了一满杯白葡萄酒。

"对，"我说，"我又擦又洗搞了一整天，就是为了看起来像样一些，一直干到你们来之前。"

"我想也是这样。"她说。

她的眼睛眯起来，就像充满了笑声。

"干杯。"我说。

"干杯。"其他人说，我们互相碰了碰杯。

"你究竟在写什么？"伊达尔说。

"一本小说，"我说，"当代小说。我希望能做到有趣又有深度。这不容易。我对悖论特别感兴趣。那种既丑陋又美丽，既高又低的东西。其实有点像弗勒格斯塔。"

我朝英薇尔看过去，她也在看着我。我无法向他人祖露我那可笑的爱情，那就是我唯一的愿望是坐下来看着她，就算是对她我也不能祖露，所以我试着尽可能少地去关注她。

"但是我也想去触及更多的人，老实说。"我说，"我不希望我写的东西只有小众读者。那可不妙。那样的话我还不如去干点别的。你们明白吗？"

"明白。"伊达尔说。

"后来你朗读了那首诗吗？"约恩·奥拉夫笑着说。

"没有。"我看着他说。我不喜欢他笑。这就好像他在对别人传递着其他的信息似的。

"什么诗？"安妮说。

"那只是我给学院写的，作业。"我说着站起身来，走到唱机那里，放了一张《约书亚树》（*The Joshua Tree*）。

"要把它全文背诵出来也不难。"约恩·奥拉夫再次笑着说。

我迅速转身对着他。

"如果你想逞能，我奉陪。"我说。

正如我估计的那样，他不笑了，显出很震惊的样子。

"那你先来，嗯？"他说。

"我说的话是认真的。"我说着坐下。

"干杯！"约恩·奥拉夫说。

我们干杯，短暂的不和谐消失了，谈话又展开了。英薇尔说话不多，时而发表几句带嘲讽味的议论，一说到体育运动就眉飞色舞，我太喜欢她这样了，而同时让我震动的是我根本还不了解她，怎么就如此地爱上她了呢？我坐在桌子另一边的凳子上想，手里拎着瓶冰凉的汉莎啤酒以及一支缭绕着烟雾的烟，但是我其实全身心都已经明白，和情绪去理论是行不通的，千万别这么干，情绪总是什么都知道。我看着她，她在这儿，她身上闪耀出来的，就是真正的她，自主地存在着，完全不受她说了什么或者不说什么而影响。

一想到她就坐在我的小屋里，被我的朋友围着，离我只有一米，这是我爱得超过一切的她，这念头让我的内心镀上一片金黄。

再没有比这更好的事了。

"有人还要啤酒吗？"我说着站起身来。伊达尔、泰耶和安妮点点头，我去冰箱拿了四瓶啤酒，分给他们，这样在约恩·奥拉夫和英薇尔之间的沙发上就空出了一块，如果他们再往旁边坐一点的话，我在那坐下了。我打开啤酒的时候，泡沫冒了出来，我把它拿开一点，溢出的部分掉在了茶几上，我说，该死，放下瓶子，在厨房里拿了块抹布然后抹干。沙发背后，两个窗户之间的墙上有一根钉子，出于某种原因，我把抹布挂在了那里。

"一块湿抹布来到了我们中间。"我对英薇尔说，然后一屁股坐上沙发。她有点惊奇地看着我，我笑得就像肚子里有气蹿出来那样，"嗬，嗬，嗬"。

我在马路对面的电话亭里订了两辆出租车。其他人站在楼梯上聊天，喝酒。我看着他们站在那儿，想着，他们是在我这儿小聚。雨已经不下了，但乌云还在。一种惨白的黑暗笼罩着我们滑过的街道上，我们一到普德峡湾就亮了起来，那儿的天空高而开阔，开上索尔海姆湾那边的坡上，在一排排工人住宅楼之间又暗了下来。

已经九点半了。我们已经过了得体的迟到那个界限。我之前问英韦我们应该几点到时他说八点，八点半，不过这其实是我们的损失，而不是他们——英韦的朋友们和熟人的，因为我们在不在对他们来说根本不算回事。

我付了一辆出租车的钱，约恩·奥拉夫付了另一辆的。然后我走上那短短的车道，其他人紧跟在我后面，我按了门铃。

英韦开了门。他穿了件有灰条纹的白衬衫，黑色长裤，头发全部梳向后面，只在一角留了一绺搭在额头上。

"我们来得有点晚了，嗯。"我说，"希望没事啊。"

"没事，"他说，"不管怎样都是次失败的聚会，还没人来呢。"

我看着他。他这话什么意思。

他和其他人打招呼，幸好没有多留意英薇尔，我也不想让她知道我对英韦说了那么多关于她的话。我们在玄关脱掉鞋子和外套，走进客厅。空无一人，除了正在看电视的奥拉。

我不敢相信自己的眼睛。

"你们在看电视？"我说。

"是啊，没有人来还开什么派对呢。"

"那他们在哪儿？"

英韦耸了耸肩，算是微笑了一下。

"我邀请别人有点晚。不过你们人倒很多！"

"是啊。"我说，坐进沙发里。上方是电影《美国往事》的海报。我很震惊，这完全出乎我的预料，我想象中这里的房间里挤满了人，成熟老到的年轻男女，笑声和嗡嗡的谈话声，烟味呛人的空气，可是这样？英韦和奥拉在看国家电视台放的星期六电影？而且还是在我带英薇尔过来的时候！我希望她见到英韦和他身边的人，那些读了很多年书，在这城市、大学乃至世界里都如鱼得水的人们，因为这样的方式就像站在聚光灯下，他是我哥哥，我被邀请来到他的派对。但是她看到的是什么？两个看电视的家伙，没有客人，他们没有来，他们在这个周六晚上有比来参加英韦的派对更好的其他事情要做。

他混得很惨吗？英韦混得他妈的这么惨？

他关掉电视，和奥拉一起把两张椅子抬到桌子旁边，把啤酒拿过来然后坐下，开始和其他人交谈，几句礼貌的开场白让他们感到自在，安妮和英薇尔，伊达尔和泰耶，他们都读什么专业，住在哪里，这里的气氛开始还有点迟疑，尽管我们已经坐在一起喝了两个小时的酒，很快就开始升温。聊天的内容从全桌人都能参与逐渐分解成小一点的话题，我和安妮聊了一会儿，她滔滔不绝，突然她就打开了话匣子，我觉得都有幽闭恐惧症了就说要去厕所，从那儿我又进了厨房，泰耶正在那儿和英薇尔聊天，我冲他们微笑，然后朝奥拉和英韦走去，门铃响了，阿斯比约恩来了，差不多同一时间奥维德也来了，公寓忽然就人满为患，哪哪儿都有人，就是这感觉，到处都是移动的面孔、声音和身体，我在他们中间前后滑行，喝酒聊天，聊天喝酒，越来越醉。时间感消失了，一切都敞开，我再也不被自己的局限所束缚，欣然自在地走来走去，一丝关于别处的念头都没有，也没有想到我爱的英薇尔。我尽量离她远点，如果我对女孩还算有点了解的话，那就是她们才不想要容易到手的东西，不想要像狗一样张着嘴追着她们的家伙，所以我反而在和其他人聊天，在醺然的光辉里他们从黑暗背景里跳出来，就好像有一只手电筒在给他们打光。每个人都很有意思，每个人说的话我都想听并为之感动，直到我走开他们才又堕入黑暗中。

我坐进沙发，坐在奥拉和阿斯比约恩之间。安妮坐在桌子的另一边，她问能不能从我这拿支烟，我点点头，下一刻她就低着头专心地卷起了烟卷。

"我—我想到了一件事，"奥拉说，"乔治·希金斯[1]，你读—读过他吗？"

---

[1] George V. Higgins（1939—1999），美国作家、律师、报纸专栏作家。

"没有。"我说。

"你一定要读。那很好，真的好。基本上只有对话。特别美——美国味。硬汉。《埃迪·科伊尔的朋友们》。"

"所以你这里有布雷特·伊斯顿·埃利斯 [1]，"阿斯比约恩说，"《小于零》。你看过了吗？"

我摇了摇头。

"就是一个二十多岁的美国人。这本书讲的是洛杉矶的一帮年轻人。他们有富豪爹妈，为所欲为。就是喝酒，吸毒，开派对。但所有都完全是空虚，冷冰冰的。一本很好的小说，确实，差不多可以说是超现实的。"

"听起来不错，"我说，"他叫什么名字来着？"

"布雷特·伊斯顿·埃利斯。要记住你是从谁那第一次听到这个名字啊！"

他笑了起来，望向别处。我看着英韦，正和约恩·奥拉夫以及英薇尔说话，他看起来很投入，涨红了脸，就是当他要就什么事情说服什么人时候的样子。

"约翰·欧文 [2] 最近出的那本也很好。"阿斯比约恩说。

"你开玩笑吧？"我说，"约翰·欧文是该死的娱乐作家。"

"他在这方面做得不错，你知道吧。"阿斯比约恩说。

"我他妈的不知道。"我说。

"但是你还没看过呢！"

---

[1]　Bret Easton Ellis（1964—），美国作家、编剧和短篇小说家、导演。

[2]　John Irving（1942—），美国作家。

"没有，但是我照样知道它很烂。"

"哈哈哈，你不能这么说。"

"我就是写东西的，妈的，而且我也读过约翰·欧文。他新出的小说很烂。我就是知道。"

"我的天啊，卡尔·奥韦。"阿斯比约恩说。

"想想我们坐在这里，安妮！"我说，"远远地躲开那该死的克里斯蒂安桑！"

"是，"她说，"但是我不知我在这里要干什么。你知道你在这里做什么。你会成为作家。但是我没有什么想成为的。"

"我就是作家。"我说。

"你知道吗？"她说。

"什么？"我说。

"我唯一想成为的，就是一个传奇。一个真正的传奇。我一直就是这么想的。而且我从不怀疑这一定会实现。"

阿斯比约恩和奥拉看着对方笑了。

"你懂吗？我从来对这点都很确定。"

"哪一方面的传奇？"阿斯比约恩说。

"随便哪种。"安妮说。

"那你现在在做什么？你唱歌吗？你写作吗？"

"不是。"她说。泪水开始流淌到她的脸颊上。我看着她但是不明白这是怎么回事，她哭了？

"我永远不会成为传奇！"她高声说。

现在每个人都看着她。

"太晚了！"她喊着，头埋在手掌里。肩膀抖动着。

奥拉和阿斯比约恩高声笑了起来，英韦和约恩·奥拉夫和英薇尔满眼问号地看着我们。

"我永远不会成为传奇了，"她又说，"我永远都不会了！"

"你才二十岁，"我说，"这肯定不晚。"

"就是晚！"安妮说。

"那又怎么样？"约恩·奥拉夫说，"你要成为怎样的传奇？有没有要寻找的东西？"

她站起来，朝门口走去。

"你去哪儿？"英韦说，"你不是要走吧？"

"是的。"她说。

"行了，再待一会。"他说，"不管怎样你现在离开十二点上床睡觉可不算传奇，来吧，我这有一整瓶葡萄酒，你要来一杯吗？这可是个传奇的年份。"

她勉强微笑了。

"那就来一杯好了。"她说。

她拿到了酒，聚会继续。英薇尔靠墙站着，手里拿着个酒杯，我全身闪过一个寒战，她如此好看。我想，我必须要和她说话，然后走掉。

"这真是个正宗的学生派对！"我说。

"是的。"她说。

"顺便问一下，你读过朗纳·霍夫兰吗？我想他写了很多这方面的内容。"

她摇了摇头。

"他是我们学院的老师之一。西部人，和你一样。顺便说一

161

句,我差不多也算西部人。我的意思是说,我妈妈来自南伯沃格,不管怎么说是半个西部人!"

她看着我,笑了。我和她碰了一下杯。

"干杯。"我说。

"干杯。"她说。

在沙发那边,我的目光撞上安妮的。我把酒杯朝她举了举,她也举起了她的酒杯。约恩·奥拉夫站在地板中央,来回摆动,手在寻找什么可以靠上去的东西,什么也没找到,又往旁边晃了两步。

"他哪有什么酒量!"我说着笑了起来。

他又恢复了平衡,挂着毫无表情的面孔穿过房间走进隔壁的卧室。

伊达尔和泰耶在哪里?

我绕了一圈找他们。他们坐在厨房里聊天,手拿自己的啤酒瓶,脑袋耷拉着。我转回来时,英薇尔坐在沙发上安妮旁边。安妮的视线是散神的,和她嘴角微笑完全无关。

她转向英薇尔说了些什么。英薇尔倒吸了一口气,坐直了身子,我意识到安妮说的话让她震惊了。她又说了什么,安妮只是笑着摇了摇头。我朝她们走过去。

"我了解你这种人。"安妮说着站起来。

"我不认为你说的这些和我有什么关系。"英薇尔说。

"你对我一无所知。"

"我了解。"安妮说。

英薇尔讥讽地笑了。安妮从我身边走过去,我在她刚才坐过的地方上坐下来。

"她说什么呢？"我说。

"她说我就是那种专抢有主的男人的货色。"

"她真这么说了？"

"你们以前是一对吗？"她说。

"我们？不是，你疯了吗！"

"她说的那种人根本不是我。"她说着，站了起来。

"当然不是，"我说，"但是别因为这个就离开。还早呢！这个派对还是很好的，对吧？"

她笑了。

"我不走，"她说，"只是去厕所。"

我进了卧室。约恩·奥拉夫趴在那儿，头钻在毯子里，一只手从床边垂下来。他打着鼾。奥维德在对着走廊的门口停下了。

"嗨，小克瑙斯高。"他说。

"你要走了吗？"我说，突然担心了起来，我希望每个人在这里待着，派对永不结束。

"没有，没有。"他说，"我就是出去走走，让脑袋清醒一下。"

"太好了！"我说着，又回到客厅。英薇尔不在那儿。她还是走了吗？或者她还在洗手间里？

"英韦马上要放皇后乐队的唱片。"阿斯比约恩告诉我，从唱机上方抬起身。

这个时刻总是会到来的。这就是他已经酩酊大醉，聚会原则上已经结束。至少他这部分已经结束了。

"我也喜欢皇后乐队。"我说。

"你们是怎么回事?"他笑着说,"这是遗传吗?还是你们在特罗姆岛那边过得实在不开心?皇后!为什么不是创世纪、平克·弗洛伊德或者匆促(Rush)!"

"匆促他们也是不错的,"英韦在我们身后说,"其实我有一张他们的唱片。"

"那鲍勃·迪伦呢?他的歌词写得真好!哈哈哈!是的,他没有得诺贝尔奖真是不地道。"

"匆促和鲍勃·迪伦唯一的共同之处就是都不被你喜欢。"英韦说。"匆促有很多好处,吉他,比如说,但是反正你也听不出来。"

"现在你让我失望了,英韦。"阿斯比约恩说,"你要堕落到什么地步才会为匆促说好话啊。你喜欢皇后乐队这事我已经饶恕你了。但是匆促……那么电光交响乐团(ELO)呢?杰夫·林恩?好好听啊,对不对?"

"哈哈。"英韦说。

我到厨房里去了。英薇尔在那里与伊达尔和泰耶坐在一起。黑暗笼罩着下面的山谷。沿路路灯洒下的光里渗满雨水。她抬头看着我,微笑,带着一丝询问,下一步什么会发生?

我也报之以微笑,但没有什么要说,她又转向那两人。在客厅里,音乐被停下来,嗡嗡的杂音在几秒内不断升高,直到唱针刮这最外面音槽的声音在音箱里响起,音乐又重新开始。这是啊哈乐队(A-HA)的初期的曲子,《恶棍的日子》("Scoundrel

Days")。我喜欢那张唱片，里面充满了回忆，我走进了客厅。

阿斯比约恩从旁边的房间出来。他以坚定的节奏在地板上快步走向音响，弯下腰，抬起唱针，把唱片取下。他所有的动作都带有示范色彩，教学般地到位。

他把唱片在面前举起来，开始掰弯它。

所有人都安静下来。

他慢慢地把唱片掰得越来越弯，终于它啪地断掉了。

奥维德高声笑起来。

英韦一直站那盯着阿斯比约恩。现在他转向奥维德，把酒往他头发里一倒，走了出去。

"什么鬼？"奥维德站起来，"我什么也没干啊？"

"你—要不要再烧几本斯—书？"奥拉对阿斯比约恩说，"点一堆发—焚书小火堆？"

"你这是为什么啊。"我说。

"唉，天啊，"阿斯比约恩说，"你们不用做出这样的反应。我这是为他好。英韦了解我的。他知道我会给他买张新唱片。也许不会是啊哈，但是会有张新唱片。他知道的。他就是迎合大众口味。"

"他在意的不一定是唱片的物理价值吧，"安妮说，"可能你伤害了他的感情？"

"感情？感情？"阿斯比约恩笑着说，"他就是迎合大众口味！"

他在沙发上坐下来，点了一支烟。他像什么事都没发生过那样笑了起来，或者他已经烂醉所以什么都不在乎了，但是有时他身上还是能看出些什么，也许是面部表情或者是他的行为，都显示出内疚，最后内疚占了上风，大家都能清楚地看到他为之前干的事感到抱歉。音乐又响起，聚会继续，半个小时后英韦回到了人群里，阿斯比约恩说他会赔一张唱片，很快他们之间就又对上了榫。

啤酒告罄以后，我就开始去葡萄酒桶里打酒喝。那味道像果汁，又似是取之不竭。现在不但时间消散了，空间感也是如此。我再也不知道自己在哪儿，这就像暗影降临在我与之交谈的张张面孔之间。脸孔们也焕发光芒以回报。我离自己的情绪如此之近，在这情形下我说出的一切都不受拘束发自本心，这些我本来根本不可能说出的话，这些我甚至不知道自己竟然会有过的念头，比如我在英韦和阿斯比约恩身边坐下说他们的交情这么好让我太高兴了，或者是我走到奥拉那试图解释我一开始的时候对他的口吃有些什么想法，与此同时，与英薇尔相关的念头是一股浪潮，我心里越来越频繁地涨潮。这近乎一种凯旋的感觉，当我站在浴室洗手的时候对镜看着自己，把头发打湿一点让它站起来，微笑一直盘旋在我的脸上，小小的震颤的念头在脑中。这一切都太他妈的好了，真是见了鬼了，真他妈的美妙，真他妈的好！我下定决心要接近她，亲吻她，勾搭她。但是我打算的不再是邀她回家，因为我忽然想起来在三楼有间空房，是一间老式的女仆房，现在那儿是没人住的，它可能曾经被用来做客房，一切都太完美了。

我走进客厅，她正在站着和奥拉说话，音乐放得很大声，到了要转折的边缘，有人在他们旁边跳舞，我在他们身边站好，一直看着她，直到她的目光转向我。然后我微笑了，她也冲我微笑。

"我可以和你说两句吗？"我说。

"哦？"她说。

"这里音乐太吵了，"我说，"我们可以到走廊上或者哪儿吗？"

她点点头，我们走到走廊上去。

"你好看得不可思议。"我说。

"你就要和我说这个啊？"她笑着说。

"上面有个房间，在三楼，你会跟我上去吗？好不好？我觉得那是间老式的女仆房。"

我开始走上楼梯，过了一会儿，我听见她跟在我后面。我在二楼停下来，拉着她的手，把她带到房间里，房间完全就和我记忆里的一模一样。

我伸开胳膊抱着她，吻了她。她往后退了一步，在床边坐了下来。

"有些话我一定要对你说，"我说，"我……我有些方面很奇怪的，就是性方面，这个可能比较难解释，但是，去它的吧……"

我在她身边坐下，环抱着她，吻了她，又让她抽回身去，我压在她身上，再次吻了她，她腼腆而拘谨，我吻着她的脖子，手指穿过她的头发，慢慢地拉起她的毛衣，吻了她的一边乳房，然后她坐起来，拉好毛衣，看着我。

"我觉得这样不好，卡尔·奥韦，"她说，"进展有点太

167

快了。"

"是，"我说，也坐了起来，"你说得对，那么很抱歉。"

"不要请求原谅，"她说，"永远不要请求原谅，没有比那更糟的了。"

她站起身来。

"我们还是朋友吧？"她说，"我很喜欢你，你知道的。"

"我也喜欢你，"我说，"我们下楼回到其他人那去？"

我们下楼，回到人群里，也许是她的拒绝让我清醒了一点，突然我整个人都清楚了起来。

那里并没有什么人。除了我俩还有八个人。这就是派对的全体成员。在长达几个小时里这貌似济济一堂、放浪颓废的人间剧场，盛大的学生聚会，有宿敌和友情，爱情和互诉衷肠，舞蹈和饮酒，一切都被一种幸福的波浪席卷着，这一刻都四分五裂，显出原形：伊达尔，泰耶，约恩·奥拉夫，安妮，阿斯比约恩，奥拉，奥维德，英韦。所有人的眼睛都快睁不开了，眼神涣散，行为失了分寸。

我希望那盛大派对回来，我想再次成为中心，所以我倒了葡萄酒，不歇气地喝了两杯，然后又喝了一杯，效果很好，慢慢地那些小小的想法就飞走了，我在沙发上阿斯比约恩旁边坐下。

约恩·奥拉夫从卧室里走过来，他在门口停下。大家鼓起掌来。

"喔喔！"奥拉喊着，"从死人堆里回来了！"

约恩·奥拉夫微笑着在我身边的椅子上坐下。我继续和阿斯比约恩聊天，想告诉他我也写过一些年轻人酗酒吸毒，就像那个阿斯比约恩之前说过的美国作家写的那样冷漠空虚。约恩·奥拉夫看着我们，在桌上抓起一瓶还剩一半的啤酒。

"为卡尔·奥韦和创意写作学院干杯！"他高声说。然后他笑了，喝一口啤酒。我被气得七窍生烟，站起来俯身看着他。

"你这是搞的是什么鬼？"我喊着，"你他妈的知道什么？我做什么都是认真的，你明白吗？你根本就不应该来这儿然后对我阴阳怪气！你觉得自己牛得不行是吧！但是你学的是法律！记住！法律！"

他看起来很震惊，也许被我吓到了。

"你他妈的就不该来！"我咆哮着走出房间，穿上鞋子，打开门，走了出去。我的心撞击着胸口，腿在发抖。我点起一支烟就在湿漉漉的砖台阶上坐下。雨水从我上空的黑暗中流淌下来，啪嗒啪嗒地落在这小小的前庭里。

这一刻我只允许英薇尔过来。

我深吸一口气，为了让自己慢下来，思虑周全。让烟全然到达肺部，然后把它呼出去。我感到了那种要砸碎什么的冲动。我拿起路边一块石头，把它从门上的洞里扔了进去。这该让他们想起点什么吧。这些该死的白痴。这些该见鬼的该死的烂人。

她为什么还不来？

来吧，英薇尔，来吧！

被雨浇得越来越湿的我终于站起来，把烟头扔到花园里，走回到人群里。英薇尔在对着走廊的门口站着，和英韦说着话，他们没有看到我，我停下来，想知道他们在说什么，也许她在向他打听我的事，但是她没有，他们在说的是她怎么回家最合适。英韦说，如果她需要，他可以给她叫一辆出租车，她说好，然后他把音乐音量关小，拿起了听筒，我走进卧室想避开她，最主要的是不要让她想起刚才发生的事。她开始穿上衣服，我走进客厅，坐进沙发，当她探头进来和所有人说再见时我就从这个位置上举手对她致意。这很好，这时我就是大家中的一员，而不是刚才在阁楼上想和她上床的那个他。

过了一会英韦又订了两辆出租车，然后就只剩下奥拉、阿斯比约恩、英韦和我了。我们放上唱片，谈论音乐，久久地愣愣地瞪进空气里，直到有人猛地起身，去放一张新的好唱片。终于，奥拉站起来，他要搭出租车，阿斯比约恩搭他的车，我问英韦我能不能睡他的沙发，就这样，当然可以。

我醒来时想到的第一件事就是在三楼女仆房里发生的一幕。

那一切是真的吗？我真的把她拉到那儿，把她推倒在床上，拉起了她的毛衣露出了乳房？

英薇尔？如此脆弱又如此害羞的她，我一心爱着的她？

我怎么能够？我当时在想什么？

哦，但是在那最狂野的黑色地狱里，我是个人白痴。

我把一切都毁了。

一切。

我坐起来，把羊毛毯子拉到旁边，把手插在头发里。

上帝啊。

终于这一次前一晚发生的事一点都没有被遗忘，我都想起来了，不仅如此，英薇尔的样子，她投向我的目光，当时我没看懂但现在却领会了它的全部含义，从未离开我，那眼神还在那儿，在我的意识里颤抖，尤其是我拉起她的毛衣时她的眼神，因为她并不想这样，但是她还是让我那么做了，只有当我的嘴唇亲够了她的乳头后她才坐起来说不要。

她当时在想什么？我不想这样，但是他那么想要，我就同意他一次？

我起身走向窗边。英韦一定还在睡着，至少公寓里完全没声音。我脑袋发沉，但是算算我喝了多少酒的话这就算不错了。那话怎么说的来着？啤酒葡萄酒乐悠悠，葡萄酒啤酒必宿醉？我先喝了啤酒，然后喝葡萄酒，这就是原因啊。

哦，但是也糟透了！

见鬼，见鬼，见鬼！

我真是个该死的白痴！

她是那么的美好，生机勃勃。

我走进厨房喝了一杯水。笼罩着城市的乌云很密，灰白色，房屋之间的光几乎是乳白色的。

卧室里传来脚步声。我转身，英韦穿着条内裤就出来了，他都没看我一眼就走进浴室。他脸色苍白还有点混沌。我把咖啡煮上，把面包配菜拿出来，切了几片面包，听着他在里面淋浴。

"那么，"他出来了，穿着浅蓝色衬衫和牛仔裤。"聚会还不错吧？"

"不错的，"我说，"但是我和英薇尔在一起时傻得可怕，那

171

是唯一不好的。"

"哦？"他说，"我没明白。发生了什么事？"

他把咖啡倒进杯子里，又倒了点牛奶进去，坐下来。

我脸红了，向窗外看去。

"我把她带到三楼的房间，试着想上她。"

"然后？"

"她不想。"

"这种事也是有的。"他说，伸手去够一片面包，开始抹黄油。"这也不一定代表着什么。我是说，就是她当时不想那么做这件事。很有可能你比她醉得厉害，有可能是因为这个。也有可能是这一切还为时过早，你们对彼此也许还不够了解？"

"不够。"

"如果她是认真的，然后我的意思是她对这事非常较真的话，也有可能她不希望以这样的方式进行，在一个派对上，之类的。"

"我不知道，"我说，"我唯一知道的是我表现得太蠢了，我把她吓跑了，我很确定这一点。"

英韦在面包放了片火腿，切了一块黄瓜，把面包举到嘴边。我把咖啡倒在杯子里，喝了几口，还是站着。

"那你打算怎么处理？"

我耸了耸肩。

"没法处理。"

"做了的就是做了，麋鹿就是麋鹿。[1]"他说，"不，这个谐音梗低于我平时的水准了，抱歉。但是今年夏天我有一个好的。给我们上的虾是放在木案板上的，对，上山的虾。"

"哈哈。"我说。

"你一定要再见她一面，越快越好，然后你一定要道歉，直截了当地。说你当时已经失去常态了，或者你醉得太厉害了，怎么说都行，你一定要说你后悔了以及这不像是你干的事。"

"是。"我说。

"你不能邀请她过来吗？奥拉和谢斯蒂尔两点钟过来，我会做一些华夫饼。这是最理想的背景。"

"你觉得她会在事后第二天再来吗？我不这么认为。"

"我们可以开车去接她。你去敲门，邀请她，就说我在外面车里等着。如果她说不来，来，那都没什么关系。"

"你愿意这么做？"

"是啊，这完全没问题。"

一个小时后，我们坐进了他的车里，沿着斜坡向丹麦广场那边开去，在十字路口右转，驶向凡托夫特。今天星期天，路上很冷清，山谷两边的绿色山脉上已经出现了金黄色的小斑点。我想，秋天要来了，边随着音乐在大腿上打拍子。

"顺便说一句，我为你写了一段歌词。"我说。

---

[1] 挪威语的"做了"（GJORT）和赤鹿（HJORT）同音，木头案板（fjøl）和山（fjell）谐音。

"哦？太好了！"

"对，是这样。不过我也不觉得那写得特别好。所以我还没拿给你看。我一周前写的。"

"它的名字是？"

"你摇摆得太美。"

他笑起来。

"这听起来是一首很好的流行歌词，如果你问我意见的话。"

"可能吧，"我说，"现在我告诉你有这么首歌词了，你就要看它了。"

"如果它不好的话，再写一首新也可以吧？"

"说得容易做起来难。"

"你到底是不是作家啊？我只需要几段歌词和一个副歌，我的歌就可以完成了。你肯定可以轻松胜任。"

"那我就照做了，好吧。"我说。

他打了向左的转向灯，我们开进了一个大广场，后面是一些高楼。

"是这吗？"我说

"你没来过这里？"

"没有。"

"爸爸在这里住过一年，你知道吗？"

"是的，我知道。但是你把车停这，然后我上去找她。"

我心里牢记着地址，所以只是转悠了一会就找到了正确的那栋楼，我搭电梯上到她的楼层，穿过走廊找到了门上的那个号码，在那站着，用几秒钟定了定心神，按下了门铃。

我听到了里面传来她的脚步。她打开门，当她看到我站在那儿时，几乎被吓得往回一跳。

"你来了！"她说。

"我只是想为昨天的事情道歉，"我说，"我平常不是那样的人。对此我真的觉得特别抱歉。"

"不要请求原谅。"她说。这时我突然想起她昨天晚上说过一模一样的这句话。

"你想出来一趟去英韦家吗？他会给大家做华夫饼。奥拉和谢斯蒂尔，你知道，昨天在那的人也会过来。"

"我不知道……"她说。

"来吧，应该会挺开心的。英韦就在外面。结束后他开车送你回来。"

她看着我。

"那好吧，"她说，"我去换件更合适的衣服。等我一会。"

在外面，英韦靠在汽车上站着，抽着烟。

"谢谢昨天赏光。"他微笑着说。

"要谢谢你。"她说。

"我坐在后座上，"我说，"你坐前面吧。"

她就依言坐下，把安全带拉过胸口，按进锁扣，我看着她的手，它们真好看。

开回城的路上，大家都没说什么话。英韦问了英薇尔一些关于她专业的问题，还有凯于庞厄尔[1]，她一一回答，也问了他的专业，以及阿伦达尔，我则瘫在后座上，很高兴能逃避对话的责任。

在我整个童年的每个星期二晚上，我或英韦都会做华夫饼。这是我们擅长的事，流淌在我们血液里的东西，所以对我来说这个下午坐在客厅里吃华夫饼喝咖啡，一点都不像其他人觉得的那样怪异又学生气，恰恰相反，华夫饼机是我一年前从家里搬走时带走为数不多几样东西里的一件。

我像在车里那样置身于谈话之外。发生了昨晚那样的事情之后，我和英韦、奥拉、谢斯蒂尔和英薇尔坐在桌前时，我就患得患失起来。其他三个人都比我老练，我说的话也可能是愚蠢的，我的没经验就会被凸显出来，清晰地呈现在英薇尔的眼前。不，我说得越少越好，我只哼唧过一两次表示赞同，有时点点头然后微笑。还有，我也向英薇尔抛出了一两个问题，为了显示出我心里有她，她在这儿对我来说很重要。

"你去放张新唱片好吗？"英韦说，"然后我再做几个华夫饼。"

我点点头，当他走进厨房时，我在他的唱片收藏前跪下来翻检。我意识到这是一次测试，我选择的音乐将会决定下一刻的命运，最后落在了 R.E.M 的《文件》（*Document*）专辑上。却不小心把另一面朝上放了，直到我坐回在英薇尔旁时还没有意识到我犯了个多么可怕的错误。

---

[1] Kaupanger，松恩郡的小城。

这一首给我爱的人 [1]。

我脸红了。

她会以为我选这首歌是想对她说些什么。如此不转弯抹角。这是给我爱的她。

她一定会以为我是个彻底的白痴，我这么想着，看着窗外，免得让她看到我脸色多红。

这一首给我抛在身后的人 [2]。

不要。哦，太难堪了!

我朝她扫了一眼，想看看她有没有表现出留意到什么的样子。

她没有，但是就算她留意到这个，而且认为这是我给她的秘密信息，她会以任何显而易见的方式表现出来吗?

不会。

我喝了口咖啡，用最后一块华夫饼擦了擦盘子，这样，那些有小小深色颗粒的覆盆子果酱被一网打尽，塞进嘴里，胡乱嚼了两下就咽下去。

"这华夫饼做得太棒了，真的。"我对正走过来的英韦说。

"是啊，这一次我用了很多鸡蛋。"

---

[1] 上述专辑中《我爱的人》（"The One I Love"）的歌词。原文是英文：This one goes out to the one I love。

[2] 同上，原文是英文：This one goes out to the one I've left behind。

"你们说的这一这些话！"奥拉说，"简直让人以为是两个老太婆坐这儿。"

　　这一首给我爱的人。

　　我起身去洗手间，在脸上拍了些冷水，尽量避免别看到自己，用挂在那儿的毛巾擦了手和脸，毛巾上有淡淡的英韦的味道。

　　当我再次进来时，那首歌已经放完了。我们又坐了半个小时，奥拉和谢斯蒂尔要走的时，我说我们可能最好也要走了，我们，我明天还有很多事情要做，老实说，英薇尔说是啊，她也有事，五分钟后我们就坐进了英韦的车里，全速开出城外，驶向凡托夫特。

　　英薇尔下了车，向我们挥手，英韦掉转车头，再次开向城里。

　　"这还不错吧？"他说。

　　"你这么觉得？"我说，"她还挺开心的，你以为呢？"

　　"是—吧？应该是的。"

　　"至少华夫饼很好吃。"

　　"是啊，那是好吃。"

　　其他的话没有多说，他把车停在我小屋外的人行道上。我跳下车，说谢谢你载我过来，车门又砰地关上，我走上通往门口的三级台阶的当口他已经消失在拐角处。

　　我还觉得回家会很好，但是刚擦过的地板和刚洗过晾在那的床单散发出的味道，让我想起了昨天夜晚来临前我的那些计划，我那时还想着我今天早上会和英薇尔一起在这里醒来呢，新的一波绝望和自责浪潮席卷了我，加上所有创意写作学院带给我的那些情绪，都升腾起来。创意写作学院，书籍，装着笔记本的塑料袋，笔，是的，甚至我穿着去上课的那些衣服，都让我觉得抑郁，没有指望。

焚书之火，奥拉说过的，我现在很明确意识到我需要这个，只要把一切你不喜欢、不想的东西，生活里所有可厌之物，扔进火堆，然后重新出发。

这个想法真妙啊，将我所有的衣服，所有的书本和所有的唱片拖到外面公园里，堆在草丛正中间，最后添进床和写字台，打字机，日记和所有我收到的该死信件，是的，所有承载着哪怕最飘忽的一丝记忆的东西：都投进火堆里。哦，火焰舔向黑暗夜空，所有的邻居都涌向窗户，发生了什么事？好吧，是年轻的邻居在净化他的生活，他要重新开始，他这么做是对的，我也想这样。

就这样，忽然间一堆篝火接着一堆篝火被点燃，火焰蔓延开去，今夜整个卑尔根都在火光里，带着电视摄像机的直升机在这一切之上盘旋，记者们用他们充满戏剧感的音调说，今夜卑尔根在大火之中，到底发生了什么？看起来这些火堆像是自己烧起来的？

我坐在书桌前的椅子上，沙发和床太柔软而让人放松，我希望一切都更严苛一些。我搓了根烟卷，点燃，但是卷斜了还不匀，我抽了几口后就把它摁熄了，西服口袋里还有一包烟，但是如果没有的话会更好。就这样，我坐着凝视写字台面，试图来进行一次现实定位，尽我所能地理性、客观地审视当下情形。创意写作学院，在那有过一次挫败，但是首先，它严重到了我不能写诗的程度吗？没有。其次，这种情况会一直持续下去吗？是不是我也可能学通了，在这一年里成长起来？当然会。而且，如果我想要成长起来，我就必须保持开放心态，至少不要害怕失败。英薇尔，我在她那儿犯傻了，一次傻在沉闷沉默，另一次傻在手脚动得过快过猛。我确实太缺乏感受力了，没有想好她想要些什么。好吧。我没考虑过她的感受，只想着自己的情绪。但是第一我当时喝得大醉，有时是会这样，所有人都可能这样。其次，如果她对我有感觉，也许一切就并没有完全搞砸？如果她对我有感觉，她是不是就愿意站在我的角度来看这事，就能明白已发生的就是这样发生了？幸好我们之间有那么两次会面还是可以作为以后发展的落脚点。第一次是在弗勒，那就像梦一样，另一次就是在食堂，我们至少算是进行了正常的交谈。另外还有那些信。它们很有意思，这我知道，不管怎样，它们一点也不沉闷无聊。此外，我进了创意写作学院，所以我和其他大学生不一样，我会成为作家，大家都认为这一点很有意思也带劲儿，英薇尔也这么看，尽管她没有直接这么说。还有刚刚在英韦家的会面，它部分地弥补了昨天晚上的印象，不管怎么说她看到了英韦有多好，而我们是兄弟，所以不用多久就会想到我也差不了。

七点钟，我走下去，按响了约恩·奥拉夫那儿的门铃。

"谢谢昨晚的聚会！"他微笑着说，"进来吧，我们还有一点事后问询要做。"

"谢谢你。"我说，跟着他走进去。他煮茶，我们坐下了。

"很抱歉我吼了你，"我说，"但我不会请求你的原谅。"

"为什么不？你还觉得这是个引以为傲的事了？"

"你当时说的那些话真是气着我了。这也不是我能请求原谅的事。"

"不是，"他说，"我有点过分。但你真的很过分。你当时差不多歇斯底里了。"

"我只是喝醉了。"

"我也喝醉了。"

"没什么过不去的吧？"我说。

"没什么过不去的。不过，你真的是那么想的吗，关于法律什么都不算那句话。"

"当然不是。我当时必须那么说。"

"我对法律界本身也没有太多好话要说，"他说，"我主要把法律当作一种工具。"

他看着我。

"你现在应该说你是把写作当作一种工具了！"

"你又来？"我说。

他笑了。

我回来以后，躺在床上盯着天花板。约恩·奥拉夫，我可以和他和好。这事易如反掌。但和英薇尔又不一样，这是完全不同也更复杂的事。问题完全就在于我该怎么做。发生的事已经发生了，没有办法去改变。但是如果我往前看，我下一步该怎么做？怎么做是最好的？

我一共采取了两次主动，今天和昨天都去邀了她。如果她有心的话，她也该主动找我了。直接来吧，她知道我住哪儿，或者写信也好。这取决于她。我不能再约她了，首先这样过于流水作业，其次我已不再清楚她是否真的对我有意思，我需要一个信号。

如果她来了，那就是个信号。

就这么办吧。

英韦家派对后的周一，我没有预期着会有什么发生，这还早着呢，我知道英薇尔不会在这天晚上和我联系，但依然坐在那儿等着，心怀希冀：当外面的街道上传来脚步声，我就会弯腰过去看看窗外。当有人在楼梯上停下，我就全身僵住。但是当然这些都不是她，我上床睡觉，新的一天开始了，被雨和雾充满，一个新的夜晚在等待和希冀中来临。她星期二过来是比较现实的，因为她需要时间考虑，需要和已经发生的事隔出一段距离，她真实的感情就有机会浮现出来。街道上的脚步声：一直走到窗前。有人在楼梯上停下，我僵住了。但是她没有来，现在还是太早，也许会在明天？

没有来。

那么星期四？

没有来。

星期五，她也许会带来一瓶酒，我们可以共饮？

没有来。

星期六我写了一封信给她，虽然我知道我不会把它寄出去，现在她应该采取主动了，她该走近我了。

晚上的时候我听到下面莫滕那儿传来了音乐声，自那次在"高地"碰面后我和他再也没一起说过话。那时他如此绝望，我想我可以到他那儿坐一会儿，我一整天都没有和任何人说过话，正需要陪伴。我下楼敲门，没人回答，但我知道他在里面，所以我打开了门。

莫滕蹲在地板上，两手前伸并叠在一起。他面前的椅子上坐着个女孩。她跷着二郎腿，身子向后靠。莫滕转向我，眼神癫狂，我关上门赶紧上楼回到小屋。

他第二天早晨上来了，说他已经做了最后一次的绝地挣扎，但是一点进展都没有，都是徒劳，她不想要他了。不过他的勇气依然在，闪耀在他生硬的动作和那正儿八经的抑扬顿挫里，他身上流露出的并不是绝望，而是温暖。

我觉得他就像是从我小时候读过那一大堆司通巴系列小说里走出来的一个人物，一个来自五十年代寄宿学校的挪威人。

我也说了和英薇尔的事，他建议我去找她，和她坐下来直截了当地表白。

"有什么就说什么！"他说，"你有什么可输的？如果她爱你，她会因此感到高兴的，绝对的。"

"但是我已经这样做了。"我说。

"对，在你酩酊大醉的时候！你应该在清醒时这样做。这是需要勇气的，孩子。这会让她欣赏你的。"

"盲人领着瘸子走，"我说，"我看见你在楼下的实际行动了。"

他笑了。

"毕竟我不是你。对某些人有用的办法对别人可能就不管用。我觉得我俩应该找个晚上一起出去一次，去'克里斯蒂安'，我们叫上鲁内。全楼小伙一起行动。你说怎么样？"

"我没有电话，"我说，"英薇尔如果要来找我，她最有可能亲自过来一趟。所以我必须得在这儿。"

莫滕站起身来。

"这是一定的。但是我也不认为一切都取决于你是不是在这里坚守阵地。"

"我也不这么想。但是我还是愿意待在这儿。"

"好吧，那我们就等着看吧。晚安，孩子！"

"晚安。"

我走出去给英韦打电话，他不在家，我才想到今天是星期天他肯定在酒店上班。我给妈妈打了电话。我们先回顾了一下我这边生活里的事，也就是说在学院发生的事，然后是她那方面的事。她一直在找一个新的住处，还有她用了很多时间来规划筹备学校的成人教育。

"我们一定要安排早点见面，"她说，"也许你和英韦可以找个周末过来南伯沃格？你们上次到这里已经是很久以前的事了。

然后我们就可以在那大家见上一面。"

"好主意。"我说。

"下周末我很忙，但之后的那个周末行吗？"

"我得看看我有没有空。还要看这时间是不是合适英韦。"

"我们就先暂定在那几天，然后再看。"

这真是个好主意。外婆和外公的小农场完全是另一个世界，不仅因为它承载着我们的童年，这记忆某种程度上来说还完好如初，因为我很少去那儿，也因为它坐落的位置让它感觉就像在一个小高地上，望出去就是峡湾，另一侧则是山，几乎就像在海上遗世独立，远离一切。在那儿待上几天会很美妙，那里没有人会在意我是什么或者不是什么，他们只关心我是谁，这对他们来说已经足够。

这个星期在学院讲的是短篇散文。点彩派小说现在是最红的，根据那些人的说法，这种形式的挪威源头从帕尔－黑尔格·海于格 [1] 的《安妮》开始，这本以及其他的点彩派小说介于可以被理解为线的散文与可以被理解为点的诗歌之间。我读了这本书，它很棒，其中流淌着一种类似保罗·策兰《死亡赋格》里那样的黑暗，但是我写不了这样的东西，一点可能都没有。我不知道是什么创造出了这黑暗之流。虽然我逐句细读，但是那些句子始终不让自己的含义确定下来，它们不会停留在一个特定的

---

[1] Paal-Helge Haugen（1945—），挪威诗人，小说家，戏剧家和儿童作家。作品被翻译成二十多种语言。1968 年创作的《安妮》(*Anne*) 被称为"点彩派小说"，是该类型中的第一部，被认为是现代经典。

地方，不被几个肯定的词召唤出来，而是随处落脚，就好像一种心情在灵魂里暂时歇脚那样。它不会栖息在一个特定的念头里，也不会在大脑特定的某个角落，也不会在身体的某个特定部分,比如说如脚或耳朵。心情无处不在,但本身却是空无一物，更像是某个观念被想起时的色调，世界被观看时所凭借的那色彩。我写的东西里找不到任何色彩，没有这样摄人魂魄且具有暗示性的情绪，是的，那里就没有任何情绪，这本身就是个问题，我觉得，这就是我写得差又不成熟的原因所在。问题是这样的色彩或情绪能否被获得。我能不能一路死磕得到它，又或者这也是一种有就有没有就没有的东西。当我坐在家里写东西，我自己认为写得挺好，然后就是学院里的点评环节，每一次听到的话都差不多，先是一点照顾场面的礼貌性表扬，说这个写得很生动，然后就说这全是陈词滥调，刻板印象，也许甚至无趣。但是，最让我出冷汗的是说它还不成熟。散文课程开始时，给我们布置了一个简单的写作作业，我们要写一段关于某一天或一天的开始的文字，我写了一个年轻人在他的小单间里被邮递员送件时的动静吵醒了，挂着邮箱的那面墙里就是他睡觉的地方，那一阵乱响。早餐后他出门了，路上看上了一个姑娘，我描写了这个姑娘，他决定跟着她走。当我朗读它时，气氛有点让人不适，他们的评语是那一贯的泛泛表扬，说写得美，简直就在眼前，建议我删掉这里那里，然后轮到特鲁德时她终于说出了我一直觉得悬在空气里的那句话。这太不成熟了！她说。听这段，"他看着她形状优美的501牛仔裤臀部"。老实说，501牛仔裤臀部？她只是一个物件，然后他甚至还跟踪他！如果这是在探索青涩时期与物化女性之间的关系，我也不会说什么，但在文字中没有任何迹象表明这是在探索。简单来说这读来很不舒服，她说。我试图辩解，说她说的也有一定道理，她指出来那些正是这篇文字所要探讨的主题，在那里面是有一种抽离的。我当然可以在文字里加入一个更超然的层面，我说，就像昆德拉那样，但是我并不想这么做。我试图将它放在和角色平行的层面里。

"我读的这部分在后来并没有任何推进，不管怎么说。"特鲁德说。

"没有，"我说，"有可能它还不够明显。"

"我认为这挺有意思的，个人意见啊！"彼得拉说，在我们的点评环节里她出于某种原因经常为我辩护。也许因为她也是以写散文为主。在我们讨论这些文本时场面逐渐火爆的情况下，我们就越来越频繁地分成了两个阵营。这一边是以散文为主的人，另一边是那些诗歌作者，而两种类型都写得一样优秀的尼娜则不偏不倚，保持中立。并不是说她说得很多，她可能是在口头表达上最有障碍的人，即使她真有什么意思想要表达，想要搞清楚她究竟想表达什么意思简直是不可能的。她说的话听起来总不像真的，是模糊又没有任何方向，她可以忽然陷入一个思辨中，也许关于大衣，也许关于文学，但是她写的那些文字，却是水晶般明晰，并不是说她的观点更清晰了，不是，而是她的语言，她的那些句子，清澈美妙如同玻璃。她写得最好，特鲁德其次，克努特第三。彼得拉呢，和她的句子一样，像是桶底的甲虫，已经置身于竞赛之外，我这么想的。她在任何方面都不够完善，其他三人则要完善得多，但是终将有一天她会光芒万丈，她的天赋是显而易见的，这就在于其不可预测性：她的文字里什么都有可能发生，从她的个人情况以及她要写的题材来进行预测是不可能的，对其他人你通常可以去做这种预测，但在彼得拉这里不行，她那里总是会出现一些值得注意又出人意表的东西。在底层则是我自己和谢蒂尔。另外两人，埃尔塞·卡琳和比约格则凌驾于我们之上，她们都已经出过小说，被视为真正的作家了，而她们这一段时间提交的东西，也总是完善而扎实。但是她们的文字里从来没有闪耀出光芒，就像尼娜和彼得拉的文字那样，她们的文字更像冬天在树林里驮着原木的两匹马，背着沉甸甸的担子，步伐缓慢，视线锁定在正前方。

既然我在最底部，我就必须赶上来。如果我认命了，接受我就是那不成熟、缺乏天赋的可怕深处底层的一员，我就输了。我不能这样做。学院的一堂课结束也许我会泄气，对自己说没错，我不是什么作家，这不是我该来的地方，但是这种情绪从来不会持续太久，到了夜色最浓时，我的思想里就会产生一种反压力，这说得不对，我现在可能还不擅长，但这只是暂时的，我应该也必定会克服它，当我在清晨醒来，冲一个澡，整理好我的东西准备回到那里时，新的自信又在我心中。

在韦塞尔厅或者亨里克结束我们的一周已经成为一种惯例。最近两个周五我没有去，但是今天下午我想不能再在家枯坐着，在等待中度过每个周末，就算英薇尔今晚来找我，她也应该会留下一张纸条，说她来过。

在创意写作学院上了一个月以后，我们对老师越来越熟悉，他们不再那么生硬，那么周身不自在，尽管我以为这些东西永远不会从他们身上完全消失，它就在他们的性格和本质里，对福瑟来说尤其如此，他迄今为止展现出的外向品质少于霍夫兰，霍夫兰的外向表现在他敏捷的应答和眼神里那虽然有点难以捉摸却持久的精光里。福瑟没有这样的捷才，也没有闪亮的眼神。但是他愿意靠近我们，对我们在谈论的事发表他自己的意见，开始时总是严肃认真的，但这经常就会让他笑起来，以他那种几乎哼哼唧唧、半是偷偷摸摸那种笑法，他也会讲起一些他亲身经历过的小故事或者他个人的经验，这些加在一起就让人能清楚地看见他是谁。不是很全面的，因为他是一个非常低调的人，就像霍夫兰一样，霍夫兰就几乎从来没有提起任何与他私人生活有关的事情，但是就算这样，他们在课堂上的种种所展示出的自我已经足以让我感受到他们是什么样的人。福瑟是害羞的，同时也很自信，可以说是极端自信，他很明白自己是谁，能做什么，害羞更像是他在身边撑起来的一件斗篷。在霍夫兰这里就调转过来，是捷才和嬉笑怒骂的气质保护了他的害羞。霍夫兰和福瑟之间彼此喜爱，相互尊重，尽管他们所写的东西有如白天黑夜一样泾渭分明。有两个晚上，他们都以合唱《蓝色人，蓝色人，我的山羊》[1] 而宣告结束。

我们从诺斯忒特那边的缓坡上走上去，放下雨伞抖一抖再收起来，走上了亨里克酒吧二楼，找到了张桌子，点了啤酒，

---

[1] "Blåmann, blåmann bukken min"，挪威儿歌，由奥斯蒙·奥拉夫松·温耶（Aasmund Olavsson Vinje，1818—1870）创作。

开始聊天。距离那一番关于不成熟的讨论已经有好几天了，我想到了一个新的小说创意，有点受这一周读过的几本博尔赫斯和科塔萨尔短篇小说的启发，还因为关于英薇尔的念头已完全消失在创作学院那紧张的学习气氛里了，所以我对于自己的立场还是相对有底气的。过了大概一小时，大多数人已经喝多了，大家脑子里不同程度都存在着的关于什么能说什么不能说的限制开始失去了效力。约恩·福瑟讲了他自己成长过程里的事，说他在某个时期有日后成为街头男孩的可能。彼得拉轻蔑地笑了。她说，你不会的。你只是把自己的经历神秘化。街头男孩！哈哈哈！可是我没有，福瑟用他一贯的低调方式说，低头看桌子，那绝对就是曾经发生过的事。他本来会成为那样子的。谁听说过乡下的街头男孩？彼得拉说。福斯说，不，就是现在的卑尔根。桌上这番你来我往言辞对所有人的情绪都造成了不好的影响。幸运的是，彼得拉放下了这个话题。一切继续，更多的啤酒被灌下肚，气氛很好，直到约恩·福瑟起身去吧台。街头男孩要喝啤酒了，彼得拉说。约恩·福瑟什么也没说，买了啤酒，回来，坐下。彼得拉过了一会儿又来了一次，和刚才一样，叫他街头男孩。福瑟终于站起来了。

"不行，我受够了。"他说，穿上外套，消失在楼梯上。

彼得拉低头看着桌子时笑了起来。

"你这是干吗啊？你把他弄走了，就是你。"特鲁德说。

"讨厌，他那么不可一世，自高自大。街头男孩。"

"但是你也没有必要因为这个欺负他啊？这究竟有什么好处？"我说，"我们想要他在这里。我们认为和他一起喝酒很有意思。"

"什么时候你成为所有人的代表了？"

"得了，这事做得差劲了啊。"克努特说。

"约恩这个人善良又友好。没有任何理由要这样对待他。"埃尔塞·卡琳说。

"你们得了吧，"彼得拉说，"你们就是一帮伪君子。当他说他差点就要成为街头男孩时每个人都觉得这话真白痴。"

"我不这么觉得。"我说。

"不，因为你也是那种想成为街头男孩的人。街头男孩！啊，居然听到这种蠢话！"

"现在谁也别再说了，"克努特说，"你周一向他道歉，如果你有这个胆量的话。"

"当然不行，"彼得拉说，"但是我们就这样吧。这点我同意，这是件小破事。"

福瑟走了以后，一切都不一样了，没过多久大家一个接一个地离开，除了彼得拉和我去了"歌剧院"。她问她是否能在我那过夜，我说当然可以。我们找了张桌子继续喝酒。我告诉她那个新的小说创意。首先它应该包括各种对话，人们在不同情境下的对话，在咖啡馆，公共汽车上，公园之类，所有的谈话都是关于这些人生活里的核心事物，所以他们谈的是重要事情，比如说其中一个人刚被告知他得了癌症，或者一个儿子被判入狱，也许因为一起谋杀，但后来，我告诉彼得拉——她倾听着却不看我，不时地飞速瞥我一眼，随后就是同样一闪而过的微笑——但后来这些谈话出现的场景慢慢地被显露出来。那是有个人用磁带将它们录下来了。他为什么要这么做？我对彼得拉说，不，说吧，她说，我微笑了，她微笑了，是的，那正是我要做的。有这么一个组织，他是成员之一，或者是为其工作。在所有具备一定规模的城市里都有为这个组织工作的人，他们四处走动，把人们的对话录下来，然后转写成文字，在某个地方存档，这不是从今年才开始，它从不知多少年前就开始，一直持续至今。我的意思是，能找到从中世纪乃至古典时期的对话，成千人对成千人的谈话，都是关于对他们来说最核心的事。

"还有呢？"彼得拉说。

"什么还有？没有了。这就是全部。你相信这个故事吗？还是不相信？"

"我认为这个点子挺有意思的，老实说。但是为什么？"

"什么为什么？"

"为什么要收集这些对话？他们要用它们来干什么？"

"我也不知道，他们就是出于记录的目的，可以吗？"

"现在我想起来了它让我想到了什么。维姆·文德斯的《柏林苍穹下》。你看过吗？那里有一些天使走来走去，倾听人们的想法。"

"但是这是对话。也没有天使。"

"好吧好吧，但是你看过这部电影吗？"

"很久以前了，但我并没有想到它，完全没有，老实说。"

我说的是真的，我脑海里一丝一毫都没有想到过那部电影，但我知道她的意思，的确有相似之处。

"再来一杯啤酒？"我说着，站起身来。

"好啊。"她说。

排队时我扫视整个房间，看看英薇尔是否会碰巧来这里，我的脚踏进"歌剧院"以后我就没停止这个举动，但是哪儿都没有她。我在空中举起了两根手指，并看到招待眼中几乎无法察觉的一瞥，表示他接收到了，我不是没有一点微弱的自豪感的，我现在也会这一套了。

如果他们就是天使呢？

这就解决了所有问题！他们把这些材料汇总到一本反圣经里，这是关于他们所无法理解之物的书。人性的也就是他们所无法理解的！所以他们就仔细研究了这些对话！

我把两个半升啤酒放在桌子上，坐下。

"我听说人就不应该谈论自己打算写什么。"我说。

"为什么不呢？"彼得拉说，对此并不特别感兴趣，因为她凝视着外面，嘴唇滑过牙齿，当她想到其他什么事时，或者是当我觉得她在想其他事情时，她就会这样。

"因为这就把火药提前烧掉了，在某种意义上，"我说，"耗尽了它。"

"讨厌，那不过是一种说法。你想怎么干就怎么干。你想谈论它，那就他妈的谈论它。"

"也许你是对的。"我说。

当我和她在一起时我总觉得自己是如此明朗天真，就像某种出身资产阶级无可挑剔的子弟，班里的公爵，学习好，但人生一片空白。她告诉我说这几个星期以来她每晚都出去，一个人在韦塞尔厅的酒吧里，还有总是有男人过来陪她，给她买酒，她一晚上都花不了一分钱，也不用做任何事情去回报他们，除了倾听他们，有时甚至不用倾听。她说这让她觉得有趣，因为这些男人挺有意思，否则她也永远不会以其他任何方式遇上他们。我不明白她从这些事上能得到何种乐趣，但我尊重这点，如果不说钦佩的话，我读过布考斯基和凯鲁亚克以及所有那些其他关于人们在酒吧鬼混喝酒的书，从高中时代起我就被那黑暗中的闪光所吸引，但我并不熟悉那些，也没有自己去过那些地方，独自坐在酒吧里和陌生人聊天对我来说是不可想象的，我的天性可能更适合自己在小屋里做华夫饼，我想，这应该也是彼得拉从我身上得到的感觉，我就是做那种事的人，一个快活、开朗、接地气的家伙，给妈妈打电话，有点怕爸爸。当她坐在我身边时，她会屈就我，我不明白她为什么这么做，但是这让我高兴，然后我发现她也会取笑我，也会发表一些贬低评语。不过她对所有都是这样。

我看看室内那些人头涌动形成的小堆。

英薇尔？

没有。

其他的熟人？

没有。

我看着时钟。十一点半。

研究反圣经的天使们！

我能不能让这一切顺利落地？

"我正在写一篇关于美发沙龙的短篇小说，"彼得拉说，"那里有个篮子，里面有两只狗。这就是我的点子！"

"这肯定会特别棒。"我说。

"反正谈论它我觉得没有什么问题。"她说,她忽然做了个具有侵略性的表情,眼睛收窄,却依然微笑着。

"哈罗。"我背后一个熟悉的声音说。

是英韦。

"我就是过来转一下,刚下班,我想着要过来看看有没有熟人。"

"你去给自己买杯啤酒然后坐过来吧!顺便介绍一下,这是彼得拉,一个学院的,这是我哥哥英韦。"

"早就猜到了,是的。"彼得拉说。

几分钟后他坐下时,我有点担心彼得拉会对他发起攻击,在她眼里他一定是超级小资,但是事情并非如此,恰恰相反,他们坐在那里聊天,而我向后倒在椅子上喝啤酒,放松,半心半意地听上一耳朵。彼得拉问英韦学什么专业,这一点出乎我意料。也许是福瑟那件事让她更懂事了一点。英韦开始说一本鲍德里亚写的关于美国的书。彼得拉很感兴趣,这让我高兴。她起身去洗手间,英韦说他喜欢她,她很美,我说是啊,但是如果她愿意的话,她可以变得犀利得可怕。

我们在韦塞尔厅外面排队等出租车,等了二十分钟,然后我们坐进了一辆奔驰车的后座,车身低低地流畅地滑过雨水闪烁的街道,直开到我的小屋。我付了车钱,注意到不管是大门还是我的门口都没有什么纸条,我开门进来,也不管彼得拉对她眼前的景象有什么想法,如果是别人我还会考虑一下,煮水泡茶，放起地下丝绒的唱片，这也是我和她之间的联系之一，也许因为这音乐的愤世嫉俗和都市味。她说英韦人很好，她在想我和他之间的关系如何，我说我们关系很好，但我也有可能到这里以后有点太依赖他了，至少我有时会这么想，除了学院里的人，我还没有自己的朋友，所以我就老跟着英韦混。她说，一日是弟弟，终生是弟弟。我们点起了自己的烟，我说我没有多余的被子，但她可以用我的被子，她吐了口烟，说床罩就可以，她穿着衣服睡，没问题的，她经常这么干。好吧，我说，那要不要床单？她又吐了口烟，我说，随你方便，就站了起来。

我要在她面前脱衣服？还是我也穿着衣服睡？

不，该死的，我想，这是我地盘啊。我开始脱衣服。她转过身去，咪咪摸摸干了点别的，直到我躺在了床上，用一只胳膊肘撑着自己。她看着我。

"你那儿是个什么东西？恶心，真让人作呕！"她说，"你有三个乳头吗？"

她说的到底是什么玩意儿？

我低头看着我的乳头。

真的。在一个乳头旁边新长出来了一个乳头，就像本来的乳头一样大。

我被打击到了，用拇指和食指捏了捏它。

有没有可能是癌？

"恶心！"她说，"如果我知道你是这种怪物，我根本不会在这里过夜。"

"别紧张，"我说，"那就是个粉刺。里面灌满了那种小东西或者类似的，看着啊。"我用手指捏紧了新乳头，一股黄色粘液涌了出来，淌在胸口。

"恶心死了！你在干什么呀！"她说。

我站起身来，在壁橱拿了条手巾，把它擦掉，又看了一眼现在看起来很正常的乳头，躺回到床上。

"你关灯？"我说。

她点了点头，走到开关那按下去，坐在沙发上，把腿晃上去，把白色床罩拉过去盖在身上。

"晚安。"我说。

"晚安。"她说。

当她走过房间时我醒了，坐起身来。

"你要走了吗？"我说。

"是这么打算的，"她说，"九点了，吵醒你了，真不好。"

"没事，"我说，"你不吃早餐吗？"

她摇了摇头。

"但是你昨晚真够瞧的，你记得吗？"

"不知道啊？"

"你站起来，把被子扔在地板上在上面踩，踩得可用力了，踩了好多下。你干吗呢？我说。被子里有貂！你大喊。我快笑死了。这场面可是太好看了。"

"真的吗？我什么都不记得了。"

"真的，还是要谢谢你的沙发。回见！"

我听见她走到玄关里，外面的门被打开又关上了，脚步声走到了拐角那里又消失在坡上。一个动物的样子依稀浮现出来，它就在被套和被子中间，我想起来了，我在恐惧和厌恶中扔掉了被子。但是说我在上面又踩又踏，那我根本没有任何这方面的记忆。这让人很不舒服。我所知道的全部就是，类似场面可能每天晚上都在这上演。

两个晚上后，门铃响了，我跳了起来，完全肯定是英薇尔来了，还会有谁到这里来呢？

约恩·奥拉夫。

他想知道我最近怎么样，还是坐在这没日没夜地写作？

是的，差不多是这样。

他还想知道我要不要一起出去喝啤酒，星期天干这事正合适，一切都那么静谧安宁。

我说我不这么认为，还有很多事要做。

"行吧，行吧。"他站起来，穿上外套。"不管怎样，谢谢你抽空聊天。"

"也谢谢你。你现在就去吧？"

"看情况吧。还有啊，昨天碰到了英薇尔。"

"哦？在哪？"

"那是莫棱普利斯那边的一个派对。去的人很多。"

"她说什么了？"

"没什么特别的，我和她也没说几句话，老实说。"

"那里还有其他认识的人吗？"

"是啊，其实真挺多的。他们大部分是去过英韦家那个派对的人，阿斯比约恩和奥拉，是叫这个名字吧？他人很好，确实是。"

"是，他叫这个名字，"我说，"派对的主人是谁？"

"我不知道，我也是跟着朋友的朋友去的。绝对是大场面。大学的人有一半都在那。"

"我昨天在家里。"我说。

"你说过了，"他说，"你现在有兴趣出门吗？"

"我有兴趣，但还是算了。"

"好吧，我尊重一心工作的人！"

他走了，我坐下来写作。目前我已经写了三段完整的对话，在睡觉前我争取写完第四段。这是在一家咖啡馆里，对话的双方都是犯罪分子，当他们看到采集者放在桌上的录音机时就感到紧张，很快就不动声色地走了。

我上床很早，像平时一样一沾枕头就睡着了。早上七点我突然醒来，那是因为一个梦，这种事从来没有发生过。

我梦见一个聚会，英韦和英薇尔都在那儿。我走进走廊，在客厅的门前停下，就在最里面，一扇窗子前，他们站着。英薇尔看着我，然后她仰起头，英韦吻了她。我躺在床上。

英薇尔和英韦在一起了。

这就是为什么她没有来的原因。

整个上午我都想着这个。我相信梦，我相信它们诉说了一些关于生活的事情，在最深的层次上它总是真实的。就好像画面不会说谎。他们站在一起，英薇尔看着我，然后英韦亲吻了她。

这种事不可能发生吧？

亲爱的上帝，快说这不是真的！

但是我知道那是真的，这真相在我心中熊熊燃烧了一整天。我全身酸痛，肠胃拧在一起，有时甚至无法呼吸，而心脏也跳得如此之快。

哦上帝啊，快说这不是真的。

突然思路转过来了，一个梦，我真是个白痴，谁会相信它呢？

那只是一个梦！

我找到了英韦以前给我的跑鞋和旧运动服，我把这视为一个好兆头，他永远不会想伤害我的，所以我走上街开始往外跑。自从我搬到北挪威后就没有跑步了，跑了几百米后我就气喘吁吁。但是我一定要粉碎脑子里那愚蠢的一幕，拆解它，方法就是让自己筋疲力尽，跑啊跑直到再也跑不动为止，然后冲个热水澡，坐下来读一本那种中性的小说，和爱情丝毫不相关的题材。然后就像经过漫长一天活动后的小孩那样疲倦，上床睡觉，希望醒来时第二天又是新的一天，丝毫不受嫉妒和毫无依据的怀疑影响。

事情也并没有完全像计划那样进展，整个星期那个画面都在我脑子里，但也没有那么地让我心碎了，课程方面还有很多事要考虑，当我给英韦打电话商量去南伯沃格的具体事宜时，我也没有留意到他有什么异常。

那只是一个梦而已。

我们那个星期五都有空，我想周四下午坐船北上，他则第二天才能过来。妈妈也在周五请了假，还会去雷思谷湾码头那儿接我。

当我在鱼市场旁跳下公共汽车并走到海滨码头大厅时，正在下着倾盆大雨，船开着发动机停在那儿，等着乘客。沃根湾的水位很高，蓝灰色的水缓缓上下荡漾，其分量感与热切地鞭打撞击着水面的雨点完全不同。我在窗口买了双程票，穿过码头区，走过舷梯上了船，在最前几排找了个座位坐下，这样我就可以趁外面还有光的时候透过前方巨大的斜窗看看风景。

水翼艇是那几个带着童年时代魔力的词汇之一，还有双体船和气垫船。这方面我不太懂，但是从船体下的区隔来看，这是一艘水翼艇。我依然喜爱着这个词。

侧窗外走来了拿着手提箱和包的人们，他们的脖子缩在雨衣里，过了一会儿他们就在我左右坐下了，所有人都要完成同样一套动作。雨衣要脱下，雨伞被拿开，要放在座位上方的架子上，挎包要放在靠背下方的地板上，桌板要合上去，人们要挤过空座位才能一屁股坐进自己的位置，出一口长气儿。船的后部小卖部已经开张，然后就是去那儿买报纸和咖啡，香肠和热巧克力。乘客中大部分似乎来自松恩—菲尤拉讷郡的各个村镇，这和他们的打扮有关，在城里很少能看见穿成这样的，但同时也和他们的举止有关，那么旁若无人，也许还有面相的缘故，也就是体型和面部特征。我在卑尔根住下的这几周来，已经开始能认出卑尔根人特有的长相了，不论男孩、老妪、中年男，长得都挺像的，有一些共同特征，在其他地方我从来没有见过。这些面孔之间也许有成百甚至上千个不相似的地方。这些会消失，你看到它们的同时它们就消解，而卑尔根式面相又重新浮现出来，哦，就是这个类型！卑尔根自中世纪早期以来就已经是个真正的城市了，我很喜欢这个观点，就是来自那个时代的不仅有哈康城堡和玛利亚教堂，当然，还有这里的山水，不仅有布吕根码头上那些可以追溯到十五世纪的摇摇欲坠商铺，也有这些被延续下来的独特面相，绵延不绝地在新一代人里再次出现，遍布这个城市。在船上周围人身上我也看到了类似的东西，不过我把这些特征和北部峡湾景色里的农场和村庄联系在一起。妈妈以前就说过，在她的祖父母时代，人们已经开始把特定的性格贴在来自不同农场的人身上。这个家庭是这样的，那个家庭是那样的，这种印象又被下一代继承，世代相传下去。这种思维方式属于一个完全不同的时代，在本质上我完全无法理解，因为我的童年在几个地方度过，我不像别人那样能被归于某个地方的人。在哪儿都是第一代的，所有的事情都是第一次发生，没有任何东西，不管是身材、面孔、习惯或者语言，是源于某个地方的，是在与某地长期联系在一起的，所以无法被纳入这种理解的模式。

实际上只有两种存在方式，我想，一种是在地的，一种是不在地的。这两种方式都只能被觉察，不能被选择。

我起身向后走到小卖部，买了咖啡和一块戴姆太妃硬糖，然后把折叠桌板放下，将咖啡杯放到那个圆形的小凹槽中，系船的缆绳被扔到了甲板上，舷梯抬起，引擎转速提高了。船体震动着，摇晃着。船慢慢向前开去同时左转，很快船头对准城市之外的岛屿开去。我闭上了眼睛，享受着船身的摇晃，那均匀的嗡鸣时升时降，我睡着了。

当我再睁开眼时，看到了一片辽阔的森林轮廓向内伸展，在它的后方，在那远处，是一排排的山脉。

过不了多久就要到了。

我起身向后走，沿着那里的楼梯走上甲板。那里空空荡荡，当我走近栏杆，不再有上层船舱给我挡着风的时候，风大到几乎要把我撕开。我顶风站住了，透骨的寒冷让我大笑起来，因为不仅风卷着雨滴拍打着我脸上的皮肤，黑暗也降临了，只有船后的一股浪被照耀成白色跟在后面。

开始是轮渡码头的灯光出现在远方，离得还很有一段距离，只是黑暗深处的几个闪闪的小点，但是由于船开得飞快，很快它们就会滑到侧面，现出有售票窗口的候船室，两辆在等待的班车，一些汽车和一群正准备上船或者接人的人，我走了进去。

一群人站在风雨里，双臂紧贴身体，脖子缩在雨衣里，妈妈就是他们中的一员，她朝我挥手，我走过去给了她一个拥抱，就在我们朝着汽车走去的时候，快艇已经再次轰鸣着开走了。

"见到你真好。"她说。

"我也是，"我说着坐进了车里，"最近怎么样？"

"还好，我觉得，"她说，"要做的事很多，但这很有意思，我一点都不抱怨。"

我们驶过森林，来到港湾的另一边，这是谢尔坦工作的造船厂。在一个大厅或者码头里能看到一具巨大的船体。谢尔坦爬在竖井和窄小的过道里装配管道，当他讲起自己的工作时，那声调里不是没有自豪的，尽管他承认自己可能是个平庸的、如果不说是糟糕的，船上管道工，但是这距离他的起点已经很远了，对他来说这曾经是一个很遥远的职业，自从他七十年代末把自己变成无产阶级后就一直在那。他还是船厂的安全监察员，这花了他大量时间，至少据我所知是如此，

一个陡坡后就来到一片森林覆盖的山间，过了这里从另一边下山，就到了奥峡湾边的行政区首府许勒斯塔，沿路开过去是萨尔布，外婆和外公以及谢尔坦的房子都在这里的一座小山包上。

妈妈把车停在院子里的时候，车灯打出的光柱里满是雨水，她关掉灯时，有那么一瞬间似乎雨不再落下，直到引擎声完全停下，车顶和前盖上的雨声才踢踏过来。

我迈出车外，拿起包，踩着那些软绵绵的砾石走过去，打开了门。

哦，这气味。

我把外套挂在衣钩上，罩在外公连身工服上，又往旁边跨了两步给妈妈腾出位置，她正在挂外套，我把包放在楼梯脚上，走进客厅。

外婆坐在房间最靠里窗户边上的椅子上，外公则坐在长

边窗下的沙发里，两人都在看电视，音量开到几乎是在嘶吼的程度。

"这不是那家伙吗？"外公说。

"嗨。"我说。

"啊，挪威人民正在成长！"他说。

"可能我现在已经不长个了。"我边说着话，边转身朝着外婆，想用一种更亲密的方式和她打招呼，但是她坐在那儿我没法拥抱她，准确地说，我从没这样做过，也不打算去做。她的一只手臂横在胸前，裹在三角巾里，颤巍巍地抖着。她的头也在抖，脚伸出来架在一个凳子上。

"还好吗，外婆。"这话是我不能说的。

我朝她走了几步，微笑了。

她看着我，嘴巴动了。

我一直走到她身边，低下头顶着她的头。

她几乎发不出什么声音了，发出的唯一声响就是喘息般的耳语。

她说了什么？

嗨。

她的眼睛微笑了。

"我坐船来的，"我说，"说起来外面的雨可真大得要命。"

是的。

我再次站直身子，看向门口，妈妈这时刚走进来。

"也许我们要做一点夜宵？"她说。

第二天我一直睡到十二点，然后准时下来吃正餐，他们总是在这个点用正餐。妈妈做了土豆球，我们在厨房吃，外面笼罩着密密的雾，窗外的大白杨树的叶子是金黄色的，闪耀着湿润的光。

用餐后，趁他们休息，我在这两万平米的领地里漫步。那小小的山间池塘全然是黑色的，沿着两宽边长满睡莲叶子，在它的另一侧，升起了云杉覆盖的山脊，寂静而黑暗，冲着低低的天空。我走到谷仓那边，其行将坍塌、摇摇欲坠的程度比我记忆里的还要严重，我打开通往谷仓底层地面的门，三头母牛在各自的栏里挪了挪身子，离我最远的那头转过头，用温和的眼睛看着我。我从它们身边走过，穿过那扇通向谷仓的矮门。谷仓里装了一半的干草，我爬到边缘，一甩身上去，把头伸进曾经是鸡舍的地方，依然有羽毛躺在底板上，虽然至少有十年没有母鸡在这些木棍上栖息了。

总有一天我要带英薇尔来这里。

这个念头真让我幸福，想到她坐在沙发上和外公说话，和妈妈说话，来看这外面的一切，对我来说简直美好得不似人间。同时这个想法也有一些打破禁忌的感觉，把两个不同的世界用这种方式融合在一起本身就是越界的、危险的事：我试着想象在沙发上的这个场景，同时内心也有种洞见：她不属于这里。

我走到外面谷仓高处到地面的搭板上，点了支烟，用手遮挡着，看来天马上要下雨了。妈妈出现在房子外面，她打开车门，坐进去，朝我的方向开过来准备调头。我走下去问她要去哪儿。

"我去趟商店。你要一起吗？"

"不了，我想我要写点东西。"

"写吧。你有什么要买的？"

"那就买几份报纸吧。"

她点点头，调了头，开走了。转眼之间她的车就在下面的道路驶过。

我把烟扔到了他们用来烧纸的地方，然后进了屋子。他们俩都站着，他们在厨房里。我小心地关上门，想要进我的房间试着写点什么，但是我透过开着的门看见了什么，就停了下来。外婆举起了那颤抖的手，去打外公，外公则迈着老人那小碎步往旁边挪了几下。她在有轮子的椅子上坐下，用脚挪着它，又去打他。他又往旁边挪了几小步。这一切都是以一种有点可怖的慢节奏进行，也是无声的。外公从另一扇门走出去，进到客厅里，外婆又用脚一点点蹭着把椅子挪到桌边。

我到了房间里，躺在床上。心跳加速，我刚目睹到的剑拔弩张让我心跳加速。那几乎就像是一种舞蹈，老年人的残酷舞蹈。

我从来没有想过外婆和外公之间的关系是怎样的，实际上我从来没有想到他们之间有过任何关系。

但是他们结婚已经近五十年，住在这小农场里，养大了四个孩子，为谋生而辛苦挣扎。曾几何时，他们就像我现在这样年轻，像我现在这样对前途充满希望。我以前从未想过这一点，至少没有很认真地想过。

她为什么追着他打？

她在药物的影响下神智不太清醒，这使她偏执恐慌，造成了她的强迫行为，这就是原因。

我知道这个，但是知道并没有帮助，两个人的画面在脑子里更顽固了。

透过地板传来了广播的声音，天气预报和新闻。我知道他怎样坐着，紧靠在收音机旁，一只手在耳朵下，如果他没有因为专心倾听而闭着眼的话，眼睛就必定直盯着前方。

外婆在厨房里颤抖。

我所目击的场景让我心里沉甸甸的，我不得不站起来，走下去，想把那些东西抚平，我如果在那儿可能会让事情恢复常态，这是我模糊的想法，而楼梯台阶在我身下吱嘎作响，过道里镜子桌子上的灰色电话让我想起了他们以前用的旧电话，挂在墙上的那种，一个圆筒贴在耳边，另一个则用来说话，都是黑色电木造的。

但是我的记忆准确吗？我小时候这里可能有如此古老、差不多十九世纪的器具吗？又或者是我在某部电影里看到了它，然后在想象中把它装到了这里，也许正是这里多年前的场面？

我打开了客厅的门的瞬间，外公立即就站起身来，还是他那面面俱到的周全模样，短小的躯干伸直了，看向我。

"你来了真好，"他说，"我本打算要在谷仓下装一圈新篱笆，既然你来了，愿不愿也帮一把手？"

"好啊，"我说，"现在就动手，对吗？"

"对。"他说。

208

我们默默穿好衣服，我跟着他下到地下层，这里堆着篱笆桩子，做过防水处理所以有些发绿，还有一卷网。我把这些一起扛到地块的尽头的小山包上，另一边就是邻居家的产业了，然后走回去拿外公刚刚指给我看过的大锤。

婉转地说来，干手工活可不是我的强项，所以当我拿着大锤朝他走过去时心里有些忐忑，我不一定能胜任，或者是无法以让他满意的方式来完成。

外公从他连体工作服的口袋里掏出一把老虎钳，剪掉旧的篱笆网，来回摇着第一根篱笆桩子，直到它松到可以直接拔出来的程度。我按照他的指示从另一边干着同样的活。当我们做好了这一步，他把一根新的篱笆桩子插进去，让我用大锤把其砸到土里。最初几下是小心翼翼，缩手缩脚的，但他什么也没说，没多会儿我就敢用力了，动作越来越坚定自信。

他平时总戴着的黑色檐帽上盖上了一层小水珠。蓝色工作服的面料已经被雨水打成了黑色。他向远方看去，讲起五十年代利赫斯滕空难的事，我已经听过很多遍了，也许是雾和天气让他想起了这事。但是我喜欢听他讲故事，当他讲完这个，保持了几分钟的沉默，在现在都已自己直立着的篱笆桩子边低头站着，我就问他关于战争的事。二战时期这里是怎样的，有没有人表示反抗，这里有没有德国人的驻军，战争期间这里的情况如何。我们走到下一根桩子应该放置的地方，他就讲起了1940年4月。当入侵的消息传来后，他和一个伙伴去了沃斯，那里的人已经被动员起来了。他们步行，借了艘船划过松恩峡湾，越过山峰，那是四月，还有那发硬的雪以及夜里的月光，他

209

说，一直下到沃斯，军事据点在那，所有挪威西部的人都在这集合。他摇着头笑了起来。他到达的时候所有人都喝醉了，而且也几乎没有武器。更没有制服。军官们坐在弗莱舍宾馆里喝酒。当那里的酒水告罄时，他说，那些人就征用了游轮"北极星"上的酒吧。船曾经停在卑尔根的码头边，酒是被火车运过来的。

"那你们怎么办？"我说

"开始我们还试图去搞武器和制服。我们围着沃斯走，问我们遇到的所有穿制服的能不能帮助我们。没人能帮我们。我的伙伴对一个站岗的说，你知道我们是战士，就算我们现在没有制服，你能不能给谁打个电话？不能，哨兵说，他给我们看了电话线，那已经被剪断了。所以我们又转回家里。当我们划过松恩峡湾时，我们把我们之前停在北岸的船也带走了，这样德国人要追我们也会更困难一些。但是当我们回到家里时，整个国家已经被占领了。"

他这个故事讲了很久，没有一个细节是不重要而可以被省略的，一直讲到他晚上离农场越来越近，狗乱吠起来，这个故事才讲完了，而我们也只剩下一个桩子了。我把它砸进去，他捡起那一卷网，我们开始把它绑到桩子上，他拿着它，我用小U形钉把它固定到桩子上。

"是的，这里有德国驻军。"他说，"我和其中一个人逐渐熟起来了。他是奥地利人，小时候在挪威住过，三十年代时他们把穷孩子们送到这里来，他就是其中之一。长得挺帅，人也很有意思。"

外公说，这个地区有一个囚犯营地，主要是南斯拉夫和俄罗斯人在这里修建公路。外公有一辆卡车，被德国人征用了，他经常开车去营地，在富勒。他给犯人们带食物过去，外婆做好抹了黄油放好配菜的面包片再包起来，他把它们藏在工地上一些石头下。他说他觉得警卫们知道这事，但是他们也睁一眼闭一眼。有一次他看到一个囚犯被枪杀了。

"他站在德国士兵们的面前，用德语高喊开枪啊！开枪啊！于是就有人冲他开枪了。但是军官们很生气。你知道，他们很讲纪律的。所以那个没有接到命令就开枪的人被送往东部前线了。对于德国士兵来说，挪威是大家都想去的驻地，和其他可能被送去的地方相比起来嘛。战争后期，被送来这里的主要是老男人和年轻男孩。我记得我看到过一团新来的人，一个军官对他们说：你们想在这干什么？老爷子们？"

他笑了起来。我敲好这些钉子，把网滚到了下一个桩子。他继续讲着。从他的话里听起来，这个奥地利人确乎是个朋友了，在德国投降前几天，他决定逃跑，他与村里一位女子以及她的两个儿子一起登上了一艘船，然后失踪了。后来，两个儿子被发现了，在峡湾另一头的水里躺着，可能是被石头砸死的。

我看着他。他到底想要说什么？

"就在不久前，还出了一本关于这事的书。我这里就有。这事真是有意思啊。谁能相信他能做出这种可怕的事来？一定是他杀了他们，毫无疑问，没有其他可能了。然后他就这么消失了。没有留下任何踪迹。很有可能今天他还活着。"

我站直了，帮外公把网滚到下一个桩子那儿，然后我尽可能用力地拉紧它，在最上面和最下面敲上钉子固定，这样它就自己绷住了，我再去做更彻底的固定。

"那么，他是什么样的人？"我说，抬头看着外公，他正望着峡湾上的薄雾。

"他是个体面人，"他说，"有礼貌，受过教育，友善。对他我没有什么坏话可说。但是他心里肯定也有其他一些东西。"

"是啊，"我说，"他逃掉了吗，你觉得呢，还是死了？"

"这可不好说，"他说，"也许在逃亡过程里死掉了。"

这是最后一根桩子，外公剪断了网，我把剩下的网卷和大锤背到地下室，他在我身边走着。当我们走进客厅时，我俩的脸都被雨水打红了，妈妈在厨房里做煎饼。外婆坐在椅子上，当她看到我时，她说了什么。我走到她身边，低下了头。

表，听起来她好像说的是这个。他拿走了表。

"谁？"我说。

他。她说着并看向坐在沙发上的外公。

"他把表拿走了？"我尽可能压低声音，免得他听到。

是，她耳语着。

"我不这么觉得，"我说，"他为什么要这么做？"

我站起身，我肚子疼，我走到妈妈那儿，把门半掩上，免得他们听到这里的动静。

妈妈拿着一柄大勺在一张宽鏊子上小心地倒下面浆，面浆立即在嗞嗞声中变硬了。

"外婆说外公拿走了她的表，"我说，"或者说偷了表，根据我的理解。"

"是啊，我也听她说过这话。"妈妈说，"这是药物的作用，很有可能她是犯偏执，还开始瞎想东西出来。她现在情况很差。但是她会好起来的，你要知道。"

"会的。"我说。

出于某种原因我几乎要哭起来了，我走进门廊，穿上雨鞋，在门外楼下的位置站好准备抽根烟。

下面，学校外面的那条路上一辆公共汽车停了下来。几分钟后谢尔坦就走上坡来，黑眼睛白皮肤，一只手拿着个袋子，另一只手拿着一些信和报纸。那是《阶级斗争报》，从我记事起他就一直订这份报纸。

"你好啊。"他说。

"嗨，谢尔坦。"我说。

"你昨天到的吗？"他说。

"是。"我说。

"我们一会再聊。"他说。

"好，"我说，"妈妈在做煎饼，再过十五分钟左右肯定就做好了。"

他继续走到门前，停下来往外望去。

"就是那只一条腿的乌鸦！"他说。

我走了几步到他那边，顺着他指的方向抬头，看到把电线牵到谷仓里的那根桩子。只有一条腿的乌鸦就站在它的顶端。

"是约翰内斯打枪射断了它那条腿。从那时起它就一直在这一带晃悠。"

他短促地笑了一下，关上了他身后的门。我把烟头在软碎石地上摁熄了，拿着它进去扔到水槽下的垃圾桶里。

"还有，英韦打了电话过来，"妈妈说，"他今晚打算再值一班，明天上午之前肯定到不了。他说他会开车过来。"

"那真是扫兴，"我说，"我去摆桌子？"

"好啊。"她说。

我们在电视厅的桌子上吃的饭，因为外婆现在上下楼梯有困难，外婆外公已经把卧室移到了餐厅，谢尔坦看着我问我想不想上他那儿和他聊会天。我点点头，我们走了上去，到了他那宽敞、开放明亮的顶楼，他煮上咖啡，我一屁股坐进沙发，翻着摆在茶几上的一堆书。

博布罗夫斯基[1]。荷尔德林。芬恩·阿尔内斯[2]巨著《火节》（ *Ildfesten* ）的第一卷,根据妈妈的说法他就是在这里摔断了脖子，说好要出的五本小说里只出了两本。多年来谢尔坦对这些书极其入迷，这也许因为书里的小宇宙一直吸引着他，他说起它们时的样子让我明白了这点。

"你在创意写作学院学到了什么吗？"他从茶水间里问。

"有啊。"我说。

"我见过萨根，"他说，"他主持了松恩写作俱乐部的一些写作课。"

---

[1] Johannes Bobrowski（1917—1965），德国抒情诗人，作家，散文家。
[2] Finn Alnæs（1932—1991），挪威作家。

"他现在还没来给我们上课，"我说，"现在只有福瑟和霍夫兰。"

"这些人我不认识。"他说，进去拿了两个杯子。杯子是湿的，他刚刚把它们涮了一下，我那个杯子底还有咖啡渣，半漂在水上。

"我们刚结束了诗歌课。"我说：

"所以你已经写了诗？"

"是啊，我们都要写。但是也没有写出什么好诗。"

"别这么说，"他说，"你才十九岁。我十九岁的时候都不知道诗是什么玩意儿。你能去到那已经很幸运了。"

"是啊，"我说，"那你最近写了什么吗？"

"可以说是几首诗吧。"

他站起来，走到餐桌旁，打字机就在那儿，他拿起一堆纸，站着翻了一下，走回来递给我。

"你愿意的话就看看吧。"

"好啊，可愿意了！"我说着低下头，因为他把我当作平辈对待而忽然感动了起来。

《萎缩的河》

仔儿一条

属于那绿石头

在油油水草家

阴影凉爽

太阳的兄弟

用尾拍击

"仔儿[1]是什么？"我看着他问。

"仔儿？是褐鳟。你觉得如何？"

"这特别好，"我说，"我尤其喜欢这个出口。它把整首诗提起来了。"

"是，"他说，"你知道，这里的山坑里有褐鳟鱼。"

我继续读。

满满一口肥美的教堂草

我在这道路之间保持平衡

我喝着信仰的光

在永恒的海滩上

我拖着身躯前行

就像拖着黄昏中的一匹白马

走向森林里某处

我的双眼再次涌出泪水，这次是因为这首诗，这身体就像他牵着的一匹马在黄昏中走进森林的这个意象。

就好像我全身充满泪水，它就等着这一刻的到来，等着一个机会好喷涌而出。

---

[1] Kjø，西部挪威语里对褐鳟的叫法，词源来自冰岛语"鱼仔儿"。

"这首诗太好了。"我说。

"你真这么认为？"他说，"哪一首？"

我递给他。

他看了几秒，然后吹了口气。

"在永恒的海滩上，"他读出来，"这里我是有点讽刺的，你知道。"

"我知道，"我说，"但还是一样的。"

他起身去拿咖啡，从玻璃壶里把它倒出来，然后把壶放在一份报纸上。

下面的门响了，从关门的方式来看，我知道了那是妈妈。

"你俩坐在这儿呢！"她说。

"我们在看一些诗，"谢尔坦说，"如果你想看，也可以看两眼。"

"想看啊。"她说。

我站起身来，手拿着杯子走到房间另一端，那里放着扶手椅、书架和音响。我抽了几本书出来翻着看。

当他们开始在那边聊天时，我站在窗前，看着雾中依稀可见的利赫斯滕山，那一端海面开始的地方升起的一堵黑墙，又在峡湾的尽头沉降。

英薇尔家的度假屋到底在哪儿？

当我走进客厅时，外婆坐着睡着了，她的头后仰靠在椅子上，嘴巴张着。从我能记事起她就有帕金森症，我记忆里她就没有不抖的时候。但是我小时候她的病还没有这么严重，也没有妨碍她干活，妨碍她在这个小农场所要干的所有活计。她和外公在三十年代末结婚后就到了这里，然后留了下来。博格希尔说过，这个地方之小，这里人口之少都曾让她惊讶。也许原因很简单，就是因为这里的自然条件比她所来自的内陆地区更严酷，食物更少，因此人口也更少。妈妈说过她总是很强调他们要无懈可击，在穿着和行为举止都要如此，因为这个原因，他们身上都流淌着一种不言而明的气场：他们想比别人更好。外公是司机，他开公交车，农场上几乎所有要干的活都要靠外婆。那是五十年代的事，但是那些她讲起的小时候种种，听起来更像是上世纪的事。一个男人会在秋天来这里帮他们屠宰牲口，她说。外公从来不自己做这个。动物的几乎每一部分都以某种方式被使用。外婆在溪水里洗肠子，那是要用来做香肠的。血在厨房的大锅里炖煮着。她所做的其他事情，如果妈妈没有说过，我就一点都不知道了。我们之间只隔了两代，但我不知道她的一辈子时间都花在哪儿，并不是真正知道，不知道那些真正重要的，处理物件和动物、生与死之间的事务。当我和外婆看着彼此，那就像在悬崖两岸遥遥相望。对她来说，生活的中心是亲人，也就是她那边的亲戚，从她长大的那个农家出来的人，还有她自己的孩子们。我外公的亲人则是在上一代就从海上离岛迁过来的，我的印象是他们并不重要。她的亲人才是中心，还有土地。谢尔坦有时说土地就是她的宗教，在约尔斯特，也就是她的家乡那边有很多土地崇拜者，这是一种古老的异教，后来他们用基督教的语言和仪式来给它打了些掩护。他可能会说，看看阿斯楚普的画吧，所有那些在圣汉斯节前夕点起的篝火，这就是约尔斯特人，他们围着火焰跳舞，就好像那是他们的神灵。谢尔坦说这些话的时候笑了，不是没有讥讽，同时也总有些暧昧，因为谢尔坦骨子里有很多地方像她：对待生活的严肃态度，那深沉的责任感在谢尔坦身上也有，如果她把土地当宗教一样来打理与崇拜，那么谢尔坦就用同样的双层态度来对待自然，在鸟类和动物，山峦和天空那万物的生灵。可是他又会否认在他和她之间存在这样的联系，他是共产主义者，无神论者，造船管子工。但是，只要看着他们的眼睛，就足以确认这一点。他俩有着相同的棕色眼睛，同样的眼神。

现在她的生命已不剩下什么了，疾病已将其消耗殆尽，吞噬了身体，剩下的只是颤抖和痉挛。当我看到她坐在那儿张着嘴睡着了，她那现在已无法号令身体的强悍意志，她那现在已无法表达却曾深刻影响了她儿女们的严厉道德观都很难被感受到了。但是她就是这样的人。

妈妈帮着外婆上床，给她脱衣服，梳头然后帮她换上睡衣，这期间我坐着读《仪式》[1]，这本书是我的新欢，我尽量不去看房间里的情形，不是因为外婆在脱衣服，当然，而是因为是妈妈在做这些事情，这看起来如此私人、隐秘，女儿照顾她年老的母亲，这不是我的眼睛该看的东西，所以我还是静坐着让眼睛在书上胶着，努力让自己心无杂念。

这并不困难，书里的每一篇都是开放性的，并且每篇都在持续地以摄人心魄的方式和其他部分相联结。还有，不仅每

---

[1] *Ceremonias*，科塔萨尔的短篇小说集，出版于1983年。

一篇是这样，还有那些人物，一般情况下沉默寡言的人，会突然敞开心胸，走入彼此的生活。一个在水族馆里盯着墨西哥钝口螈的男人，在一只在水族馆里盯着个男人的墨西哥钝口螈的眼里变成了谜一样的男人。在古希腊的一场大火变成了一场当下的大火。还有所发生的所有其他那些值得注意的事也是这样。一个人突然开始打嗝般地吐出兔子，这成了一个问题，一场小型灾难，他借来的整个公寓套间里很快就装满了白色的小兔子。

妈妈对里面的人说晚安，出来了，把推拉门关上了。

"你想来点咖啡吗？对你来说现在喝是不是有点晚？"她说。

"我想来点咖啡。"我说。

我非常喜欢那些短篇小说，但那样的东西我写不了，我想象不出来那些东西。事实上我根本没有想象力，我写的每一个字都与现实以及我自己的经历有关。

是的，不是那种新小说。

一缕喜悦在我身内熨帖着五内。

这真是太棒了。一些神秘的人，也许是天使，收集人类对话并琢磨着它们。

但不是只有喜悦，还有绝望，因为我知道我没有完成它的能力。我写不出这个故事，这永远行不通。

妈妈走进来，拿着一个壶和两个杯子，她把它们放下，又拿来一盘切成窄片的土豆薄饼。

"这是博格希尔烤的，"她说，"你要吗？"

"要啊。"

博格希尔是外婆的姐姐，一位很有威严的活泼女人，她自己一个人住在她们出身的农场上方的一个小房子里。她给村子里办婚礼的人家供应餐食，她熟谙所有那些以前的菜色，也熟悉所有的人家，不管是曾经在这里住过的，还是现在住这里的。妈妈以前和她很亲密，那时她们住得很近。

"你过得怎么样，卡尔·奥韦？"妈妈说，"这几天你都没怎么说话。这不像你。"

"也许吧，"我说，"但我过得挺好，确实。创意写作学院的课程可能比较困难，那就是唯一的问题。"

"是什么部分那么困难呢？"

"那感觉就像我去那儿还不够格。我写得还不够好，就这么回事。"

"你才刚刚二十岁，你一定得记住这点。"妈妈说。

我拿了张薄饼，两口就吃下了肚。

"十九，"我说，"但我去那儿的时间就是现在。去想我到二十五岁时一切就好了并没有帮助。"

妈妈给两个杯子都倒上了。

"还有就是我恋爱了，"我说，"也许这就是为什么我话少了的缘故。"

"是你今年秋天认识的人吗？"她说着把杯子举到唇边，边看着我边喝了一口

"我是在复活节遇到她的，就是我在你那里住的时候。只见了一次。然后我们就开始通信，我们在卑尔根见了面。她在学

221

心理学，来自凯于庞厄尔。和我同年。"

"但是你们已经在一起了吗？"

我摇了摇头。

"就这样。我不知道她对我有没有意思。我做了些蠢事，而且……总之什么都没有发生。"

一阵鼾声传来，听起来就像是一声咆哮，这是从另一个厅里传来的声音，然后又有人咳嗽了。

"一切肯定会好的。"妈妈说。

"也许，"我说，"走着看吧。但是其他都挺好，确实，我在那个小屋和卑尔根整体来说都过得很好。"

"我可能过几个星期会过来看看你们，"妈妈说，"我还要拜访几个同学，戈尔德，你记得她吗？"

"记得，当然。"

"我一直在掂量着继续读书的事，你知道的，我其实应该读一个硕士。但这是个经济问题，而且我必须申请停职。"

"是啊。"我又拿起一块土豆饼。

我在楼上这小卧室里在黑暗里躺了很一会儿才睡着。这个小房间与外面广袤的空间在黑暗里融在一起。这张旧木床就像一条小船，感觉上如此。有时外面的树上有风声呼啸，树叶上的水滴被甩到窗子上，微弱的噼啪声。当这一切休止，也许这呼啸去到了其他地方，降落在附近的其他树丛里，就好像今晚风把自己分成几组，疾行奔入大地腹地。

当我刚到达时有种感觉，觉得这里的生活已经结束。并不是房子被死亡的征兆所笼罩，而是所有该发生的事情都已经发生了。

我侧躺着，头枕在胳膊上。脉搏跳动的声音让我想起外公曾说过的话，如果你想睡着就不要躺着去听心跳的声音。这真是句奇怪的话，我不再记得是在什么情形下引出了这句话，但是每次我这样侧躺着，脉搏声在耳中跳动，我都会想到这句话。

就在几个月前妈妈告诉过我，外公在六十年代初很长一段时间里都很焦虑，严重到了他没法工作的程度，只是躺在沙发上，害怕会死掉。那时兄弟姐妹里只有谢尔坦住在家里，他那是还小，对这些事理解不了那么多。

在某种程度上，得知这些情况让人不安；最主要是因为我对这些一无所知，也根本猜不到这些。在我最亲近的这些人生活里居然隐着这么多让人忧虑的事情吗？但是这事本身，它所展现的外公的这些方面，我也很难认为那是真的，因为我一想到外公会想到的就是生活乐趣。但是我从来也没有把他想作一个拥有自己人生的独立的人，他一直只是"外公"，而外婆一直是"外婆"。

老杨树又开始沙沙作响，一小股水滴拍到了墙壁上，就像什么东西站着甩出了这些水，像狗一样。

黑暗。寂静。脉搏的跳动。嘟－嘟。嘟－嘟。嘟－嘟。嘟－嘟。

和外公相反，我听到的不是死亡，而是生命。我的心脏年轻而强大，它将跳动着伴我走过人生第二个十年，将跳动着伴我走过第三个十年，将跳动着伴我走过第四个十年。如果我能活到外公的年龄，他八十了，那么到现在我才过了一生的四分之一。几乎所有一切都摆在我面前，在那未知而开阔之地传来的希望之光里，也通过这殷勤的心，这忠实的肌肉，带给我完好无缺、越来越强大、越来越睿智、越来越丰盛的此生。

嘟－咚。嘟－咚。嘟－咚。

嘟－咚。嘟－咚。嘟－咚。

我从客厅窗口看到英韦的汽车，雨刷来回刮动，驾驶座上的暗影就是他，我告诉妈妈英韦来了，妈妈正把外婆的脚放在自己膝盖上按摩。她小心地把外婆的脚抬起来放到地板上，站起来。外婆和外公十二点时已经吃过正餐了，我们还在等着，现在她走进厨房准备饭菜。

汽车在外面停下。不一会儿有人进门，我听到他在走廊里窸窸窣窣，就转过身来，刚好看见他走进来。

"嗨。"他说。

"我看到了，挪威人民正在成长。"外公说。

英韦微笑。他的眼睛扫过了我。

"嗨，"我说，"路上还好？"

"很不坏，"他说着递给我一堆报纸，"我带过来的。"

妈妈进来了。

"如果你饿了，我们就开饭。"她说。

我们走进厨房坐下。妈妈用一个大锅做了羊肉炖杂菜，我猜她的打算是要把它冻起来，这样等我们走了以后外公把它热一下就可以了。

"一路过来顺利吗？"妈妈说着，把炖锅放在桌上，桌上已经有面包和黄油和一樽水。

"挺顺利。"英韦说。

这感觉就像他周围包着一层膜，这就让我没法到位地和他沟通。但这并不一定就意味着什么，有时就会这样，现在他开了几个小时的车，一个人在车里想着自己的事，来到这里是有个过渡阶段的，我们已经在这里待了一整天，已经培养出一种完全不同的彼此信赖和理所当然的气氛了。

英韦装了一深盘的羊肉炖杂菜，将勺子放在我这边靠锅的地方，我也给自己盛了。盘子上冒起了蒸汽，我拿了一块扁平土豆面饼，咬了一口，倒了一玻璃杯水，将一勺炖羊肉举到嘴上，吹了一下。

"顺便说一句，安·克里斯廷问你们好，"英韦说，"我昨天遇到她，说了我要来这儿。"

"谢谢。"妈妈说。

"在哪见到她的？"我尽量无所谓地说。他说过他留在城里是因为工作，而不是要出去玩，如果他出去玩又碰见了安·克里斯廷，那他就是撒谎了，他为什么要撒谎？

"在西登豪根的食堂里。"他说。

"哦，这样。"我说。

晚餐后，我们在客厅喝咖啡，外公说话，我们听着。谢尔坦进来了，身上是过去两天他一直穿着的同一套衣服，头发乱糟糟，眼睛在镜片后闪闪发光。英韦没有像以前那样出言反对谢尔坦的这种单调；他身上有种随和和内敛，好像他的目光是向内而不是向外的。什么原因都是有可能的，我想，他只是有点安静而已。

外面大雨如注。

谢尔坦走到一边自己待着去了，我读报纸，妈妈在厨房洗洗涮涮，英韦把他自己的东西拿到上面的房间里，消失了一会儿。当他再下来的时候，拿着一本书坐上了靠在壁炉边的椅子上。

我放下报纸，看向窗外。暮色已降。邻居家房子距我们大概一箭之遥，他家门灯散发出光柱里雨水斑驳。

外婆在她的椅子上睡着了。外公也坐着打起了瞌睡。妈妈也坐在沙发上他旁边看书。英韦也在看书。我看着他，也知道他知道我在看他，如果有人在静悄悄的房间里看着一个人时，这个人会留意到的。就算这样他也没抬头，目光直直地盯在书上。

有什么很不对劲了。

还是我疑神疑鬼？

他还在读着，见鬼了，我也不能把这个当作什么事不对劲了的迹象。

我又举起报纸继续读。这次是他向我这边瞟过来。我保持专注，没有抬眼。

他为什么看着我？

他站起身走出去了。门关上的同时外公醒了，眨巴了几下眼，站了起来，颤巍巍地走到壁炉旁，打开炉子，放了两块木材进去。楼上的地板咯吱咯吱响了几下。

然后一切又安静下来。

他上床睡觉了？

现在？

是不是因为他昨晚出去玩了？没有像他自己说的那样在旅馆上班？

我把杯子拿到厨房又装满了咖啡。峡湾像躺在纯粹黑暗里泛着弱光的一片草坪。雨水在屋顶和墙上噼啪作响。我又坐在了客厅里，抓起烟草盒，给自己卷了支烟。外公在清洁他的烟斗，在玻璃烟灰缸上敲打了几下，用白色的烟斗清洁刷掏出一些黑色的小块小片。外婆醒了，她上半身向前倾想站起来，但是又往后倒回去了。然后，她将手移到扶手上的两个按钮上，成功地按下了其中一个按钮，椅子就开始在一种低低的嗡鸣中升起，这样她就会被抬起来或者被向前送去，片刻之后她就能用手抓住那个助步车了。但是她的背驼得厉害，已经走不了路了，妈妈站起来，抓住她的胳膊，把助步车推到旁边，向前倾身过去，问她要去哪儿。我听不到那颤抖的嘴唇里传来的答案，但肯定是厨房，因为脚步声冲着那边去了。在这一切发生的时候，外公已经坐着用他的烟斗吞云吐雾了。

楼上的地板又咯吱作响，紧接着楼梯响了起来。门开了，英韦看着我。

"一起出去兜个风吧，卡尔·奥韦？"他说。"我们得谈一下。"

支持着我强打起精神的那点希望也消失了。我内心坍塌了。

一切都破碎了。

英韦和英薇尔已经在一起了。

我起身走进过道。他站着背冲着我，穿上外套。他什么也没说。我将脚塞进鞋里，弯下腰系好鞋带，然后站直了穿上夹克。他纹丝不动地站着等待。当我把拉链拉上时，他开了门。新鲜的空气涌入了走廊。我把雨帽戴上，在下巴上打了个结，英韦走向汽车上，开了车门，拿出他的伞。雨点落在砾石地面和房子上的声音有如均匀的鼓声，在远处那极黑处则更柔软的唰唰声，在那儿雨降落在草地和苔藓，树木和灌木丛上。

英韦打开了伞，我关上了身后的门，我们开始顺着坡走下去。我盯着他，他看着前方。我的腿发软打战，我的内心分崩离析了，但有些东西硬硬的还在。我什么都不会给他，他从我这什么都得不到。

我们走过大门，经过邻居的房子，走到了沥青公路上。

"我们往山里走走吧。"英韦说。

"可以。"我说。

这是个岔路口，三条道路在这里交叉，有路灯照明，但是一走过这里，走上通向腹地山谷的路，周围就一片漆黑了。树木在道路两旁站得像一堵墙。传来了隐约的呼啸，来自河边，来自雨中的森林。除此之外就只能听见我们的脚步声。他迅速地看了我一眼。

"我有事得和你说。"他说。

"这话你说过了，"我说，"你一定要对我说的事是什么？"

他又看着前方。

"我和英薇尔已经在一起了。"他说。

我什么也没说，只是盯着他。

"那只是……"他开始了。

"关于这个我什么也不想听。"我说。

他安静了，我们继续走着。雨在下着，我们的脚步声，黑暗里的树墙。湿漉漉云杉的气味，湿苔藓的气味，湿沥青路面的气味。

"我一定要解释一下到底发生了什么。"

"不用。"

"但是卡尔·奥韦……"

"我说过了，我不想听这方面的任何事情。"

我们到了射击场，在道路右边，一条窄窄的长形开放空地上的一个棚子。

在远处响起了汽车的轰鸣。它从山谷尽头的山上驶下来。

"我真的没有计划什么。"他说。

"我什么也不想听！"我说，"你听不明白人话吗？什么都别说了！"

我们沉默地走了一会。其间他看过我一眼，想说点什么，又改了主意，低头，停了下来。

"那么我回去了。"他说。

"走吧。"我说，然后继续往前走，我听到他的脚步声在我身后越来越微弱。片刻后一辆汽车从拐弯处开出来，把黑暗变成了光的炼狱。车过去以后那强光还在视网膜上停留了几秒，我在几乎失明的状态里走了一段，直到眼睛再次适应了黑暗，

229

道路和树木逐渐显现出来。

我再也不要和他说话。明天之前我无法从这离开，所以我还会见到他，我在卑尔根也会再见到他，这是无法避免的，迟早我会撞见他，这座城市并不大，但就算那时我什么都不会说，在这里也不说，我不会再对他说一个字，再也不会了。

我一直走到山谷尽头，在那儿有瀑布从山边倾下而河水奔流穿过公路下方，我注视着水流撞上山石、击向底部坑洞时的微光，水打入水中看起来几乎是淫秽的一幕，而所有这一切之上则是如注的大雨，我也开始往回走了。裤子湿了，我冻僵了，房子里也没有任何值得期待的东西。

他们在一起睡了吗？

我心里的一切都封锁了起来。我停下来。

英韦和她睡过了。

当他从这里离开后，他回家以后还会再次和她上床。

抚摸她的乳房，吻她的嘴，拉下她的内裤，压在她身上。

我的心狂擂着胸膛，就像刚刚跑完。

她喊着他的名字，呢喃着他的名字，吻他，为他打开双腿。

我又走起来。

她会问事情进行得怎样，我说了什么。他会这样说。我成了他们口中的"他"。弟弟。那个天真的在自己小单间里等着她的那个弟弟，那个以为她想和自己在一起的弟弟，就在她和英韦在外面派对玩，回英韦家里并做爱的时候。就是这样，她在他那儿过夜，早上在那间浴室里冲个澡，坐下来吃早餐，怀揣一种越来越强的理所当然和正当感。

她爱抚着他，她一定这么做了，她看进他的眼睛，她一定这么做了，她说她爱他，她一定这么做了，这不是什么疑神疑鬼，那是已经发生的事情。每天都在发生。

我眼前那小山包上的房子亮着灯，而暗夜深沉，每个角落都黑得无法穿透。

我再也不会是他生活的一部分。永远不去拜访他的住所。我要以从未用在其他任何人身上的愤怒去诅咒他。如果他觉得我们之间终究会回到从前，我终究会自己发现这一点，他会发现他想岔了。

现在要做的就是熬过今晚。他在这里，我没法躲开他，但是这没有关系，我会无视他，这很好，这样他就会认为这只是我现在的反应，一切会逐渐正常起来的，要到以后他才会晓得我再也不会和他说话了。

我打开门走进走廊，挂上外套，钻进房间换了裤子，在浴室里用毛巾擦干了脸，才下到一楼走进客厅，他们都坐在那看电视。

英韦不在。我看着妈妈。

"英韦在哪儿？"我说。

"他去找谢尔坦了。"妈妈说。

我坐下了。

"发生了什么事？"妈妈说。

"没事儿。"我说。

"有事，至少我知道这一点。"妈妈说。

"你记得我说过我恋爱了吗？"我说。

"当然记得。"妈妈说。

"英韦已经和她在一起了，"我说，"他刚说的。"

妈妈倒吸了一口气，看着我叹息了。

"是的，这不是我的错。"我说。

"你们不会成为对头的，"她说，"它会过去，卡尔·奥韦。这事现在糟透了，但是它会过去。"

"是，这的确有可能会。"我说，"但这并不表示我想和他有任何关系。"

她站起来。"我做了点夜饭，"她说，"你能摆一下桌子吗？"

"当然可以。"我说。

我捧出杯子和盘子，黄油和面包，鲑鱼和炒鸡蛋，香肠片和奶酪，一壶茶和牛奶。我做完这些后，妈妈问我能不能去叫英韦过来。我看着她。

"当然可以。"我说。趿拉着我的鞋子，沿着院子走了几米来到另一扇门前。也许我过来会让他认为一切都和从前一样了，让他这么以为去吧。

我打开门，进走廊，走上楼梯。音乐声开得很高。我往上走了几步，这样就能看到上面的客厅了。英韦坐在椅子上，两眼看向空中。他没听见我来了。我本来可以喊他的，但是我没有，因为我看到眼泪从他的脸颊上淌下，这让我感觉糟透了。

他哭鼻子了？

我轻轻地走下台阶直到他不可能看见我为止。我在走廊上静静地站了一会儿。这还是打他小时候以来我第一次看到

232

他哭。

但是他为什么哭？

我把脚塞进鞋子，蹑手蹑脚地关上了我身后的门，拖着脚走过院子。

"他就来了，"我走进房间时说，"我们开吃吧。"

第二天一早，妈妈开车送我到雷思谷湾码头。船来的时候几乎是空的，我坐在来时坐过的同一个座位上。夜间天气好转了一点，天空仍然多云，但云层亮了一些，雨也不下了。船滑过沉甸甸的灰色水域，如此之迅捷，在高耸而岿然不动的峡湾两侧拱状山脉之间穿过。

我在英韦晚上回来前就离开客厅，上床睡觉了，今早我在他醒来之前就起了床，所以在谢尔坦家椅子上那短暂的一瞥后，我就再没见过他，但是我听见了他的动静，我躺着试图入睡时听到他的声音从下面传来，还有他上楼睡觉时的脚步声顺着楼梯走进房间。我的内里恍似在燃烧，我受不了和他同处一个屋檐下，我唯一的念头就是他总有一天会为自己的行为后悔的。

现在，峡湾中的一条船上，灯光包围着我，在回家的路上，一切似乎又不一样了。我现在想到的是她。她让自己被他骗了，被他外在魅力闪花了眼，对他松了口。她不明白我比他好。她对此一无所知。但总有一天她会发现这一点。然后呢？那时我该出现在那儿吗？还是我该让她好自为之？

我还能和她在一起吗，在她和英韦已经交往之后？

哦，可以。

如果她肯的话，我会愿意的。

没人规定我明年还一定要住在卑尔根，也没人规定她也得住在卑尔根，如果他们分手的话。

我走到船尾的小卖部，买了杯咖啡，拿着走到甲板上，在顶舱下的条凳上坐下来，从这儿我能看到那片森林，在来的路上它只是山下一大片深沉的阴影，现在却在白色天空下明晰地凸显出来。深绿得近乎黑色的云杉树密密地长成锯齿般的原野，间中有一两棵落叶树闪耀它金色的秋日色彩。

我从快艇码头搭出租车回家，在所有这一切发生之后，这是我应得的待遇。但在我自己的小屋里，被自己的物品包围，并不像我原来想象得那么好，因为这里是我傻坐着等她的地方，一晚又一晚，现在我已知道了这一切，就是她压根没打算来找我，而是和英韦在一起，我的行为有多么蠢已经洞若烛照。我对她所有那些美好想法，我一点点营造起来的整个美梦，在我知道了这一切究竟怎么回事、所发生的究竟是什么后，显得傻得没边了。

英韦知道我这边的情形，知道我坐在这里满怀希冀地等待，就在他和她见面还亲密的同时。还是这可能就是让他心痒的原因之一？想着我像傻子一样坐在这看着窗外？

我没法在小屋里待下去了，所以我穿上外套走了出去，但是我该去哪儿？今天周日，所有商店都关门了，那些开着门的咖啡馆，我也没有兴趣一个人坐那儿。我在约恩·奥拉夫住的公寓楼外站住，按了门铃。无人应答，我继续往前走，上坡又下坡经过斯托拉市场，很快我就穿过托加曼尼根广场，始终心内如焚，我是个白痴，我无处可去，无人可访，我只是走着，一切都让我羞耻，这羞耻让我燃烧。我走过尼戈尔街，在理工学院那边斜插上去，走进了公园，我打算找条长椅坐下，抽一支烟，这是星期天，我在星期天出来散步，虽然是在公园里，我曾在这里握着英薇尔的手，我也不愿意想这个，那时她已经很清楚她不想和我在一起，而我对她来说什么都不是，我也不愿意往上走去丹麦广场，英韦住在那儿，我所知道的就是她这个周末借了钥匙，现在就在那公寓里。我更不愿意走那边另一条路，西登豪根学校就在那边，那是我们喝过咖啡的地方，那个大门下曾站过在聊天的我们，而莫滕从我们身边走过。替代方案就是我从第一个坡下去，从格里格音乐厅旁边出来，沿着那条路经过图书馆和火车站，右转，那儿是老城门，然后上坡，沿着上山路走回去。

英韦现在一定在回家的路上。如果英薇尔不在他的公寓里，他一定会直接开到凡托夫特，她在那儿等着他。

她打开门，柔软而炽热地看着他。

他们拥抱着彼此。

他们站着亲吻这对方，越来越狂野暴烈。

就这样进了房间，他们飞快地把彼此扒光。

一支事后烟。

那么，你弟弟怎么说的？

他生气了。但这会过去的。你真该看看他那样子。哈哈哈！

哈哈哈！

一波又一波的热浪在我脑中升起又喷涌在脸上，就像我弯下腰来会有的身体反应。我走过一个古老的消防站，刷白漆的木头房子，在这座五彩斑斓的动感城市下方，沿着房屋的边界一直往上走，直到又走上缓缓的下坡路，又站在我的小屋外面。

他就住在这里，我想。这个自以为是个作家的小弟。当我打开门进屋时，仿佛我仍站在街上看着自己，那自以为了不起的白痴拉起了窗帘，将世界关在门外。

接下来的两个星期，罗尔夫·萨根要给我们上课。他的课程不是关于类型文体，不是散文，诗歌，戏剧或者杂文，而是关于写作本身的，也就是写作过程，以及与此相关的不同策略。一方面，他给了些实用的建议，比如对写散文和戏剧的创作者，搭建起一个所谓"后方"可能会有用，你可以在里面写下和角色以及角色之间关系有关的一切，通过这个方式，你会对他们为什么会做出他们所做的这些事更了然于胸，而不仅限于从最后成文部分里展现出来的那些——后方，这是一个完整的小宇宙，前台故事不过是管中窥豹的一瞥。他讲到的另一部分是写作的潜在原因或预设。萨根是读心理学毕业的，他讲了很多内容都是关于写作时要探入意识的更深层次中。他也让我们做了一些练习。其中之一是关于让我们放空，去掉意识中的所有念头，那是一种冥想，我们要试着在我们的念头前躺下，不要给它们任何空间，只要不断继续追逐那些从来不曾想过的东西，然后，他一给我们信号，我们就要写下落在我们心里的第一件事。

"我们现在开始。"他说,然后我们所有人都低头闭眼围坐桌边。我怎么也领会不了,我只是坐那儿想着眼下的情况,想我应该放空意识,但做不到。两分钟过去了,三分钟,也许是四分钟。

"现在你们开始写。"他说。

在我脑子里出现的第一样东西,是"达姆施塔特"这个城市的名字。我写了一个关于它的小故事。每个人都写完后,我们休息了一下,然后又开始上课,我们要朗读我们刚才写的东西。

萨根聚精会神地听着,用拇指和食指捻着络腮胡子,点着头说这很有意思,很不一般,很值得注意,写得很成功。当轮到我的时候,这一系列最高级形容词就不再被使用了。他听了我朗读的东西后,看着我。

"你在写作时只使用了最表层的意识,"他说,"当你这样做的话,文字是不会有深度的。你想到的第一个字是什么?

"达姆施塔特。"

"对,这是个德国城市,"他说,"你去过那儿吗?"

"没有。"

"没有,"他说,"恐怕我对这段文字没有什么可说的。你一定要努力扎进意识的更深层次里。你看到了。"

"好的。"我说。

他说的其实是,我写的东西很肤浅。他说的没错,我已经很明白了,在我的文字和其他学生写的文字之间隔着一个深渊。我写了一个年轻人在克里斯蒂安桑的大街上走来走去。不管他,还是他脚下的街道都不是从潜意识深处挖掘出来。萨根证实了我的预估，并清楚地说了出来，我必须深深进入自己的意识，进入我灵魂的暗角，但是我怎么才能他妈的做到这一点呢？我干不了这活。我读过《死亡赋格》，策兰在写下这些文字时到达了没有其他任何作家到达过的意识深处。但是这种认识对我有什么好处？

第二天，我们做了一个新练习。这次，我们拿到了一些无厘头废话，我们要在内心不断重复又重复着这些话，直到萨根说我们要开始写落在我们心头的第一件事。

八个人再一次低头闭眼围坐桌边。"现在你们可以动笔了。"萨根说。我就写了心头浮现的第一桩事。

　　两张皮椅
　　在风中

这就是全部。

萨根挠了挠下巴。

"这很有意思。这一段，"他说，"两把椅子在风中。这么说来，他们是在外面？是的，一定是这样。"

"这个开场很脆。"克努特说。

"这个你一定要继续写下去，卡尔·奥韦，"特鲁德说，"这个有希望发展成一首诗。"

"这是一个并没有立即表明含义的画面，"萨根说，"这里有一种张力，里面没有任何思考的成分，确实，但是这很有意思。

这个方向是正确的，我认为。"

我所想到的，是我小时候家里的两张皮椅。它们立在绿色的山巅，风从海上吹来。我很清楚这只是胡说八道，同时我也不能拂开别人的评论，就是关于这可以是某个作品的开头，一首诗。

我回家后往这方面努力了一下。

　　两张皮椅
　　在风中
　　一辆黄色推土机——因为我下一个就想到了它
　　一个城市的喧嚣
　　你离开一切。

我一停笔就知道会得到什么样的评语。删掉黄色推土机，拿掉最后一行中的"一切"，这个词没有必要。所以我做到了，诗也写完了。

　　两张皮椅
　　在风中
　　一个城市的喧嚣
　　你离开

不管怎样它看起来像一首诗了。我知道皮椅的意象来自何处，从很小的时候起我就很着迷于内和外之间的关系，尤其是当本该在里面的东西出现在外面，以及相反的情况。我最迷幻的记忆之一就是和盖尔一起跑到了一个没盖完的房子的地下室里，里面全是水。不仅如此，连地板都没有，所以我们等于站在到处是水的小山巅上！让我得以录取的那些文字中有关于垃圾场的一幕就是关于这事的，戈登和加布里埃尔是怎样在树间摆上椅子、桌子和灯。风中的两把皮椅则是从这一切里提炼出来的，儿童时代的魔幻时刻浓缩在四个词里。"一个城市的喧嚣／你离开"则是另外一回事，是我在很多诗里都读到过的东西，在这些诗，一些东西被说出的同时也就被废黜。相反的事情也发生过，一样事物滑入进同一样事物，被束缚在野兔里的野兔，但到目前为止，我自己还没有想出这样的意象。

到现在为止！

哦！

我以疾风暴雨的速度又添了两行。

　　两张皮椅

　　在风中

　　一个城市的喧嚣

　　你离开

　　女孩消失在

　　女孩里

写好了。一首雕琢完毕的诗。

为了庆祝一下，我把写真集塞进裤腰里，把衬衫拉出来罩在外面，走进地下室准备撸一把。打开的书放在左手中，现在我可以拿着它并翻页了，而右手则放在那上头，翻了其他图片后我盯着其中这一张。端着盆的她仍然是心头好，但是这照片已经没有任何洁净之感了，我想象与她在一起的每一种情况都被英韦和英薇尔的念头穿刺过去，还有英薇尔，这个唯一对我来说真正重要的人，已经没有了。为了躲开这念头，我迅速地前后翻着，就像萨根建议里说的那样，挺有用的，最后终于成功地把注意力集中在写真集女孩中一具美轮美奂的身体上，时间长到足以完事。

毕竟还有些别的。

再上楼以后剩下的就是打发到睡觉前的时间。幸运的是，我一觉睡上十二个小时也没问题。我对创意写作学院已没有什么期待了，没有哪天会没有对我的贬低，或者说是对我文字的贬低。并没有人针对我，这些话被称为批评，目的是帮助人提高，但是我的情况里让人绝望的是，文本中找不到其他东西，可以和批评抗衡。它是青涩的，它是老套的，它是肤浅，而我则无力去进一步探入意识深处，那作家最重要的置身之处。在我们所有的讨论中，这些都一再被提起，这就是我的角色，就算我写出了能被认为是好的东西，比如那关于两把皮椅的诗，也会被和我之前表现联系起来理解，瞎猫抓到死耗子，一只猴子写出了《哈姆雷特》。

这些天来学院唯一的好处就是发生的事太多，有太多可以去体认的东西，所以我在那儿时关于英韦和英薇尔的念头就被推到脑后。由于同样的原因，我的小单间让人无法忍受，如果没有写作任务，没有任何让我分心的东西，那我就出门，除了走走之外没有任何目的。一天晚上去找约恩·奥拉夫，我可以和他一起喝杯咖啡，但之后又隔几天才能再次去找他，免得让我的没朋友变得过分烦人，这是我给自己规定的一种隔离措施。另一个晚上去找安妮，遵循同样的规则，喝一杯茶，聊一小时天，我就得过四五天甚至更久才能再次出现——然后就没有其他人可拜访了。电影院我绝不能一个人去，这可是一个大污点，歌剧院咖啡更绝对不行。一个人在吧台前谁也不认识的那种丢人现眼可不是我想承受的。再加上在那里很有可能碰到英韦和英薇尔或者他们的朋友。一想到要和他们同处一室，目睹他们怎样凝视对方或者搂搂抱抱，我就全身发冷。莫滕是我的救星，虽然我们没有什么共同之处，但我们不管聊什么总能聊上一个小时左右，而且他也不认为我溜达到他那儿是什么怪事，我们毕竟是邻居。

一天晚上门铃响了。我以为是约恩·奥拉夫，走过去开门。

英薇尔站在楼梯上。

"嘿。"她说着，迅速地看了我一眼。

在那一秒钟，当我撞见她眼神的时候，就好像什么事都没有发生。我的心还是跳得像恋爱中那样。

"你来了？"我说。

"是，我想我们得谈谈。"

她说这话的时候看着地面，把一绺卷发从额头上拨开。

"进来。"我说。

她跟着我进来，在沙发上坐下。

"你要喝点茶吗？"我说。

她摇了摇头。

"我不会坐那么久。"

"我也不会煮太多的。"

我走进厨房，在电炉上放了一锅水。她能来是我最没想到的事，这里既不整齐也不干净。我在茶壶底部放了几撮茶叶，然后走到她身边。她点了支香烟。烟灰缸已经全满了，我拿走它，在厨房的垃圾筒里倒空了。

"你不用为了我折腾这些，"她说，"我马上要走了，只是有些话想和你说。"

她说的时候笑了。她迅速往下看，又迅速往上看看。

"茶马上就好了，"我说，"我们在学院里正写诗，你知道的，那儿发给我们一些妙极了的诗。有一首特别棒。你想听吗？"

她摇了摇头。

"现在不要，卡尔·奥韦。"她说，在沙发上拧了下身体。

"但是这诗不长，"我说，"等等，马上就找到了。"

"不了，不要这样，现在不太适合。"

"要的，没问题。"我说着，在一堆复印的诗歌里翻找，找到了我想找到的，转身对着她。

"就是这个，不会很久的。"

我站在地板上，手里拿着纸开始朗诵。

《死亡赋格》

清晨的黑牛奶我们傍晚喝

我们中午早上喝我们夜里喝

我们喝呀喝

我们在空中掘墓躺着挺宽敞

那房子里的人他玩蛇他写信

他写信当暮色降临德国你金发的马格丽特

他写信走出屋星光闪烁他吹口哨召回猎犬

他吹口哨召来他的犹太人掘墓

他命令我们奏舞曲

清晨的黑牛奶我们夜里喝

我们早上中午喝我们傍晚喝

我们喝呀喝

那房子里的人他玩蛇他写信

他写信当暮色降临德国你金发的马格丽特

你灰发的舒拉密兹我们在空中掘墓躺着挺宽敞

他高叫把地挖深些你们这伙你们那帮演唱

他抓住腰中手枪他挥舞他眼睛是蓝的

挖得深些你们这伙用锹你们那帮继续奏舞曲

清晨的黑牛奶我们夜里喝

我们中午早上喝我们傍晚喝

我们喝呀喝

那房子里的人你金发的马格丽特

你灰发的舒拉密兹他玩蛇

他高叫把死亡奏得美妙些死亡是来自德国的大师

他高叫你们把琴拉得更暗些你们就像烟升向天空

你们就在云中有个坟墓躺着挺宽敞

清晨的黑牛奶我们夜里喝

我们中午喝死亡是来自德国的大师

我们傍晚早上喝我们喝呀喝

死亡是来自德国的大师他眼睛是蓝的

他用铅弹射你他瞄得很准

那房子里的人你金发的马格丽特

他放出猎犬扑向我们许给我们空中的坟墓

他玩蛇做梦死亡是

来自德国的大师

你金发的马格丽特

你灰发的舒拉密兹[1]

　　我用我学到的方式来朗读，平稳而有节奏，不强调某个个别的字眼，也不因为某些地方意义重大而刻意重读，节奏是统领一切的，节奏就是一切。

---

[1] 全诗用的是北岛译文。

当我朗读时，英薇尔坐着抽烟，凝视着面前的地板。

"它不好吗？"我说。

"好啊。"她说。

"我觉得它妙极了。完全别具一格，我以前从来没有遇到过这样的东西。"

我在沙发的另一端坐下。

"英韦告诉你发生了什么，他说了吧？"她说。

"水开了，"我起身说，"等一会儿。"

我走进厨房，将冒着蒸汽的水浇在干茶叶上，几秒钟后它就会膨胀变软变柔，最大的叶子会变成团状，与此同时它们里面的物质都会释放出来，涌入水中，添上颜色，先是金黄色，然后越来越深。

我把茶壶和两个杯子一起端出来，放在桌子上。

"让它再泡一会。"我说。

"我马上要走了，"她说，"我只是想和你说说到底发生了什么。"

"你不能喝杯茶吗？无论如何？"我说。

我给她的杯子添满，茶色还是太淡薄了，我又把它倒回茶壶里，然后再倒出来。这次颜色深了一点，虽然还不完美，也堪入口了。

"你加牛奶吗？"她摇摇头，双手抓住杯子，啜了一口，把它放回桌上。

"这和你怎样完全没有关系，"她说，"所发生的这些。"

"没有。"我说着，给自己的杯子也倒上了。

"我希望我们还是朋友。我想做你的朋友。"

"我们当然可以成为朋友，"我说，"为什么不呢？"

她笑了，没有看着我，又喝了一口。

"你还好吗？"我说。

"都挺好的。"她说。

"你的学上得还好吗？"

她摇了摇头。

"我不知道。"她说。

"我也是，"我说，"但是学院课程只有一年，不像心理学那样是六年。我得看看之后要干什么。也许是文学批评专业。但是我还是想继续写作，老实说。"

我们都沉默了。

她坐在这儿真让人痛苦。

"你还住凡托夫特吗？"我说。

她摇了摇头。"我很快要搬走和人合租了。"

"你说真的？"

"真的。但是现在我真的要走了。"她说着，站了起来。"谢谢你的茶，我们回头再聊。"

我送她到了走廊，对她微笑着道别，看着她消失在拐角处，又走回去，把两个杯子洗了，倒空烟灰缸，这样就不会有任何迹象提醒我她曾经在这出现过，躺在床上看着天花板。已经八点了。到我该上床还有两小时。

只要是学院有课的日子，我都能过得不错。早上趟着雨水

247

出门，如果没有其他事情，我挺享受见到其他学生，我们见面如此频繁以至于和他们待在一起时我已经相对没有那么不自在了，下午在那迅速阴沉下来的天空底下趟水回家。我吃晚饭，我坐着看书，直到内心的躁动增长到我不得不出门的时候，通常只是走入那巨大的虚空，也就是说，什么人也不见。我无处可去，屋子里待不下去了，我还能干什么？十匹野马也不能把我拽进电影院或者歌剧院咖啡独自消磨。这样的日子过上一段时间还是可以的，它本身也没有任何不好，这种情况也有其理由，我进了一间学校，这里的学生少而且都比我大，他们之中没有人会天然地成为我的朋友，这和一般大学生的情况截然相反，他们不说成千，也至少有上百小伙伴在一起。是的，这说得通的。我上的是创意写作学院，课程结束后，我可能会拿着学生贷款去伊斯坦布尔继续写作，在一个我可能一个人都不认识的城市，如此异国情调又陌生的地方，一个传奇，他妈的，伊斯坦布尔的一个我自己的房间！

　　我写信说了我的这些打算。我读了从学院里听到的那些小说，包括厄于斯泰因·勒恩，奥勒·罗伯特·松德[1]，克劳德·西蒙，阿兰·罗伯－格里耶[2]，娜塔莉·萨罗特[3]，虽然它们对我来说都很晦涩，我在这些书中苦苦耕耘，希望最后能留下点什么。我走进城买唱片，在老年人才去的点心店里喝咖啡，在那里我

[1]　Ole Robert Sunde（1952—），挪威作家，诗人，出生于克里斯蒂安桑。

[2]　Alain Robbe-Grillet（1922—2008），法国"新小说派"代表作家，电影制作人。

[3]　Nathalie Sarraute（1900—1999),法国"新小说派"代表作家,著有《童年》《天象馆》等。

不会顾虑自己看上去什么样，看起来是怎么回事，以及会不会有人觉得我看起来很孤独。我才不在乎那些老人，所以我也不在乎自己了。我坐在那里看唱片，看书，喝咖啡，抽烟。然后我回家，抽时间出去走走，上床睡觉，新的一天开始了。工作日都还不错，周末就比较难办了，到下午两三点钟，和其他大学生一样，想出门玩找点乐子的欲望就隐约浮现，到了六七点钟变得急切，这时附近的人都开始喝热身酒了，我则自己待着。到八九点钟好一些了，因为我很快就能上床睡觉。有时候可能出现一些吸引我心神的东西，一本书或一些我在写的东西，于是我忘了钟点，忘了置身何处，再看表时，可能已经十二点、一点甚至两点。这很好，因为第二天早上我会醒得更晚，而这一天也就被睡短了一点。有几个周六晚上我出去了，我受不了待在屋子里，脚步就向市中心迈过去了，经过"歌剧院"，也许，那儿窗户里满是欢笑着高谈阔论着的脑袋和金色的半升啤酒，虽然只需要推开门走进去，它开着门营业呢，可是我不能，不知道怎么回事情况就变成了这样。有次我真进去了，然后一切就变得像我想象出来的噩梦，当我站在酒吧前喝酒，我全身烧起来了，胸口在烧，脑袋在烧，我谁都不认识，我没有朋友，这点谁都能看出来，我独自一人站在吧台那，假装这是世界上最正常的事，边喝边从容地打量着周围，今晚有没有认识的人在这……不，真的，太奇怪了，一个都没有！好吧，好吧，这也很不错，站在这儿喝上一杯，就回家睡觉……明天的事儿还多着呢，笑对一切也很好……然后我急匆匆往家赶，我为自己和自己的愚蠢怒火中烧，我和那里一点关系都没有，这太白

249

痴了，为什么要把自己的失败以这样的方式展览出来呢？

　　下个周末我打电话给英韦。他有电视，我想问他会不会看《赛事竞猜》，如果是的话，我能不能过来。我没有忘掉英薇尔的事，也永远不会原谅他做的这事，但是我们做兄弟的时间远比我爱上英薇尔的时间长，所以必须得有办法把两种关系分开，也就是脑子里要能同时装下两种思想。

　　"哈罗。"他说。

　　"嗨，我是卡尔·奥夫。"

　　"好久没联系了，"他说，"你过得怎么样？"

　　"挺好的，我就想知道今天你打算看《赛事竞猜》吗？"

　　"有这打算，是的。"

　　"我过来方便吗？"

　　"方便，这挺好的。"

　　"英薇尔会在吗？那我就不来了，真的。"

　　"不在，她这个周末在家里。你来就好了。"

　　"那就说好了，再见。"

　　"再见。"

　　"还有，你买足彩了吗？"

　　"买了。"

　　"买了多少注？"

　　"三十二。"

　　"好吧，一会见。"

我在隔壁商店买了一袋子啤酒，洗了个澡，换了衣服，在雨中溜达上坡，走进便利店下了注，站着等了一会儿公交，跳上车，坐着看着这城市满溢的灯光和动感，那许多色彩和形状的变幻，所有在水中闪耀、在水中滑动的光，所有的雨伞和晃动的汽车雨刷，所有缩起来的脖子和系紧的雨帽，所有的雨靴和雨衣，顺着人行道和屋顶排水管流下的水，海鸥盘旋而下，为了争夺落在旗杆上或高得离谱的节日广场上的雕像，一个普通大小的人，站在柱子的顶部，二十英尺高。三十？克里斯蒂安·米克尔森[1]，他做了什么才有了这样的宿命？

　　卑尔根，挥舞的雨刷之城。

　　卑尔根，鼓满了风以及没厕所的单身公寓之城。

　　卑尔根，这里的鱼像人一样。看它们张着嘴的样子。

　　外公在附近地区卖完了书以后会来这里，他走家串户，呈上他小小的图书馆，赚到的钱要用来给自己买一件新西服。在这里他买了和外婆结婚时要用的戒指，卑尔根，那是他们的城市。他要来这里时会打扮一番，穿上最好的衣服，戴最好的帽子，我想他可能总是这么做的。

　　过了丹麦广场，在那卖轮胎的小木棚旁的路牌下转右；紧接着又转左，爬坡走在工人住宅区中。

　　一切都像往常一样，我按门铃的时候这么想着，等着他开门。一切都像从前一样。

---

[1] Christian Michelsen（1857—1925），挪威首任首相，卑尔根人。

的确也是如此。

他买了裹在巧克力里的英式太妃糖，我们小时候，爸爸在看《赛事竞猜》时就会给我们买这个，煮了一壶咖啡，我们喝着它，然后在第二场比赛开场前改喝啤酒就着薯片。我们记下了其他十一场比赛的比分，他有一阵子觉得能猜对十场，但是到终场时很受伤，我猜对了七场，这大概就是我赌球时正常发挥的状态。

比赛结束后，阿斯比约恩和奥拉来了，我们坐着聊了一会儿，然后我们坐出租车进城，散步到歌剧院咖啡馆。谁也没提英薇尔，一个字都没有。晚上大部分时间我都保持低调，没什么要说的，没什么要提起的，但是后来我的醉意越来越浓，感觉自己在世界中心闪光，叨叨着我会得到的一切。我说我明年要搬到伊斯坦布尔写作，我说我比布雷特·伊斯顿·埃利斯写得好，他的心是冷的，我就不是这样，我说扬·谢尔斯塔读了我写的东西还很喜欢。我们现在不能回家，我说，当车灯闪烁时，幸好没人有这个打算，几乎所有刚才在"歌剧院"的人现在都站在街上聊着天，等待着谁会提议再来一场深夜酒局。埃尔林和奥维德也在那儿，他们住在上面别墅路的一栋大房子里，就在学生中心后面，我们可以去那儿，那儿能喝的东西也不多了，但这没问题，因为有几个人已经火速离开搭出租车回去拿家里的烈酒，而我们则慢慢地沿着坡路往上走，奥维德和埃尔林走在前头，其他人跟在后面，就像彗星后拖着的扫把。

埃尔林和奥维德都来自特罗姆岛。我记忆中的埃尔林是我小时候球队里的守门员，他比队里的人年龄都大。他总是很温和，

252

总是微笑，但是也绝对不会竭尽全力地给出一记绝杀。尽管他不是特别高，但全身总有股咣当甚至松松垮垮的劲儿，这点在他当守门员时我就已经注意到了。奥维德则硕大魁梧，不管在哪儿都要引人注目。他俩在一起就成为人群的焦点。他俩的大拇指是竖起来还是撅下去可是举足轻重的。但是我觉得我对这个已经免疫了，因为我是英韦的兄弟。不管怎么说我刚进城时就去过他们那儿。

这老式木别墅里的房间都很大而且几乎没什么家具，我在里面转悠了一会，烈酒来了，我喝了，有人在盯着我看，我走过去，问他瞅什么瞅，他说他以前没见过我，只想知道我是谁，我抓着他的手，然后向后掰他的手指头直到他尖叫起来我才放开。你在干什么！他嘶吼。你有病吗？我离开了他走进旁边的一间房，整个团伙都在这儿坐在地板上，这里有英韦的一个同学，我们第一次去"歌剧院"时他也坐在桌边。你和扬·谢尔斯塔长得一模一样！我指着他喊起来。简直像他本人在这儿！我才不是，他说，我一点也不像他。他不像，卡尔·奥韦，也坐在那儿的阿斯比约恩说。还有你看起来像塔列伊·韦索斯！我说，指着奥维德。这算是一种恭维吗？他笑着说。不，不是，我说，转过身去，因为英韦来到了我身后。悠着点，他说。我听说你在里面掰人家手指了。不能这样，你不能在这干事。大家谁不认识谁啊，对不对？悠着点。我悠着了，我说。我挺好的，我们在谈文学。谢尔斯塔和韦索斯。我从他身边走开走进厨房，打开冰箱，烈酒让我饥肠辘辘，那儿放着半只鸡，我拿走了，然后我坐在厨房料理台上啃着鸡，间中喝一口威士忌把它冲下去。那一刻太爽了，我坐在一间学生公寓里的厨房料理台上吃着鸡就威士忌，那就是我能记得的最后一刻。接下来一切就黑下去了，只剩一个画面，就是我把石头拖进来，放在客厅地板上，跑进跑出直到有人来拦着我，然后这一切又消失了。

秋天就这样结束了，我和英韦以及英韦的朋友混在一起，开始几小时里寡言又腼腆，但是礼貌友善，直到酒意在心底扎根，就开始满嘴跑火车，在我手上什么事都做得出来，直到次日在内心的黑暗中醒来，一个又一个我曾做过的说过的那些事的画面便扑面而来，给我迎头痛击，我纯粹是靠着惊人的意志力才能起床开始新的一天，拖着自己的身躯进入这日常，而日常也慢慢地把一切接管起来。我属于这平凡，学期越到尾声这一点也就越来越清楚，我不具备成为作家所需要的那种深度和独创性，但另一方面我也不想光和别人一起坐那儿什么也不说，像被上了嚼子，沉默着，因为那也不是我，所以唯一对我有帮助的，唯一能让我不再消沉，进入另一个更自由，也更接近真我境界的，就是喝酒。有时候还不错，有时候晚上的节目到点就结束，除了我喝爽了之外没有什么别的发生，但是也有几次很糟，我就像一年前在北挪威发过的那次酒疯那样，发起了酒疯，失去了对自己的控制。我干过的一件事，就是去摸路边停着的汽车车门，有时候有些车门没关好，我就会坐进前排座位上试图发动它，我知道把某几根电线接在一起就可以打着车，但是不知道是哪几根，我也从来没有成功地发动过任何一辆车，但是我这种行为本身在第二天想来就不堪回首了。有辆车停在我住地附近的

254

坡上，车门开着，我去把它的手刹松开了，它慢慢地溜下去一米或两米，撞上了前面的车。我从那儿跑开了，内心的喜悦在冒泡。否则我就会想办法弄到自行车，我会走进院子里找停在那儿的自行车有没有没上锁的，如果找到了，我就骑上它回家。有一次我在小屋里早上醒来时发现床边靠着辆自行车，我不得不等到天黑才把它推出去，放在附近街道上，整个过程中都怕被人看见然后警察会出现。还有一次我看见某个地方的三楼窗户后坐着几个人，我走上楼梯，敲门走到他们身边，他们摇了摇头，我转身又走了出去。这并不是因为我内心有什么坏水儿，我就是单纯地想破坏物件儿，从来不是想伤人，但是当判断力很低的时候，什么都有可能发生。其实我是明白这些的，也许这就是为什么第二天焦虑会疯狂蔓延的原因。英韦，我已经不太像以前那样经常和他在一起了，他对我说别再喝了，并建议我抽大麻来替代，这也许会更好。他说我的名声已经开始坏了，也开始影响到他了。但是他也没有不再邀我出来，也许因为不管怎样，他看到的日常状态下的那个我，还是要大于在外面时我能变成的样子。

十一月中旬，我已经身无分文，但是这个时间节点还挺合适的，我们刚好有一个月的自由写作时间，于是我去了妈妈家，住在她的小套间里，整夜写作，而她在同一间房的最里面睡觉，她白天上班时我就在玄关里睡一天。然后我们一起吃晚饭，晚上聊天或看电视，直到她去睡觉而我的工作时间也开始了。两个星期后，她开车把我带到了南伯沃格，那里的地方更大，我也完全投入了在那儿的生活，与我在卑尔根的日子简直天差地别，但我的良心更不好受了，在我被南伯沃格这儿的脆弱与疾病，活力和温柔所包围时，我曾做过那些事的堕落和毫无价值，就更显而易见了。

圣诞节后，英韦搬到了山腰区的一个合租房里，此前他一直住着的公寓要被出售了。合租房在一幢又大又壮观的别墅里。我经常待在那儿，那是我能去的少数几个地方之一。他和其他三个人一起住，其中之一叫佩尔·罗杰，我和他聊了一会儿，他对文学感兴趣，自己也写东西，但因为他是英韦圈子里的人，我感觉我在他面前还是相当渺小的，所以我也没怎么回答他问我的事情，然后他也就没有什么要问了。

学院里开始上随笔课程，我就托尔金的《指环王》写了一篇，这是我真正为之热血澎湃的书之一，和布拉姆·斯托克的《吸血鬼》并列，尽管它并没有被归入老师们推崇与讲解的那些文学作品之流，我还是因为文章受到了福瑟的表扬，他认为我的语言紧凑而精确，论理出色而独到，显而易见我在写非虚构为导向的散文上有天赋。这表扬是把双刃剑，这是不是意味着我的前途在谈论文学的文学里，而不是在文学本身？

厄于斯泰因·勒恩到课堂上来过几次，既定安排是我们交一些文字给他看，但我不愿意这么做，我再也无法忍受这些贬低人的通灵小组会，而是选择了自己拿着文字去旅馆找他。这个课程开始时他说过从早上到晚间为我们随时待命，如果我们有什么想和他谈的，可以直接去找他。所以，这天晚上七点钟，我踩着水走下小屋外面的坡，头上的路灯随风晃荡着，身边是雨击打着墙壁和屋顶。这天雨真是取之不尽，九月初以来几乎每天都下雨。除了几个小时的例外，我已经有近八个月没有见过太阳了。街道上基本都空了，行走其中的人都争分夺秒，依着房屋墙壁走，唯一重要的就是尽快从 A 点到达 B 点。沃根码头里的水闪烁着，借着码头沿线的建筑里的灯光，快船中的一艘慢吞吞地向里软软地开过来。当我经过快船终点楼时，它降下了舷梯，人们正往外走，大部分走向在外面等着的出租车。

勒恩住在拐角处的海王星酒店，我走进去，从前台问到了房间号，走上去敲了敲门。

勒恩，一个魁梧的男人，脸方鼻子大，迷惑地瞪着我。

"你说过如果我们有什么想和你说的就可以直接过来，"我说，"所以我带了一些文字过来，我不知道你能不能看一眼？"

"好—好的，我可以。"他说，"进来吧！"

房间是暗的，他只点亮了床头两边的两个小灯，四壁之间的地毯是红色的，也把光吸进去了。

"你坐下吧，"他说，"你要给我看什么？其实我明天也可以看的，你知道吗？"

"这篇很短，"我说，"就是一页多一点。"

"那我可以看看。"他说，我把文章递给他，他在鼻子上架了副眼镜开始阅读。

我小心地瞥了一眼四周。这个故事是关于几个男孩爬上桥梁，雪下得很密，他们在雾中消失了，其中的一个跳了下去。原来这事是定期发生的，然后其中的一个人必须跃入死亡。这个短篇小说或者说短篇散文的灵感来自胡利奥·科塔萨尔。

"是的。"勒恩说，摘下了眼镜，将它叠起来放进衬衫口袋。"这是个很精致的小故事。讲得非常紧凑精确。关于这个也没有太多其他可以说的，是不是这样？"

"没有，"我说，"你喜欢它吗？"

"是的，我很喜欢。真的。"

他站起身。我也站起来了。他把文章递给我。

"祝你好运。"他说。

"谢谢。"我说。

他在我背后关上了门，我穿过走廊，很想为自己的犯蠢高声尖叫，我到底想在这干什么？我想在这里得到什么？是他会说我其实是天才？是他会把我推荐给他的出版商？

不，不是我是天才，我没有这样的想法，而是他应该对我产生一些兴趣，还可能和某些出版社的人说起这些，我的确想过这样的可能性。有过这样的先例，出版社对创意写作学院的学生有兴趣，这是众所周知的事。那为什么我就不行呢？

当勒恩结束他的课程时，他用一些经过深思熟虑的句子来形容每一个人及各自的文学项目，他也有幸能成为这些项目的一部分。对所有人都有赞美，除了我，他一个字都没有提到我。

我走开了，怒火中烧，心怀愤懑。

好吧，我没有像其他人那样交作品给他，但是他读过了我的一段文字。他为什么要把这事隐去？如果他认为那文章烂极了，他至少可以有话直说啊？

在那之后，我有几个星期离学校远远的。我在秋天已经逃过课了，圣诞节以后这是被允许的，没有必须要去学校的日子，我们完全是自由的，既然每次我在那儿时都像被人把头往马桶里摁，我就没有任何理由去见这些人，我想，还不如坐在家里写作，我申请信里就是这么写的，学校给了我一个可以在整整一年内全天写作的机会。

所以春季过后我在家的时间就比在学校的时间多，勒恩事件后我几乎完全不去那儿了。我也没写作，一切都没有意义，除了出门，它仍然具有那些我想要与之亲近的那些东西，这颓废的波希米亚式大城市生活，走下坡路的作家坦然面对大家的目光，桌子上放着酒瓶。我打破了自己的一个原则，有天晚上我自己出去喝酒了，坐在"费克特洛夫泰特"（Fekterloftet）里与一樽白葡萄酒相对。费克特洛夫泰特的特色就是在那儿工作的女孩，都整齐划一地漂亮。这就是为什么我自己出来时选了这里的缘故，还想着也许可以和她们中之一展开交谈，但没有得逞，她们一心扑在服务上，对其他事一点不感兴趣，所以当我喝完第二樽酒后后，就站起来向"歌剧院"走去，在那儿我在吧台前坐到关门，没有任何熟脸出现，然后我就往家走。我醒来时意识到有人在摇晃我，睁开眼睛，我躺在什么地方的走廊里，在地板上，我坐起来，看见了约恩·奥拉夫。我在他的门外倒下了。我雨衣口袋里鼓鼓囊囊的是一些小石头。我明白了我一定是捡了这些石头准备用它们扔向他的窗户。然后也许有某个住户来了，我就跟着进去了。约恩·奥拉夫笑话我，而我的身体疯狂地渴望多睡一会，就回家了。几天后我在上午去了歌剧院咖啡，我无法忍受学校，又不能坐在自己家里，所以我就决定到那去给自己买瓶酒，看看什么会发生。在中午就喝得酩酊大醉的感觉真好，这里有种巨大的自由，就在这一刻，日子突然对你敞开，奉上全然不同的机遇，因为我已经什么都不在乎了。光是去街对面便利店买几份报纸这事，在你醉醺醺的时候也堪称一种体验：就好像这世界被砸开了一个洞。所有这些家常东西，货架上的口香糖、润喉片、巧克力，当你大晌午的就喝高了时看起来都会带上一丝可怖的色彩。更不用说几分钟后我坐在窗边桌上阅读的文章了。这些粗糙可怕的装订起来的东西，什么都有，而与此同时实事求是地说，我的确是带着一种狂暴的几乎是凯歌般的情绪看着这一切。操，我真是个人物，我看见了其他所有人都看不见的东西，我直视进这世界的洞里。

我坐着一喝就是几个钟头，五点钟我在那儿吃晚饭，然后就钻进一家书店买了一本杰恩·安妮·菲利普斯[1]的小说，接下来的几小时里我很努力地读这本书，但很不顺利，我每次能保持注意力集中的时间不超过几分钟，每读完一句话都让我内心肿胀。这个我也能写啊，我想。不，比这还好。好很多，很多。

我开始瞌睡起来，把眼睛闭上一会，消失在这瞬间，在某个往下一栽的动作里醒来，我睡过去多久了？我身边慢慢地越

[1] Jayne Anne Phillips（1952—），美国短篇小说家，1976 年出版第一本短篇小说集，获得很大好评。

来越满了。突然，佩尔·罗杰站在我面前。

"嗨，卡尔·奥韦，"他说，"你自己出来的？"

我不觉得否认有任何意义，就点了点头。

"到我们这边来吧！"他说，"我们坐在那一头。"

我看着他好一会儿。他这话是什么意思？

"你到底喝了多少啊？"佩尔·罗杰笑着说，"你来不来？那边也有女孩！"

我站起来，跟着他到桌边，在其中一张椅子上坐下。在那儿有五个人。离我最近的留着半长金发，戴眼镜，络腮胡子和一件印着骷髅、蛇和匕首的 T 恤，外穿一件灰白山羊皮夹克。他旁边的那个家伙留着长长的黑发，眼睛迟钝。然后是个女孩，也许比我大两岁，最后一个是一个短发、深色皮肤的漂亮家伙，看起来很精明，他的目光落在她身上。

"这是卡尔·奥韦。"佩尔·罗杰说。

"我以前见过你，"金头发说，"你在读书吧？"

"我上的是创意写作学院。"我说。

"真的吗？"他说，"那你和我说话就错了。我缺什么呢，缺文化！还有啊，我叫戈特。"

他是卑尔根人，他的朋友也是卑尔根人，那个精明的深皮肤家伙来自奥达[1]。女孩是东部人。戈特和佩尔·罗杰又说又笑，其他人的话不多，间或因为戈特的话笑一笑，就和任何其他地方差不多。我喝着酒，看向窗外，干燥的沥青路面被路灯照亮。

---

[1]　Odda 是挪威的已撤销的市镇，位于原霍达兰郡。

一个小个子，可能二十五岁，穿着白衬衫，在桌旁坐下了。他的眼睛又蓝又冷，很漠然。

戈特看着我。

"你知道屁周围的皮肤叫什么吗？"他说。

"不知道。"

"女人。"

他笑了，我也笑了，然后我们干杯。慢慢地，我进入了第二轮迷醉状态，一步一步地，真是太好了，我对任何东西都不再关心了。笑一下，说点什么，后来在杯子们空了以后走向吧台买了几杯啤酒。

和戈特坐在一起用不了多久就能明白他用全身心厌恶着任何散发着权力味道的东西，是的，他真正痛恨权力。我遇见过了许多有反资本主义倾向的人，但他们是大学生，体制的一分子，这里的他看起来敢作敢当，不惮于为信念负责，他完全置身于体制外，同时，他拿一切开玩笑，嘲笑一切，关于犹太人和黑人的笑话冰雹般打下来，让我笑得几乎停不下来。歌剧院关门的时候，他建议我们去他家放些唱片再抽几根烟，我们走了出来，叫了辆出租车开到他的公寓，原来他家在诺德勒斯[1]那边。

当我们从出租车上下来走上楼梯，佩尔·罗杰说他们到现在已经这样喝了半年大酒了，他们只想这样过下去。我说我也想这样。他说跟着我们混就行了，然后我们走进了戈特的单身公寓。

---

[1] Nordnes，卑尔根市中心的一个半岛和住宅区。

"这是我妈妈的，"他说，"这就是为什么这儿如此精致的原因。抱歉。哈哈哈！但是别给我大喊大叫啊，这里还有邻居。"

"得了吧，戈特，"佩尔·罗杰说，"我想喊就喊。"

戈特没有回答，拿出一张唱片，我在桌旁坐下。音乐响起，是暗黑而充满噪音的。另一个长头发的家伙，他的名字我不记得了，从冰箱里拿出一根巨大的胡萝卜，然后开始切它，他坐在地板上，背靠着墙，专心致志地从事起这项活动来。

"你干吗呢？"我说

他也不回答。

"他在做烟斗，"戈特说，"他是奥萨讷[1]人。那儿只有懒汉，他们都干这个。你不是那种'新教会的老爷们'[2]的人吧"

我摇了摇头。

"流行摇滚和独立音乐。"我说。

"流行摇滚和独立音乐，"他说着摇摇头，"但是我们也不耐烦等烟斗了，你有烟草吧，是不是？"

"是的。"

"如果桌上来了一匹小马，你们会说什么？"有一对冰冷眼睛的那个人说。

"桌上的一匹马？"戈特笑着说，"这又是什么笑话？"

"你没有什么喝的东西吗？"我说。

"可能在什么地方还有点剩酒，我不知道。你要愿意的话自

[1] 奥萨讷（Åsane），挪威的一个行政区，位于内陆郡。

[2] The Lords of the New Church 是 1970 年代的美国哥特乐队。

己去那里看看吧。"他说着，对着厨房的方向点点头。"我自己则想来支烟。"

他看着来自奥达的那个家伙。

"你带了吗？你说过的"

奥达佬点了点头，拿出一团用锡箔纸包起来的大麻，还有一包瑞兹拉卷烟纸，递给了戈特。他把那小团加热，我把烟丝放在纸上，把多出来的那些掐掉，然后用打火机在上面压几遍，就像我以前看别人做的那样，把这递给他，他把大麻和烟草混在一起，把纸卷起来，舔了一下封口后把这个小喇叭递给了我。

我们抽了一半，我起身去厕所，这感觉就像我脑袋里面炸开了，所有念头飞散，这里一块，那里一块，我站着撒尿时嘴里还念念叨叨。

当我再进来时，戈特和佩尔·罗杰坐在那儿高声大气地说话，简直就像在喊话，那是一堆犹太人笑话，双关语和各种野蛮行为的大杂烩。那个眼睛特别的家伙找不到了。奥达佬的大腿上坐着那个女孩，两人正腻乎着呢。长头发懒汉在胡萝卜烟斗里装上烟草。我在地板滑行到墙边。桌子那边他们已经开始谈论最残酷的自杀方式。戈特向前弯了下腰把烟递给我。我深吸了一口。

"拿来吧。"戈特咯咯地笑着说。我把烟递给他，他又抽了一口，双颊鼓满了气坐了很久，然后再吐气又将烟递给佩尔·罗杰。

"你跑到一个有自杀倾向的蟒蛇窝里来了，"他说，"我们会喝到我们喝不动了为止，然后我们就把自己干掉。就是这个打算。佩尔·罗杰说你也要一起？"

"是啊，"我说，"至少是喝酒这部分。"

"这部分和其他部分是不可分割的，"戈特再次笑着说，"但是我们要一个一个来。然后剩下的人就可以靠卖头发和金牙再撑几天，哈哈哈！"

佩尔·罗杰盯着我笑了。

然后他说：

　　和蟒蛇一起移动

　　以游走的蠕动

　　你的蟒蛇要

"这什么玩意儿，"我说，"《霍夫摩箴言》[1] 还是什么？"

"不，这是我写的一首诗。"

"你写的？这个很棒。"

"我们都知道你想的是谁的蟒蛇！"戈特说，"我们也知道它要去哪！'游走的蠕动'！像你一样！"

佩尔·罗杰被戈特逗乐了，同时双眼圆睁地盯着我，很严肃的。我低下头看着下方。

---

[1] *Hávamál*，12 世纪以冰岛文写下的箴言集。

奥达佬和那女孩站起来走掉了，我也懒得去看他们的去向。我也消失了，当我再次睁开眼睛时，房间里是空的，除了那个拿着胡萝卜的家伙，正躺在地板上睡着。我起身走了出去。黑夜浓稠，街道空荡。我不知道几点了，只是向城里走着，基本上神智还没归位。我身后有辆汽车呼啸而来，这是辆出租车，我向空中举起手，它停了下来，我坐进去，喃喃地说了地址，当它加速驶向鹅卵石街时，我感觉就像我飘起来了，我在后座天旋地转，就像屋顶下的一个气球。哦，我必须控制这种感觉，我不能在出租车里飞起来，但是没有用，我没法摁住自己，一路上我都像屋顶下的气球一样打着转。我脱了衣服，上了床睡得像块石头。当我醒来时，外面已经全黑下来。我看看时间。五点了。

下午五点还是早上五点？

这一定已经是下午了吧？

我弯过腰去看向窗外。公园的另一边，两个穿雨衣的孩子把一个球在他们之间踢来踢去。那么就是下午。我走到地下室冲了个澡，然后就饿得像狼一样，我把所有的鸡蛋都煎了，放到六片面包上，风卷残云下肚。一公升拌了雀巢巧克力粉的牛奶也被灌了下去。

这感觉就像我看到地狱的大门敞开了。

我写了一整夜，其间雨水一直敲打着我身后的窗户，这个或那个醉醺醺的黑夜漫游者走过那条除了他们就再无人迹的街道。在清晨，当开始新一天的人们忙忙碌碌的声音充满了这房子时，我又上床睡觉了，我再醒来时，已经是一点钟，醒来是因为我梦见自己死了。我做这种梦的频率越来越高，在这些梦里我担惊受怕的程度前所未有，超过我醒着时候所感受到的任何一种恐惧。我常常从极高的地方掉下来，但有时也会有淹死。那就像我的神智完全清明地在做梦，而所有的情形都很逼真。我想，现在我要死了。

我穿好衣服，吃了几片面包，然后去英韦那儿。

我按了门铃，合租人中的一个女孩开的门。

"嗨，"她说，"英韦出去了。你要进来等他吗？"

"可以啊，"我说，"佩尔·罗杰呢，他在吗？"

"不在，他出去有好几天了。想必醉倒在哪儿了。"

我也没说起那天晚上和他一起喝酒的事，不想展开任何对话。

"那你就自便吧，行吗？"她说，我点头时，她已经消失在她的房间里。我在沙发里坐下来，拿了一本茶几上的杂志开始翻阅。

过了一会儿，我站在窗前，望向那灰色的大海，和天空一样颜色，以及下面朝着市区中心连甍接栋排过去的红色屋顶和白色墙壁。根据我的了解，他能在外面待到第二天。

那个女孩又下来了，她咣地冲进厨房，又把头探出来，问我要不要喝杯茶。

"谢谢不用，"我说，"顺便问一下，你知道英韦到底在哪儿吗？"

"不太清楚，我想他应该是去英薇尔那儿。"

"这样啊，好吧，好，那应该会待上一会儿。"我说。她说这话后自然我就该走了。但是我不愿意。再给他半小时，我想，然后走进他的房间。这是合租房的一部分，不像他在一个普通公寓里的卧室那么私人，但是在这我仍然感到些许不适。它闻起来和索尔海姆湾的那间公寓一个味道，东西也是一样的，连床上罩着的白色宜家毯子也一样。我翻了翻他的唱片，想着等他的时候我要不要放张唱片，但又想到这未免也太多事了，坐在他的房间里并在他回家时播放唱片，这就说不清了。

也许回家也不错。

我起身走进走廊。就在我弯腰系鞋带时，门开了，英韦站在我面前，一手拿着滴着水的雨伞，另一只手拿着"麦加"的袋子。

"你要走吗？"他说。

"不，不是现在，"我说，"以为你要过一会才回来呢。"

他把买的东西拿到厨房，我坐在客厅里。

"我要给自己做个煎蛋卷，"他从里面喊道，"你要吗？"

"可以。"我冲他喊回去。

我们无声无息地吃了东西，他拿着遥控器坐下来，翻着图文电视上的赛事页面。过了会他煮上了咖啡，那个女孩下来，英韦和她开了几句玩笑，她笑了起来，我抽着烟想我现在该走了，但是这里不管怎样比枯坐在家好。

"还有啊，我已经用你的歌词写完了歌，"他说，"想听吗？"

我跟着他走进房间。他把吉他皮带挂在肩膀上，打开放大器，调整回波器，拨弄了一下试音。

"准备好了？"他说。

我点点头,他就开始弹了,有那么点害羞。他唱得不是很好,但这不是重点,我只是想听听旋律是怎么回事,而且从他站在那儿的位置我也看不见他正面,他的头微微低着,吉他垂在髋部,唱起了歌。但歌很抓人,是一首简单而优美的流行歌。

我对他也这么说了。他把吉他举过头顶放在架子上。

"我需要更多的歌词,"他说,"你能全力以赴写一些出来吗？"

"试一下吧。"

我们又走进客厅。他说他明天要去参加一个派对,有些系里的同学也去,还有些从城外来的。

"你有兴趣一起吗？"

"可以啊,"我说,"英薇尔来吗？"

"我想会的,是的。"

在他俩出双入对的情况下我和他们见过三次面。那是个奇怪的场面,但是也都还好,三人都假装什么事没有,当我觉得已不可能再和她在一起后,我和她说话变得毫无阻力。有一次我们单独坐在歌剧院咖啡同一张桌上,谈话进行得轻而易举,行云流水。她讲到她父亲还有自己和他的关系,我倾听着,她讲到她的高中时代,我也讲了些我自己的事,她用她那动人的方式笑了起来,笑声就像从眼睛里飘出来一样。我对她的所有感觉都完整如初,她还是那个我想得到的她,我一直渴望的她,但是当此路不通,当路上有如此明显的障碍时,我也就不再害怕与她说话了。他们刚开始恋爱时，我一直在像躲避疾病一样躲避他们，压根儿不想看到他们，后来我开始见英韦，但仍然不想见到她，现在这一切完全调转过来：现在当我和英韦在一起时我总希望她在场或者会过来。我只想见她，和她同在一个房间里，内心被这一切充满。

我整晚都坐着给英韦写歌词。这很好玩，这和写给写作学院的东西完全不一样，这事的目标是想出一些朗朗上口的短句，然后找到其他能和它们押上韵的东西。没有特定的目的，没有主题，没有方向，这感觉无拘无束。这就像做填字游戏一样。

凌晨三点，我写完了。

《盘旋在所有感知之上》

在梦里我死去
蓝色的夜晚
不能忘却
知道我已玩完

对着月亮嚎叫
我们躺下
没有边界
明灭中消逝了

知道这能行

知道你们能行

知道这能行
但是它盘旋在所有感知之上

你远去了
带上我
没有边界
明灭中消逝了

在梦里我死去
蓝色的夜晚
不能忘却
知道我已玩完

知道这能行
知道你们能行
知道这能行
但是它盘旋在所有感知之上

　　第二天晚上，我去找英韦的时候，英薇尔也在儿，所以我就让稿子留在西服外套的内袋里，转而拿上一瓶啤酒坐下来，用一种无所谓的口气问她过得怎样。她穿着那件带蓝条纹的白毛衣和蓝色牛仔裤。她和周围的环境有一种既熟稔又陌生的感觉，我在想她是不是一直这样，既在场，又总有一只眼审视自己，还是只是在英韦这里是这样。他们在沙发上并肩坐着，但并不靠着对方。我来了以后他们也没有触碰过对方。这是因为我吗？他们会顾虑这一点？或者还是他们一直就这样相处？

她说最近还不错，在尼戈尔街的合租房里过得很愉快。她说，这个合租房的历史可以追溯到六十年代，实际上谢尔坦·弗勒格斯塔也在那住过。眼下有些英韦的熟人也住那儿，阿伦达尔人弗兰克，一个古怪的家伙，她说，克里斯蒂安桑人阿特勒，还有另外两个女孩。

过了一会儿，她起身要去冲个澡，她走开，我拿出了给英韦的稿子。他看了一眼。这不错，他说着把它塞进裤子后兜里。

英薇尔从房间里走过，卷在一条大毛巾里。

我转开了视线。

"我们马上要走了，"英韦说，"你快点。"

"好啦，好啦。"英薇尔说。

我们又喝了一杯啤酒，然后站起来准备穿好衣服。房间的门打开了，英薇尔在那站着吹着头发。

"我们要走了。快点。"他说。

"我只要把头发吹干就好了。"她从房间里面说。

"你就不能早点做这些吗？"英韦说，"既然你知道我们马上要走了？"

他关上了门。

"幸好我没订出租车，不管怎么说。"他说，也没看着我。

"是啊。"我说。

272

安静了一会。那个也住这儿女孩走进客厅，关上了电视。

派对上主要是媒体专业的硕士生，还有一群学音乐的，我还是英韦的那个弟弟，除此以外什么都不是。女孩子们觉得我们如此相像特有意思，我什么都没说，除了有人放上了一张古典音乐唱片，问这是什么，没有一个媒体学生答得出来，我边因为尴尬向外转过半个身子，边说这是柴可夫斯基。这真的是唉。英韦惊讶地看着我。你怎么知道的？他说。运气好吧，我说。事实就是如此，我只有一张柴可夫斯基的唱片，就是这张。

英薇尔提前坐出租车回家了，英韦留了下来，这让人痛心，他并没有太重视她，他把她抛在一边。如果我是他，我会把她捧在手心里。我曾经崇拜过她。我曾经把自己的所有献给她。英韦并没有这样做。他对她可有一点点的在乎吗？

他应该是在乎的。但他年长一些，经历更多，他心里燃烧着的火，不像我这么天真愚蠢。还有我也看见了，他给了英薇尔比她自己的世界更大的空间，这是我没法给她的，永远不能，因为我们处于一样的境地，她和我，都在那不确定的、犹豫的，半摸索半紧紧揪着的状态里。她和我一样都需要他。

在学院里讨论过了不同的剧作家和不同的戏剧传统之后，我们一般会被要求写一些这个类型的东西。我把它拖延到交作业前的晚上，我拖拖拉拉地走到船厂区，准备在那干个通宵。我们和那儿有个长期协议，就是如果我们在下午和晚上要个地方不受干扰地写作，就可以借用那儿的场地，我之前借过几次

273

那里的钥匙，我喜欢的是那种一个人在公用空间里的感觉，也许因为那里没有任何东西能让我想到我自己，我不知道究竟是为什么，但是就是这个样子，今晚也是这样，我开门进去，走进这空空荡荡的走廊，走上空空荡荡的楼梯，走进顶层空空荡荡的房间里。

其他人的作业都已经交了，他们的稿子已经复印好，放在隔壁房间的桌子上。我拿出一台打字机，煮上咖啡，凝视着黑色窗户上房间的倒影，就像从滑动的水面里抽出来的一样。现在九点了，我要坐下来干到我写完为止，就算要熬一个通宵。

我还不知道该写些什么。

咖啡煮好了，我喝了一杯，抽了支烟，凝视着窗户上自己的样子。我转身看了看书架。也许这里有本写真集，里面有穿得不多或者全裸的女人……

但是这有本关于艺术史的书。我把它拿下来，前后翻着。有些十七世纪和十八世纪的绘画里有裸女。也许这个我能用得上？

但是要把这本书塞在裤腰里的话它的尺寸太大了。但是我也不愿意把它夹在胳膊下，这个时候有人过来的概率很小，但也不是没有可能，万一的话我如何解释我把一本关于艺术史的书带到厕所里去这件事呢？

我把它放进一个塑料袋里，从螺旋楼梯下去走进了厕所。一幅拉斐尔的画立刻脱颖而出，两个女人站在井前，其中一个裸体，另一个有衣服，裸体的显而易见地漂亮，她谜一般的眼神投向侧面，娇小的乳房翘着，一块布料盖住了私处，两条大腿还是能看见的，我就这么站着，往下翻，目光在鲁本斯的画《劫夺留西帕斯的女儿》（1616年）上停驻了一会，两个裸女中的一个是红头发、苍白、有雀斑的类型，下巴小巧，体态丰腴，然后是波提切利的《维纳斯的诞生》（1485年），露着一个乳房，还有提香的《乌尔宾诺的维纳斯》（1538年），前景中的女人的一只手歇在双腿之间，朝观众们投去挑战和自信的一瞥。我注视了好一会儿她裸露的乳房，宽大的臀部和娇小的脚，但后面还有很多，我转向了巴塞洛缪斯·斯普朗格的《伏尔坎和玛雅》（1590年），画里的女人被掌握在孔武有力的大胡子男人手中，髋部向前挺，眼睛明亮。她皮肤纯白，乳房萌起，脸几乎是稚气的。她不错。接下来是德拉克洛瓦的《萨达丹那帕勒斯之死》（1827年），前景中那个女人背对着我们，能看见她的一个乳房，身体剧烈地后仰，因为她脖子上架着一把剑，整个臀部可见，形状完美。在我来回翻着确定以哪一张画的同时，我一直在小幅度地撸着，但还是坚持着。也许德拉克洛瓦？不，该死，安格尔！《大宫女和奴隶》（1842），这里的她双臂举过头顶，身材完全舒展开来，展露出各种美丽的曲线，还有，哦，当然，《土耳其浴室》（1862）。这里只有女人，个个都是全裸。她们或站或坐，穷尽了各种可能的姿态和类型，清冷的，热情的，半面含羞的，全袒露的。眼睛所能看到的各种皮肤，肉体和女性体态。但是，她们中的哪一个呢，哦，哪一个呢？肉感脸蛋而嘴唇张开的她？我喜欢那种嘴唇永远无法完全闭上而总能看见一部分牙齿的那种面孔。又或者是浅色皮肤，躺在后面，目光傲慢的那个？那个乳房娇小，盯着自己的手看的她？又或者是她，哦，是的，一只胳膊在后撑着自己坐着，在愉悦中闭上了眼，就是她了！

结束后，我屏息站了一会以确保外面走廊里没有人，然后我往上走，将书放回书架上原来的位置，斟了杯咖啡，点了支烟，坐下来凝视着眼前的白纸。

什么都没有。我不知道该写些什么。

我到里面转了一圈，看了看书，走进复印室，开始看其他人交上来的作品。这些作品就像所预期的那样，每个人写的都完全吻合他们各自的风格。大部分人的作品我只是扫了一眼，但是我拿走了彼得拉的，仔细地读起来。这是一种荒谬甚至是超现实主义的喜剧，这里的人们无精打采地干着一些相当繁重的事，压力巨大，意义欠奉，给人的主要印象是一团混乱和心血来潮。

这个我也能写吧？

于是我就动笔了，写得很快，一幕接一幕地落在了纸上，就像是我刚读过内容的延续。人物角色可能有点像，他们干的事也是缺乏动力的，想到哪出就是哪出，但这个和彼得拉也不是完全一样，毕竟他们还做了其他事情，我三点时完成了第一稿，特别心满意足。我捯饬它，把它又重写了一次，到早上八点我已经全部完成，可以把稿子复印十份然后把它们堆在其他人的旁边。第一个学生来的时候，九点四十五，我坐在椅子上正睡着。

我们用了整整一天来审读这些文本。我的作业让我得到了赞美，尽管霍夫兰在戏剧处理这个方面提出了唯一一点批评意

276

见，也就是角色与场景之间的联系，但我为自己辩护说，本来就是不要有联系的，这是立意所在，他点点头说好吧，但是即使本来要写的是不严谨，也需要严谨度。写作的首要法则就是你可以写无聊，但不能把无聊的东西写得无聊。

彼得拉在审读过程中一直看着我，但什么也没说，甚至当霍夫兰直接问她意见的时候，她说她没什么好说的。只是在课后大家收拾东西穿上衣服时，事儿才来了。

"你抄了我的稿子。"她说。

"我没有。"我说。

"你昨夜就在这儿，读了我的稿子，然后写了你自己的。这基本就是纯转述。"

"我没有，"我说，"我根本就没看过你的。我根本没看过你的，怎么抄呢？"

"你觉得我很傻吗？啊？你坐在这儿，读完了它，改了一些地方。你不妨承认这一点。"

"好吧，如果真有这么回事我会承认的，"我说，"但是根本不是这样。我没读过你的稿子。我也没有抄你的。如有雷同，纯属巧合。"

"哈！"她说，站了起来，把她的纸张和书都放进那个黑色袋子里。"这事对我没有任何影响，你爱抄我的东西你就抄吧，但是你他妈的不可以撒谎。"

"我没撒谎，"我说，"你朗读之前我根本就没看过。"

她仰头望天，穿上外衣朝出口走去。我等了几分钟，既是

277

等滚烫的头脑冷静下来，又为了等彼得拉走远一点免得我待会再碰见她，才将身踏上了归途。我遇到过这种情况，我上小学时也有过同样的事，在班级理事会选举时我投了自己一票，也只得了一票，后来有人发现了这事，他们问过班里每一个人投了谁的票。我否认了，他们没有证据，我只是说我没干，千真万确。这种情况下什么也证实不了，除我之外没有任何其他人知道我读过她的东西，否认就可以了，她才是那个犯傻的人。但是我也没有当场为自己辩护的欲望，因为就算其他人不懂什么是保密，我是懂的。在那一晚这一切都再顺理成章不过了，我只是从她那借了一点东西，这也不犯法，但是在审读过程中以及后来的话语交流里，这事就显得异样起来，我抄袭了她，这让我成什么人了？我怎么会如此走投无路以至于不但抄袭了一个同学的东西还让自己相信这一切都是我自己的原创？

有一次我在日记中写下一首诗还假装这首诗是我自己写的。那年我十二岁，很奇怪的是我真的能让自己相信，这就是你写的，卡尔·奥韦，而同时就是我本人把这首诗从一本书上抄下来的，年龄可以让这事显得不大严重。但是现在我已经二十岁了，成年人了，怎么还能睁着眼睛做这些下作的事？

接下来的几周我待在家里。我在写小说，虽然写得很绝望，但是已经快写完了，这一年结束后我要有些扎扎实实的东西来证明我自己，这才是重要的。

我已经给《信号》[1]选集寄去了一段文字，就是厄于斯泰因·勒恩读过的那段。有一天它被退回来了。当我打开信封时，我疯狂地希望能入选，但是也知道结局会是怎样，所以读到以下内容时也毫不惊讶：

尊敬的卡尔·奥韦·克瑙斯高

感谢您的投稿，我很感兴趣地阅读了，但是很抱歉我不能在《信号》89里刊用它。

诚挚问候

拉尔斯·索比·克里斯滕森

读到索比·克里斯滕森的签名这里让我情绪跳跃了一下，这表明他确实读过了我写的东西。至少，有那么几分钟我用我内心的东西占据了他的脑子！

XTC出了《橙子和柠檬》（*Oranges and Lemons*），我一遍又一遍地放着这张唱片，直到德里罗斯乐队（deLillos）出了《大脑是孤独的》（*Hjernen er alene*），它在我的唱机上夜以继日循环地播放着。外面天色更亮了，雨也下得稀了起来。春天的感觉，在我小时候是如此强烈，能充满所有感官，就好像能让身

---

[1] 《信号》（*Signaler*）是卡佩伦·达姆（Cappelen Damm）出版社从1986年开始每年推出的文学新秀选集。拉尔斯·索比·克里斯滕森是当时的主编。

体和灵魂飞扬，尤其在冬天的沉重和黑暗之后，再次让我充实。我继续写着这篇小说，学期结束前肯定是完成不了，但打算把已经写好的部分作为结业作品交给学院。这就是我用来申请入学的同一部小说，里面找不到任何进步的痕迹，现在我还是用和以前完全一样的方式写它，整整一年都打了水漂，唯一的区别就是当我被录取时，我以为自己是作家，而现在，当我离开这里时，我知道我不是。

一个晚上，英韦和阿斯比约恩站在楼梯上。

"一起出去玩吗？嗯？"阿斯比约恩说。

"本来是有兴趣的，"我说，"但是我没钱了。"

"如果你愿意，我可以借给你。"阿斯比约恩说，"英韦失恋了，所以我们要喝点大酒度过这一关。"

"和英薇尔已经吹了。"英韦微笑着说。

"好吧，"我说，"我来，等我一下。"

我拿起外套和烟草然后跟他们一起进城了。接下来的三天过得没日没夜，我们连轴转地喝酒，在阿斯比约恩那过夜，早上就喝得大醉，到外面吃饭，回他的小屋继续喝酒，晚上出去，去各种你能想到的过气地方，例如"猫头鹰"（Uglen）或里卡（Rica）宾馆的酒吧，真是太爽了，没有什么比得上上午那如晨光初现的醺然，没有什么比得上在中午时分喝高了穿越托加曼尼根广场和鱼市场的感觉，那就像我是正确的，其他所有人都错了，那就像我自由了，而其他人都被绑定在他们自己的岁月里，与英韦和阿斯比约恩在一起就会觉得这些都不危险，也不算越界，只是有趣。最后一晚，我们当时还不知道那就是最后一晚，我们带上一个里面有油漆的喷漆盒。在"洞穴",也就是我们最后去的地方,人很少,我去厕所的时候,在隔间里喷了一条标语,立刻就来了一个员工拿着抹布和水桶把它擦掉了,他走了以后,我又来了一次,我们大笑起来决定大干一场,在城里的建筑物上大喷一通,然后我们就出去了,往莫棱普利斯走过去,我沿着一座大砖楼上用和人一样高的字母写"U2 停止摇滚",因为他们刚刚在屋顶上演出过,那并不理想,博诺想出了这个标语"U2 停止交通",这就更烂了,而阿斯比约恩在电车站的墙上写下"瑞奇·尼尔森统治很好",英韦在另一面墙上写了"猫,我们需要你说唱",我们就这样继续朝他的合租房走去,为了进屋继续喝。一个小时后所有人都倒下了。当我们醒来时,我们干的这些事让我们焦虑起来,因为所有的痕迹都指向我们,那些标语从"洞穴"外开始一路刷到这里,就到了门旁的砖墙上,上面写着"英韦是混蛋……"无需太多的调查就能知道这些把整个莫棱普利斯都喷了个遍的破坏分子们来自哪儿。阿斯比约恩尤其吓得发抖,但我也无法溜之大吉,这也挺怪的,因为我唯一愿望就是继续喝下去,继续这样生活,不管不顾,与此同时,每次我做这些事的时候我都被一个边界挡住,一种由小资产阶级和中产阶级砌成的隔离墙,再往前突破就要忍受巨大的苦难和焦灼。我愿意,但做不到。我的内心深处是守规矩的,讲秩序的,一个好学生,还有,我想,也许正是因为这个让我写不出东西。我不够狂,不够艺术,简单来说就是太普通了所以此路不通。是什么让我有了别样的想法?哦,这,就是生活的谎言。

这一年在写作学院我学到的就是，有一种文学是货真价实的文学，它是真的，崇高的，它上起荷马史诗和希腊戏剧，贯穿历史，直到当下，比如奥勒·罗伯特·松德，托尔·乌尔文，埃尔里德·伦登 [1]，谢尔坦·弗勒格斯塔，耶奥格·约翰内森 [2]，丽芙·伦德贝里 [3]，安妮·伯厄 [4]，埃伦·艾南，斯泰纳尔·洛丁 [5]，约恩·福瑟，泰耶·德拉格赛斯 [6]，汉斯·赫比恩斯鲁德 [7]，扬·谢尔斯塔，厄于斯泰因·勒恩，丹麦人瑟伦·乌尔里克·汤姆森 [8] 和米凯尔·斯特朗格 [9]，瑞典人卡塔琳娜·弗罗斯滕松 [10] 和斯蒂格·拉森。我知道本世纪最伟大的斯堪的纳维亚诗人是居纳尔·埃克勒夫 [11]，伟大的芬兰现代主义者居纳尔·比约林 [12]，我们自己的罗尔夫·雅各布森 [13] 还到不了他们的膝盖，而且奥拉夫·海于格比他们更为传统所束缚。我知道小说的最近一次重大创新发生在六十年代的法国，这个潮流依然在继续

---

[1] Eldrid Lunden（1940—），挪威女诗人，1996 年成为挪威首位创意写作教授。

[2] Georg Johannesen（1931—2005），挪威作者和学者，卑尔根大学教授。

[3] Liv Lundberg（1944—），挪威小说家、抒情诗人。

[4] Anne Bøe（1956—），出生在奥勒松的挪威女诗人。

[5] Steinar Løding（1950—），挪威小说家。

[6] Terje Dragseth（1955—），挪威诗人、小说家和电影导演。

[7] Hans Herbjørnsrud（1938—），挪威小说家。

[8] Søren Ulrik Thomsen（1956—），丹麦诗人。

[9] Michael Strunge（1958—1986），丹麦诗人，被认为是丹麦最有影响力的后现代诗人。

[10] Katarina Frostenson（1953—），瑞典诗人、作家，1992 年当选瑞典学院院士。

[11] Gunnar Ekelöf（1906—1968），瑞典诗人、作家，1958 年起当选瑞典学院院士。

[12] Gunnar Björling（1887—1960），芬兰诗人，使用瑞典语写作，是芬兰瑞典现代文学里的领军人物。

[13] Rolf Jacobsen（1907—1994），挪威作家，被称为挪威现代主义第一人。

发展，尤其是通过克劳德·西蒙的小说。我也知道我无法赋予小说新的面貌，甚至无法复制那些新小说，因为我看不懂那些核心部分在哪儿。我看不见，我读不懂；比如说我读了斯蒂格·拉森的《简介》，我确定不了哪些部分是新的，哪些部分是最核心的，我读了所有这些小说，就像以前读探案小说和惊悚小说那样，我在十三四岁时读了无数这一类的系列小说，《黑九月组织》和《豺狼的日子》，关于二战期间的间谍，如发情期动物般丧失了理智的非洲猎象人。如果说这一年里确实发生了什么的话，那就是我至少知道了两者之间的差异。但是这一点对我自己的写作也没有丝毫作用。为了摆脱困境，我把这些现代小说的一个分支类型据为己有，我把他们当作我的理想文学类型来宣传，出自布雷特·伊斯顿·埃利斯，杰恩·安妮·菲利普斯，杰伊·麦金纳尼，巴里·吉福德笔下的美国小说和短篇小说。就这样我为自己的文字找回了体面。

　　我已经认识到了一点什么。它代价高昂，但真实而重要：我不是什么作家。作家该有的，是我没有的。我也在抵抗着这个认知，我对自己说，也许我能得到作家该拥有的那些，只要我坚持得足够久它们就会乖乖就范投入我的怀抱，而同时我也知道这其实只是一种自我安慰。也许约恩·福瑟说对了，也许我的才华在于讨论文学创作，而不是在于创作文学本身。

　　这就是我在和英韦和阿斯比约恩一起狂饮烂醉的日子结束后几天，在学院交掉了稿子后往家走时的状态。小说还没写完，我决定把春天剩下的时间和夏天都用来写它。完稿后，我会把它寄给一个出版社。我已经想好选择卡佩伦，在拉尔斯·索比·克里斯滕森亲笔签署了退稿信后，我对他们已经产生了某种忠诚。我想应该还是会被退稿，但也不能完全确定，也有可能他们会从我的文字里看到了约恩·福瑟和朗纳·霍夫兰没有看到的东西，再说可能这两人也发现了什么，毕竟他们录取了我——希望渺茫，但是在出版社的信封躺进我的邮箱之前，希望就依然存在。在那之前就不能说是没戏。

春天里城市的光线完全变了性质，秋天和冬天里各种色彩上那潮湿而带吸附力的东西没有了。现在颜色是干燥而轻盈的，和那些白垩色的房子一道反射着光线，甚至是太阳被云层挡住时的间接光线，锋利如锥，光波激滟，好像整个城市都在升起。在秋天和冬天，卑尔根就像一个盆，纹丝不动地躺着，承受那些必须要来临的，在春天和夏天，群山像一朵花上的瓣片和萼片一样展开，城市升起，以自身的分量，嗡鸣着，颤抖着。

再不能独自枯坐着度过夜晚。

我敲莫滕的门，问他想不想一起去"克里斯蒂安"，还有他有没有可能借点钱给我，他答应了，我们坐在一张桌子边晃荡着，盯着走过面前的所有美妙女孩，不是那种一身黑一脸聪明模样的类型，而是穿得漂漂亮亮，明媚而绷得紧紧的那一类，而我们聊的都是所有事情怎么难搞，慢慢就喝高了，而夜也溶解在这日常的黑暗中。我在小伦格加德湖旁的一丛灌木下被人摇晃醒了，这是个警察，他说我不能在那睡觉，我昏昏沉沉地站起身来走回家。

我去敲英薇尔新搬的合租房的门，看到我她很惊讶，但也很高兴，至少我以为是这样。合租房很大，有个拐角窗面对尼戈尔街和格里格音乐厅，我和其他住客打了招呼，有些我见过但是从来没有交谈过的面孔，所有的人都以这种或那种方式和英韦有关联。英薇尔完全融入了学生生活，这是我乐于见到的，但与此同时这也使她更高不可攀了，我站在这一切的外围，她说了两次要和我做朋友，这其实表示她不想我成为她的男朋友。

我们坐在那张大沙发上，她煮了茶，看上去很开心，我坐在那看着她，努力显得不那么沮丧，不那么为我们没有也永远不会成为一对而难过，所以我微笑着聊让人开心的话题，当我离开那里时，她一定以为我这儿已经翻篇了，而我们也真的只是朋友。

我离开前问她是否能借给我一百两百的。我完全破产了，货真价实地，烟都买不起了。

"可以啊，当然，"她说，"但这钱还得还的！"

"这是当然，"我说，"那你有两百吧？"

我在英韦和阿斯比约恩两人那欠的钱多到都没法再借了。在莫滕那我也有些欠账，还有约恩·奥拉夫和安妮。还有就是和英韦的朋友们一起出去的时候，我会这里讨一百，那边要一百，他们喝酒时不会特别在意这些事，这些钱也不是都得还的。

英薇尔有两百块。我把钱塞进口袋里，在她转身回去时走下了楼梯。

真奇妙啊，我想着，走出来，感到这温暖的空气落在脸上，看到格里格音乐厅外的一排树木正要开始萌芽。在她消失在我视野的那一刻，我就开始想她了。就在几分钟前我还看着她，离我不过一米，她的膝头靠在一起，上半身前倾在茶几上方，而现在，一想到她可能正坐在她的房间，只有她自己，和她自己在一起，我的内心就既灼热又悲哀。

五月底英韦考试完毕，晚上他们出去庆祝时我跟着他们混。这城市沸腾了，到处都是人，空气温暖，树木上炸出了绿浪，晚间还明亮着的天空下，我在这暮色昏灰的街道上走着，而这灰也到了极限，不会再暗成纯正夜色之黑了，所有这一切给了我力量，让我振作，我从未如此强烈地感到自己活着，还有，我想要更充实地活着。

这一学年结束了，次日我们在学院里有毕业晚宴，还要发文凭或者现在被称为证书的东西，表明我们已经结束了一段历程。我应该去参加，对所有人说再见，然后转身。彻底忘记这一段。

英韦的同学们都情绪高昂，啤酒一瓶接一瓶地到了我们桌上，虽然我的话不多，虽然我现在是沉默的我，但我还是很合群的，喝酒，微笑，看着别人，他们口若悬河，一会说这个，一会说那个。奥拉是我唯一的熟人，其他人则只是打过照面，所以我坐在他旁边，他一直对我挺照顾的，以他的方式，就是倾听我说的话并把它们当一回事，就好像里面真有什么有见识或者有趣的成分，尽管他本人的层次要比这些高很多。我的笑话甚至还把他逗乐了。但是我也不想挂在他身上，更不想依赖英韦，那个坐那儿扬着头和人干杯，说话的人。

当灯开始闪烁时，我们干掉杯中酒然后起身，走下去，在外面待着，等着其他人过来，这一切就像往常一样，我已经喝高了所以觉得自己置身一个隧道里，四面八方都漆黑一片，只有前方有灯，照着我所看到的或者我想出来的什么。我是自由的。

"咱们的谢尔斯塔过来了！"我说。

"你够了，"他说，"这一点不好玩，如果你就是为了这个。"

"这很好玩，"我说，"我们走吧？还是？我们在这磨磨蹭蹭等什么？"

英韦朝我走过来。

"放轻松点。"他说。

"好啊，"我说，"但我们不是该走了吗？"

"我们在等人。"

"你不高兴一切都挺顺利吗？"

"高兴的。"

他转身走向其他人。我从口袋里掏出香烟来，打火机打不着火，我把它扔到马路上。

"你有火吗？"

我问的就是那个长得像谢尔斯塔的男孩，他点点头，拿出打火机为我点香烟，用手挡着火苗。

我吐了口痰，深吸了一口，环顾四周的人。一起的女孩们都比我大个四五岁，但我的卖相还是不错的，二十岁的人和二十五岁的人上床也很有可能吧？但是，我对着她们就无话可说，即使在我现在醉意这么浓的情况下，所以这也行不通。起码我明白，事前得先聊点什么。

突然，他们就开始往外走了。我跟着，一直待在这拨人中间的位置，所以英韦的头在我几米之外起伏着，这明亮的五月之夜带着它所有的气味，那些兴致勃勃的声音，所有这些在外面晃荡的人，让我满脑子都想着这一切多么美妙。我是卑尔根的一个学生，身边是其他学生，我们前往深夜酒局，穿过"高地"的街道，走向尼戈尔公园，黑暗里它躺在街道和建筑物之间，寂静呼吸，纹丝不动。这是1989年，我二十岁，充满了能量与活力。当我看着这些走在我身边的人，我并不认为他们也是如此，而是只有我才会那样，终将冉冉升起，越来越高，越来越远，而他们将留在原地。该死的媒体系学生。该死的媒体扯淡。该死的媒体理论家。他们对生活都知道些什么？他们对真正重要的事了解多少？

听听我澎湃的心跳。

听听我跳动的心你这些操他妈的白痴废物。听听那儿的跳动！

看着我，看我多有力气！

我要碾碎所有那些该死的人，每一个。那都不是事儿。我可以没完没了，没完没了地干下去。他们可以贬低我，可以羞辱我，就像他们一贯以来那样对我，但我永远不会认输，我的词典里没有这个词，而所有的其他这些傻子们，还以为自己多么了不起呢，他们什么都没有，完全空空如也。

公园到了。

哦，操，公园的大门！哦，到地狱里的感觉真好。这绿

288

色茂密的叶丛，在暮色里几乎成了黑色，里面的池塘。碎石和长凳。

我全身心聆听它。它就是我，我随身带着它。

他们停了下来，其中一人从裤子口袋里掏出钥匙串打开了公园对面那条街上坐落着的别墅里的一栋。

我们走上老旧腐朽的木楼梯，进了一个老旧残破的公寓。天花板高高的，角落里有个壁炉，木地板上铺着粗布编织毯，五十年代的家具，来自跳蚤市场或者救世军二手店，一张麦当娜的海报，一张猫王拿着手枪的海报，就像安迪·沃霍尔作品那样的，还有一张《教父》电影第一部的海报。

我们坐下了。烈酒和玻璃杯被摆上桌来。英韦坐一把椅子上，靠桌子短的那边，我则坐在另一端的椅子上，坐沙发上会有别人靠着坐过来，我不喜欢那样。

我喝着。天色更黑了。他们在讨论着，我也挺身而出加入，英韦不时看我一眼，我能看到他不喜欢我所说的话，或者我说这些话的方式。他以为我让他丢脸了。他要这么想，这不是我的问题。

我起身去厕所。我在洗手池里撒了泡尿，想到明天早上他们会把塞子堵上，装满水洗脸的场面，我乐了。

我回来了，倒了更多的威士忌，现在外面已经全黑下来了。

"快看公园！"我说。

"那儿怎么了？"有人这么说。

"嗨，有病啊，现在你得悠着点了。"英韦说。

我站直了，抓着我的杯子，尽全部力气向他砸了过去。正打在他的脸上。他向前栽倒。大家站起身，大喊大叫，朝他涌过去。我默不作声地站了一会看着这一幕的展开。然后我向走廊走去，穿上鞋子和外套，快步走下楼梯，到了街上，走进公园里。那种终于出手了的感觉是强烈的。我抬头望着天空，明亮，轻盈，美妙，然后走入那绿色公园的暗处，然后我消失了，就像我被关上了一样。

　　我在一个走廊的地板上醒来。

　　四处明亮，阳光从窗户里涌进来。

　　我坐起来，走廊深处有好几扇门。一个老人站着看向我，她身后的女人比她年龄小一些，也许四十岁，她也看着我。她们什么都没说，但是看起来很害怕的样子。

　　我站了起来。我还是醉得厉害，身体像铅那么沉。我什么都不知道，就像在梦里一样，但是我知道自己是醒着的，并开始往外走，有时候用手撑着墙。

　　有辆消防车是怎么回事呢。火灾，还有一辆消防车，或者其他的什么事情？

　　走廊的尽头有一个楼梯，它下面是一扇门，门的顶部装有压花玻璃。我走下楼梯，推开门，在楼外停下来。眯缝着眼看向太阳。

　　在我面前是理工学院大楼的一端。小伦格加德湖在左边。

　　我转身看着我在里面睡了一晚的那栋楼，白色的砖石建筑。

　　一辆大警车从路那边开来，在我面前的空地上停下，就在这时两个女人从我背后的门里走出来。

两名警察在我面前停了。

"我想可能哪儿着火了，"我说，"一辆消防车从这条路开过去了。"我边说着边指向那边，"不在这里。在更远的地方。一定是的。"

"就是他。"我背后的女人说。

"你在这里做什么？"警察说。

"我不知道，"我说，"我只是刚在这儿醒过来。但是我想你们得快点了。"

"你叫什么名字？"

我看着他。我跌跌撞撞朝旁边走，他把手放在我的肩膀上阻止我。

"我叫什么名字有什么关系？"我说，"名字是什么？"

"你跟我们走吧。"他说。

"到车里？"

"是的，来吧。"

他把手放在我胳上把我带到汽车上，把门拉上，我坐在后面，这一大块空间完全属于我。

现在我也经历过这事了。在警车里驶过卑尔根的街道。

他们这是逮捕了我？

但今天有毕业晚宴！

没有警笛或者其他这一类的东西，车开得又规矩又登样，在所有交通灯路口都停。他们开进了警察局，再次抓住我的手臂将我带入楼里。

"我要打个电话，"我说，"有重要的事。我本来要去开会，

291

要告诉他们我去不了了。我有权打一个电话，我知道。"

我心里笑了起来，完全就像在电影里看到的一样，两侧一边一个警察，要求打个电话！

我可以打个电话。他们在走廊尽头一部电话前停了下来。

我记不起来写作学院的电话号码。那里有本电话号码本，我试着在里面找了找，但是没有成功。

我转身面对他们。

"我放弃了。"我说。

"好吧。"他们说，把我带到一个柜台前，在那儿我要把口袋里的东西都掏出来，交出腰带，然后他们把我带到地窖，不管现在这被叫做什么，至少走廊两边都有铁门，我必须走进其中的一扇。牢房里完全是空的，除了一个宽大的蓝色床垫。

"你可以在这睡一会。您醒了以后会有人来带你去录口供。"

"是，警官！"我说着，站在牢房中间直到他们走出去后把门关上，然后我在这蓝色床垫上躺下，自己笑了很久，直到睡过去了。

我再醒来的时候还是晕乎乎的，在外面那发生的一切以及一路怎么过来的，都有种奇妙的梦一般质感。但是铁门和水泥地板确实足够坚实。

我拍着门。

我应该喊一嗓子，但我完全不知道该叫谁。警卫？

是的。

"警卫，我醒了！"我喊道，"警卫！警卫！"

"闭嘴。"其他人喊着。

我有点害怕，在床垫上坐下来。不久后门打开了，一个警察站那儿看着我。

"你清醒了？"他说。

"是，我觉得，"我说，"也许还没有全醒。不过还是好多了，不管怎么说。"

"那你跟我来。"他说。

我们从地窖上来，他在前，我在后，走进电梯，穿过楼层。他敲门，我们走进一间办公室，一个年龄大一点的男人，也许五十岁也许五十五，没穿制服，看着我。

"坐下。"他说。

我在他办公桌前的椅子上坐下。

"你在'佛罗里达'被人发现了，"他说，"你睡在那家养老院的走廊里，你在那儿干什么？"

"我不知道，"我说，"我醉了，我什么都不记得。只记得我在那儿醒了过来。"

"你住在本市？"

"是的。"

"你叫什么名字？"

"卡尔·奥韦·克瑙斯高。"

"你有案底吗？"

"案底？"

"你以前有没有因为什么被判决过？吸毒，入室盗窃？"

"不，不，没有。"

他看向站在门口的另一个男人。

"你查一下？"他说。

那男人走进里面的办公室。他在那里面的功夫，问询我的这一位低头坐着，在一张表格上写着什么，什么都没有对我说。窗户上遮着百叶窗，在它们外面，在这些片片之间，是蓝色天空。

那个男人回来了。

"没有什么。"他说。

"你什么都不记得了，"那个问讯我的人说，"但是昨天晚上之前的事，你还记得什么吗？你那时候在哪儿？"

"我在一个聚会上。就在公园旁边。"

"你和谁在一起？"

"我兄弟，在那儿。还有他的一些朋友。"

他看着我。

"那我们得给他打个电话。"

"谁？"

"你兄弟"

"他和这些有什么关系？我们现在说的到底是什么？我在一家疗养院的走廊上睡过去了，这的确不好，也许你们认为这算非法闯入，但是我什么其他事也没干啊。"

"你不是什么都不记得了吗？"他说，"晚上那儿有人盗窃，在附近有一辆车被撞了。然后有人报案。然后我们发现了你躺在那间旧养老院的走廊上。这就是我们现在在说的事。你兄弟叫什么名字？"

"英韦·克瑠斯高。"

"他的地址，还有你的地址？"

我告诉了他。

"我们会联系你的。"他说。

有人跟着我到了一楼，我取回了我的东西，走到外面广场上。我累到几乎走不动了。一路上我歇了好几次，还没到斯坦谢勒街，我就不得不在一个台阶上坐下来。这完全是因为我体内已经一点力气都没有了。走上坡，看来是不成了。但是十分钟后，路过的人们都无一例外地盯着我看，我终于用自己两条腿站了起来，支棱着腿走上坡。从警察局到家这一路用了差不多一小时。回到小屋后我躺在床上，开始睡这一天里的第三觉。没睡多久，当我再次睁开眼才刚到下午。那种沉重感已经离开了身体，一切都差不多正常了，除了饿得厉害。我就着拌了雀巢巧克力粉的一公升牛奶吃了十片放奶酪的面包，然后走出去给学院打电话。幸好萨根在那儿。我告诉他我刚才被捕了，以及我不能来参加晚宴了。被捕？他说。你在开玩笑吧？不，我说，我昨晚就在牢房里过的夜。我现在状态还很差，真不走运。你们能把文凭寄给我吗？当然，他说。你不能来参加毕业典礼真是太遗憾了。你说的是被捕吗？是的，我说。还是感谢这一年共同度过，不管怎么说。我们肯定还会再见的。

我挂了电话，用身上最后几块零钱搭公共汽车进了城。天空是深蓝的，太阳是微红的，立在阿斯克于[1]上方，东方的云

---

[1] Askøy，卑尔根旁边的行政区。

层看起来就像在燃烧。我走过学生中心，然后往下走到莫棱普利斯，我要去找英韦，也许他能告诉我发生了什么。

门是开着的，我从楼梯走到他的合租房那一层，按门铃。

莉内来开的门，一个东部来的金发甜美姑娘，比我了大几岁。

她几乎是一脸惊吓地看着我。

"英韦在吗？"我说。

她点了点头。

"进来把，"她说，"他在他房间里。"

我走进去，脱了鞋，没脱外套，微不可闻地敲了下英韦的门，然后推开了它。

他站在音响前，一听见我的动静就转过身来。

我瞪大眼睛看着他。

半张脸都包着绷带。

我都想起来了。

我用尽全力朝他扔了一个玻璃杯。

正中他的眼睛。

他什么也没说，只是看着我。

"这是我干的？"我说。

"是啊，"他说，"你不记得了？"

"记得，我现在想起来了。"我说，"打到了眼睛？把你打瞎了吗？"

他在椅子上坐下。"没有，眼睛还扛得住，你打到的是边上。我得缝几针。会有一个永久的疤。"

我哭了起来。

"我不是有意的，"我说，"我不是那个意思。我不知道我怎么会这么做。我不是那个意思。你能原谅我吗，英韦，你能原谅我吗？"

他像皇帝一样坐在椅子上，在这房间里，脊背笔直，两腿分开，一只手放在膝盖上，看着我。

我没法对上他的目光，我没法看着他。

我低下头大声抽泣。

第七部分
Del 7

三年半后，1992 年圣诞节到新年之间，我站在卑尔根大学学生中心最里面，就在那座通向所有学生组织所在的办公楼的楼梯旁，等着学生电台的主编。我要在那服民事役[1]。我刚在莫尔德那边海岸的许斯塔营地过了几个月，在那里我和其他来自西部的服民事役者待在一起，上了一些关于和平工作和反战各方面的课程。这简直是个笑话，因为几乎没人关心民事役在理想主义层面上的意义。大部分人肯定是反战的，但这一点在他们身上也没有更深刻的表现，我感觉自己就像来到了八年级时参加的坚信礼野营地。每个人都觉得在那儿很好玩，一个人远远地离开家嘛，但没人对此行主要目的——也就是探讨我们和上帝与基督之间的关系——有什么感觉，所以大家最关注的是怎样破坏教学活动，怎样最大限度地利用自由活动里的各个选项来达到各自目的。两者之间的区别实际上主要在年龄，许斯塔营地里大多数人都在二十出头或二十五上下，活动时间不是两天，而是两个月，还有设施。这里有一个设备齐全的乐队室，

---

[1]　在挪威可以因反战的道德观而拒绝服兵役，代之以民事役。

一个设备齐全的图书馆，他们有暗房和摄影设备，有皮划艇和潜水设备，我们还有拿到潜水证书的机会。此外有在本地区的游览安排，届时有辆大巴来接我们；有天晚上我们被开车送到克里斯蒂安桑，在那我们可以自由活动喝个够。但是在这里最重要的是课程。有人花了很多心血想认真对待这些拒服兵役的人，曾经，年轻人为这些议题热血沸腾，一切充满了理想主义色彩。而我们才不在乎呢。的确有必修课程的规定，但是那些即使没有因为身体不适或头痛请假的人，也几乎没有听老师讲了什么，而老师的理想主义和反战精神的光芒与我们的无知形成了让人痛心的错位。

除了这些公共课程之外我们还可以有一些选修科目，比如电影或音乐，或者是对不同理论主题的进阶课程，当征求我们意见的时候我举手问他们能不能给我们安排一个写作课程。一个纯文学写作课？提议得到踊跃欢迎；显然他们会对大家感兴趣的提议着手进行安排。我成为这个小小写作群体的某种负责人，我说的第一件事就是我们没法像其他人一样七点起床，因为如果你要写作，很可能会熬夜，因为晚上通常是最有灵感的时候，我们小组的负责老师真够过分的，立刻就接受了这个观点。当然起不来床，这是肯定的，那就不仅仅是早上七点起床了，我看看有什么办法。他办到了，写作小组上午可以赖床了。我觉得内疚，他人好又充满善意，让自己被我们利用了，但另一方面，这里也不是我死乞白赖要来的，他们对我们如此惊天动地骇鬼神地上心，也不是我的错啊。

他甚至安排了一次作家到访。阿里尔·尼奎斯特[1]从奥斯陆飞过来,给我们上一天的课。他带着他那悲伤的眼睛坐那儿,问我们当中有多少人是真的在写作,想要成为作家。没有人举手。有人说,我们这么做只是为了能更省事地偷懒。尼奎斯特说,啊哈,这可能不是最好的出发点,但是我们可以尽量做点什么。那时我良心上更过意不去了,因为我知道他离开家人来到这里就是为给许斯塔营地洋溢着激情的服民事役年轻人讲课,曾经这里也洋溢过激情,可等着他的却是这些。不过他们付给他的报酬应该不错,所以也没有那么糟。

有一天,我们要在体育馆里玩角色扮演。我们要扮演国际社会里的不同角色,一些人代表美国,一些人代表俄罗斯,一些人中国,一些人印度,一些人欧盟,一些斯堪的纳维亚国家,一些非洲,然后我们被分派了不同的情势,作为采取行动的出发点。负责活动的女老师建议我应该担任联合国秘书长,跟着就主持整个世界范围内的会议。我不知道为什么她选中了我,但是这样的事情时有发生,人们有时从人群中把我点出来,相信我具备某些特质。比如说,当我读文学批评专业时,一个讲师注意到了我,在他的课上会突如其来地指着我,问卡尔·奥韦对这个有什么看法?

于是我就坐在体育馆里试图阻止世界大战的爆发,安排和不同方面的会议,调解并提出折中方案。那里我唯一以前认识的人叫永斯,代表俄罗斯。永斯,他就是我的外祖父会称为

---

[1] Arild Nyquist(1937—2004),挪威作家、艺术家、音乐家和舞台美术家。

快脑筋的那种人。他学的是社会学，得到的是多少年都没人得过的高分数，或者说是从来没有被打出的高分。他在巴黎上过学，水平之高是我认识的其他学生只能梦想的那个层次。但是这些都不是他的特质，他是一个谦虚的人，有时几乎到了自我否定的份上，他打心眼里纯良友善，那种谁都说不出他坏话的人，周到又容易和人共情，因此就很脆弱，这一点多次打动了我，同时他也有很多好朋友，他们在他身边围成一个圈，就好像他的守护者。他的父母是约尔斯特的农民，离我妈妈居住的地方只有几英里，他力气很大，但是这强壮却是他身上不那么重要的特点，甚至不会引起别人的注意。让人注意的是他的敏感。我所知道的就是在他自己眼中他可能是一个再普通不过的人，但他不是的，我从来没有见过有其他任何人具有他这样的混合特质。

在我们的角色扮演游戏中他是俄罗斯，在这个战术游戏里他比包括我在内的其他所有人玩得都好，就这样，他，也就是俄罗斯，在这一天要结束的时候赢得了欧洲和亚洲的大部分领土，成为唯一的超级大国，简直就是世界霸主了。

他笑得很开心。

到了晚上，在那个像壁炉客厅的起居室里，音乐轰鸣，到处都坐着人，玩游戏或读杂志，抽烟，喝啤酒，那群卑尔根恶棍逃兵里的一个走了过来，我靠着冲着楼下的栏杆站着，他紧紧地贴过来，威胁性地。

"你以为你是谁啊，"他说，"联合国秘书长，跟真的似的，拿着你的书坐那儿。可你什么都不是！"

"我从来没说过我是什么了不起的家伙。"我说。

"闭嘴。"他说着走开了。

营地里流传着他的故事，其中之一是他在营地负责人办公室里大喊着"操你，操你全家！"[1] 他把全家也骂进来的方式倒是很有趣。那儿还有两三个他这个类型的人，他们很拽，如果他们真有料的话倒是能有效地羞辱到我，但是他们根本就是蠢人，啥也不懂，有那么罕见的几次他们也来上课，他们的头脑之贫乏给课堂甚至带来了一种奇幻的效果。

这种暴力类型出现在这里，一个推崇和平和反战主义的营地本身就是很讽刺的事，但是也很典型，因为他们也是某种形式的"另类"，他们一只脚在社会框架里，一只脚在外，而这也是七十年代非主流运动所处最重要定位之一；如果把意识形态层面的东西拿掉，就只剩下格格不入和滥用毒品了。

卑尔根来的另一伙是音乐人。他们来自罗德峡湾，菲林谷和奥萨讷，他们整天都混在一起，当他们瘫在沙发上看漫画或者看电视时就像没骨头似的，但是当他们飚琴玩起即兴时，他们就脱胎换骨了，魔鬼般站在那儿凭空召唤出复杂的音场，把各自的乐器玩得炉火纯青，但是，在爆发完以后，又是随地一瘫，麻木不仁地吃喝聊天。卡勒是个例外，他是市里冉冉升起的新星，他的乐队出过唱片，巡演过，现在他和传奇乐队"糟透！"里的拉塞·米沃德一起玩，他们组了一个乐队叫"音色国王"[2]。

---

[1] 原文为英文。

[2] Kong Klang，成立于1992年，1999年推出第一张唱片。

他和这些音乐人属于不同的类型，他的好奇心之广泛，绝不限于和音乐有关的事物，简单来说他很开放，本质高贵，但是当他涉入我的领域，比如文学，他就显出天真了，这让我心软，用一句老套的话来说，强者身上任何形式的弱小都让我心软。

我尽量让自己不引人注意，隐没在背景中，大部分时候都一个人行动，我读了点书，尤其是托马斯·曼的《魔山》，书是我在丹麦买的，因为挪威语版有删节。这是我这些年来读过的最好的小说，那里面健康与疾病之间的关系很抓人，当汉斯·卡斯托尔普独自从疗养院走到美丽的山坡上，忽然鼻子开始不可控制地流血，这种关系就首次被呈现出来，并在他对那些女人的爱恋里继续，他爱的正是她们身上的病，那发着烧的，那些闪亮的眼睛，那咳嗽声，那躬着的脊背和扭曲的身姿，绿色山谷和闪耀的阿尔卑斯山像画框一样把这一切镶嵌在内。随之而来的是宏大的讨论，在那耶稣会士和人道主义者之间展开，非常接近生死攸关的决斗，就是说几乎所有要考虑到的要素都在双方面前。它们和对疗养院内生活的描述是一体的，我对这些讨论所依据展开的框架一无所知，我没有办法解释清楚但是我知道，这些都是整体中的某一部分。

我十八岁时读过《浮士德博士》。那里我现在唯一能记起的是阿德里安·莱韦屈恩的崩溃，他为艺术的终极战斗悲惨地失败了，他的智力也回到了孩童时期，还有那排场很大的开头，蔡特布洛姆和莱韦屈恩还是孩子的时候，作曲家的父亲为他们做了一些简单的实验，他操控着一些无生命物体，让它们像有生命物体那样动作行事。后来我又读了《威尼斯之死》，那垂死的老人涂脂抹粉又染发，以赢取美少年的好感。

在这些书里一切都环绕着死亡发生，要么是充满关于艺术和哲学的思考和理论，位于这伟大的欧洲传统之核心，但并不具有乔伊斯或穆齐尔的小说里那种实验性，在某种程度上它们在形式上是不自足的，我猜想为什么它们会成为这个样子，是他能力所限吗？他以前卫为题材，但却任由蔡特布洛姆这样传统的人来书写它。埃斯彭，我最好的朋友，对托马斯·曼并不感冒，也许正因为他小说里的那传统而资产阶级的气息，在他感兴趣的范畴之外。埃斯彭是诗人，在文学方面极不挑嘴，什么都看，有着无止境的好奇心和求知欲，但是他的眼睛紧盯着最先锋的，所以那些主要以现实主义为导向的小说就不在此列。埃斯彭不再拎出他那些法国、美国诗人，而我也不提我那些主流小说，我们在中间相遇，在托马斯·伯恩哈德，托尔·乌尔文，克劳德·西蒙，瓦尔特·本雅明，吉尔·德勒兹，詹姆士·乔伊斯，萨缪尔·贝克特，玛格丽特·杜拉斯，斯蒂格·拉森，托马斯·特朗斯特罗姆这里相会。我畅谈托马斯·曼的时候，埃斯彭会倾听，但是我绝对无法让他花时间去读它，也不敢这么做，万一他觉得那书很差劲，就会对我和我的品位调低评价了。我们之间的关系在我看来，很接近《浮士德博士》里蔡特布洛姆和莱韦屈恩之间的关系——埃斯彭是艺术家，在书房里埋首故纸堆中的诗人和天才，我则是那普通人，一般人，因为机遇巧合而成了他的朋友，见过他工作，并且恰好能赏识他作品之独特，自己却永远写不出那样的东西。我可以写讨论文学的文字，就像蔡特布洛姆可以写音乐评论却不能作曲那样。如果我对埃斯彭说这些话，一定会激起他最热烈的抗议，他自己并不这么认为，这我知道，但是我们之间有巨大的不同。他读埃克勒夫、策兰、阿赫玛托娃、蒙塔莱、阿什伯里[1]、曼德尔施塔姆，就像这是世界上最理所当然的事，而这些诗人我大部分没听说过，他的阅读毫无做作的成分，而我的却很不幸就是如此，我挥舞着作家们的名字就如同中世纪骑士挥舞着旗和幡，但是他不这样，埃斯彭不是这样，他是天才。

1989 年秋和 1990 年春季，我们一起上过文学批评基础课。开始我谁也不认识，也不主动和谁联系，所以又像回到了高中时代，一个人坐在食堂里喝咖啡假装在读着什么，课间休息时独自站在课室外抽烟，自己在自习室里坐一下午直到晚上，体内始终有一种慢性的恐慌，当我四处走动时嘴巴有意识地张开，假装一切都很正常。夜晚到来时我合上书后，有时候我会去找英韦，他已经搬到阿斯比约恩那儿，就在理科大楼下面汉斯·唐克斯街那边，和他们在一起在客厅里坐会儿，看看电视，喝杯咖啡。虽然我在英韦以前住过的合租房那幢大楼里找到了一个公寓，很宽敞但也比我能承担的要贵得多，不过我还是搬过去了，当学期到了尽头、学生贷款告罄时，我也就能解决钱的问题了。上一年春天我身上一分钱没剩还在继续上着写作学院的时候，我跑到南伯沃格，在那儿给谢尔坦干了几周的活。我给那个谷仓墙壁刷了油漆，他站在梯子下看着我，好像没有比看着别人为自己干活更美的事了。他开拖拉机把肥料从粪窖里拖

---

[1]　约翰·阿什伯里（John Ashbery，1927—2017），美国诗人、艺术评论家。

走，兜着圈在地里倒成一大堆一大堆，然后由我用粪叉把它们摊平开去。活是重活，晚上躺下时我的胳膊和上身都酸痛而让人心满意足，工作的这种扎实感，把那三个叉尖扎入粪土里，那里头一部分结块了，一部分仍然是湿润的，把一块搅松拽下来然后扔出去，这感觉真好，我能清晰地看到每一点进展，一堆接着一堆消失，到了下午放下粪叉，进屋和外婆和外公一起吃晚间饭[1]的感觉真是太好了。我七点起床，吃早餐，干活到十二点，吃晌午饭，再干到四点，这是一种自我洗涤，一次救赎，我在卑尔根生活里的那些恶劣成分在这儿完全不存在了，在这里我变了个人，一个无可指摘的人。我做饭，扶着外婆在地板上走了一趟又一趟，有时我还给她的腿做按摩，照我看到妈妈和谢尔坦所做那样，我给外公做伴儿，谢尔坦五点钟下班回来后，应该就比平时多了些属于自己的时间。外婆情况很糟，当我从他们身边走开去干活时，即使我在室外，她的颤抖和痉挛似乎在我身体内部延续，必须要被抚慰被舒缓，而这完全不在我的控制之内。和她差不多没法说话了，她的声音那么微弱，基本就是耳语，几乎无法从中辨认出单个字音。一天下午，外公说起了汉姆生，那是他一直非常喜欢的，外婆在她的椅子里喃喃了什么，我朝她弯下腰，还是听不懂，忽然不知哪里就接通了，就像硬币在投币电话里滑到了位那样，迪恩[2]！她喃喃说的是迪恩。还有一个下午，我看到她闷闷不乐，她想和我说

---

[1] nons，挪威农村四餐里第三餐，一般在下午三点到六点之间进食。

[2] 奥拉夫·迪恩（Olav Dunn, 1876—1939）和克努特·汉姆生齐名的著名挪威作家。

些什么，我走过去弯腰弯腰，她指着外公在我耳边喃喃了些什么，我没明白，外婆，再说一遍，我听不到你说的，再说一次，就一次……

我想她说的是外公杀过人。

"外公杀过人？"我说。

然后她笑了！一种无声的耳语般，几乎微不可闻的笑声，但胸部震颤着，眼里闪出了光芒。

所以她说的不是这个。我也笑了。但我听成这意思并不奇怪，她和外部世界之间有一层偏执的阴影，在她深深陷入谵妄时说过外公是贼，也许她会说他杀过人？

看到她大笑真是太美妙了。否则的话她每一天都过得如此均匀地充满痛苦，以至于看着这一切都让人难受。一天晚上，外公喊着谢尔坦的声音把我弄醒了，我急匆匆下楼，两人都在饭厅尽头的双人床上等着我，外婆颤抖着，两眼大睁着，外公在床边坐着。

"谢尔坦得帮她去厕所，"他说，"把他找来。"

"我可以来。"我说。

她晚上会穿着尿布，我想，但是护理中和私密处接触的那部分，和穿脱衣服有关的，我可不想沾手，这是不对的，我是她的孙子，那些事有外公和谢尔坦做。但是一旦这种情况出现，我就去做我应该做的事情。

我一个手掌撑在她的腰上，另一只手放她胳膊下，然后开始架她起身。她的身体如此僵硬以至于这用了很长时间，最后她坐在床边缘。她小声说。牙关哆嗦着，但她用清澈的蓝眼睛看进我的眼里。我低下头。

"谢尔坦。"她说。

"我可以陪你去,"我说,"那我们就不用叫醒他了。毕竟我已经醒了。"

我抓住她的胳膊,把她拉到站着的姿势。但动作有点猛,她太僵硬所以就又往后倒回去了。我又来了一次,这次放慢了,一手把那个助步椅拉过来,推到她面前,看她是怎样以几乎无法觉察的缓慢移动将手朝把手伸去。

最后她的双手抓住了它,有了足够的平衡后终于起步走了起来。她只穿着一件薄薄的白睡衣,露出一截胳膊和小腿,灰的白的头发支棱着,我不喜欢自己瞎闯进来的这一境地,我离她有点太近了,以错误的方式。一会我们进了厕所,我还得帮她在马桶上坐下,脱衣。不要,不要。不要,不。但是我们已经上路,她在地板上一步一步地挪过去,先是他们睡觉的饭厅,然后是放了电视机的客厅。她的手在抖,头在颤,她迟缓而沉着地每次向前移动一只脚,脚也在抖。屋角有盏灯亮着,否则里面那边就全黑了。我向前走了几步,打开了走廊上的门,那里面就是浴室。

"我们马上就到了。"我说。

她将一只颤抖着的脚向前移。然后尿就开始顺着大腿内侧流下来,随后喷涌而出,噼里啪啦打在地板上。这一切发生时她无声无息地站着。弓着腰,对尿液噼里啪啦打着地面无动于衷,这让我想到她像某一种兽。我站在她面前,几乎不敢直视她的目光,这太尴尬了。

"没事儿，外婆，"我说，"发生的就发生了，什么事都没有。就站这儿，我去叫谢尔坦过来。"

我跑过去，急促地按了两次门铃，打开门喊他出来。几秒后他就冲了出来，预备着最糟的情况。

"你得去帮外婆，"我说，"没什么大事，她要上厕所。"

他什么也没说，跟着我，以有力而坚定的动作扶住外婆带她进了浴室，在他们身后关上了门。我装了一桶水，打湿抹布把地擦干。

我带着足够花到学期结束的钱回到了卑尔根。我没有对任何人说过我在那上边都遭遇了些什么，直接滑入了卑尔根那让人郁闷的生活，而南伯沃格的日子则是一间密室，一段封存的经历，和我其他经历肩并肩地放在一起，这些经历要么和我现在的生活格格不入，要么是我对其再无兴趣。尤其是当我把那个杯子砸在英韦的脑袋上以后就好像是这样子了，那个时候的我，那个试图伤害、破坏、一心要把他兄弟弄瞎的人，根本无法和那个和他们混在一起时的我、在妈妈身边的我、那个对此一无所知的家伙联系起来。在那一刻我脑子里只有那一件事，由此产生的力量如此之大，把我拉到了一个我从未涉足、也一无所知的地界。如果我能把玻璃杯砸在英韦脸上，还有什么是我做不出来的？我体内有些我无法控制的东西，这太糟糕了：如果我连自己都不能信任，我还能信任谁？

这事我也没法和别人说。那天下午，在英韦的合租房里，当我明白了自己都干了什么以后，我不由得坐下来痛哭，乞求原谅，我完全不成样子也没法走回家，就睡在那了，在合租房

312

的沙发上，身边都是人，我在那儿的时候他们也不知道眼睛该往哪看，或者该做些什么。其中有个人我以前从来没见过，他进来的时候我正低头坐在沙发上，所以你是卡尔·奥韦，他说，就是你住莫滕楼上那个小公寓，对不对？是的，我说。哪天我过来找你。我就住在你家上面那边的公寓。我抬起视线看着他。他微笑起来看起来脸都要裂开了。我叫盖尔，他说。

两天后他来敲门了。我正坐着写东西，高声说进来吧，还以为是莫滕，因为外面门铃没响。

"你在写作？"他说，"我不想打扰你。"

"没有，没有，快进来吧，你没打扰我。"我说。

他坐下了，我们小心地聊了聊一些共同认识的人，看来我们年龄差不多，他来自希斯岛，他的一些高中同学是我的小学和初中同学，那些人我再也没有见过了。他上过一段时间军校，没待下去，搬到了卑尔根，开始读社会人类学。起初他只是想说说他多么走运，在卑尔根过得多好。他有了自己的钱，自己的公寓，大学里满满的都是姑娘，还有比这更好的吗？

没有。应该是没有了。我说。

他笑了，说他就没见过像我这么忧郁的人。还认为是这是约伯本人在卑尔根弄了间小公寓呢！来吧，一起出去兜个风，你就会有更好的想法！

为什么不呢，我说，于是我们就出发，下坡朝市中心走去。我们来到了费克特洛夫泰特那边的吧台前，买了一樽白葡萄酒，而我在不太熟的人面前总会有的那种羞臊感，觉得自己无聊无趣所以别人根本不愿和我待在一起的那种念头，完全没有了。

他身上有一种让我信任的东西。我在卑尔根遇到的所有其他人，甚至英韦，都没能让我和他们说起那天晚上和盖尔谈过的那些东西。内心和内在是你随身背负之物，也许能和情人分享——好像我多知道这回事似的，但是无论如何它不是你晚上出去玩时该吐露的，那一定会冷场，那是人人都不想碰的东西。出去玩嘛，就是图个乐呵，要开怀大笑，讲段子或者讨论点什么闹得鸡飞狗跳，总之得是内心没什么关系的东西，那些人际之间的东西，那些大家能分享的东西。乐队，电影，书籍，其他学生，老师，姑娘，被变成有趣故事的过往经历，笑话。

今晚说的都不是这些。

我讲了在北挪威度过的那一年，还有我喜欢上了一个十三岁的人，但又和另一个人卿卿我我，还有为一个十六岁的如痴如狂，快要和她在一起了，还有我在那四处逛喝酒，失去了自控能力，而那个局面在这里又继续下来了，还有我对自己感到恐惧，不是要显得特别，不是要显得聪明，而是真害怕了，害怕我真能干出什么来事来。当我企图毁了我兄弟，当时真是完全有可能的。如果那时我手上有把刀，我会一刀捅在他身上吗？我还说了外婆的事，在困住她的苦难中她拥有怎样的尊严。但是我说得最多的还是英薇尔。我说了我们之间所有那些会面，我说了她有多么出色，但是我从开头就错了。我说我就像格拉恩中尉[1]一样，我可以朝自己的脚开枪就为了她能看我一眼或能想我一回。是的，我脚上有个疤，我说着，将脚提起放到吧

[1] 克努特·汉姆生的小说《畜牧神》的主角。

凳的踩脚杠上，看这，那次是我在汉娜面前踢开地上一个火箭留下的。我明白了。汉娜到底是谁？他说，我爱过的一个人，我说。这还有一个呢，他说着笑了起来。他说的话不但和我说的不一样，甚至还截然相反。

他说他其实是个军迷，他曾经很热爱军校的生活，喜欢早晨的起床哨，皮革和武器润滑油味，制服、枪支和纪律，都曾是他从小就梦寐以求的，他是"青年家园卫队"阿伦达尔分部的成员，高中毕业的时候他对未来从事什么职业没有任何疑问。

"既然你这么喜欢，那为什么要退学？"

"我也不知道。也许是因为我发现了那是我能做到、都了解了的事，而我想去做我做不到的事。还有就是那里没有个性。我和那里的长官说过，我说过我不想当一个挂着铃铛的绵羊，那么他回答我说重点不在于你是不是被别人带着走，而在于你被带去的地方。他这话说得挺对。但是起决定作用的一刻是我看到规章制度的时候。那时我就意识到我的去向永远在别人的了解和掌握之中。这不行。所以我退学了，并成为反战者。"

"你是反战者？"

"是，但我还是喜欢皮靴们正步走来的声音。"

我甚至从来就没想过有喜欢军事这种可能，它代表我所反对的一切。战争，暴力，权威，权力。我是和平主义者，但郁郁寡欢，他是好战分子，但开开心心。谁对谁错还不好说。他继续说到一个早晨，他和一个他喜欢了很久的女孩一起走回家，太阳升起，城市空旷，他们拉着手穿过公园，要回到他的小公寓，那里有张巨大的水床，那一刻从任何角度来看都是完美的。他说了在社会人类学里学到的一切，人类能搞出来的各种奇葩仪式让他笑了起来，我也使他发笑，但不是我在内心隐隐嘲笑自己的那种方式，恰恰相反，我忽然也能大声笑出来了。我想着，我有一个新朋友了。的确也是这样，但好景不长，很快他就告诉我，这个夏天后他要搬到乌普萨拉[1]。我难过起来，但什么也没说。费克特洛夫泰特要关门了，我们也喝高了，又去几家夜总会逛了一圈，最后到了"屠宰场"夜总会，这里总是卑尔根之夜的最后一站，被这明亮的天空和所有这些游荡在六月街头的快乐人们的感染下，我建议我们去找英薇尔，这样他就能亲眼看看她，而我也能说一些我对她的想法。他答应一起去。我们穿过尼戈尔大街，我忽然想到我们不能空手去别人家，就跑到格里格音乐厅外面的花床那儿，揪着一株刚发出新芽的美丽的杜鹃花又拉又拽，揪出来以后我拿着它站在一边，而盖尔那边也把他的拔出来了。然后我们穿过马路，我找到了一些小石子儿，就开始朝她的窗户扔。这时应该是四点，四点半左右。她打开窗，本不想让我们进去，但是我死乞白赖，她说好吧，我下来。就在她打开前门那刻，一辆警车顺着街道开下来，就在我们旁边停下。一名警察走了出来，英薇尔又关上门消失了，警察问我们在这干吗，我说我们想送花给那个年轻女孩，但我知道这不对，我们是在格里格音乐厅把它们采来的，不过根部还很完整，你看，我们现在可以跑回去把它它们种回去，完全

---

[1] Uppsala，瑞典的大学城。

没问题。好吧,警察说,于是我们往回走把灌木埋回原来的位置,他们一直跟着我们，站在路当中，直到我们都干完了才开车走了。

"这回我们挺走运。"

"走运吗？警察不是来了吗？"

"是，但是他们只是来了而已。他们本来可以罚我们的款或者干脆把我们扔进号子。不过走吧。"

"我好像明白了什么东西，"盖尔说，"你想回去找英薇尔？"

"是的，来吧。"

他摇了摇头，但还是和我一起走。我朝窗户扔小石子儿，这次她没有开窗，盖尔拉了拉我，他想回家了，我说他想走就走吧，我现在还不想回去睡觉。他往回家的方向走，我则穿过高处，往下走到莫棱普利斯，摸过了一些车门，走进了一些内庭去找没上锁的自行车，坐在台阶上抽烟，很快就要到早晨了，太阳已经照亮了天际的一线。我走到足球场边的电话亭，给英薇尔的合租房打电话。他们那的人接了电话，我说我想和英薇尔通话，他说，你知道现在几点了，她在睡着，所有人都在睡着，你不能大半夜地给这打电话，我现在挂电话了。我把听筒往电话机顶部砸了几次，它也没碎，于是我走出去踹这红色盒子。

然后又他妈的来了辆警车！

它在我面前停下，窗户摇下来，一个警察问我在这干什么。我说我很难过，我的女朋友今晚甩了我，然后我就踢了电话亭几脚，非常抱歉，我再也不会这么干了。

"不要这么干了，你回家睡觉去吧。"

"是的。"我说。

"好，我们得看着你走。"

然后我上坡朝着"洞穴"走，他们坐在车里目送着我。当我走到拐弯的地方，他们跟上来了，只是在我拐进公园后他们才消失了。

我醒来时的焦虑和羞耻，是如此汹涌以至于我感觉自己要裂开了。我可以站在地板上嚎叫发泄，我什么也没学会，我再次落到这个境地，不受控制没有底线，在这里什么都可能发生。身体里有什么在尖叫，但它都会过去的。要么得撑住，要么去认识其他人。这样会让它调和一些，安静下来。我下楼去找莫滕，他半躺在沙发上听着我进来，从外表看已完全变了样，因为他不再穿水手鞋和红色皮夹克，不再读法律，而是摇身一变成了文科生。黑裤子，黑色 T 恤，黑鞋子，耳朵上穿着环，音响里放着拉格摇滚[1]的唱片。他已经上了轨道，并且常常以他想出来的我们是涅槃中的机器这一观点来结束讨论，卡尔·奥韦，我们是在涅槃。

第二天，卡佩伦出版社的信封来了。我并没有立即打开它，我想象它是薛定谔的猫：直到我打开信封并且读毕全信那一刻，我都可以既是被录用也是被退稿的。它整个上午都躺在桌上，我每隔固定的一段时间就看它一眼，当我出门去商店时，我脑子也没有任何其他念头，最后，四点钟，我忍不住了，打开了

---

[1] Raga Rockers，挪威奥斯陆的摇滚乐队，创建于 1982 年。

信封。

对，就是退稿信。

就像预料的那样，但我还是一样失望，老实说，这失望如此之深以至于没法一个人待着，我下去找莫滕，他不在。想到了约恩·奥拉夫，但不想把这个打击透露给他。英韦也不合适。想到了盖尔，他离这就几分钟的路，所以我走上去到了他那儿。他的所有东西已经打包停当，几个搬家用的纸箱放在地板上，但他还是变出了两杯速溶咖啡，我们坐在地板上，我给他背诵了退稿信。

"我们很有兴趣地对稿件进行了评估，遗憾的是我们无法决定将其付梓。这本小说的某些部分写得有趣而新颖，但总体来说，我们认为你在这里所要表达的很少，以拖沓敷衍成长篇。因此，我们只想感谢我们有幸阅读你的稿子，原稿随信退还。"我说。

盖尔大笑了。

"首先，你能把它全文背出来真让我佩服。"他说。

"其次就是你居然写了一本小说这事，我认识的人里连有过这想法的都没有。"

"你安慰到我了。"我说。

他吹了口气。

"写一本新的。"

"说来容易。"我说。

"你这么说也对。我差不多算有阅读困难。我来这里之前几乎没有读过小说。顺便说一句，如果我想读一点的话，你有什么推荐？"

"埃尔林·耶尔斯维克[1] 的《死亡奔跑》（*Dødt løp*），也许？"

"这是你读过的最好的小说？"

"不是不是，开个头嘛。让我想想。"

"你也别小看我，来吧，你读过的书里最好的是哪本？"

"米克勒的《露娜夫人身上的套索》（*Lasso rundt fru Luna*），也许？或汉姆生的《畜牧神》。或者阿格耶夫的《可卡因传奇》。"

"那我先读米克勒，既然你第一个说的是他。《畜牧神》的情节你已经全部和我说过了。"

"的确，除了他最后会自杀。这点我没告诉你。"

"哈哈！"

"他真干了。"

"你要破坏掉所有文学能给我的快乐吗？"他说。

"这是大家都知道的事啊。"

"我就不知道。"

"你现在知道了。"

"还有什么是我该知道的，文学先生？"

"的确有，"我说，"这是我几周前发现的。我躺在床上，看着书架。然后我把一些作者的名字倒着读。"

"真的？"

"对，你知道 T·艾略特变成什么了吗？"

---

[1] 埃尔林·耶尔斯维克（Erling Gjelsvik，1949—），挪威作家、剧作家、记者和翻译家。

"不知道？"

"厕所。中间有个 S 真是可惜了。如果 S 在 T 前面，那就是厕所们 [1]。"

"而你说过你就要开始上文学理论课程了？"

"是？"

空气安静了一会儿。

"你要搬走了真可惜。"我说。

"我现在已经在卑尔根待过了。我知道这儿是怎么回事了。现在我得尝试其他的东西了。"

"我考虑过秋天去伊斯坦布尔，"我说，"就租一间房，坐下来写上一年。"

"那你为什么不呢？"

我耸了耸肩。

"我觉得我还有些要在这解决的东西。同时我也没有什么可写的。或者只是因为和写作有关的一切都太压抑了吧。我还需要学习。在这里做这事也是一样的。"

"来乌普萨拉吧！"

"不去，我去那儿干吗？"

"我他妈的去那儿干吗？这才是重点。到一个你对其一无所知的地方，看看会有什么发生。"

"但是我并不想有任何事情发生，"我说，"我真的是这么

---

[1] 艾略特全名为 T. S. Eliot，所以这里克瑙斯高开玩笑说要是 T. S. Eliot 就更好，倒着读就是 toilets，即"厕所"的复数。

想的。"

我把咖啡杯放在一个纸箱上，站了起来。从他的窗口可以看到公园的景色，还有我住的房子，还有峡湾和外岛们。太阳就在那儿，深蓝天空上的暗橙色，公园里的树木向内投射出又长又窄的阴影。

"那我们就再见了，你先开始写，然后再回复我，好吗？"

"好的。"

我们和彼此握手道别，我下坡走回自己那儿。我那时候当然不知道要再过十四年才会再次见到他，我把自己关在小屋里，关于他的记忆才过去几分钟，而且我认为他在乌普萨拉待了一年后就会回到卑尔根；人可以远走高飞这个念头我有时候会拿来自娱自乐地想想，并不会真的把它当成一种可能。就我自己来说，我已经决定在卑尔根再待一年，然后做点其他的，搬到另一个地方。

我又读了一遍退稿信。然后就坐在炉子前，把某张纸揉成一团，点燃它，然后开始把一张接一张的纸放进火焰里。我有三份小说手稿，烧了两份。第三份我会送给英薇尔。那是关于她我要做的最后一件事。再也不上门找她，再也不打电话，再也不开玩笑，什么都没有。这本小说就是最后的问候。

我就着火烧掉了日记，然后把稿子装进一个袋子，朝市区走去。

楼下的门开着，我走上楼，按门铃，她开的门。

"嘿，"她说，"看到你真好。"

"彼此彼此。"我说。

"我们正吃晚餐呢，"她说，"我不知道，你想进来吗？"

"想啊。"我说。

我走进去，脱了鞋子，将口袋放在走廊上，然后跟着她走进客厅。桌子旁边坐了八个人。那些住在这合租房的人，还有他们的一些朋友。我认识他们每一个人。但是他们是被邀请来的，我则是不请自来，当他们朝我看过来时，那场面有点紧张。

"你想和我们一起吃饭吗？"英薇尔说。

我摇了摇头。

真丢人，在桌角再添一个小白盘子，那个不速之客的小白盘。

"不，我只是想和你说两句话，但是也可以以后再说。"

"可以的。"她说。

我的脸红了，一切都错了。我来了，进了门，现在我要走了，什么都没有发生。

"再见。"我说，自己都能听到这听起来很蠢。

"再见。"她说。英薇尔送我出来。

"我只要借一下厕所。"我说着朝厕所走去。她走回厨房去，我溜了出来，拿起装有剧本的塑料袋，匆匆走进她的房间，放在床上，再走出来，站着穿上鞋子，而她朝里面走进去。

现在总算会让她吃一惊了，我跑下楼梯时想着，走到外面那温暖的夏夜里，街道上饱浸阳光，这才是重点所在。

大学是一个新的开始。不仅如此，还有一些把手作为支点。讲座就是这些把手中的一个，自习室是一个，书是一个，不管发生了什么事，不管我觉得自己多悲催，我都能走进自习室里，找一个座位，坐下来，想读多久就读多久，没有人会指手画脚，甚至没人会觉察到什么异样，这就是大学生活之所以存在的根本。我买了一套两卷的世界文学概览，一头扎了进去，一位又一位作家，从荷马到六十年代，试图记住关于每个人的一两行介绍，他们做了什么。我跟着上每一次课，吉堂[1]讲古典时代诗歌，布维克[2]讲古典时代史诗，林内贝里[3]讲古典戏剧。在所有名字和数字之间，也冒出了一些伟大的、震动心魄的见解。奥德修斯说自己名叫"谁也不是"，骗过了独眼巨人。他丧失了自我，但赢得了生命。塞壬们的歌声。听见它的人们都迷失了自己，被拉向她们，竭尽所能去接近她们，然后死去。塞壬既是爱神也是死神，是欲望也是死亡，最勾人的也是最危险的。俄耳甫斯，歌唱得如此优美，以至于每个听到它的人都着了魔一般，浑然不知身在何处，他进入冥界要找回欧律狄刻，而她本可以回到人间，如果他忍住不转头看她，但他没忍住，也就永远地失去了她。一个叫布朗肖的法国哲学家写过这个，我读了他关于俄耳甫斯的文章，说艺术就是那能使夜晚敞开的威力，但他想要的是欧律狄刻，她非至高无上的艺术不能企及。布朗肖写道，欧律狄刻是第二种夜。

这些想法对我来说太宏大了，但我依然被它们吸引过去，

---

[1] 阿特勒·吉堂（Atle Kittang，1941—2013），挪威文学学者，文学批评家，兰波专家。

[2] 佩尔·布维克 (Buvik，1945—) 卑尔根大学退休文学教授，专长是法国文学。

[3] 阿里德·林内贝里（Linneberg，1952— ）挪威作家、文学批评家。

并试着攀上它们，将它们压在我身下，让它们变成我自己的，但没能成功。我从外部看着它们，意识到我没有捕捉到它们的全部意味。让神圣的归于神圣？夜晚的归于夜晚？我能认出主角，这在出现时就消失了的，或者这一面的在场以及将这一面废黜的那一面的在场，这是我在当代诗歌中看到的形象。我又感受一种特殊的吸力，来自这些关于夜晚、这第二种夜和死亡的想法，但是只要我一开始独立地去思考这些观念，一脱离把这些观念承载而来的具体形式，它们就变得平庸而愚蠢。这就像攀岩一样，脚得一步步踏在这一点或那一点上，手要抓住这儿或者那儿，如果不这样，要么你就寸步难行地站着，要么就失手坠落。

那一旦被见到或者认出就消失了的，才是至高无上的。这是俄耳甫斯神话的核心。但是，这又是什么？

当我坐在自习室里，这房子很旧了，充满了一种乌沉沉的气氛，这个下午我在读布朗肖，心里涌起一种全新的感觉，这是我从未感受过的，某种心潮澎湃的激昂，就好像我发现自己接近了某种独一无二的东西，又混杂着同样强烈的不耐烦，我必须要去那儿，而两种感觉是如此矛盾以至于我又想站起来，奔跑，大喊大叫又想纹丝不动坐着继续阅读。最奇妙的是总是在我读到了某个精彩处，我领会吸收的那一刻，这躁动不安就会出来撺着我追着我，好像我就是受不了这个。那么我会常常起身休息一下，当我穿过走廊走上楼梯去二楼食堂时，那激昂和不耐烦的情绪就混合在一起，让我有意识地大张着嘴，这也因为我是一个人走去那儿，就这样，在内心一团狂野而无法解释的翻涌中，我给自己买一杯咖啡在一张桌边坐下，尽可能显得安详自在。

想要获得知识的欲望本身也带着几分恐慌，我清晰而糟心地认识到其实我什么都不会，很紧迫了，我一秒都不能浪费。我想要的学习速度几乎无法与阅读本身所需要的慢条斯理兼容。

九月中我和英韦一起去了佛罗伦萨，我们坐火车南下，在离穹顶 [1] 不远的棕榈客栈住了四天，上一年夏天我和拉尔斯搭顺风车游玩时也在这住过。我们不谈我们之间发生过的那些事，完全避开这个话题，我们是兄弟，这个纽带比什么都强大，但也有一些事情发生了变化，可能主要在我这儿，就是那最后一点理所当然感也消失了，当我们在一起时我清晰地意识到自己在说什么做什么。间中出现的停顿变得让人不适，我们到底是兄弟，我们应该能轻松自在地坐在一起聊天，但是当沉默出现，我就坐那儿想词儿，怎样能自然地打破这停顿。聊聊某个乐队？还是聊点阿斯比约恩或者他别的朋友？聊点足球？关于我们身边的东西，火车驶过的一个城市，在客栈窗口前街上的一幕，当我们在酒吧里坐着时走进来的一个漂亮女人？有时这么做效果挺不错，比如我们就聊起了我们在这里看到的姑娘和家乡姑娘的区别，这儿的姑娘优雅得闻所未闻，不仅仅是在衣着上——紧身夹克和窄大衣、长靴，考究的小领巾，而且在也在她们的步态上——打磨过的优雅，与我们家乡姑娘那背着"北

_____

[1] 穹顶，佛罗伦萨大教堂的昵称。

极狐"书包的走法有着让人仰天长啸的区别，后者除了实现对自身的物理搬运外别无杂念，微微前倾，永远准备着迎接暴雨，疾步前冲，什么多余的都没有，就是往前走啊！而眼前的意大利女人们则让人沮丧，因为叫她们姑娘是不对的，她们属于另一个体系，不在我们的能力范围之内，我们自己和挪威的姑娘们一样青涩粗糙，只要看一眼意大利小伙子们就能知道，他们和他们的女同胞一样高雅灵透，通晓书本里所有的伎俩，他们举手投足间的周到淡定，我们就算用上一年天天练习不辍也学不来，是的，就算我们在大学里专修六年的优雅和雍容，依然望尘莫及。

"我二十二岁才第一次吃牛排。"英韦说。我们正坐在一家露天咖啡馆，喝着我们的意式浓缩咖啡，这玩意儿我们知道该站着喝，但我们还是坐着喝。我们这样的挪威人，要我们站着靠着吧台喝咖啡，和把咖啡倒头上没啥区别。

"我以前认为牛排和猪排是一回事。"他说。

"难道不是吗，哈？"我说。

他笑了，以为我在开玩笑。

"这么说的话我还没吃过牛排呢，"我说，"但是毕竟我才二十。"

"真的吗？"他说，"那我们今晚吃牛排，无论如何一定要吃。"

当卑尔根的秋天已来临，佛罗伦萨依然夏日炎炎。正晌午的太阳炙烤着我们，尽管还隔着一层薄云，植被中唯一的金色是因为干旱。我们去了乌菲兹美术馆，徘徊在无穷无尽的走廊里，看着这些绘画作品，看起来都差不多很容易搞混，我们看了米开朗基罗的大卫雕像和他的一些未完成的作品，看起来就像这些人形挣扎着要从束缚着它们的大理石块中冲出来。我们绕着佛罗伦萨大教堂走，走上台阶，站在骑楼下，继续沿着狭窄的走廊走到了最外边，佛罗伦萨就在我们脚下，我们在各种小咖啡馆里喝咖啡，吃冰淇淋，给对方拍照，英韦尤其积极，我站在各色各样的墙壁前摆姿势，戴着我的雷朋墨镜，穿着黑色鼓鼓囊囊的裤子和各种图案的恤衫。这在曼彻斯特正当时的，如果它在意大利没有引起注意，那么它在卑尔根也不会。我先是读到石头玫瑰 [1]，然后去唱片店听他们，我当时觉得音效有些奇怪，并不能确定他们是不是真的好，但后来英韦买了那张唱片，他说那很棒，我也买了，然后也认同他的看法。它越听越带劲。奇怪的是对于史密斯乐团也发生了完全相同的情况，我在《新音乐快递杂志》[2] 第一次读到他们，然后就在克里斯蒂安桑听到了他们的首张唱片，当时觉得这挺怪的，但是很快他们流行到了挪威，于是听起来就再也不怪了，而是够味。

　　就这样我们在这城里游荡，它的美和活力同样充沛，到处是人，到处如小剧场，到处是小绵羊摩托车和宫殿。傍晚我们回到住处换上体面衣服，去了一家餐厅。这家餐厅相当高级，我有点不适，不喜欢和侍应生说话，不喜欢被伺候，不喜欢别人看我，不知道在各色场景下该如何行事，从如何正经地品葡

---

[1]　曼彻斯特的一支乐队，成立于 1983 年。

[2]　NME, *New Musical Express*，发行于 1952 年的周刊，在地下圈子非常出名。

328

萄酒，到餐巾放在盘子上应该怎么办，幸好一切都有英韦打点，很快我们就坐在那儿吃牛排喝红酒。

后来我们抽烟，喝了葡萄渣酿的白兰地[1]，尝起来像劣质私酿烧酒，又谈起了父亲。我们常常这样，告诉彼此我们记得和他在一起的各种小事，又讨论了最近发生的事，他在北挪威的生活，虽然我们一年只见他两三次，一个月打上一次电话，其实他离我们并不遥远，因为他隐约地总在我们意识里。英韦恨他入骨，或者说和他的关系完全不可调和，也根本不愿听到他已经变了个人，想做一个和以前不一样的爸爸之类的话，根本不是那么回事，他还是老样子，不愿意为我们哪怕动一动手指，对我们丝毫没有兴趣；如果他表现出了某种不同，那是因为他意识到事情应该那样，而不是因为事情真的那样。我也是同意的，但是我更弱一些。我和爸爸讲电话，想讨他喜欢，给他的信里夹着我在学院里的照片，尽管我真的希望他不存在，是的，希望他死掉。

弱，就是这个词。

我对上英韦也会显得很弱。如果出现了沉默，那一定是我的错同时也是我的责任。我知道英韦不会这么想，不在意这些停顿，不必不惜代价地填平沉默，他对自己很笃定，就因为这个原因他有一群朋友而我却没有。他行动起来从不优柔寡断，也不认为自己说的做的是多大的一回事儿，所以他心无挂碍，比如说他星期六下午与阿斯比约恩出去玩，在城里逛逛，

---

[1] Grappa，以制酒压出的葡萄渣为原料酿的蒸馏酒，一般在餐后喝以助消化。

可能在哪家咖啡馆坐下来待上几个小时，但是要换做我，每时每刻沉甸甸的都是意义，于是每个行差踏错，每点微小的不和谐都可能是命运拐点，这样我就被逼进了，或者说自己把自己逼进了一种惶然失措的状态。如果场面总是被搞成这个气氛，谁会愿意自己的生活里总有这么一出？谁能受得了一起出去玩时身边有这么多拘谨和不自在？反正我也不想祸害别人，最好还是避之则吉，或者躲到英韦那边寻求庇护，躲在他好人缘的羽翼下。

我和他之间也一样不太自在，但是这儿有个决定性的区别，那就是我俩之间的纽带并不取决于交往情境里的形势变化，不管我行事多糊涂，我还是他弟弟，这点他永远躲不过去，或者他也没这么想过。我把玻璃杯砸到他脸上这事，给了他一个把柄，导致我永远情愿低他一头，基本上我认为这挺合理的，我觉得这是我自找的。

我们结了账，出门走进这意大利之夜，我有点微醺而且心情很好，我们在找一个合适的地方，终于找到了一个，这地方新开张，基本没人，但是他们放的音乐不错，而且反正我们在这谁也不认识。我们本来打算在那就喝一杯的，但是招待殷勤得让人没有招架之力，想聊聊并多了解挪威和卑尔根，问我们喜欢哪种音乐，立即石头玫瑰的音乐就在酒吧里轰鸣起来。我们就在这儿待下去了，越喝越高，我身上所有的束缚，所有的枷锁，所有的失措和所有的压抑都解体了，我和我的兄弟坐在一起，我们想到什么就聊什么，大笑，兴高采烈。

"你认识的人里还没有谁开始做自己的事，"我说，"但你可

330

以啊。你弹吉他写歌。我不知道为什么你不自己组个乐队，认认真真玩音乐。你写的歌真挺好的。"

"你真这么觉得？"他说。

"当然，"我说，"其他人只是聊音乐和乐队而已。难道你还需要更多证明吗？"

"不，我肯定是想玩的，但得找到其他人能一起玩乐队的。"

"波尔玩得不错啊？"

"是的，那我们有两个人了。如果你愿意打鼓，我们就有三个了。接着我们还需要一个主唱。"

"卑尔根有两万大学生。肯定能找出一个能唱歌的吧？"

"我看看我能做什么。"

我们再也不需要走去吧台那边买酒水，我们的杯子一空他们就立即端上下一轮酒，和我们开玩笑，问还要放哪些乐队的唱片。当我们起身要走时，已经踉踉跄跄了。但是我们毕竟回到了住处，又说起我们这个新乐队，关灯，一觉睡到次日大白天。

到了傍晚，我们又回到了这个神奇的地方。但这一次这里挤满了人，招待也不再认得我们。无法相信他们真不记得我们了，因为之前除了我们并没有别人，而且就是昨天晚上的事，所以他们是装的。但是为什么？我们每人买了杯啤酒，喝光了后就走人，我们要去观光手册上推荐的一家迪斯科舞厅，它在河边，我们顺着河往里走，开始是一条宽阔的大道，我们越往前走道越窄。开始下雨了，街道在路灯里闪着光，在我们身边，河水在黑暗中缓缓流淌，连个鬼影都看不到。英韦说，我们应该早就看到那个地方了。我说，或许我们走过了。我们走了大约三个街区，然后就回头了。那点酒意早就没了。雨水下得又密又匀。从河对岸高处散发出的灯光像悬浮在半空。我们也不再说话了，走路走得够呛。过了半小时英韦停住了脚步。在我们下方有一块长方平地，上方吊着些电线，挂着些完全熄灭的灯泡，微微晃荡着，成摞的椅子靠着边角堆着。就要看是不是这里了，英韦说。这里？我说。是啊，我们来得有点晚，过了季节，英韦说。得了吧，我们回去睡觉吧。

两天后我们走出了卑尔根车站，这城市的一角，能走进这里真好，这里一切都是回家的感觉，熟悉的模样，我在这地球上的一角。这才刚刚到晚上，我知道在过了有人陪伴的一周后回到自己公寓里独自一人会是什么感觉，所以我跟着英韦去了他和阿斯比约恩的家，在他们那儿又开了瓶我们带回来的威士忌，喝了起来。阿斯比约恩说，有一个不幸的消息要告诉我们。哦？我们说着望向他。是啊，你们的外婆去世了。她？去世了？是的，你们南下路上，你们妈妈打了电话过来。她说了葬礼是什么时候吗？说了，葬礼已经办过了。她说也不可能在南边联系上你们。

我们喝大了又去"洞穴"夜总会，因为是个工作日所以没有多少人，我们靠吧台站着继续喝，一直喝到他们打烊，我们回家又继续喝。情绪高涨，那感觉就像我站在一场人物和事件的风暴中心。在某个时间点上我披上了超人服，披着红斗篷什么的坐那儿喝着威士忌，或者随着音乐到处蹦跶。这是个派对，感觉好像整个公寓里到处是人,我踩着滑步四处走着,一头扎进冰箱找东西吃,喝酒,换上新的音乐,跟着一起唱,和英韦和阿斯比约恩聊天,神奇的超人装一直在我身上,直到突然间一切都退回去了,就像一股强劲的潮水,只剩下这些最简单的事实:这里只有英韦,阿斯比约恩和我。只有我们仨在这。派对仅仅存在于我的脑中。还有外婆,外婆死了。

尽管音乐还在放着,但就像一切安静下来了。

我把脸埋在手里。

噢噢噢噢噢。

"怎么了,卡尔·奥韦?"

"没什么。"但我的肩膀颤抖着,泪水也从脸上汩汩流下弄湿了手指。

他们关上了音乐。

"怎么啦?"他们又说了一遍。

"我不知道。"我看着他们说。我打起了嗝,怎么也停不下来。"真的没事。"

"你想在这儿过夜吗?这样可能是最好的。"阿斯比约恩说。

我点点头。

"你就躺沙发上吧。反正也很晚了。"

我照他们说的做了,在沙发上躺下来闭上了眼睛。他们中的一个在我身上盖上了一张羊毛毯子,于是我睡了。

第二天早上一切又好起来了,除了我还是为所发生的事感到不好意思,我在他们眼皮子底下哭了。英韦那儿还好说,尽管这也不是什么好事,但是阿斯比约恩?

还有那蠢死人的超人装！

我放下这些心思，在客厅里和他们一起喝了杯咖啡，阿斯比约恩在那儿指责英韦说他用完牛奶从来不放回冰箱，回到家里倒杯牛奶，结果温得像尿一样，这感觉可是没治了。

我微笑了说他们就像老夫老妻。这话他们可不爱听。我拿着我的旧旅行箱下楼到了莫棱普利斯，开门进去，冲了个澡。头发还湿漉漉的，恤衫贴着肩膀和前胸上，我就坐下来开始读书。我读到十七世纪末期，这儿有成堆的英国诗人和小说家，法国戏剧家，我知道拉辛在这里是最重要的，还有一些哲学家和书信作者。我闭上眼，企图试图记住每个人的名字和每个人的一件作品，一直读到十八世纪，把书放下，找到了那张印有课程一览表的纸，下午有一节课，我决定去上课。那是关于现代文学理论的，我找到了教材，在出门前随便翻一下。斯坦利·鱼 [1]。瞧瞧这名字。还有哈罗德·开花。我的名字叫鱼。您这话当真？我叫开花。打那边来了人类保罗，您知道他吗？知道呀，我可是他的粉丝！

这可是一段好文字！

我是人类保罗的粉丝。

---

[1] 这里指斯坦利·费什（Stanley Fish，1938—），美国文学理论家。克瑞斯高是用姓氏在英文中的意思开玩笑。下方的"哈罗德·开花"同，指著名文学评论家哈罗德·布鲁姆（Harold Bloom，1930—2019），Bloom 即"开花"之意。"人类保罗"指保罗·德曼（Paul de Man，1919—1983，本名为 Paul Adolph Michel Deman），出生在比利时的文学批评家和理论家。

当我写完这些文字后，就把几本书和一个记事本装进一个袋子然后往大学走去。公园的地面是干的，天空是灰色的，树木上的叶子则灰绿色金黄。一堆吸毒的人坐在树下，我绕路了，为了避免看到他们或者被他们冲我喊些什么，关于他们的一切都让我极其不适，从他们高声大气的说话声，到他们没嗑药时带着侵略感的动作，到那种完全的麻木不仁，都是非人类的，他们坐着或者躺着，和世界之间没有任何连接，就算睁着眼，那眼里也毫无内容，在他们身边散落的，是针头、皮管子、奶昔或者巧克力奶的纸盒，小甜面包和塑料袋，还有他们自己的衣服，脏兮兮，烂成了破布，就好像他们已经很多年没有和人类打过交道，就像在一场空难以后，只有一身衣服，躲在森林深处熬过冬天那样。他们随波逐流，而不是活着。或者说他们要的只有这个，随波逐流，不必生活。

从他们身边走过然后走出公园大门，经过学生中心，上坡然后走上沿着植物园铺设的砾石小路，就到了海事博物馆和大学图书馆之间的过道，经过人文学科大楼，然后走进西登豪根学校的门房，我在这停了下来，将书包放在两脚之间的地面上，点了根烟。

在那边，楼梯旁边，有个班上的人也站那儿抽烟。他几乎和我在同一时间向彼此看去，又让目光滑向远方。我知道他叫埃斯彭，应届高中毕业，虽然当我在他身边的那些时候他的话并不多，我还是知道他的阅读量大得吓人。他曾经和班上另外一人叫奥勒的聊过贝克特，给我留下非常深刻的印象，尽管我比他大了两岁。他有一头长长的黑发，有时候会扎成一个马尾巴，

335

棕色的眼睛，戴眼镜，他瘦瘦的，经常穿件棕色皮夹克，里面多数时间是针织线衫，有的时候会骑车来上课，在自习室一坐就是很久。他看起来腼腆，很机警但并不多疑，更像一个负责放哨的动物。

我拿着袋子走向他。

"你会去上课吧？"我说。

他笑了，那种自顾自式的。

"是这么想的，"他说，"你去吗？"

"本来这么打算的。但走到这儿，我反而没兴致了。可能干脆就坐这里或者读点什么。"

"那你在看什么书？"

"东看一点，西看一点，没什么特别的，斯坦利·费什。"

"哦。"

"那么你呢？"

"还在看但丁。你读过他吗？"

"还没呢，不过我会的。它好不好？"

"那还是挺好的。"他说。

"是啊。"

"曼德尔施塔姆写过一篇特别棒的关于《神曲》的小论文。"

"真的啊？"

"真的。"

"好啊，也许我应该去看一下，曼德尔施塔姆？"

"对，去看看吧，可能不太容易找到，你想要的话，我可以复印一份给你。"

"想啊，"我说，"那真是太好了。"

我微笑了，把烟扔在地上然后碾熄了它。

"再聊。"我说，走进了旧的教学楼。

回家的路上我给妈妈打了电话。运气不错，她在家。我问她过得怎么样，她说一切都很好，但是对外婆走了这件事她还是觉得不能理解。一切发生得太快了。她得了肺炎，几天后就断了气。这事发生在养老院里，夏天结束时她搬到养老院里，那个时候她已经没法继续住在家里了，她的情况需要更多的照料和监护，家里能提供的远远不够。但是她的病情迅速恶化也和她不再住在家里有关，因为在那没有什么能像家里的环境那样维系住她的东西，她住了四十多年的地方一定有某种定心的作用。但是她去世的时候谢尔坦就在她身边，所以她并不恐惧。

我听得出来妈妈还在难过，但我不知道该怎样去处理这个局面。她想聊聊我们过得如何，我只是说一切都挺好的，这话题我没法说下去，外婆去世的时候我们喝得醉醺醺的，在南方到处寻欢作乐，这本身就太不合适了，这些事情妈妈不需要知道。我们说好了我在几周内就会北上，来看看坟墓，她就躺在俯瞰着峡湾的教堂老墓地里，那边景色挺美，妈妈说，想到这一点让人心里好受。

我们放下了电话，我在不断逼近的夜色里走回家，躺上床，读马克·吐温，这是朗纳·霍夫兰提到过的，又时不时地回到现实中来，具体说来，包裹着这阅读台灯发出的小小光束的黑暗，这浅蓝色枕头的面料，关于外婆的一些念头，这是我身边第一个死去的亲人。这是没有办法去理解的。但她得到了安宁。她过去一直在受罪，现在她安息了。我继续读着书，关于她的念头始终停留在意识的阴影里，不时地冒出来。她已经死了，她已经不在了，外婆，亲爱的外婆。我并不了解她，但了解又是什么？我一直知道她是谁，她对于我又是谁，这些我从小时候起就知道。而这些就是我现在满心想着的东西，她温和的气息，她的眼睛。她从这世上抽身离开一定不那么绝望，因为她的身体不再听她使唤，并拒绝了她最基本的需求。

我一定要写这事，一定要写写她。

我起身，只穿着内裤坐在写字台前，写起一段文字。

《野蛮生长》

日子之外的眼睛
你慢慢地褪了色
思想如同明镜
我失去了控制
在我身上看到你

柔软黑夜盖上了我
黑暗降下在眼睛里
我想飞
我愿相信奇迹

在我身上看到你

我躲着光明和黑暗
谁知道你看见了什么
谁知道发生了生命
寂静寂静
野蛮生长

日子逐个解体，消失
没留下任何踪迹
我总是醒着，等待
在我身上看到你

我躲开光明和黑暗
谁知道你看见了什么
谁知道发生了什么
寂静寂静
野蛮生长

　　第二天，埃斯彭带着曼德尔施塔姆的小论文来自习室里找我。我们喝了杯咖啡，谈论了一点专业上的话题，一些给我们留下了深刻印象的文字，我也问了一下他的情况，他来自哪儿，做过什么，我告诉他我上过写作学院。这个他知道，他说。他用双手握住杯子，但并不是那种抱着的方式，而更像是用双手在确定什么，在这儿我们有个杯子，同时他微微低着头，斜斜往下盯着桌子。当他这么坐着时，就好像在宣布结束眼下的情况，好像这样这件事就不存在了。他有种强大的力量，准确地一把抓住了我的内在，我刚才说了些无趣的话吗？无聊的话？愚蠢的话？

然后他抬头瞟了一眼手表，微笑着说他希望我会喜欢这篇文章，并且他期待着和我讨论。

我们回到自习室，我开始读奥洛夫·拉格克兰斯[1]关于但丁的书，一直坐到下午，然后我去食堂吃饭。今天是星期五，这一天总是有米麦稠粥供应。

二楼的一张桌边坐着安·克里斯廷。当她看到我时，她微笑了一下，我两手端着一个托盘，上面是牛奶米粥，果汁和咖啡，正要走开。

"嗨，卡尔·奥韦，"她说。"很久没见了。来这边坐吧，还有这是罗尔夫。"

她向桌子对面的一个男人点点头。

"所以你就是卡尔·奥韦。"他说，"我上高中时你父亲教过我。他是我所有老师里最好的。他真是太出色了。"

"真的啊？"我说，"是在哪儿？"

"文内斯拉市。"。

"就是那。"我说着坐下，把装着牛奶米粥的盘子、装着咖

---

[1] 奥洛夫·拉格克兰斯（Olof Lagercrantz, 1911—2002），瑞典作家、文学批评家、文学学者和活动家。

啡的杯子和装着果汁的玻璃杯从托盘里拿出来，把托盘推开，吃了起来。

"他现在在做什么？"

"他在北挪威工作。他又结了婚还有个新小孩。"

"经典的四十岁危机，"安·克里斯廷说，"哎，听说你和英韦一起去了意大利？"

我点点头，继续吞咽。

"佛罗伦萨。"

"你们不能出席葬礼真是遗憾。"

"是啊，葬礼怎么样？"

"很庄重，很美好。"

安·克里斯廷是我母亲的妹妹谢莱于格的长女，约恩·奥拉夫的姐姐。童年时代，总是她和英韦在一起，约恩·奥拉夫和我一起，在上学以后也是这样，至少是学生时代的前一部分，英韦和安·克里斯廷以前彼此关系很密切。但是后来就算背后没有什么特别事情发生，他们也渐行渐远，反正我对这个根本也不清楚，光知道他们除了家族聚会的场所就不再见面。

她挺有威严的，有时显得有些糙，尤其是对约恩·奥拉夫，但她从不忌惮对我居高临下地说些大白话，而我也不害怕这个，这只是表面现象，其下隐藏的是她又好心又远比一般人周到。我喜欢她，一直是这样。

这个罗尔夫，是她的男朋友吗？

"你也在学俄语吗？"我说。

他点点头。

"我们就是在那里认识的。"他说。

"罗尔夫是我们系里的神童。"安·克里斯廷说。

"难道你就是那个在高中期间只得满分[1]的人，对吗？爸爸有一阵常说起这事。"

"很不幸是这样。"他笑着说。

"你真的是他最喜欢的学生。"我说。

"是啊，还有其他可能吗？"安·克里斯廷说，"明显老师喜欢只拿 A 的学生啊。"

"爸爸可不是这样。"我这么说是为了恭维他。

"你一定要替我向他问好啊。"罗尔夫说。

"一定带到。"我说。

"英韦现在怎么样？"安·克里斯廷说，"离我上次见他已经很久了。他还和她在一起吗，她叫什么名字来着……"

"英薇尔？"

"对。"

"没有了，他们在今年春天吹了。"我说。

"她和你们的妈妈很像。"

"她像吗？"

"你从来没想过这一点？"

"没有。她们哪有这么像啊？"

"眼睛，卡尔·奥韦，简直是一模一样。"

她微笑着转向罗尔夫那边，他扬了扬眉毛，从椅背上拿起

[1] 挪威中学打分是六分制，满分为六分。

外套。

"你一个人待着没事吧？"安·克里斯廷对我说，"还是要我们继续坐这照顾你？"

"肯定没事的，"我说，"不过见到你们还是很高兴的。再见！"

他们走出二楼的那扇门，从那拐进了通往这栋楼其他部分的过道，我自己坐在那喝粥。

之后的那个周日我认识了贡沃尔。这是个偶然事件，我之前一直和英韦在一起。英韦刚下班，我们一起出去喝杯啤酒，他遇到几个熟人，我们跟着其中一个回家，那里有点燃的蜡烛，有茶喝，放了些舒缓的音乐。我坐在某种软凳上寻思着，一个女孩在我身边坐下。她个头挺低，金发，有个小小的翘鼻子和美丽温和的眼睛。她的能量很足，有一种赢家的气场。

"你是谁？"她说。

"我是英韦的兄弟。"我说。

"哦，说得真清楚，英韦又是谁？"

"他就是站那边正打情骂俏的那个。"

"哦！我以前从没见过他，嗯。不过无论如何，看出你们是哥俩真的不难！"

"不难。"我说。

"那么，你在卑尔根干什么呢？"

"学文学批评。"

"你喜欢朗纳·霍夫兰吗？那是我绝对的最爱。《海龟咖啡馆的自杀》（*Sjølvmord i Skilpaddekafeen*），单看这标题！"

"是啊，他挺有意思的。那你是学什么的？"

"经管，不过圣诞节以后我就要去读历史了。"

"历史？我也想读历史啊，说真的。"

她很敞亮，但并不是以某种天真的方式。如果某件事她不清楚，她不会装出一副了然的样子，就是因为她内心很有安全感。

其他人一个接一个走了，我们还坐着聊天，这个夜晚变成了你可以对彼此倾诉所有事情的那种夜晚，这很有意义，因为我们之间产生了一些共鸣。她来自西部的乡村农场，有两个兄弟和一个姐妹，她喜欢骑马，尤其是冰岛马，她在一个冰岛农场工作了一年，能讲流利的冰岛语。我请她用冰岛语讲点什么，她说"资道卡尔·奥韦四谁可不四好四！[1]"我笑了，我听明白了。她说冰岛马有两种独有的步态，我又大笑，因为我真是很难理解一个人能对动物着迷到这个程度。你试着找一天去骑马，你就明白了。她说。

我们一直坐到公寓的主人自己也要睡觉了。然后她送我回家，我们一路都在聊天，在她家门外还聊了可能有半小时，然后她问我我们还能不能再见面，我说可以，我愿意。

"明天？"

"行，太好了。"

"我们要不要去看电影？"

"好啊，就这么说定了！"

---

[1] 原文为冰岛语 "Thad er ekki gott ad vita hver Karl Ove er!"

她走了，我躺下了，要受人欢迎也太容易了。

两个星期后，在去她家的路上她在台阶上转过身来。

"我们现在是在一起了吧，对不对，卡尔·奥韦？"

"对啊，"我说，"至少我这么认为！"

自从我们相遇以来的几乎每一个晚上我们都在一起消磨，只有我俩。她的公寓，我的公寓，歌剧院咖啡，费克特洛夫泰特酒吧，在卑尔根的街道上久久地散步。我们聊得没完没了，一天晚上我们接吻了，然后我们在一起过夜，但是什么也没有发生，她想再等一等，等到对我比较放心以后。我说，你可以对我放心，因为我全身因欲望而酸痛，一直如此，在她身边我差不多得弯着腰走，但不行，我们还有时间，时间是朋友。一个邪恶的朋友，我说，得了吧，那事能有多危险？不行，危险倒是不危险，但是她想再等等，她还不了解我。但是我已经对你展示了一切！没有什么其他的可看了！我就是个瓶子底儿！她笑了，摇了摇头，我必须得等。在她温暖的、赤裸的身体旁边！

这是个艰巨的命令，但其他的一切都像在发烧，像一个梦，她来了又去，余者都是一种昏沉混沌，无关紧要，是她把形式和分量赋予这个世界，她，贡沃尔，我的爱人。

约恩·奥拉夫搬到电影院旁的一个大公寓里，很早之前我就对他介绍了她，现在他要出门好几天，如果我们想的话，可以上他的公寓那儿住着？哦，好啊。我们在那里待了两天，除了出去买吃的，我们片刻也不能分离，但她还是不愿意，她对

345

我还是不够了解。

她最小的妹妹和男朋友邀请我们去哈当厄[1]，他们住在那儿的一栋又大又古老的房子里。我们坐公共汽车往山里走，天全黑了，外面山川皑皑是被月光映亮的雪，而我们头顶，在天空中闪闪发光的，是浩瀚的星海。当时已经零下二十度，当我们上山时雪在脚下咯吱作响，寒冷的空气在我们的肺里盘旋，脸上的皮肤已经发僵，环绕身边只有全然的寂静。

他们在壁炉里点上了火，做好了晚饭，我们坐下聊天，吃饭，喝红酒，我感到幸福。我们要住在阁楼上的一个房间里，那里冷得像冰一样，在羽绒被下也是如此，我的欲望如此高涨以至于我不知道要怎么办，我抱着她紧贴着她，亲吻她美丽的乳房，美丽的腹部，美丽的双脚，但是不行，我还需要等待，她对我还了解得不够，还不知道我是谁。

"我是卡尔·奥韦·克瑙斯高，我想要你！"我说。

她笑了，她把我抱得很紧，她柔软丰润，她双眼温润，而她是我的。

但还不全是，并不完全，现在依然只是她和我，而不是我们。

这几星期我没读多少书。这事感觉不重要了，但她每天都去大学上课，所以我也跟着照做，但主要是装个样子，那些句子已经不再给予我更多的意义，因为一切都在漂浮，一切都是开放的，不确定的，直到她进入我的眼帘，世界才重新变得清

---

[1]　Hardanger，挪威一处著名峡湾。

晰和坚定。她，贡沃尔，我的爱人。

课间休息的时候埃斯彭过来找我，他问我读了曼德尔施塔姆的文章没有，我还没读，想先读完《神曲》，他也认为这样做很明智。

"你读的是哪个版本？新挪威语？我一开始就是读这个版本，但是它太佶屈聱牙根本读不下去。所以我就买了瑞典语版本，这个版本很好。"

"我买的就是新挪威语版本的，是的。"我说，"我看看怎么回事。"

他的眼神本来是坦荡而信赖的，忽然就变得严厉而内敛起来，然后他把目光向下投向了我们面前的土地。

我飞快地在脑海里过了一遍我们刚才的对话。过了好一会儿，我们两个谁都没开口，他突然向我抛出了话头。

"那么，你愿不愿意找个下午来艾尔莱克[1]，好吗？那么我们可以下棋或者干点其他的？你下棋吗？"

"规则我还是知道的，"我说，"但是准确地说，我说不上会下棋。"

"你可以重新把它捡起来。"他说。

"是的，肯定是这样，"我说，"但是我还是比较喜欢出去走走那种。"

我们把时间定在次日下午。在自习室里，我拿出了《神曲》

---

[1] 艾尔莱克学生城（Alrek），是靠近海于克兰医院的学生集体宿舍，建于二十世纪五十年代。

翻译版，开始阅读，并没有做笔记，能有印象的那些部分，也是凭着它们自己的本事留下来的。我对这本书探讨了什么所知甚少，拉格克兰斯关于但丁的书我已经读了三分之一，对它讲了什么已经形成了一个清晰的叙事梗概。但我对开头几页所散发的那种时间感并没有准备，因为这些文字并不是关于十三世纪，而是实实在在是那个时代里生长出来的，是那个时代的一部分，是现在的我可以走进去的世界。

你们进来的人，捐弃所有希望吧。

通往地狱的大门，十三世纪的复活节，走迷了路的但丁，这是密林深处，袭击他的野兽们，它们不是罪恶或堕落，它们是有血有肉的野兽，咆哮着，牙齿被血染红，地狱不是一种内在状态，它的入口就在这儿，地球的中心，在一个悬崖的底部，四周都是森林和荒野。

我知道在解释注脚里写着，这几头猛兽，这些地方，这些事件各自都代表什么，都是来自现实的事物。但是我全身每一个细胞都感受到了，这个开场卓尔不群的地方，那一种吸附力和饥饿感，就在于其具体的，真实的，物质的那一面，而不是一些观念世界里投下的阴影。某样东西被拿来和威尼斯人船厂里的造船过程做比较，突然之间，似被一种迅猛之力所挟，我懂得了但丁一定是坐在某个地方写这一段，也许两眼望进空中，忖度着要拿什么来和这个做比较，就想到了他曾经见过的一个船厂，在威尼斯，在他写下这几行字时。它还在那儿。

348

我下午还要去见贡沃尔，收拾好东西，塑料口袋在手里丁零当啷，走到各栋大楼间的院子，停下来抽根烟，正值她朝我走来。她全身洋溢着笑意，踮起脚舒展开身子，正吻在我嘴上。我们手拉手从那里走下坡，到了她公寓所在的诺斯武特区。她与一个叫阿恩伊的女友一起租了这公寓。她们最好的朋友叫卡罗利妮，光从字面来看的话，这三人的名字都沉甸甸地带着古老历史的分量 [1]，正好是个让人望而生畏的煞神三人组，贡沃尔，阿恩伊和卡罗利妮，可是在现实生活里她们明媚、快乐、平常得完美。阿恩伊在读商学院，有时会穿羔羊毛线衫配珍珠项链。卡罗利妮则在卑尔根大学读书，稍微酷上那么几个刻度，她和贡沃尔关系更亲密一些，她俩脾气很像，动作反应都几乎一模一样，我知道女友们经常会这样。有一次她说起她遭遇的一次搭讪，一个家伙走到她身边，问她是否愿意跟他回家，她问为什么，他说这样他就能把她操得灵魂出窍。她俩因为这个笑坏了！她俩都是责任感满满的，理性的，永远不可能去肆意挥霍自己的生命，而因此带来的安全感，导致我们周围的一切都不会影响到她们。比如说，晚上在城里玩对她们来说是令人开心的事，完全没有什么邪恶危险可言。

尽管我所住的公寓更大，又是一个人住，但我们宁愿在贡沃尔那边待着。我的公寓阴沉，几乎没有什么家具，令人抑郁，而她家则是亮堂的，条件更好，另外室内布置的女孩气和

---

[1] 贡沃尔是古代北欧女性名字，战神 Gunvar 的女性化，Arnhild 意味着"战鹰"，Karoline 则是拉丁名字 Karl 的北欧女性变体，有"自由人"的含义。

女性化也是我喜欢在里面待着的那种氛围，在这柔软的、枝蔓卷曲的陌生感中她是我的女朋友这件事变得清晰了。在这里醒来，外面常常是雨水顺着外面的街道流淌，天还很早以至于四下还是黑的，和她们一起吃早饭，和她一起出门去自习室，这些是我从未有过的经历，而我也以我整个黑暗的心境喜欢着这一切。

我把贡沃尔介绍给英韦和阿斯比约恩还有他别的朋友们，从某种方式来说他们已经是我的朋友了，就算不能完全说是朋友，至少是常常混在一起的大伙儿，就凭我是英韦的弟弟，英韦是我在卑尔根的保护人。她给他们带来了很大的欢乐。这并不奇怪，你不可能不喜欢贡沃尔，不管别人说什么基本上都能把她逗乐，她喜欢和大伙在一起，也让人舒服，不端架子，但是绝对不轻浮，她对自己干的事情非常刻苦，对于那些严肃的大事也不陌生，她身上有种虔诚的特质，勤恳是必须的，按时上课是必须的，阅读是必须的，做完工作后才配享受闲暇。但是我对这种责任心既了解又敌视，它是我要战胜的对象，它就在我追求目标的对立面，但是这种责任感对她来说并不沉重，在她为人里也并不明显，它更像是一种指示出方向的引导线，细，直而坚韧，像是她灵魂里的筋脉，看不见但是至关重要，给她力量和安全感，让她对该去哪儿，该干什么永不迟疑，它是正确的。

当我和她在一起时，就好像有些东西从我身上被吸了出来。黑暗的变明亮了，残疾的被矫正了，神奇的是这些不是从外部起的作用，不是她照亮了那黑暗，不，是我自己身上发生了变化，因为我不是仅仅只用自己的眼光审视自己，而是透过她的眼睛看到了自己，在她眼里我没有什么问题，而且恰恰相反。就这样平衡改变了。当我和贡沃尔在一起时，我再也不想让自己痛苦下去了。

就照说好的，我第二天溜达到埃斯彭那儿去，在火车站后面上坡，走过一片狭长的平地，就到了艾尔莱克，这儿我以前只来过一次，这是四年前我十六岁时去拜访英韦的地方。

我到的时候埃斯彭在公用厨房里做晚餐。他说，番茄炖鸡，你要吃吗？

这个菜调味偏辣，但很好吃，我这么说时他的脸上熠熠然亮起来了。

然后，他用一个奇形怪状、很有雕塑感的闪亮小壶煮咖啡，上面有个戴帽子小人的图样，埃斯彭先把上半部分拆下来，在另一部分里倒上水，然后在一个有点像漏斗的小玩意里填上了一种颗粒很细的特殊咖啡，又把它放进有水的那部分上，再把盖子上顶着个黑球的顶上那部分拧上，然后把它放在电炉面上。我不打算问这做的是哪一种咖啡，我要以见多识广的态度来接受他给我端上的所有东西。

我们拿着自己的杯子走进了他的房间。

哦，它味道真浓，尝起来特别像意式浓缩咖啡。

埃斯彭翻着唱片。

"你喜欢爵士吗？"他说。

"是，是啊，"我说，"爵士乐我听得不太多，不过这没关系。"

"也许来听点经典的吧，《泛泛蓝调》[1]？"

"好啊。"我说，想从唱片封套上看出是谁的音乐，迈尔斯·戴维斯。

埃斯彭在床上坐下。

"他在奥斯陆演出时我去过现场。我没票，于是我就溜进去了。"

"你溜进去了？你怎么做到这一点的？"

"我从侧面走进那座楼，下到地下室，在那我找到一些椅子，然后我就搬着椅子，这样我看起来就像个工作人员。接着我打开了一扇门，然后，我就站在演出场地正中间。"

他笑了。

"你说真的吗？"

"真的，那场演出真精彩。"

一阵苍白、忧郁的音乐滑入了房间里。埃斯彭找出了国际象棋，把棋盘放在我们中间，手里拿着一白一黑两个卒子，在背后把它们来回倒了一下，向我伸出两个握紧的拳头。

"这个。"我说。

他张开手。黑色。

我说："我不是特别清楚该怎么下。不过，是士兵先走，对吗？"

"是的。"他说着边飞快地把他的棋子在棋盘上摆好，我也

---

[1] *Kind of Blue*，美国著名爵士音乐家迈尔斯·戴维斯（Miles Davis，1926—1991）的经典专辑。

跟着做了这一步。

我讨厌下国际象棋，下棋输了感觉比在其他项目上输了更意义重大，更说明问题，更丢人。我脑子不是特别好，不是那么聪明，尽管我能走上几步，但我从来没能有过什么心得，也没能算过两步以上的棋，至少在我小时候和爸爸或英韦下棋还做不到这一点，他们每次都能碾压我。我记得从那以后我就再也没有玩过棋，从另一方面来说，我现在已经成年了。也许我有的那些经验会以某种方式转化成我的棋力吧。说到底这都是关于解决问题嘛。

"我们不用计时吗？"他说。

"不用。"我说。三分钟以后我就被将死了。

"你要复仇吗？"

"好啊。"

三分钟后我又被将死了。

"第三盘定胜负？那你还是有机会翻盘。"

"那我们再来吧"。

他第三次把我杀得片甲不留。但是当他把棋盘收起来，沉默地卷上一支烟时，我从他脸上可看不到任何得意的模样。

"这么说来，你经常下棋？"我说。

"我？没有没有。我只是喜欢下。"

"那你读报纸上的象棋专栏之类的东西吗？"

"有时候，是的。把那些老棋局复盘简直太有意思了。"

"是的。"我说。

"不过有些常规性的东西是很容易学会的。比如说一些开局走法之类的。如果你有兴趣的话我可以摆给你看。"

我点点头。

"那就下次？"

"好的。"

外面，太阳的璀璨穿透了云层。光线斜斜擦过空中，在景物中汲取了颜色而更醒目了，和四周环境里暗淡的灰色形成了鲜明对比。

"你到底喜欢读什么书？挪威当代文学？"他说。

"什么都读一点儿，"我说，"谢尔斯塔，弗勒格斯塔，约恩·福瑟。什么书都读。那你呢？"

"我读书也读得很杂。不过厄于温·贝格[1]就很好。托尔·乌尔文非常棒。奥勒·罗伯特·松德，你看过他的书吗？整个一本小说就是关于主人公出门去小卖部然后又走回来。很奥德赛是吧。他的语言信马由缰，离题万里，几乎就是散文。你一定要读这本书。"

"我听过这个。"我说，"我记得《窗》杂志上登过一篇关于它的文章。"

"还有埃克勒夫，必须有他啊。还有扬·埃里克·沃尔[2]！《激情四射的散文》（*Entusiastiske essays*），我觉得这本是我的最爱。它丰富得不可思议。你读过它没有？"

我摇了摇头。他弹了起来，在写字台上的摆着的几堆书中

---

[1]　Øyvind Berg（1959—），挪威抒情诗人、剧作家、翻译家。

[2]　Jan Erik Vold（1939—），挪威抒情诗人。

翻出了一本厚厚的蓝书，封面上印着正在游泳的沃尔。

"这儿，"他说，"他什么都写。不仅仅只是文学。很多关于爵士的，还有……是的。"

"真不错。"我说着翻了翻它。

音乐已经停下来了，他从唱机上拿下唱片。

"我们下一张放什么？"他说。

"我不知道。"我说。

"你要不要自己翻翻，看能不能找到你喜欢的音乐？"

"好啊。"我说，然后跪在地板上开始翻。

这竟然有《天堂在上》。

"你喜欢回声与兔人？"我说

"是啊，天哪，伊恩·麦卡洛克那声音真漂亮。而且他跩得真招人爱。"

"我们能放这个吗？它有点软绵绵，也许。我自己也有这张，但这张非常好听。"

"行，我也很久没听它了。"

一个小时后我离开了这里，走下被疲软的十一月阳光照耀的小坡，我情绪高涨。埃斯彭是一个引人注意的人。他的存在感很强，而且因为我很不起眼，我常感受到他散发出来的各种情绪，甚至在他自己意识到之前。他也有些内向，有些时候他的目光不是向外看，而是向里面收着，给人一种拘谨、别扭的印象，但是当羁绊被放开，他就是开朗的化身，友善的化身，我其实也不太肯定他自己是不是知道这点，就是当他兴奋到一

355

定程度，他就是真的是跟着内心的感觉在走。

他给我留下了深刻的印象，尤其是他比我还小两岁。但是他之所以邀请我去他家里，正是因为我还不能自己找到方向。这个班上多的是有趣的、博览群书的人，所以他转过身来，朝着这唯一一个在文学上缺乏深度也没有见识的人走来。

但是这让我高兴。就算我现在达不到这样的水平，也许我总有一天可以达到。

回到家里时门缝里塞了一封信。我打开这封信，这是解约信。因为装修的缘故我要在十二月中旬之前搬出去。

这么做合法吗？

哦，总之是见鬼了。我付的钱其实已经远远超过我的支付能力。所以这样也成吧。但是不管怎样我必须要出去找新的公寓了。

我很早就上床了，但是几个小时后就醒了，有人在敲窗。我站起来走过去。来的是贡沃尔。她微笑着指指门，我点了下头去开门。

五分钟以后她就蜷缩在我身旁，在这窄窄的床上，她乳房的分量抵着我的双手，让我的欲望快要炸开了。

"现在还不行，"她说，"不过很快了。"

在公寓问题上我运气不是一般的好。我得到消息，约恩·奥拉夫的同学本刚搬出丹麦广场附近一个很宽敞的四房公寓，到目前为止还没有人接着租。该公寓以前属于苏勒海姆码头的船厂，它位于那边一组办公楼扩建出来的部分里，现在归一家银行所有。我给他们打了电话，是的，这个公寓空出来了，我可以接着租它，但是必须要告诉我的是整栋楼马上要被拆了，我要准备好随时接到一个月内搬家的通知。这大概是什么时候的事？不知道，她也不清楚，但起码不是下个月。我出手把这房子拿下了。一天晚上，我和贡沃尔出去那儿，在那儿见到了本。本带我们看了那四间卧室。以前他们一大伙人都住在这里，但是以房租之低，两个人也住得起。实际上它是两套公寓，客厅后是一个两房套间，浴室那边是个两房套间。地板上铺着整幅的地毯，这个是可以拿掉的，地毯下面可能是一块漂亮的木地板，窗户是简单的样式，上有肮脏的尾气灰尘，外面往来车辆交通的嗡鸣相当可观，但是本说总是会习惯的。房子的条件不是特别好，厨房老旧，炉子看起来像是六十年代初的，但是浴室里有淋浴间，而且房租，正如我所说的，非常低。

我拿了钥匙，他走了。

我和贡沃尔一起把所有房间再走了一遍。感觉很好。我们在房间中央拥抱着对方，就在那一刻我决定以后这里会是我这边的客厅。

"你想不想搬来和我一起住？"我说。

"不，"她说，"绝对不想！但是也许以后会。谁知道什么会发生？"

"那我得找一个可以合租的人。你认识谁在找房吗？"

"不认识。但是我可以打听一下。但是绝对不能是女孩，我不冒这个险。"

"你？你不用担心什么。你真这么想的？真的吗？"

她走到窗前。我紧跟着站在她身后，吻着她的脖子后面，把手轻轻地放在她的乳房上。

"你最喜欢的东西是什么？"她说。

"什么意思？"

"吃的。你最喜欢吃什么？"

"我想是虾，怎么问起这个了？"

"就是想到这个了。"

我撕掉了一间房的地毯，擦掉了所有残留的胶水和凹凸不平的地方，然后把它刷成绿色，像船甲板那样。我们租了辆面包车，英韦开着它把我所有的寥寥几件家具运过来，这样等学生贷款到了我就可以在宜家买剩下的必需品了。他告诉我说他已经搞定了排练场地，在船厂区里，我们每周可以两个晚上用那个场地。我们情绪高涨地聊着歌曲、歌词，还说到我们必须要找个主唱。第二天，我们在船厂区里一家咖啡馆见面。我带了两副鼓槌，他拿着吉他盒，波尔拿着他的贝斯箱。我很紧张，我从上高中起就没有打过鼓了，而且除了最基础的我什么都不会。英韦还知道一些情况，波尔那边就比较糟糕，他还期待着三个乐手之间能来一场即兴飚琴呢。

"其实我不会打鼓，"我说，"英韦有没有告诉你？我只是在上高中时玩了一点点。完全不行。但是我会学的。"

"别紧张，小英韦，"波尔说，"一切都会好的。"

波尔又高又瘦又苍白，深色头发，对生活有种孩子般的态

358

度。他一点不怕表现出自己的各种小怪癖，准确地说他在有意识地培养它们。他是个怪人，在卑尔根他以在学生示威中读诗而出名，当时他头发上还拴着铃铛。他读上几句，摇了摇头，铃铛就响一响，然后再读几行。暴风雨般的欢呼。他在一个实验乐队里弹过琴，该乐队是阿伦达尔的狗屎磁带（Shit Tape）公司的出品，名叫"煤矿五"，估计是照着政客库尔曼·菲弗[1]起的。他喜欢所有怪模怪样，奇葩，偏离正轨的东西。英韦和他是小学同班同学，我这辈子没少听过他的名字，但直到去年我才第一次见到他。他自己办家出版社出版了自己的两本诗集，学海洋生物学。英韦说，他少年时曾在救世军乐队里演奏，是贝斯手，他不是那种硬邦邦、单调的类型，而是有旋律感、即兴，灵思泉涌的类型。从我们演奏的第一刻起，就能知道他真是个行家。我胆怯了。我坐在鼓手的位置上，手里拿着鼓棒，面前是所有这些鼓和钹，他们站在我的两侧弹了起来，而我不敢打下去，我害怕这一打我的愚蠢就要暴露。

他们弹的是《你摇摆得太美》。波尔来回试了一下，他在找什么，然后他找到了，那段就保留下来了，同时他又往前探索，又回到这里，带着新的调调，然后再往外走，直到他感到满意的时候，这首歌也就定下来了。

英韦停下来看着我。

"那就来吧。"他说。

---

[1] 挪威女政治家卡西·库尔曼·菲弗（Kaci Kullmann Five，1951—2017），1977至1979年她成为首位任挪威保守党青年团主席的女性。上述"煤矿五"乐团原文为 Coalmine 5，和她的姓名谐音，她的姓 Five 即英文中的五。

"你们再弹一段，"我说，"这样我就可以听听整个的情况。"

他们就再弹了一会儿。当他们弹到差不多一半的时候，我小心翼翼、缩手缩脚地加入了。我应该至少能跟上节奏，就算其他的可能都不对。

"这就挺好，卡尔·奥韦。"波尔说，"但是你试着让大鼓跟上贝斯。我会给你信号。咚哒咚咚哒。行吗？"

"还有再用点力气。"英韦说，"我们差点儿就听不到你。"

我红着脸坐那儿，打着鼓，盼望这一切赶紧结束。波尔看着我，每次要打大鼓的时候他就抬起整个上半身。过了一会儿他又转身只弹自己的，但是跟着又是眼神接触以及抬起上半身。

我们练了两个小时，一遍又一遍的排同一首歌。所有的努力都是为了让我能跟上，他们自己都已经掌握了。等我们排练完了，他们开始收拾电线，把乐器放好，系好带子时，我的恤衫已经浸透了。

"你们还是再找别人吧。"我说。

"不用，"英韦说，"以后就好了。"

"这次排练很顺利。"波尔说，"我都不知道你为什么要这么说，我们现在唯一缺的就是主唱和乐队名字。我建议叫'多元的多'（Diverse D）。这样以后在唱片架上就有自己的一格了。"

"我觉得可以叫'怪又弯'（Odd & Bent），"英韦说，"这个用英语和挪威语都说得通。"

"听起来像在形容谁的鸡巴。"我说。

"你说的是自己吧。"英韦说。

360

"他说的就是自己那丑鸡巴。"波尔说着笑了起来。

"'毛'怎么样？"我说，"我刚想到的。短而且有各种联想。"

"脾气，"波尔说，"那也很好。现在我们不能再发脾气了！有人知道'脾气'到底是什么东西吗？"

"不知道，"我说，"我在自习室里的时候旁边坐的人名字很棒，我还琢磨了一下呢，他叫芬·容克。我们也可以就用他的名字，用一个完全是陌生人的名字？芬·容克和其他的什么。比如说，芬·容克和水上飞机？"

"这也不坏，"英韦说，"我想过'史密斯和面包渣'。"

"或者'种族清洁霜'？"波尔说。

英韦乐的在房间里转了一圈才能平复下来。

"还是'大屠杀可乐'？"我说

"'卡夫卡制造机'。"波尔耸了下肩膀，让肩膀上贝斯皮带位置调得更舒服一点。"'卡夫卡制造机'！"

"好啊，"英韦说，"我们就叫这个。"

"'卡夫卡制造机'，"我说，"这个行！"

我以前住过的两个单身公寓都在街道这一层，从那里能看到的全部，就是来来往往的头和伞。新公寓就完全不同了。它位于一栋旧砖楼的顶层，客厅视野开阔，能看到丹麦广场的那个大十字路口，后面的商务楼群，以及那个很大的老旧电影院，新开的利马1000超市，以及马路对面的书店，我在那里买过《饥饿》，我那时的天真和青涩在今天想来真是匪夷所思。一帮酒鬼坐在超市外那个小停车场的长椅上,那边有个出租车站——过了两个晚上,我才意识到一直在耳边盘旋不去的那种微弱的铃声是从那儿来的——所有住在这儿的人到市中心都要经过这条路,所以那里总有事发生。此外,医院就在附近,救护车均匀地流进流出,有的响警报闪蓝灯,有的没有,昼夜不停。我对这一切很感恩,我常常站着看向窗外,就像是一头母牛站在自己栏里,因为在我内心是全然的平静,我只是留意着这些动作然后跟着看看发生了什么,仅此而已。一辆皮卡车的尾厢伸出来一根长木板,尽头用一块白布绑着固定住,瞧瞧!一辆卡车的货厢里挤满了咩咩叫的山羊,老天爷,难道我这是在南斯拉夫吗?一位围着狐狸毛围脖的女士,连着整个狐狸头的那种,明显是疯了,从那僵硬的刻板的动作看绝对是这么回事,先沿着这边马路走过去,再从另一边马路走回来。一伙人,开始是三个男人,然后是四个,五个,凌晨四点半聚在地下道出口的坡那边,他们在搞的又是什么玩意儿?女人骂男人,男人骂女人,同一主题的无数变奏。我也看到了不少玩花活的人,有时候过分到我简直不敢相信自己的眼睛,有时候有人跟跟跄跄地走到这条三车道中央,有时候有人失去平衡跑到一边,当他们找回平衡后又跑回另外一边,完全就像我们小时候学醉汉的模样,我们也是从过节聚会时候看到的黑白默片上学来的。

另一个进步是那里预装好了电话。我把它接通了,第一次有了自己的电话号码。

贡沃尔第一个打来了电话。

"你明天在家吗?"我们聊了一会儿她问。

"如果你来的话。"

我们说话好了她十二点钟过来。就在十二点整她按响了门铃。她手里拎着一个口袋。

"我买了虾,"她说,"运气不太好,他们没有新鲜的虾,所以这是冻虾。"

她把它们拿出来,一塑料袋来自格陵兰岛的冻虾,我把它们放在一个盘子里,这样它们化冻会快一点。她还买了黄油,蛋黄酱,一条白面包和柠檬。

"有什么特别的事吗?"我说。

她微笑着低下头,我突然就明白了。就在今天会有什么发生。我们拥抱着对方,走进卧室,我慢慢地脱下她的衣服,我们在靠墙的床垫上躺下。我的一条腿一直在抖。外面那多云天空上投下的光充满了整个房间,落在我们白色的身体上,她的脸和一直注视着我的双眼上。

完了以后我们一起冲了个澡,然后我们去看看虾化冻得怎么样了,很奇怪地对彼此都感到害羞了,就好像我们突然变成了两个陌生人。但是这情况也没有持续太久,距离一会儿消失了,我们很快就坐下来聊天,好像什么都没发生过,直到我们的双眸再次相对,这情形又新增添了些沉甸甸的分量。这就像我们是第一次看见对方。我们还是一样的人,但是那无拘无束的已经变成了有约束力的,它以某种方式改变了一切。我们严肃而深切地看着对方,然后她的脸上露出笑容,现在我们可以吃你的虾了吗?

这是我们的关系里第一次浮现了一丝关于未来的暗示。现在我们的确是我们了，这代表着什么？

我那时二十岁，她二十二岁，很显然我们要把已开始的继续下去。没什么要计划的，让一切自然发生。在这之前，我们几乎所有时间都泡在一起，我们探索对方，我们有那么多自己的故事要向对方讲，多得不可思议，更不用说还有我们当下生活里的一切，还有要做的事情。我们从来没有认真地思考过我们做的这些事，以及我们为什么要做这些事，至少我没有，我认识的其他人里应该也没有。每个人都不时地上电影院，去电影俱乐部，都去歌剧院咖啡厅或洞穴夜总会，每个人都来来往往，互相拜访，每个人都买唱片，有时去音乐会。在出去约会一次以后，大家势必要一起睡，或者做个爱，而成为男女朋友以后，就得是定时的，固定地在一起过夜。也会有一个婴儿出生，但是这属于极其罕见的情况，一桩奇事。现在的年轻人绝对不愿意像很多我们父母那辈人那样，在二十多岁就当上了父母。很多人去弗洛伊恩或乌尔里肯[1]度周末，我就不那样，那是我的底线，我从来不做什么户外运动，贡沃尔也同样不爱户外活动，或者她会把她那一部分时间限制在一个最低限度。除此之外也没有其他的了，但是我一样觉得我的生活丰富而有意义，因此我从来没有对它有过什么疑问，也没有其他的选项，就好像在几百年前汽车问世之前没有人会对马和车提出什么疑问那样。

---

[1] 弗洛伊恩（Fløyen）是卑尔根市区或附近的山，乌尔里肯（Ulriken）是卑尔根一带七座山里最高的。

从某种意义上说，它确实也是丰富而凝重的，因为所有各种小领域里都包含着无穷尽的细微差别和不同，比如说，一个乐队不仅仅是个乐队，里面还有大量的其他事物，这样的乐队成千上万。一个文学系学生不仅是一个文学系学生，尽管隔着一段距离来看确实能一眼看出来。如果你遇到其中的一个，就像我遇到埃斯彭那样，你会发现每个人都是一个独立而完整的世界，这样的人成百上千，更不用说还有其他成千上万的学生。又有所有这些书籍，还有它们里面装载的所有知识，以及它们之间千丝万缕的联系。全部数以百万计。卑尔根是个漏斗，每天从中倾泻而下的不仅仅是雨水，在世界上其他地方所有被想过的做过的事，最后都殊途同归来到这里，来到我们脚下这座城市的底部，808 STATE[1] 出了《808：90》专辑，小精灵乐队[2] 出了专辑《杜立特》（Doolittle），妮娜·雪芮（Neneh Cherry）出了《像寿司一样生》（Raw Like Sushi），金色帕洛米诺斯（The Golden Palominos）乐队出了《一匹死马》（A Dead Horse），拉格摇滚出了《阵风》（Blaff）。人们开始买个人电脑。有人开始说起一个新的挪威商业电视台可能会落户在卑尔根。拉格摇滚在马克西姆[3] 演出时，当一个家伙跑上舞台，朝人群"跳水"时，阿尔维德大喊"那就是英韦"，这和他根本是两回事，所以每个人都笑了。我读了新挪威语翻译版的《神曲》，然后在布维

[1] 英国电子乐队。
[2] Pixies，八十年代末九十年代初的另类摇滚先锋乐队。
[3] 马克西姆（Maxime）是卑尔根在 1990 年代初开张的一个演出场地，1991 年发生了枪击命案。

克指导的论文课里以其为题目写了篇论文，在焦灼了几周之后做了一个四十五分钟的演讲，演讲效果不错，至少埃斯彭这么说。布维克说我引用了一部分拉格克兰斯来支持自己的说法，但是这是允许的。自那以后他经常在课堂上点到我，显得很迫切地想听听我对这个或者那个问题有什么看法。我的脸会涨红，嘟嘟囔囔，一定是全身都散发着不自在的气息，但是我也感到，他在问我的看法。我喜欢布维克，喜欢他的风格，那么轻易就能兴高采烈起来，尽管他已经教了很那么多年书，而我们依然在这学院等级的最低一级相遇。他有一头金色短发，戴着圆框眼镜，衣着总那么优雅，一个英俊的男人，在手势和肢体语言上有那么一丝女气，但据我所知他是在法国拿的博士学位，所以那多半是考究的一种体现，是那修养如此完善以至于洋溢于肢体语言中。林纳伯格在许多方面都是他的对立面。他讲一口工人阶级腔的奥斯陆方言，带着许多自造的词，说话抑扬顿挫，他的一只耳朵上穿着耳环，沉重的大头，他的微笑多半是嘲讽地，他很喜欢自我表现，比如有次他讲课时戴着一个小丑的红鼻子，或者戴着猴子面具去领博士文凭。如果他要讲布莱希特，那必得烟雾缭绕地抽上一根大雪茄。这两人都对我们有很大的影响力，他们都是重要人物，我常有这么一个念头，如果他们去参加一年班学生聚会，女孩真是随他们挑。在他们讲课的时候，课堂里会汇聚起一种能量，而且不完全是来自于学生们在智识上的好奇心以及求知若渴。他们的地位如此之高，以至于如果他们走进食堂和我们坐在一起，那就像神祇们从奥林匹斯山上走下来那样。当然，他们也从来没有这样做过。而布维克有两次在上课时向我提问，在我眼中这就是来自太阳王的恩宠。我不知道其他人对此作何感想，我和他们交流的也不多，埃斯彭和奥勒是唯二的例外。但是我在专业上开始摸到门了，我又写了一篇作业，是关于弗勒格斯塔美学的论文，觉得我应该找到了诀窍。写论文靠的其实是如何隐藏你的无知。这是一门语言，是一门手艺，而我掌握了它。在所有这些事物当中存在着许多语言也无法跨越的无底深渊，只有精通了这些诀窍的人才知道该怎么做。比如说，我从来没读过阿多诺，对法兰克福学派也差不多一无所知，只有东零西落看来的一些皮毛，但是写文章的时候，我可以操控着我真正懂的那么一点点知识，让它看起来显得广博而系统。另一个很受好评的事就是把一个领域里的知识抽出来放到另一个领域里去，跨度要大得让人吃惊才好，而这其实也很简单，只要在两者之间架起一道桥梁，然后这些文字就似乎被注入了一些新颖而有原创性的东西，即使其本身并没有任何新的、原创性的东西。它不一定要有什么洞见，甚至都不用写得特别好，因为它所要证明的一切，就是你在独立思考，对某件事物有自己的看法，同时也要展示你对这个主题的熟悉程度。

我把关于但丁和弗勒格斯塔的两篇作业叫做"小论文"，我在提到它们的时候都这么说。哦，还有，我写了一篇关于弗勒格斯塔的小论文；在那篇关于但丁的小论文中，你知道，我是这么写的……

有一天，我和埃斯彭站在人文学院大楼的屋檐下抽烟，这时雨水从铅灰色的天空中倾泻下来，他身上有点什么，比平时更戒备的一种状态，在我开口要直接问怎么回事之前，他飞快地朝我瞥了一眼。

"我在考虑申请创意写作学院。"

"哦？"我说，"太好了！我还不知道你自己也写东西。不过我确实有猜过这一点。哈哈。"

"我在想你能不能看看我写的东西？我不太确定要交什么上去。或者到底有没有必要申请。"

"当然可以。"我说。

"我今天其实带了一些文字过来，如果你想看的话，下课后我就给你。"

那天后来他把文章给了我，手法极其谨慎。好像我们是间谍接头，而这些文章是秘密文件，不但关系着我们国家的安全，更事关整个北约集团的安危。一个塑料文件夹飞快地从书包里被取出，我们站着用身子掩护下交接了它，然后飞快地进了我的塑料口袋。在交接完成的那一秒，我们就说起了其他的事情。

写作没有什么让人害臊的，在文学批评专业里恰恰相反，这代表着某些最尊崇或者最高的东西，但是说起它是可耻的，因为几乎所有人写作，只要还没在某本杂志上发表，或者更走运地，被某个出版社出版的话，那它就什么都不是，根本不存在，如果你在毫无必要的情况下让人知道它，丢的就是自己的人了。这表明你并不是真的想在这里读这个专业，你的梦想在别处，你有一个梦，就好像，这是关键时刻，有可能它永远不会成为什么了不得的东西。文学批评专业学生写的东西，在没有得到什么真正的肯定之前，永远属于写字台抽屉。对于我来说情况又有些不同，我去过写作学院，也曾经拥有写作的"权利"，但是我也知道结果了，那结果可不怎么样，我已经一次性地失去了自己的信用。

所以一定要谨慎。埃斯彭极尽保密之能事塞给我的，一方面是"什么也不是"，可以说是不可见的，也要照这个标准来处理，从另一方面来说对于埃斯彭来说可能比一份事关北约安危的文件更重要，重要得多。

我带着应分的尊重和珍视之心来对待它。直到回到家，完全独自一人时，我才打开它。当我读着这些文字——一些诗歌的时候，我后悔了没有告诉埃斯彭我其实根本啥也不会，尽管我上过写作学院，我其实是个冒牌货，因为我立即就看出这些诗很好，我从第一行就认出了好诗独有的气息，但是我没能力去对它们进行点评。说不出它们好在哪儿，也说不出怎样能让它们更好。只能说，好诗。

但是他没有注意到这些，也没有更多的要求，我喜欢它们就足以让他高兴了。

一个周末，我带贡沃尔到了妈妈家。她已经搬到了约尔斯特的一座房子里，离弗勒有一英里半的路。它有年头了也很好看，就在那些巍巍群山的山腰间几个大农场下的一片平地上。路的另一边是约尔斯特拉河。我们坐的是公共汽车，下车的车站距离房子也就一百米，当我们走过时河面上凝着霜雾，妈妈做好了热饭热菜正等着我们，当我们走进去时她走到门廊里来迎，她俩握着彼此的手微笑，我有点兴奋，但是没有贡沃尔那么兴奋，她对此行一直觉得很紧张，在路上也一直说着这事。她是我十六岁以后带回家的第一个女朋友，成年后第一个真正的女友，我们也都认为，是最后一个。妈妈会不会喜欢她，对她和我都很重要。

她当然喜欢。在贡沃尔身上没有任何绷紧或者紧张的成分，她泰然自若，她总是这样，她们立刻就看见了真实的对方，我注意到了她们彼此间的好感，并为此高兴起来，也为了向贡沃尔展示妈妈和我之间的那种气场，这气场一直都在，这些漫漫的聊天里她也在场，这样地看着我，在这样的场合里我以某种方式和她更亲密了，这个和她在一起的我，更单纯，更不暧昧。

壁炉里噼啪作响，我们围坐在桌边聊着天。在外面，在冰冷的河畔风景里中，汽车呼啸声远远地传来。

"你妈妈棒极了。"当我们睡下时她说。

"她喜欢你。"我说。

"你真这么认为？"

"是的，这太显而易见了。"

第二天，我们去看外婆的妹妹博格希尔。她有着银色的卷发，圆乎乎的身子和粗粗的上臂，戴着一副厚眼镜，让她的眼睛看起来大得吓人。她当寡妇很久了，犀利得像把刀子，飞快地就能理解哪怕是世界上最惊人的消息，刻薄起她不喜欢的东西总是言辞便给，张嘴就来。

当他们互相问候后，她肆无忌惮地对着贡沃尔打量了几秒钟。

"年轻学生来上门做客了！"她说。我们在这个小客厅里坐下，桌子上堆着一摞周刊杂志，上面放着一个巨大的放大镜，她走进厨房，去做煎饼和咖啡，五分钟后就端出来了，还伴着一长串的借口，要我们谅解她的招待多么简陋不像样子。

"村里结婚办酒席都是博格希尔去做。"妈妈对贡沃尔说。

"现在这些都是过去式啦。"她说。

"上一次好像就是六个月以前的事？"妈妈说着，微笑了。

"哪里，那什么都不算啦，"她说，"现在的婚礼和以前可不一样了。那时候婚礼要庆祝三天才算完！"

妈妈问她亲戚们的情况，博格希尔一一作答。

"外婆就是从正下方那个农场来的。"我对贡沃尔说，她站起来去看。我站在她后面。有一种想用手包住她的乳房的冲动，每次我在她身后时总有这个冲动，但是我控制住了，把手放在她肩膀上就满意了。

"我小的时候，那里还有十六世纪的建筑呢。"博格希尔说。

我看向她，背上起了冷战。

十六世纪，离但丁也并不遥远。

"但是那已经被拆掉了，全拆了。"

"是同一家人一直住在那儿吗？"我说。

"是的，我说的就是这个意思。"她说。

我到那里去的次数并不多，我甚至根本不知道外婆所有兄弟姐妹的名字，对他们的父母一无所知，除了他，我的曾外祖父，知道他勤读圣经，不仅干活非常勤快，而且热爱劳动胜过其余的事。我的曾祖母，博格希尔和外婆的母亲，我对她一无所知。她一共生了十一个孩子，她就住在下面那边，这就是我了解的全部。我对她知道得这么少让我很惭愧，这感觉就好像我有着某种责任，如此无知的我简直不配当这个大家庭里的一员。

我决定找个时间单独去拜访博格希尔，记下她的话，不仅是为了我自己，尽管我能借此增进对大家庭的了解，更是因为她的话本身就很有意思，她懂得那么多的东西都在里面。

我们沿着这宽广、宁静而深邃的水域开车回家，博格希尔告诉我们，以前人们让公鸡帮忙在水里找失物；一旦它们开始咯咯叫，人们就把工具放下去。外面已经全黑下来了。除了被路灯的黄光纳入的那部分道路、树木和紧靠路边的水面，能看见的只有被白雪覆盖的群峰之巅。清晰的星空下，一切都坦荡广袤。

开往卑尔根的大巴四点出发，我们一直都没睡，熬到了那个时候，当汽车轰鸣着从那边的转角朝我们开过来时，我们站在公车站牌边，跺着脚取暖。这一路要开四个半小时，我们靠着彼此睡着了，四周是暖气的嘶嘶声，引擎的嗡嗡声，其他乘客发出的一两声咳嗽，打开又关上的车门，都像在梦里一样遥远，车辆开上渡轮那特有的铿锵声响，然后，在路上的那种单调卷土重来的那种和缓。

我们从长途车站直接去大学，在那儿道别。我读了几个小时书，然后英韦过来找我，要一起去食堂，他有个好消息。英韦说，这个周末他和学生广播电台的某人一起去度假屋玩，那儿有个人以前唱过歌也玩吉他，他的声音很好，英韦说，他就

372

直接问那人愿不愿意考虑加入一个乐队。他说行啊。他们说好了找一个晚上我们四个人一起出去玩，互相熟悉一下。他名叫汉斯，来自盖朗厄尔[1]，学历史的，喜欢尼尔·扬[2]，英韦就知道这么多。

我们在一个新的摇滚演出场地"车库"见到了他，这里场地不大，一层有个长长的吧台，有一个又大又暗的地窖，舞台就在那儿。他们已经预约了一些很棒的英国和美国乐队来这演出，以及越来越多地冒出来的卑尔根乐队，其中"蒙娜丽莎太夸张"（Mona Lisa Overdrive）毫无疑问是最好的，Pogo Pops要算第二好的。

根据英韦那精简的形容，我预计会看到一个糙汉，穿着伐木工人式法兰绒衬衫和破洞牛仔裤，大靴子，一头乱发和狂野的眼睛，这也是说到尼尔·扬给我带来的联想，但是当他拿着一把刚收起来的还在滴水的伞走进门来，目光四下搜索着英韦时，和我所想象出来的那个形象没有任何共同之处，而他朝着我们桌子走过来时那个幻象也就彻底消失了。

"我是汉斯，"他伸出手说，"你一定是那个弟弟兼鼓手吧？"

"说得没错。"我说。

他摘下眼镜，把镜片上的雾气擦干。

英韦说："我们在等波尔。"

"那么我先给自己买一瓶啤酒。"他说着就朝吧台走去。有

---

[1] Geiranger，挪威的著名峡湾和风景区。

[2] 加拿大出生的摇滚歌手。

人在自动点唱机上放起了碰撞乐队的《伦敦呼唤》，我脊背上又一阵寒战，这是一个好兆头。

"眼下这一刻有可能成为一个传奇时刻，"当他回来以后英韦说，"今天晚上，主唱第一次遇到了卡夫卡制造机的其他成员。"

"我们在美术学院见过对方，互相都看不上对方。"汉斯说，"可能我们甚至打过一架。但是随后吉他手听到了我唱歌，就满脑子都是那个能永远改变摇滚乐历史的愿景。"

"而此时鼓手什么都没说，而贝斯手迟到了。"英韦说。

"鼓手什么都不用说，"汉斯说，"这是他们在乐队里最重要的作用。他们要沉默而有力。多喝酒，少说话，操。"

"其实我是沉默而柔软，"我说，"希望我依然对你们有用。"

"你看起来可不柔软，"汉斯说，"不过如果你坚持要这样，那就这样吧。这个主题上的变奏多多益善。各种让人想不到的小细节更让人感到兴奋。从另一方面来说也有查理·沃茨[1]这个类型的。有家室的绅士，在业余时间玩玩爵士乐。弄弄花园之类的。"

"我其实不会打鼓，"我说，"英韦肯定没说这事，但是很遗憾真是这样。"

"这也可能是很有意思的事。"汉斯说。

"干杯，"英韦说，"为卡夫卡制造机！"

我们干杯，把酒喝了，走下去看了一会那儿的乐队演出，

---

[1] 查理·沃茨（Charlie Watts），英国鼓手，滚石乐队鼓手。

最后波尔来了，我们就在酒吧那待着聊天。我什么也没说，就是其他人在说话，但是我还是和他们一道的，并不觉得自己是局外人。

照我所听到的，汉斯整个少年时期都在乐队里演出。他在学生报纸《西部生》上发表文章，在学生电台做节目，对政治感兴趣，反对欧盟，用新挪威语写作，非常自信，但一点不浮夸，那与他的本性相去甚远。他特别会讽刺人，开得起玩笑，不时露出危险的锋芒，但除此之外他的气场相当友善，以至于那些危险的东西也被中和了。相反我挺喜欢他的，他是一个好人。他是不是喜欢我，是另外一回事了。我说的那么一点话，就像从一个井的深处冒出来的，暗黑而让人窒息。

当"车库"打烊，夜晚也落幕时，我没回家，而是去了贡沃尔那里。她搬到了城市车站附近的一个住宅楼，在那里的阁楼上租了一个小套间。我用她给我的钥匙打开了门，她微微抬起头来，在遮住了半边脸的头发里微笑了一下，问我过得开心吗。开心，我说，躺在她身旁。她立即又睡过去了，我清醒地躺着，抬头看着天花板，听着外面街道上零星的交通，雨水落在屋顶和倾窗上。我晚上出去玩回来以后，很少有什么比来这里更好的事，有一个不属于我自己但是一样地受欢迎的地方，可以紧紧地贴着她睡，让她裸露的皮肤抵着我的。有时候我想知道她是不是也和我一样，醒着躺在床上，让我裸露的皮肤贴着她的，内心平静。这个想法很陌生，几乎有点令人不舒服，因为这让我用她的眼睛看到了我自己，就在我知道自己是谁的同时。

375

带闹钟的收音机响起，我睁开还迷糊着的眼睛，贡沃尔起身去走廊上的浴室，我闭上眼，听着淋浴间传来微弱的刷刷水声，从城市车站旁边道路上传来的车鸣，她站在地板上，先戴上胸罩，然后是衬衫和裤子，这动静让我醒过来了。

"你要吃早餐吗？"她说。

"不了，"我说，"想再睡会儿。"

然后，好像就在转瞬之间，她已经穿上雨裤和雨衣，弯下腰来吻了我脸颊。

"我走了，下午见，还是怎样？"

"我没有问题，"我说，"你能过来找我吗？"

"好啊，一会见！"

她消失了，像在一个梦里那样，走进了卑尔根潮湿的街道，在这灰色的天空下，而我躺在那里，回到了十一岁。我没有去自习室，而是在城里逛了一整天。把所有旧货店和书店都逛了一遍，买了些唱片和一些旧口袋书，还有写作学院的埃尔塞·卡琳刚刚出的一本新小说。叫《外面》（Ut），封面是白色的，画着一个跪着的女人，一半身体是裸体，另一半则是小丑服。我对它没有什么期待值，买它只是因为我认识作者，好奇于它的水平和我自己比起来怎么样。

在封底，印着妒忌—病态—疯狂？

哎呀呀。

我到了那个老年人常去的糕饼店，坐下开始阅读。在第二页就已经出现了惊喜。这本书是关于我的！

你从不走近，卡尔·奥韦。

陪审团同意我的观点。

你的手指不见了只要问我们。

你永远不会在你身边找到我的汁液

如果你撒谎，永不。

我往下读，在书页里翻着，目光搜寻自己的名字。

哦咦，哦咦，哦咦。

卡尔·奥韦你一定要来，要爱上我。

卡尔·奥韦，你从不走近。

你一手造成这灾难，卡尔·奥韦——

而我如此憔悴

我看到很多内容是关于阴茎和子宫的。尖叫和被注射的鸡蛋。鞭打和起火，完全就是装满吓人玩意的柜子。我读到，有一天你可能会明白，卡尔·奥韦。我读到，去你的，卡尔·奥韦，然后突然之间用上了小写字母，为什么，卡尔·奥韦，为什么你一定要爱我。

我把书放下，低头看向托加曼尼根广场。我明白了这本书其实并不是关于我的，但我依然很感震动，完全不可能以中性态度读到自己的名字，而且它也根本不是中性的，因为她正好选择了这个去年和她一起上课的人的名字而不是其他的名字，有那么多其他的名字，用起来也不会有任何问题。

从另一方面来说，我觉得这还是一个好故事，我可以讲给别人听的那种。我上了写作学院，尽管之后没有出书，但我至少成了一本书里的角色。卡尔·奥韦躺着醒来，心里很害怕。外面很美——卡尔·奥韦知道这一点——他抓过窗帘杆，拧开百叶窗页片，于是太阳和云杉消失了。今天，他要滴酒不沾。

这天晚上我们第一次和汉斯一起排练。他做的第一件事就是将我写的歌词翻译成新挪威语。听起来还挺朗朗上口，比以前要顺。他也带上了自己的几首歌，我们开始排练其中一首《国父之家》。然后我们走进了工厂建筑最里面的大厅，那里有一个舞台，有几个本地乐队正准备开始演奏。当灯光熄灭第一支乐队将开始演出时，看到莫滕走上舞台并拿起麦克风，真是吓到我了。

莫滕！

一身黑衣瘦瘦的他站在那，唱歌时双手握着麦克风支架。我不相信自己的眼睛。我上次看到他的时候不过就是半年前，我们还住在同一个楼里，他还是个彬彬有礼同时又坦诚敏感得不一般的东部人。现在站那儿唱歌的他，肢体语言颇像米凯尔·克龙 [1]，洋溢着天不怕地不怕的自信。他的唱法也像克龙，乐队的演奏也像拉格摇滚，所以其实并不好，他们完全没有独创性，但是这并不是我关注的点，我关注的是莫滕所经历的这个改变。

他读历史专业了，稍后我们见面时他说。但他花时间最多

---

[1] Michael Krohn，拉格摇滚的主唱。

的是和他的乐队一起玩。那你呢？他说。你现在出书了没有？
没有，我说，快别说这个了，那个真是见鬼了。但是我也在一
个乐队里面玩。卡夫卡制造机。

他笑了起来，然后消失在这个当我们不再是邻居以后就隔
在我们之间的巨大空间中。

一月初，我终于找到了能住进另一间公寓的人，之前那部
分房钱一直是我付的。他叫容恩，从斯塔万格来，是阿斯比约
恩的新女友卡丽的前男友。他在一家石油公司工作，业余打理
自己的小唱片公司，安排唱片交易会，现在他请到了长假来上
贸易学院，能和我住在一起他极其开心。我也为此感到高兴，
并没去想公寓的水平还挺低的，直到那天晚上他把一辆白色货
车停在外面，我走下来要帮他搬家具。

"嗨，卡尔·奥韦！"他说，虽然我们从来没见过面，我也
明白了他是那种外向的家伙。

红头发，白皮肤，动作略微缓慢。

"嗨。"我低低地回了他一声，和他真正熟起来之前我绝不
会叫他的名字的。

"这到底是什么危房啊？"他说，抬头看着脏兮兮摇摇欲坠
的砖砌外墙。

"它便宜啊。"我说。

"我就是和你开玩笑，"他笑着说，"来吧，你来帮我搬搬这
件最重的吗？"

他打开门，戴上手套，爬上载货厢。我看到所有的都是一

流货，像样的水床，像样的客厅桌子，像样的沙发，大电视和一套非常酷的立体声音响。我们首先搬床。它被拖了上去，我们把它搬进公寓里，我惭愧得简直不敢正眼看他。两间四处漏风的房以及这破败的厨房以及浴室不可能适合他，我应该更清楚地告诉他公寓是个什么情形，但是现在已经太晚了，现在他已经站在这儿四下打量了。但他什么都没说，我们把一件又一件家具，一个又一个纸箱抬上来，他说说笑笑，显然这都出于他的习惯，我当时唯一能想到的就是，这房子的条件之差看来也没对他产生什么影响。第二天他已经开箱把所有东西都放好了，他的公寓所弥漫出的那种味道，很不对劲，一个老头进了一家新迪厅，一个老太太化妆打扮得像个小姑娘，一颗烂牙裹上了洁白新涂层。

但是他住得很开心。我也喜欢他，想到他在那儿，在走廊的另一头，就觉得挺好的，在早晨和晚上撞见他也很好，就算我们除此没有更多的交往，我总算不是完全自己一个人了。

几个星期后我发现我楼下的公寓空出来了。我告诉埃斯彭，那个冬天我和他在一起消磨的时间越来越多，我建议他给房主，也就是银行，打电话，问问他是不是可以拿下这房子。他得手了，仅仅几天后我们就成为邻居。他是那种节俭的人，在城里四处逛找装着旧家具的集装箱，他给整个公寓配齐了家具，他的公寓和我的格局完全一样，只不过它与一墙之隔的另一个公寓是完全分开的，而且它的厕所在走廊上，和这座城市里所有其他学生公寓洗手间一样寒冷透风，从四十年代初建好以来，这儿就没有一个公寓翻修过。

他的咖啡桌是两块乐佳水泥砖上盖一块板子，其余的家具很旧，但都很好用，一踏进房间的总体感觉很好，尤其是他已经开始搜罗的藏书也起了一些作用。

就是这样了。我二十一岁，我是文学批评专业的低年级学生，和我一墙之隔住着的室友是陌生人，我有个朋友，对他还不算特别了解，住在楼下，还有一个女朋友。我什么也不会，但是我越来越会装。我有个哥哥，他让我随意出入他的世界。另外就是约恩·奥拉夫和安·克里斯廷，我有时候会碰到他们，还有谢尔坦，外婆去世后他搬到了卑尔根，也开始上学。我偶尔在学生中心食堂里见到他，一眼就能看到他，四十岁，有了灰头发，他独自坐在餐桌旁，四面八方都是年轻人。我还在西登豪根那边的食堂见过他，那次刚好他和班上其他人坐在一起，都是年轻人，而当他在南伯沃格家里时讲起那些哲学家时眼里闪烁的光芒，已经熄灭了。他和我说话时，还会提起海德格尔和尼采，前苏格拉底哲学家们和荷尔德林，但他们不再承载着未来，像从前那样，那时他整个生命都倾注在这一点上熊熊燃烧。

我自己也没有任何未来，但这不是因为它在别处，而是因为我想象不出它会是什么样子。掌握未来并努力成为自己想成为的人这回事，完全不在我关注范围之内。一切都是关于眼前的，我见招拆招，行事也出于一种无知者无畏的预设，当时也不知道是这么回事。我试着写作，但写不下去，写了几句一切就都消散了，我就是没有这个本事。反观埃斯彭，他从思想到灵魂彻头彻尾地是诗人。他肯定能进写作学院，这是天经地义的，他所作所为里没有一点虚假成分，在说到和文学相关的方面，我在他身上除了那些纯粹和天才的部分，看不到任何其他动机。

他搬到我楼下的公寓后，我们一起度过了很多时光。如果他想要人陪，或者做了什么好吃的觉得我应该来尝尝——他经常这样，因为他在厨房里和写诗同样有实验精神，坚持用一手生鲜材料——他就用扫帚把砸一砸天花板，我就会下去找他。我们下棋，一部分时候听他的爵士唱片，一部分听我介绍的乐队，因为在流行乐和摇滚方面，我们喜欢的东西颇有一些交集，我们都在八十年代中期度过少年时代，这点在我俩身上还挺明显的，那时候有很多后朋克乐队挺红的，但是也有不少旋律很好的货色，比如快乐星期一，头部特写，野兽男孩，他喜欢跳舞，刚接触到他的人可能对此难以置信，其实很少有什么能像带劲儿的音乐那样让他兴奋起来，但是大部分时候，我们做得最多也最重要的是在一起交谈。我们两个人都很热衷于阅读，有各自喜欢的领域，而这就是我们谈话的内容，或者是话题的起点，因为我们各自的经验也被编织到了对话里，可以无休无止地聊下去，每次晚上坐下来都远远聊不够，往往第二天下午再接着聊，完全没有勉强或者被逼迫的成分，我和他都很饥渴，我们体内都被求知的热望撞击着，我们都感受到了进步的快乐，这就是正在发生的事，我们把对方往前推，一个人带动着另一个，忽然间我听到我以前想都没想过的东西从自己嘴里冒出来，这是从哪儿来的？

我们都是小土豆，两个年轻的文学系学生在世界偏远一角的一个小城市的一栋摇摇欲坠的房子里坐着聊天，在这个从来没有且可能以后也不会发生任何重大事件的地方，我们的生活才刚刚开始，我们对一切都相当无知，但是我们读的东西并不是无足轻重，它是关于最形而上的，是由西方文化里最重量级的思想家和作家们写下的，这事根本就是个奇迹，你只需要在图书馆里填好借书卡片，你就能拥有柏拉图、萨福或阿里斯托芬斯在那漫长得不可思议的时间深处写下的东西，或者荷马，索福克勒斯，奥维德，卢库勒斯，卢克莱修；或者但丁，瓦萨里，达·芬奇，蒙恬，莎士比亚，塞万提斯；或者康德，黑格尔，克尔凯廓尔，尼采，海德格尔，卢卡奇，阿伦特；或者属于我们时代的作者，福柯，巴特，列维－斯特劳斯，德勒兹，塞尔。更不用说那里的数百万本小说，戏剧和诗歌集。和我们只隔着一张表格和几天时间。我们读这些书从来都不是为了复述书里内容，就像读我们必读书目里的文献那样，而是因为这些书能给我们一些东西。

这点"东西"又是什么呢？

对我来说，它就是有什么正在打开。我的整个世界都是由我认为理所当然的尺度构成，这些尺度是不能动的，就像心智里的山脉或石头。犹太人种族屠杀就是这样的尺度之一，启蒙时代是另一个尺度。我能清楚地解释它们，对它们有清晰的认知，所有人都是如此，但是我从来没有琢磨过它们，从来没有问过自己是什么样的形势让它们成为可能，为什么它们就在那个节点上出现了，也从来没有想过这些事物之间的联系。当我开始阅读霍克海默和阿多诺的书《启蒙辩证法》时，虽然我读懂的部分并不多，但它打开了它自身世界的大门，它能以这种方式产生意义，就意味着它能以另一种方式产生意义，这是真的，词语丧失了自身的分量，再也没有什么"犹太种族屠杀"，因为这个概念所指向的，是如此让人晕眩的复杂，下溯到仓库大厅里成堆的外套里的一件的口袋里的一把梳子，它属于一个小女孩，"犹太种族屠杀"这个词里有她的整个一生，然后再上到那些宏大观念，邪恶，冷漠，罪恶，集体罪恶，个人责任，大众，大众生产，大屠杀。世界就以这种方式被相对化了，但是同时也更真实了：谎言，误解或不公都藏在对真实的表达中，而非隐藏在真实本身，真实是语言无法到达的。

埃斯彭会高声朗读一段列奥纳多·达·芬奇写的关于手部动作的文字，而这简单的事里最简单的，天经地义的事里最天经地义的，就不再简单也不再天经地义了，而是慢慢呈现出其原本的奥秘。

是的，我们为对方朗读。埃斯彭朗读得更多一些，他会在谈话中忽然飞身离开，带着一本书回来并开始朗读，我有时候也读，有那么少数几次我发现了什么对他来说也值得一读的东西。我们之间的关系有些不平衡，埃斯彭带头，是引领者，我跟随，每当他因为我的话而兴奋起来，或者觉得我说得挺有意思，我都很高兴，这让我振奋，随后的谈话总是很妙，因为我更畅所欲言了，但是如果他那边没有回应——有时也会这样——我就会往回缩，憋着话不说，总是应他的情绪状态而动，而他呢，他那边就从来不会这样地被我的意见和想法左右，如果他有不同意见，他张嘴就说，挑战我的想法，而不认为这和他自身能力有什么关联，不会像我似的对自身才能满怀疑问。

而这就是我们唯一不能谈的事，这种在我们之间流动的东西。他从没听我说过因为他没给够回应而让我踌躇起来，因此不能就这个题目再发表意见，我也没说过我只是个蔡特布洛姆，而他才是那个莱韦屈恩。我命中注定会成为一个文学学者或者文化作者，而他则就是他自己，诗人，创作者，作家。

在卑尔根，再找不到另外两个人之间的距离比埃斯彭和贡沃尔之间的更远。至少我没见过。让他们同处一室是荒唐的，他们之间的交谈从来没有超过"你好—最近怎样"的水平，找不到任何可以交谈的话，对彼此也不感到任何兴趣。我过着一种双重生活，一重是和贡沃尔在一起，这是关于彻底的亲密，待在一起，一起做一些事情，比如做爱，吃早餐，拜访她的朋友，看电影，散步，聊着在当下那一刻跑到脑子里的念头，一切都和我们身体有关，比如说，她头发的味道，皮肤的滋味，在床上躺着，髋部抵着髋部，抽着烟，换句话说，关于分享生活。我们谈到了兄弟和姐妹，父母和朋友，从不说理论家或理论，我们的话题也有聊到大学的时候，比如说就像贡沃尔有次说起有个人在自习室里睡着了，他脑袋一顿，醒来了，然后起身要离开，却摔倒了。我瘸了！我瘸了！他喊着，但是脚的感觉又逐渐恢复了，他只是脚麻了，然后他又站起来，一脸心虚羞愧的表情，周围的每个人都在笑，尤其是贡沃尔，笑完了以后她把这个故事告诉我，让我来评一评。

英韦和埃斯彭之间也没有什么可聊的，我也不想让他俩凑到一块。这个缺憾更难办一些，因为埃斯彭和贡沃尔之间的不同还可以说是男女有别，爱人和朋友有别，因此是难免的，可以接受的，英韦和埃斯彭之间的不同就有其他成分了。有时候我会透过英韦的眼睛来看我和埃斯彭，于是我俩就成了两个书呆子，两人坐在一起，高声朗读，下象棋，听爵士乐，和那朋友众多，有乐队，有姑娘，晚上就该出去玩的热闹生活相距十万八千里。在英韦眼里那并不是我，而我也把他这目光内化了，我是个再平凡不过的家伙，爱足球和流行音乐，所有那些现代精英文学和我又有什么关系？不过这又产生了别样的作用，因为英韦所说的话在我的耳朵里已经不再那么让人信服了，但是这想法也让人难受，所以它们一出现我就把它们推走。

那年春天我见过谢尔坦几次，我看到他出现了一些问题。虽然他说起话来还像往常那样，但不再有光芒，他的眼神里有一种我从未在他身上见过的意气消沉。有天晚上妈妈打来了电话，说他已经住进了一家精神病院。他精神病发作了，相当严重，他把自己的整个单身公寓都毁了，砸烂了那儿的所有东西，把电视扔到窗外，然后被送进医院。现在他在弗勒的精神病院，他的三个姐妹，妈妈，英君和谢莱于格上天下地尽一切所能为他安排好了一切。妈妈担心坏了。他的精神病可能是长期的，现在依然无法和他正常交流。

五月份的毕业考题目里有但丁。发下论文题目后大伙儿都转头看向我。我一向标榜自己为但丁的狂热爱好者，我已经是个小小但丁专家了，简直是不敢置信的幸运。

但是要分析的那段诗章，我并没有读过，所以我没有专门针对这一段来写，这段讲的是两个恋人被挟在如风中群鸟般飘荡的一大帮罪人中，前后随涛翻涌，永远无法靠近彼此，我把之前写过关于但丁的那篇小论文尽量改头换面，基本上是物尽其用，然后把那一段隐约纳入开头和结尾中。埃斯彭也选了但丁，并不认为写得特别好，但也不是一团糟。

成绩被张贴到文学系的黑板上时，看来我只得了 2.4 分。这已经是有荣誉等级的成绩了，完全可以接受，但还是和我所估计并期望的成绩相去甚远。我至少应该是年级里最好的。反观埃斯彭，他得了 2.2 分，是这个学期给出的最好分数之一。我知道这是为什么：他针对所指定的文本来写，读了它然后当场对这段文本进行了提炼，而我则是把一些现成的东西加诸文本上，并试图瞒天过海。

我得到了我应得的，却难以下咽。按照我的想法，读这个专业唯一的正当性就在于要成为最好的。当一个平庸的文学学者有什么意义？完全没有意义。

我决定放弃哲学资格试[1]，转而直接读精修课程[2]，这样就能尽快扳平。反正埃斯彭就要去读创意写作学院了，对我不会构成威胁，我觉得挺好。他没想和谁比赛，但还是赢了，这真是防无可防。

---

[1] ex.phil.，哲学资格试。

[2] mellomfag，挪威大学本科毕业，需要两门基础课加一门精修课，或者两门精修课和一门基础课。

夏天快到了，我就像往年一样不知道该干什么或者该去哪儿。我唯一能确定的就是我得赚点钱了。贡沃尔整个夏天都会在一家养老院里工作，她建议我可以试着去位于她家和海于格松之间的一家心智障碍护养机构找工作，学生们都知道这里永远缺人手。她已经知道她班里的两个人整个夏天都会在那儿工作，而且他们还不是本地人，所以要住在市政府通过和一家学校合作安排的单身宿舍里。

我打电话过去，说我有在类似机构工作的经验，也当过一年老师，而与我交谈过的那位女士说我可以当六周的临时工。六月中旬，我收拾好一个包的行李，坐上南下的大巴。几个小时后，当我在市政中心下车时，贡沃尔已经靠着她父亲的汽车站那儿微笑。她摘下墨镜，我们互相拥抱。

"我真想你。"她说，舒展身躯来吻我。

"我也想你。"我说。

我们身边的房子都漆成白色，我们身后的海是蓝色，四下的森林是绿色，沐浴在汹涌的阳光里。我们上了车，那是我第一次坐她的车，我有那么一刻被自卑感扎了下心，她会开车，我不会开。永远坐别人的车，那就是我。现在连我的女朋友也开车载着我了。

"离这儿远吗？"我说，将车座向后推去给我的腿腾出位置。

"三公里，"她说，"他们等你一起吃晚饭。你紧张吗？"

"不紧张，"我说，"我觉得一切会顺利的。"

她微笑着看了我一眼，然后把视线再次投向前方。她的内心有那么多欢欣，表达出这一点的不仅是她的嘴和眼睛，还有她整个身体。即使她正在开车，她全身依然洋溢着快乐。

往山上开的路上她介绍了我们所经过的景致。那儿有家学校，那儿住着她最好的朋友，那边是一个滑雪场，在那儿她第一次和人接吻……几分钟后，她减速然后拐进一条碎石子铺的路，我们开过了一些田地，几幢古老的漆成白色的大房子，在那条缓缓倾斜小坡的底部，紧靠着森林，俯瞰着峡湾，他们的房子就坐落在此。

"就是这儿！"她说，"这里美不美？"

"太美了，"我说。

她停好车，我们迈出了车，我跟着她走到门口，门被一个女人打开，肯定是她的母亲。

"你好，欢迎光临。"她微笑着说。我握住了她伸出的手。

"谢谢。"我说。

"你终于来了，这真是太好了！"

"能来这里真好，"我说，"我已经听了很多关于这里的事儿。"

"爸爸在外面吗？"贡沃尔说。

"是的，"她说，"等他回来我们就开饭，我是这么打算。"

"那我来告诉你你住哪儿，"她牵着我的手说，"来吧！"

我们走进了门廊，穿过这阴暗而凉爽的房子，到了最尽头的房间，我放下了包，看着她。她坐在那床单铺得紧绷绷的床上，把我拉下来靠着她坐着。我来之前她就警告过我和她睡一个房间的事提都不要提。

"你不能晚上过来找我吗？"我说，"悄悄地？"

她摇了摇头。

"他们在这屋子里就不行。但是他们明天很早就出门。我那时候过来。"

当我们在餐桌旁坐下时，她父亲合起手掌，做了个短短的祷告。母亲和贡沃尔也依样行事。我很不自在地把手放在大腿上，这样就没人能看到我有没有合十了，我也像他们一样低下了头。

"阿门。"他们说，然后就像魔法杖当头一点，我们进入了下一个场景，取食进食的手，被提出与被回答的问题，被咀嚼和吞咽的食物，欢笑声和喜乐。我并没有敞开自己，就像以往和不熟悉的人在一起时那样。她妈妈性情活泼，但好像一直在打量着我，父亲则瘦一些，黑一些，胡子刮得干干净净，可靠的模样。贡沃尔坐在他们和我中间，为着我会怎么看他们以及他们会怎样看我而有些紧张。我回答了他们提出的问题，努力要显出礼貌友善的模样，就好像把我认为他们想要的东西一股脑儿地倒给他们。一旦场面中出现了什么不好的情况，比如一阵突如其来的沉默，或忽然间一个让我解读为不赞许或者可能是不赞许的表情，我就更额外加油地表现。

晚餐后，我们去峡湾里游泳。

"现在怎样？"贡沃尔说，握住我的手，"餐前的祈祷吓到你了吗？"

"没什么，"我说，"不习惯是真的。我总觉得这事属于我爸妈的上一辈人。"

"的确这基本属于更老一代的啦，"她说，"那么你觉得他们怎么样？"

"他们很好，"我说，"外表看起来，他俩脾气完全不一样，但是他俩还是一路人，你知道我在说什么吧。"

"我也这么想，"她说，看着我，"在这里和你在一起真是神奇啊。"

"我也觉得太神奇了，我在这里。"我说。

我们在浴室一起刷牙，互吻晚安，然后去了各自卧室。外面下起了雨。我躺着听那微微的淅沥声，每当风吹过森林，那淅沥声就消失了。客厅里有一只钟在滴答滴答走着，每隔一整个小时某个机械装置就会启动，敲出怪异的铿锵声响。就我所见来说，这房子里一切都那么井井有条，体体面面。当我看到这一切，我就更能理解贡沃尔了。她作为一个大学生，在卑尔根过着自己的生活，同时也是这里的一部分，她是她父母的乖孩子，她既和他们亲近，同时又不和他们在一起了。我在这里时一种感觉，就是我是个虚伪的坏人，欺骗了他们，觉得我对她来说是个外人。

时钟敲了十二点。有人出来进了走廊，一扇门被打开，又被关上，卫生间响起嘘嘘声。我想着自己喜欢住在别人家，总是这样，而同时我又会觉得在那儿看到的让我无法忍受，也许因为看到的本来就不是我该看到的东西。这私密的生活，在他们身上如此明显。这些爱和无助就在那儿，一般来说会藏起来，不要别人看见。哦，各种小事，微不足道，家里的习惯，他们之间的视线。其中有如此之多的脆弱。不，对他们来说并非如此，他们就生活在这其中，他们看不到这脆弱，它只能被这生活的局外人看见。当我看到它时，我觉得自己像个入侵者，我没有权利这样做。同时这也让我对他们充满了柔情。

外面的时钟已经准备好在下一个钟点将发起的一击。我睁开眼睛，想要直接睡着是没有可能了。窗户外面的树木是黑色的，它们之间的暗部则略淡一些。雨不再下了，但风仍然依然在林间起起落落，就像某种空气里的涛声。

一点了。

我想到我小时候有次进了医院。那次是我的锁骨骨折了，我痛得厉害，哭了起来，但是我当时根本不懂出了什么问题，直到晚上我对妈妈抱怨，她开车送我去她工作的库克广场找医生 [1]，一个红发、雀斑的年轻人说骨头可能断了，我们不得不再开车去医院拍 X 光片。拍完以后，那里的医生说我可以在医院睡一晚。而那是我当时唯一的愿望，这是一次冒险，是我可以和别人说道的事，但是如果我说愿意，也许妈妈会认为我宁可在医院睡也不愿意回家睡，她可能会因为这个感到难过，所以我对医生这个提议摇了摇头，说如果可以的话，我宁愿在家睡觉。他也很理解这一点，他把长得没有尽头的绷带紧紧绕在我肩膀上，祝我早日康复，然后我们就离开了。

从那时起我就觉得自己虚伪，我这个人总有些其他人不会有的想法，而这些想法也最好千万别有人知道。这样呈现出来

---

[1] Kokkeplassen，位于阿伦达尔的一个度假地，之前有疗养院。

的，就是我的自我，这就是我的本质。因此这内心的我知道其他人不知道的东西，这内心的我是我永远无法和其他人分享的。我所坚守的这孤独，是我从那时起就一直牢牢抓住的东西，因为那是我唯一的所有。只要它还在，别人就无法伤害我，因为别人不管怎样伤害，伤害的都是其他的东西。没有人可以从我这儿夺走我的孤独。世界是我徜徉其中的一个空间，什么都有可能发生，但是在我心里的那个空间，那就是我之存在，在那里一切永远维持原样。我所有的力量都在那里，只有一个人能找到通向彼处的路，那就是爸爸，他也确实去过那里，在我的梦中他总是在我的内心对着我呼喝。

其他所有人都触及不到我。是的，在意念中他们进入了我的脑海，不管是谁都能旋转着浮起来，但意念又值几个钱？意识除了是灵魂之海的波面之外还能是什么？除了五颜六色的小船，随波逐流的塑料瓶和浮木，波浪和水流之外，这一天又能为这深达几千米的水体表面带来什么？

或者深度这概念本身就是错误的。

意识除了是黑暗森林深处一只手电筒发射出的光锥以外，还能是什么？

我闭上眼睛，侧身躺着。还有六七个小时她就要来了，我多么渴望紧紧地抱着她，在和她做完爱以后，让她贴着我。我们已经很久没有在一起了，所以我为此不遗余力。只要我现在能睡着，我思量着，那么下一刻她就会出现在我身边。但是我睡不着。我滑入了一种欲念和期待的昏沉，这完全无法忍受，我想要她，同时我也睡着了，但同时又意识到外面时钟的敲击，哦，才两点，才三点，才四点……当门终于打开，她向我蜷下来，带着她那典型的急切和不确定，在我身上升起的睡意如此深沉，以至于接下来发生的一切都像在梦中。

我们吃了早餐，她和她妈妈一样，每餐之后立即就把碗洗了，我站在外面院子里抽烟，手里拿着杯咖啡，她走了出来，坐在台阶上，在已经高照的太阳下眯着眼睛。

"你还没见过我骑马呢，"她说，"你要问我意见的话，这简直不可原谅。"

"我不是才看过了吗？"我说。

她脸红了，低下了头。然后她看着我微笑。

"这低级了啊，卡尔·奥韦。"她说。

"能不能就这么算了。"我说。

"我是认真的，"她说，"你现在能不能一起来？如果你愿意，你甚至也可以自己骑马呢？"

"绝对不可能，但是，我想看着你骑。"

半小时后我们走上坡，她手上拿着马鞍。我们在栅栏门口前停下来，一匹峡湾马迈着小碎步朝我们走过来，她伸出手对它说了什么，那弯弯的马嘴贴上了她的手，她摸着它，搭上马鞍上，一晃身上去了，很快就骑着它在绿色草地上前后走着，在这倾泻满地的阳光下，而我站在那里看着，拍着照片。有时我鼓几下掌逗她笑，这场面里其实有些焦虑，她其实是想向我展示她骑马这件事，但与此同时又为此不安，因为她不是喜欢表现自己的那种人，但是一切都顺利，这终究成了幸福的一刻，当她骑好了在我面前跳下马时,她满脸放光。

"你可以去马戏团表演了。"我说,拍了一张她站着一只手拿缰绳,另一只手拿胡萝卜的照片。

"哪天你一定要参加一次骑术表演,"她说,"骑冰岛马,最好是在冰岛。"

"你也别太骄傲了,"我说,"很高兴我能来这儿。"

"这只是个开始,"她说,"等我把你教好了,你就是个真正的骑师了!"

"骑马的人?"

"差不多。这在冰岛可是一种荣誉称号。"

"我并不怀疑这点。"

"我刚才有了个主意,"她说,"我考虑是不是要去雷克雅未克大学上我的精修课程。如果我这么做的话,你愿意一起来吗?"

"可以啊。"

"你会来?说真的吗?"

"是的。"

傍晚,她开车送我去镇上,那是我接下来要待六个星期的地方。我们首先去疗养院,离镇中心还有一段距离,取了我住处房间的钥匙,然后开车去了那个宿舍,或者不管叫什么名的地方,它位于离码头几百米的一个斜坡上。房间是裸露的石膏板墙,白花花的地板革地面,一张床,一个柜子和一张松木桌子,角落有个炉台和厨柜,一个很小的带淋浴间的厕所。

"我可能马上得回了。"贡沃尔说着，手里拿着车钥匙站在门口。

"去吧，"我说，"下周末见。"

我们飞快地吻了一下对方，转眼间外面的汽车就发动了，那声音冲击着墙，下了坡，听不到了。

我把从他们那里借来的羽绒被装进被套里，在床上铺好床单，衣服放在柜子里，书放在写字台上，做完这些事后我出去走了一下，溜达到了码头那边，那里基本上空无一人，除了在一个街头小吃店外停着几辆一看就是青少年开的车，还有一小帮人围坐在外面的木头桌椅上。他们留着长头发，穿牛仔服和牛仔背心，其中一个甚至穿着木屐[1]，当我走过去时他们盯着我看。我在码头边缘停下，低头看着水面，它冰冷而黑沉沉地贴在砖壁上。有辆汽车的音乐声传了过来，我看到它的车门开着。永远年轻。我再次走过他们身边，一直溜达下去，走到小小的镇中心，除了大型合作社超市和纳维森便利店以外，沿着主街还有一个很小的购物中心，一家中餐馆和屈指可数的几间商店。一个人影也不见，但这也不是很奇怪，今天是星期天，也已经晚上十点了。

走到通向宿舍楼的坡顶那儿我转身看着我的新工作单位，从这里看到的只是森林里的几点灯光，在一片陡峭的山坡下。我发现我有点恐慌，并不是为着工作本身，而为了我将遇到的所有那些人，那些从零开始要给别人留下好印象的工作环境。

---

[1] 由荷兰木屐发展而来的工作鞋，也可以是皮面木底的。

第二天早上,刚冲了个澡的我走出门,下山,穿过镇中心,从另一边走出来,跨过一条河,朝着山上的森林走去,在林间有八栋或十栋建筑。天空布满了云,空气温暖而凝滞。一辆公共汽车从我身边开了过去,在尽头的调头空地那停了下来,一队人下了车,然后被带进建筑物里。我跟着他们。有两个病人显然是身心障碍人士,站在那儿看着我们,给我的印象就是这一切是每天早上他们都要做的事,谁也不说话;脚步声和人们走动的声音,缓慢地向里面移动,两旁的森林里弥漫出的寂静包围着我们。

最先到的是一栋大砖房,那是我前一天晚上领钥匙的行政大楼。没人在那儿停下来,大家散开了,朝着像花环一样环绕着行政大楼的其他建筑走去。在窄窄的沥青小路之间铺着泛白又发干的草坪。一块凹下去的平地里是沥青地的手球场,就好像四周围着土墙那样。这里或那里是小堆的树丛,曾经是周围森林的一部分,现在则位于这些简易建筑后面几米。

我对前方在等着我的是什么全无头绪,走进去时很紧张。我要去 E 区,那栋楼位于上面左边,我找到它了,是一栋长形、漆成白色的砖砌两层楼。我的工作岗位在上面那层。入口在后面,有几辆车停在那个小小的沥青停车场里。我打开门,走进一条走廊,尽头是楼梯。这是我熟悉的味道,这和我三年前在埃格医院工作时闻到的一模一样,这也是我在七十年代的小学校里闻到的气味,混合着绿皂液 [1] 和一种淡淡的属于地下室和下水

---

[1] 用松针提取液造的清洁液,用来冲刷地面。

道的气味，在这一丝不苟的清洁工作里有着某种黑暗、潮湿和地下世界气质。

一条长凳靠墙而立，在那上面的衣帽钩上挂着外套和橡皮筋松紧裤腰的裤子。两个轮椅紧挨着另一堵墙放着，它们上方，在墙的最顶端安着一扇狭窄的、五十年代感的气窗。

我走上楼梯，打开门，进入一个两边都有许多门的长廊。一个男人靠墙坐在椅子上盯着我，眼神野得很。他的腿只剩两个桩，看来从膝盖就没了。除了这个他的样子倒也正常。高高的额头，红头发，白皮肤缀着些雀斑，强壮的上半身。他穿着红色慢跑裤和印着多乐公司香蕉标志的白色 T 恤衫。

"嗨！"我说。

他投向我的目光充满轻蔑。他把手放在地板上，一晃就把下半身挪到两手中间。双手同时向前一撑全身跃起，下半身也随之晃了过去，就这样，他就这样非同寻常而得心应手地行过大厅。

一个女人从最近的门里探出了头。她大概在三十四五岁左右，一头黑色卷发，曲的头发，有点龅牙。

"卡尔·奥韦？"她说。

"对，嗨。"我说。

"我是玛丽安娜，"她说，"快进来，我们就坐这里面！"

我走进这个小房间，里面有个留着小胡子的男人坐那儿，头发烫过，穿萝卜裤和背心，面前放着一杯咖啡，旁边是一个体态浑圆、饱满的女人，戴着眼镜，稀疏的黄头发，穿着牛仔裤和牛仔外套，也许二十五岁，她面前也放着一杯咖啡。

"嗨。"这男人说。"我叫奥韦，"他说，"这是埃伦，那位是玛丽安娜。玛丽安娜现在要下班了，所以今天是我们三个人当班。"

那个叫埃伦的点了根烟。

我脱下外套，找出了我那包烟草，坐下了。

"你以前在这里上过班吗？"奥韦说。

我摇了摇头。

"我们怎么做你跟着做就行了，很快你就会融入这里的。"他说，"是不是，玛丽安娜？"

他抬头看着她，正是她准备穿上外套那当口，他眨了眨眼。她笑了。

"祝你今天过得愉快。"她说，走出了门。

"你先来一支烟，然后我们就开工了。"奥韦说。

那个没有腿的男人进了房间，在桌边像狗一样坐着，盯着奥韦。

"这是厄尼尔夫。"他对我说。"你要不要来杯咖啡，厄尼尔夫？"

厄尼尔夫没有作答，但是从紧咬的牙关之间"嘶"地抽进了一口气。他的眼睛亮了起来。他身上臭烘烘的。我点着了烟，向后靠在沙发上。奥韦把一个杯子放在暖壶下，长长地按了两下泵，又加了牛奶，然后将杯子放在厄尼尔夫前面，厄尼尔夫用双手抓住杯子，深深地三口就喝干了咖啡。他先把空杯放在桌子上，低低地很快说了些什么，又拿起来祈求地举向奥韦面前。

"不行，不可以，你已经喝了两杯了，"奥韦说，"现在你得等到早餐的时候。"

厄尼尔夫放下杯子，流畅地晃出了房间，直到走廊另一端的墙边，他在那儿坐下来，把双手放在两腿残肢下方，凝视着我们。

他是不能说话吗？还是不愿说话？

"我们八点吃早餐，"奥韦说，"然后四个院友要去工作间。这里就还剩三个人。其中一个叫奥勒，是需要日常护理的。其他两个能够自理，但也需要留意一下他们。去工作间那帮人会回来吃午饭。其他你需要知道的事情，就等事儿到跟前了再和你说，行吗？"

"这听起来挺好的。"我说。

他从身边的桌子上拿起一本绿皮书，打开它，从那密密麻麻写在一行行线的很多页内容来看，我知道了这是他们用来做记录的本子。

"你以后可以翻一翻这个。"他看着我说。

我点点头。

他不喜欢我，这个我一开始就意识到了。他说的话，包含相当的好意，但是那声音里的友善似乎是被迫如此，而从他的目光以及散发出的气息里透露出的态度，都告诉我他已经对我做出了某种结论，而且这结论对我来说不算有利。

埃伦，在她那一方面，对此完全漠然。

她会不会是女同性恋呢？

"不行了，"奥韦站起来说，"我们现在该走了，去叫醒他们。你和我们一起，你就能和住在这里的人都打个招呼。"

我跟随他穿过走廊。在最顶端左手边是厨房，右边是一个小小的饭厅，里面是一扇门，通往办公室，办公室有一半墙是玻璃。

跟着我们走的厄尼尔夫，在厨房外的围栏外停了下来。

"开饭前他总是在这里坐着等，"奥韦说，"厄尼尔夫，是不是这样？"

厄尼尔夫做了个鬼脸，露出了牙齿，同时深吸了一口气，发出一种嘶嘶作响、让人不适的声音。

这算一个肯定的回答吗？

"我们出门的时候，厄尼尔夫就会坐轮椅。但是在室内他完全没有任何问题。你都能自理，对不对？"奥韦说，并没有看着厄尼尔夫。"这里注意了，你看到厨房前那个小栅栏了吗？重点是，我们自己不在那里面的时候就要关好它。你明白没有？"

"明白了。"我说。

"那我们就从汉斯·奥拉夫开始。在这里面他有自己的一个小病房区。"他边说着，打开了走廊尽头的门。"有时候他可能会有点不服管，如果我可以这么说的话，所以他一个人住这里。你懂吗？但是他是个挺好的男孩。"

里面是一个小厅，里面有张餐桌，再过去一段走廊，离我们最近的一扇敞开着，在房间最里面的床上躺着一个大概四十岁的男人，已经手淫完毕。他的阴茎很粗，已经完全软下来了。奥韦在门口站住了。

"嗨，汉斯·奥拉夫。"他说。

"手新！"汉斯·奥拉夫说。

"不，现在不能手淫。"奥韦说，"你现在该起床了，穿衣服，然后我们要吃早饭。"

"手新！手新。"汉斯·奥拉夫说。他的鼻子大而略扁，两边脸颊上有很深的皱纹，头几乎完全秃了。他的头形很圆，棕色眼睛，当我看到他时，一声叹息穿过我内心。他和我看过的一张老年毕加索的照片几乎一模一样。

"这是卡尔·奥韦，"奥韦说，"今年夏天他会在这儿工作。"

"嗨。"我说。

"要我帮助你起床吗？"奥韦说。

他也不等回答，就走向汉斯·奥拉夫，两手抓住他的一边手臂，把他拉成坐姿。汉斯·奥拉夫有点恼火地打了他一下，但没有侵略性，就像一个人追着苍蝇打那种，他慢慢站在了地上，抓住自己裤子拉上来。他比我还高，也就是说有差不多两米，但看起来虚弱，几乎无法保持平衡。

"汉斯·奥拉夫在这里吃早餐，要有一位工作人员在场。"奥韦说，"今天我来，但是明天你可以上了。"

"这个可以的。"我说。

我们再次走进病房区，汉斯·奥拉夫迅速地溜达出去，身子前倾，步履蹒跚，手指在下巴下方乱弹着，我看见就在他一如既往地低声咯咯笑着的时候，他的一只胳膊突然伸出去打在墙上，三次。他绕着厄尼尔夫走成了一个弓形，就好像怕他似的，然后迅速消失在房间里。

奥韦打开了最近的一扇门，门后的房间里，一个老人坐在床上正在穿衣服。他戴着眼镜，柔软的脸庞上有丰满的嘴唇，脑壳顶端是从另一侧刮过来的头发，而且，从外表和风格来判断，他可能是一个低级职位的会计师，或者建材仓库的接待员，或者木工课教师。

"你都起来了！"奥韦说，"很好，哈康！"

这个叫哈康的人害羞得像个女孩，垂下目光。美丽的绯红在他的老脸上晕开。

"谢谢。"他喃喃着说。

在隔壁的房间里，一个大概有六十、六十五岁的老人坐在床头上，白头发在秃顶脑袋上围成一个环，正从一堆杂志上把图片撕下来。他的背后拱起一个巨大的包，又宽又平，以至于顶上能放一个托盘。

"你还好吗，科勒？"奥韦说。

"吼，吼。"科勒说着指向房间外。

"是啊，很快就要开饭了。食物来了我会喊你们的。"

房间看起来就和老人院里布置得差不多，有些是院里的东西，毯子和桌布，墙上挂着宜家买的装饰画，有些是个人物品，比如桌上放着带相框的照片，一些小零碎饰物，也许是窗台上一瓶塑料花。

我们沿着走廊走，直到每个人都被叫起床。他们中有些人还在睡着，其他人则醒着，其中一个人叫埃伊尔的，吼着要我们出去因为我们弄醒了他。所有人都是四十到六十多的男人，埃伦负责的那个需要护理的人除外，他的年龄肯定还没超过二十五。在另一个方面他也和别人不一样，他完全瘫痪，半躺在一个硕大的轮椅上，他用尿片也需要喂饭，而且他的眼睛完全是空洞的，里面看不到任何性格，就只是眼睛而已。当我看到它们时，那种不舒服的感觉让我全身发冷。他长得很干净，本来应该挺好看的，如果他的嘴巴不是总张着，口涎顺着嘴角流淌的话。有时他会发出一些空洞的声音，但根据我的理解，它们与周边环境一点关系都没有，至少我没发现任何关联或者规律。

最后一个房间属于厄尼尔夫。尽管他坐在走廊里，是醒着的，奥韦还是把我带到进去看一眼。这间房比其他人的房间小。除了一张蓝色垫子，和我们在学校健身房中使用的那种没有什么区别，房间里空荡得很彻底。没有家具，没有装饰，没有画。他们什么都没有。他甚至没有床单或被子。

"为什么他的房间没有家具？"我说。

奥韦像看傻子一样看着我。

"是啊，你以为呢？如果这些东西是分给他的，他就会把不顺眼的东西全部砸烂，或者撕成碎片。你懂吗？可能他几天都不去理会这些东西，然后突然它们碍他的眼了。"

"好吧。"我说。

"规矩一：当院友在场时，我们从不谈论他们。不管我们认为他根本听不懂多少。我们要像他们的伙伴一样。你懂吗？是啊，是啊，做主的是我们，当然。但是我们对他们还是应该有点和气和直爽的，像哥们儿似的。"

"这个我明白。"我说，再次跟着他走进走廊里。

"我帮他们冲淋浴和穿衣服，"他说，"那么你能不能把早餐弄好？"

"可以，"我说，"他们要吃什么？"

"面包和面包配菜。还有咖啡。他们喜欢咖啡，你可能已经发现了。"

"好的。"我说着走进了厨房。去做具体的机械事务是一种解脱，不用和这些院友们待在一起。我在他们身上看到的一切让我非常难受。

我打开冰箱，把能找到的配菜都拿出来。切开了一些西红柿，黄瓜切了片，甜椒切条，把它们放在盘子里，萨拉米肠和火腿片放在另一个盘子里，在第三个盘子里放了黄奶酪和棕酪。我干得很卖力，我想给在这儿工作的其他人留下好印象。放上咖啡壶，拿出牛奶和果汁，把两张桌子上的餐具都摆好。一个院友从他房间里出来，全身上下只穿着内裤，他有运动员的身材，长着一张肃穆而有男子气概的脸，第一眼看上去他就像个人类的理想样本，但是他那种就像盘着足球保持平衡的走路方式，让人意识到在他身上发生的事并不那么尽如人意。他在洗手间的门槛前停了下来，一步跨过去，一步退下来，一步跨过去，一步退下来，我意识到他可以这么走一整天，如果不是奥韦走过来，把胳膊放在他肩膀上，把他拉了进来。那个害羞的哈康，左右摇晃着蹒跚走过走廊，他的脊背是斜的。埃伊尔走过来的时候，脑袋后仰，眼睛直视天花板，就这样一直走到餐厅。汉斯·奥拉夫一动不动贴墙站着，手指在下巴下方做一个闪烁流动的球形。厄尼尔夫就这样坐着已经有半个小时，双手放在腿的残肢下。他一直不停用力在齿缝间吸气呼气。也许这样剧烈地换气让他振奋。

我把咖啡倒进有泵的暖壶里再把暖壶放桌上。切开一条面包，找一个烤吐司炉，但看来他们没有这玩意儿。朝窗外看了一眼，在那灰色的沥青路面上来了一群心智障碍人士，他们中大多数看起来都四十多岁，在他们中间走着两个正在交谈的护士，其中一个拿着点着了的烟。他们头顶的天空灰色而明亮。

奥韦拿着一盘食物走向汉斯·奥拉夫的房间，埃伦喊开饭了。我们每人在一张桌子前坐下，院友们沿着走廊涌过来了。那个像运动员的叫阿尔夫，现在带着一种奇怪的抽搐，动作几乎像机器人那样。在他身后跟着哈康，那个像女孩的老人，嘴唇上挂着像是抱歉又略带焦虑的微笑。头发像花圈、撕杂志的那个科勒，走路时身体略往前弯着，驼包像背上背了个口袋，他不停地在空中把一只手扭向前又扭向后，就在脸的下方。

"你是哪里人？"埃伊尔说，他俯身向前，直盯着我。

"阿伦达尔。"我说。

"那你几岁？"

"二十一岁。"

"那么，你的车是什么样的？"

"很遗憾，我没有车。"

"这么说来，为什么没有？你为什么没有车？怎么回事？"

"埃伊尔，你现在别唠叨了。"埃伦说。

埃伊尔暂时往回收了一下。

"不了，"他说，"不了。不，不。"

他往上直视了一会儿天花板，才开始吃饭。他的呼吸一直很沉重，当他把食物送进嘴里时，我就像坐在一个小蒸汽机旁边。

他的衬衫角悬在裤子外面，外罩一件红色套头衫，有一些污渍，他的头发，浓密而卷曲，全部向后梳。他的脸颊有一种淡淡的红，可能是因为有些血管爆了的缘故。他的眼睛也有些红丝。他给人一种困惑而心不在焉的印象，让我想起了理工科学者，或者某种高中教师，就是那种：独居很久，也没有取得他认为自己该取得的成就，但是确实喜欢教书因为这样可以让他完全不在乎自己外观。埃伊尔看起来就这样。但是在这一切里会突然出现一些肢体的抽搐，一只手忽然挥向空中，就好像，他在走廊上一眼看见了一个同事，或者他陡然地向前一抽搐，让周边每个人都吓一跳。然后又是眼睛直瞪天花板，那样。

他也会完全无缘无故地自己笑起来。

"是的，是的，是的，是的！"他会这么说，就好像刚听人说了个笑话，然后如此这般地给讲笑话的人以赞许。

"那你有女朋友吗？"他说。

"有的。"我说。

"她叫什么名字？"

"贡沃尔。"

"她好看吗？"

"埃伊尔。"埃伦说。

"你今天要去游泳吗？"他说着，望向她。

"不去。"她说。

"那么，为什么不去呢？"他说。

"今天天气不是特别好。"她说。

"为什么会这样呢？"他说，还重重地叹了口气，瘫在椅子上。他所有的问题都很机械，他的声音里没有任何惊奇的痕迹。他就像一个把这些已经背得滚瓜烂熟的孩子却不知道自己在说什么的孩子。

"好吃吗，哈康？"埃伦说。

"好吃。"哈康嘟囔着，下巴低垂，"非常感谢。非常感谢。"

埃伦坐在奥勒旁边，给他喂吃的。他半躺在椅子里，大张着嘴。稀粥沿着嘴角成条地流淌下来。科勒经常磕磕绊绊地发出一些小声音，显然他说不了话，但是能通过声音、手部运动和目光进行交流。厄尼尔夫坐在椅子上来回晃着，露出牙齿看着我。

"我们是哥们吗？"埃伊尔说，"我们俩，是哥们吗？"

我该说什么？我们才不是哥们。但如果我说不是可能会引发他心里的极度不安。

"对啊，我们应该是吧？"我说。

"那你一定要来看看我给国王拍的照片。"

"好啊，我很想看。"我说。

"好，"他说，"我们一言为定。"

走廊的门打开了，汉斯·奥拉夫跑了出来。他往身后看，哈哈大笑，两手在下巴下，嘴一直在动，他全速跑过走廊，拖着沉重的身体左右摇晃。奥韦在后面走来，手里拿着餐盘。和毕加索的相似就已经让人不安了，它完全打破了世界的平衡，我想。但是其他人对此看来并不在意，我也可能会逐渐地习惯它。

"如果你在早餐后收拾东西，卡尔·奥韦，我就带男孩子们去工作间。"

我点点头。

要去工作的那四个人站了起来，走进他们各自的房间。厄尼尔夫从椅子上滑下来，来到走廊上我一开始看见他的那个起始位置。埃伦把奥勒的嘴擦干净，推着他回到房间。我把食物放回冰箱，盘子和杯子都放到洗碗机里，用一块抹布把桌子擦干净，用扫帚和撮箕把地板打扫干净。

做完这些以后，我去了埃伦那儿。她正要给奥勒做清洁。他赤条条地躺在床上，洁白而僵硬，她嘴里零零碎碎地说着话，边用一块布在他身上抹着。就这样，她说，下面这里，你看，擦身是很重要的。现在我要再加一点水进来，这就更暖和，更舒服了。

他空洞的眼睛凝视着天花板。

"有什么是我能做的吗？"我说。

她透过那厚厚的眼镜看着我。

"没有什么了，"她说，"你就坐下来，喝杯咖啡吧。他这两天排便不好，所以我想待会儿给他灌肠，也许你到时可以帮我一下。"

"好。"我说。

"或者你也可以带厄尼尔夫上午一起出去散个步。就在这一带转转。"

我点了点头，她把手巾拧干，继续给奥勒擦身。

在大腿上，一边的腿肉上有一个挺大的带疤的标记。

"这是什么啊？"我说，"是胎记吗？"

她摇了摇头。

"这是烫伤。这是有人把他放在暖炉旁边就走开了。那是很多年前了。"

"真的吗？"

"很不幸是真的。你知道，他自己不能动。而他也不会说话。所以他只是躺在那里。"

"太可怕了。"我说。

"是的，"她说，"但那是很久以前的事了。他的病区已经关了。他现在分配到了自己的套间，你知道心智障碍医改[1]。但是在新宿舍完工前，他会一直和我们在一起。是不是啊，奥勒？"

她说话的时候，他脸上没有闪过任何表情。我又多站了一会儿，以免显得轻视，然后我走进值班室，倒了一杯咖啡。走廊上响起了拍手以及衣服拖在地面上的声音。那是厄尼尔夫，他在茶几前停下，祈求地抬头看着我。一定是我按下暖壶泵的声音把他招过来了。

"你想喝咖啡吗？"我说。

他没有表情地抓起一个杯子，向我举起来。

"你早餐时已经喝了一杯了，"我说，"可以再等一会。"

我开始卷烟。他保持同样的姿势，良久地举着杯子伸向我。然后，仿佛一个魔咒被打破，城堡从睡眠中醒来，他突然把杯子放下了，开始用力换气。

---

[1] HVPU，心智障碍人士医疗改革，1991 年实行，把心理发展障碍人士的医疗护理下放到各个行政区。

"我觉得你最好是坐在走廊上，"我说，"然后待会儿我们两个去散散步。"

他看着我时的表情是一种鄙视吗？

总之他也没有动弹。

我用舌头舔着卷烟纸上的胶边，把边粘在纸上，把烟卷塞进嘴里，点着了。一条伸出来的烟草立即就烧了起来，一闪一闪地朝地板跌下去。下一秒其他的烟草也点着了，我吸了一团烟，朝阳台门的窗户看出去。一小组三个护理人员推着他们各自的轮椅走过来。另一端的行政大楼前停着一辆汽车。从楼下那层传来一种绵延不绝的嚎叫，那声音很难与任何人类联系在一起，与此同时厄尼尔夫一直在喘息，发出嘶嘶的声音，离我只有半米。

我再次转向他。

他立刻拿起杯子，乞求地伸向我。

"不。"我说。

他继续坚持下去，城堡又陷入了沉睡。

"厄尼尔夫，你要喝咖啡吗？"埃伦说，这时她刚好进了门。"看这儿，就给你一点儿好了。"

她拿起他的杯子，倒满等量的牛奶和咖啡，他大口吞咽完毕，就拖着自己的身体出了房间，进了走廊。埃伦叹了口气，坐在茶几另一头的沙发上，点着烟，闭上了眼睛。

我在脑子里把院友们分了类别。病房里有七个人。四个看起来多少是正常的，其中又有两个能说话。有两个人严重畸形，但是能自由活动，剩下一个是植物人。说到心智障碍者，我之前一部分会想到蒙古病，一部分会想到植物人。在两者之间会有如此之多的变种，是我以前所不知道的，但是当我第一次看到这些情况时我当然也没有感到惊讶。

下面的路上，汉斯·奥拉夫和奥韦走过来了。

"奥勒现在在哪儿？"我说。

"他睡在自己房间的床上，"她说，"我待会儿去接他，然后我们就出去走走。"

"他正睡着吗？"

"没有啦。他就躺那儿自己舒坦一会儿。"

楼下那层的嚎叫声又响起了。在走廊上我能听到厄尼尔夫发出的嘶喘声。除此之外四下寂静。我对要和厄尼尔夫一起出去散步觉得有点担心。这将是我第一次与他们中的一个单独在一起，而我对自己该如何行事、对他说些什么、将会发生什么都一无所知。如果他要去厕所我该怎么做？他可以自己去吗，还是一定要人协助？我要把他抬上轮椅上，还是他自己能上去？他自己能穿衣服吗？轮椅需要我推吗？我们该去哪儿？他本来就说不了话，如果我弄不明白他想要什么该怎么办？

除此之外我还害怕。他投向我的目光，充满了仇恨，他住在一个完全没有家具和物件的房间里，只有一个床垫，因为他会砸烂所有他看不顺眼的东西，或者把它们撕得粉碎，就像奥韦所说的。

如果他在我们在外面时发作起来我该怎么办？那时我能阻止他吗？如果他攻击我的话？尽管他现在没有腿，但他上臂的肌肉可是强壮得很。

走廊上的门"砰"的一声打开了。随后汉斯·奥拉夫就迈着小碎步走过去了，身子向前冲，双手在下巴下抖动着手指。跟着他的奥韦在门口停了下来。

"我和他在里面走一走，"他说，"然后他可能睡一觉。"

我站起身来，能照顾上厄尼尔夫是最好的。我看到奥韦在走廊往前走，个子相当小，但非常强壮，以至于他的手臂好像没法贴着身体，总是支棱着，这也导致他走起路来有点摇摆。我想他在健身上应该很花了些时间。

厄尼尔夫在他自己的房间里蹲着，脸冲着墙。

"嗨，厄尼尔夫，"我说，"你想出去兜个风吗？"

他转过身来，没看我一眼，摸了出去，到了入口处的门，他舒展身体打开了门。他轮换着两只胳膊撑着下楼梯，像某种大型昆虫，飞快而且得心应手。当我走下到门廊里，他已经两手抱着腿坐在了轮椅旁边。

我恨这事。

我在挂钩之间找他的名字，找到了，拿下一件外套。

"你一定要穿外套，"我说，"需要我帮你吗？"

他不动如山地坐着，没有任何迹象能告诉我他在想什么。

我弯下腰，小心地抓着他的胳膊，好把外衣袖子套上。他猛地把胳膊抽回去。

"如果我们要出去兜风，你就必须要穿外套。"我说，"不然就不能出去兜风。"

他纹丝不动坐着。

"行吧，"我说，"那我们上楼回去了。"

我站起身来。我转了个身，他还保持同样姿势坐着。我上了几级楼梯，停下来听听他有没有跟在后面，什么也没有。

埃伦从沙发上抬头看着我。

"我没法让他穿上外套，"我说，"他不肯穿。"

"这么说来，他需要外套吗？外面很热。"

"行吧，"我说，"还有什么是我该知道的吗？"

她摇了摇头，我赶紧又往下走，按我了解的情况，他也许会利用我离开他这短暂的时间逃走。

但是他坐在轮椅旁边，双臂抱住他的短腿，下巴抵着胸口。

"那我们走吧？"我说。

他爬上轮椅，驾轻就熟地转着轮子，迅速滚到门口，抬头看着我。我一打开门，他就开始以疯狂的速度向前转动。我要跟上他必须拼了命地快走。他现在全身心投入在这行进中，以迅疾而完全均匀的动作滚动车轮，双手撑着轮子，抬起，撑，抬起。我们经过了行政大楼。又过了一段距离面前来了一帮人。我一眼就看到那是两个看护和四个院友，从他们的身体动态来绝对不会弄错的。

两位看护看着我。

"嗨。"我说。

"嘿。"他们说，"嗨，厄尼尔夫！"

他对他们置若罔闻，很快他们和其他的建筑都远远地落在我们身后了。他的表情凝结在一种呲牙的鬼脸中。脸色因焦灼而憋得通红。沿着道路密密麻麻地站着落叶乔木，间中伸出几株更瘦长而颜色深沉的枞树。在我们面前的是那条主干道，沿着它伸展开一条自行车道,我打算沿着这条路往下走。

厄尼尔夫不愿意。他指着左边,从那儿有条路绕向了一个小小的住宅区。我想,我不能让他完全做我的主,所以就抓起轮椅后的把手开始往下走。他试图用手刹住车。他的目光里全是恐慌。他真是个白痴啊。

"抗议是没有用的,"我说,"我们要走那条路。"

他跳了下来,开始自己朝那条小路爬去。那会要命的,他正在跨过主干道,个子比狗高不了多少,如果有汽车过来的话,可能就要出大事,我推着轮椅在后面追着,高喊着要他再坐上车。

他在另一边停下来看着我。他挪动的时候,双腿在沥青路面上拖着,看起来并没有影响到他。

我把轮椅放到他前面。他爬上去了。我还不想让步,就开始向下推过去。他再次跳下来,开始往反方向跑,手掌抵着沥青路面,下半身在两臂之间摆动。我跟在他后面,但这回他不肯上车了,现在他全靠自己双手上路,就这样我们走进那个小住宅区,他在有沙粒和小碎石磁的沥青路面上,视线死死盯着前方,我推着轮椅紧跟在后。这样不成,如果有人撞见我们,我会被解雇的,但我的脑子被怒火烧得沸腾了,他就不能好好坐在轮椅上听我的话?那条对他来说重要得不可思议的小路到底是怎么回事?这太愚蠢了,我是他的看护啊,我们上午出来兜风,这条路和另一条一样好,就算不是,不管怎样也不值得为了这个牺牲舒服的轮椅。

我跑了几步,来到他前面,用轮椅挡住他的路。他晃向旁边,

415

企图绕过去，我又移过去。他抓住车轮，想把它扯下来。

"我们会走这条路，"我说，"我保证。我们会去这里。你坐在椅子上，然后我们就出发。"

他撑上去了，现在他坐好了，他的手臂又开始以疯狂的速度转动着轮子。我在他旁边走着，经过了有房子的区域，这一片由相对来说较新的房子组成，但是花园还没有完工。一辆公共汽车在那边的马路上停下来，两三个人下了车，开始往里面走。我们已经到了路口，直到此刻之前一直在疯狂摆动手臂的厄尼尔夫，突然停了下来。

"要我来推你吗？"我说。

他对问题毫无反应，所以不可能从他身上读出任何答案，但是当我握住把手并开始推他的时候，无论如何他也没有抗议。我尽可能走得飞快，很快护理院园区又出现在我们眼前。

当我们经过行政大楼时，他毫无预警地从轮椅上跳了下来，就坐在轮椅旁的地面上，通向大门的台阶就在几米之外。

"你不能坐这儿，"我说，"来吧，我们的宿舍就在那边！"

他没有看我，也不搭理我，两只胳膊撑在地面上坐着，大口换气。

"你不想回宿舍吗？"我说。

没有任何反应。

我试着把他抬起来，但他奋力抓着椅子所以没能成功。

"你就想坐这儿吗？就在其他人喝着咖啡正开心的时候？"

没有任何反应。

"我可以啊，"我说，"反正我拿的钱都是一样的。我站这儿

416

挺好的，我觉得。"

我走到楼檐下面，点了根烟，但是两三分钟后我就意识到这个场面其实不太好看，院友被晾在路上，看护在十米外抽烟，于是我掐了烟，再次回到他身边。

"行了吧，现在，"我说，"你已经完全表达清楚了你的意思，不用再犯犟了。跳上来吧，我们这就走。"

毫无反应。

双手抱着膝盖，龇牙咧嘴，嘶嘶喘息。

"好吧，好吧，"我说，"你想怎么样都行。"

我在胸前叠起胳膊，向院区里面看去，企图找到能走出我目前所限困境的办法。他可以犯犟，可以任性，但在我身上他可遇到了克星。我可以站在那儿直到黑暗降临，我可以站一整夜，可以站到第二天，如果一定要这样的话。要做到这点只需要想着其他事情。不去想他以及过得如此缓慢的时间。

但是这很困难，他身上有种东西，我在他身上感到的那种侵略性，让他的存在就像阴影一样笼罩在我的思想上。他的脑袋里不可能有很多内容，他的几乎所有动作都基于反射性，就像当他听到按暖壶的声音就会呼啸而至，然后机械地举起咖啡杯。他并不享受喝咖啡，那只是一种非要如此，一种一定要做，一种必须发生。如果它这次发生了，他就愿意它再发生一次。出门的时候，就只有那一条路线能够算数。兜风本身并不重要，因为它重要的话，走另一条路他也会一样情愿。

我低头看着他。我强烈地憎恶他，他身上的一切，但最讨厌的是像狗似的以及愚昧这两方面。这样地坐在这儿，输的是他，而不是我。我是有工资的，不管我们是坐这儿还是坐在一棵树上，我怎样都行。

他闪电般地朝我看来，正对上我的视线，当他再次向下看时，他微笑了。

这是我第一次看到他微笑。

他真以为他是在惩罚我。眼下占了上风的是他。

我走开了几步，在冲着停车场的一块边界石上坐了下来。他挪动自己的方式，那在土地或地板上快如闪电的钟摆运动，本身带了些螃蟹的意味。让人困惑的是那张脸，如果能在意念里把其他所有东西都移走，那张脸其实是完全正常的。一个红头发，有雀斑的人，快五十了。如果他只是残疾，只是畸形，我可能还不会有这么大的反应。但是他的思想显然也扭曲畸形了。他的灵魂，也残疾了。他对它做了什么？

哦，见鬼了。见鬼了。

他是低下者中的最低下的，是弱者中的最弱的，而我在这里对他满怀鄙视。

我才是那个不像个人的家伙。但我对此无计可施。他的愚蠢激怒了我，因为他坐在那儿哪儿也不去，他以为是他在惩罚我，而汗水从他的额头上流下来，他透过紧咬着的大黄牙一吸一呼。

遮蔽着天空的云缓慢而几乎不让人察觉地散开了。现在照耀着我们的太阳，背后衬着淡蓝色的天空。停车场里的汽车陆续被打开，启动，它们沿着路开下来，其他的车又来了，被停好，引擎关掉，车门打开。所有人都看到了我们坐在那儿，没有人对此说什么。我也不知道这是不是正常，是只有我如此，还是每天厄尼尔夫的看护都会陷入如此境地。

"你现在起来，我们要走了。"我用平稳和缓的音调说。他对此不做回应。我朝他走了几步，他紧紧握住了轮椅，这样我就没法把他举起来。

他在那里坐了一个半小时。然后埃伦推着奥勒走了过来，她给奥勒戴上了墨镜。他们在我们身边停下了。

"现在是午餐时间了，"她说，"来吧，厄尼尔夫，快到轮椅上来！"

厄尼尔夫跳上了轮椅，两手放在大腿上。我现在应该推着他走吗？

是的，显然如此。

我与埃伦肩并肩地拖着轮椅走了过去。空气温暖，射下来的阳光几乎是灼热的。我讨厌我自己，以及我整个儿的存在。

这天晚上的睡眠在空洞和百无聊赖中降临，在很长一会儿里我只是一个躯体，有着缓慢的心跳和绵长的呼吸，鲜血同时在全身流淌，让这躯体保有着生命，仅此而已，直到梦开始升上来，这些虚张声势的情绪和图景在我们睡眠时统治着大脑，它对我来说总意味着同一件事，我是孤独的，背靠着墙，吓得直冒冷汗或者自怨自艾。总有人在嘲笑我，总有人在追着我，而在他们所有人之上，最显眼的总是爸爸，他以许多不同的形式和面貌出现。在最普通的那些噩梦里，我们仍然住在蒂巴肯，他和我一起住在那栋房子里，但最糟糕的那些梦是我去妈妈家

419

时他又回来了，似乎他也住在在那儿，因为在妈妈那儿我有很多自由，我想干什么就干什么，而正是这个让他暴跳如雷，就是这样。

每天早上那种被践踏的感觉还残留在我体内，我就是带着它开始新的一天，就算这种感觉随着每天日常活动而逐渐消散，正是这些常规琐事让我牢牢地站在了另一个世界中，但是那被践踏和被侮辱的感觉一直都在，它什么都不要，什么都不要，直到它重新腾起火苗，在我整个身体内熊熊燃烧，是的，把我彻底烧透。

那天早上我惊醒时距离闹钟要响起还有半小时，我梦见我已经死了，我醒来发现这不是真的，那种如释重负感如此强烈，以至于我不由自主轻轻笑了起来。

我起身，吃了一片面包，穿上衣服，锁上门，再次向养护院走去。

当我打开门时，厄尼尔夫靠墙坐着，双手抱腿，前后摇晃着。他飞快地看了我一眼，视线又低下去，完全漠然。在值班室里，坐着埃伦和一个和我年龄差不多的女孩。她站起来和我握手。她说她叫伊雷妮。她个子高又苗条，金发剪得短短的，蓝眼睛，高颧骨。我一向会被她这种酷酷的美丽吸引。一个像她这样的人出现在那里，让所有事情都复杂起来，当我坐下来从暖壶里压出一满杯咖啡时我已经意识到了这一点。我会持续不断地意识到她的在场，以及我自身的存在，会想着在她的眼里我是什么样子。

她提议她来照顾厄尼尔夫，埃伦看着奥勒，我则照看汉斯·奥拉夫。这意味着我要和他一起吃早餐，之后让他休息，清洁他的"公寓"，之后如果他不愿意睡一会，我也许要再和他进入病房区，直到晚餐的饭点。他在里面的相当一部分时间是睡过去的。

我给他做了几片抹黄油放好配菜的面包，也给自己做了几块，装好两杯果汁和两杯咖啡，其中一杯一半是牛奶，然后将它们用一个托盘拿过去，放在他的餐桌上，把通向病房区的门锁好，敲敲卧室的门，打开门。

他躺在床上，手套弄着完全瘫软着的阴茎。

"嗨，汉斯·奥拉夫，"我说，"到点了该起床了。我给你送来了早餐！"

他边看着我，边继续手淫。

"好吧，我可以等一会儿。"我说，"你完事了就过来！"

我关上门，坐在餐桌旁的一把椅子上，它就放在一扇通向小阳台的门旁边。阳台是灰色的，破旧不堪，下面是手球场。在它的后面，在土墙的另一侧，有几座与我现在所在建筑一模一样的楼。在它们之间以及后面都是松树，还有一些落叶乔木。

一些院友从远处走了过来，他们身后隔着一段距离是两个女人各推着一把轮椅。我起身，周围走了走。客厅里挂着一张莫奈的画，那种可以在大型家具连锁店买到的装好框的画。家具都是松木的，有一个宽大的红色图案沙发，一张带活动桌脚的茶几，以及一个架子。架上几层都是空的，除了一只树脂狗，一个小蜡烛台和一个玻璃蜡烛杯。这里的本意是要看起来像一个家，但它当然不像。

我敲了敲卧室的门，又打开了那扇门。他还像之前那样躺着。

"现在你得过来了，"我说，"该吃早餐了。咖啡要凉掉了！"

我来到了他身边。

"来吧，汉斯·奥拉夫。你可以待会儿再干这事。"

他挥着一只手要赶走我。

我把手放在他肩膀上。

他尖叫起来，一种嘶嘶而尖利的叫声，我被吓了一跳，往后退了一步。

但是我不能就此妥协，我必须让他看看这里谁说了算，否则以后会有麻烦，所以我抓住他的胳膊，试图把他拉起来。当他企图用一只手要甩掉我时，他的另一只手还在继续手淫。

"好吧，"我说，"那要我待会再送早餐过来？这是不是你想要的？"

他又尖叫了，还是那样嘶哑刺耳，但是他的双腿晃下了床，手按在床垫上，缓慢而僵硬地把自己撑起来。当他站起身那一刻，他的裤子从腿上掉了下来。他把裤子提上去，往房间外走，同时用一只手拉着裤子。他坐在他的椅子上，一口就把咖啡喝光了。我开始吃我自己的面包片，假装着若无其事，而心脏在心口沉重地跳动，所有的感官都指向了他。

他的手粗暴而迅捷地一挥，把装着果汁的杯子、空咖啡杯和装着面包片的盘子都扫到了地上。这些东西都是塑料的，伊雷妮特别交代过这点，它们是不会碎的。

"你都干了什么呀？"我说，"你不可以这么做。"

他站起身来，然后他抓住桌子，把它抬起来，只有离他较远的两只桌脚着地，然后把桌子掀翻了。

我不知道该怎么办。我被他吓死了，也许他也留意到了这一点。幸运的是他立刻走开，进了身边的洗手间，我把桌子放回原处，动手把食物捡起来，这时候通向病房区的门开了，伊雷妮探头进来。

"你这儿有什么麻烦吗？"她说。

"他掀翻了桌子。"我说。

"要我接手吗？"

"不用。"我说，尽管这是我当时唯一的愿望。"进展得还算不错。我们就是还需要互相适应一下，这肯定需要一些时间。"

"好吧，"她说，"如果有情况的话，我们都在的。他并不危险，你知道的。你就想他其实就是个一岁小孩！"

她关上了门，我把最后一块面包放进他的盘子，然后走去拿点什么来擦干黄色果汁在地板上积聚的那一滩。

他站在浴室的小小气窗前，我走进来时他看向我。

"我只是来拿点东西擦地板。"我说，我忽然就不再因他而感到焦虑了，但是如果他不给我捣乱我还是很高兴的。

本来上午我也要擦洗这里面的地板，那就现在动手吧，我想。在那个红色桶子里放满了水，倒进一小剂松木清洁液，抓起一块抹布和长柄刷子，开始擦洗客厅，然后是走廊、卧室和这个小餐厅。当我干活的时候，他走了过来，在几米之外站住，看着我。过了一会儿他又走近了一点，小心地把脚放在水桶上，就好像是在向我展示如果他愿意的话可以把桶踢翻。

他咯噜咯噜地笑了起来，突然被一种好兴致所占据，他飞快地走出房间，高声笑着，手在下巴底下转着。当我拿着水桶和扫帚走进房间，他又躺下了，继续手淫，弄着他那软鸡巴。

"手新！手新！"他说。

我无视他，擦完了地，把抹布挂在桶边，在客厅里坐了下来。我累了，闭了一会儿眼睛，随时准备在门里有人进来或者他发出什么声音时站起来。

我坐着睡了半个小时。当我醒来时，食物已经没有了，汉斯·奥拉夫又躺在了床上。

我来到小客厅窗前，向外望去。那边有一个小小的悬崖，有些地方光秃秃的，其他地方盖着草、灌木和灌木丛。背后是向上伸展开的森林。

房间里，床上嘎吱作响，我听到他喃喃地自言自语，就进去走到他身边。他站在了地板上，就像他早上那样用手提着裤子。

"我们要不要出去走走，汉斯·奥拉夫？"我说，"出去呼吸新鲜空气会很舒服的，是不是？"

他看着我。

"要不要我帮你系好裤子？"

毫无反应。

我走向他，向前弯下腰，抓住他的裤腰，他迅速地用两根手指戳向我的眼睛，戳中了其中一只，那只眼睛因疼痛而肿起来了。

"滚开！"我喊着。

一开始我什么都看不见，除了一片闪着光点的黑暗，但是过了几秒钟后，它的功能又回来了。我站着眨了眨眼，他走进走廊，开始用两只手锤着通向病房区的门。

显然他不喜欢我，现在他想要其他的人，或者要把我换掉。但是总归还是我们两人。

"来吧，"我说，"我们要出门了。穿上你的外套，我们就出发。"

他继续拍着门。然后他转向我，但没有像我所预期的那样继续下去，或者再一次试图把我的眼睛挖掉，他绕过我走进了自己的房间。

"现在你过来这里！"我喊着，"来吧，听到没有！"

他在床上躺下来，但他的目光看起来很焦灼，我握住他的手，尽全力要拉着他站起来。尽管他并没有反抗，但还是试图赖着不起来，他滑向床外，缓慢地坠落在地板上，就如一艘被侧面撞上的船。

这真是活见鬼了。

他侧躺在地上，眼里含着泪水。他企图用双手推着自己滑动，我除了看着这一切之外什么事也做不了，唯一的希望就是没有人在这时推门进来。当他坐起来以后，我再次握住他的手，而他，现在不再反抗了，用腿撑着自己滑开，最后再次站了起来。

他看着我开始发出嘶嘶的声音，像一只猫，然后走进了走廊。我走进去坐在客厅里的椅子上。我要听听他要怎样在外面折腾。

现在是九点五十分。

有什么掉到了地板上，我急忙走了出去，地上是盘子和杯子。他自己站着在角落里撒尿。

我什么话也没说，拿起一块抹布和水桶，戴上手套把它擦干。他看起来神情轻松一些了，我干活的时候，他绕着我前后走来走去。

"我们要不要出去走一走？"我说。

他走出去，穿上外套，把脚踩进那双大鞋子里。他不会拉拉链，我走向他，他转开了身子，打开通向走廊的门，迈着细碎、警觉甚至是欢快地踢踢踏踏的步伐走下了楼梯，在大门前等着我。我打开大门，出去了。当我们在外面时他总保持着比我领先十步的距离。过了几分钟后他转过身来，我试图让他继续走，但他说：不！不！于是我们往回走，一直回到他的单元，他立即就躺倒在床上开始手淫。我坐在椅子上。这一天连三分之一都还没有过掉。

养护院里不但日子和外面不同，甚至时间也不相同。当我站在窗前望向森林，我知道我曾经到过那里，坐在一棵树下望向这些砖楼，几乎感觉不到时间的存在，我轻盈地度过一天，就像云滑过天空，然而当我在这里向外看出去时，时间就沉重了起来，几乎像泥土般粘滞，这院里的时间像是被各种障碍抵住了，一直被迫要改道绕弯而行，就好像一条河流在入海前穿过最后一块平原那样，可以做如斯想象，想着它是怎样蜿蜒在那不可计数的、迷宫般的弯道中。

当我这一班终于结束，这一刻总是在猝不及防的时候到来，它变成了一种让我可以坚持下去的经验：一切都会结束。来这里的那个早上我曾心怀恐慌，但现在事情已经结束，而就在这一个节点上，我又自由了，就好像某两点之间的时间不存在了，从来没有过，它如此堂而皇之地消失了。

时间在那儿走得更慢这件事，其实也不奇怪，那是个不会有任何事发生的地方。在那里一切进展都是不可能有的，这一点只要你走进那些门里就立即会注意到。这是一个储存空间，一个为不被需要的人类而设的仓库，这种设置如此可怖以至于人们尽自己所能来假装不是这么回事。院友们有他们自己的房间，放着他们自己的物品，这些是为了看起来接近外面人类所占有的房间和物品，他们和他们病房同伴们和看护们一起共同进餐，这是显得像他们的大家庭一样，每一天他们都要去"工作"。他们在那里做出来的东西没有任何价值；有价值的部分在于它赋予了他们的生活一丝意义，就像外面的生活所具有的那种意义。他们生活里所有部分其实都如此。围绕在他们身边的一切，都和另外的什么东西相似，价值就蕴藏在这种相似里。最能说明问题的一次，是在第一个星期五，我当完下午的班，全病区的人都要在晚餐后出发去"迪厅"。它被安排在院区里的一个宴会厅里，一个很大的房间，一半放着桌子和椅子，另一半是舞池。灯光变暗了，窗户被窗帘挡着。摇滚乐从音响里传出来，一些唐氏症患者已经在舞池中前后地动了起来。到处都放满了轮椅，到处是大张的嘴，轱辘转动的眼珠子。我们病房的院友们围着靠窗的一张桌子坐着，面前放着各自的可乐。我坐在埃伦身边，她疲惫地看着我。埃伊尔穿着一件皱皱巴巴的白衬衫，胸口有番茄酱斑点。他的头发根根直立。他盯着天花板，嘴巴在动着。哈康小心地小口抿着他的汽水。阿尔夫阴沉地盯着桌子。在我们旁边一个看护站了起来，推着坐在轮椅里的院友，让他随着音乐在地板上前前后后地扭动。他大张着嘴，嗯哼出空洞而愉快的声音，而口水哗哗流淌。其他的那些看护坐在桌旁抽烟，聊着他们自己的事，看起来是这样。有时他们会大声喊不要，不许做这个，或者好好坐着，或者你知道我们在说什么。汉斯·奥拉夫顶着那张毕加索脸站在角落里，把一盏灯反复打开和关上。这让人毛骨悚然。所有这些畸形的身体和残废的灵魂被推进一个迪斯科舞厅，青年文化最重要的空间，为了浪漫爱情的梦幻而创造出来的，因未来和可能性而饱满充实，这事让人毛骨悚然，因为他们从不知道什么是梦想，渴望和冲劲，他们只看得到热狗肠和汽水。还有这音乐，本来应该让身体充满热望和喜悦，现在不过是一些声音而已。当他们跳起舞来，也只是一些动作而已，当他们因此微笑起来，也只是因为这真像啊，因为他们现在做的事和正常人一样。所有这些都在模仿那个应然的世界，但是所有含义都被从中取走了，剩下的那些东西，是一种戏仿、一种反常，怪诞又邪恶。

"那边有咖啡，如果你想喝的话。"埃伦说。

"也许吧。"我说，接着就走到放着暖壶的桌边，给自己倒了一杯，看着这些快乐的唐氏症病人，他们可能有四十多岁了。看着他们挺困难的，他们的脸总是年轻的，有孩子的轮廓，除了脸上会爬上一些皱纹以外就似乎不会变老，这让他们看起来像一些老孩子。

我又回到我们病区的院友们身边坐下，点了一支烟，然后往汉斯·奥拉夫那边看过去，他现在开始在撕窗帘了。

阿尔夫抬起头直视我的眼睛。我背上起了一阵寒战。看起来好像他了解我的一切，知道我最隐秘的想法，并打心底里痛恨我。

"汉斯·奥拉夫！"埃伦说着站了起来。阿尔夫又凝视起桌子来。埃伦在汉斯·奥拉夫身边站住，她对他说话时他低头看地板。突然他朝旁边瞥了一眼，动身朝那儿走过去，就好像他根本没有留意到埃伦，以及他们身处的境况。科勒，还是那样在驼背下弓着身子，我还是很难理解这个驼包居然是他身体的一部分，他朝另一张桌子走去。那边的看护对他打招呼，他不予理会，低下头，手指在耳朵附近挠着，就像人拿着一个盒子想知道里面有没有东西那样。打那边来了伊雷妮和厄尼尔夫。当我看到她时我松了口气，她和我之间以某种方式产生了关联。最近几天我们在休息时间都会聊一会，她问是什么让我来申请这里的工作，既然我不是本地人也不住这儿，我说我和一个住在附近的人正谈恋爱，她问她叫什么名字，我就说了。贡沃尔！她说。我们是高中同学！这一宣告让我觉得有点不太舒服。我常常看着她，对她也有些想入非非，她应该没有注意到这些，希望如此，但是这种事情谁能知道呢。这感觉就好像我做的这些事属于不忠。就像我背叛了贡沃尔。看着她在某个房间铺上新床单，换上新被罩时，换下来在走廊里堆成一堆，在一扇又一扇门外。这样的注视没有什么可说的，毕竟我们在同一个部门工作，但是各种想法是，我可能有点太喜欢她了。或者当她推着放着餐食的小车走来，到每一张桌子旁边，开始布置桌子，当我们的视线相遇，她给我那样一种简单而职业的微笑，对我个人毫无除了同事以外的兴趣。这有点打击人，这就是我，被困在两种小小的折辱之间。一方面，基于我与贡沃尔在一起这个事实，我有点太喜欢她了；另一方面，她对我以及我的为人完全不感兴趣。我当然把所有这些都隐藏得很好，我什么也没做，什么也没说，行为举止在每一方面都很得体，实际上表现与其说是靠近不如说是冷淡，除了我自己之外，我在所有人面前都把那些滋生出来的东西藏得很好，所以这样它是否就变得不再存在了？

她去拿了一个汽水和一个热狗肠给厄尼尔夫，他扑了上去，埋头吸吮那黄色吸管。当他认为用吸管已经不够过瘾，就把它扯出来扔在地板上，把瓶子塞在嘴里，深深一口就吸个精光。

她看着我，善意地微笑。

"这个周末你打算做什么？"她说。

"我要去贡沃尔那儿，我想。下班后她来接我。"

"一定要代我问好。"

"我会的。那么你呢？"

"呃，也许我会跑一趟斯塔万格。否则我就待在这里。看天气怎么样了。"

"天气看起来不是特别好。"我说，因为外面在下雨，而且下了一整天。

"是啊。"她说。

430

沙滩男孩的《美好振动》（"Good Vibrations"）来了。唐氏症患者们左右摇摆，其中一些人的嘴上挂着微笑，还有一些人陷入了一种深沉的专注中。传来了嚎叫和叹息。埃伦把奥勒的嘴边擦干净，他张着嘴，瞪着天花板。

"美妙的夏天音乐。"伊雷妮说。

"嗯。"我说。

雾笼罩着树木，雨水密集而沉重地砸在地上，不时被窗户和灯发出的光照亮。我站在行政大楼外等着贡沃尔来接。傍晚的天空灰色而拖沓，几乎完全沉入了景物中。这真美。沥青路面是湿的，草是湿的，树木是湿的，它们的绿色被那灰色染湿，但还是浓重清晰。这扭曲四肢和变态灵魂之森林。这些窗户透出的灯光和树木之间的寂静，让这里就像魔法之地般令人不适。一切都引发出暧昧的感受，没有一桩事是只有一面的：这在例行程序和缓慢步调中进行的一切，使我有时陷入一种几乎漠然无感的百无聊赖中，而在这里又同时让我无时无刻不置身灵魂的惊涛骇浪里。这就好像在跑动的同时安静地坐着，呼吸在喘，心脏在疯狂地跳动，但是身体其余部分却纹丝不动。我想做一个好人，对那些先天不利的人充满慈悲，但是当他们真的走入了我的心，我感到的是一种轻蔑和愤怒，就好像他们的缺陷搅动起我内心最深处的什么东西。

当我和贡沃尔在一程漫长的大巴之旅之后，在她家房子前的车站下车时，养护院依然在我的身体里，它就像沼泽里的积水那样停驻在我内部。它像陈年沼泽积水一样淤积在我的身上。我所有的情绪都沾染上了它的色彩，就算我往肺里吸满了洁净清澈的空气也不管用。她的父母已经上床休息了，我们自己在厨房里吃了夜饭，她煮茶，我们坐在客厅里聊了很久，互相亲吻道晚安，回到各自卧室睡觉，还就这事开了玩笑。当我在这里时觉得像走进了一本十九、二十世纪之交的小说，一对年轻人生活在不属于他们自己的道德氛围里，被禁忌、否认和沉沉死气包围着，而我们自己则正在那喷涌着气泡的生命中，满满的被收藏好的热望不时按捺不住地冒出水面。我喜欢这种感觉，这是我能想象的最浪漫的事。

第二天早上，我借了雨靴和雨衣，和贡沃尔和她弟弟一起走去那湿滑的码头，下到一只船上，那艘船差不多十四英尺，也许是十六英尺，我坐在最前面的隔板上，而弟弟拉绳启动了舷外马达，船慢慢倒了出去，直到他能调头，然后提速。雨绳如注。陆地上的森林像一堵绿色的墙迎着极平坦水面之浅灰，船头犁开水面穿过它，水又变成白色旋涡，下面那一层是透明、几乎是玻璃状的，我感到一种独一无二的深度，我们就在非常深的水域的最表层，当我们撒下网停住，船在它自己的波浪里摇啊摇的时候，当网被收得越来越紧，很深的水下一条鱼脊闪现的时候，这深度感就更强烈了。它游来游去，它到达的水位越来越高，它极其硕大。它大得像个孩子，闪亮如同银子。它被拉得越来越高，当它终于落到船上时，贡沃尔的兄弟用一根木棒一次又一次猛击它的头，而它的抵抗如此强有力，以至于他得骑坐在它上面，而我们得上手帮忙尽全力按住它。在这修长躯体里的力量令人胆战心惊。

回家路上，它无声无息地躺在我们几只脚之间，只有那么一两次抽搐贯穿鱼身，我脑子里还残留着它从水里上来时的画面。这就好像它来自不属于我们的某个时代，从时间的深处它升得越来越高，一头野兽，一个怪物，一种蛮荒力量，同时在它身上又有一种如此清晰简单的东西。只有水，深处闪过的银光，它拥有的极端力量，在它死后还尾随而至。

雨水正打着这死去的躯体，流过鱼鳞和全白的鱼肚。

那个周日贡沃尔要当晚班，所以我下午很早就已经坐上了公共汽车，五点打开了我那小房间的门。我本来打算也许可以在睡觉之前写上几个小时，但是半个小时后就放弃了，在如此陌生的环境下没法开始写新东西，我感觉是这样。我还是去市中心走了一趟，跟着一个突然产生的念头走进了一家中餐馆，在那吃了晚餐，周围全是那吃周日晚餐的一个个家庭，我却独自一人。躺着看奈保尔的一本小说看了很久，我几天前在大降价的时候买到的。它躺在书店外的一个纸盒里，名为《抵达之谜》。我喜欢它，尽管它里面并没有什么情节可言，只是描写了一个搬到英格兰乡村一所房子里的男人，一切对他来说都很陌生，但是慢慢地他降服了这片风景，又或者是这风景降服了他。我认为散文是可以让人在其间休憩的东西，就好像人可以在一个地方休息，花园里的一棵树下或者一张椅子上，这本身就有一种价值。人究竟为什么要写情节？X 爱 Y，Z 杀死 W，F 贪污了公款然后被 G 发现。他的儿子 A 深深引以为耻，搬到另一个城市，在那里遇到了 B，他们住到了一起并育有孩子 C 和 D。关于一个父亲的描写和对草坪上一棵树的描写能较出什么样的高下？对于一段成长经历的描写和从高处俯瞰一片森林的描写比起来呢？

如果我能描写从高处俯瞰一片森林！那落叶乔木的开阔和自由，从远处看它们的树冠是怎样地波浪般滚动，绿色，美妙，生机勃勃，但不是我们的这种生机勃勃，不，是以它自己的方式，有多么充满奥秘就有多么单纯。那枞树的坚毅和挺拔，松树的悭吝和自豪，桦树的苍白和贪婪，还有白杨，当风席卷过山坡时它的瑟瑟颤抖！

绿色，灰色，黑色。池塘和泥土，树根和洼地，林间空地和树丛，石墙是这样古老以至于它们已扎根在风景的皮肉里。生着睡莲的湖水和满是死树的泥泞塘底。草甸和田野，峡谷和悬崖，松林和石南花海，河流和小溪，瀑布和鹅卵石。白蜡树，白杨木，山毛榉木，橡木，花楸树，桦木，黄花柳，或者，榆木，松木，冷杉。每一种都有其独一无二的特质，独特的形态，同时又代表着同一样东西。

但是我写不了这些东西，这完全在我的里程之外，不仅因为我的语言还到不了那儿，也就是说，我找不到办法去接近它，找不到办法去进入它，还因为我这方面的知识也不够。我最后一次在森林深处还是九年级的时候。我分不清一棵赤杨树与一棵欧洲白蜡树，也几乎说不出任何一种花的名字，除了栎木银莲花和三角草，再加上我们通常叫黄油花 [1] 的，但是这可能和它真正的名字大相径庭。

我描写不了一片森林，不管是从高处俯瞰还是从密林深处。

我能像奈保尔那样描写如何抵达一处风景吗？

不能。他所固有的那一种闲适，我就没有，这悠然和明晰正是几乎所有伟大散文家身上都能找到的品质，我照猫画虎都学不来，一次也没成功过。

读奈保尔的作品也是这样，就像读其他好作家一样，有多么享受就有多少嫉妒，有多少喜悦就有多么绝望。

但无论如何，这至少让我的念头不再在养护院的事上打转，反正，在下一个工作周前的一晚，这就是我唯一渴望的东西。可以这么说，关于养护院的那些念头，关于所有那些日子的念头，总在我面前挥之不去，这比那些日子本身更糟糕，更让人受不了，日子本身总有个尽头。当我在那里面兜着圈，在厨房和值班室，洗衣房和起居室之间来回往返，其他的一切都仿佛消失了，我们这个部门，它刺眼的灯光和铺地板革的地面，它发闷的气味和大量的沮丧和强迫行为，就好像自成一体，而我沉落其间，它朝我四面包抄过来，跨过那个通向走廊的门槛就像步入一个场域。它也有自己的问题，但这些问题着落在那里的生活，那里的人身上，包括看护以及院友。有一部分是因为我们被困在里面，我们在这个狭窄的空间里活动，不管是朝这个方向或另一个方向的微小变化都具有一种几乎空前的重量，而与此同时

---

[1] 毛茛，俗称黄油花。

正如时间的缓慢向前涌动以及某种匮乏所指出的，那儿催眠般的生活是被包藏在一种几乎完全无法动弹的平静里的。

大部分周末我都和贡沃尔在一起，我们游泳，放松，在森林里散步，看电视，她想吸烟的话就开车跑远一些，因为她从不在家里抽烟。我是喜欢她的，但是没了一切都可能发生的卑尔根，没了那里的生活，我很清楚这还不够，仅仅有她还不足够，想到这一点让人心痛，尤其是当我们和深爱着她的父母坐在一起吃晚餐，或者晚上我们在室内坐着看电视或玩"琐碎追求"[1]游戏时，就算贡沃尔没看出来或不想看出来这点，她妈妈看出来了，我对此非常确定。所以坐在这里的我又是谁？

一天晚上我们去羊背石那边游泳。空气温暖，到处都是昆虫，太阳挂在树丛中似乎在燃烧。之后，我们肩并肩地坐了一会，望着远方。贡沃尔站起身来，走到我背后，突然用手蒙住我的眼睛。

"我的眼睛是什么颜色的？"她说。

我全身发冷。

"这又是什么玩意儿，你要考验我吗？"我说。

"是啊，"她说，"说，什么颜色？"

"别闹了，"我说，"你不必考验我。我当然知道你的眼睛是哪种颜色！"

"那么说出来吧！"

"不，我不想说。我不接受考验。"

---

[1]　Trivial Pursuit，问答游戏，桌游。

"你并不知道。"

"我当然知道。"

"那就说吧。这太简单了。"

"不。"

她放开手，往上走回去。我也站起身，跟在后面。我说我爱她，她说我应该闭嘴。我说那是真的，它来自我心底深处。而我是那么自我中心，对周围无动于衷，疏远又有距离感，而这些和她一点关系都没有。

我在那儿的几个周末，拍了很多照片，每到周一我就去冲印店把这些胶卷冲洗出来。其中的一些照片夹在一封信里寄给了爸爸。我写道，这是我的新女友贡沃尔，这里在我旁边是她的马，就在她家的农场里。你能看到我没有什么变化。没有太大改变。我打算今年夏天过来看看你们，不管怎样会提前打电话的，问好。卡尔·奥韦。

在养护院工作的六周结束了，我乘船去了斯塔万格然后从那儿坐火车去克里斯蒂安桑。开始几天我住在扬·维达尔家，他和他的女朋友埃伦一起搬进了城外一个住宅区里的联排房子。我们坐在花园里喝啤酒，聊着过去的日子，大家现在都在做什么之类。他已经拿到了潜水证，他告诉我，这是我一直的梦想，现在也在干这个，这一块的工作也很多。他就是这样的人，从读职业高中开始，他就半夜起床开始干糕点师和面包师的活。和他一起去看电影一直是让人绝望的，我忽然记起来，在黑暗里坐了几分钟后，他的眼睛就开始东张西望，无论上方的银幕

437

里发生了什么。

他们的房子在一个小山包上，在后花园里远眺能看到一条峡湾支流，天空是蓝色的，风正像所有的午后那样和缓地游过我们下方山坡上的树木。他们养了猫，他说了它生小猫时的事。它生孩子时还太小了，或者其他方面出了什么岔子，那天下午埃伦回家时，这个小母亲弄死了她所有的孩子。那儿完全是大屠杀的场面。扬·维达尔说这事时笑了起来，我很震惊，我眼前已经有那个画面了，就在那里面的地毯上所有的尖叫声，呲牙嘶嘶声和到处乱爬。

第二天，我醒来时房子里已经空无一人，我坐公共汽车进了城，心里又充满了那从前的恐慌感。这真是辉煌的一天，从哪儿都看不到一丝云彩，我没有在外面走动，而是走进那些狭窄、炎热的街道，浑身是汗，当其他所有人都开着他们的船去了岩礁[1]一带，游泳，喝啤酒，开开心心。我从来没享受过这种乐子，也从来没有被邀请去这么玩，这种事也不是一个人可以自己去做的。克里斯蒂安桑的一个大晴天里的唱片店如何？图书馆怎样？那个坐在那发呆的人是谁？

我溜达到了爷爷奶奶家，他们看到我吃了一惊，我和他们说了一点卑尔根的生活，说了我已经有了女朋友，我经常见英韦，他过得很好。他们家里什么都没有变，一切都像从前一样，就好像他们已经到了老年的最终阶段那样，他们已经不能更老了，我再次坐上公共汽车去扬·维达尔家时这么想。

---

[1] 挪威独特的条状岛屿，由冰川形成礁石地形。

在克里斯蒂安桑，我没有任何事要做，它不再是"家"了。卑尔根也同样不是，想到要回去那里并开始新的学期并不很开心，但是我还有什么其他选择呢？

这个小小南方假期的最后一天，我去了爸爸和温妮家。当我从 E18 公路沿线的大巴站走到他们住的那片住宅区的街道时并没有开心得不能自己，尽管每次我走近他时，一条恐惧的缝就会逐渐开裂。当我走上楼梯时他正坐在沙发上，我都不知道眼睛该往哪儿放了，他变得那么厚实。他坐在那就像一个桶，看着我。晒成棕色像颗坚果，穿着短裤和宽大的 T 恤衫，目光黑沉沉的。

"你来啦，是的，"他说，"很久没见了。"

"谢谢你的信！"温妮说，"贡沃尔的事真让人激动。我们差不多都以为你要带她一起来了！"

"这个名字真够瞧的。"爸爸说。

"她整个夏天都要工作，"我说，"不过她希望见到你们，这是自然。"

"她读的是历史吗？"温妮说。

"是的。"我说。

"而且她还骑马吗？或者你们拍照的时候正好碰到了一匹马？"

"不是啦，她就是热爱骑马。她在冰岛住了一年，就是因为冰岛马。"我说。

爸爸和温妮久久地对视一眼。

"我们其实打算在那里住一段时间。也许是明年。"

"听起来不错，卡尔·奥韦。"温妮说。

我在茶几另一边的椅子上坐下，面对着他。他拿起放在那儿的啤酒啜了一口。温妮走出去进了厨房。我一言不发，他一言不发。

"那么，北边的情况怎么样？"过了一会儿，我说，然后开始卷烟卷。

"那儿挺好的，你能想到。"他说。

他看着我。

"你想来瓶啤酒吗？"

"好啊，也许，"我说。

"你去厨房里能找到啤酒。"

我起身，走进那里，温妮坐在桌旁看报纸。我打开冰箱，拿出一瓶啤酒。她冲我微笑。

"她看上去很漂亮，贡沃尔。"她说。

"她的确是。"我回报以微笑，然后又回到爸爸身边。

"没错吧，是的。"他说。

"干杯吧。"我说。

他没有回答，但还是举起瓶子喝了一口。

"那么你写东西那边进行得如何？"过了一会儿他说。

"现在我以上课为主。"我说。

"你应该读一些比文学更能让人吃饱饭的学科。"他说。

"是啊，"我说，"迟早会的。"

"英韦现在学的是什么？"

"媒体。"

"是啊，这也不算太差。"他说，看着我，"你饿了吗？"

"有点，也许。"

"我很快就做晚饭。但是天气太热了，这会儿吃饭也不舒服，高温的时候就没什么食欲，你知道吧，这就是为什么在南方晚饭都开得那么晚。"

这个小小的论理过程里隐含的推心置腹使我很高兴。我喝光了瓶中酒，又去拿了一瓶，又感到那种想喝到软绵绵的渴望。已经很久没有过这欲望了。

我确实也喝醉了。爸爸煎了猪排，煮了土豆，我们吃了饭，温妮很早就上床休息，我们还坐着喝酒直到天色半黑下来。他并没有费事去打开什么灯，我也没有。他说他和温妮总是在一起，说他们无法离开彼此，只要分开几个小时他们就开始思念对方，这就是那次他去克里斯蒂安桑改卷子发生的事，那次我们还要去看他，他受不了离开温妮，所以就只是呆坐着自己喝酒，然后睡觉，记得那次吗，卡尔·奥韦？喀里多尼亚[1] 两天后就着火了，我可能也遭殃啊，我也完全有可能在火灾现场的。啊。我想起来了，我也想过这个。我说。

他沉没在自己的思绪里，我又去拿了一瓶啤酒，去撒尿，回来，他站起来，消失在厕所里，回来，继续喝。我说外婆秋天去世了，他说是的，她毕竟病了。我干了瓶中酒，他也干了，我又去拿了两瓶新啤酒，想着这样也没有什么大碍，想和他一起坐在这还是不错的。我觉得自己很强。如果他现在招惹我，

---

[1] Caledonien，克里斯蒂安桑的一家丽笙酒店连锁宾馆。

我是能够还击的。但是他没有对我发难，他为什么这么干呢，他现在深深地陷入在自我之中，最后他站起来，在我面前，在半昏暗中，这个身材肥实、胡子拉碴的醉汉就是我父亲，他曾经就是代表着正确性的形象本身；穿着讲究，修长而好看，一位年轻、职位不错的老师和政客，他说不了，今晚我们就到这儿吧，明天还有明天的事，你知道。

温妮为我整理出了楼下的房间，我的脑袋被各种念头和情绪搞得晕乎乎的，享受着这干净凉爽的床单，以及躺在一个陌生房间里这件事，这里不是我的地方，但我在某种程度上还是属于这里。外面的风在树丛间呼啸，楼上地板在嘎吱作响，在外头，就在我躺在床上睡觉的时候，金色的夏夜之暗越来越趋于灰白，直到天空的第一缕蓝天缓缓渗透下来，新的一天开始了。

夏天最后几周我又在妈妈那度过。这里就像我的一个避难所，所有那些让我平时苦苦挣扎的东西，在那里都不见了。谢尔坦入院后妈妈每天都去看他，现在他终于出院了，我在那里见到了他。他看上去暗淡无光，没有力气，行为举止僵硬了些，但除此以外还算健康。他给我看了一些新写的诗，它们特别好。他说他要搬回卑尔根继续学业。我没问到底发生了什么事，这属于那种你不能直奔主题的事儿，但是过了一会儿他主动说起了所发生的事。他砸烂自己公寓时，喊着他已经四十岁了。我四十岁了，他大声喊着，然后砸烂了身边能找到的一切。他被送到弗勒的医院时，他当时觉得自己在日本，这些为他办理接受手续的是日本人，他按照日本风俗向他们深鞠一躬。深陷错乱状态中时他也听到了声音，他不断地收到某一个神的指令，而我认为这看来还是有些好的成分，这显得他被另外的什么照看着，同时这绝对也让人觉得很不舒服，因为这个其他的什么也是他自己，他的一部分。

到卑尔根回到家里，我动手写新小说。情节在峡湾地带展开，时间是二十世纪二十年代，第一章的主角在山上的一个营房里打牌，但是他就要结婚了，并不想把他刚赢到的钱用在结婚上，所以他把所有那些都一注下在牌桌上，他往后斜靠在床上，带着巨大的喜悦看着其他人为这可能进入自己口袋的这一大笔钱而兴奋起来。第二章的主角是卑尔根的一个年轻人，时间是二十世纪八十年代，他站着看书架上的书，等着女朋友。厨房里浓缩咖啡壶在喷着蒸气，他想着祖父母在峡湾的农场上，他们年纪大了，她生着病，他们的生命就要走到尽头。当再次开学时我就写了这么多，因为每个句子在写出后又被划掉，重写，如是无数次，一切都进行得很难，这个过程非常耗时，而且因为几个月后我就要交精修科目的期中作业，我就把它放在一边了。

这篇作业的标题暂时是"詹姆斯·乔伊斯的《尤利西斯》中的互文性"。这野心不小，我知道。但是我有目标，这个目标也有其意义，我想要一个引起轰动的好分数，所以我必须为此努力。

由于是朱莉娅·克里斯蒂娃创造了互文性一词，所以我先着手研究她，读了《诗性语言的革命》，但还是理解不了，简单来说它太难了。她对拉康着墨甚多，我会去找这些引用资料，读一读拉康的瑞典语翻译版本，而那本书的困难程度也可能与之相当，尤其因为他和她的思想都来自结构主义的立场，属于我所不熟悉的领域。一方面这让我骄傲，因为我要做的事难度如此之高，一部分我也绝望沮丧，因为我从来就没能掌握过它。差不多快掌握，但不是完全掌握。另一个成问题的是，他们的参考文献里有太多是我很陌生的；即使有我了解的，那也是懂点皮毛或者大概，这不顶事儿，精确本身就是对文学在粒子水平上进行分析的前提。《尤利西斯》这本小说本身不难理解，它说的是三个人在一天里的生活，在多个章节里以差异很大的风格来讲述。我弄到了一本书，它列举了在《尤利西斯》里所有涉及但丁的部分，我很怀疑我们任何一个老师看过这本书，所以我可以把它当作新鲜材料使用，也许把但丁和乔伊斯放在一块本身就是这部作品互文性的充分例证。

　　学生贷款发下来的时候，我买了台二手电脑，奥利韦蒂，是从英韦的一个朋友博格希尔那儿买的，我第一次去歌剧院咖啡馆那次认识了她。她后来做了《见与言》[1] 的编辑，她和阿斯比约恩也有那么一段。她要价五千克朗，这是我学生贷款的四分之一，但这事关我的未来，所以我把它拿下了，然后有生以来第一次坐下来往屏幕里打字，而不是打在一张纸上。绿色、充满未来感的字母，浓稠的光，被存在一个那种很小的软盘里，这玩意就叫这个名字，在我想要的时候就可以被调出来。电脑

---

[1]　*Syn og Segn*，挪威文化刊物。

上还有一种叫快艇骰子[1]的游戏，我可以坐在那儿接连扔上几个小时的骰子，以及那绿色、浓稠的光。有时候我的一天就从它开始，早餐前玩一个小时的快艇骰子。英韦和阿斯比约恩也玩这个，每次我创了一个新纪录，那永远是我和他们见面时值得一提的事。

贡沃尔也买了台电脑，有时我去她家时会带着那些软盘，在那儿坐下来写东西，或者是在她躺下之后，在几米外的床上呼吸，像所有睡着的人那样翻来覆去，在一个和我所处完全不同的世界中；或者是白天她去自习室的时候。我自己已经不在大学露面了，这个学期的一切都围绕着学期论文，所以我想，坐在家里阅读写作也是一样。然而在现实里我最后常常是什么也没做，去商店买买东西，吃早餐看看报纸，在窗口站着看外面，也许去某一家唱片店或者城里某家卖书的二手店，回家吃晚餐，如果我因为那迅速缩水的钱包而不出去喝酒的话，就和埃斯彭或者贡沃尔一起打发掉晚上，一天天就这样过去。如果是和埃斯彭或者和贡沃尔以及她的朋友们一起喝酒的话，一般都还挺好的，那样我回家时总是还有自控能力，但如果是和其他人一起喝酒，比如说英韦和他的朋友们，风险就要大一些。一天早上五点我回到家里，身上没有钥匙，只好按门铃，幸运的是那天贡沃尔在我这里过夜，她开了门，在她的眼睛里有恐惧，我从她身边走过去，只想倒头大睡，完全不记得是怎样回家的，也不记得那天晚上的任何情节，只有我站在门前找不到钥匙的

[1] Yatzy，一种扔骰子的游戏。

445

那一刻，还存在着。

"那是谁的外套？"贡沃尔说。

"当然是我的。"我说。

"才不是呢，"她说，"你就没有过那样的外套。还有那是什么？上面有血！发生了什么事了。"

我看着外套。那是一件蓝色牛仔服，领子上有血迹。

"这就是我的外套，我已经穿了它很多年了。我也不知道你在唠叨些什么，我去睡觉了，我特别累。"

当我醒来时已经一点了，床上空了，她去上早上九点的课，像平时一样。

从"车库"出来，到我站在家门口，之间的事我一点都不记得。

我全身冰凉，胆战心惊地走进玄关，看着挂在那儿的外套。我以前从没有见过它。

这并不一定就代表着什么。我肯定是加入了一场深夜酒局，然后在衣帽钩上拿错了衣服，我当时已经喝醉了，这事也不奇怪。

但是血迹？

我走进浴室，为了看看镜子里的自己。没有鼻子下一条痕迹之类的东西。

这外套的血迹肯定是以前就有的。

我用冷水洗了脸，走进厨房。听见容恩那边的收音机正响着，敲了敲门，把脑袋探进去。他坐在扶手椅上，双手之间拿着张唱片封面。

"要来杯咖啡吗？我现在煮。"

他笑了。

"看你这样！你昨晚出去了吗？"

我点点头。

"很愿意来点儿咖啡，好的。"他说。

"我什么都不记得了。"我说。

"你断片了？"

"是。"

"会好的，肯定什么事都没有，你身上有香水味吗？"

"没有。"

他笑了。

"那就没事儿了。而且，你应该也没杀了什么人！"

但这恰好就是我所担心的。

我在炉子上放上蒸汽咖啡壶，用另一个小锅加热牛奶。差不多要完成的时候，容恩进来了，从橱柜里拿了一个杯子，倒入咖啡，一只脚踩在椅子上，朝冒着热气的表面吹了吹。

"今天早上我出门的时候，警察来过了。"他说。

"哈哈。"我说。

"我说真的！我走下楼梯，那里，你知道，下面靠着邮箱的门，那儿站着两个警察。他们正要用一个牛骨撬 [1] 打开门。他们什么也没说，他们完全沉默，都没有看我一眼。只是在撬那该死的门。太荒谬了。"

---

[1] 一种长条形用来撬门的工具。

"那是突袭还是什么？"

他耸了耸肩。

一楼住着一些移民，那里总是满满的都是人，埃斯彭认为他们可能在卖毒品，既然警察也来了，表明这很有可能；从另一方面来说也有可能是他们没有合法居留或其他的什么。一向是和谁都能聊的容恩也有一次试过和我们这些邻居搭讪，没有什么结果。

"你们的乐队怎么样，卡夫卡制造机？"

他又笑了，这个名字对他来说过于学生趣味了。

"还好啦，"我说，"我们今晚要排练。"

"顺便说一下，我在上面有一些斩获。"他说，"你想看吗？"

他坐大巴北上特隆赫姆，周末就回来了，就是为了参加那里的一个唱片展销。

所有能让我的注意力从昨天晚上的事移开的东西，都是好的，我跟着他走进了客厅。他抽出了几张单曲，都是塑料封面的，主要是挪威朋克和新浪潮音乐。

"你还记得这个吗？"他说，递给我一张"蓝点"[1]，《让我一直年轻》(*La meg være ung*)。

"记得，真的！"

[1] Blaupunkt 是挪威新浪潮乐队，活跃于 1978 到 1982 年间。

混凝土歇斯底里[1],肉[2],惊叫[3],伦巴格[4],伤口[5],还有一些DePress[6]的单曲。

"这里有张给你的。"他说,拿给我一张正圆形XTC封面,这是《大快车》(*The Big Express*),形状像火车轮一样。

"这张花了你多少钱?"

"没多少,一百五十?两百?"

"为什么不是二百五?"我说。

他笑了。

"我就算了,"我说,"这张我有。"

我拍了一下额头。

"我曾经有。我彻底忘了我在你那个唱片展上的那个白痴摊位。"

上学期快结束的时候,我太缺钱了,又借了很多债,以至于我屈服于诱惑,买了容恩参与组织的卑尔根唱片展上的几米摊位,卖掉了我所有的唱片。一点不剩全部卖掉。我得到了几千克朗,一个星期以后就都喝完了,那几个星期卑尔根热得像煮开了锅,所有人都出来了。总之就这样了。六年收藏就这样被扔出窗外。我的整个灵魂就在那些唱片里。而这也多少是我要这么做的理由,我想把一切都清洗掉,这些不过是垃圾,

---

[1] Betong Hysteria 是来自奥斯陆的挪威硬核庞克乐队,活跃于1981到1983年间。

[2] Kjøtt,基于奥斯陆的挪威朋克乐队,活跃期间为1979到1981年间。

[3] Wannskrækk,挪威朋克乐队,后改名为DumDum男孩。

[4] Lumbago,挪威新浪潮乐队,活跃于1979到1984年间。

[5] The Cut,挪威新浪潮乐队,成立于奥斯陆,活跃于1979到1984年间。

[6] 挪威新浪潮乐队,1980年成立于奥斯陆,活跃至今。

全都是，都一样。当然不是音乐，而是附着在它们上面的我的记忆。

"如果你现在对收集唱片不感兴趣，反正现在时兴的也是CD。"容恩说，"卖掉也是明智的，别再想了！"

他又笑了。

"我早上回家时外套上有血，"我说，"而且也不是我的外套。而且我什么破事都不记得。一点都不记得。"

"你是个好人，正如现在昼长夜短。卡尔·奥韦，放松点。你什么都没做错。"

"这感觉就像我已经杀了一个人。"

"这种感觉也很常见。你肯定只是四处走走，赞美那儿所有的人有多棒。"

"行吧。"

"现在我要去上课了。今天下午有课。"

"好，我也走了，一会出门。但是我们再聊。"

我们不再在船厂区那儿排练了，波尔在高科技中心的地下一层里弄到了一个地方，中心就在我公寓旁的桥的另一侧，一幢灰色建筑，有蓝色线条和蓝色徽标，看起来特别像那种有凹槽和蓝色瓶盖的灰色塑料沐浴液瓶子。波尔的实验室就在那座大楼里，我曾经去过一次，眼睛瞪得大大地走过所有那些装着各种仪器设备的小房间，我喜欢"科学"，或者说是包围着这些科研行为的光环，而不是科学本身，我对科学其实是鄙视的，它是技术性的，工具性的，非人的有限理性。但是"科学"，它是从内莫斯船长的潜水艇到达尔文从"小猎犬号"上日复一日的记录，在火堆上被烧死的布鲁诺，应教会要求给出所有他们想要的声明的伽利略，在事后为放射活动深感恐慌不安的居里夫人，奥本海默和他那群学者对原子的分离，还有十九世纪八十年代有个男人的脑袋被一根铁棍穿过，那以后他的性格彻底地改变了，之前很善良，后来很邪恶，医学则通过这事向前迈出了一大步，因为这让他们知道大脑的某些位置分布着某些功能，并成功确定了其中一种功能的位置，又以这种方式研究出了某些理论，使脑白质切除术成为可能。还有比脑白质切除术更疯狂，更野蛮的事情吗？一定是同一批人把病人紧紧绑着，往他们体内里输入让人打挺的电流，以改善一下他们的抑郁症。这确实有效，他们的方向是正确的，这是我喜欢的部分，我喜欢有人学到了如何掌握电这样的东西，驯服它，存储它，这样就会有新事物问世。与此同时这也太疯狂了，比如说，所有这些被释放的速度，或者所有这些被照向一切的光。人体被视为一种竞技场这事，一种可以输入，比如说，电流，来看其会如何反应的东西，或者切断，比如说大脑内的联结，以唤出某种更和谐的人格，这些事会让人觉得这其实是不对的，或者是有圣经以前时代的人做的事。但是事情已然如此了，这就是人们在做的事，在这里就是笼罩在这彻头彻尾的癫狂上的光晕，就在这些小房间里，有显微镜，有你能想得出来的各种怪异实验，都被关在他们这科研船只的深深海底。我既不知道他们在搞什么，对此也不关心，我触目所见，看到的就是"科学"，这蓝色胶皮手套的浪漫。

我从来就无法想象波尔是这里的一部分，他是我见过的最不科学的人，但也许这正是他在他做的事情上所向披靡的原因。我在前台碰到了英韦和汉斯，波尔一如既往地晚到，我们坐电梯上楼，去他的部门，他站着，冲着写字台弯着腰，长头发像一幅小窗帘那样一样从侧面遮住了脸。

"是啊！"他说，"到了排练的时间了！"

他的贝斯立在角落里，他把它抓起来，我们又搭电梯到地下一层，波尔给我们开了门。空间很大，水泥地上铺着一种黄色的毡毯，那里有一套鼓，一些放大器和一些话筒设施。

光是这个场面，看到这三个人立即开始打开各自的箱子，拿出乐器，电线，系带，各种拨片，各种盒子，然后插好电让它们各就各位，拧开放大器，给吉他调音，调节音量，让我心情激昂起来，这就是我一直以来的梦想，加入一个乐队，做那些乐队的事。我打了一下小军鼓，把它紧了紧，虽然我其实不会调音，就是到它发出的声音好听了为止，又踩了一下大鼓，又拧紧了碎音钹上的螺丝，然后把它拉近了一点，这一招里我是在模仿真正的鼓手。

"我今天和一个要在新年夜主办大型聚会的人聊了一下。"英韦说。

我看着他，他带着他那特有的神秘兮兮的表情，几乎是孩子气地要掩饰什么，微笑了。

"你被骗了，"波尔说，"今天不是新年夜。"

"他们给你钱让你滚得远远的？"汉斯说。

"哈哈，"英韦说，"他们希望我们去演出。"

"我们要在新年夜给舞蹈伴奏？"我说，

"就是这样。"英韦说，"应该是在'里克'[1]，会有很多人，所以我们好好排练就够了。"

"那我们弹什么曲子？"汉斯说。

"我不知道，"英韦说，"我们能不能听听我们现在的所有曲目？"

我们在一起已经玩了将近一年，越来越顺畅，尤其是对我来说，尽管我依然是，而且也一直会是一个很烂的鼓手，但我却在其他人的帮助下，琢磨出了不同歌曲的不同拍子，每一首都有其固定的打法，当我们演奏时我就牢牢守着这些打法。白天在家的时候，我会把每首歌的打法都过上很多遍直到每一个细节，甚至每一次击钹都了然于胸，张手就来，我坐着在大腿上敲鼓，脚在地板上踩着，一切都是为了把乐队所需要的节奏和动力做到最精微的程度。排练时间的一半都花在让我掌握切分音上。一个小时，同样的主题，一次又一次，而我还是不能在那唯一一处正确地打出来，我越来越尴尬，这是在践踏每个人的耐性，我完全是个白痴，或者，它如此容易，到了那一点忽然就迎刃而解了。一直以来我都害怕被踢出去，因为英韦，波尔和汉斯都是很棒的乐手，他们整体要有惊人的改善只需要一个动作，就是甩掉我，我常这么说，但是他们总说，不会啦，别开玩笑了，毫无疑问打鼓的一定是你。

---

[1] 卑尔根的一个演出剧场。

排练结束后，英韦，汉斯和我朝市区走去，波尔坐公共汽车回家。我还因昨天夜里那场酒而心神不安，那些最可怕的想法和场景一直在意识之下，焦灼让我胃痛，只有一样事情能将其拨乱反正，完全治愈，那就是贡沃尔，在她身边度过一晚。但是当英韦建议我们出去庆祝一下时，我还是说不出不去这两个字。

"我就是需要先回家一趟，"汉斯说，"然后我晚点过来，你们是去'车库'吗？"

"是吧，我们不是去那儿吗？"英韦看着我说。

"是啊。"我点了点头。

开始下雨了，不多，打在脸上的只有几滴，但是我们头顶的天空迅速暗下来，一整堵黑墙正向山那边滚去。

"可别，我会快一点的，"汉斯说，"一会儿见。"

他消失在左边的那个坡上，我们继续朝车库走去。汉斯住在龙山那边，与女朋友托内合租一个公寓。在那之前他和英加以及谢蒂尔一起住在桑德维肯的一个小小合租房里，那两人是他最好的朋友，和他一样都是学生电台和《西部学生》的积极分子。我和英韦一起去过那里的一次聚会，就是那个晚上他和格温希尔成了一对，那是他搬到马肯那边的公寓里才几周。她很美，是那种温柔而内敛的好看，她学生物专业，来自哈当厄的一个农场，代表着英韦，以及其他所有青年男子，因为这个特定的理由，所能梦想的一切。那天晚上我也在那儿，到处都挤满了人，几天以后我又走到那一带，这次一个人，我已经在城里逛了一圈但是也不知道要去那儿，我就想，我可以上去找汉斯。我和他不熟，但是我们是一个乐队的，所以要是玩不到一起那才奇怪呢。我从布吕根码头那边的山坡走上去，沿着通往桑德维肯的主路走上去，顺着小巷下来，一直到那栋摇摇欲坠的老房子，他们租在那里面的二楼。我按了门铃，没人开门。我又按了一次，显然他们都不在家，所以我转身往上走。在小巷的尽头，我看到了英加。他也发现了我，因为我们的视线相遇了，但是他假装什么都没发生，继续往外走。

他为什么要往外走？

难道他不是应该回家吗？

他肯定是去买东西，我想着，继续走着上坡路。同时另外一种啃噬着我的怀疑是，他其实是在回避我，他不愿意和我打照面，因为也许会陷入要邀请我进去的风险。所以，我没有继续朝城里走，而是走到旁边的一条街道，找到一个位置等着他。

几秒钟以后他就走过来了，先朝远处和下面打量，才走完最后一段路到达门口，先朝坡上最后看了一眼，再掏出钥匙开了门。

当我离开这里时我心情很沉重，是我让他这样避之则吉，对此已经没有疑问了，但是为什么，我身上有什么问题呢？

哦，我其实也知道，我一直都注意到了这一点，我身上有什么东西是大家不喜欢的，某种让他们能躲就躲的东西。我的某种品质，某种我行事为人的方式。

但是那究竟是什么呢？

我也不知道那是什么。

我的少言寡语，很明显，别人留意到了，对此评价也不太高，我可以很肯定地从这点着手推测。但是也许还因为我说的那些话，总是挑起错误的话题。我说的话，至少在和人两两相对的情况下，常会变得推心置腹，这让人躲避我就像毒蛇猛兽。另一种选择是什么也不说。这是我唯一的模式，这是我的整个语域。

是的，和贡沃尔在一起就不是这样。她知道我是什么样的人。

我和英韦匆匆穿过尼戈尔街的时候，雨下大了。

"我就是去和贡沃尔说一声，"我说，"也许她在等我待会去找她。"

"这时间正合适，"英韦说，"我也要去和格温希尔说一声。"

"附近有电话亭吗？"

"至少在节日广场那儿有一个。'车库'酒吧下面的那个角上。"

"那我们就先去那儿？"

"好的。"

"哎，我们要不要换一下？"英韦说，这时我们来到电话亭前，在各个口袋里胡乱摸索着硬币。"你打电话给格温希尔，我打给贡沃尔，看看她们能不能发现有什么不同？"

我们俩长得挺像，我和英韦，但是那只是第一眼的印象，我们所有的是一种泛泛的相似，刚够让和英韦不太熟的人把我错认为他。但是我们的声音，几乎一模一样。有好几次我给英韦以前的旧的合租房那儿打电话的时候，他们都是这是英韦来和他们开玩笑。

"当然我们可以换啊,"我说,"那我先给格温希尔打电话,好吗?"

"好啊,就说我和你一起去车库,不知道什么时候回去。"

我拿起话筒拨出号码。

"你好。"格温希尔在另一端说。

"嗨,是我啊。"我说。

"嗨!"她说。

"哎,我要和卡尔·奥韦一起去车库,"我说,"还不知道要什么时候回来,但是不管怎么说,别在那儿呆坐着等我了!"

"这倒很有可能发生,"她说,"玩得开心,问卡尔·奥韦好!"

"我会的!"我说,"那就再见啦。"

"再见。"

英韦笑了。

"你们在一起才几个月,"我说,"我和贡沃尔在一起已经一年多了。她应该会发现的。"

"我们要不要打赌?"

"不要,我不敢。"

英韦拿起话筒,投钱进去,拨了号码。

"嗨,这是卡尔·奥韦。"他说。

沉默。

"我要和英韦还有汉斯一起出去玩。但是我迟点会去你那儿,这样行吗?我不知道我们在外面会待多久,但是……是……

是……我也爱你。再见！"

他挂了电话，微笑着朝我转过身来。

"你说你爱她？"我说。

"是啊？她毕竟说了她爱我！"

"操，你不应该那么做。"我说。

他笑了。

"我们什么都不用说，这样她永远不会知道的。"

"但是我知道。"

他吹了口气。

"你太敏感了，"他说，"这只是个玩笑！"

"是啊是啊。"我说，动身朝"车库"走去。

　　六个小时后，我坐在佛斯文克尔街的一个地方喝夜酒，想着自己多有才华，我写起东西来真是不成问题，我全身都是劲儿，我拥有世界，真的。虽然看起来并不是这么回事，我自己就要第一个承认这一点，但事实真的如此。在"车库"地窖里有几个女孩打量着我，那种久久的、带吸吮力的目光，但是我当然什么也没做，毕竟我有女朋友了，贡沃尔，她在家里，睡了并等着我。但这感觉就像是一种损失，一种悲伤，当公寓的主人本迪克放起了快乐星期一乐队的唱片时，我周围的人们都开始大声喊叫，高声欢笑，我坐着凝视屋顶，想着它很可以现在就砸下来，一切就可以就此结束，然后我就自由了，再没有什么能限制住我。

　　差不多到凌晨四点半，大家开始纷纷离开，留下的只有几个坚定的核心成员，本迪克，阿尔维德，埃尔林，阿特勒，希望有别的什么事情发生的念头更迫切了，我喝光了杯中酒，起身走下楼梯，没有和任何人告辞，控制着脚步直接走进隔壁后院，我在那儿走了一圈，花了些时间晃了晃那里的自行车，但是所有的车都上了锁，那么，还是走吧，除非在那边的后院里还有一辆没上锁的？

算了。

雨水筛子一样地下，我踩着水走下坡。在已经空无一人的黑暗的"车库"前，雨滴缓慢地沿着窗户流下，曲曲折折，出租车一辆接着一辆，从"高地"下的隧道里呼啸而出，我停下脚步琢磨着我该做什么。我不想回家，这很显然。我朝"屠宰场"快步走了过去，但它也关门了。我点燃了一支烟，用手挡着雨水。走上这个缓坡，坡的尽头旁边就是剧院，我现在想要的，就是找个人睡觉，一个我从来没与其睡过的女孩，那两个对我抛来视线的女孩中的一个。我当时怎么就没有抓住那个机会呢？我怎么会如此犯傻？贡沃尔永远不会知道的，我这么做并不是对她有什么意见，我只是想要这样，这欲望如此强烈以至于一整晚我没有办法去想别的事情。柔软的女性胴体，低垂的双眼，陌生的乳房，陌生的后背，她在我面前为我弓着身子，像狗一样四肢着地，方便我行事，我，我，我把它撞进去，就这样。这基本上就是我唯一想要的，但是在这儿全无希望得到，在一个雨水无情地下着的城市，除了偶尔一两辆黑色出租车之外完全没有人迹，凌晨四点半，这些又能通向哪里？

在诺斯忒特那儿住了个人，她过去可能爱上过我，她当然会张开双臂欢迎我。

我去了那里。头发粘在脑袋上，外套和裤子都湿透了，街道空荡荡的，唯一弄出动静就是我踩水而过的步伐。

我摸到了入口处的门。它锁上了。

她住在二楼，我蹲下来，坐在膝盖上，捡了一些小石头，开始朝她所住公寓的那三个窗子扔过去。

什么反应也没有。

我站了一会儿，想着该怎么做。喊，是不行的，所有邻居都会听见。

我把手放在门框上，一只脚踩上去，然后向上一撑晃上去。这屋子的墙上很多地方都有壁带和凸起，窗户的外框也是向外凸出的，应该完全有可能突破防线，爬上她那一层，或者在那儿敲她的窗子，或者，如果我不可思议地走运，窗子没有锁，我就可以直接打开它，伸头进去，让她吃一大惊。

大概快爬到三米的时候我没抓住，滑了下来，幸好还有一些控制，我摔得不算太厉害，只是一个膝盖有点受伤，那儿感到一种均匀而紧密的跳痛，疼了一会儿，我重新开始攀爬，但是我又跌下来了，这一次摔得很惨，我胸口着地，把肺里所有空气都拍出去了。那就好像我就要淹死，无法呼吸，同时痛苦从千百个不同的地方直射到大脑中。它像星星一样闪着光。

嗷嗷嗷嗷嗷啊啊啊啊啊，这是我发出的声音。

嗷嗷嗷嗷嗷啊啊啊啊

嗷嗷嗷嗷嗷啊啊啊啊

我一言不发地躺着，呼吸。能感到我所躺之处的积水是多么寒冷，被衣服吸进去。腿，胳膊和胸口都冷得像冰块。而让我震惊的是就这样我闭上眼还是能原地睡着。就一小会儿，就……

过了一会，该死的！

我跪坐了起来，向着天空抬起了头，那儿落下了所有的雨。我最后终于站起来了，然后慢慢开始走，开头是僵硬的，然后越来越自如。不知道出于什么原因，我沿着斜坡走上去到了修道院，那边的道路上一辆警车滑过来，在我面前停下，车窗落了下来，警察问我在干什么。

"我刚刚去过一个深夜酒局，"我说，"刚才我走过时看见一个男人在那下边，他正在沿着楼房的立面往上爬，我知道他他妈的想干什么，但那看起来太不像话了。"

我表现得很清醒，足以让他们放我走开，还不仅如此，根据我的情报，他们掉头往坡下开过去。

哈哈哈。我笑着沿着山坡朝托加曼尼根广场那边走下去。

哈哈哈。

哈哈哈。

我现在没法去贡沃尔那儿，这么胡闹了一通以后就不能去了。所以我往右转，在那边的出租车站叫了部出租车。五六分钟后，我下了车，走过大门，看见移民家的门又被钉上了，并用一条小胶带封住，我肩靠那排邮箱稍微休息了会，拖着身子走上两层楼，开门，站住了。

厨房的橱柜里传来刮擦的声音。

我终于能看到它们了吗？我现在已厌倦了看到它们留下的

痕迹而看不到它们真身，我像只猫一样飞身溜进厨房，一把拉开橱柜的门，里面空空如也。什么也没有。

但是，装着垃圾的塑料袋上有咬过的痕迹，咖啡渣和蛋壳从里面漏了出来。

这一定是大鼠，不可能是别的，没有小家鼠干这样的事吧？待会起床后我就去买捕鼠器或老鼠药，我这么想着，从身上把衣服拉下来，一分钟之后就在床上倒下睡着了。

我被电话铃吵醒了。是贡沃尔，我想，我不该接这个电话，我要先想好该怎么说，但是铃声坚持不懈地响着，最后我还是接了，心脏在酸痛疲劳的身体里怦然跳动。

"我是英韦。"

"嗨。"

"听说昨天夜酒以后你喝高了？"

"你听说？听谁说的？谁说的？"

"本迪克，他们从窗口看着你。你直接从那儿跳到后院，然后在那摸自行车。然后你出去又直接进了隔壁楼的。他情况不是很好，他是你兄弟。本迪克说。后来怎样了，你还做了别的什么吗？"

"没有，一切都很好，我回家了。但是我有些焦虑，是的。"

"你不能再喝了。这才是症结所在。不能这样下去了。你这样是不行的。"

"是不行。"

"是啊，我现在不再讲什么道理了，你过的是你自己的生活。"

"是的，这一点非常清楚而且确定"。

"如果你愿意，可以过来我这儿？只有我们在。我们可以一起看电视或者干点类似的东西？"

"不，我没这个打算。我还有功课要做。这个学期本来就很短。"

"好吧，那我们再聊。就是聊聊。"

"好，就这么定了，再见。"

"再见。"

通常，前一晚出去喝酒，需要一整天的时间才能让焦虑消散，如果有什么特别情况发生，就需要两天，也许三天。但是它总会消失的。我不知道为什么它会来，为什么会有如此之大的羞耻和焦虑，事实上每一次都比上一次更大，我没有杀过人，也没有伤害过谁，我也绝对没有不忠。我曾经动过这个念头，然后为达到这个目的做了一些蠢事，但是什么都没发生，我曾经爬上一堵砖墙，去他妈的，难道我要为此而焦虑整整三天？我在公寓里走来走去，每一个最小的声响都让我吓一跳，外面街上响起的每一声警笛都让我惊恐，同时，身体内部因为这高度紧张而一直绷着，快要撑不下去了，不过我每次都坚持过来了，每一次，总是这样。

我是个冒牌货，我是个叛徒，我是个烂人。这些我都可以自己处理，只要我是自己一个人，这上面我没有任何问题。但是现在我和贡沃尔在一起，这已经影响到她了，现在她成了一个和冒牌货、不忠的人，坏人在一起的人。她并不这么认为，相反，在她眼里，我是个好人，一个满怀善意的人，对她展现了关怀和爱意，而这就是痛苦的根源，因为我其实不是这样的人。

我打开电脑，在等待电脑热起来的时候，我翻看着迄今为止所写的内容。学校作业我可去它的了，以我这状态也读不懂语言里的各种隐藏意义。我看的是小说，现在已经写了快五十页了，向多个方向展开，其中有些方向至少可以说是很有希望的。我就二十世纪二十年代已经写了一些，但是我还是没能抓住它的核心，关于那个时代我有太多不知道的东西，无知绊住了我，因为害怕写得不是那么回事，我几乎一个句子都写不出来。此外，那段时间离我那么遥远，我没有办法用我自己的生活来充实它，用当下在我的血管里流淌的东西去给予它血肉。所以它生硬而毫无生机，我能看到这些，但是同时这也是我能给的全部，我最后的一根稻草。

有什么敲了敲客厅地板。我存了盘，穿上鞋子，下楼去埃斯彭那儿。他在门口迎我，把食指放在嘴唇上，然后挥手让我跟着他走进厨房。正中间的地板上放着张凳子，他指向天花板，那儿有条裂缝，显然他要我看看那里面有什么。

我站上了凳子，向后仰着头，往缝隙里看进去。

一只硕大的黑色大鼠和我对视。

"你看到了吗？它还在那里面吗？"埃斯彭低声说。

"操！"我说着下了凳子，"恶心死了！"

"至少现在我们知道了那儿到底是什么玩意。"他说。

"那样，我们明天一定要买老鼠药了。"

"或者捕鼠器，用老鼠药它们可能就躺在墙里面烂掉了，我听说是这样，根本弄不出来。"

"我听说过的版本是，"我说，"老鼠药里面有种东西，让它们一定要喝水还是什么，然后就从房子里跑掉了。"

我自己都觉得这个听起来很奇怪，耸耸肩小心地笑了。"捕鼠器的问题在于它们后来就躺在里面，必须要亲手把它们扔掉。我对这种事一点兴趣也没有。"

"我也没有，"埃斯彭说，"但是我们必须做，所以我们必须做。"

"一只大老鼠就是一只大老鼠就是一只大老鼠。"我说。

"是吗？"埃斯彭看着我说，"来杯咖啡吧，好吗？"

我点点头。

"我听见你在上面工作。那咯吱声一直传到下面我这儿。有一阵子我以为你坐在那儿用手指敲鼓。然后我忽然就意识到，啊哈，他在写东西！"

"我现在写了五十页了，"我说，"所以你要赶紧读一读。如果它毫无价值，我就不用在这上面花一整年的时间了。"

"我想马上就读。"埃斯彭说。

"我现在去拿过来，你是不是这个意思？"

"为什么不呢？"

"先喝杯咖啡，然后我去把它打印出来，好吗？"

埃斯彭点点头，我们走进客厅坐了下来。

"我早就肯定那是大老鼠，"埃斯彭说，"我听说过它们会沿着屋顶板架跑动。然后还有你说的关于垃圾的事。那就不可能是其他东西了。"

"不管怎么说还是有些聪明的大老鼠。几天前，贡沃尔在这边过夜的时候，她晚上做了些三明治，这样就不用第二天早上做这个了，她要很早起来。"

"是吗？"埃斯彭说。

我看着他，他不耐烦了吗？

好像不是。

"是啊，所以她把这些吃的包好放在提包里。第二天她饿了去拿那个餐包的时候，它是空的。但是纸一点破损都没有。它们偷偷溜进提包，打开纸包，拿出面包片，然后开溜。是啊，还有那么点渣，不过也是一样啦。这听起来像一个联盟在行动。这肯定是有长期计划的。那儿的这些，也许我们看见的，洞里的那位，就是行动的主脑？"

"就是造物主真身？"

"是啊，我也不知道。但是无论如何，我们必须把它们赶出去。毕竟，如果贡沃尔知道这里有一窝老鼠她就再也忍受不了住这儿了。"

"她这么娇贵吗？"

"哈哈。"

"是不是你家的电话在响，还是什么？"他说。

我纹丝不动地坐着听了几秒。是，是我的电话。

"我跑过去接。正好这趟也把它打印出来！"我说着疾步冲上楼。

"哈罗。"

"嘿，是我啊，"贡沃尔说，"所以你在家啊？我正要挂电话呢。"

"我在楼下埃斯彭那儿。"

"我还以为你昨天晚上会过来我家呢，对吧？"

"是的，但是后来太晚了，我也醉得不成样子所以不想去打扰你。"

"我认为你来了就很好，"她说，"至于你喝醉了倒不是什么大事。"

"有时候是，"我说，"我现在真的很焦躁不安。已经连续两个晚上这样了。你能不能过来我这里？我们可以一起做华夫饼或者别的什么？我现在就想要绝对普通而正常的东西。"

"我肯定可以啊，现在吗？还是什么时候？"

"对，太好了，顺便问一下，你过来时可以买点牛奶上来吗？"

"可以，我们一会见。我也带一些脏衣服过来，行吗？"

"当然可以。"

我将纸卷末端的孔固定在打印机的轮上，又通读了一遍我最近写的内容，开头的部分我已经烂熟于心了，我检查了一下纸卷的编号，我把它粘在桌上，然后按下了打印键。很快打印墨头就开始来回奔跑，而我，对这项发明还不是太熟悉，对我自己写下的这些字，这些句子，这些页被从机器里某个神秘地方喷出而感到心醉神迷。

我不知道软盘和屏幕之间有着怎样的联系；毕竟，肯定要有什么东西"告诉"机器，键盘上的 n 应该成为屏幕上的 n，但是你怎样让一个死物去"告诉"？更不用说当屏幕上的这些字母被存进那又小又薄的软盘时，有什么在发生，只要轻轻一按，机器就被唤醒，就像冰下沉睡了几百年的种子那样，然后，在某种特定的情况下，它们忽然就敞开胸怀，袒露出这些年来它们一直包藏着的，开花了。我所保存下的这些字母，在一百年后，还能像现在这样，轻而易举地被召唤出来吗？

我撕下了那些打孔的边缘，按顺序把这些纸张排列好，然后再次下楼去埃斯彭那儿。

"贡沃尔待会过来，"我说，"所以我晚上会在上面，但是稿子在这里，你大概什么时候能读它？"

"也许明天早上？可能？我会告诉你的。"

我又上去了，然后贡沃尔过来了，我做华夫饼的面糊，而她坐在厨房椅子上看着，我烤华夫饼，煮茶，然后把所有东西都拿进客厅。也许是因为华夫饼的香味有种家庭感觉导致，但是不管怎样我们聊起了生小孩的事。这对于我们以及我们认识的每个人来说都是陌生的话题，但是我在克里斯蒂安桑的时候，扬·维达尔说起来我们初中时期的几个女同学已经有孩子了，其中一个甚至不知道孩子的父亲是谁。

我们真的有可能生出孩子，这个念头所激起的欣慰和恐惧一样多。

"这事的后果太大了，"我说，"它对以后这辈子都有影响。我们做的其他事情，都没有这样的性质。比如说，不管你学历史还是社会人类学，都是一回事。"

"不对，它们不是一回事吧？"

"就是一回事，不过要隔着段距离来看。无论我们拿一百分还是九十九分，最后其实都没有什么影响。但是我们还是很欠操地为这些很小的区别而焦虑。真正重要的，起决定性作用的事只有那么很少几件。"

"我明白你的意思。"

"当我写作的时候，是不是，我当然希望它会是件生死攸关的大事，但是它并不是！这其实只是我坐在这儿独自摸索。"

"是啊是啊，"她说，"但是不会所有的事都是生死攸关的。难道所有的事都是非此即彼吗？我们也得有些好玩的事啊。"

她笑了。

"我可以引用你这句话吗？"

"可以啊，但是不是这样？让我们假设我们现在有个小孩。这会是一件大事。"它将会决定我们的生活将怎样继续下去，就像你说的那样。难道生活会一成不变吗？我们要换尿片，推着婴儿车出去散步之类的，我们早晚要做这些的，但这也不完全是什么命运攸关的事吧？"

"不是。你说得对。"

她张开嘴，咬了一口华夫饼。

"好吃吗，还是？"我说。

她嘴里塞得满满的，点了点头。

我在我那份上撒了些糖，把它叠在一起，咬了一大口。

"是啊，这真挺好吃的，这玩意儿。"我边吞咽边说。

"特别好吃。"她说，"你那还有点茶吗？"

我给她的杯子里斟上。

"不过说说昨天怎么回事！"她说，"那里都有谁？"

我趴着，头靠在她的胸前。她用手捋过我的头发，我听到她的心在跳。她身上有什么东西非常少女，一种汹涌而来的无辜，让我感动，我这样躺着，像一只狗那样乖顺，就像对什么东西已经放手，但依然觉知着其存在，我既喜欢又不喜欢这样趴着被抚摸，这感觉很好同时又是低贱的。

过了一会儿，我们起身在客厅里抽烟，贡沃尔裹着被子。我们说起了罗伯特，她的姐夫，他比我大五六岁，散发出一种有力的、男性的气息。几周前的一次聚会上我见过他，他讲过一个故事，一次有整整一帮人跟着他。他拿起一根杆子，大喊大叫，真像个疯子似的，那些人就溜了，他把那根杆一扔，继续走自己的路。一个人想要什么，他说，那就去做。什么都别怕。但是你必须要先跨过一个门槛，然后任何事都不会有影响了，你要进入一个场域，在这里你不会害怕。然后你就可以想干什么就干什么了。他以前画过画，但是后来不画了，他说他害怕会变疯。

"他对你说了这个？"贡沃尔说。

"是的，他就是这样说的。我不知道我是不是相信他。这听起来有点卖弄。我不再画画是因为我怕自己疯掉。同时，这些听起来也不是那么荒谬，如果你见过他本人。还有，他就像是从什么地方来的人。"

"你这话是什么意思？"

"嗯，他不是那种一看就是学生的人。大学不是他的起点，不像对我们来说那样。它看起来更像是某种事情的终点，暴风雨后的一个安静角落。"

"你和罗伯特都挺有意思的，这就是你们能和我们在一起的原因。你们有一些共同的地方。你们有，对吧？"

"没有。"

"没有？"

"没有，我是男孩，他是男人。"

"他只是比你大，而已。"

"还有别的东西。"

罗伯特为和他在一起的她感到骄傲，贡沃尔的姐姐，而且他也知道他要和她在一起。他对她总是表现得很尊重，似乎在小心呵护他们之间的差异。我则没有觉得贡沃尔是我的骄傲，我也不知道自己是不是要和她在一起，同时我行事上也不总是尊重她。他的语言很清晰，很男人味地直接明了，我则是含糊、暧昧、温吞的。我们两个人说话时还不是这样，但是当其他人过来加入就不同了。我就只是听着他们想干什么，然后顺着话风走。

我们看着对方笑了。

"我们要把那机器开起来吗？"我说，"既然你带了脏衣服过来？"

她点点头，站起来。

"让我来把"我说。

她摇摇头微笑。

"别啊，这个我自己来。"

"那好吧。"我说。

　　我很是找了一阵子才找到一家经营捕鼠器的商店。我买了几个，再加上老鼠药，然后把所有东西都装在一个小袋子里，溜达回家。我的账户里只有几百克朗了，所以我担心起前景来。每年秋天和春天我都要面对这个问题，在新贷款到账前几个月，学生贷款就用完了。在春天则可能是提前半年就用完了。第一年春天我给谢尔坦打工，第二年我卖掉了所有的唱片，到秋天的时候，我这里那里地问别人借了点钱，或者去妈妈家，依靠她生活。但这维持不了很久，这是一个结构性问题，这种救急的解决方案仅仅让真正的解决方案更明显。换句话说我得找个工作。找到工作要么需要人脉要么得靠专业资格。两样我都没有。可以说，我当过一年老师，所以也许有可能在一家小学找到代课老师的工作，但是肯定不是在市中心，那儿狼多肉少，一定得是离城里有段距离的地方。另一种可能是在卫生保健系统里。我对再次进入这个系统毫无兴趣，但是如果这是必须的，那就一定要干。城里有两个大型疗养机构，一个是疯人院，桑德维肯医院，另一个是给心智障碍人士的，西部之家。就我所知道的，这两家机构都大量聘用没有资质的临时工。如果我一定要选择，那就是桑德维肯；宁可选择精神病人，也不选心智障碍者。

　　我回到家时打了电话。我先尝试学校，从市政府的一个女人那儿拿到了一些电话号码，大多数都已经有代课老师，所以他们不要人了，而且我太年轻了，正如其中一个人说，但是也有一部分人记下了我的名字和电话号码，也没有许诺什么，他们代课老师备选名单长得很。在桑德维肯那边，他们可能要人，但需要先和我聊聊，如果我这个周能带上我的各种材料过去？

"可以，我这边当然可以。"

"星期四，合适吗？"

"星期四很合适。"

这天晚上上床睡觉之前，我在水槽下的壁橱里放了两个捕鼠器，然后敲了敲容恩那边的门，和他说了这个情况，让他别乱动这些东西。他又发出了他那好脾气的笑声，说他觉得这些大鼠只活在我脑袋里而不在别的任何地方。但是他不会去碰那些橱柜的。

我不能为容恩将要见到的那些老鼠负责，当我躺在床上准备睡觉时这么想，脉搏在我的耳内跳动，但是我还一样对这事有所感触，而且就像一贯以来的那样，我对此无能为力，该怎样的还是怎样。

大老鼠，我们这儿有大老鼠。

第二天早上，我故意拖延不去检查捕鼠器，先是煮了一点咖啡，然后在客厅里喝咖啡，边抽了根烟，翻了一下我买的瑞典语版拉康文集，望了一会儿窗外，红灯亮起后车辆迅速排起队来，然后散开，队又重新排了起来。这些汽车不断地换成新来的，里面的人也一样，但是他们所进入的模式总是一样的。而无生命物也在构成模式。窗玻璃上流淌下来的雨滴，被吹成堆的沙子，撞击着陆地又移身离开的海浪。如果一个人走进这些，比如说，走进了一粒沙里，也会在那里发现模式。电子围绕着原子核转动。如果进入外太空，行星绕着太阳旋转。一切都在运动，一切在一切里进出。我们所不知道的，也永远不会知道，大小又究竟是什么东西。想想宇宙，我们以为那就是万物，是无限本身，想想如果其实它很小呢？甚至，非常非常小？想想如果它其实是另一个世界里的沙粒？然后那个世界也很小，也是在一粒沙里？

这是我的王者之思[1]。而且事实有可能就像我想的这样，至少对其进行反驳是不可能的。但是如果真是这样，一切就都毫无意义了。为了让我们在这里所做的事具备充足的意义，我们靠的是完全不能有别的世界存在，靠的是我们这里才是唯一的世界。这才让，比如说，文学批评这种事，重要起来。如果还存在一个其他的世界，一片更广阔的背景，文学批评就是个笑话，是宇宙间的一声啦啦啦。

我走进厨房，放下杯子，打开橱柜门，蹲下身子，就看见被夹在捕鼠器里的一只大老鼠。金属的机关已夹住了它的脊背。我感到一阵恶心，我拉出最底下的抽屉，拉出一个塑料袋，用拇指和手指捏住那块小小的木头小心地把捕鼠器拉向我，我打

---

[1] kongstanke，随着挪威十九世纪主流思潮出现的一个概念，典出易卜生的戏剧《国王的主题》，指关于人民、国家利益的宏大观念。

算把它整个地放进塑料袋里，把这一团，老鼠和捕鼠器以及所有，一起扔掉，而不是多费点事把老鼠松开拿出来。

它的后半截身体抽了一下。

我松开捕鼠器，闪电般抽回手臂，站了起来。

它还活着吗？

不会的，一定是痉挛，一种肌肉的抽搐。

我又蹲了下来，微微地推了一下捕鼠器让它调转过来面对着我。

看起来它用黑色的小眼睛看着我。

那条看起来像是赤裸的腿上闪过一阵新的抽搐。

它活着吗？

哦不。

它还活着。

我砰地关上门，在地板上走来走去。

一定要快，摆脱这个局面，不要考虑太多。

我打开门，抓住捕鼠器，把它扔进塑料袋里，飞快下了楼梯，冲向垃圾桶，打开其中一个把口袋扔了进去，小跑着上楼，在浴室里洗手，在客厅里坐下点了支烟。

就这样。

七点钟的时候妈妈打电话过来，提醒我外公星期一要进城，他要去医院住几个星期。妈妈问我能不能去码头接他的船，然后和他一起坐出租车过去。我说没有问题。然后我们这些在卑尔根的孙辈可以大家排好探视时间，以达成尽可能平均的分配。

她可能也会过来一趟，至少是他在此住院的最后一周。

就在我挂了电话转身走进客厅的时候，有人敲门。那是埃斯彭。

"进来，"我说，"你要喝咖啡吗？"

"想的，"他说，"如果你现在有？"

"有。"我去取了两个杯子，我们坐下。他的心思并不完全在场，可能依然在自己的思绪中神游。

"我已经读过你的手稿。"他说。

"太好了，"我说，"那么，你现在有时间讨论这个吗？"

他点点头。

"但是也许我们应该出去散个步？那样聊起来更舒服一些。就这么静静地坐在这里让人得幽闭恐惧症。"

"是啊，我一天都待在家里，所以出去溜达溜达很有些好处。"

"那我们走吧？"埃斯彭说，站起来。

"那么，咖啡呢？"

"我们回来后再喝。"

我穿上雨衣和雨靴，在下面一层走廊那儿等了一会埃斯彭，很快他就穿着他那件厚厚的旧雨衣出现了，转身锁门。

"晚上厕所纸又失踪了。"他说，边把钥匙塞进口袋边转向我。他的厕所在入口那边，谁都可以用。

"我知道是谁干的，我听见了他的动静，然后我就往窗外看了一眼。你知道住在对面楼里的那个从孙默勒[1]来的小个

---

[1] Sunnmøre，挪威西部默勒－鲁姆斯达尔郡的南部。

子吗？"

我摇了摇头，开始往楼梯下走。

"不管怎么样，就是他。他两手各拿着一卷厕纸跑过人行道，你想想，要堕落到了什么地步才会去偷厕纸！"

"是啊。"我说。

"无论如何这太让人恼火了。你认为我该怎么办？我要去和他当面对质吗？告诉他我知道是他干的？"

"不要，你疯了吗，就这么算了吧。"

"但是这也太不像话了！"埃斯彭说。

"他可是为非乍歹的人，"我说，"你如果要和他较真的话，你根本不知道接下来会发生什么。"

"你说的没错，"埃斯彭说，"但是他真他妈的让人恶心，确实。我觉得他是个变态。他从来不冲水。你知道嘛，我进去的时候，他的屎就在马桶里。"

"太操蛋了。"我说。

我们走到最底下一层的走廊，出去走上了破旧开裂的砖楼梯。雨正在下，而且已经下了很久了。我们刚走出的这栋砖楼和离我们三米外的那栋楼，都已经黑黢黢的，在灯光的照耀下闪着湿漉漉的光，所有突出的窗框、壁带和屋檐排水槽都在滴滴答答。我们面前的门房已经被陈年垃圾堵上了，两栋砖楼之间的走廊上有一个遮雨顶，看起来特别像隧道，而它绿绿的，破破的又像一个峡谷。

当我看到垃圾桶时，我想到了那只大老鼠，我已经成功地把它抛在脑后，因为我已经一整天都没有想到它。

也许它还活着。在这些美味的垃圾中间四处乱爬。它被捕鼠器夹住了这事可怎么办呢？用它的两条后脚轻轻划桨般一蹬一蹬，它就可以沿着一个又一个凸起口袋表面的塑料滑下来，用嘴咬一口，袋子们就开了，天下各种山珍海错就涌出来，直接冲入它的嘴里。吃光了？好，那就继续往前滑。

我们沿着其他的砖楼往坡上走，这些是我们公寓楼的姐妹楼，因为所有这些建筑都长得差不多，然后顺着地下通道拐向左边。在那里面到处都流淌着滴滴答答的雨水，墙上的涂鸦是各种口号和晦涩难解的符号，顶上的灯有些被砸烂了，如果地下通道中间没有这间纳维森便利店，是不会有人在这里驻足的，我每天上午在这里买报纸。我们经过它，走向通道另一端，顺着那条路走下去就进城了。

"我们要不要在那边转右，然后往那里面走？"埃斯彭说，"这一带还挺不错的。"

"太可以了。"我说。

那条路的路口冲着医院旁边，眼下这医院看起来像一座城堡般矗立着，楼里的明亮灯光在山下雾团深处闪烁，城里最大的教堂墓地就很策略地位于在它的正下方，这样那些病得够呛的人就会明白过来他们不会永远活下去。

我们肩并肩向里面走。埃斯彭什么也没说，我也什么都不说。

"我不知道我要怎么和你讲，"埃斯彭终于开口了，"首先，我想知道你写的不是一本青少年小说吧？"

我身体里有什么沉下去了。

"青少年小说？"我说，"这是打哪儿想起的？"

"语调里的某些东西，"他说，"还有标题，但是青少年小说也是很好的！"

我什么也没说，低头看着我们前方的地面，那湿漉漉的沥青里星光点点。

"但是那里面有很多很美妙的部分，的确如此，"他继续说，"我非常喜欢那些关于大自然的描写。"

"但是？"我说。

埃斯彭飞快地看了我一眼。

"但它从整体来看站不住脚，以我个人眼光来看，"他说，"从某种方式来说，它还有许多不足。想不通为什么要说这个故事，简单地说，它烧不起来。"

"那么，语言方面呢？"我说

"不幸啊，"他说，"就可能有点缺乏特点。有点不太个人。很抱歉我这么说，我也想说些完全不同的话。但是我做不到。那样的话一切就都倒塌了。"

"我非常高兴你说了这些话，"我说，"很少人能做到这一点。大多数人会信口说他们喜欢这个。你能这么说出来是真他妈的勇敢。谢谢你。"

"但是它并不差，"埃斯彭说，"我是说，这不是我们讨论的点。我只是认为你从现有材料里发挥出来的还不够充分。"

"你觉得我最后能做到吗？就是我可以继续写下去，提升它。"

"也许，"他说，"但是眼下看来这个工作量相当大。如果你

479

另起炉灶写别的题材可能更好。"

"已经到这个地步了。"我说。

"是的,很不幸,"他说,"你一定要相信,我不喜欢说这些话。我一整天都像一只狗一样惶惶然。"

"但是你说出来就很好,我很高兴。我知道你是对的。我在心底深处一直都知道,能够证实这一点感觉其实很爽,一点关系也没有。"

"我很高兴你这么想。"他说。

"不会,为什么要杀死信使呢?"我说。

"这么说是一回事,真能这么想就是另一回事了。大多数人会往心里去。那样就变成一种恩怨了,是啊,你也知道,你在写作学院待过一年嘛。"

"是啊,"我说。"但是我们是朋友。当你对我能有什么说什么时,我知道那背后没有其他的东西。"

我们在沉默中继续向前走。

我说的就是我的真实想法。他很勇敢,而且我能信任他。但这并不能让我不难过。那曾经是我最后的希望,现在一切都结束了。我没法写出更好的东西。

回到家里,我把埃斯彭读过的那一版稿子扔进垃圾桶,删除了硬盘里的文档。现在只剩下学期论文了。现在它的标题是"关于互文性概念,浅析詹姆斯·乔伊斯《尤利西斯》"。

桑德维肯医院离市中心并不远,隐蔽地藏在山里。这些建筑沉重而具有纪念碑性,正如那个时期建造的所有医院那样。

我跳下了公共汽车，上了坡。在我上方，窗户里的灯光在雾中闪亮。在楼群之间游走了几分钟后，我终于找到了我要去的那一栋，走了进去。

见面主要是这样的，一位女士将我的信息输入系统里，看看哪个部门最急需帮手，然后给他们打电话，告诉他们我的名字，挂了电话，看着我，你明天可以来值一个班吗？下午？

"可以，我没问题。"我说。

"如果一切顺利，肯定会顺利的，我们可以给你排更多的班，前提是你愿意的情况下。"

"谢谢。"我说着站起身来。

"没事儿。"她说，目光转向了她面前堆着的一摞文件。

第二天下午，我在同一个地方下了公共汽车，心里怦怦跳着，走上台阶，走进了我被分配到的那个部门。当我走进值班室时，一位瘦瘦的红头发女人，脸上还有点孩子气的表情，大概在三十五岁上下，和我打了招呼，并和我握手。她叫埃娃。从她身后站起了另一个女人，金发碧眼，在南方晒出的棕色皮肤，体态柔软，也许三十岁。从我眼角扫到的那一点来判断，她的胸部极美妙。她从架在鼻尖上窄窄的眼镜里打量着我而没说什么。从这点来看，她性格里也许有清新的一面，也许还有点可恶？

"啊哈他们这次给我们送来一个帅哥。"

我的脸红了，并试图通过以下一系列动作进行掩饰：脱下雨衣，把杯子伸到那个巨大的暖壶下，咯吱咯吱按了几下，把它举到嘴边，喝了口咖啡，咖啡因为是被泵出来的而充满气泡和浮沫，坐下来，微微笑着。

"让你不好意思了吗？"她说，"我不是有意的。我就是这个脾气。直来直去。顺便说一下，我叫玛丽。"

她看着我，脸上也没有笑容。

"可怜，现在你让他完全摸不着头脑了。"埃娃说。

"没有，"我说，"我对什么都还挺习惯的。"

"这很好，"她说，"我们需要所有分配给我们的临时工。我是部门的头儿，没错。这里有过一次很大的人事重组。是啊，现在有一支核心骨干力量，但周末值班的人逐渐就没有了。"

"真的吗。"我说着又喝了口咖啡。一个留着络腮胡子的男人进来了，他肯定是二十好几快三十了，细细的胳膊细细的腿，戴眼镜，一副社会主义左派党 [1] 的模样，他叫奥耶，在我旁边坐了下来。

"大学生？"他说。

我点点头。

"那你是学什么的？"

"文学批评，精修科。"。我说

"嗯，在这儿你用不上它。"玛丽说。

"我们这里有过地质学家，建筑师，历史学家，社会科学家，艺术家，社会学家，社会人类学家，是的，样样俱全。大多数人在有更好去处后就辞职了。但是有些人待下来了，是不是，奥耶？"

---

[1]　SV，挪威主要政党之一。左翼。

"没错。"奥耶说。

"你抽完这根烟以后，就跟我来，我带你看看周围环境，讲解所有的流程。"埃娃说，"那么我现在先出去把药物准备好。"

我忽然意识到，我来这儿做的第一件事，就是点起一根烟，这看起来不太好。另一方面，离我当班时间开始还有十分钟。

玛丽在值班日志里写着什么。奥耶站起身走了出去。我跟着他，不敢单独在里面和她坐在一起，她身上似乎带着电。

通过暑期工我已经对医院部门里的许多情形有了一些了解，唯一真正的区别在于院友，在这里叫患者，他们和护理人员的距离和之前那些相比更近一些。但是这儿气氛更加低落，这里的沉默更有威胁性。人们站在窗户前前后摇晃，坐在沙发上一根接一根抽烟，死气沉沉地躺在自己床上。大多数人在这里已经待了很长时间了。几乎没有人在意我的存在，注意到我是新来的，他们已经习惯了不断有新来的人。我把姿态放得很低，力所能及地做些实事，试着采取主动，但是如果涉及患者我就不那么主动了，我知道自己的位置在哪儿，我也希望这个表现能被看到，被认可。我擦地板，备餐，从桌上收下杯子盘子并把它们放进洗碗机，总是在问有什么事是我能为其他人做的。时间过得漫长得没有止境，但它还是过去了。这一天结束时，奥耶和埃娃下班了，病人回到他们自己的房间里，我最终和玛丽单独待在值班室。她点了根香烟，动作幅度很小，几乎有点紧张，以至于我都不能将这紧张和到这一刻之前她所展现的那些联系起来，但是随后，当她把烟深吸进肺里，又吹出来，同时用手把它从眼睛前挥开时，那自信的特质又回到了她身上。

我问她住在哪儿，她说她住得不远，在商贸学院附近的一间公寓。她开始做介绍时用的那种打情骂俏语气，完全消失了。但这让我感觉到了什么，从她的视线回避我的模样，她会突然微笑起来，这微笑显得更有实质，也许之前轻佻的口气因为坦坦荡荡所以是安全的，可是如果不通过回避和掩饰某些东西就无从显示出来。

她告诉我她以前是精神科护士，在那边工作了五年。她吐露这些话的方式就像在诉说某种秘密。

"哦不，"她最后站起来说，"我得去查房。如果你愿意的话现在就可以走了。"

"可是还有半小时我才下班吧？"

"走吧，这里我一个人就行了。这样你还有多一些时间去陪女朋友。"

我转身穿上夹克，双颊微微发红。

"你怎么知道我有女朋友？"我说。

她在门口停下。

"很难想象你这么好看的男人会单身。"她说这继续走向走廊。

我坐在公共汽车尾部拿出随身听，放起了音速青春，这是我一直想听的乐队，但是到那年秋天他们出了《GOO》那张专辑之前一直都没弄到。一天晚上我在楼下埃斯彭那儿听到这张专辑，我们在抽大麻，我在音乐里消失了，真真切切。我在那音乐里看到了空间和走廊，地板和墙壁，沟渠和斜坡，街区和铁路线之间的小树林，直到这首歌结束我才走得出来，这就像透了口气一样，因为一转眼下一首歌又开始了，我又被困在里面了。唯一的例外是第二首歌，《罩衫》（"Tunic"），它就是不断向前移动，不断向前，我闭眼坐在那里，顺歌而行。真奇妙，我从耳机里听着这歌时想到。因为从歌词来说，至少是副歌部分，其实意思是旗帜鲜明地完全相反的。

你永远不会去任何地方

你永远不会去任何地方

我永远不会去任何地方

我永远不会去任何地方

因为贡沃尔住在长途汽车站附近，而下一班是第二天早上七点开始，所以那天晚上我在她那儿过夜。我说了一些那边的情况，但有点心不在焉，最本质的东西还是关于情绪，那被困在这些人身体里的绝望，是无法言说的。她的眼神忽然严肃起来，她向我蜷了过来，身体紧紧贴着我，然后，几分钟后，世界就只剩下我们两人，在这小屋里，斜窗上淌下雨水，高高地位于街道上方，下面行人来来往往，但是，就在我们松开了彼此，躺在各自那边准备入睡时，我又孤独了，直到睡眠来临将我从一切这些事情里解救出来。

闹钟响起之前我就醒了，几乎被我梦到的东西撕成碎片，但我一睁开眼它就消失了。可是那情绪还在。我站起身来，在她寒冷的厨房里吃了一片面包，尽可能轻手轻脚地穿好衣服，小心地在我身后关上门，走进了黑暗的雨中。

"坐下抽根烟吧，"我进门的时候玛丽对我说，"星期天的班时间很长。我们不用太辛苦自己，除非到了必须的时候。"

"这听起来挺好的。"我说，"但是昨天我有点迷茫，我完全不知道有什么是要我做的。所以你能不能就直接给我安排一些任务，直说就好？"

她笑了。

"总是有一些衣服要洗的。但首先，你要先介绍一些有关你自己的情况。"

"我没有什么要介绍的，"我说，"至少不是现在一大早就说这些。"

"你知道昨天埃娃说了什么吗？"

"不知道？"

"水越静，底蕴越深。"

"这个解释很善良。"我说，脸红了。

"要有事的话我们就在这儿，这里的人类专家们。"她对我眨了眨眼。"去看看洗衣机吧。然后，你就可以开始准备待会的早餐了。"

我照她说的做了。第一批病人都起床了，在"客厅"里围着桌子坐着，用各自被尼古丁熏黄的手指抽着烟。他们有些人喃喃自语。他们是老病号了，这是埃娃昨天晚上告诉我的，他们在这里已待了很多年，基本上都很放松，但是一旦发生什么或者警报器响起，我就必须放下手里所有事情冲向事发地点。这是我得到的唯一的关于患者的指示。以前的医疗机构里没人和我这么说过，但在这儿似乎警惕性更高一些，因为这些事也可以用一种完全不同的方式来交代的。如果那些人主动找我并想和我说些重要的事情，我该怎么办？信口敷衍一下？还是实话实说？去找一个那种受过专业训练的人？

我把冰箱里的面包配菜、牛奶和果汁都拿出来，拿出一摞盘子、黄油刀、玻璃杯和瓷杯，把所有东西都放在小推车上，开始布置桌子。因为今天是星期天，所以我煮了些鸡蛋，并在每张桌子上都点了一支茶蜡烛。一个瘦削的黑头发家伙双手颤抖，长得像路德维希·维特根斯坦，已经在桌边坐下了。他低头看着自己面前的桌面，简直像在做祷告。

我把盘子放在他面前。

"我他妈的不是同性恋！"他说。

我把装着奶酪的托盘、盒装牛奶和果汁摆出来。他没再说什么其他的，看起来似乎他根本就没有留意到我。玛丽进来，给了他一小圆管的药，往他的杯子里倒上果汁，站那儿看着他吞下它们，然后往客厅里面走去。我把鸡蛋从火上拿下来，用冷水冲，做上咖啡，打湿了一块抹布去擦干净料理台和切面包的砧板。在下面的走廊里奥耶走了进来，他举手和我打招呼，我也挥手致意。

"现在？"他说着，在值班室里放好外套和包后，来到了我身边。"昨天晚上过得还好吗？"

"是啊，"我说，"安静又轻松。很早就睡了。"

"你看起来像个很有责任感的家伙。"他说。

"可能吧。"我说。

"我估摸着我们两个人上午可以出去走一走，带上他们中的一些人。"他说，"你怎么说？"

"可以啊，"我说，"但是我没有驾照。你有吗？"

"有的，这样我们离这些婆娘们远一点，你知道的。"

这话说得很白痴，但是我不想让他知道我是这么想的然后觉得被排斥，所以我就在那儿又站了一会，然后才走进去拿鸡蛋和蛋杯。

早餐后，他去取了辆车，召集了四个病人，然后就坐进车里出发了。经过了市中心直到城市的另一端，在那儿他在山下一个铺着砾石的大场子里停下了，这就是黑沟，他说。这真是名副其实，至少在这深秋季节是如此，因为四周景物里几乎没有一点颜色。我们下了车，爬上了一条平缓的山脊，他说起话来口若悬河，他的声音高频而单调，一长串对桑德维肯的各种抱怨喷薄而出。他对部门护理人员之间的人际氛围尤其不满意，他们在搞阴谋，他说，都在别人背后说坏话，他说，我除了点头还是点头，同时我在想他真是个白痴，他就不能快点闭嘴吗，这些和我有什么关系？

我们停住脚步，环顾四周，看向远处躺着的一面湖水，黑得就像最黑的沥青，看从湖后面几乎垂直升起的山脉，再回到车上。他继续向外开去，在内斯特屯调头，然后开回去。一路上他都在车里音响里放鲍勃·迪伦，我觉得很配，他们两个人都很刻薄，这两个人。

"哎呀，这就已经三个小时了。"当我们开上坡驶向城市的另一边时，他说。

"没错。"我说。

"和你说话真开心，"他说，"我发现你很能把握住关键。"

"谢谢，你也一样。"

他真是个白痴。

玛丽就是另一回事了，我想。我肚子里痒痒的像有什么在爬。是，她三十岁了，是，她是一个护士，是，我最多和她一共说过五句话，但是这些又有什么关系，因为不会有什么发生。当我和她同处一室时就充满了某种张力又有什么关系？

几个小时后我离开的时候，埃娃问我想不想在这儿多干点活。我点点头，她把我列入了内部临时工名单。在公共汽车站，下着倾盆大雨，我在脑子里把这个月工资加总。我一回到家就上床睡觉，睡得很沉，被电话吵醒，四下已经一片漆黑，开始我以为已经睡了超过十二小时，看一看时间才刚刚五点半。电话是英韦打来的，他在宾馆上着班，问我要不要等他下班后一起出去逛逛。我说好啊，当然。我们约好了十点过一点在歌剧院咖啡馆碰头。

我答应给他写一首歌词，差不多要写完了，然后我吃了点东西，就放上音乐把歌词拿出来。容恩在斯塔万格，从楼下的寂静程度来看埃斯彭肯定出门了。所以我把音乐放得很大声，觉得很舒心；当我给英韦写歌的时候，我不受什么束缚，只要写就可以了。

一个小时后，我完成了。

《她，那狗，她》

她停下车

她出了车门

那狗嗅着一具尸体

你的眼睛看着发生的一切

什么都看得清晰

两个词之间的移动

每一次都比上次更远

他躺在她的脚前

他假装已入眠

狗绕着圈奔跑

她起床，穿好衣服

安静出门

她停下车

她出了车门，

那狗嗅着一具尸体

现在还没被啃噬

第一个词，小男人

每一次都更远一点

每一次都更远离你的控制

他躺在她的脚前

他假装已入眠

狗绕着圈奔跑

她起床，穿好衣服

安静出门

到了街上，走

灯熄灭又打开，走

到了街上，走

关和开，走在街上，走

关和开，走在街上

走

　　我冲了个澡，因为我要出门，所以我自慰了一下，这是一种减少出轨风险的方法，我绝对不想再陷入我之前曾经陷入的局面，被欲望的狂暴所掌控。我没法再相信自己了，一杯啤酒我还可以，但如果我喝了两杯，就会想要喝更多，如果我喝多了，就什么事都做得出来。

　　当我站在淋浴间里手握那话儿的时候，汉斯·奥拉夫的样子每隔一会就出现在我脑海里，就是他躺在床上手淫的样子，这感觉就像我已被他污染，这打消了我所有的兴致。但是最后还是完事了。随后，我冲了接近半个小时的澡。如果不是水变冷了，我还能再站那儿半小时，我体内一点力量也没有，没有意志，我只想站在那儿，让水就这样永远地在身上淌过。

我几乎懒得擦干身体，而光是为了穿好衣服，我就得打起精神，动员起所需要的力量。做完这些事以后，我感觉好多了。喝点酒应该会挺好的，也许喝到微醺，就可以把念头转到其他的事情上。

窗外因为那片漆黑而有如大海，亮起了灯的那些房间星星点点分布，我看着它们，就像我小时候那样。对面所有这一切似乎正转身离我远去，走向它们自身。那是异乡的，异质的。一切无非如此，我想着，凭窗而立，试图让这一浮想延展到更远处，把那儿的一切都视为本质上和我格格不入的，都在离我远去，离我们远去，我们这些在地球上流浪的人类。

哦，那真是让人毛骨悚然的念头。我们被这些无生命之物包围，我们在无生命物体上漫游，但对它们视而不见，相反，我们为了自己的利益去摆布它们，为达到我们自己的目的而利用这些死物。我们自己是一个个生命的小岛，树木和植被与我们是亲戚，还有动物们，但是那也就是全部，其他的东西如果不是我们的敌人，也是和我们离心离德。

我穿好衣服，走下楼梯，这是死物，走出了大门，这是死物，走上坡，这是死物，穿过地下通道，死物，朝公路走去，死物，沿着峡湾走，死物，走进公园，被它那涌动着生命却沉睡着的黑暗所包围。

我在等英韦的时候自己喝了几杯啤酒，这感觉很好，不但因为这里这时候人还不多，于是有了种很特别的气氛，外面黑，里面亮，人与人之间都隔着老远，也因为酒意在我身体里慢慢升起，有种憧憬的感觉，我正在上升期，当我到达等着我的那个边界时，什么都有可能发生。

此外，我最近这几天在赚钱，并且也可以预见未来赚得更多。

"哈罗。"英韦在我身后说。

"哈罗，"我说，"你还好吗？"

"挺好，你在这坐了很久吗？"

"半个小时。我在享受不在上班的感觉。"

"这是上班最大的好处，"他说，"就是珍惜不用工作的时候。"

他把伞和那个小背包放下，买了一杯啤酒，坐下了。

"最近怎么样？我是说，在桑德维肯那边？"

"相当可怕了，真的，但是能赚到钱。"

"我也在那儿干过一段。"他说，擦干了附在上唇的一些泡沫。

"是这样。"我说。

"你在那当过几次班，逐渐习惯了以后就会不一样了。"

"肯定会的。"

"你最近想过卡夫卡制造机的事吗？最近？"

"有，我写了一首新歌词，叫做'她，那狗，她'。"

"你带来了吗？"

"千真万确。"我从后裤兜里把它拿出来。英韦展开它，读了起来。

"很好,"他说,"再来两首,我们在除夕夜就能表演一整场了。"

我们又就这个聊了一会,两人又无话了。英韦看看周围,他来了以后逐渐地又有一些人涌进来,但是客人之间的距离依然还比较宽松。

"那么,我们要不要去'克里斯蒂安'?"他说,"可能那里的人气更旺一些。"

"很有可能。"我说。

在我们走过去的路上,他说周日晚上是那些在各餐饮娱乐场所工作的人自己出来泡吧的日子,而他们中大多人都会去"克里斯蒂安"。我们付了钱,在舞池旁边的一张桌边坐下。他给我俩买了金汤力,我像喝汽水一样把它喝了,再来一杯,又来一杯。

我们和两个女孩聊起天来,一个很甜美,牙齿略歪,头发发红,大概三十上下,她说她在邮局工作,每次我和她说话都会引起她大笑。她说我太小了,而且她现在和一个人在一起,他个子又大又壮,嫉妒心也强,她说,这吓不到我,我被她的笑声所吸引。最后她们起身要离开了,英韦在我想跟上去的时候把我按回去了。

在室内也有无生命之物,我们坐在这里的整个酒吧是死物,以及里面的一切,除了跳舞的人。他们在死亡之物里跳舞,我想。他们在这些死物里跳舞,在这些死物里跳舞。

我们喝了更多酒,有那么几首歌我们甚至在舞池一起跳,不然我们就坐在那里谈着乐队，说它以后会变得多棒，只要我们不断努力会有多大的机遇。我说我宁可一起搞乐队也不愿写作。英韦惊讶地看着我，这是他没预料到的。但这是真的。写作让人沮丧，是耻辱，是面对自我并发现自己不够好。搞乐队则完全是另外一回事，它把自己交付给其他人，等着未来从中浮现。我是一个糟糕的鼓手，但就是这样，依然有那么几回，机会就这么来到身边，忽然间我们就成为某些事件的中心，事情有它自己的走向，我们并没有操控它，而只是随着它流淌，这种发现自己成为全场焦点的感觉，特别好。

这时我脊背掠过一阵寒战，笑了。它向上，上升，然后就消失了。放下一首歌的时候我们又说回到每种乐器，每个轻音和每个鼓点要分开的地方。

"我们只要继续投入，"这个晚上我对英韦说，"这就是所有。不需要什么安全网。放弃学业，全职搞音乐。每天练习，坚持两年。那样我们就会变得真他妈的牛。"

"是啊，但是我们永远不可能让汉斯和波尔跟着我们这么干。"

"不能。但这是必须的。这是唯一的办法！"

在那一时刻我已经完全酩酊大醉，就像往常一样在外表看不太出来。我走路不摇晃，说话不大舌头。但是我心里已经非常确定自己醉了，我开始追逐新涌现的每一个冲动，对随即产生的想去克制的念头嗤之以鼻。"克里斯蒂安"关门后，我们去了"屠宰场"，为了今晚的尽情欢乐，我的眼里只剩下一件事，一个我可以跟她回家的女孩或者一个可以跟着我回家的女孩。

我们在一张桌边坐下，有人看着我们，我从眼角觉察到这一点就转过身来，撞上了一个女孩的视线，她嘴唇丰满，目光莹亮，我们对视她微笑了，我不由自主站了起来。她生得饱满，没有人会说她很美，但那有什么关系，我现在唯一想要的，就是在什么地方的一张床上疯狂碾压她。

　　我又看了她几眼，总是很快地投去一瞥，就为了确认她还在，还是她。过了一会儿，她过来问他们是否能不能坐过来我们这张桌子。我让英韦回答，他说可以，当然，你们请坐。我们就要回家了，不过……

　　"真的吗？"她说。

　　"对，就要走了。"他说。

　　她讥讽地看我一眼。

　　"你也是吗？"

　　"要看情况。"我说，我的声音几乎因为激动而有点发颤。

　　"看什么情况？"她说。

　　"就是，如果有什么特别的事发生的话。"

　　"特别的？"她说。

　　我的胸腔里心脏在疯狂擂着鼓，因为她用那种带吸力的眼神看着我，她愿意，她也想。

　　"是的。"我说。

　　"比如什么，举个例子？"

　　"呃，一次夜酒，比如说。你住在哪呢？"

　　"在诺斯忒特。但是那儿可没有夜酒喝。"

　　"没有。"我说。

"那么你住哪儿？"

"在丹麦广场。"我说，点着根烟。

"就在那边，"她说，"你一个人住那儿吗？"

"是的。"

"你那儿还有酒局喝吗？"她说。

英韦看着我。

"不，我想是没有的。"我说。

"明天你要陪外公一起去医院，你可要记清楚了。"英韦说。

"是啦，"我说，"我马上就走了。"

一会儿英韦起身朝洗手间走去。

"我可以和你说两句吗？"我说，"在外面？我现在先走，我想在外面和你单独说几句话。"

"你要说什么？"她笑着说。看着她的女友，女友正在和一个蹲在她椅子前的男人说话。

我站起身，她也站起身。

"跟我回家，"我说，"你愿意吗？"

"好啊，这可能会很有意思。"她说。

"我们坐出租车，"我说，"现在就走。"

她点点头，穿上外套，将包挎在肩膀上。

"我走了，"她对女友说，"我们明天见，行吗？"

女友点点头，我们出去了，一辆出租车从桥上开下来。我伸出手，半分钟后我们就坐在车里穿过这城市。

"你兄弟怎么办？"她说。

"他自己能行。"我把手放在她的大腿上。

哦，上帝啊。

我咽了口口水，把手顺着她的大腿摸索上去，她微笑着，我弯下腰去亲吻她。她双臂抱住我。她身上有香水味，她身体沉甸甸地抵着我的。我这么想要她，以至于这一刻在出租车里我都不知道该怎么办了，还有好多分钟的路程，才到我的公寓，以及那里的床。

我把手从她外衣下伸进去，抚摸过一只乳房。她吻了我的耳朵。她的呼吸沉重起来。

我们正经过丹麦广场。

"这里转左，"我说，"然后再转左。第二个大门。"

我从口袋里抽出一张百元钞票，他一停车我就递给他，开了车门，抓住她的手把将她拖出车门。她笑了。我们搂在一起跌跌撞撞地上了楼梯，我尽自己的力气把她向我怀里压，开门，几秒钟以后我们就站在卧室里，我首先脱了她的毛衣，然后啪地解开她的胸罩，解开裤子纽扣，拉下拉链，然后把它从她身上拉下来。她的内裤是黑色的，我把脸埋在上面，胳膊搂着她的腿。她也沉下来了，我拉下她的内裤，再次把脸压上去，然后，是的，我们就做了当我们视线交汇时所想象的事。

我一醒来就知道自己做了什么，内心充满了恐惧。

她在我旁边睡得很安详。

我得赶紧亡羊补牢。她不在我能顾及的范围之内。

我叫醒了她。

"你得走了，"我说，"而且你绝对不能告诉任何人。如果

498

我在外面碰见你，你要装得像什么都没有发生过。我有女朋友。已经发生的这事是绝对不该发生的。"

她坐了起来。

"你根本没有告诉过我这些啊。"她说，举起胳膊把胸罩在背后扣上。

"我喝醉了。"我说。

"老掉牙的故事，"她说，"我还以为遇到梦中的王子了。"

我们肩并肩站着，穿好衣服，一言不发。她离开时我说再见，她一声不吭。但是我也管不了这个了。

已经十点了，外公坐的那班船很快就要到了。我将床单放进洗衣机，然后全速冲了个澡。我还是醉醺醺的，累到必须要给自己鼓劲才能应对那些等着我去做的事。

我就要出门那一刻，容恩从他的公寓出来。

"你昨晚有人过来吗？"他说。

"没有，"我说，"怎么了？"

他笑了。

"我们听见你们了，卡尔·奥韦，"他说，"你的声音，还有一个女孩的声音。而且那不是贡沃尔，还是那就是她？"

"不，那不是她。我犯蠢了。我不明白我怎么回事。"

我看着他的眼睛。

"你能帮我一个忙别告诉贡沃尔吗？最好谁都别说？"

"当然，"他说，"我什么也没听到，什么也没有看到。你也一样吧，西伦？"

最后一句是朝着他公寓喊的。

"西伦也在这？"

"是啊，是啊，不过。总之就在我们这些人之间了。别紧张。"

"谢谢你，容恩，"我说，"但现在我必须走了。"

我拖着身躯走下楼梯，加快了步伐，恶心，而且头也在疼，但这都没问题，有问题是我太累了，真的受不了去做这些事。在论坛车站我刚好赶上一趟汽车，在鱼市场跳了下来，就在这同时，从松恩来的快艇缓缓行来，驶向海港。

阳光普照，天空全然湛蓝，我周围的所有色彩都明亮清晰。

我必须假装它没有发生过。每当我想起这事，我都必须告诉自己它没有发生过。

说那事实上没有发生过。
· · ·
没发生过。

我站在快艇码头外面，头在跳疼，看着那艘来自松恩的船靠过来，同时也在想着昨天晚上发生了的，并没有发生。

舷梯被放下来了，一些乘客不耐烦地靠着出口站着，等着那个下船指令，就能从船上下来。

那儿，它靠上了码头。

那儿，他们走动了。

什么事都没有发生。

我是无辜的。

我没有不忠。

我没有。

一个又一个乘客走过了舷梯，大多数人都拿着一个或者两个手提箱。在那儿都看不到外公。

风把旗帜吹得扑拉拉的，水在荡漾。引擎的轰鸣声撞向码头上的岩石，尾气噗噗地沿着白色的船体升起。

他来了。小个子，穿着深色西服，戴着一顶黑帽子，他慢慢朝着舷梯走去。他一手拿着手提箱。他的另一只手扶着栏杆，迈着小步上了岸。我向前走了几步。

"嗨，外公。"我说。

他停下来抬头看着我。

"你在这，"他说，"你说我们能叫到一部车吗？"

"能的，"我说，"我去问他们能不能帮我们订一辆。"

我朝那些出租车司机中的一个走过去，他正在把一些箱子放进尾厢里。他说，一会儿有更多的出租车过来，然后重重关上了尾厢门。

"我们还得等一会儿，"我告诉外公，"一会会有很多出租车过来的。"

"好啊，时间我们有的是。"他说。

当我们坐在出租车上时，外公什么也没说。这可不像他，但这一定多少和陌生的环境有关系，我想。我也没说什么。当我们经过丹麦广场时，我把目光从我公寓所在之处移开了，为了避免直接想起所发生的事，眼前千万别浮现出出租车停下时我们几乎是朝门口冲过去的场面。它没发生过，它不存在，我想。我们的车转左，开始上坡，朝着海于克兰医院开去，外公和我。

他动作迟缓地从衣服内袋里掏出钱包，开始翻那里的钞票。我本来应该为他付车钱的，但是我的钱不多了，就让他付了。

当我们从出租车上下来，穿过主楼前的广场时，太阳光反射在我们上方的所有窗户上。走过外面的强光后楼里几乎是黑暗的。我们走向电梯，按下按钮，我们在这楼里上升。它停了，一个女人走进来，她的手臂上接着条软管，通向一个挂在某种带轮子的支架上的袋子。当她站好，用另一只手抓住电梯里的扶栏时，一团血从软管的下端涌了出来。

我几乎要吐出来了，转过身来。外公盯着地板看。

他在害怕吗？

这很难说。但是他身上所有的权威感都消失了。他这个样子我以前也见过一次，那是很多很多年前他去蒂巴肯看我们。这一定和他不是在自己家里有关。他在自己家里就完全是另外一个人，全身散发出安详和自信的气息。

"我们到了。"我说着，电梯门开了。

我们走出去，我读着标牌，我们应该往左拐。那里有个门铃，我按了铃，一个护士走过来开了门。

我报了他的名字，她点点头，和他打招呼，我说他一定要好好的，还有我会尽快去探视他，他说这很好，然后他就朝她走去，这时门就在我面前滑上了。

我深深感到羞愧。我的生活不值得，我这个人也不值得，当我看到外公时这些就变得如此显而易见，在这种情况下，生病，住院，直到他生命的尽头。他已经八十多了，如果他走运的话也许还有十年好活，也许十五年，但两年或者三年都有可能，这都很难说。

他的喉咙里有一个小肿瘤，到目前为止还不致命，但必须要切除，这也是他会在那儿的原因。

外婆已经死了，外公不久以后也会死。他们操劳、工作了一辈子，就像他们的父母那样，操劳工作了一辈子。为了填饱肚子，为了自食其力。那是一场艰巨的战斗，这是他们打过的仗，现在这些都结束了，或即将走向尽头。而我在做的事，我干过的那些事，都是不值得的，是堕落的，都是些卑劣可怜的事。我有个女朋友，她很好，是的，棒极了，而我对她做下了这样的事。

为什么呢？

哦，没有任何理由。我是不想那么做的，现在不想，当我知道自己已经干了这事时不想，那时候我是不想的。

我慢慢走出医院门前的广场，站在那灰色的沥青地面上看着四周，边抽着烟。什么都没有发生，事情的重点就是如此，什么都没有，绝对什么都没有，我和英韦一道出去，一个人回家，睡觉，去接了外公。

如果我想再见到贡沃尔并可以直视她的双眸，这就是我必须坚守的口径。

什么都没有发生。

一个小时后，我坐在松特大楼的糕点店里，边看着托加曼尼根广场的大众生活，边喝咖啡。这是我还是一个人在这城市里时会来坐坐的地方，这里，被卑尔根的老太太们和老先生们所包围，没人对我有兴趣，在这里我绝对不会被打扰，尽管这室内的空气有微微一丝让人恶心的东西，烘焙糕点的香味也不能将其遮过去，我还是很奇怪地喜欢这里。坐下来读书，有了一个灵感就立即在笔记本上写下来，时不时地抬头看看，所有在下面滑来滑去的行人，以及过着和他们差不多的生活的鸽子们，深度一样，运动轨迹一样，只是在规模上大大缩水，它们总在追求从人们手下掉下来的食物或者被扔进垃圾箱里的好东西。一个冰淇淋，热狗面包上的一小块，半个小圆面包。它们时不时地被一个小孩追赶，然后它们以那种一顿一挫的步态跑了半个圈，如果这还不够，它们就展开翅膀在空中滑行五米，六米，然后落地再次开始觅食。

我不想回公寓，也不能永远在这里坐下去，尤其不是在现在很困扰的时候。最好的办法是去自习室，抓住公牛的牛角，去见贡沃尔，然后给这事画上句号。如果开始几分钟进展顺利，到那时她还什么都没有发现的话，余下的事就好办了，这我是知道的。我要做的就是直面现实。

我走了出去，戴上墨镜，然后步履沉重地走上通向"高地"的坡路。

她坐在那儿看书，一只胳膊搁在桌上书本前方，另一只则顶着额头。

我在她面前站住。

她抬起头，微笑着，马上就容光焕发起来。

"嗨！"她说。

"嗨，"我说，"你来一起喝杯咖啡吧？"

她点点头，站起来跟着我。

"我们不可以坐外面吗？"她说，"天气真好！"

"太可以了，"我说，"但是我得来杯咖啡。我也给你买一杯吧？你在这里坐了这么久？"

"好啊谢谢。"她说，靠着砖墙坐下，对着太阳眯缝起眼睛。

"我昨天出去了，你知道的。"我回来时说，把咖啡递给她，摘下墨镜，这样她就不会有种我在掩饰什么的印象。

"看得出来，"她说，"你看起来挺累的。"

"是啊，我们在外面待了很长时间。"

"都有谁啊？"

"英韦和我。就我俩。"

我在她身旁坐下。我为这事恨我自己，但至少危险已经解除，她一点都没有起疑心。

"那么，你今天待会能不能出来啊，"我说，"然后我们可以进城里一趟？我想吃冰淇淋了。"

"可以啊，去他的！我们就这么办！"

三天后，我们一起去医院探望了外公。我们就在公路旁一家小花店的那种棚子边下了车，就在医院下面，看起来有点丧气可怖，因为它卖葬礼花圈也卖那种去医院探病的人会买的花束。雨在下，风在吹，我们手拉手爬上山坡，我内心一片漆黑，想到我的虚伪就像是一道深沟，但我别无选择，这些不能被她知道，或迟或早这些可怕的记忆总会褪色，就像其他所有回忆一样，就像是发生在另一个世界里的事。

我们到达时外公正坐在电视房里。他脸色一下亮了起来，站起来和贡沃尔问好，他说我们可以进他房间里坐，那儿有椅子也有桌子。他自己则坐在床上。这是一间双床房，旁边的床上躺着一个骨瘦如柴、肤色泛着病态灰黄的老人，闭着双眼。

外公久久地看着我们。

"你们本应该去看电影的，"他说，"你们这样好看的两个人本应该去看电影的。那里有你们的未来。"

贡沃尔微笑着看着我。她的眼睛多么璀璨。

"你们跑这么大老远来看我，对我太好了。"他说。

"快别这么说了。"我说。

在旁边的床上，那个瘦削的男人坐起来咳嗽，开始是嘎嘎的，后来是吭哧吭哧的，最后是一种类似风的呼啸。

他也撑不了多久了，我想。

在外面这黑暗和风的背景衬托下，他看起来就像是从一部恐怖电影里走出来的。终于他再次躺下，闭上了眼睛。

"他让我整晚都睡不着，"外公低声说，"他想和人说话。他肯定马上要死了。但是我不会被他影响的。"

他笑了一下。然后他开始讲故事。他讲了一个又一个的故事，把贡沃尔和我都迷住了，眼下这背景也起了些作用，给他的话更增添了一种特别的浓度，或者仅仅因为他讲得比以前更好了。摄人心魄，它就是这样。他讲起了新垦荒者到美国的时候，那儿已经有美洲原住民，他们也遭遇过印第安人的袭击。他说到自己年轻时的事，他跳遍了这个地区的舞会，他也说了他怎么遇到外婆的，就在迪克（Dike）的一个农场，离南伯沃

506

格不远，她与姐姐约翰娜在那儿干活。一天晚上他和一个哥们一起去了那里。外婆和约翰娜睡在一个阁楼上，外公爬上梯子，一条裤腿被拽了一下，是他哥们，他感到害怕了，想打退堂鼓。第二天晚上，外公一个人去了，一直爬到了顶。那个哥们后来成了风琴家，他说。他并不特别擅长演奏，说好听点就是这样，而后来他一直都是单身汉。这些回忆让外公笑了起来，泪水顺着脸颊流下来。但这似乎也让他目前所处的境况消失了，就好像他不再意识到自己在哪儿，在和谁说话，而是完全消失在他讲述的这些故事里，因为他忽然说第一次他没有得到她，开始一直在拒绝，但是第二次，他得到了她，简直难以想象他对他的外孙及其女友说着这些话。但是也许他就是想对我们说这些。我并不想搞清楚这个究竟，就问起了其他完全不同的事来打岔。他听清我的话以后，就用一个新的故事来回答。忘记了身处何处的人不仅仅是他，对我来说也是这样了，所有的东西开始混在了一起，几天晚上之前我背着贡沃尔做下的事，以及贡沃尔现在坐这儿的样子，全神贯注，被迷住了，这外面的黑暗和风，这眼神狂躁、咳嗽起来就像快死了的瘦子，这正在给我们讲起二十年代怎么建造房屋的外公，当时他和父亲走遍各地为人们造房子，背包里装满了书，这些书他下到各地区时就能全部卖掉，讲起三十年代钓鲱鱼，整个冬天鱼群都停留在布兰那群岛，关于四十年代在山上修公路，当时他在那儿当工头，关于战争，关于利赫斯滕的飞机失事，关于他兄弟在美国的生活。他在自己一生中前前后后地漫游，那感觉就像是一件大事，而我们就像参与了什么独一无二的事情。我们从那儿离开时兴高采烈，精神振奋，经教堂墓地穿过住宅区，一直走回丹麦广场，走进砖楼，上到我的公寓，在那儿所有那些可怕的东西又卷土重来了，而我不允许自己去注意到这一点，那天晚上什么都没有发生，我和英韦一起出去玩，自己一个人打车回家，如果有人说起别的版本，那都是在撒谎。

第二天早上我醒来时，她已经去上课了。我开始写学期论文，只有几周就到了交论文的死线了，我才写了几页而已。更糟的是，我不知道该怎么写。一切都在发散蔓延，但并不是以某种有着内在联系的方式，各种头绪朝着不同方向发展，而我知道不仅必须对它们有一揽全局的把握，还要能把它们约成一条主线，这让我惊恐。十二点的时候电话响起，桑德维肯那边打来的电话，他们问今天晚上我能不能可以多当一班。我说好，我需要钱，而能远离与互文性有关的一切，听起来都是好主意。傍晚我睡了一小觉，十点半时坐公共汽车过去了。这次值班的地方和周末那一班不是同一个部门，不过虽然不是同一栋楼，氛围都一样。一个五十多上下的男人接待了我，告诉我该做些什么。那很简单，我必须像"邮票"那样黏着一个病人，他有自杀倾向，全天二十四小时都必须有人跟着。现在他因为药物麻醉的作用睡着了，可能整晚都会是这样。

他背向下躺在靠墙的床上。唯一的光来自房间另一端的灯。护士出去后关上了门，我坐在离床几米远的椅子上。病人还很年轻，大概十八岁或十九岁。他纹丝不动地躺着，根本看不出他痛苦到了要自杀的地步。苍白是他的肤色，脆弱是他的特点，几根胡茬从他的下巴皮肤上冒出来。

我对他一无所知，甚至不知道他叫什么。

但是我坐在这儿，是他的监护人。

这一晚也到了尽头，我终于可以在这黑乎乎的凌晨之暗里下坡走向公交车站，坐在其他将要进城上班的人中间，在丹麦广场下车，跋涉过水声滴答的地下通道，沿着那些摇摇欲坠的砖楼走下去，走进歪斜的、洞穴一般的大门，走进公寓。当外面的黑暗逐渐褪色，一天将要开始的时候睡下来感觉似乎有些不对，但是我还是像石头一样睡过去了，直到下午四点才醒来，日光几乎完全没有了。

我煎了一些鱼饼，配上一些洋葱和几片面包一起吃了。看了一会论文，我决定从对《尤利西斯》的描述开始，然后引入互文性的概念并进行讨论，而不是像我迄今为止所想的那样以相反的顺序进行。我对终于能上手来处理这些材料感到满意，我穿好衣服，又朝医院走去。外公一个人待在那儿，他是那么喜欢和人交往的人，有人来看他一定会让他开心起来。

当我到达坡顶并可以看到我面前的医院时，一架直升机缓缓下降，穿过空中，降落在一面屋顶上。我想象着一整个团队如何一切就绪地等待着，也许等着一个盒子里的器官，刚刚从另一个城市的一具尸体里取出的一颗心脏，也许一个病人因为脑中风或者在车祸里送了命，而现在它要进入等待中的胸腔。

这个宽阔的门厅里，有一家纳维森便利店和一个银行网点以及一个美发沙龙，屋顶上正在发生的行动或者地下车库层的接诊区域里不断送来病人的救护车，在这儿一点都看不出来，当然，同样的，在各个楼层里各个手术室里进行着的各种事情在这儿也看不出来。这里弥漫的气息是此地特有的暗沉。

我坐电梯上到外公所在科室的楼层，穿过闪亮的走廊，走过那些金属床，病人们在那儿躺着，半隐在临时竖起来的屏幕后面，但是视野却没个遮挡，都躺着盯着天花板，我走到门口，站住按铃。一个护士开了门，我说要探视谁，她说已经过了探视时间，但是既然我已经来了，我还是可以过去和他打个招呼。

他坐在电视室里。

"嗨，外公。"我说。

他当时处在那么一种状态里，也在他脸上流露出来，就在他转向我那一瞬间，我看到了它，那生硬的，几乎是敌对的，让我想到他其实讨厌我。然后他的脸色亮了起来，我也就不再那么想了。

"我们可以进我房间坐着，"他说，"你想来杯咖啡吗？我可以让他们送来，你知道，这里的人对我很好。"

"不了，谢谢。"我说着，跟在他后面。

那个瘦弱的男人像上次那样躺在自己床上，黑暗像上次那样压在窗户上，外公的脸像两天前我和贡沃尔来的那次一样红润，几乎像孩子一样，但氛围还是不一样了，这次只有我一个人，我觉得不太舒服，有点机械地问了一些问题，其实只想着能从这里离开。

我坐了半小时才走。他讲到了千年王国，从他话里话外听来，我推断他认为将来总有一天，人类能够活一千年。医学知识已经取得了那么大的进步，人的预期寿命越来越长，他年轻时几乎致命的疾病现在都已经有了治愈药物。他对进步抱着如此惊人的乐观主义，也是有原因的；我有一次和妈妈以及他开车去奥勒松看他最小的女儿英君，他告诉了我在他小时候这里看起来是什么样的。到处都穷，生活条件相当有限，但是现在看看这里，他说着，甩开两臂，简直无法想象生活好到了什么程度。然后我从他的眼里看到了这一切，所有人都有车，有大到简直华而不实的房屋，美好的花园，以及我们所经过城镇外的购物中心，满溢着商品和财富。

他说到人类终将能活一千年，他害怕死亡，如果不是这样就很难以任何其他方式来理解了。我下定决心要再来看他，别过太久，要让他去想点别的事，这很重要。他谢谢我来看他，费力地站了起来，又踱进了电视室，这时我坐电梯下楼。我在小卖部买了包思迪莫罗牌口香糖，扫了一眼《世界之路报》和《日报》的封面新闻标题，在大厅中间停下来，打开口香糖包装，把两片塞进嘴里，那锐利清新的味道让身体充满了放松感。

一些穿着出租车司机制服的男人坐在大厅另一头那排窗子的椅子上。前台后面有些电视—监视器屏幕在一闪一闪。在它旁边竖着一个挂着指示牌的立杆。临床生化实验室，神经外科，病理科，我读道。这些名字让我很感不适，这里所有一切都是让人不适。也许原因很简单，我看到的一切都让我想起一桩事，我自己的身体，我对它其实根本没有什么掌控之力。在我体内蔓延开的如此细小的血管组成的网络，这些微不足道的管道，难道血液把自己推送到全身的压力不会在某一天变得太高，某处血管壁破裂，然后一小块血渗入了脑液？正在跳动的心，难道不会就很简单利落地戛然而止？

我走进停车场。门楼下空气里还有尾气的味道。外面的雨在密密地下，路灯的光照耀着它，像许多细小的光在跳动。远处树木的黑色伸展开，致密的黑暗笼罩在它们上方。我走下坡，穿过车流频繁的马路，走过墓地，进入别墅区，一路上雨都轻轻地在雨衣的兜帽上噼里啪啦。

医院总有些奇异之处。首先，这本身就是个诡异的想法：为什么要把所有身体的疾病集中在一个地方？不只是作为一个实验进行上几年，不是，在这里没有时间限制，对病症的汇总一直在持续。一个人被治愈了可以回家，或者死去被埋葬，救护车被派出去接来一个新的。他们大老远地从峡湾那一边把外公召唤过来，对整个地区也是这样，从各个岛上，城镇里，村庄里都把人送来，进入这个已经存在了三代之久的系统。医院的存在是为了使我们恢复健康，从个人角度来看是这样，但是如果调转过来，从医院的角度来看这事，这就好像是它在接近我们。光看看他们是怎样根据不同器官来划分楼层。肺在七楼，心脏在六楼，脑在五楼，腿和胳膊在四楼，耳鼻喉在三楼。有人对此提出批评，他们说划分专科让人忘了人是个整体，而只有从整体着眼人才能真正被治愈。他们不明白医院的建构原则和身体是一样的。肾脏和它的邻居脾脏很熟吗？心脏知道它撞击着的是哪边胸部吗？血液知道它流经哪些血管吗？哦，不，不。对血液来说，我们只是一套沟渠系统。对我们来说，血液只是在那几次罕见情况下，出了什么岔子，从伤口裂开的身体里流出来的东西。然后警报响起，然后一架直升机追来，扑拉扑拉地穿过整个城市来接你，它像猛禽一样降落在事故现场之侧的道路上，你被装进去，被运走，被放在一张台子上，被麻醉，几个小时后醒来，想到那些戴着紧绷绷手套的手指曾经进入你的身体，这些肆无忌惮的眼睛在明晃晃的灯下凝视着你赤裸的器官，根本没想过它们属于你。

对于医院来说所有心脏都是一样的。

外公快要出院的时候，妈妈进城了。她在我那儿住了一晚，在英韦那儿住了一晚，她离开后的第二天，贡沃尔上来到我的公寓里。我们正坐在沙发海阔天空闲聊，她突然起身走到地板上某处。

"这是什么玩意儿？"她说。

"什么？"我说。

"地板这儿有头发。"

她用手拈住它，捡了起来。我看着她，脑袋发热。

"这不是你的，"她说，"而且这肯定也不是我的。"

她看着我。

"这是谁的？有人来过这儿吗？"

"我不知道，"我说，"你是在暗示我不忠，对吗？"

她什么也没说，只是盯着我。

"那么我看看。"我说着，站起身来，很异样地意识到了自己的全部动作。

她把那根头发递给我。它是灰色的。当然。哦,感谢上帝!

"是妈妈的,"我尽可能平静地说,"她曾经坐在这儿梳过头发。这是灰色的,你看到了吗? "

"对不起,"贡沃尔说,"我还以为是别人的。我保证以后不会疑神疑鬼了。"

"是啊,"我说,"这是第二次了。你秋天的时候打开过那封信。"

"可是我说过了我对此很抱歉啊。"她说。

她有天晚上过来承认她读过一封塞西莉写给我的信,塞西莉是我读第二所高中时的女朋友。她说,她是如此嫉妒。

她觉得有什么事情发生,这是肯定的。否则的话她也不会以为头发有什么可疑之处。她应该能第一时间就想到妈妈来过这里。但是她没有。

"我对此觉得很抱歉,卡尔·奥韦,"她又说了一次,用胳膊搂住我。"你能原谅我吗?我也不想这么多疑。"

"没事,"我说,"只要你下次能记住这一点。"

要交学期论文的前一天晚上,我才写了一半。整个周末我都在桑德维肯上班,当我在写字台前坐下来开始工作时,我特别想用手不写了。去他的吧,走,睡觉去。但是我注意到这事变得容易起来了,就好像时间的压力帮我把文字拢在了一起,只要把它们写出来就行了,我就这么做了。写了一整夜,一直到清晨,而当我撞到某个键时,我在最后几小时写的所有内容都消失了。我跑到大学去,对布维克解释了这个状况,他又跟我去了一个特殊的电脑部门，他们拿到了磁盘，想看看能不能恢复我丢失的内容。他们问密码是什么，我犹豫起来，由于某种原因，密码是"菠萝"[1]。我发现在一个可能是国内最牛的电脑专家面前暴露我内在生活的一角无比尴尬，更别说我身边还有一位国内最著名的文学学者之一。

"菠萝。"我说，感到脸颊烫了起来。

"菠萝？"他说。

我点点头，他打开了文件，但是找不到丢失的那几页，而我，因绝望而呆滞了，这已经是最后的机会，现在整个学期的努力都泡汤了。我和布维克肩并肩走回了系里，他让我坐下，他打算先和几位同事讨论一下这件事。当他再次出来时，他说我已经得到了一天的延期。我感谢他，眼前发虚，匆匆赶回家，睡了两个小时，就开始了和乔伊斯及互文性的一个新的地狱之夜。清晨到来了，我还没写完，论文里的一切都导向一个更重大的讨论，但怎么也写不到那儿，我不得不用两行文字做了结论，跑下了楼，敲了敲埃斯彭的门问他借来自行车，像野人一样蹬着车回到大学，在时钟敲响九点时交了论文。

几周后，当该成绩在系办公室外的黑板上发布时，我看到我再次得了 2.4 分，我并没有失望，我曾预计过更差的局面，而且我还是有可能通过口试来把成绩提高个百分之二十。也就是说，如果我把该读的书都读了的话。但我什么都没读过，只

---

[1]　挪威语 Ananas。

能在吉堂等人面前即兴发挥。他是希望我好的，每次他注意到我不会的时候，都会给我垫话让我过关，但当被问到"吉堂"对这个主题有什么观点时，即使是吉堂本人也没法把我从这个困境里搭救出去了。课上列出的必读书目里有他写的好几篇相关文章，可我一直没读，既然他本人此刻就在房间里，想含糊其辞地泛泛谈一下主题是行不通的，需要提供清晰明确的答案，而我却没有。

但这也没什么大不了。反正我从来也没打算过要当学者。我想写作，那是我唯一想做的事，我不明白那些心不甘情不愿的人怎么就把自己拴牢在一份普通工作上了，不管那个普通工作干的是什么，不管是老师，摄影师，官僚，学者，农夫，节目主持人，记者，设计师，广告人，渔夫，货车司机，园丁，护士，天文学家。怎么可能就此满足呢？我知道这已经是常规了，大多数人有个普通工作，有些人对此全情投入，其他人则没有，但是对我来说，这显得毫无意义。如果我去做这样的工作，不管我变得对这工作多么擅长，爬到了多高的位置，我都会觉得生活毫无意义。那永远不会让人满足。我对贡沃尔就这个聊过几次，而她对此也有同样认知，只是完全相反；她理解我有这样的感触，却无法认同我。

这到底是什么样的感觉？

我不知道。它不让自己被审视、被解释或者被论证，在其中也没有任何道理可言，但同时它又是清晰如光天白日，晶莹不含半点杂质：写作之外的一切对我来说都毫无意义。任何其他的东西都是不足够的，都不足以填补这种渴求。

然而是对什么的渴求？

它怎么会变得如此强烈？在一张纸上写点字？是的，它不能是论文，不是研究，不是报告或者其他任何较低的写作形式，而必须是纯文学的？

这是疯狂，因为那正是我做不到的。我擅长写作业，也擅长写论文、评论和访谈。但是只要我坐下来写小说，那就是我唯一想用一辈子来干的事，它是唯一让我感到有足够意义的事，而也是我力所不能及的。

我常常写信，然后一切就有如行云流水，一句又一句，一页又一页。通常它会讲我生活里的各种故事，我所经历过的，和我所想过的。只要我能把那种感觉、那种心态和那种流畅转移到文学散文的笔调里，一切就完美了。但是我做不到。我在写字台前坐下，写上一行，停滞。我又写了一行，停滞。

我想过去找一个催眠师，能把我催眠了，把我置于一种词语和句子们从我体内汹涌而出的状态，就像我写信时那样，也许能有效，我听说有人在被催眠后戒了烟，那为什么就没有人在被催眠后能轻松流畅地写作呢？

我在黄页里翻找，就没找到催眠师这个行业分类，我也不敢问别人，不然这事就会像野火一样蔓延开去，英韦的弟弟想靠催眠来写作，我暂时搁置了这个念头。

除夕夜下午，我们背上乐器和放大器到了晚会场地，是在"里克"的顶层。当那些晚会组织者们在里面装饰和布置的时候，我们检查了现场音效。这不是一场正经的演出，我们没有扩音系统，鼓旁边没有话筒，我们要直接站地板上，舞台是没有的。但我仍然因紧张而感到恶心。

汉斯站在场地另一端，听我们演奏，他说都很好，然后我们各自回家换衣服。

如果我不是这个乐队的乐手的话，我永远不可能被邀请参加这个晚会。那是一个五十年庆典，从某种意义上说，是把两个二十五年庆典合二为一了，在那儿的人，都和我心目中的西部黑手党有千丝万缕的联系，和《见与言》《今天和时代》周报、《目标》[1]、"拒绝欧盟"有关的学生们。尽管他们只比我大了几岁，但他们已经处于某种中心位置了。传闻说朗纳·霍夫兰也要来，就像一锤定音的那一锤，这就是人人都要去的地方，这些就是人人都要认识的人。

我一个人回来了，爬上那宽宽的堂皇的楼梯，进入晚会场地，那里现在到处都是穿宴会裙的年轻女孩和穿深色西服的年轻男孩，活泼，见多识广而自信满满的西部人。到处嗡嗡的都是声音，潺潺的笑声，那种只有在盛会之前才会出现的充满期待的氛围。我往里走了几步，搜寻英韦的身影。

英韦，英韦，当我需要你时你在哪里？

汉斯在那，至少还有他。但是他也是他们中的一员，活泼，见多识广而自信满满，嘲讽意味的机灵话总是张嘴就来。我为与他同在一个乐队而感到自豪，而不会因为和英韦在同一个乐队而感到自豪，因为所有人都知道，我完全是因为他的原因才

---

[1]　上述刊物原名分别为 *Syn og Segn*，*Dag og Tid*，*Mållaget*。

得以加入，得以出现在这里。

我慢慢地走进了这漩涡。许多熟悉的面孔，我在高地、歌剧院咖啡、车库和洞穴见过他们，但只能说出少数几张脸的名字。

我看到了朗纳·霍夫兰，在考虑要不要在那儿停一下。被人看见我和他能说上话对我的形象是有所助益的。

我调整脚步走向他。他正和一个三十五岁左右的女人聊天，直到我在他们面前停下他才看到了我。

"嗨，"他说，"你这家伙！"

"是的，"我说，"我们待会在这演奏。"

"你是这个乐队的！啊，我太期待你们的演出了。"

他的眼睛在微笑，但也有些游移。

"那么，学院怎么样？"

"挺好，你毕业后我们不得不引入考勤制。但是他们表现挺好的。"

"我认识埃斯彭，"我说，"他是我的好朋友。"

"真的吗。"他说。

谈话陷入了停顿，我和他都看着厅里。

"那么，你有什么新书要出吗？"我最后说了。

"有一些我正在写作中的。"他说。

现在他应该很自然地问起我的写作进展，问我有没有什么新书要出，但是他并没有问。这我能理解，而我也没有因此而责怪他，无论如何它还是梗在我心口了。

"好，好，"我说，"我们回头再聊。我周围走一走。"

他微笑着朝那个女人又转过身去。我注意到英韦来了，就转身朝入口走去，他站在那儿向里看。我朝空中举起手，向他走过去。

"紧张吗？"他说。

"是的，还有就是这太可怕了，"我说，"你呢？"

"倒还不坏，这一天迟早会来。"

我抽了一口烟，我们朝汉斯走过去，站在那儿聊了几分钟，直到一个女孩拍了拍手，寂静就蔓延开去，那么突然，就像一群鸽子忽然被吓坏了一样。她欢迎大家前来。这有晚餐，有讲话，有娱乐，最后是卡夫卡制造机的演出。

我的胃拧起来了，很疼。

我们朝餐桌走去，每个座位上都有名字，我找到了我的，坐下了，不幸的是，离英韦和汉斯他们都很远。

每张名牌卡上还有关于每个人的一句话，是想把个人的特点描绘出来。在我的卡上写着，外表二十，内心千年。

在他们看来我是这样的吗？这就是我在别人眼里的样子？

在过去的一年里我的话越来越少，越来越沉默，这可能就是这张名片所要指出来的。

坐在我身边的她穿着一条黑色短裙，最底部是蓬蓬纱之类，黑色裤袜和红色高跟鞋，她将餐巾打开放在膝盖上。我也照做了。

她看着我。

"这儿你认识谁？我是说，那些晚会组织者里的谁？"

"谁也不认识，"我脸红了，"我是乐队里的。"

"哦，"她说，"那你玩什么乐器？"

"打鼓。"我说。

"哦。"她说。

我朝另一个方向看了一会儿，然后她那边就不再提什么问题了。

我吃东西时没有和其他人说话，偶尔向英韦或汉斯那边看一眼，两个人都左右逢源地聊着天。

晚餐似乎没有尽头。

外面有风暴。风是如此强劲，以至于把街上的垃圾桶都卷起来了，我听到了外面底下它在咣当滚动，有时候窗户也在嘎嘎作响。

晚餐一结束我就朝英韦和汉斯那边走过去，一直待到我们要上场的时候。

我们被介绍了，我勉强能支撑着自己站起来，人们拍手鼓掌，我们走到乐器旁边，我坐在小鼓椅上，戴上大众购买合作社 [1] 的遮阳帽，这是我对观众做的一个小姿态，他们一定已经开始了灿烂的学术生涯，但是他们确实和拖拉机、干草收割机一起长大，也曾经一伙人一起拍着甲酸罐，我用毛巾擦了擦手，抓住鼓棒。人们安静地站着，看着我们。本来应该是我说一二三开始的，但我不敢，怕波尔或者英韦还没有准备好。

"你们准备好了吗？"我说。

英韦点了点头。

---

[1] Felleskjøp，挪威的农业合作社，有四万多名农夫会员。

"你准备好了吗，波尔？"

"开始数数吧，你。"他说。

我全身心默默哼着"摇摆"的第一段伴奏。

好了。

我数数，然后我们就开始了。我惊恐地发现大鼓每打一次就往外滑动。滑得不多，但足够让歌曲结束时我的脚已经要尽数伸出，因为我要同时打高钹和小鼓，这就让我看起来像起来一种可怕的长脚大蜘蛛。

他们鼓掌了，我将大鼓拉回来，数数开始下一首歌，然后又逐渐滑成蜘蛛的样子。但是人们开始跳舞，演出很顺利，尤其汉斯是这一切的保障，他炫技了，无所畏惧也幸运地没有遭到任何批评。

当我回到家里，在清晨的微风里穿过了这被暴风洗劫过的、空无一人的城市后，我哭了。没有任何理由，一切都很顺利，演出取得了成功，至少我们判断是如此，但是没有用，我在床上躺下的那一刻，泪水就来了。

在新的一年里，桑德维肯给了我固定的周末临时工职位，我接受了。此外我也在紧急临时工名单里登记上了，慢慢地，在我自己几乎都没有留意到的情况下，我实际已经在那里全职工作了。我把学业放在一边，什么活都干，在这其中蕴藏着一种渴望、一种心流，我想要尽可能多地工作，而且在这第二学年也这么做了。有时候我一天当两个班，早上在一个部门上班，晚上就去另一个部门，就这样一口气干上十六个小时。有几个星期我在重症部门值班，在那儿工作的人，很大一部分是保安，我也不喜欢在那干活，实际上我一直很害怕，在我看来那里有一两个病人是能要人命的，虽然保安们只是拿他们来取笑，甚至把他们放在大腿上，边拍着他们边看电视，就好像他们是猫一样。

其中一个人特别可怕。他叫克努特，他三十多快四十了，但身体就像个十几岁的青少年。苗条而没有肌肉的身体，轮廓优美的光头。要给他剃光头，否则他就会把头发揪下来吃掉。当他找到成团的灰尘也会把它吃了，有天下午，我看到他打开冰箱门，拿出了一个洋葱。他啃了一口，眼泪就流了出来，但他咬了一口又一口，很快就把整个洋葱连皮一起吃掉了，而眼泪一直在流着。他也会很有攻击性。他最常伤害的是自己，有一次他把自己的头往墙上撞，用力之大，以至于头骨都裂开了。他最喜欢的是走路。如果没有人阻止他，他能走到西伯利亚，他就像一台机器，只是走路，走路，走路。当在病房里他冲着我走过来，带着那黑暗的眼神，除了黑暗之外没有任何其他内容，我总是很害怕。有一次我在他坐在浴缸里的情况下给他剃光头，他可能注意到了我的恐惧，因为他抓住了我的手，我动弹不得，然后他咬了下去。之后我不得不去打了破伤风针。他们说我可以回家了，但我又回到了病房，我的确是很害怕，但是没人能知道这一点。

我还经常去当那些有自杀倾向的病人的"邮票"，他们中许多人比长期住在重症部门的人好接近，许多人有滥用毒品的问题，还有一部分有严重的精神失调或偏执狂，而有些有狂躁症或抑郁症，大部分都很年轻。

在我固定工作的那个部门里，我和其他员工都已经非常熟悉了，后来我也开始与他们一起出去玩。他们中有些住在附近，或者再往外在奥萨讷购物中心那边，在那边，某个周五或者周六晚上他们可以先喝个预备酒，我先去那儿，然后和她们一起喝到醉，这些女人基本都在二十五到四十岁之间，然后再坐公共汽车进城去其他地方。学生们一般去的都是市中心南边的地方，在高地附近，护士帮们去的则是市中心北的地方，靠近码头，那些地方，大学生们，至少人文学科的学生们，是从不踏入半步的，如果他们这么做了，那就是没有讽刺精神。这里是钢琴酒吧，唱歌，卑尔根人，以及各色各样的声光电。她们喜欢我，我上班时不躲懒，而她们对我沉默寡言这件事也以最大的善意来理解，至少按照我理解的是这样。她们温暖而美好，我喝酒时也是这样，这时我们就一致了。有一次我抱着她们中的一人走上楼梯，引起了很多欢呼、尖叫和笑声。还有一次我对她们举杯祝酒，说了我一直以来放在心里的话，双眼因为她们的善良而闪着光芒。一个叫维贝克的和我处得特别好，如果病房里没什么事的话，我和她可以坐着聊一整个上午，刚好她也信任我，出于这个或者那个原因，她对我有一种信赖。而那边还有其他人比较麻烦。奥耶尤其让人疲惫。他是在桑德维肯停滞下来的大学生之一，现在已经在这儿全职工作。他试图接近我，想赖在我身上。他卷进无数的冲突里，现在他总希望我首先要倾听他的各种抱怨和说别人的坏话，其次要站在他这一边，我点了点头，说是的，这事你说得对，关于这个，说真的吗？关于那个，从某种程度上他已经相信他真的是我的朋友。我们常常和病人一起出去，他抱怨着，唠叨着，用那瘆人的专注眼神盯着我，他留着络腮胡子，肤色苍白，一个傻子，一个可怜虫，一个失败者，他在自己心目里还是一个大学生，比那些主妇气的护工们要优越得多，也比那些总在追求他的主任医生模样的精神病护士要好得多，她们总是在追着他，所以他忽然希望我下去找他，这样我们就可以一起出去玩，我则自童年以来第一次对一个对我有所求的人说出了清楚而明确的不。

"不，我想还是算了吧。"我说。

他退了回去，并开始躲着我。

然后他转身开始指责我让他堕落了。

那是个怎样见鬼的爬虫啊？

那天晚上在我回家的路上，一个可怕的念头在脑海里闪过：他是不是其实就是我？我会变成那个样子吗？曾经的大学生，游荡多年，在医院值班直到一切已为时太晚，所有的机会都过去了，而那已经就是你的人生？

我愿意四十多岁的时候还坐在那儿，对来来往往当临时工的大学生说，其实我本来想当作家的？你想读一个短篇小说吗？它已经被退稿了，但这仅仅是因为那些出版社太他妈的保守不敢往那些敢于尝试的人身上下注。即使他们撞见一个逆境中的天才他们也不愿意把他认出来。看这儿，我包里正好有一篇这个稿子。是的，这基本是关于我的生活，你也能从我笔下的医院里面辨认出一些熟悉的情况，但不是这一家，肯定的。对了你学的是什么来着？哲学？啊，我对此也潜心研究过。但是后来还是选择了文学。我写过乔伊斯，那么，你知道的。对互文性和这类的东西写过一些。得到的评价是很有潜力。但是我不知道。感觉可能在某些方面有些过时，同时，文学里也有一些普世的成分，比如说……是的，光芒贯彻整个时代。但是这个你拿着吧，然后明天你来当班的时候说说你对它的看法。行吗？

　　我不是四十岁，而是二十二岁，否则就完全符合这个场面描绘的情形了。我在那儿工作是为了赚钱活着，我活着是为了写作，而写作是我力所不能及的事，那只是我挂在嘴边的东西。但是，就算我不会写，至少我还能读。出于这个原因，我选了一些夜班来当，然后我可以坐下来读书一直到四点钟，一般来说没人打扰，然后在最后两小时里清洁病房，那时我已经开始发困，很难集中精神了。我读了斯蒂格·拉松的《自闭症患者》（*Autisterna*）和《喜剧 1》（*Komedin 1*），并钦佩起如此惟妙惟肖的现实主义来，同时在里面总有一些威胁性的东西。这威胁就是突如其来的无意义感。我读了福楼拜，他的《三故事》，这是我很长时间以来读过的最好的故事，它们是这样地汇合，怎样地触动了一些绝对本质的东西啊，尤其是那篇关于嗜血的故事，那个杀戮了身边能找到的一切动物的猎人，我懂得了它，它和某些我所熟悉的，我认为重要的东西能联系起来，但是并不是以那种让人去思考周边环境的方式，因为并没有什么周边环境，关键就在故事自身里。我读了他的历史小说《萨朗波》，这本书彻底失败了，然而他以一种真诚纯粹的方式，把一切都投入到这里面，用尽他的所能和每一方面的才华，但失败了，这里没有活气，一切都是死的，人物就像木偶，环境就像舞台布景，但是这种造作也自有其魅力，它也承载着某些东西，不仅因为它所讲述的那个时代实际上已经永远死去了，也因为这篇小说本身，作为人造之物，作为艺术产品，依然能够成立。然后我读了他关于愚昧的小说《布瓦尔和佩库歇》，这本小说太牛了，因为他在最下层、最底层那儿没找到愚昧，而是在中间的、中产阶级那儿找到了，并通过其自以为是的那些壮举展示出来。我读了托尔·乌尔文，并且爱他写的每一句话，那其中前所未见，几乎是超人的精确度，他怎能能让一切都变得同样重要。就这个我和埃斯彭聊了很多，是什么让乌尔文的散文这么棒，在这些文字里到底发生了什么。这是一种物质和人的平等，没有给那些关于心理的部分留位置，这就使那存在的戏剧不断被激发出来，而不只是在危机期间才出现，比如谁离婚了或失去了父亲或母亲，或者爱上了谁或生了孩子，它一直都在，就在你喝一杯水的时候，在你沿着黑暗中的路骑着一辆车灯忽闪忽闪的自行车的时候，或那儿根本就没有人，只有一个他以大师级笔触描绘的空房间。这些并不是被说出来或者被写出来的，它不在文本里，它就是文本。我们也可以这么说，是这语言通过自身的运动和人物将它召唤出来，不是在所显露的多少，而是在其形式内部。我读了约恩·福瑟的《船屋》(*Naustet*)，它出版时就像一扇通往他所有书的门打开了，这是因为它的单纯，以及它本身的张力。我读了克劳德·西蒙的《农事诗》[1]，我和埃斯彭一样都很钦佩他风格里的复杂性，而且那里没有什么宏大视角，所有的事物都处于同一深度，都那么混乱，那乱糟糟就是世界本然的样子。但这个时期我读到最好的东西是博尔赫斯的文字，不仅因为这些文字中的童话色彩，这个我从小就很熟悉，但只是在读到他以后才知道这其实是自己一直在向往着的东西，而且也因为他那些简单的意象里承载着几乎无穷尽的含义，而复杂性由此而生。

我忘我地写着，我在写一个故事，讲的是一个男人被绑在丹麦广场旁一个公寓的一把椅子上，他惨遭严刑拷打并最终被一枪贯穿头部，当这一刻发生的时候，我试着让时间几乎完全静止，描写子弹如何穿透皮肤和骨骼，软骨和液体，进入大脑以及那儿的其他部位，因为我喜欢这些拉丁名词，它们听起来就像是地貌、山谷和平原的名字，但这只是瞎扯，这些东西没有任何意义，然后我删除了它。两页，半年的工作成果。我们与乐队一起去了约维克，在那儿录了一个小样，其中两首歌在挪威广播公司 NRK 播放了，而且我们也得到一个在"洞穴"音乐节表演里的暖场工作。一切都进行顺利。《西部学生》写道，甚至都没有出现在海报上的我们，夺走了今晚的风头，然后我们又在那儿得到了新的演出机会，这次是一整晚的专场演出。场地里挤满了人，我们太紧张了，大部分音甚至可能全部

---

[1] 这里作者用了挪威语译本名"Sverd og sigd"意为"剑与病"。原书为法语 *Les Géorgiques*，中译本译为《农事诗》。

音都不准，在我们录的音里能听到听众里有人喊道"去他妈的，太烂了！"但是《西部学生》还是对我们做出了很好的评价。这一次我不再为乐队感到受宠若惊了，因为写这篇报道的记者和汉斯是老乡，甚至还和他一起在很多乐队里演出过。当我们说起来我们还需要一位吉他手时，有人提议了他，没有人反对，然后他就出现在一次排练中了，他内敛，但并不是不起眼，而且对所有的歌都一次就上手了。他叫克努特·奥拉夫，留着长长的红头发，坦荡的脸，他的音乐品位很确定，斯巴达式，几乎是德式高尚品位范儿的。他打鼓比我好很多，可能贝斯弹得也比波尔好，如果他唱得比汉斯好，我也不会感到奇怪的。有他在我们的乐队又向前迈出了一步，我也有了一个可以与之砥砺切磋的新朋友。他很少谈及自己，他做梦也没想过用带着玫瑰色滤镜的语言来评论自己，就算是间接的也不行，就是所有人都用来隐蔽地自抬身价的那种方式。他一脸坦荡，目光坦荡，在社交场合他并不内向，但是身上仍然有些封闭和神秘的色彩。他就是那种在深夜酒会里从开头坐到天亮的人，那种如果有什么在进行就永远不想回家的人，我也是这种人，所以有很多次早晨八点我们一起坐在卑尔根某个公寓里喝着咖啡，醉醺醺，感觉良好，聊着那些我们第二天就忘得精光的事情。一次这样的讨论后来还有点印象，我坐着喋喋不休地说着宇宙，它未来将怎样敞开自身，我们怎样对此了解得越来越多，以及关于我们自己，我们由星尘组成，我说，深深沉浸在那闪亮的、明灭的，由醺然和天际星空景观能把我带入的那种过节般的状态里，而他说完全相反，对内在世界探索的时代即将来临，那里才是未来。纳米技术。基因工程。核电。那些微小的，微观之物中才具备所有的力量和爆炸性，而不是在那宏大的，天文望远镜里。我看着他，显然他是对的，我们的正确道路是向内的。向内才是新的向外。

我写了一篇关于一个死人的短篇小说，是用第一人称写的，他被推到救护车里去，就在丹麦广场旁边的地下通道旁边，他的心脏停止了跳动，但他的故事还在继续，进入病理学家办公室，下至棺材，到教堂墓地那儿，入土。三个月的成果，两页半，毫无意义，删除。一天晚上，警察突袭了邻居的公寓，他家厨房窗户几乎就和我家的隔一道墙，就在两米开外。第二天这事上了《卑尔根报》，他们发现了许多枪支武器和五万克朗的现金。我带着报纸下去找埃斯彭，我们在震惊中大笑；因为就在几天前，我们喝高了回家，走进我的厨房去喝杯咖啡，对面窗帘上有影子在移动，我打开窗户，冲着他们甩了一个肝酱盒子过去，啪的一声打中窗棂，我们迅速从对方的视线范围内闪开，窗帘被拉到一边，有个家伙探头出来看看，此外什么也没发生。而他们竟然是银行劫匪！

但大部分时间我都在桑德维肯工作。有时候感觉就像我的整个生活在那儿振奋起来了。和我一起工作的人都没有什么光环，这正是我需要的。我赚到的钱，也是我需要的。也许它还带来了一点别的什么，一点脚踏实地，一点校园以外的世界，因为这些让我从一个新的角度来看待自己，这也是我要让自己保持良好状态所需要的：我做这些事的真正目的是，写作。一切都导向这个事实，或者将导向它。

一个星期六夜晚我一个人在当班，夜班开始前，玛丽打电话过来。

　　"嗨，"我说，"你忘记什么了吗，还是？"

　　"没有啦，"她说，"我一个人在家坐，然后我想也许你有兴趣下班后过来一趟？我们可以开一瓶酒喝，或者之类的？"

　　我全身热了起来。她在说什么啊。

　　"我想还是算了，"我说，"我要回家了。"

　　"我对你说老实话吧，卡尔·奥韦，"她说，"我想和你睡。我知道你有女朋友。但是没人会知道。绝对是安全的。我保证，就一次，以后再也不会了。"

　　"但是我不能，"我说。"不可以的，我很抱歉，真的。"

　　"你真的确定吗？你完全肯定是这样吗？"

　　啊，我想喊好！好！好！然后跑步到她身边。

　　"是的，我不能。这不行"

　　"我明白，"她说，"但我希望你别因为我这么直接问你而觉得我蠢。我不愿意你觉得我蠢。"

　　"不，不会的，你别傻了。"我说，"我绝不会那么想的。"

　　"你保证？"

　　"是的。"

　　"那么我们明天见。再见。"

　　"再见。"

　　早晨到了，我因为要再次见到她而紧张，但是她的举动里没有任何迹象显示有什么特别的事发生过。她完全就是平时的样子，也许只是对上我的时候略有那么一丝内敛，仅此而已。

我接连好几周每天都在想着她对我提出的邀请。从某种意义上说我很高兴自己没有屈从于这个诱惑，我不想欺骗贡沃尔，再说只要我没有喝醉，就不难控制住自己。从另一个方面来说，当我想起这事，我心里就有什么被点着了，因为我其实是愿意的，假使我能完全自由选择的话，我会考虑的。但是我不能。在新的一年里我要和贡沃尔一起搬去冰岛，她要在那里的大学读历史精修课程，我则全职写作。在那之前我在桑德维肯能干多少就干多少。擦干净墙上的排泄物，牢牢按住那些精神病发作的院友，被他们中的一人打了脸，在院区或者外面无数次的兜风，如果我们不坐院里小巴里的一辆去郡里兜风的话。

　　汉斯已经成为《西部学生》的编辑，他问我愿不愿意为他们写书评。我愿意，我写了书评。我浓墨重彩地把阿特尔·内斯关于但丁的小说批得体无完肤，并就同样和但丁有关的《美国精神病人》写了一整版，在这本书里主角坐在出租车上穿过城市途中读到了一面墙上的涂鸦，"你们进来的人，捐弃所有希望吧"。这里是通往地狱之门，就是此时，噢，撒旦，写得好。这本小说真好。好一本小说。汉斯问我愿不愿意给他们写一篇圣诞短篇小说。我想写，但是我写不出来，最后只写了几行是关于一个家伙坐大巴回家过圣诞节，然后就写不出来了。我想过可以写一次绑架，谁被绑起来被拷打，就在圣诞节前夜，但这也太胡扯了，就像我折腾的所有事情一样。我读了保罗·奥斯特的《纽约三部曲》，我想，这样的东西我永远写不出来。一个星期六晚上我给病人做了披萨，感觉好像我给他们做这个简直有点侮辱他们。我去妈妈家过了圣诞节，安排好了在我离开期间接手公寓的租户，一个英韦在阿伦达尔时的同学会住在那儿，回到卑尔根，收拾了好满满两个皮箱，对埃斯彭道别，搭飞机到了佛纳布机场，到达凯斯楚普机场，然后到凯夫拉维克机场，飞机在深夜降落。这黑暗稠密，无法穿透，一个小时后我坐上机场大巴，一路上什么风景也看不见，到达的城市是雷克雅未克，也没有给我留下任何印象。我跳上出租车，向驾驶员看了一张纸条，这是贡沃尔给我的，写着街道的名字，加尔达斯特拉里，我们经过一个湖，上坡，那里的房子极大，有纪念碑感，我们在其中一栋前停下。

我们会住在这里。在大西洋里一个城市的一幢堂皇房子里。

我付了钱，他把旅行箱拿出来递给我，我穿过大门，走进房子的门廊。通往地下室公寓的门打开了，那儿站着贡沃尔，笑得灿烂。我们紧抱对方，我发现我很想她。她是一个星期前到的，带我参观了我们的公寓，地方很大，家具很不个人化，但是这是我们的，接下来六个月我们要住在这里。我们做爱了，然后打算洗澡，但是水闻起来像烂鸡蛋，我受不了，她说这里所有的水闻起来都这样，它是火山地下水，那可怕的气味是硫黄味。

几周后，我爱上了这气味，就像我爱上了雷克雅未克和我们在这里的生活。她早上去大学，之后我一个人慢吞吞地吃早饭，然后进城，找家咖啡馆坐下，拿着我的笔记本或一本小说，每天都被那里人们的美所震撼。这儿的女孩们美得令人难以置信，我还从来没见过能与之相提并论的，我或者拿着泳衣走到附近的露天泳池，在天空下游上几千米，在雨中，或在雨雪中，或在雪中，然后慢慢地沉入一个热缸（heitapottur）里，这是它的名字，这些冰岛人的小热水浴缸。然后我就走回家写作。晚上我们看电视，这我也很喜欢，因为这里语言和挪威语如此相似，在语调和发音上都很接近，但却完全听不懂。贡沃尔在大学里交了朋友，大多数是外国学生，然后她还发展了一个冰岛室友，埃纳尔，他不仅全天候随时准备着为我们服务，而且每周至少四个晚上会到我们这串门。他的眼睛下有巨大的黑眼圈，一个每天都见长的肚子，他工作以及喝酒都太多了，但是还没多到让他无瑕跑到我们这边来问有什么能帮忙的程度。我永远搞不明白他想要什么，毕竟，他所有这些殷勤都没有从我们这得到任何回报，至少我没能见到，我完全不喜欢这样，他就像只马蝇，但同时他又是我唯一可以一起喝酒的人，所以，一切就得以发展成这个样子，我想，和他一起泡冰岛的酒吧，喝烈酒，喝高了并沉默着。

通过贡沃尔的外国朋友之一我认识了一个和我年龄差不多的美国人，他对音乐感兴趣，他说他自己也写歌，他热情且天真，我们谈到要搞支乐队，他认识一个冰岛人是玩音乐的，一天晚上我们去找他，他住在一个潮湿的地下室，那儿很十九世纪的感觉，他咳嗽得像个矿工，也同样地骨瘦如柴，他的妻子抽着烟抱着个新生儿，冲他大声嚷嚷，他只是耸耸肩，把我们引到一个更小的房间，这儿堆满各种各样用不上的东西，我们可以在这儿排练，但是首先，他用英语说，首先我们必须抽点烟。

烟卷在每人手里传了一圈，接着他拿出了吉他，埃里克，我的美国熟人叫这个名字，也拿出了他的，我分配到了一个桶可以充作鼓来打。这是一个完全普通的塑料桶，红色，有白色手柄，我把它掉了个个，放在两腿中间，然后我就开始敲着打着这个桶，那两人在吉他上弹着蓝调一类的东西，里面的房间里孩子尖叫着几乎要喊破了肺。

我告诉贡沃尔这些的时候她笑得眼泪都出来了。

我们也拜访了她曾经工作过的农场，他们热情地欢迎她，对着我则有些腼腆，说不了什么英语，他们说，但是那天晚上晚一些的时候，我们开车去社区中心去参加一个这个地区所有居民都参加的大型聚会时，他们就放开了。我吃了公绵羊睾丸，埋鲨鱼[1]以及其他稀奇古怪的东西，统统用他们的烈酒冲下肚去，他们的沉默和害羞本来让我很觉亲切，因为我自己也是这样，这些特质在一瞬间就消失了，四面八方的气氛齐齐高涨，几乎要掀起屋顶，很快我就和我这桌的人手挽着手，前后摇摆，我放声大唱，唱得和他们接近，像那么回事就够了。所有人都喝醉了，所有人都开心，就像一百倍的我自己，当聚会在清晨的微风中结束，所有人都醉驾回家。而我们这儿还有母牛要照料，所以我和农夫在厨房里喝了杯威士忌以后就跟着他走进了谷仓。当他用粪叉在那儿翻来翻去，摆弄着牛饲料和干草球时，我就给母牛们刷牙，他觉得这太逗了，以至于必须要坐下免得笑得摔在地上。

---

[1] 北欧把鱼肉埋在沙坑里进行发酵和保存。

外面有风。在冰岛风永远在吹，一种均匀的、扑拉扑拉的风昼夜不停地从海上猎猎吹来。有天我走在路上，正要去北欧之家 [1] 看挪威报纸，我看到一位老太太被吹起来了。我写了三个短篇小说，记满了一整本的笔记本，关于我对这些小说的看法，以及我对写作的打算。在夜里我依然梦见爸爸，比我清醒的时候更觉胆战心惊。贡沃尔的女友们都很无趣，我尽量避开她们。一位可能比我们大上十岁的瑞典学生邀请埃纳尔和我们共进晚餐，他友善，腼腆，心胸宽广，住在一个特别棒的公寓里，为我们献上了一桌美食家等级的晚宴，一定花了整整一天来准备。作为答谢，我们也邀请他们到我们家，我找到一个羊肉菜谱，看起来挺美味的，我们也有羊肉，我们从贡沃尔之前工作过的农场带回了一口袋羊肉和一口袋马肉。它们看起来都一样，所以我赌了一把，赌错了。那个菜谱上的照片里，带肉的骨头优雅地立着，周边妆点以蘑菇，洋葱和胡萝卜，我做出来与其相比毫无相似之处，肉都从骨头上脱落下来了，所以这个周六晚上，我们的客人围坐在我们小厨房的桌边，享用的是马肉汤。噢，它的味道尝起来真见了鬼地又咸又恶心。但是这个瑞典人，卡尔，点头微笑说我做的这个真是好吃。埃纳尔，毕竟是冰岛人能知道这是马肉，什么也没说，只是露出他那神秘莫测又不失友好的微笑。我开始能解读这个姿态了，他没有朋友。他的朋友就是我们了。

---

[1]　Nordens Hus，1968 年有北欧理事会成立的文化机构，展示北欧各国文化，图书馆有北欧各国语言的书籍、杂志和报纸等。

536

我们喝到酒意盎然就出门了。那天晚上，我一直在琢磨卡尔，虽然他样子很农夫，但是身上有些东西过于精致了，精致而且也许还有点女气，还有他提到自己在瑞典家里同居人的方式，从来不提名字，但是也一样，从他这么做的方式，让我想到那可能是个男人？

我把这些对贡沃尔和埃纳尔说了出来，我们站在一个人挤人的酒吧里，音乐声音很高，我不得不大声说话他们才能听到。

"我觉得卡尔可能是同性恋！"我喊着。

埃纳尔惊惶地盯着我。然后视线越过我。

我转过身来。卡尔就正站在那儿。

他哭了！

然后他转身出去了。

"卡尔·奥韦，"贡沃尔说，"快追上去，向他道歉。"

我照她说的做了。在这地狱般的风里，在街上，朝这边看一眼，没有，朝那边看一眼，那卡尔正匆匆往家走。

我追了上去，再次拉住他。

"听着，卡尔，我很对不起，"我说，"但是我只是刚好想到了，然后我就说了出来，我真是喝高了，你知道。但是我没想要伤害你。我还是认为你是个特别够意思的家伙。我很喜欢你，贡沃尔也特别喜欢你。"

他看着我，抽了下鼻子。

"在这里我想保密的，"他说，"我不想让人知道这事。"

"但是这有什么关系！"我说，"来吧，我们回去和大家一起。我们再也不说这事了。来吧。然后我们可以再来一杯金汤力！"

他擦干眼泪，跟我回去了。这是我认识的第一个同性恋。在这以后，他说起他的同居人时就直接提名字了，几周后他要来雷克雅未克，他们邀我们去吃饭，这表明他对我们和我们在那儿的生活已经充满信任了。卡尔迅猛地拓宽了我们的眼界，在他的爱人眼里，我们是很重要的人物，而我，照我看来，在他眼里是一个谜。我从来不说我在冰岛都做了什么，就算埃纳尔和卡尔直接问出口我也不说。我就是闲逛，游泳，阅读，至于晚上，我曾经说过一次，我坐在烤箱前，看着我烤的面包，慢慢变得金黄酥脆。对我来说情况也类似。卡尔和他的爱人是个谜，都很相似，怎么可能呢？他们追求这种相似？情愿变得相似？热爱这种相似？

出于这样那样的原因，不久我就自己去了一家同性恋夜总会。我之前和埃纳尔一起喝烈酒，在我们互道再见之后，我还经常在城里闲逛，我在找营业到更晚的地方，希望着什么会发生，什么都好，真的，那天晚上我经过一个开在地下室的夜总会，就走了下去，开始没留意到任何异常，买了一杯喝的，周围打量着这个场子，他们放的是布隆斯基节拍[1]，许多人在跳舞，我去洗手间小便，在那儿，隔间墙上挂着一张巨大的阳具海报。我已经醉得厉害，感觉自己就像在一个梦里，我又出来了，意识到了什么，这里只有男人。走上去到街上，头顶着风，

---

[1] Bronski Beat，英国合成流行乐团，活跃于 1980 年代中期。

有人向我喊着什么。我转过身来。一个大约三十岁的男人向我跑来。

"肖恩!"他说,"真的是你吗?"

"我不叫肖恩。"我说。

"别开玩笑了,"他说,"你都去了哪儿了?我从来没想过能再见到你!"

"我叫卡尔。"我说。

"你为什么要这样说?"他说。

"看这个,"我从内袋里拿出护照,"卡尔,你看到了?"

"你是肖恩,",他说,"你是肖恩,你是肖恩。"

他边看着我边后退了几步,然后转过身去,消失在一条小街上。

我摇了摇头,继续穿着这些无生命的、风中街道,打开了门,躺在贡沃尔身边,她待会就该起床了,就像脑袋中枪那样失去了意识。

从我们决定要搬去冰岛时,我就已经打算在那儿写文章卖给报纸。当我知道埃纳尔认识方糖乐队 [1] 的贝斯手布拉吉时,我毫不迟疑,和他约好了做个采访,去了他家。他刚刚生了一个小孩,也展示给我看了,我们在厨房桌边坐下,我提了我的问题,他也作答,因为既然他们刚出了一张唱片,可能没有他

---

[1] The Sugarcubes,冰岛的另类摇滚乐队,成立于1986年,1992年解散。主唱是知名乐手、演员比约克。

们的处女作那么好，但是比他们的第二张唱片好，而且有一首不可思议地抓人的歌《Hit》作为开场，把这个采访投给某家报纸应该没有什么问题。当我告诉他这家报纸的名字时，布拉吉笑了。《阶级斗争报》。在外国人听来这一定疯了。我要走的时候，他说他们很快就会在城里演出，我一定要去后台，演出完了和他们打招呼。

那一天来到的时候贡沃尔去农场了，所以我是一个人去的，喝烈酒喝到烂醉，演唱会开场前我站在那儿，前后摇晃着那些巨大灯架里的一座，这会要命的，但是我没想到这个。一个保安跑到我身边要求我停下来，我说是，先生，就走了。如果这事在挪威发生，我就会被强行拖走，扔到大街上，但在这里他们对什么都有点司空见惯了。因为以前这里禁止喝啤酒，这里几乎所有人都喝烈性酒，而当啤酒终于被引入的时候，这习惯已经如此深入人心以至于喝啤酒差不多是种异国情调了。此外，半升啤酒要花相当一笔钱。烈性酒才是大家喝的酒，也不是只有我在这城里街上到处晃荡。到了晚上，主干道的下半截被年轻人挤得满满当当。我第一次见到这场面时，还在想这里究竟发生了什么事，贡沃尔说这儿一直都这样。他们人挤人地站在这儿，都喝高了。冰岛就是充满这样的异事，我看见了，我留意到了，却一点也摸不着头脑。

乐队开始表演了。表演很棒，而且是在自己主场，音乐会极精彩。结束的时候，我去了后台。我被拦住了，说我来自挪威《阶级斗争报》，而且确实已经和布拉吉约好了。保安回来了，没问题了，我走进走廊，走进一个已人满为患的房间，大

540

家都情绪高涨、开心，气氛已经到了即将狂野起来的临界点，布拉吉正坐在一张椅子边缘晃着，他向我挥手致意。他向鼓手介绍了我，用冰岛语对他说了些什么，我捕捉到了"阶级斗争"几个字，两个人都放声大笑起来。

我没有什么话要说，但已经感到很满意了，布拉吉塞了杯啤酒给我，我坐着看看我周围的穿一色儿黑，愤怒的这一屋子人，特别是比约克，当然，要把眼睛从她身上移开也不容易。方糖，这一刻它就是世界上最好的乐队之一，我现在所处的房间，现在就是摇滚乐的中心。我迫不及待想要把这些都告诉英韦。

布拉吉站起身来。

"我们现在要去参加一个聚会。你想一起吗？"

我点点头。

"跟着我就行。"他说。

我照做了。紧紧跟在他身边，在一群音乐家和艺术家中穿过城市，一直到比约克公寓所在的港口。公寓是复式两层楼的，中间有一个很宽的楼梯，很快房间里就挤满了人。比约克本人则坐在地板上一个收录两用机面前，旁边围满了CD，放着一首又一首歌。那时候我太累了，站不起来。我坐在最顶上的台阶那儿，把头靠在栏杆上，闭上了眼睛。但是我睡不着，因为有什么在我体内涌起来，从胃部直升到了胸腔，很快就到了喉咙里，我刷地站起身，跨两级台阶就到了二楼，跑进浴室，打开门，在马桶前弯下腰，吐出了一道美妙的黄橙色小瀑布看起来就像喷泉，站了起来。

几周后，我妈妈来看我们，有一天我们和她一起去了黄金瀑布、间歇泉和辛格维利尔国家公园，另一天下到南海岸，那里的沙子是黑色的，一些巨岩在海上一尊接一尊地矗立。

我们一起去了美术馆，墙壁和地板都是全白，有阳光从大天窗涌入，室内光线几乎在燃烧。透过窗户我看到了大海，蓝色的，盯着白色泡沫和浪尖，在远方升起硕大的覆盖着白色的山峦。在这样的环境中，在这世界边缘的一个白色的、日光汹涌的室内，艺术全然消失了。

艺术只是一种内在现象吗？某种在人内部以及人和人之间移动的东西，所有我们看不见又影响着我们的东西，是的，就像我们自己？风景画、肖像画和雕塑的功能，就是它们把外在的世界，异质于我们的世界，拉进了我们内在的世界？

到她要回家的时候，我送她去了凯夫拉维克机场，在那里和她道别，回来的路上我读了乔伊斯的《斯蒂芬英雄》，这是我买的他的第一本书，显然是他笔力最弱的一本，它其实当时没有写完，也不打算出版，但其中也有一些我能学习的东西，就是他怎样地将在这里很明显的自传元素，慢慢地转化为其他的什么，用在《尤利西斯》以及其他作品里。斯蒂芬·迪达勒斯是一个年轻而坚强的角色，被他父亲的电报召回乡都柏林，"母亲快死了"，但是这篇小说里，以及在《尤利西斯》里，这个才华横溢、傲慢自大的年轻人的自身也许就是一切发生的地点。在《斯蒂芬英雄》里，他是一个与周围世界分离开来的个人，在《尤利西斯》中，世界从他身上流淌而过，历史，奥古斯丁，托马斯·阿奎纳，但丁，莎士比亚，一切都在他内部运动着，在小犹太人布鲁姆身上也是一样的情况，只不过在流动的，在汹涌的不是那最崇高至上的，而是这座城市以及它的人们以及现象，广告文字和报纸文章，他如同所有其他人一样想到这些东西，他就是芸芸众生。但是在他们之上还有另一个层次，从那里投下了观察这一切的视线，这就是小说的语言，以及这语言众多形式所承载的所有各种洞见和偏见。

但是这些在《斯蒂芬英雄》里都找不到，它所描写的只有这一个人物，斯蒂芬，也就是乔伊斯，和世界疏离，从未成为其一分子。在他最后一本书《芬尼根的守灵夜》——我买了但是还没读过——这种趋势发展到了顶峰，在我的理解里是这样，人类完全消失在文本的语言里，而语言有着自己的日常生活。

我在大学和"珍珠"[1]之间的车站跳下公共汽车，最后一段路是步行穿过使馆区，就到家了。外面在下雨，还有雾，我感到内心空空荡荡，就像不知道自己是谁，也许是离别造成的。贡沃尔在公寓里，坐在扶手椅上，在读书，旁边的茶几上放着一杯茶。

我把自己的事放在一边走向了她。

"你在读什么？"我说。

"关于爱尔兰的大饥荒，"她说，"《The Great Famine》，她走了吗？"

---

[1] Perlan，冰岛雷克雅未克著名博物馆、展览馆与地标，位于最高点，可俯瞰城市全景。

"是的。"

"她能来看我们真好。"

"是的，那真好。"

"你今晚要做什么？"

我耸了耸肩。

她穿着一件衬衫，里面什么也没有，下面穿着条慢跑裤。我对她产生了欲望，俯身罩住她。已经很久没有了，这让我有些困扰，不是为了我自己，因为我自己只想一个人待着，而是为了她，也许她会认为有什么不对劲了，认为我对她没有欲望了。

但事实并不是这样。我只是想要个人空间，在这里我有，白天我独自在一个陌生的城市里漫步，游泳，泡咖啡厅，晚上在写字台前坐下写字，而她就在卧室里安眠，尽管这房间不大，尽管她离得太近。

所以我为这欲念的强烈而欣慰，它把所有其他都扫到了一边。我简直不明白我为什么之前要回避这事，现在拿什么来我都不换。之后我们又亲昵起来，就像我们刚刚谈恋爱时那样，像那时那样只有我们俩，什么也不用说，一切就成了应该的样子。在这彼此吸引和喜悦中蕴藏了一切，它能自行调节。但是如果没有了它，距离就变成了需要被打破或者克服的东西，以言语或以行动，而当我不愿意这么做的时，或者没有足够的力量去让自己愿意时，我们就只是两个住在一起的年轻人，除了年轻和文化没有任何共同之处。

她从来没有伤害过我。她对我很好，总是希望我过得好。

她没有瑕疵，错误或不足。她有好心，她做好事。所有的瑕疵，错误和不足都是我这方面的。面对她的时候，我尽量将它们掩盖住，通常效果还好，但是它们一直都在那儿，在我内心里，笼罩着我的一片阴影，使我充满内疚。我想挣脱它，我想一个人待着，这样它就会消失了，因为它并不愿意去影响其他人，这只是属于我自己的东西。但是想单身我就要结束这一切，给她已经走了这么远，而我从某种程度来说也走了很远的这一段画上句号。她常说她爱我，而我也绝对不愿意伤害她，不愿转身离开她，如此热切地看着我的她。

但是今晚一切又好起来了。我冲了个澡，赤脚走过铺满整个房间的地毯，我非常喜欢这感觉，她看着电视，我在她身边坐下，双腿搭在她的身上，如果我提出要求的话她会给我做同声翻译，但这种情况也不太多，冰岛电视新闻里大部分图像都是渔船或者关于捕鱼的。

她上床睡觉，我打开电脑开始写作。电话响了，我接了起来，另一端一点声音都没有。

"是谁？"贡沃尔从里面房间说。

"没有人，"我说，"你不是要睡觉吗？"

"是的，但是电话把我吵醒了呀。"

有的时候，当我们拿起话筒时那一端会传来声音，而既没人打进来，我们也没有拨出任何号码。这真奇怪，但是我们周围各方向都有大使馆，我们斜下方，马路对面是俄罗斯的，我觉得本小区电话线所受监控如此严密以至于冰岛当局已经完全闹不清谁是谁了。这个国家只有二十五万人，他们不可能在每个领域都达到现代国家应该达到的水准。

我关上了门廊和客厅的灯,这样写字台和电脑就成为一个黑暗中光明的小岛,我戴了耳机并开始写。

一个短篇小说,关于一个游泳池里的男人,假肢又出现了,靠在更衣室的墙上,但写到这里我就写不下去了,怎么写都是平淡和空洞。描写的部分还挺好,我花了几个星期来写这个,但还是不够的。一页半,一个半月。我看了它一眼,放在一边,又看下一个,一个拿着照相机的人在城里转来转去地拍照,在一张照片的边缘他看到了一个他认识的人,这人可能有十年没见过了,他想起了他们一起度过的那个夏天,照片上那人的女友淹死了。她从码头那才游出去几米,在那儿的水底有两年前修建码头时留下的砖头和做框架的铁料。她所做的,就是往下潜泳,离水面有三米吧,把自己的双手牢牢绑在了角铁上。她被发现时就是这个样子,被绑得死死的,头发在水流里前后漂动,而此时一场风暴正在向这个岛屿袭来,天空极其黑暗。

三页,两个月的工作成果。

问题在于连我自己都不相信这个故事,一个在水里淹死自己的女人,怎样让它可信起来?

我把它放在一旁,打开了一个新文件,拿出笔记本,翻阅着我在那里写下的各种点子,决定了写这个:火车车厢里拿着手提箱的人。

第二天早上我就写完了。十页。我很高兴,不是写得好,而是因为它完成了,而且写了这么多页。两年以来我加起来才写了十五到二十页,一晚上写十页真没治了。也许到了夏天能写出一本短篇小说集？

　　下周末我们去了韦斯特曼纳群岛（Vestmannaøyene），搭公共汽车去了岛的南部，然后从那里乘船直接就到了海里。我们走到甲板上互相拍照，贡沃尔的相片里她头上盖着蓝色雨衣帽子，雨滴打在她的眼镜上，我的则是一手放在栏杆上，另一手像莱夫·埃里克松[1]那样指向远方无边的大海。

　　然后视线往上抬，不知道从什么地方钻出来的、蔚为奇观的、高而陡峭的大岩石群，一侧被雾中闪着微光的草所覆盖，在那儿绵羊在吃草，像朵朵小白云悬挂在空中，另一面则陡峭、没有任何植被，几乎是垂直地坠入海中，在所有凹凸之处，都有鸟在栖息。

　　船在两壁悬崖间缓慢滑行，里面的宽度看起来像个天然港口，然后我们登上陆地，把我们的东西放在旅馆里，就去岛上周围走走，这岛小得不得了。房屋直接位于火山下方，最上面的那些已经被七十年代初火山爆发喷出的岩浆所填满。我们登上了火山顶，那里的灰依然是暖的。

　　"我可以考虑在这里住下来。"当我们往下走溜达回旅馆时，我说。"过去这段日子真的太棒了。"

　　"那么，你在这打算干什么？"

　　我耸了耸肩。

---

[1]　莱夫·埃里克松（Leiv Eiriksson，约970—约1020），最早经冰岛据说到达了美洲的维京人。

"就待在这儿。在海中央的一个小岛上。你还能有什么额外的要求呢？"

她笑了。

"有很多啊，基本上。"

但是我真是这么想的。在这租一间房子，远远的在大海里，被这些闪烁着微光的草丛环绕，在一座还有余温的火山下面。这个我可以。

一天晚上，贡沃尔给埃纳尔打电话，他是搞计算机的，我们的电脑现在出问题了，他能过来看一看吗？他简直应声而至；一个小时后他已经坐在我们客厅里的电脑前开始动手了。贡沃尔给他端来了茶，我问情况看起来怎么样，他说问题倒也不大，他很快就修好了。他又待了一会儿，我们聊了些有的没的，他对我们做的所有事情都很感兴趣，但是对自己说得不多。我知道他一个人住，他工作很忙，以及他认识雷克雅未克一半的人，不管怎么说，从和他出去一晚上要和多少人打招呼说话，可以做出这样的判断。

"你哥哥什么时候来？"他说，他站在门廊上穿上外套。

"下周，"我说，"也许你可以带我们出去转转，参观这个城市？"

"当然，"他说，"很高兴为你们效劳，你给我打个电话就好。"

英韦和他的朋友本迪克和女友奥瑟一起来了。我在机场接他们，一部分觉得开心，因为他们真的来看我了，因为他们会住在我们那儿，一部分也因为同样的理由感到恐慌，我没有任何东西可聊的，没什么好说的，而他们要在这儿呆差不多一个星期。

我做了晚饭，本迪克说味道非常好，我低下头脸红了，所有人都注意到了这一点。他们租了辆车，我们开车去了间歇泉地区，本迪克带了一个鸡蛋，在一个沸腾的小水坑里煮熟了。间歇泉本身已经死了，不再有任何喷发，但是仍然可以被激发出来，如果倒入大量的松针清洁液，它就会像过去那样喷发。但据我所知，这只是在极其例外的情况下才能做的事，比如国事访问之类的。因此我们不得不满足于看到它的小兄弟史托克间歇泉，每隔十五分钟可能会喷发一次。在每一次喷发后水静静地躺着，看起来完全正常，光滑的表面映照着灰色的天空，但没过多久在我们脚下的地就开始颤动，水面升起，形成一个圆顶，突然爆炸成一条巨大的水柱。我们周围空气里到处都是蒸汽和水。地面上到处都是各种咕嘟着的冒着泡的小泉眼。地貌全然荒芜，草木不生。

我可以在这儿看史托克间歇泉看上一整天，但是我们很快就启程往前走，找一个我们能在里面泡澡的岩坑。每个人都被这种想法所吸引，在荒原中央，在这光秃秃的所在，一个冒着热气的水里泡澡。我们看几公里外有什么在冒着蒸汽，就开了过去，是一个水池，我们享用了它，我在全过程中是沉默的，严肃的，并因为自己这样而很感困扰。尤其和本迪克在一起的时候，他健谈又笑口常开，又是那种有什么说什么的直脾气。

卡尔·奥韦，你太安静了，怎么回事，你心里不痛快吗，还是怎么了？当他们发现雷克雅未克的商店有多棒时他们简直挪不动步子了，他们买了运动鞋，牛仔裤，二手运动衫，夹克和冰岛乐队的CD，这是最新当红的。他们也喜欢这里的夜店，我们每天晚上都出去玩，第一次和埃纳尔一起，当英韦，本迪克和奥瑟在场时他比平时和我们一起时更被动、更内敛，以前他还会有所提议的。出来一段时间以后，当我们在这家或那家酒吧的柜台边晃悠着喝着烈酒，他说他还约了别人，现在必须要走了，希望我们度过美好时光，我们很快就再见了，他对我说了这些，就滑入夜色中，我为他而感到了一点心疼，就好像贡沃尔和我是他的舞台，一个他可能充当重要角色的地方，另一方面我又觉得这不太对，很显然他在很多地方都认识很多人，他没可能这么需要我们吧？但是他消失后仅仅几分钟，我就忘了关于他的一切，醉意升腾起来，我逐渐放开了，开始讲话，随着夜晚的流逝我升得越来越高，但是到了某一点上这一切又反转过来，我感到了那种想毁灭掉什么，想痛打什么的冲动，我讨厌一切，自己和我这可恶的一生，但什么也没说，什么也没做，只是站那儿喝酒，脑壳里的风暴越来越大，当我回到家里时，我认为要把我过去一年来所想过的都告诉贡沃尔，我的思绪不知道飞去了什么地方，对身边有谁根本视而不见，一门心思地想要，说出真相，就是这么毫无铺垫，毫无理由。

她已经躺下睡着了，我自己一个人坐在厨房里喝酒，现在我叫醒了她，一股脑地都说出来了，全部。

"你喝醉了，卡尔·奥韦，"她说，"你说的不是你的真实想法。

请告诉我你不是真的这么想的。"

"我真的就是这么想的，"我说，"现在我要走了。"

我打开窗户，跳了出去。顺着那条路走下去，在这明亮的五月天空下，朝市区走去，顺着街道上上下下，一切都是死寂的，直到我累极了以至于开始找地方睡觉了。找了几个街区后，我在一栋住家旁边找到了一个平顶的车库，我爬上了去，然后躺那儿睡着了。

当我醒来冻得够呛，曾经下过雨，我全身都湿透了。我隐约地记得都发生过什么事。但是不记得我都说过什么话。

现在所有的事都结束了吗？一切都毁了吗？

我抓心挠肝地坐在屋顶上，过了一会儿就爬了下来，免得被人发现，然后开始踉跄着往家走。

我进来时他们坐在那吃早餐。本迪克微笑着，英韦很严肃，贡沃尔没有迎接我的目光，奥瑟假装若无其事。

"我道歉，"我说着在他们面前停下来，"我昨天醉得太厉害了。"

"的确可以这么说。"本迪克说。

"你去哪儿了？"贡沃尔说。

"我在城里找了个屋顶睡觉了。"我说。

"你不能再喝了，卡尔·奥韦，"英韦说，"我们真的很怕你出事。你懂吗？"

"我懂，"我说，"对不起，但是我现在一定要去躺会。"我随即就倒下了。

我醒了以后，和贡沃尔出去，方便两个人一起说话。我说我之前说的话真的不是那个意思，我说我不知道为什么要这么说，但我有时候真的判若两人，喝酒的时候是一个人，不喝酒的时候是另一个人，她知道的，但是我爱你，我爱你的，我说，至于那些我都已经不记得的东西，我说过的话，永远也不会完全消失了，而是停留在我们中间，我们还是在一起，我们所拥有的东西，是很珍贵的，不仅仅是对我而言。我决定不再那么喝了，那是问题所在，但这话说完第二天我又出去了，这是最后一晚，明天我要和英韦、本迪克和奥瑟一起飞回挪威，而贡沃尔还要在这再呆几周，这是我们很久以前就说好的，这感觉很好，我已经把这里的生活利用得干干净净，这以前的美好时光，这里独有的天空，我独自走过的大风鼓荡的街道，游泳池和咖啡馆，晚上的写作，我们周末离开雷克雅未克的旅行，所有这些，在某种程度上，都和我内在的幽暗，我灵魂的缺陷纠缠在了一起，这样就让卑尔根，在桑德维肯的工作以及这工作给我人生开出的一份免除责任声明，显得诱人起来。

　　贡沃尔和奥瑟早早回家了，然后英韦和本迪克也想回去，英韦几乎要拉着我回去，但是夜店都还开着，现在回家太傻了，但是他们还是走了，我很快就回来了。你一个人在外面干什么？英韦说。也许我会遇到一些熟人，我说，谁知道呢。

　　而我确实遇到了。当我走进"电影吧"，埃纳尔站在酒吧柜台旁边。他一看到我就朝我挥手微笑，我朝他走过去，我们站在那儿喝酒聊天，直到一个小时后酒吧关门。他认识一个要喝夜酒的人，不久我们就和五六个人一起坐在一个带阁楼的公寓里，每个人手里都拿着一杯威士忌。

我点了一支烟，他向前弯下身子，嘴唇上挂着淡淡的微笑。

"你写的短篇小说很棒。"他说。

我盯着他。

"你说什么呢？"我说。

"你写的短篇小说。写得很好。你真有才。"

"你怎么会他妈的知道？"我说着站了起来，"你看过吗？你怎么……"

"我给你们修机器时就复制了它们，"他说，"你从来不说你在这儿干什么。我很好奇。然后我看到了你的文件，就复制了一份。"

"见鬼了！"我说，"你这个混蛋！"

我转身从这离开，走下楼梯，一手拿着烟，另一只手拿着酒杯，走进了一个后院，我准备在这把玻璃杯砸在砖墙上，但又三思了一下，我还没有那么醉，就把它放倒了一个小小的变压器箱或者不管是什么东西上，总之是墙上悬着的一个小柜子，走到了街上，朝着那小得可怜的议会大厦走去，上坡走向我们的公寓，所有的人都已经沉沉入睡了。

在大西洋中部这没有树木的、黑色的、几乎完全荒芜的岛上待了半年后，当飞机下方的树木映入眼帘，那感觉很不真实，几个小时后，我们走在哥本哈根的街道上，热而且到处都是人，绿意荡漾的公园和小街，所有这一切都有乐园的感觉，世界是这样的，美好得简直不可能是真的。

我和英韦说过那件埃纳尔的怪事，他只是摇了摇头，说对他的那一点点了解，也还不足以使人信任。而他读过我的短篇小说这件事，严格来说也不是太糟糕，在我离开那儿的时候，我其实已经对自己的反应后悔了，也许我应该再问问他，了解一下他对这些短篇小说更详细的看法。但这本来也不是重点，重点在于他获得它们的手段，以及他为什么要这么做。

谁会复制别人的私人文件呢？他又为什么告诉我这些？

他和我们在一起想要得到什么？

有些问题是有地理位置属性的，这个问题就是其中之一；那天晚上晚些时候，当我们穿过福乐斯兰机场的旋转门，走出来到了机场大巴站，不管是埃纳尔还是冰岛就已经在我脑海里无影无踪了。在五月下旬的卑尔根，有绿色的山坡，明亮的夜晚，情绪高涨的人们，震颤的生活。我们不能就这么回家睡觉，我们必须出门，因为空气温暖清澈，所有咖啡馆和餐馆满满的都是人，天空的淡淡暗色里，第一批星星微弱地闪着。

第二天下午我敲响了埃斯彭那儿的门。我六个月没见到他，感觉已经很久了。之前我们几乎每天都在一起聊天。

我说了一些冰岛的事，他说了一些在这儿发生的事情。今年他进入了哲学系，同时也在从事写作。

"那么你的稿子写得怎样了？"我说。

"已经写完了。"他说。

"太好了！"我说，"你投稿了吗？"

他点点头。

"它也被录用了。"

"它被录用了？你要出第一本书了？"

妒忌让我内心黑暗，强堆出微笑看着他。

他又点了点头。

"这好得难以置信！"我说。

他微笑着，摆弄用来充当茶几的那块木板上的一个打火机。

"那么，哪家出版社？"

"十月，那儿给我安排了一个特别好的编辑。托莱夫·格鲁埃。"

"那么，书名是什么？"

"《慢慢舞出着火的房子》，我是这么想的。"

"好，这是个好名字。它什么时候出来？秋天？"

"可能吧。不过，还有一些工夫要做。"

"是啊，直接说来，我并不惊讶。"我说。

厨房里的咖啡壶不再嘶嘶作响了。埃斯彭起身走过去，回来时带着两杯冒着热气的咖啡。

"那你呢？"他说，"你在冰岛写出了什么吗？"

"一点，几个短篇小说。它们不是很好，但是……我还是努力了。"

"《窗》杂志今年秋天有一个处女作特刊。"他说，"我看到这个消息时就想到了你。也许你应该投稿？这些我都试过的。"

"至少也没有任何损失，不管怎么说，"我说，"一个退稿在手好过十篇已发稿在屋顶。"

"哈哈哈。"

嫉妒维持了一个小时，这期间我不想他有半点好，后来这情绪消失了。他和我就不是一个水平上的人，从我见他的第一刻起他就已经写了一些独一无二的东西，而如果我认识的人里有谁能配得上这些的话，那必须是他。

他二十一岁，即将出版第一本书。这太牛了。是他向我开启了文学之旅。他是那么完全无私，掖着藏着什么这种事是绝对没有的，想要自己一个人独占的创作灵感，想要牢牢归于自己名下的某种洞见，埃斯彭从来不是这样，他总是把一切都拿出来分享，不是为了要显得慷慨，不是为了让自己形象高大，不是因为要做好事，只是因为他就是这种人，他洋溢涌动着这些想要和我分享的飞扬思绪。

难道我不该为他出版处女作而感到欣慰吗？

我全心全意地为他感到欣慰。之前它有一些犹豫卡顿，是因为这给我和我自己的生活提供了一种新的参照系。

"你夏天怎么安排？"他说。

"我要去桑德维肯工作。然后我可能去一趟克里斯蒂安桑，看看我父亲。是的，然后在约尔斯特呆几个星期，可能。你呢？"

"不管怎样要去一次奥斯陆。然后我就要一个新的地方住了。"

"为什么？"

"你没听说吗？我们的租约终止了。他们要把这儿拆了。"

"什么？"

"是的，我们必须在夏天搬出去。"

"真见鬼了。这是个坏消息。"

"我们要不要一起找个地方？"

"你是说我们可以合租一个公寓？"

"是啊？"

"为什么不呢？"我说。

桑德维肯那边给了我一个月的临时工工作，显得好像他们很乐意在科室里见到我似的，是，不是那些病人，病人们总是很漠然，是在那儿工作的人，而我就滑入了那儿的世界，好像什么都没发生过。我把那个拿着手提箱的男人的短篇小说打印出来，寄给了《窗》，并没抱着很高的希望，也没有再写新东西，一方面因为工作花的精力的太多，也因为我没有写作的欲望。贡沃尔在家乡工作，所以不工作的那些夜晚我大多坐在家里看书。有几个晚上我和英韦一起出去玩，我们和乐队也排练了几次，但是所有这些都做得三心二意。在过去的两年中我们还是很投入的，我们在"洞穴"演出了两次，在"车库"演了一次，录了一个小样，在一家正经的录音棚里录了一首歌，这首歌被收录在一张卑尔根乐队的合集里，这很好，这些，但是如果我们要再往前走一步，我们就要投入更多，那就要玩真的了，而没人真的想这么做，看起来是这样。

一天晚上我受不了继续在家坐着，外面的夏天太生龙活虎，坐在椅子上阅读感觉就像有病似的，所以我走出去，穿过公园，走进歌剧院咖啡。英韦的哥们盖尔在那儿，我和他不熟，但是我在冰岛期间他借了我的公寓住，我买了半升酒，与他和他的朋友们坐在一起。这天是工作日，那里的人并不多，但是进来了两个女孩，我读基础课时和她们有过点头之交，我和她们坐在一起聊天，其中一个是金发美女，那时候我对她观感很好，她是我在自习室里看到心情就会变好的人之一，完全就是因为她好看，所以当"歌剧院"关门的时候，我已经处于一种情绪最高涨的状态，把那儿的几乎所有人都召集起来，到我那儿再喝一顿，我那还有免税店买回来的酒。我邀请了盖尔，他的一个朋友，那两个女孩，还有六个非洲人到我家。我不认识这六个人，就是和他们在"歌剧院"里聊了一会，我想他们可能不认识那么多挪威人，可能还没有真正见识过本地的生活，所以问他们愿不愿意加入这个深夜酒局，我们可以继续聊天喝酒。和我交谈的那个人，点点头，微笑着，很愿意，这会很开心的。但是，当我们驶过这个炎热的金色夜晚时，占据我的念头的并不是他们，而是那个金发女孩，她坐在后座另一端，她一定对我有些想法的，因为当我付掉三辆出租车的钱，我们进来坐下喝酒的时候——这伙人在"歌剧院"看起来很少，但是在我公寓里就显得空前地多，上一次这里有十一个人是什么时候？——她看着我，想聊一聊我现在在做什么，我过得怎么样，我对文学批评基础课以及他们究竟是怎么看的。

"关于你们？"

"是啊？你那时候看起来很傲慢。"

"傲慢？我？"

"是啊？你就是那个但丁专家，还去过创意写作学院。内行之一。"

"内行？可是我什么也不会啊，我？"

她笑了，我笑了，我们走进厨房，她靠在墙上，我靠在厨房料理台上，我们继续聊着，但我几乎没听她说了什么，过了一会儿就弯腰向前亲吻她。走向她，抱住她，紧拥着她，她又柔软又美好，也没有不情愿。我低声说我们可以去隔壁房间。那是容恩的，但是他现在人在斯塔万格，然后我们就陷进入了他那巨大的水床。哦，她真美味。我趴在她身上，她胳膊搂着我，这时我觉察到我们身后有动静，转过身去。

那是那群非洲人里的一个。他站在半黑暗中看着我们。

"你快走开，"我说，"我们想自己待着。"

他还站在那儿。

"你现在不能在这儿待着。你明白吗。"我说，"请你离开这个房间好吗？"

他还站在那儿。

"你别管他了，"她说，"到我这儿来。"

我也这么做了，很快就结束了。当他走出房间时，我已经仰面躺下了。

她说："这么快就完事了。"

她是在讽刺我吗？

不，她微笑着抚摸我的脸颊。

"我想这么做已经很久了，"她说，"这么短是有点可惜。但我现在要走了。现在已经晚了，我们回头聊。"

她走了，我睡着了，当我再次醒来时，脑袋在跳痛，整个公寓空无一人。两瓶烈酒都没了，我放在帽架上的皮夹也不见了。

那里有我所有的钱。

我坐了下来，双手捧住脑袋。

我为什么要这么做？为什么，为什么，为什么？

我所感到的那种内疚是个无底深渊，从醒来到入睡，耻辱在我内心熊熊燃烧。关于我所作所为的想法一直不肯离开我。它始终恒定地在那儿。

就像在地狱里。一切都被各种情绪撕成碎片，这就是地狱。是我自己作的孽，是我亲手造成了这一切。

为什么，为什么，为什么？

我不想这样，我想和贡沃尔过一种安静、平和、温暖、亲密的生活，这就是我想要的，而且要得到这样的生活也不难，这不需要巫术，这是每个人都能得到的，总是能得到的。贡沃尔，她曾经不忠吗？她什么时候做过这样的事吗？

不，当然没有。

她曾经想过去这样做吗？

不，当然没有。

她直爽，正直，诚实，善良，美好。

永远不要让她知道什么发生过。

那个金发女孩说她夏天会去哈当厄的一家宾馆工作，我第二天就打电话去找她，她也接到了电话。我曾经很害怕打这个电话，这很丢脸，让人感到屈辱，但我必须这么做，没有其他出路。

当她听到是我时，她很开心。

"嗨！"她说，"谢谢上次的款待！"

"这就是我打电话过来的原因，"我说，"我有女朋友。绝对不能让她知道这些发生过。你能答应我不要对任何人说吗？只限于我们两个人知道？"

她不出声了。

"当然，"她说，"你打电话来就为了说这个吗？"

"是的。"

"行吧。"她说。

"行吗？"

"再见。"

"再见。"

我又等了好多个小时才给贡沃尔打电话，我希望与她的对话是纯净的，尽量不要受所发生事情的污染。

她当然很高兴。她当然想我。她当然希望再次见到我。

我已经知道我配不上她。但是我还是赖着她不放。我撒谎了，我们之间的距离在增长，而她并不知道这一点。我讨厌自己，我应该结束这段恋情，不是为了我自己，而是为了她，她应该得到更好的。

我为什么不这么做呢？

我几乎就要做到了，但最终还是不能。

第二天早上，我搭公共汽车去了桑德维肯，这本身就是一种慰藉，这医疗机构的气味本身，这里被托管人类那让人不安的景象本身，慰藉就在其中。这就是生活，而我所做的，也是生活。我逃不开它,我必须接受它。我已经做了的,做了就做了。好吧我现在是一团糟,接下来几周也会继续如此,但是时间会磨灭一切即使是最可怕的事,因为它会横亘在中间,一分钟后是一分钟,一小时后是一小时,日复一日,月复一月,它如此强大以至于发生过的事最终总会完全风化成碎片,消失不见。它还在那儿,但是隔着那么多时间,那么多分钟、小时,日子和月份,就不再能感到它的存在了。紧要的是感受,不是思想,不是记忆。慢慢地我走出来了,我紧紧攥住这个想法,像抓着救命稻草,只要她不知道,这事就不存在。

它不存在,她回到城里,很快这事不断在内心发酵。我是一个骗子,狡诈的人,邪恶的烂人,我和她在一起的时候,接连几个星期我脑子里只有这个念头。但是它又自己平息了下来,保持在一种比较恒定但可控的情绪上,离我的意识一步之遥。

她微笑时,它让我痛苦;当她说爱我说有我是她有生以来最美好的事,它让我痛苦。

再然后它就不再痛了。

几个星期以来埃斯彭和我三心二意地在找公寓,我们看了几家,暂时还没有合适的,所以我们还是各自搬到了各自的新家。埃斯彭搬到了城外的一个公寓,我则搬到了阿比约恩以前在诺斯忒特住过的公寓。

有一天,我收到了《窗》寄来的一封信。我打开它,站在走廊的邮箱旁边飞快地读完全信。一共有一千五百多篇来稿，从中选出了三十篇，他们很高兴地通知我，我就是这三十分之一。

我觉得这不能是真的，又读了一次。

这是真的，是这么写的。我的短篇小说将要被印在了处女作专辑上。

我走下楼梯，走进我的新单人公寓，在椅子上坐下，手里拿着这张纸，又读了一遍。

他们肯定是搞错了。或者投稿水平肯定低得一塌糊涂。但是一千五百篇投稿？来自五百位作家？有可能每一个都写得这么烂吗？

这肯定不可能啊。

他们一定是把我和其他人搞混了。克兰斯高或者克努斯高，或者这一类的。

我笑了。

我被采用了！

几天后，我被招募去服民事役。在秋天快结束时我要去许斯塔，然后被派到某个地方蹲上十六个月。基本上来说这正合适，在桑德维肯待了两年也足够了，而我也不想读书。

我继续在那儿工作，同时继续为《西部学生》写书评以及人物访谈，汉斯建议我可以把找作家做访谈放在首位，因为这也是我的专业领域，学者和学生报纸有兴趣介绍的其他人物也可以。报纸的其他部分就和我没有什么关系了。我过去取一部小磁带录音机，去采访，在家里写稿，走过去交稿，就是这样。

汉斯认为写得很好，他说很多其他人也这么认为。

就在前往许斯塔之前，两本处女作专辑的样刊寄过来了。我翻到了我的那篇，名叫"似曾相识"，标题旁边有一张我的照片，是他们从一张很小的护照照片放大的，下面的介绍文字里只有我的名字，出生年月和职位，我当时填的是待业。它看起来挺好的，不装模作样，不吹牛，是的，在个人简介里提到什么东西似乎都不太对。

所有的大报都评点了这次处女作专辑，这主要是因为上一次的处女作专辑，1966年出版的，里面收录的作品作者后来都出名了，比如厄于斯泰因·勒恩，埃斯彭·哈瓦茨霍尔姆，克努特·法尔巴肯，谢斯蒂尔·埃里克松，奥拉夫·安格尔，托尔·奥布雷斯塔，当《窗》在二十六年后再行此事时，所有人都在看这次推出的是否是同样出色的一代。大部分地方的结论都认为并不是。所有的书评里都点出了一些比其他人更有前途的名字，没有任何一处提到我。这可以理解，我的短篇小说属于最不行的那一批，也许根本就不应该被包括进来。当我乘飞机到达莫尔德，然后从那儿坐公共汽车去许斯塔岬角时，我把这一切都放到了一边。我就要满二十四岁了，过去几年中我的生活完全处于停滞状态，我没有在任何方向上取得进展，也没有做任何新的事情，我刚到卑尔根时那几个月怎么样，现在还是怎么样。现在当我环顾周围，在任何一个地方都找不到门，一切不过是同质的衍生。因此，民事役来得就像是个礼物。我得以把一切都推到十六个月以后。在这一年多的时间里，我的一切都有人管着，我不必为自己的生活负任何责任，至少在学业、工作和事业相关的事上不必操心。

一天大清早，许斯塔的一名工作人员走进房间叫醒了我。我有个电话。这才刚刚六点钟，我意识到有事发生了，匆匆走到走廊尽头的小电话亭，提起话筒靠近耳边。

"你好。"我说。

"嗨。"是妈妈。

"嗨。"

"恐怕我有个坏消息，卡尔·奥韦。是外公，他昨晚去世了。"

"噢，别。"

"他在去医院的路上死了。晚上他打电话给谢莱于格，她叫了辆救护车，约恩·奥拉夫也过去了。外公去世时他在那儿。我觉得他应该没受罪。发生得太快了。"

"无论如何这一点还是好的。"我说。

"是的。"妈妈说。

"他老了。"我说。

"是的，他是老了。"

葬礼大概在一个星期之后，我申请了休假，得到了批准，几天后就飞到了卑尔根，和贡沃尔一起乘船到雷思谷湾码头，妈妈来接我们，载着我们穿过这雨水充沛的十一月风景，开过那小小的山区，进入奥峡湾，外公在这里住了一辈子。1908 年出生，父母也是小村寡民，遗世独立地住着，那时候的人都这样。母亲在他很小时就去世了。父亲会造房子也出海打鱼。父亲后来又结婚了，有了个女儿，三十年代初的一个冬天，他出海钓鱼时患恙，不久就在弗洛尔岛的医院去世了，外公要求得到他父亲的房子，也就是那位新太太和小女孩正住在里面的房子。最后打起了官司，一直上诉到最高法院，外公胜诉。他父亲的太太和他的继妹不得不搬了出去，外公接手了房子，并一直住到现在。他1940年结婚，和基尔斯蒂·奥达尔，在1942年到1954年之间生了四个孩子，与她一起经营这个小农场，当过司机，养过貂、蜜蜂，种过浆果，有几头牛，几只鸡。除最小的孩子外，其他所有孩子都搬了出去，他退休了，最大的女儿是中学老师，二女儿是护校老师，最小的女儿是心理学家，而他唯一儿子是船只管道工和诗人。就是这样，就这样了，现在都结束了。

我们开车上山到了房子里，打开车门，走了出去。下雨了，当我打开行李厢门，拿出装西服的袋和小手提箱时，我的鞋跟陷入了柔软的砾石中。

他的蓝色连体服挂在走廊上的钩子上，还有那顶有短帽檐的黑帽子。地板上站着他的靴子。

客厅传来声音，我把行李放下，走了进去。谢莱于格，英君，莫德和谢尔坦在那儿，他们打招呼，问我和贡沃尔在卑尔根过得怎样。英君问我们是不是饿了。房间里有种快活的氛围，当他们聚在一起时总是这样。我想，这就是他留下的身后之物。谢莱于格，西塞尔，英君，和谢尔坦。她们的丈夫，马格纳，凯·奥耶和莫德。他们的孩子，安·克里斯廷，约恩·奥拉夫，英丽，英韦，卡尔·奥韦，英韦尔德，奥丁和索威。明天我们将埋葬他。现在我们要一起吃饭，说话。

大片的雾涌向池塘另一侧山坡上密密麻麻生着的墨绿色云杉林，它们几乎是黑色的。九点了，妈妈问我能不能在大门口过来的路上铺上云杉枝条。这是个古老风俗。我在雨中走下去，把云杉枝条铺在砾石上，抬头看着房子，在这灰色的早晨里窗户里透着光。我哭了。不是因为死亡和这寒冷，而是因为生命和这温暖。我为这里的美好而哭。我为雾中的光哭泣，为这死者家里活生生的一切哭泣，我不能挥霍自己的生命。

约恩·奥拉夫应该在教堂致辞，他哭了，一句话都说不出来。他努力过，但是不行，每一次他张开嘴要说什么，发出来的都是一声新的哽咽。葬礼仪式结束后，我们抬着棺材穿过教堂，送入等在那儿的汽车。我们和妈妈坐在一起，缓慢地驶过村庄，经过那栋房子，到了位于高处俯瞰峡湾的墓地，在那儿一处坟墓虚位以待。我们把棺材放在那里。我们唱起了歌，那声音在我们所站着的广袤空间里散开时听起来很奇异。我们下方的峡湾灰暗而沉重，在另一边是垂直插下的悬崖，仿佛包括在云雾笼里。牧师把土撒在棺材上。你从尘土中来，归于尘土。妈妈在敞开的坟茔前独自站了一会儿。她低下头，又一波哭泣在我全身流过，最后一次，因为我们从这里离开了，去了集会厅，那里为我们做好了滚热的肉汤，气氛松弛下来了，一切已经结束，现在没有他的生活继续下去了。

我走了，回到许斯塔，给卑尔根所有提供民事役的地方打了一轮电话，学生电台立即就要了我，因为我有接近两年在地方电台的工作经验，圣诞节假期在约尔斯特妈妈那儿度过，又过了几天，我就去了学生中心，开始我服民事役的第一天。二楼上，通向办公楼层的门是锁着的，里面是学生广播电台，《西部学生》和许多其他的学生组织，所以我站在下面等着电台编辑过来，来回走动，看看墙上的招贴，在斯图亚书店看书，坐下来点了一支烟，已经过了快一个小时了，这是怎么回事，我记错日子了吗？

在我们约定的时间过了一个半小时后，他走过来了。

是他吗？

一个戴眼镜的肥胖长发男子正在走近。他穿着牛仔夹克，牛仔长裤，和一双鞋帮及脚踝、带着橡胶鞋带的黄黑色足球鞋，就是我们还是小孩子时，还没有正经的足球俱乐部组织而我们也没有正经的足球鞋时穿的那种。三年前的一个晚上，我在他的单身公寓喝酒抽大麻。那感觉就像地狱之门朝我打开。他怎么能成为一名编辑呢？

"嘿，嘿。"他说。

"嗨，"我说，"你是学生广播电台的编辑吗？"

"没错啦。"

"有天晚上我在你那儿喝夜酒，还记得吗？很久以前。"

"是啊，你还开车出去了，不是吗？"

"不是，那不是我，出去开车的是你！"

他笑了起来，低沉而汩汩作响。笑声就像他的一部分，漂浮在他身边，不管谁说了什么话，都会让他发笑。

然后他又严肃起来了。

"那天晚上发生了点什么事，我们自己也意识到我们玩得过火了。我想我们又一起出去玩了一两次，然后就分道扬镳了。佩尔·罗杰去了国外，他回来的时候已经变直了。我呢，是，你看到过我坐哪儿！但是，来吧，我会带你周围看一看。"他说着，晃荡着一个大钥匙串。

我们上了楼梯，走进办公楼层。电台的区域在最里面。三张写字台，一个沙发角，几个柜子隔开了房间的其他部分。

"你的工位在这儿，"他说，朝离我们最近那儿点点头。"我坐在那边。最后，在这里工作的人共享其他的地方。但是大部分的工作是在播音间里，你去过那儿吗？"

我摇了摇头。

"在这里你将会度过大部分时间，你要做的最重要的事就是在电脑里输入唱片档案记录。"

"真的吗？"我说。

他笑了。

"给播出表格归档，给挪威表演版权协会（TONO）的表格，给播出记录存档，如果你有时间的话就用数字录音磁带再录一次。煮咖啡。买咖啡。让我们看看，还有别的吗？去邮局。我们有很多读者来信。哈哈哈！那么，我们还有什么其他更无聊的事呢？也许给编辑会议写会议记录？清洁播音间。用吸尘器。复印传单。复印会议文件。要说我们很欢迎有人来服民事役也不是这么回事。你在权利金字塔最底层。你要像狗一样！那就是你的工作内容。你要像条狗一样，我说什么你就做什么！这里我说了算。"

他微笑，我也报之以微笑。

"好的，"我说，"我从什么地方开始干？"

"一切都从咖啡开始。你现在把咖啡做上吧？行吗"

我照做了，从下面的卫生间里取水，把咖啡洒进过滤纸里，然后把它煮上，戈特坐在他的电脑前开始工作。除了我们俩之外，这一层没有其他人。我坐在我的办公桌前，打开抽屉看看里面有什么东西，周围转了一圈看看架子上的东西，看着窗外，看着公园，那儿黑色的树枝伸向天空。咖啡煮好后，我把它分两杯倒完，在他面前放了一杯。

"谢谢你。"他说。

"你现在在干吗？"我说。

"德军总部[1]。"他说。

"德军总部？"

"是的，它的场景在希特勒的地堡里。关键在于要跳上更高的楼层。老爹本人在最高的那层。但这并不容易，到处都有纳粹党人。而且你上去的楼层越高，他们就越难对付。"

我站在他后面。

屏幕底部有一个机枪枪膛，在空空的砖廊里向前移动。在尽头有一个电梯。突然门开了，几个穿着白衣服的士兵走出来了。

"哎呀。"戈特说。

他们发现了"他"，发生了一场交火，他们站在那儿的角落后面，他们中有几人到处乱跑,但随后又有一电梯的新士兵涌入，

---

[1] Wolfenstein，一款二次大战题材的电脑游戏。

"戈特"被击中了，屏幕满是鲜血。

那一幕让人真不舒服，因为你通过一双眼睛看到了这些过道和士兵们，当鲜血涌出来时，我想那就像死亡一样，视线被鲜血充满，游戏结束了。

"我只玩过几次。"他说，"你电脑上也有这个游戏。《毁灭战士》也在那儿。"

他伸了个懒腰。

"今天就到这儿吧，还是怎样？"

我看着他。

"我应该每天在这儿工作八小时。他们很强调这点。我要填写表格还有之类的东西，而你要在表格上签名的。"

"'他们'是谁？我在这里看不到什么'他们'啊？"

"就算为了我吧，"我说，"但是也许我们可以先喝咖啡，至少？"

事实证明，对戈特可不能以貌取人。我本以为他是个懒汉、滑头、拈轻怕重的人，但事实并非如此。他雄心勃勃，对让电台各方面都变得更好很有想法，在我服民事役期间，他重组了整个电台，让它专业化了，从编辑工作到音乐立场都是如此，还更新了所有技术设备，因此我在那工作的头几个月中里播放以及剪辑的磁带，在我十六个月后结束工作时已经全部没有了，因为之前的节目都是以模拟形式编辑，而后来一切都数字化了。《德军总部》只在下了班以后玩，而为了扳平我也坐下来玩。我经常半夜两点才离开那儿，一口气从下午四点玩到那时候。有时候其他人来做早间节目时我还在那玩着。我们也玩《足球经理人》，这更能让人上瘾了，我用所有的空闲时间来买卖球员，一场又一场地打比赛直到我的球队赢得欧洲杯，这要花好几周的时间。这样玩上十二个小时后，我的脑袋冰凉，且空空荡荡，系统里的记录毫无意义，但我不能就这样放下它，我已经上瘾了。

电台里另一样东西，我以前从未见过的，是互联网。这也令人上瘾。从这个页面转到另一个页面，阅读加拿大的报纸，查看洛杉矶现在的交通概况，或者看《花花公子》上的折页模特儿，她们出现得非常慢，首先是图片的底部，什么都有可能，然后它慢慢地向上升，画面逐渐充满框内就像水充满一个玻璃杯那样，大腿来了，在那里，哦……该死的，她穿着内裤？肩膀，脖子，脸和面孔往往先出现，然后才是乳房，在深更半夜这空荡荡的办公楼层里学生电台的电脑里。雷切尔和我。托妮和我。苏茜和我。《好色客》[1]，它们有自己的网站吗，可能？里尔克，有人就他的《杜伊诺哀歌》写过什么吗？有没有特罗姆岛的照片？

圣诞节过后，上一任在这儿服民事役的人回来了，他和我一起过了一遍要做的工作事务。当他知道我不会剪辑，做不了播出上的技术活时，是的，真的什么也不会时，他非常惊讶。在克里斯蒂安桑的电台里，我有自己的技术人员，我唯一要做的就是对着麦克风说话，不管是在外面采访什么人的时候，或

---

[1] *Hustler*，美国色情杂志，比起来《花花公子》是相对保守的出版物。

在播音间里面播音的时候，其他的一切都有那个技术人员打理。在这里是不一样的。当他知道了我把所有要说的话都预先写下来，逐字逐句，包括最简单的嗨，欢迎收听学生电台播音，而不是像他和在这工作的所有其他人那样直接口播的时候，他也大吃一惊。但是我上手很快。所有假期里都由民事役职员负责播放，我必须单飞，也就是打开播出系统，放电台主题曲，节目片头曲，如果我选择重播就介绍这个节目，或者坐在那儿放上唱片，然后说话，也许给某人打电话，连线采访他们，我越来越喜欢做采访了。自己单飞做节目让人精神抖擞，播出项目越复杂，我劲头就越大。但是平时我除了每天要播的一个学生新闻通告之外没有播音任务，我会用整个上午来组织材料，坐下来读报纸，找与学生有关的内容，写下来然后播报。此外我还给文化栏目做节目，采访作家或者朗读书评，每一天我都很感恩能落到这个地方，而不是像在桑德维肯或其他医疗机构里。奥拉夫·安格尔翻译了《尤利西斯》，我就打电话给他，就他的翻译工作提问。弗雷德里克·万德鲁普[1]对奥勒·罗伯特·松德批评得很厉害，于是我先致电万德鲁普，然后是松德，又朗读了一些评论，最后把这些都剪辑在一起。达格·索尔斯塔[2]到了卑尔根，所以我去他的宾馆采访他。这是我第一次从事自己真正喜欢的工作。而我也不是这里唯一一个这样的人，这里的气氛很热忱，同时也很放松，这里并不是为想要上进的学生

---

[1] Fredrik Wandrup，挪威记者、作家，自 1976 年起为《日报》写作。

[2] Dag Solstad（1941—），挪威小说家、剧作家，唯一三次得到挪威评论家奖的挪威作家。

提供就业预热的地方，恰恰相反，不管是在楼上的播音间里还是在楼下的办公楼层里，总有人在那儿混上一整天，并没有什么特别的事，就是喝咖啡，抽烟，聊天，也许看看新出的CD唱片，或者翻翻报纸或拿本杂志看看。最初的几周里我什么都没说，只是当他们来了后冲他们点点头，尽我所能地激情工作，如果我有十五分钟的闲暇，就在我的电脑上输入登记唱片名称，如果我要去邮局，都是跑着上下楼的。编辑们开会时，我一句话也不说，代之以记录下所有人的发言。但过了一段时间我开始能认出这些不同的面孔，甚至能记得每一张脸的名字。因为只有我整天都在这儿，所以每个人都知道我是谁，逐渐地我和他们都能寒暄上几句，甚至开个玩笑。在一次会议开到一半时，戈特突然看着我问，你对这个有什么看法，卡尔·奥韦？让我惊讶的是，我发现每个人都充满期待地盯着我，就好像他们真的认为我有什么话要说那样。

每个学期开学时电台都会发展一些新员工。戈特请我做一个宣传页，这是交给我的第一个正经任务，我很担心做得不够好，光想大标题就花了整整一晚上，最终用的是"免费学声贷你玩[1]"，并贡献出了我那本多雷插图版[2]的但丁里我最喜欢的一张图，就是当他们看到上帝，那最后和最初的光时，我把整张图片剪下来，贴到这张纸上，又复印了两百份，然后第二天用了整整一天站在学生中心最开阔之处发传单，那里有成堆成

<hr />

[1] 原文 Studiolån，和学生贷款 studielån 的谐音。

[2] 古斯塔夫·多雷（Gustave Doré, 1832—1883）法国著名版画家、插图家、漫画家，由出版社邀请为多部世界名著插图。

堆的新生。几天后的见面会上，房间爆满。大部分人或站或坐，静静听着戈特说话，但也有人提了些问题，我注意到其中一个年轻人，剃着光头，戴着阿多诺那种眼镜，尤其是他面前的桌上摆着一本奥勒·罗伯特·松德的小说，《她当然要打电话》（*Naturligvis måtte hun ringe*）。这是一种姿态和一个信号，是同好者一望即知的暗号，同好者人数不多，因此特别珍贵。他读松德，他肯定是写东西的。

　　这次见面会后几天就开始了面试。在会议室里我与戈特坐在一起，对一个又一个人人提出问题，我一边写下关于他们的一些关键词。我在这一角色里自觉有些异样，因为我自己是什么都不会的，不管怎样没比他们强，但他们还是得端正地坐在那儿，在椅子里拧着身子回答问题，力求呈现出最好的自己，对我就没人提出过这样的要求。在这之后我们把名单过了一遍，讨论了我们对每个人的印象，这感觉也很奇异，我真的很喜欢在他们中间挑挑拣拣的感觉。女孩子里有三个特别漂亮，一个是蓝色的眼睛被刷得漆黑的眼睫毛罩着，眼神急切，高颧骨，长长的金发，大概二十上下，她肯定要上。另一个是黑发长发编成一条长辫子，嘴唇一直有各种微动作，那也许是我见过的最美丽的嘴唇，她脊背笔挺地坐着，双手放在大腿上，从每一方面来说都很优雅，当她说她打鼓时我彻底被征服了，一定得有她。戈特笑了，补充说她其实也有地方电台的工作经验，无论如何都会入选。拿着松德的家伙也得要，那个很板正的读商学院的家伙也得要，这样就不仅仅只是人文学科学生在玩，还有那个很懂古典音乐的她……

几周培训之后，他们就在不同的编辑部门各就各位，与此同时我也对工作感到初步上手了，每次拾级而上走向办公楼时不再紧张。形势调转过来，我期待着上班。电台是我在卑尔根第一次对其有归属感的群体，在此之前我生命中的一切都经由英韦或者贡沃尔那儿流到我这，这里就不是这样，我为此感到高兴，与此同时，它也带来了问题。这感觉就像我生命中有什么新事物开始了，而且它以某种方式在贡沃尔和我之外发生，我们的关系就像以前一样，我们在一起已经快四年了，我们是彼此最好的朋友，我们了解彼此的一切，除了我背着她干的那些糟糕的事情，那些事在我这儿依然存在，但对她来说并没有这回事，她什么都不知道，在她眼里我还是一个好人。但是当她上电台我这儿来探班时，感觉很不对，我觉得不舒服，几乎就像，我在这儿工作本身就是对她的背叛。我知道这已经结束了，但还是做不到说分手，我不想伤害她，不想让她失望，也不想去毁了她的什么东西。此外，我们的生活以其他的方式已然交织在一起。在家里她已经是家庭一员，尤其是妈妈，在她身上已经倾注了情感，英韦也这么看，英韦非常喜欢她，而更远一些的亲戚，比如妈妈的兄弟姐妹们，也是如此，在贡沃尔这方面也是一样的。就好像这些还不够似的，她去年认识了英薇尔，现在她俩成了朋友，贡沃尔搬到了英薇尔曾经住的那个合租房里，那个合租集体的历史可以追溯到弗勒格斯塔在卑尔根读书的时期，而最近这些年这套房主要由阿伦达尔帮，也就是英韦的同学们住着。

我能割舍和这一切的联系吗？

不能。

我太软弱了。

所以我过着一种双重生活，在这些不同的部分之间竖起一道墙壁，然后希望一切都会自己解决。把奥勒·罗伯特·松德的小说带到见面会上的那个人叫托雷，他来自斯塔万格，是编辑会上的灵感源泉。一天上午他坐在办公室里，我们就聊了起来。我问松德那本书读得怎样了，他说已经气急败坏地把那书扔到墙上去了，还有他正在写一篇关于它的文章，并试着把它卖给一个杂志。

"你读过他的书吗？"他说。

"这本没读过。我只读到前二十页。但是我读了那本关于 O 的书，你知道，就是他关于奥德赛的那本小说。我不记得它的名字了。"

"《对位法》（*Kontrapunktisk*）。"他说。

"对，就是它。我精修课程的论文是关于乔伊斯，是啊。所以我对那儿的这个传统有一些兴趣。"

"我则更接近贝克特类型。"

"你喜欢秘书多于主人吗？"

他微笑了。

"你这样说出来不太好听，但贝克特真是太妙了。真的。"

"是啊，他的确很棒。"

"实际上，我现在正在写一本和贝克特风格差不多的小说。贝克特式啊贝克特式。一样的荒谬但是更平易近人一些。"

"你在写一部小说吗？"

"是啊，到春天就投稿，然后习以为常地被退回来。很有趣，巴拉巴拉，但是，很不幸地，巴拉巴拉。我在家里有十六篇退稿了。"

"十六篇退稿？"

"是的。"

"你多大了？"

"二十岁。那你呢？"

"二十四，但是我只有一篇退稿。"

"你也写东西，是吗？"

"是，也没有，不算是吧。"

"你究竟在写作，还是不在写作？"

"这要看你怎么定义了。"

"定义？要么你写作，要么你就不在写作？这两者之间没有中间地带啊，至少我是这么认为？"

"那么我写作。但是写得不好，真的。"

"你发表过作品吗？"

"一个短篇小说，在《窗》的处女作专辑上，你发表了吗？"

他摇了摇头。

"对我那是让退稿增加到十六的那个一，对你则是让用稿从零增加到一的一。"

"是的，是啊，"我说，"《窗》听起来挺好的，但是那个短篇写得不怎么样。"

"我们已经聊了三分钟，你已经说了两次写得不够好了。我发现了一个模式。一种性格特质。"

"这是真的。这和我的性格没有任何关系。这是客观事实。"

"好吧，好吧。"他看看表，"我现在要去上课了。但是我们待会儿能不能一起去喝杯啤酒？你什么时候下班？"

"四点半。"

"歌剧院咖啡五点见？"

"好啊，为什么不呢？"我说，看着他走过隔断之间的过道，消失在楼梯上。

我那天下午迟些时候走进歌剧院咖啡馆时，他正在一楼一张桌子旁独自坐着。我买了杯啤酒，坐下了。

"我读了你的短篇小说，《似曾相识》，"他微笑着说，"写得很好，这篇。"

"你这就读过了？就在今天？你从哪儿弄来的？"

"在大学图书馆。很多灵感是来自博尔赫斯，这么说你同意吗？"

"是的，或科塔萨尔。"

我看着他，笑了。他是那种真正的有心人。我会如此不怕麻烦地去大学图书馆，去看查一篇之前对其一无所知、才刚认识的人的短篇小说吗？绝无可能。但是托雷真就这么做了。

他个子不高，精力旺盛，一方面非常坦荡，对什么都乐于接受——他是那种大笑着环顾四周的人，那种高谈阔论、弹射臧否完全不畏惧别人怎么看他的人——另一方面，他也有些深藏不露的东西，经常出现在他在社交场合畅游一番后，忽然他就走神了，两眼放空，对别人说了什么充耳不闻，这种情况只

579

会持续几秒钟，几乎神不知鬼不觉，但我在开始的几次编辑会上都看到了，并对他产生了兴趣。

"你在这里住了很久吗？"他说，从他正啜着啤酒的杯沿上方看着我。

"四年半，"我说，"那么你呢？"

"才半年。"

"你在学什么？"

"文学批评。然后我会修哲学。我是这么打算的。那你呢？"

"我的精修课程是文学评论。但我开始觉得这是很久以前的事了。我的生活已经沉寂了三年，没有什么事情发生。"

"我敢肯定是有事在发生的。"他说。

这就好像他不想知道有事可能不是什么好事。但是我什么也没说，喝酒看着窗外，街道寒冷而灰暗地在那儿，走过的人们穿着大衣和外套，偶尔有人穿着臃肿的羽绒服。

我再次看向他。他坐着微笑，仿佛随之而来的微笑和笑声会把他抬起来，推向前方。

"我在斯塔万格时也在一个乐队里玩过，"他说，"那个圈子里大家彼此都是熟人。我在那认识的一个人，也就是我读高中时认识的，有自己的唱片公司，还在斯塔万格开了家小唱片店。他叫容恩。然后他去卑尔根读了一年书。他告诉我说他和一个疯疯癫癫的家伙合租一个公寓。他打鼓，读书，想当作家。他整天就做这些，那里铺天盖地的都是书，他完全是鬼迷心窍了。你知道，厨房里有陀思妥耶夫斯基的小说，厕所里放着桑德莫塞的合集。然后他在还在一个乐队里演奏。学生乐队。

"乐队叫什么名字？"我说。

"卡夫卡制造机，"他说，"你知道他们吗？"

我点点头。

"知道，我在那儿打鼓。"

他在椅子上猛地向后一挫，看着我。

"那是你？你和容恩住在一起吗？"

"是的，我想这就是你要告诉我这些的原因？你不是已经知道了那就是我？"

"不，不，绝对不是的。"

他沉默了下来。

"这个概率也太小了吧？"他说，"正好就是你本人？"

"也没有那么小，"我说，"卑尔根是个小城市，你很快就会发现的。但是你可以替我向容恩问好，让他别那么夸张了。在那儿一切都挺正常。我读书，这没错，但是完全没有他妈的铺天盖地的都是书。也许在容恩眼里是这样，他反正也不是个文化人。"

"但是你们那儿发现了大老鼠是吧？"

"是的。"

我笑了。容恩描述出来的是怎样的画面啊？我透过他的眼睛看过去，在他自己的唱片店里，身边围着一群高中同学，说起卑尔根，伙计们，这个事啊。

但是我从来就没有博览群书。浅尝辄止地读了一些皮毛，是的，但是没有潜心读进去，像比如说埃斯彭那样。我几乎就不能算打过鼓。还有大老鼠……是的，有两只。一只被捕鼠器逮着了，一只吃老鼠药死在靠楼梯的墙里面，腐烂了。

"你们现在还在玩乐队吗？"托雷说。

我摇了摇头。

"你呢？"

"没有，在这城里没有。"

我们在那儿坐了两个小时。我们喜欢的音乐大致差不多，英式摇滚和独立摇滚，不过他的品位比我的更尖锐也更系统一些。奇想乐队[1]是他心目中最伟大的乐队。XTC排第二，也不错。就史密斯乐队他说了很久，以及日本。R.E.M.，石头玫瑰，大卫·鲍伊，流行尖端[2]，科斯特洛[3]，Blur。我每说出一个他没听过的乐队时，我都看到他凝神要记住它。布拉德利乐队[4]，我说，你一定要听一听。还有"糟透！"，你真的不认识那里面的人吗？那可是挪威最牛的乐队！

然后我们谈论文学。他对所有最新出版的书都了如指掌。所有小说，所有诗集，所有。

"你认识埃斯彭·斯蒂兰吗？"过了一会儿我说。

"《慢慢舞出着火的房子》？"托雷说。

"那是我最好的朋友。"我说。

"是吗？"他说，"那本特别经典！很久以来最好的一本处女作！你和他熟？"

---

[1] The Kinks，英国摇滚乐队，1964年成立于伦敦。

[2] Depeche Mode，英国电音乐队，1980年成立于英国埃塞克斯。

[3] 埃尔维斯·科斯特洛（Elvis Costello，1954— ），英国音乐唱作人，被誉为流行音乐的百科全书。

[4] The Boo Radleys英国另类摇滚乐队，活跃于九十年代。

"是啊，我们在一起修基础课，后来他在我楼下住了两年。"

"他是怎样的？是个神童，还是怎样？"

"是啊，差不多吧。反正是让人难以置信的执着投入。而且对他所读的一切都有一种洞悉一切的理解力。"

有那么几秒，托雷的视线投向前方，低低的笑着说是啊，是啊。然后他很突然地坐直了。

"鲁内·克里斯蒂安森，那么，你读过他吗？"他说。

"我听说过他，但是还没有读过。"我说。

"那么我把他最新出的一本集子带给你。那么，厄于温·贝格呢？"

"是的，看过一些。到目前为止。《沉默的战术》[1] 和《劈在眼前的闪电》。不过我不太懂诗，就是这样。顺便说一句，埃斯彭是贝格的粉丝。当然还有乌尔文。"

"他太他妈的好了。"托雷说。当我们谈论托尔·乌尔文的那些书有多好时，我们的眼泪几乎要夺眶而出。说到扬·谢尔斯塔，还有谢尔坦·弗勒格斯塔的《刀在喉头》(*Kniven på strupen*)，托雷也非常兴奋，但对他的其他作品则并不如此，我也同样。我猜想这也许是其中的学究气导致的。在所有挪威诗人里他最高看一眼的，他说，是埃尔里德·伦登。

"你没读过伦登吗？你一定他妈的要读她，卡尔·奥韦！这很重要！《妈妈，蓝色》(*Mammy, blue*)，这是挪威很久以

---

[1] *Totschweigetaktiken*，原诗集标题为德语。另一部原名为 *Et foranskutt lyn*。

来最好的诗集了。当然是在奥布斯特费勒 [1] 之后，当然。奥布斯特费勒，伦登，乌尔文。但是我要把那本书带给你。《颠倒的依赖》（ *Det omvendt avhengige* ），你一定要读它！"

第二天，当我从食堂吃完晚饭回来时，在我的写字台上躺着一小摞诗集。在上面有张纸条：

卡尔·奥韦：
供你阅读
你的朋友托雷。

我的朋友？

我把书带回家，按照我以前的习惯随手翻着，这样下次他说起它们时我就知道到底是在讲什么了，就像以前我和埃斯彭在一起时一样。第二天他就过来了，我们在食堂一起喝咖啡，他希望知道我从这些书里读出来的东西，尤其是《妈妈，蓝色》，我明白这书对他来说很重要。现在他也希望它对我也很重要。

他真是精力太旺盛了。

而眼下这精力冲着我来了，我还挺喜欢的，某种程度上这让我很受用，因为这里包含着一个因素，就是他对我是仰视的。

---

[1] 西比约恩·奥布斯特费勒（ Sigbjørn Obstfelder, 1866—1900 ），挪威十九世纪作家、诗人。

我二十四岁，上过创意写作学院，在《窗》上发表了一篇短篇小说，很快就要在同一本刊物发表书评了。这也就是几周前的事，我代表《西部学生》采访了梅雷特·莫肯·安德森，她将要去《窗》当编辑，她作为卑尔根大学的校友当然就是采访对象。我在人文学院大楼里和她会面，我们聊了一个小时，当我结束了采访关上录音机后，她说她当了编辑以后希望能为杂志集结起一些新的名字，去找老作者总是容易的，但是她希望真正地给杂志带来新的面貌，所以想问我是否愿意为她写稿。

当我从托雷的眼睛里来看这一切，我明白了这一切是怎样发生的。但是这顶多也就在几个星期内还能奏效，一旦他真正和我熟了，他就会明白我只是一个写不出东西的爱好者，因为我其实并没有什么可表达，但是又没有对自己诚实到愿意去承受这个结果的地步，所以不惜一切代价试图一只脚踏入文学界。不是那种能自己创造出东西，能自己写出东西来然后出版的人，而是一个蹭车的，写别人写出来的东西，一个二手的人。

我是一个二手的人，所以看到托雷对我产生的兴趣，让我觉得刺痛。但是我能怎么办？说别了，离我远点，你看错我了吗？

他继续不时上来电台这里，我们一起去食堂，聊天，有时播音结束后或者周五我们就一起出去玩，那种时候我们会先在办公楼集合，喝点啤酒，再一起出门，工作人员搞了许多私人聚会，他有时也会参加。但是他的心也不在电台里，这个我立刻就意识到了，他对在这里发生的一切都不上心，对其中的一些阴谋诡计也置身事外，他不关心这个人和那个人搞暧昧，和谁在一起，和谁分手了，而对于电台制作的实操事务，他完全没有头绪，也并不想搞清楚。他每周做一个专题栏目，做得很好，就像那个给约恩·福瑟做的专访，占了那天所有播音时间，还有那些他自己负责写的剧评和书评，但是也就止步于此。他属于这种类型的电台工作人员，他们来这里是为了获得更多经验，接着就往前走了。另一种则会在这里待很多年，对他们来说电台成了一个俱乐部，一个能在这里打发时间的地方，当夜晚来临在这里总能找到一起去喝酒的人。在他们中有很多书呆子和混得不好的人，如果没有这里他们很可能就没有自己的圈子，只能呆坐在他们那书虫或失败者的小单间公寓里，或者和其他书呆子和人生输家朋友坐在一起。有他们在这里，就让电台比其他的，类似《西部学生》那种地方多了许多浓郁得匪夷所思的人情味，在那些地方，所有人都是为得到实践机会，更进一步，但是与此同时，这些人的在场也让我有些不安，因为我和他们一样依赖电台的圈子，和他们一样在外面没有什么熟人，和他们处于同样的境地，在我最黑暗的时刻我是这么想的。但这些时刻比以前要少一些，电台里到处都是很棒的人，我和他们也熟了起来，尤其是那些做文化节目的人，例如编辑马蒂尔德，一个话匣子，放肆而很有魅力的北方人，还有那笑口常开的特丽萨，来自阿伦达尔，或者埃里克，孔武有力的卑尔根人，健谈又犀利，或者英丽，她的话不多，而我和托雷，托雷也留意到她了，称她为嘉宝。一天晚上播音结束后，我坐在播音间里工作，她留下来收拾，当她进来我所在的房间时，我在我们刚弄到的一个声音软件里输入了一句话，按下一个键，一个死气沉沉的机器声音读出了这个句子。

"英丽死了。"那个声音说。

"英丽死了。"

英丽僵住了，用受惊的黑色眼睛看着我。

"英丽死了。"

在这个半幽半暗的房间里，只有我和她，这听起来很可怖。这声音像从坟墓底下传来的。

"关掉，"她说，"这不好玩。这不好玩。"

我笑了。这本应该很好的。但她真的被吓到了，我道歉了。她走了，我又一个人待着了，还不想回家，我走到办公室里玩《德军总部》一直到三点钟，然后我才走下去回到尼戈尔街的合租房，开门进去，上床躺在贡沃尔旁边，她并没有被吵醒，但是在睡梦中把胳膊绕在我身上，喃喃地说了什么听不清的话。

之后那天晚上我要去托雷家吃晚饭。他来找我并提出邀请，我谢谢他也答应了，他开口邀我，我很开心。据我所知，他几乎整帮朋友现在都在卑尔根，把我和他们邀请到一起也不是那么天经地义的事。我结束工作后买了一瓶酒，睡了一个小时，洗了个澡，然后走路穿过市区，走上桑德维肯这侧的山坡，他住在这儿山顶上的一栋房子里。在山顶，我转身望向这座城市，在群山之间的黑暗之海中闪烁明灭。

公寓在二楼，楼下的门开着，所以我直接走上楼梯，这儿太冷了，锐利的灯光下我的呼吸清晰可见，走进一条狭窄、散着霉味的走廊，一直通往门口。在门铃上有张纸条，写着伦贝格／哈尔沃森。那是托雷的姓吗，伦贝格？

我按了门铃。

他打开门，微笑着看着我。

"进来吧，卡尔·奥韦！"他说。

我脱下鞋子，脱下外套，走进一个看来是客厅的地方。彻底的空空荡荡。除了桌上的三支蜡烛，四下全黑。

"我是第一个到的吗？"我说。

"你说什么呢？"托雷说，"只有你一个。"

"是这样吗？"我说，不安地环顾四周。桌子铺着桌布，已经有两个盘子在那儿，以及两个酒杯，被摇曳的烛光映得一闪一闪。

他还是微笑地看着我。

他穿着黑色衬衫和黑色裤子。

他是同性恋吗？

原来一切都是为了这个目的？

"饭菜都做好了，"他说，"如果你觉得可以，我们这就开吃？"

我点点头。

"我给你带了瓶红酒过来，"我说着，把酒递给他，"给你。"

"你想听什么音乐吗？"他说。

我摇了摇头，让目光不易觉察地滑过四周，寻找更多的迹象。

"听大卫·西尔维好吗？《蜂巢的秘密》？"

"很好。"我说，走向墙边。一张很大的镶在框里的 XTC 乐队海报挂在那里。

"你看到了那上面有签名吗？"托雷就在我背后说，"有年夏天我去了思云顿，按响了安迪·帕特里奇家的门铃。他打开了门，我说你好，我来自挪威，想知道你能不能为我签名呢？"

他笑了。

"他说，上一次有粉丝按门铃还是很多年以前了。我想他觉得这很有趣。"

"这是谁？"我说着，指着一个美丽的金发女孩的照片。

"那个啊？那是英厄。我的女朋友。"

我放下心来，笑了起来。

"她是不是很好看？"他说。

"是啊，"我说，"她现在在哪儿呢？"

"她和一些女朋友出去了。你来之前我得打扫房间。但是现在我们开吃吧！"

我们坐那儿聊了一晚上，就像把彼此的一生都展现在了对方面前，就像两人互相了解时要做的那样。我们说好了要做一个系列节目，关于史上最好的十张流行摇滚专辑，每个节目聊一张专辑，我们把这个节目定名为"流行摇滚旋转木马"，特别有六十年代黄金时期的气质，并同时试图圈出流行摇滚的十大原则。我们还同意成立一个乐队。托雷负责主唱和写歌，他的抽屉里已经躺着很多新歌了，我打鼓，我们可以让英韦来弹吉他，所以我们只差一个贝斯手。

他一直在椅子和电唱机之间来回走动，不断放起他喜欢并希望我听的乐队的新单曲，让我去仔细听某些特定的细节，比如旋律线的组织方式，或注意一句特别好的歌词。哦，太棒了！

他说。听，他妈的，这不是很绝妙吗？这里！你听到了吗？

他说他们楼下的邻居是一个疯子，他每天一大早都站在窗口，当他们走时就盯着他们，晚上则又嚎又喊。他说他和英厄是高中同学，他当时可烦她了，她是那群满口大道理的青年自然之友成员之一，那一群人基本是女孩，但他后来疯狂地爱上了她。他说他有一个哥哥，说他父母离婚了，妈妈是个特别棒的人，说他很崇拜外祖母，而他父亲会喝得烂醉然后开车出去。他是位老师。我说我父母也离婚了，我父亲也是老师，也常喝醉。我们就他们聊了很久。感觉就像我俩是兄弟。他让我心底非常柔软。

他站了起来走进卧室，手里拿着一本稿子回来。

"就在这儿。"他说，"我的小说。我昨天才写完。但是我想知道你愿不愿意在我投出去之前先看一下？"

"当然，"我说，"特别愿意。"

他把它递给我。我看了看标题页。

《谢谢的方块》

小说

托雷·伦贝格

就在这时门被打开了，照片里那个女孩进来了。她的脸颊红红的，因为外面的寒冷，也许因为那个陡峭的坡度。

"嗨。"她说。

"嗨。"我说。

她走进来和我握手，在托雷旁边的椅子上坐下，抬起一条腿蜷在身下。

"我终于见到了这个叫卡尔·奥韦的家伙！"她说。"你这么高！"

"是我们矮，"托雷说，"我们属于矮子家族，我俩都是。"

他们笑了。

"啊不，"她说，"我饿着呢，还有什么吃的吗？"

"厨房里还有一点。"托雷说。

她起身朝里面走去了。

"现在到底几点了？"我说。

"十二点半。"托雷说。

"那是时候该回家了，"我说着站起身来，"谢谢今晚的一切！"

"我的荣幸，"托雷说，跟着我走进了玄关。"你觉得要花多长时间能读完它？"

"我这个周末读它。你星期一过来，我们就可以讨论它了。"

"好！"

英厄走进了走廊，我和他们道别，关上我身后的门，朝这座城市走下去。

他的小说几乎完全没有任何情节，它没有故事框架，一切都围绕着名为"谢谢"[1]的主角以及他在一个公寓里单调而孤独

---

[1] 挪威语 Takk，意为"谢谢"。

的生活展开。写得不坏，但是贝克特的影响过于明显，以至于不太能独自成立。它与托雷没有任何关系，稿子里也没有显示出任何他个人的气息和气质。当我们见面讨论稿子时，我没有直接把这些说出来，我不想打击或伤害他，但我暗示出了这一点，看来他对这个评价并不陌生。他还是没有修改就寄了出去，得到了一封很正面的出版评估书。

我的第一篇书评在《窗》上登出来了，没过多久《晨报》就联系我，问我是否愿意给他们写书评。我可以。并不是压倒一切的积极态度，因为所有这些指向的都是评论家的道路，而不是作家的，可能去做完全不同的事情会更好一些，因为作为书评人我每次动笔时眼里都有失败感。我能写关于文学的文章，判断它的好坏，以及是怎样写成这样的，但始终没能从这个地方走出去。我和文学作品之间有一堵玻璃墙：我看到它，但被从它身边隔开。

谢尔坦到电台来了几次，问我要不要一起喝杯咖啡，他的动作如此迟缓，只能慢慢拖着身体往前走，以至于其他在办公间里的人都问这到底是怎么啦？他们全都这么年轻，也许房屋管理员除外，所以这个头发灰白的壮实男人如此缓慢地移动的场面太不寻常了。他说，他本来五月有毕业考试，但实在读不进书。他在考虑放弃。我说他不必放弃，只要扛过去，虽然他读不进书，他本身会的已经够多了，应该可以顺利通过的。考试很重要，我说，如果他不参加考试，整整一年就浪费了。他看着我，说我可能是对的。他问我愿不愿意找一天下午上去他的公寓，他还有一些新诗可以给我看，如果我愿意的话。我当然愿意,没有疑问。一个星期六下午,我和贡沃尔一起去了那里。尽管他住得离我并不远,但我以前从来没去过那里。他的单身公寓在一楼,但有种地下室的感觉。窗帘被拉上了,我们在这幽暗光线里坐着喝咖啡,有贡沃尔在这儿使得谈话不至于冷场,我看到谢尔坦有多么喜欢她,而且因为她在场也显得轻松了一些。但也不是太多,你能感到他身上那种沉重。我们从那儿离开的时候,我觉得重力对他的作用比对别人的大,大地更用力地将他拽向地心,这也是他的行动变得如此迟缓的原因,他每次把脚抬起,每次用手把杯子从桌上举起都一定很费劲。看看他,他写了那么多都是关于空气和天堂,光和太阳,他生活在灵魂那没有重量的王国。

几周后他再次入院了。

四月下旬,我和埃斯彭一起去了布拉格。他的处女作获得了很好的评论,也加入了在奥斯陆的《漫游者》(*Vagant*)的编辑团队。他与亨宁·哈格吕普[1]和比约恩·阿格内斯[2],阿尔韦·可莱瓦[3]和波尔·努尔海姆一起讨论文学,开完会后与他们一起出去喝啤酒,并且他还认识了很多作家,其中有小说家荣尼·贝格和诗人鲁内·克里斯蒂安森。尽管埃斯彭还是埃斯彭,我认识他已经三年多了,但是一路上我在他面前充满了自卑情

---

[1] Henning Hagrup(1959—),挪威作家、翻译家和文学评论家。出生于文学世家,祖母英厄·哈格吕普和父亲赫尔格·哈格吕普,以及叔父克劳斯都是著名诗人、作家,其两个堂妹也是文坛新秀。

[2] 文学编辑,现为冒号出版社社长。

[3] Arve Kleiva,作家、翻译家、评论家。

结。他是作家，我不是。如果他向左看，我也向左看以琢磨他又发现了什么有意思的东西。我变得像条狗一样，而这情形正在破坏我们的友谊。在柏林，火车开往下一站之前我们还有几个小时的空余时间，埃斯彭买了份报纸，找到一个关于某罗马尼亚诗人的活动，在罗马尼亚大使馆召开，他的诗刚被翻译成德语。我不会德语，因此朗诵会对我来说完全没有意义，但我没有说不，我们不能找点其他的事干吗，因为我不愿意成为他诗歌之旅上的绊脚石。

我们找到了大使馆，走了进去。戴着白手套端着成盘开胃酒的侍应生们站在那儿，此外还有大量穿着正装的男人和隆重装扮的女人。我和埃斯彭坐了一晚上火车又在街上逛了一天，姑且婉转地这么说，身上的味道都不太好闻，而且穿得也不是特别考究，我们的到来引人瞩目。人们都瞟向我们，谢天谢地，我想至少埃斯彭还是个诗人，所以如果有人来问我们在这里有何贵干，我们还是可以应对的。一位挪威诗人，这就解释了衣服以及我们所散发出的轻微腐臭味。

我们站在地板中间，彼此之间什么也没说。

"至少我对语言还有感觉，"我说，"音调，声音和节奏。"

"是的。"埃斯彭说。

门打开了，我们得以进入一个满是椅子的大厅，一边尽头是讲台，那里有一张桌子，上面放着三个麦克风。

埃斯彭沿着第一排走过去，我跟着他，我们坐在了中间，占了最好的座位。到场的听众不多，也许一共二十个。三个人，两个男人和一个女人，坐到了麦克风后面。女人讲了一会儿话。

人们间或大笑，发出嗡嗡的声音。我一个字都听不懂。然后，我认为是诗人的那个开始朗诵，同时另一个男人则在旁边坐着，双臂交叉，半闭着眼睛听。

诗人低头看着桌上的那本书，然后他直视着我。不只是一次，而是一直在看。所以我不得不坐那儿点着头，好像我从他的朗读中得到了巨大的收获，有时甚至还微笑了。他为什么会选择我，这原因完全不好说，也许因为我们座位在正中，也许因为我们看起来和其他人不一样。

让我惊恐的是从埃斯彭那儿响起了鼾声。我迅速看他一眼。他双臂交叉撑在胸口，头歪斜着，眼睛闭上了。胸膛均匀地上下起伏。

我尽量不引人注意地推了他一下，他猛地坐了起来。

读诗人朝我们这儿瞥了一眼，同时一个又一个的德语单词从他的嘴里涌出。

我微笑着点了点头。

埃斯彭又睡着了。

我又搡了他一下。这次他身子没动，只是睁开眼，眨巴了一下，然后又睡过去了。

这样一来所有的责任都落在了我身上。既然他睡了，我就必须显出加倍的兴趣。我睁大双眼，沉思地抬头看着天花板，眯缝起眼睛，这真有意思，对自己点了点头，充满肯定地直视着他。

冲着一团我完全不知所云的词语和声音。

终于他读完了。主持人感谢他，或者说照我的理解是这样，然后又说了什么，然后所有人都站起身来。我看着又醒过来的埃斯彭。

"她说了什么？"我说。

"这是中间休息。"埃斯彭说，"不过我们走吧，好不好？"

"好啊，"我说，也站起来，迅速向出口走去，因为那位诗人看起来正有兴趣和谁攀谈两句。我转头向他点头致意，然后赶紧走出去。在门的另一侧，侍应生拿着托盘在那等着，我们出去的时候几乎撞上他。

我已经失去了所有的分寸感，这就是发生的一切，因为当我们来了布拉格，漫步在那美丽的中世纪街道上时，我身上这种顺从感就越来越强烈了。我们看上去不一样，甚至所关注的东西也不一样，我只是一个愚蠢的平凡家伙，什么也没留意到，对什么都不感兴趣。埃斯彭想去看犹太人的墓地，我根本不知道那儿还有犹太人墓地。我们去了那里，周围走了一圈，然后他问我是否有没有看到墓碑上的那些纸条，我摇了摇头，我没看到，他说，你怎么可能看不到它们呢？我说，我不知道。他想看一些著名建筑师在 1920 年代设计的房屋，我们去了那里，我看到的只是房子。我们走进一个教堂，他往左看看，我往左看看，他往右看，我往右看。他在一条长凳上坐下，低下了头。他为什么低下头？我惊惶地想。他要打坐吗？为什么他要打坐？是因为这里的气氛吗？他感到这里有种神圣、超凡的气场吗？这个教堂有什么特别？卡夫卡来过这里，也许？不，他是犹太人。一定是氛围。那神圣的。这种或者那种存在的能量点就在此处。

过了一会儿，埃斯彭又坐直了，然后我们走出去了。路上我尽可能不经意地问他刚才在里面做了什么。

"你打坐了吧？"

"没有，我睡着了。最近睡得太少了，显然是这样。"

当我们回来的时候，我和他在奥斯陆住了两晚，我们两个晚上都出去玩，最后一晚我们去了"光脚"[1]，我之后跟一个女孩回家，我们在她的单身公寓里做爱了，这事很悲惨，我一开始就射了，总共在那待了也就半小时。第二天我已经不记得她的名字或长相了，但是她有本厄于温·贝格的诗集躺在床头柜上，这我还记得。在第二天下午的火车上我决定和贡沃尔分手。再也走不下去了，没有什么能走下去，我从火车站里的一个电话亭给她打电话，说我做了我一些不该做的事，我们必须谈谈。我走到她那儿，幸运的是，其他人都不在。她煮了茶，我们坐在客厅里。当我说到我们已经渐行渐远，我们共同拥有的东西属于过去，而不是未来，我哭了。她也哭了，我们生命中的四年已经结束了。一会儿之后我们笑了起来。很久以来这是第一次，我们对彼此完全敞开胸怀，我们说了好几个小时的话。我良心上觉得很不安，因为我哭了，因为其实这一切的结束让我轻松了，因此眼泪是假的。同时也不是这样，这种情势本身，在其中的亲密，并不是假的，正是这些让我哭了起来。贡沃尔分辨不了其中的差别，她看不出眼泪掩饰了一些东西，在她的眼中这一

---

[1] Barbeint，奥斯陆的一家夜总会。

定看起来就是我真的为这一切结束而感到悲伤。

到了晚上我站起身来要走了。我们互相拥抱，在门厅里抱着对方站了很久，然后我走下楼梯，眼泪闪着泪光。我背叛过她，但现在一切已经结束，而我感到的那种罪恶感，现在背负起来就轻松多了，因为现在它只是我个人的事了。

学生电台在夏天停播，城里几乎一个学生都没有了，英韦在阿伦达尔，所以我差不多一直是一个人，或者在电台或在单身公寓里打发时间，想写点东西，但什么也没写出来，一篇三页纸的短篇小说，名为《变焦》（*Zoom*），关于一个男人遇到一个女人，她跟着他回家，他给她拍照，她的姿势越来越多，越来越情色，就是这样，她回家了，他听着她的脚步声踩在外面的街道上。哦，这什么也不是，一种编造，一点愚蠢。托雷回来城里以后，我给他看了这篇小说。他说这篇不错，我有了一个很好的角色，但也许我应该再把他发展一下，走得更远一些？我做不到，我已经尽力了，它不会更好了。每个句子都是一丝不苟地构思出来的，这意味着每个单词都很重要，但仅限于在构成小说的内部系统内，对于那些读者来说，眼下也就是托雷，"有力、灵活的手指"还是"抓挠的，笨拙的手指动作"或任何一个我严谨地演绎出来句子，都没有什么区别。

秋天，我在《晨报》上用了一整版把斯蒂格·塞特巴肯[1]的小说《新约》（*Det nye testamentet*）批得体无完肤，我不喜欢

---

[1] 斯蒂格·塞特巴肯（Stig Sæterbakken，1966—），挪威作家、诗人、翻译家。

小说里糅杂的风格和模仿，当主人公在一次聚会里坐在一张安乐椅上，在安静的外表之下，内心在痛斥那里的人们，这太像托马斯·伯恩哈德了，以至于我都看不出它增加了任何东西。这是一本大部头，已经很多年没有年轻小说家敢于投入写这样的东西了，但不幸的是，这一切都站不住脚。我坐在电台里写了一个通宵，然后次日早晨托雷上来了，我把这个读给他听。我写道，这本小说就像一个巨型鸡巴，乍一看给人留下深刻印象，但是它太大了以至于血液都撑不起它，让它发挥其功能，它只硬到了一半。我给托雷读的时候他笑到尖叫。

"你就给《晨报》写这个？哈哈哈！你不能这样，卡尔·奥韦！不行的！"

"但是，形象最能说明问题，这本小说完全就是这样。大而雄心勃勃，是的，但是太大了，太雄心勃勃了。"

"是的，是的，它可能真的就像个鸡巴，哈哈哈，但这并不意味着你就要这么写啊，傻子！"

"我该删掉它吗？"

"你一定要删。"

"尽管这是就对那本小说最精确的形容？"

"得了吧，现在！删了它，然后我们一起去喝杯咖啡。"

几周后，挪威广播公司二台的阿尔夫·范·德·哈根打电话过来，他问我想不想为"评论家广场"栏目推荐小说，托马斯·曼的系列小说《约瑟夫和他的兄弟们》（*Joseph und seine Brüder*）的第一卷，我深感荣幸，我肯定可以啊。我搭公共汽车去了 NRK 所在的明德（Minde）。他们已经准备好迎接我的到来，只以一句差不多这样的话，克瑙斯高，下午一点，评论家广场，三号播音室，写在前台接待员的本子里，"评论家广场"是最重要的文学节目，还没有任何其他节目能和它相提并论，所有优秀的评论家都在那里做过推荐，哈格吕普以及林内贝里，现在我也有一只脚踏进去了。他们会再打电话来，我会成为其中的一个声音，每个周六下午都会响起，我的名字即将是那些让人可以掂量一下的名字了。克瑙斯高说过这本书被高估了，你同意这话吗？克瑙斯高将你的小说挑选出来作为今年秋季出版的亮点，你对此有何看法？我当然受宠若惊啦，那个家伙确实内行。

我被一位女士带领着走过明德的重重走廊，经过位于开放办公室里的采编部门，电脑屏幕上的闪光，声音的嗡嗡作响，走进一个播音室，比我们电台的播音室要大，更精致，更开放。我戴上耳机，就能直接与阿尔夫·范·德·哈根对话。仅仅这名字，里面蕴含的地位和高贵感已经让我背上生出寒意。他友好地打了招呼，他说稿子很好，只要读出来就可以了。他有时候可能打断我，让我把某些地方再读一遍，但是节目里就是这样操作的。然后我就坐在那儿，电台评论家范·德·克瑙斯高，这新的声音，这新一代批评家，读了他关于托马斯·曼的稿子。在电台读稿正好就是我能做得好的事情，这事我每天都做，已将近一年了，但是范·德·哈根不满意，我不得不读了一遍又一遍，当我们终于结束的时候，我感觉他并不是真觉得已经可以了，他结束只是因为我们不能这样白费劲地永远尝试下去。

这个书评播出了，我让我认识的所有人都听了这个节目，这可是大事。我们说的是 NRK，而不是南部的什么地方小台或者卑尔根的学生电台广播。每个人都认为这很好，但是后续的电话并没有打来，NRK 没有再说什么，他们不想再和我扯上什么关系，显然，它还不够好。

但是无论如何我的名气有了些变化，我收到《评论杂志》（*Kritikkjournalen*）的约稿，请我评论一位叫村上的日本作家的小说。这本书讲的是一个猎取某种特殊品种绵羊的人，我把它大刀阔斧开膛破肚一通，主要是因为它太西方了。我为《窗》屠宰了更多的小说，为《西部学生》做了几次采访，在学生电台工作，晚上去里卡宾馆、车库、歌剧院咖啡、足球俱乐部，和其他在电台工作的人一起喝啤酒，有时候独自回家，有时候和一个女孩一起，因为有些事情也改变了，她们不再拒绝我，也许是因为我不再那么在意她们以至于张口结舌，只能用狂野而绝望的眼神看着她们，或者也许因为她们不用介绍就已经知道我是谁。但是除了托雷我没有其他朋友，他和英厄一起搬到了大学下方一间更大的公寓里。那儿我常去，拖着沉重的脚步爬上坡，手里拿着一兜啤酒，我们喝完这个然后出去玩好吗？次数之多以至于我不得不给自己的拜访设限，这样他们就不会对我产生怀疑，意识到我其实并没有其他地方可以去。

英厄已经嫌这有点太频繁了，我留意到了她的态度，她开玩笑地说托雷认识我以后性格都变了，现在每天就是出去浪和喝酒，但是这话里还有些别的，我也感觉到了，他们被拴在了在一个地方，他们两个都是如此，他们已拥有一些东西，而我却没有被拴住，我从他们的眼中看自己，一个高个儿倒霉蛋，没朋友，紧紧赖在比自己小四岁的托雷身上。

在外面，当我们坐在"车库"桌边聊天喝酒时，我把这些都忘个干净，那时我所拥有的一切都是好的。每个星期六早上我们都碰头，一起做"流行摇滚旋转木马"系列节目。到目前为止，我们已经做了奇想乐团，披头士，The Jam，史密斯乐队，Blur和警察乐队。我向《晨报》推荐了托雷，他们对他很感兴趣，他开始为他们写诗集评论，同时他自己也写东西，现在写的是一些短文。他给我看了其中几篇，它们很好，真的很好。他突然有了自己的语言。我站着读这些文字，内心因为嫉妒而阴霾密布，他就站在旁边，但是我尽量让自己不要留意这些，我对他说，他妈的，托雷，这真的特别好。他像小太阳一样亮了起来，把它们放在那高得难以置信的一堆东西上，说他开始找到什么了。在这样的一番后就必然要直奔回家，坐在电脑前面。我开始写一个短篇小说，我叫它"空白"，它写一个男人在公园里醒来，也不知道自己是谁。他在城里走了一圈，什么都不认识了。有个人喊他：肖恩。肖恩，那是我吗？他想。我写了三页纸，每个句子都经历过钻石那样的被打磨，却没有闪出什么光芒。它们就像是一本烂俗犯罪小说里的句子，或更糟，是学校风的虚构作文。里面没有任何个性，就是托雷突然变魔术一般在他的文字里变出来的那种东西，他表达出的那种前所未见的气氛的凝滞，不在描写里，也就是所谓情节发生的空间里，而在语言本身。换句话说他像诗人一样写作。更不用说埃斯彭，他本就是诗人。现在说的不是气氛，而是陡然的语言弹出，突如其来的昭示，让人意想不到的图景，它们打开了门，新的联系就在眼前。

我第一次见到埃斯彭时他已经到了那个境界，所以面对他的时候我没有嫉妒，但面对托雷就不一样了，何况还有他比我小四岁这个令人痛苦的事实。我应该是某种涅斯托尔[1]，一个年长的，经验丰富的学生，能周到地为他指引方向，在他生命中扮演哥哥的角色，但是这一切并没有发生，而在半年后我就发现自己已经被赶超了。

我们一直在交换位置，不成熟的和成熟的，经验丰富的和经验不足的，都混在一起，这一刻我看到了他的脆弱之处，他自己都未必能意识到，只有离得很近的人才能看见的，下一刻他又完全掌控一切，比我认识的任何其他人都更像个王者。英厄也是一样。有时我几乎把他们当小孩，我在他们那儿时感觉我是世界上最老的二十四岁人，下一刻他们又笑话起我和我的塑料袋，俨然两个独立、学养丰富即将走上人生巅峰的大学生，而我只是一个辍学生，囊中仅有一个三年前修完的精修课学历作为唯一的砝码。

有次我过去以后，他们试着煎了一条熏鲭鱼作为晚餐。

还有一次我坐在沙发上说我应该要剪头发了，托雷总是那么立即就心血来潮了，提议英厄现在就给我理发。他说，她也给我理发，你知道吗，或者用推子给你推一下。

"嗨，英厄！你能不能给卡尔·奥韦理发？"

---

[1] Nestor，荷马史诗里的重要人物，睿智长者。

她走出来，歪着头看着我们，有那么一丁点害羞，她一贯如此。

"可以啊，没问题。"她说。

"那你们就动手吧！"托雷说。"然后你的头就完事了！"

我有点将信将疑，但他如此热衷执着，所以我站起来跟着英厄走进浴室。她摆好一张椅子，我坐了下来，她在我的肩膀上放了条毛巾，用梳子通了几下我的头发。

我们的视线在镜子里相遇。

她微笑着向下看。

"你想剪成什么样子？"她说。

"都剃了吧。"我说。

"好吧。"她说。

她把手放在我的头上，我们的视线又遇上了。

这次是我的脸红了。

慢慢地，她把嗡嗡作响的电推子顺着我的头移动，从颈背的下端深处一直上去，她围着我移动，大腿碰到了我身体侧面，舒展身体以完成理发器的运作，她的一只乳房靠在了我的肩膀上。她试图把这种情形里的不自在隐藏在一种面无表情的专业态度背后，但是她的脸颊上时不时滑过一些红晕，我能觉察到当她终于结束，终于可以把毛巾从我的肩膀上拿走时的那种如释重负。

"就是这样，"她说，"你满意吗？"

"特别满意，谢谢你。"

"我现在有面小镜子就好了，你就看得到颈背后什么样，很可惜我没有。”

"反正在颈背那已经没有头发了。"我说，站起身来，用手插过那大概一厘米高的头发。

我估计等我一走她就会冲着托雷大吼，他怎么能坑她陷入如此尴尬的境地？究竟凭什么她要给他的哥们理发？

九月中旬分手后我第一次见到了贡沃尔。我们是在诺斯忒特撞见的，就在我的单身公寓旁边，她要去"船厂"，约了人在那儿的咖啡馆见面，那是个星期天上午，天气棒极了。

我问最近怎么样，她说都挺好的。

"那么，你呢？"她说。

"挺好的。"我说。

"真好！"她说，"有机会再见啦。那么，再见了！"

"再见。"我说，她继续往前走，我则顺着坡走下来。当我走进公寓时，从外面的明晃晃走进里面的陡然黑暗，我哭了。我躺在床上，试图入睡，但睡不着，睡眠的源泉已经干涸。这并不奇怪，之前晚上我睡了十四个小时。所以就躺在那里读书直到有可能再次入睡。

几周后托雷和我一起组了个乐队。英韦终于读完了他的硕士，目前在找工作，靠失业福利金过活，他特别愿意加入乐队。我们在一个即将要拆掉的工厂大楼里弄到了一间房，那里有一套破烂的鼓，一个老旧的演唱音响和一些百威（Peavey）吉他音箱，角落的地板上堆着垃圾，水泥墙上有裂缝，因潮湿而晦暗，过了秋天那里面就冻得像冰一样，但是我们依然每周排练一次，试图能弄些作品出来。

我去奥斯陆拜访埃斯彭，反正只要有机会我就去，有时候坐火车穿越山体，我坐在餐车里，读书，看窗外风景，交替着来，秋天的色彩美得绝无仅有，而拜访本身就是在供他使用的极宽敞而堂皇的公寓里待着，我简直可以不吃不喝在这呆上好几周。我们一起聊天的时候，我有时能说出以前从没想到的东西，这是由对话情势和埃斯彭的激情所引导出来的，忽然凭空就出现了什么，它变成了一个中心，不是关于我和我的自我中心，那种我一直捉摸着别人对我的观感的行为，不，我们所谈论的东西是从所有这一切里挣离出去的，我本人也消失了，直到那个瞬间停止，而我才又看到我们还是坐在桌子两边的我们。这些周末总是安排得满满的，我们或者晚上出去玩，或者他请人来家里吃晚饭，之后回卑尔根的路上，我的背包里装满了我买的书，我在跨越山峰的路上读着它们。有一次包里是托马斯·伯恩哈德的《删除》（*Auslöschung*），它使人震颤，有多冰冷就有多清澈，一直围绕着死亡旋转；主人公的父母和姐姐在一场车祸中丧生，他回家去埋葬他们，充满了仇恨，就像伯恩哈德所有的人物那样，但是在这本书中有一种客观性，这我在伯恩哈德以前的作品里没有见到过，就好像所有的前因后果都如在眼前，就好像他们是如此气势汹涌而强悍，压倒了那些愤怒的，充满恨意的独白，就好像面对着死亡时最大的仇恨和愤怒也渺小了，从某种形式上来说死亡进驻到了他体内，这如此寒冷，如此坚硬，如此无情，同时又优美，所有这一切都从伯恩哈德这语言的执拗而繁复的节奏中生发出来，在我阅读时，这节奏滑入我心中，即使我将书放下看向窗外时它依然自行运动着，我望向跌落在外面石南花上的雪，那想要冲出山沟的狂野河流，我想，我要这样写，我可以这样写，动笔写就好，那不是什么艺术，我开始在脑子里构思一部小说的开头，在这伯恩哈德的节奏里，效果很好，新句子一个接一个冒出来，火车一挫，重新开动了，我想出了一句又一句，而那天下午当我坐在电脑前时，所有这些句子都消失了。句子在被我想出来时充满生命力和力量，而我在屏幕上看到的句子，是死气沉沉的，空洞的。

　　一天，英韦来到办公楼问我是否愿意去"烧烤"餐厅喝杯咖啡。他还是没找到工作，很是无聊，已经准备好走下一步了，就像他的许多同学那样，没有什么特别事情发生，他依然在拿失业福利金，一个人住在莫棱普利斯那边的一个单身公寓，不再是学生，但也没有新的或者别的什么身份。

　　我说好啊，当然，走到他身边一起下楼梯。

　　"我们后面的女孩是谁？"他说，"你等等再回头看。"

　　我不用回头也知道，我们从办公室走出来时我就看到她们了。

　　"那是托妮耶和特蕾莎。"我说。

　　"左边的那个是谁？"

　　"我们往前走这个方向的左，还是如果我们转身的左？"

　　"就是我们往前走的方向。"

　　"那是托妮耶。"

"她美得不可思议啊！"

"是的，托妮耶，她是美女。"

"她在做什么？"

"学媒体专业。现在在社会新闻部工作。"

我们走到另一端的楼梯上，进入"烧烤"餐厅。

"如此说来，她肯定会去圣诞节前的媒体系聚会。"他说。

"非常有可能，"我说，"但是你不会去了吧。"

"会去的，你也要去。"

"我？我去那儿干什么？"

"你得打鼓啊。我要和乐队一起演出几首歌，与达格和蒂内一起，就是他们，我们还缺个鼓手。我说你肯定不会反对的。你不会吧？"

"不，当然不会。但是我们得先排练。"

"只有六首歌。先告诉你：我们叫嘀－德里达－嗒。"

"行吧。"

托妮耶是我一年前在面试里就注意到的人之一。她的脸既坦荡同时又充满神秘感，她举止优雅，长头发经常编成一根粗辫子，但有时也会散开。我首先注意到的是她的嘴唇，非常美丽，但也有点歪，她的眼神是黑沉沉的，但丝毫没有沮丧，也不是忧郁，那是另外一种我还不知道是什么时就已留意到的东西。她已经在社会新闻部开始工作，她很严肃也有野心，她在我社交圈子以外活动，在电台里有了自己的朋友，尤其特蕾莎和托妮耶似乎找到了彼此，我的注意力也就从她身上滑开。我的日子基本被工作和小恋爱充满，这儿一只手的姿态或者一条伸出的大腿，那儿一道深色的眉毛或者一转身的范儿。一天晚上，一个有着长长金发和画着全黑眼妆的女孩，高高的细条个，又水灵，和我站在"地标"酒吧说话。她挺害羞，我就随她去了，但是后来她喝醉了又回来找我，要挑战我，我跟着她走到学生中心的坡上，她拿下了我耳朵上的耳环，攥在手里从我身边跑开，我抓住了她，用胳膊环绕住她，我们接吻了，她就住在附近，所以我们上去了她的单人公寓，她放起了摩托迷幻乐队 [1] 的唱片，音量放到最大，她用手一挥，就把茶几上所有的东西都推到了地上，而我靠墙站着看着她时，她美得动人心弦，我被她吸引了，但是她只是砸东西，哭泣，她说，这里有点太挤了，所以我必须走，但我要保证明天五点回来，然后一切就会好起来的，但是并没有，我第二天结束工作后过来按门铃，性致勃勃像只发情的公羊，没人开门，我下次见到她时她又喝醉了，说那次她在家但不敢开门。她说，如果我再来，她就敢了。好吧，我说，她消失在舞池上，我站在吧台旁，乐队停止了演奏，有人往合成器上倒啤酒，我目睹了整个过程，就是她干的。

有些晚上另一个人过来找我，但她已经开始爱上我了，所以最后一次是我没有开门。我还和另外两个人在一起过，被其中一个吸引得神魂颠倒，对她完全敞开心扉，也跟她回过一次家，但是她很小心告诉我这只是次意外，她对我完全没兴趣，是的，她甚至很过分地要求我不要对任何人说起这事。晚上在电台的

---

[1] Motorpsycho，来自特隆赫姆的挪威乐队。

时候有人打电话给她，我知道打电话来的他是谁，嫉妒得发疯，但是却没有任何权力这么做，我根本就不了解她。

托妮耶完全置身这些事情之外。我和她聊过几次，在一些恰当的场合，比如我在播音间坐着工作时她走了进来，或者她需要一个技术人员来解决一个关于栏目或者其他问题，我对她是谁或者她过得怎么样都一无所知。

就像英韦说的那样，她美丽得难以置信，但对我来说她并没有什么特别。

十二月的第一周，我满二十五岁了。一整年过去了，一个重要的时间，我应该搞个聚会，但我认识的人不够多，所以这不算是个好主意，所以那天我去电台时候，没有人知道今天是我的大日子，这其实正中我下怀，这很适合我现在的形象，一个低调的，从不引起别人不必要注意的人，一个不自夸但知道自己位置的人。

我出门很早，办公楼层里完全是空的，我清理了沙发角的茶几，坐下来喝咖啡，开始阅读报纸，看看有没有什么与学生有关的新闻我可以剪下来的。外面的雪已经积起来了，微弱的闪烁着从窗外延伸向更远处的黑暗，在整个景观的氛围改变之前应该也不会有更多的雪了。

通向楼梯的门开了，我朝那边瞟了一眼。

英薇尔！

她微笑着挥手，走向我。

"很久不见。"我抱着她说，你在这里做什么？

"生日快乐。"她说。

"谢谢，"我说，"你怎么知道的？"

"我有大象的记忆力。"

"要喝咖啡吗？"我说。

"好啊，"她说，"不过我得走了。"

她坐在沙发上。我抽出咖啡壶，飞快地倒进两个杯子，而咖啡机里正在滤下的咖啡滴落底盘上。

"那么，二十五岁是什么感觉？"她说，"那感觉好吗？"

"我没发现任何区别。你发现了吗？"

"没有，不再只是二十岁是很好，其他就没有区别了。"

"你说的有道理。"我说。

"我有东西要给你。"她说，从钱包里拿出一个包裹，递给我。"拿好了。"

"你也给我买了礼物吗？"

"我想是的。"她说，一边看一边显得有些尴尬。我打开包装。那是贝纳通的灰色羔羊毛衣。

我看着她，然后看着它。

"你不喜欢吗？"她说。

"喜欢，这很好看，"我说，"但是，毛衣？你为什么要买毛衣给我呢？"

"我觉得你需要它，"她说，"但是如果你不喜欢它，你拿去换就行了。"

她双手放在腿上坐着，看着我。

"非常感谢。"我说。

我知道她把我的反应理解为我认为这件毛衣并不好看，然后是个令人尴尬的停顿，直到我忽然想到我可以穿上这件毛衣。但这让情况更加尴尬了，因为毛衣让我感到困惑。她为什么买了件毛衣？它要花几百克朗。在某种程度上，它太私人了。如果她想给我点什么，是不是该先想到一张唱片，一本书，一束花，但是毛衣？

她站起身来。

"现在我要走了。一刻钟有课。但是，祝你生日快乐！"

她在楼梯上消失了，我用手拿着剪刀继续看报纸。

到了下午英韦来了，他只是想向我表示祝贺，又说不幸的是他没钱买礼物，但肯定很快情况就会变好，然后他会买一件像样的好东西。

这些就是那天的全部情况。我像往常一样回家，像往常一样坐那儿读书，播放唱片，和妈妈打了电话，妈妈告诉我二十五年前的这一天发生了什么事。爸爸没有打电话过来，他从来就没打过，我想也许他不知道我们出生的准确日子，我和英韦的，或者他知道但并不上心，可我已经习惯他这样了，没关系，他过他自己的日子，我过我的。

一个星期后就是那场媒体系聚会。它要在"猫头鹰"（Uglen）举行，城里名声最坏的夜店，最疲惫不堪和最绝望的人去的地方，媒体系里那些愤世嫉俗的家伙都是这样的类型，他们眼里麦当娜和马勒都是一回事。我傍晚走过去那边，我们要先调一下音，然后把我们的歌最后彩排一次，我们在此之前几乎没排练过。雪已经能在地上呆住了，卑尔根现在很冷，我住在这儿五年来的第一次，街道上有了圣诞节的气氛。

我们演奏了五首大热歌曲，其中有《爱上老师》和《物质女孩》，在这些之外还有英韦创作的一首歌，词是主唱玛丽特写的。

之后我们在一张桌子旁坐下，喝起了啤酒，那是他们为演出人员准备的。英韦认识很多人，他毕业也才半年，对我来说，这里都大部分都是生面孔，除了托妮耶，在我们一演出完她就走过来和我打招呼。

"你也在这吗？"她说。

"是的，"我说，"现在全城的人都请我去打鼓。现在圣诞节特别忙。"

她笑了。

"你不打算介绍我们认识吗？"英韦说。

"托妮耶，这是英韦，我的兄弟，英韦，这是托妮耶，是学生电台的。"

他们互相打招呼，英韦问她是否在读基础课时微笑着看着她的眼睛。

他们站着聊了一段时间，两人之间的共同点比我和她之间更多，我环顾四周，往肚子里倒着冰镇啤酒，享受着它的滋味，也许并没有那些盛大夜晚许诺的淡淡苦味，以及它通常会带来的迅速攀升的快乐。

托妮耶走回她朋友那边，英韦喝了一大口，把杯子放到桌子上，说她好看得不得了，这个托妮耶。

"是的。"我看着她，她正在和一个男人说话，但是同时抬起来头，撞上了我的视线，并微笑了。

我也朝她微笑。

英韦谈到了他申请的各种工作，以及在没有人脉的情况要进一个单位有多么困难，说到他也许犯了个错，不应该读完硕士，而应该先找工作。

"你就是这么做的，"他说，"现在你一下子就成了《晨报》的撰稿人，挪威广播公司也会找你约稿。从某种意义上来说，你现在所拥有的机会就比假如你继续读书深造要多很多。"

"也许吧，"我说，"但是写书评挣的也不多。"

我再次对上托妮耶的目光。她穿过整个房间对我微笑而我也微笑了回去。英韦什么都没发现。

"书评不赚钱，是的，"他说，"但是，如果你继续下去，很快就会闯出自己的名头。然后一切就容易多了。你有实实在在的东西可以给人看，而我只有学位和分数。"

"一切都会好的。"我微笑着说，我整个身体都轻飘飘的。每一次我看向她的时候，肚子里都有什么在抓挠般酥痒。她看起来似乎有第六感，因为不管她多么地沉浸在谈话中，每当我看向她时她总是立即抬头看过来。和她在聊天的人往往还什么都没留意到。英韦也没注意到这些。这就好像我们有一个共同的秘密。每一次她微笑时候，她笑的就是这个。

嘿，就只有我俩，是不是？这就是她的笑容在说的意思。

我们俩？我的笑容说。你在开玩笑吗？

没有。

没有？

快过来，我们就能看看到底发生了什么。

你看起来太赏心悦目了。

你也是。

我们俩？

是的。

是吗？

过来吧，你就知道了。

"你为什么在微笑？"英韦说。

"没什么特别的，"我说，"就是心情很好。演出以及一切其他的都很好。"

"是啊，是这样。很开心。"

我们在那里站了一会儿，英韦去场子里转一圈，我一个人待着，她过来了。

"嗨。"她说。

"你能过来真好，"我说，"我在这儿谁也不认识。"

"我刚见到你时挺意外的，但是很快这就有了答案。"

她低下头，有那么一瞬间嘴唇好像撇起来了，然后抬头看着我微笑。

"我曾经希望过你会在这里。"我说。

"真的吗？"她说，"你知道我读的是媒体系？"

"是的，但这就是我对你的全部了解了。"

"看来我们之间有些信息不对称呢，"她说，"我对你知道的还挺多，说真的。"

英韦回来了。

"你和卡尔·奥韦长得太像了,"托妮耶说,"我一看到你就知道你是他兄弟。"

她在我们这儿又站了一会儿,就像第一次那样,她主要在和英韦说话,但是张力是在我俩之间的。

"你现在不急着走吧,对吗?"当她要回到她的朋友们那边去时,看着我说。

"不急。"我说。

她走了,我目送着她。她的背直挺挺的,脖子修长优美,一半被头发遮着,头发编成一根辫子。在电台里她有时把自己藏在宽大的衣服里,很多女孩都这样,穿着军队外套、厚毛衣和黑靴子。但是今晚上,她穿着一条简单的黑色裙子,贴着窄窄的腰,展现出完全不同的气场。

"我必须得说。"英韦说。

"说什么?"我说。

"当我问你她是谁的时候,你没说你们之间有什么啊?"

"确实什么都没有,我们几乎都没有一起说过话。"

"那现在到底是怎么回事?"

"你问我,我还问你呢。"我微笑着说。

那天晚上我和她的视线每一次碰上的时候,就好像其他的一切都消失了,英韦,所有在场的学生们和老师们,所有的椅子和桌子都消失了,还不仅仅如此,我生活里的一切,我承载的一切,挤压着我的一切,都消失了。只剩下我们穿越整个场子对视的目光,只有她和我。

这真神奇。

更神奇的是我感到完全的安心。没有什么可害怕的，没有什么可担心的，我不需要去表现自己，不需要是什么人。我甚至都不用说什么。

但是我还是说了。

那天晚上我们搜寻着彼此的身影，她不时地过来又走开，我们不时交换几句话，然后突然间我们就单独在一起说起了话，完全沉浸在彼此里，除了她，我什么都看不到，就好像她的光芒如此强烈使其他一切都隐去了。

整个晚上大家都在看着她，类似聚会里都是这样，大家一个学期里朝夕相处，在自习室里，上课的时候，在食堂和图书馆里，每天都见面，然后大家穿上盛装，酒意逐渐上扬，已经准备好要把握住机会。我看到每个人都想和她说话，但是她做了什么呢，除了抬头对我微笑？

最后终于只剩我们两个人了，斯韦勒·克努森来到了我们的桌旁。他在"糟透！"乐队里演奏过，也是我旧日偶像之一，但他当然对此毫不在意，对我也毫不在意，让他目不转睛的是托妮耶。他滔滔不绝地说着，来劲得不行，想知道她所有的事情，他说，她回答得有些迟疑，他说他知道向威廉·尼高开枪的是谁，他明天早上要去奥斯陆去揭露这事，她两天后一定要看《日报》，上面会登这个事。他说他担心自己的人身安全，因为他知道的这些事情，他已经被跟踪好多天了，但是那些人在智力上根本不是他的对手，他把他们远远抛在后面，他对卑尔根太熟了，就像自己的裤子口袋那样。

英韦走远了，他要离开。我环顾四周，要走的不止他一个，聚会就要结束了。

斯韦勒·克努森想带托妮耶去其他的地方，她笑着看着我，现在到了要离开的时间了，我想再陪她走一段吗？

我们出来的时候下雪了。

"你住在哪里？"我说。

"我现在住在妈妈家，"她说，"就在斯托勒集市那儿。你知道那在哪吗？"

"知道，我住的地方离那儿根本也不远。"

我们走向挪威酒店，她穿着一件长长的黑大衣，我则是那件旧的毛茸茸外套。双手插在口袋里，走在离她两米远的地方，前方的山腰在黑暗闪着光向上延伸。

"你住在家里吗？"我说，"你到底几岁？"

"圣诞节后我就要搬出去了。在长途汽车站旁边租到了一个单间。就在那后面。"她说，指给我看。

我们沿着酒店正面走到托加曼尼根广场，那里一个人都没有，地上盖着一层薄薄的白雪。

"圣诞节后，他们要去非洲。所以我得搬出去。"

"非洲？"

"是的，莫桑比克。妈妈，她的丈夫和我的妹妹。她才十岁。她很难受，但是同时也很期待。"

"你父亲呢？他也住在卑尔根吗？"

"不，他在莫尔德。我要去那里过圣诞节。"

"你还有其他兄弟姐妹吗？"

"三个兄弟。"

"三个兄弟？"

"是？这有什么不对吗？"

"不对？没有没有，只是真不少。而且你刚才这样说起来的样子,才三个兄弟,让我觉得他们就是那种特别护着姐妹的类型。就好像他们就在前方不远处等着我们过去。"

"可能他们真会这样,"她说,"不过如果真有这种情况，我会告诉他们你完全出于一片好心。"

她看着我，微笑了。

"我确实是这样！"我说

"我知道。"她说。

我们继续走下去，没再说什么。雪在下。我们身边街道全然静默。我们看着对方微笑。走过鱼市场，旁边的水面全是黑色的。我如此幸福，这感觉从未有过。什么都还没发生，我们只是互相说了点话，现在我们走到这里来了，我离她两米，手揣在外套口袋里，仅此而已。可是一样的，幸福。这雪，这黑暗，登山缆车上标牌的光。走在我身边的托妮耶。

已经发生的是怎么回事？

什么都没有发生。

我还是一样的我，城市也还是这城市。

但是还是有什么不一样了。

有什么打开了。

打开了的是什么？

我在黑暗中走到她身旁，朝着登山缆车的坡走上去，沿着那古老学校的砖墙，走上了石头地窖巷，我看到的一切，我想的一切，我所做的一切，仅仅是把一条腿迈向另一条腿前方这样的动作，都充满了希望。

她停在一个窄窄的古老白房子门前。

"我到了，"她说，"你都走了这么远，要不要进来看一眼？"

"我很愿意。"我说。

"但是我们要保持安静。他们还在睡着呢。"

她开了门，我们走进玄关。我小心地脱下鞋子，跟着她走上狭窄的楼梯。在拐角处能看见开着门的厨房，但她继续又上了一层楼，那儿有两个起居室，两个房间里都是斜天花板。房间里面看起来就像家居杂志上的图片那样。

"这里看起来真讲究。"我说。

"都是因为我妈妈，"她说，"她擅长这个。你看到那张画了吗？"

她指着一幅用布料构成的画，展现了一个合唱团，里面都是小小的玩偶，每个人的面部表情都不一样。

"她是个艺术家。但是她现在不再用那么多时间来做这些了。"

"这画很美。"我说。

"它挺有意思的，"她说，"这样的画很快就能卖掉，如果她愿意的话。"

我把外套脱下，坐在椅子上。

"你想喝什么吗？茶？"

"茶再好不过了。"我说。

她消失在下面的地板上，我就坐在那也不动弹，直到五分钟后她又回来了，每只手都拿着杯茶。

"你喜欢爵士吗？"她说。

我摇了摇头。

"真不幸，我如果说喜欢那就是在撒谎。但是你喜欢，我理解得没错吧？"

"是的，我爱爵士乐。"

"那你一定要放点什么。"

她站起身来，在那边一台旧的铂傲音响[1]里放了张唱片。

"你放的是什么？"

"比尔·弗里塞尔（Bill Frisell）。你一定要听听这个，是的。它特别精彩。"

"我只听见一些声音，"我说，"有点因渴望而紧绷的声音。"

"我每年都在莫尔德爵士节工作，"她说，"从我十六岁以来都如此了。"

"那么，你在那儿做什么呢？"

"现在我主要照顾那些乐手。从机场接他们，开车带他们出去兜风，尽我的能力努力让他们开心。去年我还带他们其中一个人去钓鱼了。"

我试着想象她戴着司机帽子穿着司机制服的样子，笑了起来。

"你乐什么？"她说。

---

[1] Bang & Olufsen。

"没什么，"我说，"我只是太喜欢你了。"

她低下头，嘴唇又撅起来，就那么一小会儿，就像我所知道的那样，这是她的习惯，然后她抬头看着我微笑。

"我昨天晚上出门前可没想到会一大早和卡尔·奥韦坐在这个客厅里。"她说。

"你觉得这是好事还是坏事呢？"我说。

"你觉得呢？"她说。

"我不能说是好事，那也太自负了，所以就是坏事吧。"

"你真觉得我会邀请你上来这里吗？"

"我不知道，"我说，"我和你并不熟。"

"而且我和你也不熟。"她说。

"不熟。"我说。

雪落下的感觉一直延续在我心里。当我们坐在那里，我想象它是怎样从那遥远的上面穿过天空盘旋而下，无声地落在我们上方的屋顶，一朵接着一朵。我们聊了些关于学生电台的事，也谈到在那工作的人们，我们说到了音乐和打鼓，她要我教她打鼓，我解释说我实际上不会打。她说她从初中起就在当地电台工作，说到她在卑尔根最有争议的电台之一工作了很长时间，这个电台由一个对移民很有意见的编辑主持，他的名声那么坏以至于我都听说过他。她说他这个人友好还挺有才的，说她并不同意他的观点，但毕竟言论自由是最高的原则，奇怪的是，大家谴责他和他的电台时很少有人会想到这点。当她说到这事时，就越来越投入，情绪激动起来，我知道这是她的激情所在，为电台和言论自由而全情投入，我喜欢她这样，这些对

622

我来说很陌生,因为它在我的世界的边缘。她所描述的那个圈子,完全不在我的注意范围之内,不管她说起这些来是多么理所当然。

"我说个没完没了,"她最后说,"一般我不是这样的。"

"我相信你。"我说。

楼下有人打开了一扇门。

"现在他们肯定醒了。"她说。

"是的,我该走了。"我说。

一个小女孩静悄悄地上了楼梯。纤细得像一条线,大大的棕色眼睛,穿着白色到脚踝长度的睡衣。

"嘿,于尔娃,你起来了?"托妮耶说,"这是卡尔·奥韦,我的一个朋友。"

"嗨。"她说,看着我。

"嗨,"我说,站了起来,"我现在该走了。"

我从椅子上的扶手上拿起了外套。

"你真高啊,"她说,"你有多高?"

"一米九三,"我说,"想试着穿一下我的外套吗?"

她点点头。我把它拿着展开,她先把一只胳膊伸进去,然后另外一只。走了几步,衣服下摆在她身后像拖着什么货物。她笑了。

我是在一个家庭里。

托妮耶跟着我到了门口,我们道别,然后我走下坡,朝着城市走去,我在室内待着的这段时间里,城市的面貌已经完全改变了：笨重的公共汽车在街上开着，人们下车上车，在街上匆匆走着，大部分人都拿着伞，因为气温已经回升了一点，现在下的雪是湿而重的。时间已经过了七点，回家没有意义，所以我转头朝学生中心走去，开锁进了门，走上办公楼层。

会议室里有个人睡在地板上。是斯韦勒·克努森。

在他身边倒着一块类似木板的东西，我立刻认出了它，它和门是同一种颜色。我向后退了几步，审视了一下：没错了，横梁上面，最顶上那一块不见了。所以他是从那儿进去的。然而，他如何突破外面大门依然还是个谜。

我走进房间，在他身边蹲下来，把手放在他的肩膀上。

"你不能在这里睡觉。"我说。

"你他妈的说什么呢？"他说，坐了起来。

"你不能在这里睡觉，"我说，"一会儿人就来了。"

"是你啊，"他说，"我记得你，和她，托妮耶在一起的就是你。"

我站了起来。

"要喝杯咖啡吗？"我说。

他点点头，跟着我进去了，坐在沙发上，用手搓了搓脸。然后他就弹了起来，冲向窗口，低头看着路。

"你来的时候有没有注意到一个绿色泡泡[1]？"他说。

"没有。"我说。

"他们在抓我，"他说，"但是我想他们还不知道我在这里。

---

[1] 挪威称大众甲壳虫汽车为"泡泡"（boble）。

也许他们在奥斯陆等着我。我知道是谁向尼高开的枪。"

"这个你昨天说过了。"我说。

他什么也没说，又坐在沙发上。

"你可能以为我有受迫害倾向。"他说。

"没有的事，"我说，"但是你为什么在这里睡觉？"

"托妮耶说她在学生电台工作。我想她也许会在这里。"

"我从小就一直是'糟透！'的粉丝。"我说，"能认识你可是件了不起的大事。我也读过你写的书里的一本，《蝴蝶汽油》（ *Sommerfuglbensin* ）。"

他摆了摆手，把它挥走。

"我们现在难道不该来个访谈吗？"我说，"既然你已经在这儿了？关于'糟透！'时期的事情？"

"当然可以。"他说。

我递给他一杯咖啡，在写字台边站着喝完了我的。那边楼梯上，我看见了约翰内斯走了上来。

"这么早？"他说。

"是的。"我说。

"我们回头再聊。"他说着消失在另一端，那边他也在服着他的民事役。

我打开收音机，收听节目里中发生了什么，以及提到了谁。

斯韦勒·克努森看着我。

"一定会轰动的，"他说，"等着瞧吧。"

半小时以后我们进入了演播室。我放上一盘带子，把调音台上的杠拉起来，然后走了进去。我很疲倦了，同时昨晚所发

625

生的一切又几乎要满溢出来，集中精神很是费力，但对上斯韦勒·克努森这些都不是问题了。当他坐在那试图回顾十五年前发生的事情时，汗水顺着他的脸流下来，就好像就算他自己以最良好的意愿也不能引人关注了。二十分钟后，我说可以了，他明显地轻松起来，我和他握手，他跌跌撞撞地顺着陡峭的楼梯走下去，然后小跑着冲着城里下去了，而我则上楼回到办公楼层，试图打发时间，直到我可以……是的，可以什么？

可以独自一人并想着托妮耶。

整整一天，那不期而至的喜悦之光都彻照着我。有什么妙极了的事情发生了。

但那是什么呢？

什么都没发生。我们聊了一下，仅此而已。

她在这里已经工作了一年，这一年之中我断断续续见过她几次，她对我也是一样。之前我从来没有感受到到此刻的感觉。一次都没有，类似的感觉也没有。

然后我们在一个晚会上见面，互相微笑了——就是这样？

是的，就是这样。

这怎么可能呢？它怎么能改变一切？

因为一切都变了，我知道这一点。我的心已经告诉了我。而心永远不会错。

心永远永远不会犯错。

我回家了，睡了几个小时，冲了个澡，坐在电话前，必须要打电话给她，说谢谢款待，问我们能不能再见面。我犹豫了一下，突然间我开始害怕会破坏什么。但是我必须做这事。

我逼着自己拨出了号码，等待最后一个号码，在接通。一个女人的声音，一定是她的妈妈，接听了电话。

"这是卡尔·奥韦打来的电话，"我说，"托妮耶在家吗？"

"不，她现在出门了。有什么需要我转告她的？"

"就说我打过电话来，我晚一点再试试。"

我躺在床上，整个身体都在疼痛。

我站在窗前，低头看着窗外楼下电视二台办公楼的巨大天线，被周围的黑暗吸了进去。

我穿好衣服出去了。我体内很疲倦。我朝诺德勒斯走去，一辆铲雪车闪着灯颠簸着开过去了。我走过水族馆，继续向公园走去，一直走到装饰那里，站在那儿任风吹向我，我看着拍击着下面陆地的海浪，这巨大的黑暗，一切都在其中休憩。

我看看四周。附近一个人都没有。

"噢噢噢噢噢噢噢噢噢噢。"我喊道。

然后我走到图腾柱那儿，看着它，想着它们所来自的那个大洲，居住在那儿的印第安人曾经根本不知道我们的存在，而我们也不知道他们的存在。这是一个不可思议的想法，无知带来的自由，只要活着就够了，相信他们是唯一的人类，他们身边的是，是唯一的世界。

我想象着她的样子，一阵既喜悦又悲伤的浪涛在我心中升起。

接下来这事会怎么样？

接下来会怎么样？

当我回家后，又等了一个小时再打电话。这次是她接的。

"嗨！"她说。她的声音温暖，特别亲近。

"谢谢昨天的一切"。我说。

"彼此彼此，"她说，"我妹妹今天一整天都在说你。我刚刚就是和她一起出去的。"

"一定要代我向她问好。"我说。

"我会的。"

停顿。

"当妈妈说你打过电话来的时候，我不得不躺倒在地板上。"她说。

"在地板上？"

"是的，我肚子一下就特别痛。"

"嗯。"我说。

停顿。

"我在想……真的……是啊……关于……"我说。

"你在想什么？"

"关于你……或者我们，那么……或者，是的，关于你是不是愿意再见到我，一起出去还是之类的？"

"是的。"

"是吗？"

"是的。"

"就是喝杯咖啡之类，"我说，"但不是在电台里，不是在食堂或'烧烤'。也不是在'歌剧院'。"

她笑了。

"韦塞尔厅？"

"好，那我们就说好了？明天？"

第二天，他们社会部的采编开会。我没有想过这个，但是她当然也是与会人员之一。

她进来后，她的视线就一直若有若无地漫游在我身旁，仅此而已，她像平时一样微笑，但是除此之外我们没有说过一个字，就好像我不存在一样。

我透过会议室的窗户看着他们，他们坐在那里聊天，打着手势，没有声音。她抬头看着我，很快地微笑了一下，又往别处看了。

那是什么意思？

门厅里托雷走了进来。

"最近怎么样，卡尔？"他说。

"我是如此见了鬼地恋爱了，"我说，"这让我全身都痛。各个关节。我的关节累极了。"

他笑了。

"我两天前才见过你。那时你什么也没说啊？"

"不，去它的，这就是前天的事。"

"这简直像小学生一样，"他说，"你对她表白了吗？"

"没有。"

"告诉我是谁，我去代表你和她说。"

"就是托妮耶。"

"托妮耶？学生电台的那个托妮耶？"

"是的。"

"坐在那边里面的那个她？"

"是的。"

"她知道吗？"

我摇了摇头。

他又笑了。

"她肯定有些感觉吧。"我说，"我们待会会见面。我昨天给她打电话了。但是，来吧，我们别在这儿待着，你和我一起去食堂吗？"

我一整天都没吃东西，当我回到家里也没法吃什么落肚，我完全不想，也完全没感到有吃任何东西的必要。我在燃烧。

我必须要等两个小时才能出门，我在房间里走来走去，躺在床上，盯着天花板，继续走来走去。这太糟糕了，我感觉自己的状态太高了，以至于现在唯一可预期的，就是摔个大跟头。

我要说些什么呢？

这肯定是行不通的。我现在的状态完全不一样了，我一定会坐在那儿，支支吾吾，脸红，彻底地白痴样，我太了解自己了。

我的公寓里没有镜子，这样一来我就不用看自己的尊容了，但是现在感觉这绝对必要，所以，我换好衣服，抹好发胶后，我把一张 CD 翻过来，举在面前，从不同角度好好看了一会儿。

我把门锁上，走了出去。

胃疼起来了。

一点都不好玩了，现在。

只是疼，所有的地方。

雪在我四周的街道上闪闪发光，我沿着缓缓的斜坡走到游泳馆旁的小亭子，经过剧院和歌剧院，走过拐角处，走进韦塞尔厅。

她不在那儿，感谢上帝，现在我还有几分钟时间留给自己。我找到一张桌子坐下，告诉在我面前停下的女招待我要等一下才点单。

十分钟后她来了。当我看到她时我有些发抖。她拿着几个袋子，把它们靠墙放下，脱下大衣，然后坐下，而外面所有的一切，路灯和商店橱窗，人流和雪，都裹在她散发的气息里，就好像一只猫一大早晨进到房里的头几分钟带进来了森林和黑暗一样，可以做这样的想象。

"我刚才在买圣诞礼物，"她说，"很抱歉我迟到了。"

"没事。"我说。

"你点东西了吗？"

"还没有，你想要什么？"

"一杯啤酒，也许？"

很快我们面前的桌上就摆上了各自的半升啤酒。这个地方差不多挤满了人，气氛很高，一年里最后一批圣诞聚餐开席了，我们周围都是穿着八十年代西服的男人和穿着大垫肩和低胸沟裙子的女人在欢呼和大笑。只有我俩坐着不说话。

我可以说她是一颗星星，一盏灯，是我的太阳。我可以说

631

我想她快想疯了。我可以说我一生中从来没有过这样的体验，而且我的经历是很丰富的。我可以说我想永远和她在一起。

但是我什么也没说。

只是看着她，笑得若有若无。她也若有若无地冲我微笑。

"你的耳朵美得不可思议。"我说。

她微笑着，然后低头看着桌子。

"你这么觉得？"她说。"我以前从来没听人这么说过！"

我到底说了什么啊？

说她耳朵美？

这是真的，她耳朵的形状美得非同凡响，但是她的脖子也是这样，还有嘴唇，手，窄窄的苍白的，还有眼睛。赞美一个女人的耳朵，简直太荒唐了。

我脸通红了。

"我只是突然看到了他们，"我说，"然后我就照直说了。我知道这听起来很奇怪。但这是真的！你的耳朵确实好看！"

这解释让情况变得更糟。

我喝了一大口。

"但是，无论如何，你的妹妹是很好看的。"我说。

无论如何？

"我会转告你的话的，"托妮耶说，"她觉得你过来是特别刺激的事。她就是这个年龄。她不太懂这究竟是什么，但也许觉得自己什么都懂。然后她把看到的一切都如饥似渴吸收进去了。"

她用手转着玻璃杯，把嘴唇尖了一下，歪着头看着我。

"圣诞节假期你有什么安排吗？还是你得播音？"

"我要去妈妈那儿过小平安夜。在那儿待一周。"

"明天我就北上了，"她说，"我搭哥哥的车上去。"

"他住在卑尔根？"

"是的。"

第一天晚上和那个夜里在我俩之间的种种，一点都没回来。一切都只在我体内。

"那你什么时候回来？"我说。

"一月初。"

这是很长时间了，任何事都可能发生。也许她在北边会遇到什么人，这个或者那个很久没见过的家伙，以前曾经和她在一起的。

我和她坐在一起的时间越长，我的机会就越小。她一定会开始了解些什么。

我们谈了一些电台的事，日常小事，每天必须进行的，就好像我俩只是两个学生电台的员工坐在一起喝啤酒那样。

她看了看表。

"我马上要去和妈妈以及妹妹碰头了，"她说，"她们也出来买圣诞礼物了。她们俩。"

"去吧，"我说，"我们圣诞节后再见！"

我们一起出去，在托加曼尼根广场停下来，她要往左转，我要往右转。她站着，手里拎着袋子。我应该给她一个拥抱，这没有什么不对，这完全自然，我们刚在一起喝了啤酒，但我不敢。

"那么，圣诞节快乐。"我说，有点笨拙地在空中举起了手。

"圣诞快乐，卡尔·奥韦。"她说。

然后我们就各走各的路了，我朝着高地走过去，沿着莫棱普利斯向下走到英韦的公寓，他与一个以前和他读一个专业的女孩合租。幸运的是，她不在家。

"怎么样了？"他说，"晚会后发生了什么吗？"

我们坐在客厅里，他放起了血色情人节[1]。

"我跟她回家了。什么都没有发生，我们只是聊天。然后我们又见了一次，在韦塞尔厅。我真的爱上她了，以至于我都不知道该干什么。"

"她是这样吗？"

"我不知道！对着她我一句有脑子的话都说不出来。你知道我干了什么好事吗？"

他摇了摇头。

"我夸了她的耳朵！你能想到吗！你的耳朵真美！在所有那些我可以对她说的话里，我选择了说这句。"

他笑了。

"这话倒也不是那么傻。这话多么新鲜啊！不管怎么说！"

"我该怎么办？"

"再打一个电话，再出去一次。如果有什么事情应该发生的，它自然而然就会发生的。"

"这就是你的建议，让它自然而然地发生吗？"

---

[1] My Bloody Valentine，爱尔兰摇滚乐队，1983 年成立于都柏林。

"是的。"

"不管怎样，她明天就要走，回家过圣诞节了。一月份之前我见不到她。我想过写一封信给她。你觉得怎么样？"

"你完全可以这么做啊？"

"然后买一件圣诞礼物。我想让她惊喜。把这事给扳正了。然后我想买些可以让人印象深刻的东西。不是一本书，一张唱片或这一类，而是其他的。很个人的东西。但是我想不到送什么。"

"当然是保暖耳罩，"英韦说，"然后，你就可以写，送这个给她，她就能好好保护自己美丽的耳朵。"

"不错！"我说，"我就这么做。明天下午你要不要和我一起去买礼物吗？也许我们可以一起给妈妈买点什么。"

然后就这样了。我和英韦一起在城里转悠，找保暖耳罩。确切来说这里的人并不太用这东西，但最后我还是找到了一对。它们看起来很吓人，包着某种绿色皮毛，但是这没有任何关系。我让店员把它们包装起来，用第二天晚上写了封信，然后都寄去了莫尔德。

我一走进妈妈家的玄关，她就意识到有什么发生了。

"你遇到了什么人吗？"她说。

"看起来这么好吗？"我说。

"是啊。"她说。

"目前还什么都没有。"我说。

"贡沃尔给我寄了一张圣诞卡。"她说。

我看着她。

"老实说，那已经结束了。你完全可以和她保持联系，但对我来说一切都结束了。"

"我知道啊，"她说，"我只是觉得她能想到我真的很贴心。她叫什么名字，你遇到的那个人？"

"如果真有什么我会告诉你的。"

妈妈显得很疲倦，她脸色苍白，不像以前那样全身都是劲儿，我看到了，只是整理清洁桌上的东西就让她这样了。

圣诞节前夜她打开了来自谢尔坦的礼物，脸一下煞白。

"他送了你什么？"我说。

"一个花圈，"她说，"当然他是想送一个漂亮的花圈，但他送的是一个葬礼花圈。那肯定是人们在葬礼上送的那种。"

"不要去想它的象征意义了，"英韦说，"这也不代表什么，他只是搞错了。他一贯这样。"

她没有回答，但我看到这事进到了她的心里，她认为这是有什么含义的。

当所有礼物都被打开，我们吃了小点心，喝了咖啡，我到工作间里给托妮耶打了电话。

"嗨！"她说，"感谢你的圣诞礼物！它真的很好看。"

"它到得还及时，是吧？"

"是的，它是今天到的。我还在想要不要和其他人一起打开它，我根本不知道你到底买了什么，但是我还是这么做了。他们看起来就像人形问号。'谁是卡尔·奥韦？''他为什么要给你保暖耳罩？'"

我们说了很久的话。她所有朋友都回家过圣诞了，她说，他们一起出去或者互相拜访，之间关系还是很亲近，虽然他们高中毕业已经五年了。她还说那里雪很大，她的三个兄弟整个上午都在屋顶上铲雪。根据她的话我能想象出，在山包顶上的房子，可以俯瞰整个城市以及外面的峡湾以及背后山峦，还有她的三个兄弟，在我的想象中，他们带上了一些童话色彩，他们长得很像，总是在一起，珍视他们的小妹妹胜于一切。

之后我下楼到客厅了，我想念她，到了几乎无法承受的地步。幸福能让人如此痛楚，我以前对此一无所知。

圣诞和新年期间，我回到城里去从事播音工作。一月初，托妮耶回来了，我打电话邀请她来我家吃晚饭。英韦以前用培根、韭葱、蓝纹奶酪和奶油做意大利面，简单又好吃，我想尝试一下。餐桌这种东西我是没有的，所以坐沙发上，盘子放在腿上，但是它应该是可行的；如果我们在外面见面，就只是坐在桌边聊天，在这里则感觉自由一些，我可以站着煮饭，给她上酒，放上音乐。在这里一切都会动起来。

英韦建议我在酱汁里加些白葡萄酒。我遵从了他的建议，但是就在她即将进门前几分钟，我尝酱汁的时候，发现太甜了，味道也很糟。我打电话给他。

"我现在该怎么办？"

"再倒点酒进去。应该有帮助。"

"等一下，别挂。"

我往酱汁里又倒更多的酒。搅拌，品尝。

"现在它更加甜了！该死的，这是一场灾难！她马上就到了！"

"你用的是什么就酒？到底？"

我读出了它的名字。

"别和我说这个，但是它是干白吧，对不对？"

"干白？"

"是吗？"

我仔细看了标签。

"这里写的是半甜的。我以为这就很合适，因为那不是全甜的。"

"这样酱汁变甜就不奇怪了。你可以再试着放点盐和胡椒，然后希望一切会好。再见，祝好运！"

他挂了电话，我撒了盐和胡椒粉，用小茶匙尝了又尝。

门铃响了。

我把围裙脱下挂起来，赶紧跑上楼梯到了门口。

她戴着帽子和围巾，只剩两只大眼睛和一张微笑的嘴。

"嗨。"她说，俯身向前，给我一个拥抱。

这是我们第一次有了身体接触。

"快进来。"我说。

她跟着我走下楼梯，走进玄关，把东西挂好的同时还张望着四周。这里有什么好看的？砖墙上贴着一些海报，里面是个厨房，也是砖墙，旁边的房间，一张床，一个书架，一把扶手椅，一张写字台，一些海报，几个宜家的布编毯子。

是的，窗台上的烛台上三枝燃烧的蜡烛。

"你这儿布置得真好。"她说。往两个锅里瞟了一眼。"我们吃什么？"

"没什么，就是一些意大利面条之类。"我把意大利面条分装在两个盘子里，倒上酱汁，拉出那张黑色的小凳子放在她面前，这样她至少有了张类似桌子的东西，我把自己的盘子放在大腿上，然后我们就坐着开吃了。

"嗯，味道真好！"她说。

"得了吧，"我说，"才不好。我放了些白葡萄酒进去，但是那太甜了。"

"是有点甜，是的。"她微笑着说。

我把盘子拿走，放了张唱片，碎南瓜乐团的《暹罗梦》，我们坐在那里喝着甜白葡萄酒，她坐在黄色的扶手椅里，我坐床上。我不想让她认为我只是想和她睡觉，所以没有做任何尝试去靠近她。我们一起聊天，仅此而已。因为这样那样的原因，我们说到了卑尔根各支摇滚乐队。她突如其来地说起我们正在讨论的那个乐队的主音是双性恋。我们的目光相遇了，恰好就在她说这话的时候，我脸红了。我以为她觉得我是双性恋。就算她并没有这样以为，但是我一听到这个就脸红的事实大概也会引起她的怀疑。我试图想出一些其他能聊的话题，但想不出来，随之而来的沉默让人不适，很不舒服。

这是没用的。我永远也不会得到她。我怎么才能赢得她？

放弃要容易得多，冷冷地说声再见，再也不和她联系。那样所有的问题，所有的痛苦，所有的失败就结束了。

但是我不能。

她站起来了，已经很晚了，是时候回家了。我跟着她走到门口，说了再见，目送她离开，她走上坡道，没有回头。

当我回来的时候，我又放起了《暹罗梦》，躺在床上，让我自己全心全意地想着她。

下次见面时，情况好了一些，我们最后来到了石头地窖巷下面的一家咖啡馆，已经很晚了，只有我们在那儿。我们靠窗坐着，在外面，雪覆盖了所有的表面，这就停下了秋季里雨水冲刷这城市时几乎要冲垮它的趋势，那时一切都沉没了，街道，小巷，房屋，公园。大雪让这城市重新坚挺起来，我喜欢这样，喜欢它由内而外散发的那种新的光线。而且我爱她。她谈到了她的家庭，有外婆和妈妈，兄弟们和一个妹妹，父亲和父亲的双胞胎兄弟，我说这听起来就像一部伯格曼的电影。她笑着说，周末她要搬家，我能来帮忙吗？当然可以。星期六下午，我在位于长途汽车站和火车站之间的公寓外面去和他们碰头，一辆白色货车停在人行道上，五个人已经到位，准备把家具和箱子搬上去。托妮耶看到我时脸色亮了起来。我赶紧向其他人都打了招呼，三个男孩，其中一个是她的兄弟，还有一个女孩，然后就开始搬了。楼梯磨损得厉害，很窄，公寓在四楼，地方很大，有两个房间，但很破败了，还有厕所，看来是在建筑的外侧，要走过一个狭窄的开放走廊，简直就像条小桥，才能到达。

"就连南森[1]本人早上要去那儿上厕所都会三思，"我说，"想

---

[1]　弗里乔夫·南森（1861—1930，Fridtjof Nansen），挪威知名两极探险家。

想下雨的时候。想想下雪的时候！"

"它也别有一种魅力，"她说，"你不这样认为吗？"

"是啊，风暴最大的时候船舷上的过道之类的也可以这样形容。"

我把手里的盒子放到厨房的桌子上，下楼去拿下一个盒子，向其他四个迈着沉重而颤巍巍步子上来的人微微点了点头。我还不是特别清楚自己在这里的身份。其他人显然是好朋友。没有人会说我也是好友之一。那么我又是什么呢？

不管我是什么，我就愿意待在这儿。搬着她的东西走上她的公寓。瞥见纸箱里的搅拌机，想，这是她的搅拌机。瞥见另一个纸箱里的鞋底，想，这是她的鞋子。她的炖锅，盆，盘子，杯子，玻璃杯，餐具，煎锅，唱片，盒式磁带，书籍，衣服，鞋子，音响，电视，椅子，茶几，书架，凳子，床，植物，她的整个世界，她的整个生活，就是这个周六下午我搬上楼梯的东西。

车子又来回了两次，当最后一车也搬完了，托妮耶买来了披萨，我们在这一团乱糟糟中坐下来开吃。我什么也没说，不想表现出什么，其他人和她更熟，我愿意就这情势来调整自己的位置。

这完全没有问题，因为当我坐在那儿的时候，背靠墙壁，坐在地板上，手里拿着一块披萨，听着大家聊天，我知道她是我的。她不时地向我投来小小的，带笑的一瞥，每一次都让我身体里腾起一场夹着雪雾冰霜的风。关于她的念头是轻盈的，它升起像天空笼罩万物，但是想接近她的念头是笨重的，如果我会错了意怎么办？如果她说不，怎么办？如果她笑话我怎么办？你在想什么呢？你以为你是谁？我该和你在一起吗？你只是一个笑柄，一个可怜虫！

但是就算这样我也必须要去做。

就在今晚。

她的兄弟道了谢就走了。另一个人也如是告辞。我还待在那儿。当最后两个人起身离开时，我也依样画葫芦。

"你也要走吗？"她说。

"是这么打算的。"我说。

"你能再待一会儿帮我打开这些盒子吗？我要把书架搭起来，这个一个人很难完成的。"

"当然可以。"我说。

我们是单独在一起了。

我靠墙坐着抽烟，喝可乐，她坐在房间中央的一个木箱子上，两脚晃来晃去。

我心里像火在烧。是她让我着了火。她看着我，我的脸颊烫了起来。

"你是那种动手能力强的人吗？"她说。

"我，不是吧？。"我说。

"我也是这么想的。"

"你是吗？"我说。

"是的，真的。我喜欢修东西。我的梦想曾经就是什么时候能有一栋老房子，把它翻新，然后弄成我想要的样子。"

"你还喜欢什么？"我说。

"我喜欢缝纫。还有烹饪。我喜欢做饭。还有就是打鼓，就是这些。"

"哦。"我说。

"你呢？你喜欢什么？"

"我不喜欢缝纫。我不喜欢做饭。我喜欢你！现在就说吧！说，说！

"我问你喜欢什么，没问你不喜欢什么！"

我喜欢你，我喜欢你！

"我喜欢踢足球，"我说，"但是我已经好多年没有踢了。我喜欢读书。"

"这不是我的强项，"她说，"我更喜欢看电影，老实说。"

"那你喜欢什么电影？"

"伍迪·艾伦。我喜欢的导演之一。"

她站起身来。"我们要不要把书架搭起来，然后就可以放点音乐了？"

我点点头。我们找到所有部件后，我就扶着它，而她负责上背后杆子的螺丝，把所有板子都架上。然后她开始装音响。

"那不是你妈妈家里的那套吗？"我说。

"是的，如果我小心使就可以借用它。"

她在房间的两侧各放了一个音箱，打开了一个装着 CD 的盒子，开始翻着里面的内容。

"爵士乐？"我说。

"不是，"她说，"这是一首我想让你听的歌。"

"是谁的？"

"碎南瓜。这是一首和其他乐队的合集里的歌，我在其他地方没有见过的。这儿！"

她放起了这张 CD。

当音乐涌入房间时，她站着看着我。这里有某种梦想和无限，就好像它是关于一种不断不断继续，永远不会停止的东西。

"这是不是很好听？"她说。

"是的，"我说，"好听得不行了。"

我心里知道如果我站起身来，用胳膊揽住她，一点问题都没有。而她会回应回我，我唯一梦寐以求的东西就会成真。

但是我不敢。我呆坐在那儿，那个时刻过了；她开始整理箱子。

我帮她把其中的一些搬进厨房，她打开了这些箱子，开始把东西放到该放的位置。我站着看了一会儿，想着如果我向前一步，把手放在她的腰间，亲吻她那美妙绝伦的脖子，一切会怎样。

她往前弯下腰，在料理台上放了一摞锅，打开地柜。

"我想我现在该走了。"我说。

"行，"她直起身来说，"非常感谢你来帮忙！"

我穿上外套和鞋子，打开门，她跟着我，当我踏入那寒冷、照明暗淡的走廊，我朝她转过身去。

"那么就再见了。"我说。

"再见。"她说。

我想，现在我该行动了。

我迅速弯下腰去亲吻她。就在这时她把头往旁边一低，这个动作和我的完全同步，所以我的嘴唇并没有压上她的嘴唇，而是触到了她的耳朵。

我转过身，有多快就跑多快地下了楼梯。当我走到街上时，又跑了几个街区，以尽量拉开我和我的惨败之间的距离。

她现在会觉得不可思议了吧？我表现得像个十几岁的少年。不仅如此，我感觉也像一个少年。

我手里很快就再也没有机会了。如果她要这样下去，我就一点机会也没有了。她这是想要怎样？她想要我怎样？

我决定第二天回去，只是路过，希望她邀请我进门，然后要坚定，要决断。再也不要犹豫，再也不要慌乱，再也不要脸红和结巴不成句子。

如果她说不，那就是不了，就这样。

整个星期天下午我都和英韦在一起，七点钟动身去找她，按了门铃，退了几步走到街上，抬头看四楼的窗户。

看起来没有灯光？

哦，不，别说她不在？

一扇窗户打开了，她探出头来。

"嗨！"她说，"我下来开门！"

我走到台阶上。心脏搐着胸口。

门开了。

"卡尔·奥韦……"她说，"进来吧。"

她用一种如此由衷的方式说出了我的名字，我的身体完全酥软了。上楼梯时，她前进得如此轻盈迅捷，而我的腿在发抖。

这见鬼的到底是什么啊？

我走进厨房，它就在门旁边，脱掉了鞋子，外套，帽子和手套。

"你要喝茶吗？"她说。

"好，谢谢。"我说。

我走进客厅，几乎都收拾完了。我在一张低低的椅子上坐下，卷起一根烟。

"你不能帮我卷一支吗？"她说。

"当然可以。"

我以全部的专注和本领来卷这根烟，因为这是她要抽的，但中间还是有点硬，一端比另一端稍粗了那么一丁点。她在厨房里，我把它撕了，又卷了一根新的，这根好一些了。

"看这个。"我说，把烟递给她。

她把它放在唇间，点燃了它。小心地吸了一口，烟雾在我们之间的空气里盘旋了一会，才消散了。

"这里是不是变得很顺眼了？"她说。

"是啊，特别棒。"

"你来得正好，"她说，"我正想把书架移到那边。又不想为这个把所有拆掉重新装一遍。"

"我们现在就动手吗？"我说。

"可以啊。"她说，把烟卷放到烟灰缸里，站了起来。

架子移好后，她放了她昨晚放的同一首歌。我们看着彼此，她朝我迈了一步。

"你昨天是想亲我吗？"她笑着说。

"是啊，"我说，"但是你低头躲开了。"

"那不是有意的，你知道。再来一次吧。"

我们抱着对方。

我们互相亲吻。

我紧紧拥着她，轻唤她的名字。

我永远不会放开她的手，永远永远。

我一整夜都和她在一起。我们互相搜寻，对彼此完全敞开，一切都充满了光。幸福使我全身酸痛，因为我有了她，她就在这儿，一直在。她一直在这，在我身边，我被幸福涤荡，一切都充满光明。

生活能够如此美妙。活着能够如此美好。

我们一遍又一遍地播着同一首歌。我们对对方爱得难分难舍。清晨我们又睡了几小时，我应该去上班了，但是我走不了，她在这里的时候我没法离开她，所以我们一起去电话亭。我打电话时，她站在外面笑着，手上戴着腕套，头上戴着帽子，脖子上绕着条大围巾。办公室里还没人，我在电话留言里说，我生病了所以不能过来了，挂了电话，走出去，拥抱她，在她身边走着，越近越好。

"我以前从来没旷过工，"我说，"一次也没有。我都有罪恶感了。"

"你后悔了？你可以上去啊，说你忽然觉得又好起来了？"

"我当然不后悔！"

"这我相信！"

我们那天做的事情之一是去了水族馆。当时是一月份，那儿几乎一个人都没有，我们就是无目的地四处转悠，当企鹅冲入水底时我们笑了起来，我用刚才回家取的相机给她拍照，她就她晚餐要做什么这事说了很久，一定要是一样特别的，这是我们在一起的第一天。因为我们在一起了！

　　那一天，一波又一波的喜悦穿透了我。

　　她做了勃艮第红酒炖牛肉，我站着看着她，她把一个汤匙放进炖锅里，转身朝着我，然后把它放进嘴唇间，眼睛看向上方。

　　"嗯！太棒了！"她说。

　　"我爱你。"我说。

　　她僵了一下，几乎有点惊吓地看着我。转过身，把另一只锅的盖子拿起来，把一根小小的针插进在沸水里躺着震颤的土豆里。蒸气腾了上来。

　　"还有两分钟就好了。"她说。

　　我走到她身边，用胳膊搂住她，吻她的脖子。她转头朝着我并吻我。

　　"我小时候也有过这样的一天，"她说，"所有一切都棒极了。那是妈妈和我在一起。我们要过'鸭子日'。我们去电影院看唐老鸭电影，我们去公园喂鸭子，我还买了唐老鸭的漫画书，最后我们去了一家餐馆吃了鸭子。"

　　"真的吗？一天的结尾不是太残酷了吗？"

　　她笑了。

　　"我爱鸭子。那是我最喜欢的东西。这已经是最好的了！但最美好的部分在于只有妈妈和我在一起。我今天有很多次都想起那一天。我是多么幸福啊。"

我们吃完饭后，她发现哪儿都找不到咖啡。她说她去加油站买一袋。我说她不用这么做，但她很坚持，立即就下楼出去了。

我很不安。这一天的幸福一直是无边无际的。现在我担心她会死在外面。我知道这是一个很强迫症的想法，它发生的概率小得不能再小了，但是没用，那画面还是来了，一辆公共汽车驶来却没看见她，一辆大货车司机抬头看了一眼遮阳板，那上面夹着他的一包烟，所以没有看见跑过马路的她。

十分钟过去了。二十分钟过去了。三十分钟过去了。

她怎么还不来？

有什么事已经发生了。

哦，不，不要这样，不要这样。

我几乎要呕吐出来了。

然后楼梯上响起了脚步声，然后她带着最灿烂的笑容走进了厨房，一手拿着红色的弗里尔 [1] 咖啡。

"我遇到了一个很久没见的人，"她说着话，解开了围巾，"我离开了很久吗？"

"你不许再离开我那么久。"我说。

"那么，下次和我一起吧！"

---

[1]　Friele，挪威本地产中档咖啡品牌。

快到午夜了，我们一起走到我的公寓，她把她的东西放在包里。我的门把手上挂着一个口袋。我打开它往里面看。一袋咖啡和一大板巧克力。

　　"这是谁给你的？"托妮耶说。

　　"我完全没有头绪。"我说。

　　最有可能的是电台里的几个女孩，但是我不能这么说。而且我真的也不知道。

　　"据我所知，卑尔根可颇有几个人惦记着你。"她说。

　　"看起来是这么回事。"我说。

　　我们走进去，她冲了澡，用一条浴巾围在身上走进房间。她手里拿着一瓶儿童洗发水。

　　"你用儿童洗发水吗？"我说，把她搂过来。

　　"是啊？这对我的头发最好了。"

　　"你到处都是秘密。"我说。

　　"这不过是个小秘密，不是吗？"

　　是的，我生病了，三天后我在学生电台里如是说，那是一场流感，有点发烧，不是太厉害，但是肯定不能来上班。托雷上午来了办公室，关于门把手上的口袋的谜解开了，是他来过那里。

　　"听说你病了，所以我认为你需要有人去送点温暖。"

　　我不忍心告诉他我没病。但是我把托妮耶的事和他说了，我实在忍不住了，我满心都是这事。

　　那天晚上，我们去电影院看了《真实罗曼史》（*True Romance*）。

之后我们去她家做华夫饼，我把华夫饼炉装在袋子里，看电影的时候就放在两脚之间，当我们从电影院里走出来，一个想法震动了我，我是刚才电影里一切的反面。他们有装满枪支的袋子，我有华夫饼炉。我乐得根本停不下来。

星期五我们去了歌剧院咖啡馆，这是我们第一次以在一起的身份亮相，我们手拉手走在街上，站着排队等进场的时候卿卿我我，那里有很多电台的人，我看到他们在议论我们，托妮耶和卡尔·奥韦在一起了，我其实不想去那儿，我不想喝酒，我只想和她在一起。我们所在的每一个空间都变了，充满了最曼妙的气氛，它们看起来实际是怎样完全没有关系，她的公寓，我的单间，我们所坐着的那些小咖啡馆，我们走过的街道。

两周后，我做了一件蠢事。英韦要去"车库"看音乐会，他打电话来问我愿不愿意一起，我答应了，我问如果托妮耶也愿意来的话，可以吗？

可以。我们手拉手到了那里，两人手上都盖上了戳，下了地窖，英韦总是坐在那里。我给我们三个都买了啤酒，我们坐在他那张桌子旁边，有些犹豫地交谈，他们彼此还不太熟，由于这样那样的原因，我也想不到太多能说的话。

乐队的演出开始了，我们走到前面去看他们，英韦和托妮耶在一起聊天，他弯下腰，冲着她的耳朵说话，她点点头，抬头看着他，我开始很高兴，他们是我人生里最重要的两个人，我又去为大家买啤酒，开始有点醉了，紧握了一下托妮耶的手，她也回握了一下，但是有一点心不在焉，心神不是完全在此处，我心里有什么打翻了，我越来越难过，又买了更多的啤酒，当我们再次坐下时，我已经无话可说，所有的欢乐都离开了我，我喝着酒，抬眼看着半空，当托妮耶对我微笑时我也对她微笑，她没留意到任何改变，因为英韦还高高兴兴地健谈，而她也高高兴兴地健谈，他们从一个话题无缝衔接到另一个话题，笑着享受彼此的陪伴。

他们享受着彼此的陪伴。为什么不呢？英韦毕竟是英韦，有魅力的，风趣的，见多识广的，各方面都比我好。

她因为他而欢笑。他因为她而欢笑。

到底发生了什么？

我沉了下去，几乎动弹不得，我内心一片黑沉沉的。他们互相传递的每一个目光，都梗在我心里。

他比我强。她现在已经知道这一点了。在她能得到他的情况下，为什么还会要我？

英韦起身去洗手间。

"你怎么了，卡尔·奥韦？"她说。

"什么事都没有，"我说，"就在这坐着，想点事。最近几天发生的事太多了。"

"的确是这样，"她说，"我觉得这样特别好。你的哥哥真不错。"

"挺好。"我说。

但是它停不下来，它一直在继续，他们坐着说话就像我不在场似的，我喝这酒，越来越沮丧。最后我想我不再管他妈的那么多了。所有这些都见鬼去吧。

我起身去洗手间。我的额头抵在墙上。我在地板上看到一个碎了的啤酒杯。我弯下腰，捡起了一片碎玻璃，看着镜子里的我。我用这片玻璃在脸颊上一拉。一道红线出现了，边缘溅出一些血珠子。我把血擦掉，它就不再流出来了。我又用这片碎玻璃在另一边脸上划了一道，这次我用了最大的力气。我用纸把血擦掉，扔到马桶里，冲水，把碎玻璃扔进地板上的垃圾桶，走了出来，回到他们的桌边坐下。

　　因为某些癫狂的理由，我做的这事好像给了我新的力量。我给我们又买了啤酒，托妮耶与他交谈时握住我的手，把它按在她的大腿上，她也许猜到了我在想什么，而且想安慰我。我把手收回来，一口喝掉半杯啤酒，突然间我渴望去厕所，突然我就只想去那里，我站起身来回到那里去，在身后锁好门，找出那片碎玻璃，在之前的伤口旁边又添了两道新伤，然后在下巴来了一道，那里的皮肤更柔软，也更痛一些。我把血迹擦掉后又出了一点血，我用冷水冲了脸，擦干，然后又朝他们走去。

　　我对他们微笑，说我很高兴他们看起来很喜欢对方。我们三个碰杯。

　　"你的脸怎么回事？"英韦说。"是你早上刮胡子时失手了吗？"

　　"是啊，差不多吧，"我说。

　　场子里一片黑，到处都是人，托妮耶和英韦都在喝酒，关注着对方，他们都没看到我都干了什么，除了这仅有的一问，英韦也就此发表了意见。但是以他的想象力还不足以联想到我可能会自残。这个晚上剩余的所有时间里我都继续这么干着，冷血地，有条不紊地，脸上一片接一片的地方被伤口覆盖，灼痛越来越强烈，最后，当我坐在他们旁边喝酒时，那酸爽让我简直要尖叫起来，如果不是因为我同时还在享受着这感觉。这疼痛里有种快乐，想到我可以忍受这个就有种快乐，我可以忍受一切，一切，一切。

"我们要不要趁'歌剧院'关门前去那里转一圈？"。英韦说。

"好主意。"托妮耶说。我已经站了起来，穿上外套，把围巾绕在脖子上，确保脸的最下端被盖住，把毛线帽子拉到前额上，在他们之前就走上台阶，走到了外面的尼高街上。空气冷而美妙，但是我们走路的时候它依然咬着我的伤口。我的醉意已经到了极限，但是步伐依然平稳，我的声音，如果能想到说什么，应该也完全正常。

脑子里空空如也。除了对我所做的事情有一种凯旋归来的感觉。

托妮耶拉着我的手，英韦像往常一样埋着头走路。

"歌剧院"门口排着队，我们排在队尾。

托妮耶看着我。

她尖叫起来。

"这是怎么回事？这到底怎么回事？你在流血！"

我走过马路到了街的另一边。

"你到底干了什么，卡尔·奥韦？"英韦说，他跟着我。

"我没干什么，"我说，"割了自己几下，其他没什么了。"

托妮耶跟在我们后面。

她哭了，完全歇斯底里地。

"你到底干了些什么？"她说，"你到底干了些什么？"

我开始走下坡。英韦跟在后面。

"我回家了，"我说，"你为我照顾托妮耶吧。"

"你确定吗？你没有其他的话要说了吗？"

"快滚蛋吧，让我自己待着。你照顾好她。"

他停了下来，我继续往前走，一次都没有回头，在五旬节教会那儿上坡，走进斯科特街，然后往下走到我的单间所在的房子。我开锁走了进去，躺在床上，衣服也没有脱，等着门铃响起，她一定会跟过来的，一定会从英韦身边走开到这里来，按门铃，她一定会这样做，我躺着听着，什么也没听到，我抛开这一切睡着了。

就算我睡着了，我也知道自己不能醒来，有一些可怕的东西在等着我，而且在相当一段时间里我都成功地留在那里，就在意识的下方，直到睡意完全枯竭，我在那里再也待不下去了。

脸很疼，我坐起来，所有发生过的事都回到面前。我想，现在我还是自尽吧。

这事我想过很多次，但只是作为一个游戏，我永远不会，在任何情况下都不会，真的这么做，现在也不会。

尽管如此，我内心如此疼痛，以至于唯一可以减轻这痛楚的就是这个念头。

枕头上血迹斑斑。我走进玄关，拿下那张我之前在那里用一根钉子挂起来的 CD 盘，看着自己的脸。

我毁了它。我看起来像个怪物。

如果留下疤的话，我这辈子看起来就是这模样了。

我去冲了个澡。我躺在床上。我试图想象这事里托妮耶的感受会是如何。她现在想什么。这一切到底结束了还是没有。

这并不是她和我在一起时所能想到的。

我坐起来，低下了头。

亲爱的上帝，我说。让一切都好起来吧。

我走进厨房，低头看着后院。

我必须要见她。

但是也许不是今天。

也许今天最好能躲起来。

晚上，我要在那个待拆工厂和英韦以及托雷排练。我提前几个小时去找英韦。

"你现在的样子可怕极了，"他看到我时说。"你为什么这么做？"

"我不知道，我就是这么做了，醉得有点大发了。我能进去吗，还是怎样？"

"当然。"

我们在客厅里坐下。我不去看他的视线，盯着地板，像一条狗。

"你想的都是什么啊？"他说，"至少你没有怎么顾及托妮耶。"

"她那边怎么样？"我说，"后来怎么样了？"

"我送她回家了。"

"她说了什么？"

"说？她什么也没说。她一路都在哭。真的。她说她一点都搞不懂。她说你们是那么幸福。她说她也觉得你很幸福。"

"我是幸福的。"

"看起来可不像，这么说的话，你知道。"

"不像。"

然后是停顿。

"你必须停止喝酒了。你不能再喝了。"

"不能了。"

新的停顿。

"你觉得她会离开我吗？"

"我怎么可能知道呢？只有一种办法能让你知道。你必须去找她。"

"不是现在，我受不了。"

"但你必须去。"

"可是，你能一起来吗？是的，不是上到她家去，到了你就可以转身走了。我只是不想一个人过去。"

"好，反正我也要出去转转。"

我们一出门，英韦就开始说其他的事，普通的事。我自己什么都没说，但我很高兴他这么做，还是有帮助的。考虑到她有可能不在家，我请他再等一等。我按门铃，抬头，什么都没发生，我走回到他身边。我们走到那个二十四小时营业的咖啡厅，三班倒的工人、卡车司机和出租车司机光顾的地方，在那里遇到熟人的机会是最低的。当天色开始变暗，我们回到他家取了吉他，走过去和托雷碰面。

托雷盯着我脸色煞白。

"你做了些什么？"他说。我不得不移开视线，他哭了。

"其实没有看起来那么糟，"我说，"它也不深。就是一些划痕而已。"

"操，卡尔·奥韦。"他说。

"得了吧，我们现在出发去排练吧。"我说。

在冰冷的场地里待了一个小时，大家都戴着毛线帽、围巾，穿着厚外套，空气结成团像云一样从嘴里飘出来，我们从那里走出来。英韦要回家，我和托雷站在外面的拐角处聊天。他说，一个和他关系很近的人曾经试图自杀。他走到树林里去，用散弹枪击中了自己的胸膛。他被人发现，活了下来。

"我不知道这事。"我说。

"不，你怎么可能知道这事？"他说，"只是千万别动那种念头。"

"但是不是那样的。托雷，根本不是一码事儿。我只是喝醉了，然后我觉得来这么几下挺好的。"

"这一点都不好。"

"不好，我事后也这么看。"

我们笑了，开始往远处走。在格里格音乐厅的转角处道别，他走上斜坡回家，我走去托妮耶的公寓。

这次她打开了窗户。但是她并没有像以前那样每一次都自

658

己下来，而只是把钥匙丢到了路上。我打开门，走了上去。她有客人。她最要好的女朋友在那儿，和她的男朋友。

我在门口停下来。

"对不起，"我说，"我看起来很可怕。我喝多了，在自己脸上割了几道。"

托妮耶不看我。

"我们正准备走了。"她女友的男朋友说。

他们站起来，穿上衣服，说了再见就走了。

"我对所发生的事非常抱歉，"我说，"你能原谅我吗？"

"能，"她说，"但我不知道我能不能和你在一起。我不知道我想不想。"

"你不知道，"我说，"我理解。"

"你以前做过那样的事吗？"

"没有，从来没有。而且我再也不会那样做了。"

"那你为什么这样做？"

"我不知道。我完全没有头绪，我只是就那么干了。"

我坐在椅子上，抬头看着她，她向着窗外。

"我当然想和你在一起。"她说着转过身来。泪水从她的面颊上流下。

一年后，我们搬到了一起。我们弄到了理工学院大楼下方的一套两室公寓，我们殚精竭虑，试图用我们很少的家具来布置这里。卧室在最里面，小得就像船上的一间舱室，放了床以后就没有多余空间。外面有起居室，也很小，为了能创造出更

659

大的空间，我们用一个书架把它一分为二。在里面那头，我有一个小小的写作角，在外面我们放了沙发，椅子和桌子。

在这里发生了我们最早的那些争吵，住在一起就是会伴随着这些实际问题，但是也是我们第一次真正和对方在一起生活，因为我们突然开始共享一切。在这间小公寓，我们睡在一起，吃在一起，一起听音乐或看电视，我喜欢这样，喜欢她总是在那儿，每次出门后总是回到那儿。她已成为学生电台的编辑，在那花了不少时间。在停顿了四年后，我又重新开始学业，我选了艺术史基础课，为我比大部分其他学生都年长而感到如此羞愧，以至于我根本不和他们建立任何联系。我不去上课看艺术品幻灯片时，我就在自修室里埋头读书，像野人一样读书。一年前三月民事役结束后，我跟着约恩·奥拉夫和他的一些同学去了瓦茨[1]，那里建了一个巨大的石油钻井平台，"山妖"（Troll），他们在那找到了工作。我去那里是希望他们还会需要更多的人手，我在行政区平房的沙发上睡了三晚后，这些碰运气的人里就只剩下我和本了，尽管我们，或者至少是我，一定是他们所评估过资历最差的铸造工了，但我们终究还是得到了工作。我在那儿工作了两个半月，在一口竖井上，这口竖井在我开工的时候伸出海平面二十米左右，在我结束的时候已经在海面上一百米了。我刚来时还恐高，但竖井增高得如此缓慢，以至于我最后逐渐适应了这些高度。到了最后几天，我还带着一种胜利感在边缘外的一个脚手架走了一圈，这个脚手架由三

---

[1] Vats，挪威西部罗加兰郡的一个行政区，挪威三个大型石油平台都位于那里。

块板和一条细栏杆组成,距离水面一百米,我没有感到半点恐慌。我是一个糟透了的工人,但工作如此简单,所以一切也还凑合。我们十二小时轮一次班,可能是白班也可能是晚班,然后在晚上出去走走,在星光下,在机器的嗡鸣声中,看着其他三口竖井上的灯光,就在峡湾正中间,被巨大的暗夜包围着,而风在耳畔呼啸,就像魔法一样,这就好像宇宙里只有我们,一小伙人在巨大的虚空里一艘闪闪发光的船上。我回来的时候托妮耶对我很生气,并不是因为我们在一起才几周我就离开她去工作,而是因为我一次也没有给她打电话。我向她解释说我打过一次,但是那时她不在家,此外真的也没有时间。我睡觉,吃饭,工作,这就是全部。我明白她不相信我,她认为这意味着什么,是某种征兆。也许真是这样,我并没有常常想起她,完全被这工作中的陌生感和奇妙感吸了进去,但是没有这些也没关系,只要我能看着她的眼睛并说我爱她,真心实意地?看着她的双眼说我心里只有她,现在以及所有的永远?

钱已经被打进账户,而我还想要更多。我不会再考虑在山妖石油公司工作,但是他们位于卑尔根外翰岛岬角(Hanøytangen)上建造的"山妖天然气",则是我可以考虑去接着干活的地方。我打电话过去,当我说我曾为挪威承包商公司[1]工作时,得到的答复是赶紧过来吧。他们可能以为来的会是这样那样的专家,当他们明白了我只是笨手笨脚的读书人之

---

[1] Norwegian Contractors,1973年成立于斯塔万格的公司,为多个离岸石油公司提供底座服务,其中就包括山妖A平台。

类的家伙时，肯定大感失望，但我一直坚持到合同结束也没丢了工作。活很重，而且单调，但我非常喜欢，以至于我开始考虑去其他大工程里找工作，比如那个他们将在挪威东部建造的新机场，这是我在工休时间听到的消息。

在翰岛岬角工作期间，我住在家里，在倒休星期[1]期间，托妮耶和我总在一起，在我的单人公寓里，在这里我一大早醒来，就会赶紧出门去买我们早餐要吃的新鲜的虾，新烤的面包，现磨的咖啡，水果和果汁，或者是在她那东倒西歪四处透风的公寓里，这里永恒地被初次爱恋之光照亮。

有一天，我终于和她的妈妈和其丈夫见面了，他们在非洲已经住了几个月。现在他们回国几周，借了朋友的一栋房子住，我们在花园里吃晚餐，我很紧张，但是一切还顺利，他们对我充满善意，对我也很好奇，当我们要离开时，他们说我们一定要去非洲看他们，比如在圣诞期间。我们欣然答应。我们有钱了，我们也有时间。

我重新试图写作，但是写不出来，总是写不好，不够投入，至少和谢尔坦或埃斯彭写的比起来是这样。我觉得我必须离开一段时间，全职写作，而且因为现在可以在其他欧盟国家领取挪威失业救济金，所以我也可以选择其中一国住下，我想，我写了一封信给奥勒，我们一起同学过。他和一个英国女孩结了婚，现在住在诺里奇[2]，他说这座城市对我来说太合适了。

---

[1]　在钻井平台工作，是连续工作一周，然后休息一周。

[2]　Norwich，英国东部城市，距离伦敦160公里。

我出发的那天早上，打破了一面镜子。托妮耶什么也没说，但是我知道她心里在骂骂咧咧。坐出租车去码头搭船的路上，我说我不是故意的。

　　"这根本和镜子没关系，你这混蛋，"她哭着说，"是因为你要离开我。"

　　"你是为了这个难过吗？"

　　"你难道不知道吗？"

　　"不知道啊，这毕竟只有三个月。而且你会过来看我，然后我们还要他妈的去非洲。此外，我得尽快做出一些成果来。"

　　"这些我都知道，"她说，"我只是会非常非常想念有些东西，但这都没有关系。如果你这样认为我也不会难过的。"

　　她笑了。

　　一个小时后，当我走上那个像试管一样的舷梯时，转身看到她站在那儿，我们最后一次互相挥手道别时，我觉得我爱她，我想和她结婚。

　　这就是那种改变了一切的念头之一，一个那种突如其来的念头，就让其他的一切都各就各位。这就是那种带着未来和意义而来的念头。这就是我所缺少的，一直以来都缺少的，未来和意义。

　　当然我们可以光是同居，边走边看。这里同样蕴含这未来和意义，一点不少。托妮耶还是托妮耶，不管我们是结婚还是同居。但是。我认识的同龄人里还没有谁结了婚的，婚嫁之事属于我们上几辈人，那是一种十九世纪感的俗套，只是因了拘谨的性道德观和同样拘谨的人生观才得以成立，那人生观就是

663

女人要在家带孩子而男人要在外工作，就像礼帽和夜壶，世界语和蒸汽轮一样过时。对我们今天的人类来说，不结婚才是明智的，对于我们时代的人来说，同居才是理性的，尊重彼此本来的样子，尊重我们自己，我们的生活不取决于外界的眼光。没有任何东西要规定我们最后都必须要穿着慢跑裤晃荡，晚上一起看录像，生一堆孩子，分手然后每隔两周轮流带孩子。我们可以用我们的时代所赋予我们的这些资源来过一种有尊严的生活。这是明智的,正当的。但是爱不讲理性,爱不讲充分条件,爱不讲正当，它比这些都要丰富，一定是比这些要更丰富，所以去他的吧，为什么不把婚嫁之事从时间的深渊里拉出来，让爱情重新披挂上它的形式呢？重新启用这庄严的秩序？为什么不庄严盛大地说，我们将永远相爱？为什么不坚持它所蕴含的深沉的严肃感呢？培植这终身的承诺？否则我们所做的一切都是在胡闹，不管我们在做什么，都会成为胡闹，没有人相信任何事，并不真的相信。至少我认识的人都是如此。生活是一场游戏，生活是在打发时间，而死亡，是不存在的。我们对什么都一笑了之，对它也是，这倒也不是完全错误的，一切总是以笑声收场，当我们有一天躺在那儿，土盖住了嘴的时候，死神在咧嘴大笑。

但是我想，我相信，我应当。

我在前台取了船舱的钥匙，把我的行李箱放下，走进咖啡座。一切都在我面前敞开。我要去一个新的国家，去一个我从未到过的城市，我不知道要住哪儿，也不知道在等着我的是什么。

我会在那里待三个月。然后我们会去非洲，在那里我会自由自在。

这一切太完美了。

船开始向海里滑动。我想，现在她可能肯定已经在回家路上了，我上去甲板上看看有没有机会能瞥见她。但是我们已经开出很远了，从这里已经不可能从布吕根码头上走出去的那些黑乎乎人影里分辨出谁。

天空是灰色的，我们行过的水是黑色的。我把手放在栏杆上，看向陆地上的桑德维肯。有那么几秒钟，那曾经有过的，离开所有这一切的念头，又回来了。最坏的是，这应该会没事的。这我一直都知道，就是我可以把这一切都抛在身后，轻松走开，完全不用后悔。我可以离开托妮耶。当她不在那儿时我不会想她。我谁也不想念，也没有想念过任何人。我从未想念过妈妈，也从未想念过英韦。我从未想念过埃斯彭，也从未想念过托雷。当我和贡沃尔在一起时，我也没有想念过她。现在我也没有想念托妮耶。我知道我会走在诺里奇的街道上，坐在某个地方的一个公寓里写作，也许出去和奥勒一起出去喝酒，不会想念她。间中我会以温暖的心情想起她，但不会带着渴望。我心里有一道裂缝，我的一个缺陷，心里的一块寒凉。如果我靠近人们，我会感觉到他们想要的，并屈服于这种要求。如果贡沃尔觉得我疏远了她，我能感到她的感受，并试图去满足它。不是为了我自己，而是为了她。如果我说了什么埃斯彭认为很蠢的东西——照我的理解——我就为此而羞愧并试图纠正自己，他对我的评价是我唯一看重的。我就不能冷漠地坚持那样的自己吗？我就不能愚蠢而坚持自我吗？

不，不是在那儿，不是在他们面前。

但当我独自一人时，这些就不再重要了。

我内心的这种寒冷相当可怖，有时我甚至以为自己非人类，是一个吸血鬼德古拉，靠吸取其他人类的感受来滋养自己，但其实还没有任何捕获。我的爱恋，和一面镜子有什么区别？它所涉及的除了我自己的感受外，难道还有其他的什么？

但是托妮耶给我的感受是真实的，并且因为真实的感觉对我而言比其他任何事物都更珍贵，所以我不得不用自己的所有来孤注一掷。

但我并不想念她。

整整一个白天和整个夜晚，我或坐着读书，或者在我的笔记本里写下各种主意和想法。要么现在就做，要么永不别做。我当不了一个那种一直在写作但是已经很久没有发表过什么的人，这既是出于实际原因——其一是我在学业上已经落后了很多年——和与我同期开始读书的人相比，其二是我必须赚钱来养活自己了，这也事关我的尊严。一个二十岁的人全职写作想要成为作家，这再迷人不过，而一个二十五岁的人还在做着同一件事，就是个失败者。

像乔伊斯的《死者》这样的短篇故事，我在笔记本上写道。一个家庭聚会，里面所有的参与者都代表着生命的某一阶段，儿童，青年人，中年人，老年人，但同时又是他们自己，各有性格特点,过着自己的生活。这样一个聚会,各种冲突应有尽有,在 1940 年代也像在当下,1960 年代也如在当下,就如当下的一个个口袋,这没有历史感的复杂性,之后聚会解散,小型核心家庭开车回家。后座上的两个孩子,年龄大一些睡着了,年龄小的醒着,闭着眼睛听到父母在说一些以前没听过的事。或者是关于过去,重要的事,或者是即将发生的事情。外面下雪了。他们从车里出来,屋子黑而安静,他们进去……然后呢?会发生什么?会有什么大事,能把所有发生的这一切升华?

我合上笔记本,开始读亚当·索普[1]的《乌尔弗顿》(*Ulverton*)。这是斯韦恩·亚沃尔翻译的版本,讲的是在英格兰乡村某个虚构之地,每一章都反映一个时代,第一章是在十七世纪,最后一章是我们现在的时代。这些章节以不同形式和方言写就。亚沃尔在其中一章里选用了夏柯[2]方言,契合程度简直神了;围墙中的门户被打开,骑马的人们穿过,田野和树木,低矮而密集的房屋,都在夏柯方言里找到了自己位置。也许因为以某种方式而言这些方言本就是从这山水里长出来的,那样的说话方式就只会出现在那儿,就在那个山谷里,在那里这个词的发音就是和那棵大橡树同时诞生的,而那棵树已经在那里站立了千年。而另一个词的发音出现的时候,这片土地刚被开垦,那古老的石墙第一次被垒起来。其他村庄里,有其他的词,其他的

---

[1] 亚当·索普(Adam Thorpe,1956—),英国诗人和小说家。
[2] Skjåk,挪威中部奥普兰郡的一个城市。

橡树，田野和石墙。

时间在这本小说中流淌过去，打着漩儿地穿过人类生活。它的吸力极其巨大。

我如此地被它吸引，也许是因为我长在一个只有当下，历史只存在书本里的地方？我买了一罐啤酒，在笔记本上写下十七世纪，看着表，已经快十二点了，喝完了酒就走了，上床睡觉。

我的舱房位于船的下方，就在机房下方。这让我想起了外公，他非吃水线上方的船舱不订。如果订不到这样的房间，他就睡在椅子上。我不在乎这些事情，船可能在我睡着时沉掉这种事对我毫无影响。

我脱了衣服，看了几页《乌尔弗顿》，关灯睡觉。几个小时后我在黑暗中因为一个梦而醒来，这是我很长时间以来做过的最神奇的梦。

我坐了起来，自顾自发笑。

我沿着我们在蒂巴肯那栋房子外的路往下走。突然地面上响起一阵轰鸣。这轰鸣非常狂暴，我以前从来没有听到过这种声音，它滚过天空就像惊雷，但是声音要比雷声洪亮不知道多少倍。

这是上帝之声响起了。

我停下来看向天空。

然后我升起来了！

我一直升起到了天堂！

这是怎样的感觉啊。这轰鸣，这在上帝身边的宏大感，以及看到我飞升那无与伦比的一刻。那是和平与成就的一刻，欢乐与喜悦的一刻。

我又躺了下去。

好吧，那只是一个梦。但是那感觉，是真实的。我真的感受到了。我是在睡着时感受到这些的，令人遗憾，但是现在我至少知道它存在，我想，闭上眼睛，立即就纵身跃入睡眠中，期待着有什么更奇妙的在等着我。

当我七岁的时候，我们有一次去英国度假，那里给了我童年时代的最美好回忆。当第二天下午我双手握着栏杆站着，眺望陆地，也就是远方出现的一抹时，所有这些记忆都回来了。这就是英国。我们的船驶过一些正在出海的渔船，它们上方的空中盘旋着海鸥，随着我们越来越近，陆地的位置在我们面前降低了，我看到的东西越来越多，直到我们驶向某种运河，然后真的开了进去。那儿有破旧的仓库工厂建筑物，之间是大块的荒凉堆满了垃圾的区域。

草是黄色的，天是灰色的，如果有什么东西在闪亮的话，那就是建筑上的砖头，但那是铁锈色，瞬间性与消融性之色。哦，它充满了我，这就是英国；我们看到的建筑，肯定来自工业主义最初期，我爱这已经衰败却依然骄傲的帝国，那些在这无情的灰色环境里生长起来的人，在这魔法般的灰之下都俨然一致起来，首先是六十年代人，英伦摇滚、披头士和奇想乐团，然后是七十年代那批，来自英格兰中部钢铁城市的所有那些邪恶乐队，二十多岁就发了大财，然后是朋克音乐，在1976年英格兰遍地都是垃圾山，然后是后朋克和哥特音乐，它们给音乐带来的巨大的严肃性，然后，现在，疯狂彻斯特[1]、锐舞、色彩和节拍。英格兰，我爱英格兰，英格兰的一切。足球，被一万或者一千打模样霸蛮行为暴力的工人阶级挤满的二十世纪初建造的古老破烂球场，雾气弥漫在沉重泥泞的球场上，铲球的力度如此之大以至于广告牌之间都有了回声，这就是一个人能梦想要求的全部的吧。这些黑沉沉的房子里四壁之间都铺着地毯，就算在楼梯上和酒吧里也是如此。

船停靠上码头，我登上了开向市中心的那些双层巴士中的一辆。我下车时，迎面而来的就是报贩子的叫喊声。空气远远比卑尔根温暖得多，我已经在另一个国家了，一切都陌生了那么一度。我去了火车站，买了一张去诺里奇的票，在那儿的咖啡馆里等了几个小时，然后登上了火车。

在诺里奇，我乘出租车去了大学区，奥勒曾说过他们会在假期把宿舍租出去，直到新学期开始，他说得对，我租到了一间，放下行李，走向我来的时候就注意到的学生酒吧。我自己在那儿坐了两个小时，喝着酒，试图假装我也是那里的一分子。第二天我进了城。它很小，被中世纪城墙包围着，到处都是小教堂，它们现在被派作你能想得到的各种用场。我看到有个教堂被改做酒吧，还有一个现在是体育用品商店。这里有运河，沿

---

[1] Madchester，指 1980 年代后期从英国曼彻斯特发源的音乐和文化场景。艺术家们将另类摇滚与迷幻浩室、锐舞音乐、迷幻音乐和 1960 年代流行音乐的元素融合在一起。

岸停泊着船屋，还有一个宏大精致的中世纪大教堂。我买了一个面包和几片萨拉米香肠，在教堂旁边的空地上坐下。一些孩子在我面前玩英式橄榄球，也许是学校的学生。看到他们的服装，这种陌生的游戏，在我心中激起了奇异而悲伤的感觉，我想到了维多利亚时代，帝国，寄宿学校，工厂，殖民地，这些孩子是其中的一部分。那是他们的历史，不可能成为我的。

我买了两份当地报纸，在运河旁的一家酒吧里坐下来，要了一杯苹果酒，仔细看着广告，圈出了三个可能有意向的地方。

第一个地方只租给学生，我犯傻了，说我无业，她干脆地挂了电话。另一个好一些。她说，她在市区有一间房，但他们住在另一个地方，我能不能过去见他们？

可以。我写下了地址，买了口香糖以去除酒味，然后坐进了一辆出租车。

一个穿得破破烂烂留着络腮胡子的男人给我开了们，和我握手，说他叫吉姆，喊他的太太过来，她出来和我打了招呼。你坐我的车，他说。他递给我一个摩托车头盔。摩托车就停在花园里。它有一个挂斗，我的位置是在这挂斗里。挂斗本是个浴缸，他自己焊上去的。他把车向前推，一挥手，请坐吧。我爬了进去，犹豫地坐下。他发动了摩托车，我们开上了路，驶往城里。人行道上的人和车里的人都看着我。一个身高差不多两米的挪威人带着圆头盔坐在浴缸里穿过诺里奇的街道。

这个公寓在工人区。沿着一条缓坡，路两边都矗立着长长一溜品种完全相同的砖房。他打开门锁，我跟着他进了。迎面是一段楼梯，蒙着地毯，通向两个房间，我可以用其中的一间。

671

一张床，一个壁橱，一张椅子和一张写字台，就是这些。

他问我觉得怎么样。

"这妙极了，"我说，"我要了。[1]"

我们走下去，进了客厅。从地板到天花板都堆得满满当当。那儿躺着各种你能想象到的破烂，从旧汽车零件到填充鸟类，他说他是个收藏家。

那并不是唯一的惊喜。在地板上没有堆着任何东西的一角，有个巨大的水族箱，里面有条蟒蛇。

他说他通常会建议我去握着它拿起来，但是它现在太饿了。

我看着他，看他是不是在开玩笑。

他根本就是认真的。

客厅那里面有个小厨房，再进去又有个小浴室，有浴缸的。

"这妙极了。"我又说了一次，把两个月的租金付给他，他给我展示了煤气灶的用法，说那里的东西我随便用，几天之内他就会过来喂蛇。

然后他离开了，留下我和蛇单独在一起。它在水族箱里慢慢蠕动，直到贴上了玻璃。当我看着它的时候我全身都在颤抖，我感到越来越恶心。就算我在楼上房间里打开行李箱时，身体依然因为不适而颤抖，一想到楼下躺着那玩意儿，我就想不了别的，甚至在睡着时也是如此，我一个噩梦连着一个噩梦，全是关于不同形状、不同种类的蛇。

---

[1] 这里克瑙斯高说的是英语。

奥勒之前写信说过我到达时他正好在挪威，所以最初几天我只能在这个小小的，铺满地毯的公寓房里待着，上午我离开这里，在城里散一圈步，下午才回来。外面的声音是我所不习惯的，在那儿玩耍的孩子们用英语大喊大叫，还有那排我一眼就能看到的长长的脏兮兮的房子，我可能永远无法真正习惯，这就像我置身于一部英国电视剧里似的，而下面房间里的蛇也越来越饿了。有时它会竖起身子，用头大力撞向玻璃。然后那种颤抖就会在我身体里弥漫开。但是我同时也被迷住了，我有时候也会在水族箱前的地板上坐下，认真打量这个和我共享公寓的奇异生物。

到了周末房东回来了。他对我大喊，让我一定要来看这个。

他拿出一些他之前放在冰箱里的老鼠。我注意到这一层就是我之前用来放香肠的。然后他在烤箱中把老鼠稍微加热了一下，老鼠肚子朝上，小脚伸着。等待老鼠解冻的时候他抽着烟斗，向我展示他以前放在一堆东西里的一本七十年代出的挪威童话集，当它们终于化了冻，他像我小时候父亲那样抽着烟斗，捏着一只老鼠的尾巴，把水族箱顶的盖子拉到一边，敲了几下玻璃，这样那条熟睡的蛇就会醒来，然后他把老鼠来回晃了一会儿。那条懒洋洋而昏昏沉沉的蛇，慢慢抬起了头，然后老鼠被扔向了蛇，动作之突然以至于我都被吓到了。它被喂了四只。接下来的几天里它一动不动地躺在水族箱中，原本细长的身上凸起了四个大包。

曾经有一度这个世界上充斥着像它一样的生物，它们极度原始地游走过田野，或者用巨大的鸟爪状脚轰隆隆奔向远方。

673

那时候生命到底是什么，当一切仅仅是这样的时？当我们知道曾经有一度它就只是这样，而且也继续依然如此？只有身体，食物，光和死亡？

我在第一家疗养院工作时懂得了一件事。生活并不现代。所有出了岔子的，所有畸形的，所有的怪物，所有的精神错乱，所有的疯癫，所有的伤害，所有的疾病仍然存在，它们离我们很近，就和中世纪的情形一样，但是我们把它们藏起来了，我们把它们放在森林里的大房子中，为它们安排了自己的地盘，让它们不再被看见，这样就能给人一种世界很健康清新的印象，好像这就是世界和生命的样子，但事实并不是这样的，生活也是丑恶和扭曲的，病态和破旧的，没有价值没有尊严的。人类大家庭里充满了这样的傻子，白痴，怪物，或是天生如此或者是后天变成，但他们再也不会出现在街头，不再奔跑，不再折腾人，而是待在了文化的阴影或者暗夜里。

这是事实。

这条蛇在水族箱那儿的生活是另一个事实。

曾几何时，地球上找不到任何有眼睛的生物。然后眼睛被进化出来了。

在房子里待了几天之后，我意识到我可能忘了怎么写作。我尝试了一下，但是什么都没写出来，我该写些什么？我是老几呢，自以为可以创造出让母亲和女友以外的任何其他人感兴趣的东西？

我没有写作，而是写信。给埃斯彭，给托雷，给英韦，给妈妈，给托妮耶。我详细描述了我的日子，从邮递员叫醒我开始，因为他早上经过时总会吹口哨喊着国际邮件，我在那众多而漫长的环城之旅里都看见了什么，以及那些在社会福利办公室里的神奇经历，在那里看到的所有贫困和悲惨，生活之严酷和我的人生形成鲜明对比，因为我从来不担心失去什么，我拿到的福利金肯定比他们的高十倍，而且这本来也是我蒙混来的，我申请拿福利金只是为了争取时间写作。被指派给我的督导显然对此相当怀疑了，无论如何他有时会提高嗓门，威胁说如果我不能很快证明我真的在本市申请工作的话，所有付款就要被收回。

奥勒从挪威回来了，我去拜访了他和他的妻子，到了他们的公寓里。地方小得不得了了，而她也很英国。奥勒和我记忆中的一模一样，极力要显得良善，但同时也很绷着。他还在读他的专业，但总是不去参加毕业考试，焦虑使他无法行动，不管他实际掌握的有多少，不管他实际是多么才华横溢，他都没有办法走入那个考场。我们逛了所有那些古玩店，他最喜欢的是塞缪尔·约翰逊，他自己也翻译了一些，只是为了好玩，还有博斯韦尔[1]，贝克特也是，还像他五年前那么喜欢。

我非常喜欢他。但这并不足以成为我待在此地的理由。我必须写作。但是写什么呢？我可以连续五天都不对任何人说一个字。一切都是陌生的，房子，人们，商店，风景，没有人需

---

[1] 詹姆士·博斯韦尔（James Boswell, 1740—1795），苏格兰律师，日记家，作家，约翰逊的传记作者。

要我，没有人在意我，这就完美了，我想要的就是这个，只是四处走走，看看所能看见的一切，而不会被回报以注视。

但是这些又有什么用？我又凭什么可以这样？如果写不出自己的见闻，那么去见识又有什么意义？如果写不出自己的经历，那么去经历的意义又是什么？

有时我和奥勒一起喝得大醉，酒吧关门时他总是回家，而我不愿意回去，所以他会跟着我去一家夜总会，然后就在那外面告辞，我进去一个人继续喝酒，不和任何人说话。凌晨四点我摇摇晃晃回家躺下。睡到第二天很晚才起床，满心焦虑，听听BBC的流行音乐频道，读了所有的大报，这要花一整天，读报，然后又上床睡了。

超级草乐队[1]的第一张单曲被整天播放，我买了它。橡皮筋乐团[2]来这里演出，我也去看了他们，喝得醉醺醺的，一个人。用从挪威拿到的钱，我买了七十年代的二手运动服，鞋子，牛仔裤，唱片和书籍。一大早坐大巴去伦敦，在托特纳姆厅路附近溜达了一天，傍晚回到家里。

过了两个半月后，托妮耶来看我。我们去了伦敦，买了去约翰内斯堡和马普托的机票，一起坐飞机回到了卑尔根。

在非洲，我问她是否愿意和我结婚。

她说是的，我愿意。

---

[1] Supergrass，英国摇滚乐队，1993年在伦敦成立。
[2] Elastica，九十年代女子朋克乐队的先锋。

回到卑尔根，在新公寓里，我意识到我再也不能这样下去了。几个月后我们就要结婚，我不能让托妮耶嫁给一个以为自己能成为作家的白痴，一个为此挥霍掉人生的人，我认为她应该得到更好的东西，所以我去买了艺术史课程里最重要的那些书，把剩下的从图书馆里借来出来，准备好好读书。

托雷，现在在读文学精修课程，论文写的是普鲁斯特及其名称，他说一位编辑从奥斯陆打电话过来，他在《晨报》上看过托雷的评论，想知道托雷是否愿意当他的顾问。托雷很愿意。他还提到了自己写了的东西，而这位叫做盖尔·古利克森的编辑很愿意读一读。

我也在《晨报》写书评。是的，事实上是我把托雷带进了《晨报》的圈子。那么为什么这个盖尔·古利克森没有给我打电话？

但是我的写作里也有事发生。我收到了一封选集的邀请函。那是创意写作学院的什么周年纪念，他们向所有往期学生征文。我提交了《变焦》。毕竟这不是比赛，选集本来就是为学生们准备的，我甚至没有考虑过被退稿的可能。但是我就是被拒了。他们不想要它。

其他所有的退稿我都可以安之若素地接受，那都是已经料到的，所有的，但是这一个击垮了我。连着几周我都神不守舍，这让我最后终于决定停止写作。这完全就是太丢脸了。我已经二十六岁，我要结婚了，我不能再生活在这个梦里了。

几周后我上去找托雷，我们要去"船厂"（Verftet），和新乐队一起排练。新乐队除了我和托雷，还有以前"卡夫卡制造机"

的汉斯和克努特·奥拉夫。它叫"獴"（Lemen），以托雷那剃得短短的头和那无穷尽的精力而得名。

我们下坡，朝市中心走去。这是三月初，下午一点，街道是干燥的，弥漫着苍白清澈的春日光线，它不知不觉就换下了冬天那阴沉、灰色而潮湿的日子。

托雷看着我。

"我有个好消息。"他说。

"哦？"我说，做好了最坏的思想准备。

"我的书稿已经被接受了，它今年秋天就要出版！我就要出第一本书了！"

"真的吗？但这真是太棒了，托雷。"我说。

所有的力量都从我身上泄掉了。我内心黑沉无光地在他身边走着。这太不公平了。这是活见鬼的那种不公平。为什么是他，比我小四岁的他，有这个才华，而不是我？埃斯彭有才华，这是我很久以前就与之和解的事实，他能出版他的第一本书并不让人惊讶，而是有理由的。但是托雷也有这样的才华？还如此年轻？

真他妈的。

托雷像太阳一样放着光。

"'这个应该出版'，盖尔·古利克森说。"

"我坐了一个通宵在想标题。我把其中几个列了个单子。你想看看吗？"

他从衣服内侧口袋里拿出一张折好的纸递给我。我边走边读。

儒略的日历

曾经像恶心一样隐形

绒

睡着的雪花

被释放的红晕

被编起来的一秒

以羞耻之名

最后一次

"儒略的日历，"我说，"毫无疑问。"

"我喜欢'睡着的雪花'。"托雷说。

"不，它太神秘了。什么是睡着的雪花？"

"那是一种情绪，一种存在但是还没有显示出来的问题。它其中有一些消极性。或者说被遗忘的。但是首先还是它里面的那种气氛。"

"儒略的日历。"我说着，把纸递回给他。他把它塞进了内袋。

"我们再看看吧，"他说，"但我其实已经快写完了，只是再完善一下。"

"你希望我读一遍吗？"我说。

"现在还没好。但是如果你能看看之前那个版本也很好。"

我已经读过他的许多文字，我已经相当明白：在这上面我帮不了他。它们比我写的任何东西都要好很多。最令人不安的是，他不仅仅是拿来一种形式用所学到的应该的内容来填满它，就像人们很容易预料到的二十二岁青年处女作的样子。他拿来了一种形式，这是对的，但是整个文本，所有他写下的，都以一种朦胧而敞开的方式和他自己联系在一起，牵着他的最深处和他所有的幻想，就像他几乎差点就要写不出来，最终却得以用一种巨大的发现之喜悦来付诸笔端。

"恭喜你，"我说，"这真太棒了。"

"是啊，他妈的，"他说，"终于有这么一天！十七次该死的退稿换来的。但是现在我到那儿了。"

那个时候我们乐队常常排练，春天我们要在新学生区演出，之前我们排得不太多，所以还有很多要做的。托雷是主唱，一半的歌曲都是他写的，弹吉他的克努特·奥拉夫创作了另外一半的歌曲，除了汉斯写的那首歌，汉斯现在是贝斯手。克努特·奥拉夫天赋极高，什么乐器他都会玩，还能写特别棒的流行歌，如果他身边有更好的乐手，本来应该能走得更远。但是他不想就此再做讨论。他来做鼓手也许比我好一千倍，但现在的状况就是我发觉自己坐在那儿把他歌里的节奏或者拖慢或者加快了，而当他安排这些的时候，所有这些都像很简单地原本就在他脑子里。有托雷加盟来做主音，一切都会好的，他一点都不害怕被人瞩目，几乎有些厚颜无耻。

没有什么比和他们一起玩乐队然后出去玩更好的事了。也许给托妮耶打电话让她一起过来。这段日子以来阳光越来越充足，树叶在树木上开始绽放。

五月十九日这天我们要在学生区演奏的日子。我提前几个小时到了以进行音效检查。托雷和我在门口碰头，我一下就看出来有什么发生了。

"你听说了吗？他说。

"听说了什么？"

"托尔·乌尔文死了。"

"死了？真的？"

"是的，盖尔·古利克森打电话过来告诉我这事。"

"但他这么年轻。"

"是的，而且他是挪威最好的作家。"

"是啊，真见鬼，太糟糕了。"

"是。"

我们走进咖啡馆，继续聊这事。我和托雷都把他视为和其他挪威文学界人士完全不同的另类，他比其他人好得多。我想到埃斯彭，是他向我介绍了乌尔文，而他读乌尔文也比我认识的任何人都读得更深入。

汉斯和克努特·奥拉夫来了，我们进入音乐会场地，检查了音效，一点一点地，演出前的焦虑占据了身心；就在我们上台前半小时，我像往常一样处于要呕吐的边缘，当我们走上舞台开始表演时，这恐慌也像往常一样消失了。

之后，我们坐在后台喝啤酒，谈论着刚才的演出——你在那一部分究竟干了什么，我在那儿完全失去了控制也不知道我们演奏到了哪儿——有人探了个脑袋进来说王储也在那儿，我们笑了起来，但是托雷也在出神，他依然被那突如其来的死亡所震动，我在他身上看到了这些，那些短暂的几秒钟里完全的心不在焉，不然他本该非常开朗健谈的。如果说他的书曾经受过谁的启发，那就是乌尔文。我们暂时离开那里，到了"车库"，在那里一切就结束了，我和托妮耶一起回家，在这山脚下弥漫着春天光线和夜之寂静的街道上，夜空里群星闪烁。

我们用了越来越多的时间谈论婚礼，做相关计划。婚礼应该在她莫尔德的家乡举行，她想在心岛（Hjertøya）办个露天婚礼，那就这么决定了，我希望规模尽可能地小，只邀请家人，她也同意了，前提是在仪式后要有个聚会，所有认识的人都可以参加。

我给爸爸打电话，说我要结婚了。他对我来说依然有震慑力，没有一天我不会想到他，而在这通对话之前我就紧张了很久。他已经离婚了，搬到了东部，但是我在奶奶家找到了他。

"我有个好消息，爸爸。"我说。

"哦，说吧。"他说。

"我要结婚了。"

"啊哈！这是不是有点太早了？"

"不是，这是我想要的。你结婚的时候才二十岁。"

"时代不一样了。那时我也是身不由己，你知道的。"

"我们夏天要在莫尔德结婚。我当然希望你能来。"

"我肯定能来。是的。奶奶和我可以开车上来，我这么想。这么说来，你要结婚的那个她，叫什么名字？"

"她叫托妮耶。"

"是啊，所以那就是托妮耶了。好，这真好。你们。但是现在我得挂电话了。"

"再见。"

"再见。"

他即将在那里出现，对我来说就意味着那会是不安的一刻，不仅因为他喝得很多，也因为这是自我十六岁以来第一次将看到他和妈妈同时出现，这让我感到不安。从另一方面来说，我希望他在场。我要结婚了，他是我的父亲，这很重要。所以托妮耶的家人会发现他是怎么回事，甚至他可能闹出什么丑事，这一切其实没有什么关系。

托妮耶能和他会面也很重要。我已经讲了很多关于他的事，但是和他见面又是另一回事。我所说过的话将会产生另一层含义。

几天后托雷说他会去奥斯陆，他的新书出版时他就已经在那里了。英厄也会跟着搬过去，这是当然的，如果她不过去他是不会这么做的；托雷无法一个人待着。

"那么乐队呢？"我说，"解体终于开始了吗？你不用为了新书首发就搬家吧，是不是！"

"我们到现在已经在卑尔根住了这么久。"他说，"感觉就像这座城市已经枯竭了。"

"你竟然这么说！"我说，"我已经在这里住了他妈的七年了！"

"按你这个说法，就像有人在强迫你似的。带上托妮耶，你也搬去奥斯陆吧。好吗。"

"我永远不会那样做。你可以说卑尔根有各种不好，也许这里发生的事也不太多，但至少这里不是中心。"

"不对，它就是这里发生事件的中心！"

"是啊，反正我不愿在中心。"

"哦，所以你要待在这儿成为偏远角落被遗忘的天才？"

"天才啊天才……你还是走吧。教堂墓地里满是各种无法替代的人们，埃纳尔·弗勒[1]如是说。"

"这些和今天的你有什么关系？"

"我说的就是这话本来的意思。我们的'獴'乐队眼看就要起来了。"

托雷把胳膊挥出去。

"这就是生活，"他说，"我不能坐在这儿默默忍受只因为你喜欢这样。"

"是的，你完全有这个权利。"

他递交了精修科目论文，把作品的稿件给了我，原则上来说是已经可以付印了。我读完了它，提了很少的几个意见，他感激地接受了意见，暂时不做改动，然后有一天我看着他们离开，托雷和英厄，去往他们奥斯陆新公寓的路上。我经常穿山越岭去拜访埃斯彭；现在我还可以去拜访托雷了。我的生活在此处，和托妮耶在一起，在卑尔根。

---

[1] 埃纳尔·弗勒（Einar Førde，1943—2004），挪威记者，工党政客。1979—81年之曾经担任教育和宗教事务大臣，1989—2001年任挪威国家广播电视台主席。

婚礼前三个星期，爸爸打了电话过来。他说他们无论怎样都来不来了。奶奶情况不好，他说，路程很远，他不能保证她平安无事。

"所以来不了了，卡尔·奥韦。"他说。

"但是我要结婚了！"

"没有办法了，你得明白这一点。奶奶经不起折腾，还有⋯⋯是啊，我们现在不能大老远地上去莫尔德。"

"你是我父亲！"我说，"我是你儿子！我要结婚了，这是你不能拒绝的请求。"

我哭了起来。

"不，我可以拒绝，"他说，"我不来了，到此打住。"

"那你就和你的父母一个样了，"我说，"他们也没有参加你的婚礼。第一次没有，第二次也没有。你要对我做同样的事吗？"

"不，我再也不想听到这些话了。"他说，挂了电话。

我哭得就像这辈子从未哭过一样，完全被情绪淹没，我站在房间当中弯腰向前站着，一浪又一浪打过了我。我搞不懂，我从不知道他参加婚礼是件这么重要的事，从来没想过这一点，但是现在看来确实如此，我站直了，收拾心情，戴上墨镜然后出门进城，让自己不再去想这事。走到长途汽车站的路上我一直在哭，外面阳光明媚，街上到处都是人，但是我还是像被关闭在他们的世界之外，深深地被锁在自己的内心，当这一切终于平复下来，我坐在总站酒店的咖啡厅里，我什么都不明白。当我在冷静、放松的状态下再去想这事，我其实挺高兴他不会出现在那儿。我对这事一直很担心，在心底最深处，我其实不希望他在场，无论是婚礼，还是我的一生。但当他说他不会出席婚礼，我就崩溃了。

尽量去理解吧，我想，这场哭泣让我精疲力竭，就在这美丽、宽敞、几乎空无一人的 1920 年代风格的咖啡馆里，面前的桌上放着一小壶咖啡，就在这时壶嘴掉下了一滴咖啡，落在白色桌布上，被桌布贪婪地吸吮了进去。

几天后我们去了莫尔德。即使婚礼规模不大，依然有很多事要做。首先要安排到岛上的船，还要安排和这事有关的餐食以及其他所有实际事务，我还要写一篇讲话稿，并学会如何跳华尔兹，这是我最最害怕的两件事。当其他所有人都睡下后，我坐在客厅地板上，揽着一个枕头，试图摸索出头绪，同时我放着埃弗特·陶贝 [1] 的音乐，像外公那样去思考，来宾有各种类型。礼服是妈妈付的钱，我们在卑尔根逛了一天，找到了一件橄榄绿色的。她极喜欢托妮耶的连衣裙，奶油黄、简洁。

那一天到了，我们走进了将在此缔结婚约的场所，我很紧张，之前我还以为一切尽在我掌控，但是当我在外面看到莫德和英君时，她们向我致以祝贺，我才明白一切并非如此，没有任何东西在我掌控之中，因为那时我突然开始哭泣。我不明白为什么，但是我用尽全身力气来把它按捺下来。

当我们对彼此说是时，我俩的眼里都满是泪水。之后，所

---

[1] Evert Taube（1890—1976），瑞典作家、乡村音乐人。

有到场的人都散步到港口，船在那里等待着。我们照了相，晚餐被送上来，我致了辞，英韦，我的伴郎，致辞了，托妮耶的父亲致辞了，妈妈致辞了。阳光普照，我们在聚会场地外的平台上跳舞，我既高兴又悲伤，因为托妮耶很幸福，她值得比我更好的人。

我们去英国度蜜月，这是我坚持要去的，她曾经建议去一个温暖国家海滩上的一家旅馆，这样一切都简单了，我不听她的，于是我们从伦敦坐大巴去康沃尔，我六岁那年来到过这里，景物却不再熟悉了，这一个星期里，我们沿着海岸线，从一个小城到另一个小城，住在窄小肮脏的旅馆房间里，只有一个地方是例外，那里像托妮耶之前所希望的那样壮观而浪漫，有一个面对大海的露台，我们到达时在等着我们的香槟，还有沿着荒芜的、悬崖遍布的海岸岬角的那些漫步，在餐厅里用餐，我穿着正装，她穿着连身裙，我们刚刚结婚，女招待们都知道，她们对我们关怀备至，很是殷勤。而这些关注让我很不自在，脸涨红了，扭扭捏捏，西装让我不自在，我看起来像个白痴，根本没有办法从这些小事里拔出心神去关注那些真正重要的事。托妮耶，清爽美丽，她现在还没明白我的这一面，但早晚会的。

回家后我们搬进了一个新公寓，它在桑德维肯那边，就在教堂对面，有一个合厨房和客厅为一体的长房间，还有一间卧室，具备了我过去七年里住过所有单间和公寓都没有的高品质。我们其实是住不起这里的，但就是为了这个我们把它租了下来。

我喜欢住在这里，尤其是教堂的景致，还有如同教堂冠冕的树木。

八月底我们去了北边妈妈家，我和英韦给她的房子刷了新漆。谢尔坦也来做客，他弄出了一本手稿，他说，但是并没有对它抱太大希望，当时它已经被拒绝过太多次了，但不管怎样他还是想把它投给十月出版社，他这么打算这。我觉得怎样？

投，投，这个好得不得了。

谢尔坦是作家。埃斯彭是作家。托雷是作家。而我不是作家，我还是学生，我已经能和这个事实和平共处，并对此投入了全部的气力。我每天一大早就去自习室，跟上所有的系列讲座，再回到自习室读书直到深夜。我喜欢这个专业，尤其是这些课程，因为大部分授课都以我们一起看幻灯片为主要内容，所有那些最精美的建筑、雕塑和绘画。我二十岁时读硬核理论时觉得那么困难、无法领会的东西，现在都可以毫无障碍地把握了，这真神奇，因为从那时起我一直没读过理论书，但是我没有就此多想，我在那里阅读，阅读就是我所做的一切。

托雷的书问世了，得到了很好的评论，他被邀请加入《漫游者》杂志编委会，忽然间我两个最好的朋友都在那了。托妮耶还在电台工作，周末的时候我们去她妈妈家或者她兄弟的家里，如果不是这样，那就只有我们两人，或者在家看电视，或者和朋友们一起出去玩。事态已经安定下来，生活很美好，只要我能修完能让我进入硕士课程的那两门课，关于工作和职业的那一部分也就能各就各位了。在这些以外，我还做了最后一次写作上的绝望尝试。这是在我对自己认识更清晰了的情况下发生的，我不认为这会有什么结果，但还是受纯粹意志驱动去做了。我再也不写短篇小说了，现在写长篇小说才是正经。它是关于奴隶船弗雷登斯堡号，这艘船在十八世纪就在特罗姆岛外沉没，一直到我小时候才被发现，而且是被我学校的校长发现的。这个故事一直在我心里，一直让我心醉神迷，尤其当我在东阿格德尔郡博物馆里看到它那些久经时光摧残的物品时，世界和历史同时被拉到到这一个节点上，而我就在这点上长大，现在我要写它了。我写得很慢，有太多我不知道的事情，比如说，快三百年前的世界里一艘帆船上的日常生活，我对它一无所知，不知道他们每天在干什么，他们使用的是什么工具，这些工具被叫做什么，就是像帆或桅杆之类的东西，还有所发生过的事情，这些我完全没有去处理的余地。海洋是我能描绘的，以及天空，但是这些不足以承载一本小说。他们的所思所想？是啊，但是十八世纪的一个水手在想什么？

我没有放弃，挣扎着向前，在大学图书馆借书，晚上从自修室回家后写那么一两句，在周日早晨写几个小时，虽然写得不好，但是迟早有一天它会从我身上呱呱坠地，正如谢尔坦所经历的那样：十月出版社接受了他的诗集，预定明年秋天出版。在写了二十年诗以后，他终于抵达了他应去的地方，我为他感到极大的欣喜，因为他辞掉了工作，也不得不中断学业，所以写作是他仅有的唯一了。

秋天一个深夜，我接到了英韦从巴勒斯特兰打来的电话，居纳尔打电话给他，爸爸失踪了。

"失踪了？"

"是的，他没去上班，不在公寓里，也不在奶奶家或埃尔林家。"

"他一定去南方或者其他地方了吧？"

"可疑。他可能出什么事了。警察也在找他，其实是被报失踪了。"

"这真是糟透了。你觉得他死了吗？"

"没有。"

几天后他又打来电话。

"现在爸爸终于出现了。"

"哦？那么在哪儿？"

"在一家医院。他瘫了，走不了路了。"

"你开玩笑吗？真的吗？"

"是的，根据我听到的，就是这样。但可能不是永久性的，这应该和酗酒有关。"

"那么接下来会怎样？"

"他会被送去某种戒酒诊所之类的地方。"

我给妈妈打电话，告诉她这事。她问诊所的名字，我说我不知道，但是英韦肯定知道。

"你要这个名字干什么？"我说。

"我想问候一下他。"

毕业考试来了，我写的是希腊雕塑，一切都挺好的，口试的时候他们说我怎么讲都没关系，反正他们已经给了我最好的分数，也不可能打得更高了。我继续选精修课程，又选了哲学美学作为辅修，整个复活节我都埋头读康德的纯粹理性批判。托妮耶申请了沃尔达的广播媒体专业，托雷打电话来说他在编一本选集，并希望收入我的作品。我说，但是我什么都没有。他说，那你可以写点新的。你得一起上。我扫了一眼我那点可怜的作品，没有任何有价值的东西，除了已经接近完成小说里的一段。十八世纪的一天，弗雷登斯堡号航行到了梅尔德岛和特罗姆岛之间，它来自哥本哈根，要去非洲运回奴隶，船员之一盯着土地，那里有一个农场，一个女人站着用一个桶从井里打水，他看向那房子，已经摇摇欲坠。苍蝇在她周围嗡嗡乱飞。房子里躺着一个男人，他处于某种昏迷状态，他每天昏睡的时间越来越长，他周围的一切都在坠落，直到最后就好像睡眠在他身边合了起来，把他包裹在里面，而她，一直在和这一切做斗争的人，终于获得了自由。我把这段文字发展成了一个短篇小说，起名为《睡眠》（*Søvn*），并寄给了他。

春天的时候，埃温·罗斯萨克打电话过来，他现在是《阶级斗争》报的文化编辑，问我愿不愿意给报纸推荐新书。我答应了。精修课程的考试来了，我就模仿的概念写了五十页，差不多是本完整的小书了，我在回家前就交给了门卫。我拿到的分数是好得不行，我开始越来越能接受我终将成为一个学者的想法了。

托妮耶进了沃尔达的学校，并打算搬到那里去，而我要留在卑尔根开始读硕士，她读最后一年时我会搬到北边去和她住在一起。然后托雷接受了短篇小说，选集问世了，并没有引起任何人的注意，但是还是引起了一些后续事情，有一天盖尔·古利克森打电话来问我最近会不会去奥斯陆，如果是的话他希望我去找他，这样我们就能聊聊我和我写的东西。

我确实正好要去。我撒谎说，然后我们说好了见面的时间。

在奥斯陆我住在埃斯彭家，就像以前一样。现在托雷也在奥斯陆，我们三人又见面了，上午骑自行车上山去看维格兰那阴沉的小教堂，晚上我们又聚在一起去吃饭。那是是一次漫游者聚餐，所有为杂志工作的人都在那里，包括克里斯廷·纳斯，英薇尔德·伯基，亨宁·哈格吕普，比约恩·阿格内斯，埃斯彭，托雷，还有我。他们希望我给鲁内·克里斯蒂安森做一个专访，采访就安排在次日，所以这个周末我就等于是编辑部的某种编外成员。晚餐就在克里斯廷·纳斯的家里，我们围坐在一张小桌子旁，亲密而精致，我的两个最好的朋友都在，我也是这圈子里的人了，我就在我向往的地方，但是我实在太敬重他们以至于并不敢说什么，只是坐着倾听。亨宁·哈格吕普，他那一代人中最好的批评家，就坐在我旁边，并出于礼貌问了我几个问题，但我没有回答。我什么也没说，只是低头看着下方，点了点头，迅速地抬头看了他一眼，他对我微笑，转向了另一边。我们用过餐，谈话在继续，但是我沉默着。我什么都不敢说。在一个有很多人的大空间里这么做没有关系，因为没人会注意到，但是在这儿，就只有我们少数几人，这是很显著的。

我沉默着坐在那儿的时间越长,就越引人注目,而且越引人注目,就越不可能说些什么。我坐着来咒骂着自己,在内心里纠结得根本停不下来,我倾听着谈话,在脑子里也构思出了一些我能说的,但说不出来,都憋在心里,一切都憋在心里。一个小时过去了,两个小时过去了,三个小时过去了。我们已经在那儿坐了三个小时了,而我一个字都没有说出来过。气氛高涨起来,桌上有啤酒、葡萄酒和白兰地。四个小时过去了,五个小时过去了,我还没有说过任何东西。然后出现了一个新问题。我很快就必须得离开了,但是我怎样才能做到这一点,一起度过了五个小时,我不能只是站起身来说,谢谢今晚的款待,今天很开心,很可惜我要告辞了,那是不可能的。而我又不能不告而别。我被这事困住了,就像我整个晚上都被困住了一样;当然每个人都注意到了这点,埃斯彭和托雷都先向我投来询问的目光,然后是担忧的,但是在这个清一色作家和评论家的聚会上,我张不开嘴,我想不出任何可说的东西,我是个白痴,一个涨红了脸,张口结舌的小废物,从外省来到奥斯陆,妄想着以他在《阶级斗争》报上的毒舌评论和学业上的漂亮分数,至少能有些话说,但终于还是没有,我什么也不是,零,是的,我如此渺小以至于无法从一张桌子边告辞离开。我说不出话,我走不了路。我被困住了。

五个半小时过去了,六个小时过去了。

然后我去洗手间。走到玄关里,穿上鞋子和外套,探头进去,对着那些仍然坐在桌边的人说:"我差不多要走了。谢谢今晚的款待。非常开心。"

每个人都喊着再见，很高兴认识你，我小心地关上门，转身走下楼梯，我走到外面，寒冷尖锐的秋风迎上了我的脸上，我跑了起来。我用尽全力沿着这个街区的路奔跑，脖子上血管脉搏在鼓荡，呼吸变成喘息，我想这就是为什么我要这样做的原因，这就是我为什么要奔跑，我迫切地需要知道自己真的还活着。

我读鲁内·克里斯蒂安森已经有好几年，他高度图像化的，几乎是电影般的诗歌强烈地吸引着我，还有它召唤出来的那些情绪，或者是从我心里唤醒的那些情绪，属于我人生里那种恒常的存在，就是那种我经常看到感到，却从来不曾清晰地反思过的东西之一。如果说转瞬即逝性是他诗里存在的一种主题，它也并不残酷，不像在托尔·乌尔文那儿那样，那如骨殖的坚硬，时不时地会在死亡骷髅之微笑中迸裂，这嶙峋白骨的热望之舞，笑声就是生命抵御虚无的最后一道工事，不，在鲁内·克里斯蒂安森这里这生之瞬间要温和得多，沐浴着宽恕之光，这里是疏林，是秋天，是根，是刺猬在一堆落叶中窸窸窣窣，是苍蝇在天空里划过，是一间酒店房间，一个隧道地下道，一列驶过某地森林的火车里的浪漫。

我在洛梅谷[1]的一家咖啡馆里见到了他，因为是周日，四下空荡荡。我们围着放着采访录音机的桌子交谈时，外面的森林里逐渐暗了下来。几乎没有什么报纸或杂志发表过关于诗歌

---

[1] Lommedalen，距离奥斯陆不远，是阿克什胡斯郡的一个小村。

的文章，这将成为一次相当隆重的专访，所以他为此好好准备了一番，他坐着，身边放了几张写得密密麻麻的纸，很有可能把他能想起来的所有东西都写在了上面。我不是什么专业的诗歌读者，但是某种程度上我触及了一些对他来说很重要的问题，又或者仅仅是他能够把一切都引向他在写作时所想要抵达的核心，访问进行得不错，我们在那儿坐了将近两个钟头，当我离开那儿，搭大巴回城里时，感觉一切都在我能力之内，因为某些重要事物离我只有咫尺之遥，我只要伸伸手，就能够到。这感觉是模糊的，不足以作为任何东西的基础，但是我同样该死地知道那里是有东西的。在雾中，在冷杉林的黑暗中，在针叶尖上的露珠中。在海里游泳的鲸鱼里，在胸口搏动的心脏里。雾，心脏，血，树木。为什么它们这么抓人？是什么用这样的力量诱惑着我？让我充满了如此宏大的愿景？雾，心脏，血，树木。天哪，只要我能写下这些，不，不是写下这些，而是让这些文字来到世上，那我就会幸福。那样我就会获得安宁。

第二天早上我已经和盖尔·古利克森约好见面。他在时代挪威出版社 [1] 工作，办公室在歌剧院走廊 [2] 里。我在门外停下，在裤腿上把手掌上的汗弄干，对所发生的一切还有些不敢置信，我和奥斯陆一家出版社的编辑有个约会。现在是有托雷作为中间人，现在我没有任何作品可以展示给他，但不管怎么说，我

---

[1]　Tiden Norsk Forlag，挪威工党建立的出版社。
[2]　当时歌剧院现在已经改成"人民剧场"，是现在的"人民剧场走廊"。

千真万确地站在这里，我千真万确地和他约好了会面，这是任何人也无法从我这里夺走的。

我坐电梯上去，到了一个前台。

"我和盖尔·古利克森已经约好了。"我说。

就在同时，他从拐角处走了出来。瘦瘦的，举手投足松松垮垮，微笑着，气势很足。我之前看过他的照片所以认出了他。

"卡尔·奥韦？"他说。

"是的。"

"你好！"

我们握了一下手。

"我们可以进我的办公室里聊。"他说。

那里堆着成摞的稿子，肯定里面装有稿件的大号信封，还有成堆的书。

我们坐下了。

"你写的那个短篇小说好得没治了，真的。"他说，"我必须要告诉你这一点。"

"谢谢。"我说。

"你还在写别的吗？还是你有什么存稿？"我摇了摇头。

"没有，但是我现在准备着手写一个更大的东西。"

"好啊，我很期待能读到它。"

然后他开始向我提出各种问题，我都干过什么，我喜欢读什么。我说斯蒂格·拉松。

"操，每一个年轻作家现在都在说斯蒂格·拉松。两年前还没人提起他呢。"

"这没有什么不好啊。"我说。

"是啊，这当然很好，"他说，"你还读其他东西吗？"

"托尔·乌尔文？"

"是啊，当然。"他说，笑了一下。开始修改起一本稿子。这表示着给我的时间已经结束了？

我站起身来。

"那么我一旦写好了就寄给你，这样的话。"

"好，一定要寄来。可能要等一段时间才能得到回复。"

"太好了。"我说。

他站起来，送我出去，举手和我道别，转身又走进里面去了。我想他有许多重要的稿件要读，有许多重要的作家要见。我并不在其列，只是因为托雷的缘故他才安排了这次会面，但是我已经有一只脚踏进来了，现在我不仅只是一个名字，更是一张面孔，而他也答应了要读我寄给他的东西。

圣诞节我们是在莫尔德，托妮耶的父亲家过的。我喜欢那儿，那是一栋大房子，能看到峡湾和后面的山峦，一楼有个游泳池，还附带桑拿房，里面放着潜水设备，二楼有一个很大的开放客厅，上面有一个阁楼，放着张乒乓球桌。那里总是收拾得很整洁，一切都运作良好，每天早上铲雪，上午出去滑雪，美味的晚餐，开心的夜晚，就算这房子里有任何问题，就算那里藏着什么秘密，反正我从来没有发现过。我们一般上午去城里，经常去见她的朋友们，这些场合下我从来没能真正做到表现得从容自然，我总是沉默，感觉在受罪，除了我们出去玩的时候，当然我也喝酒了，或者像除夕夜，在托妮耶父亲家，我们和她所有的朋友一起吃晚饭，我忽然就和他们推心置腹地聊了起来。但就算这样井井有条的环境让次日的焦虑感要小得多，我还是感到自己更跌份了，像个坏家伙，而不是一个在假期里放飞自我的新女婿。

一月初，托妮耶回到了沃尔达，我则带着我的个人电脑去了克里斯蒂安桑，我在鸭岛[1] 的一座旧庄园中租了一个房间，庄园现在归该市的文化部门管理。这一切和诗人泰耶·德拉格赛斯有关。他在哥本哈根生活多年后回到了家乡，在这里为该行政区从事文学宣传工作。他也是时代出版社圈子里的人，被认为是这一代人中最好的诗人之一，他的诗总被评价为赞美诗式的，虽然我没读过它们。他精力充沛，性格外向，气场像刀一样锋利。他开车把我送到农场，这里曾经是远离城镇的乡下，现在却就在一片住宅区中间。他带我四周看了看，说如果有什么事就打电话给他，我们在他的办公室里工作了一段时间，办公室在建筑的另一端，只要我高兴随时可以用这个办公室，然后他开车回城里，剩下我一个人在这。我打开纸箱，拿出个人电脑，把各部件连接起来，把我带来的书拿出来，在电脑旁边堆成一摞。两卷《追忆似水流年》，托尔·乌尔文的《释放》（Avløsning）和托雷的处女作《睡着的雪花》（Sovende floke）。

---

[1]　此处的鸭岛是克里斯蒂安桑的一个岛，不是北挪威的 Andøya。

房间很小，一张床，一张桌子，一个厨房角，但是包围它的这座建筑却很庞大。据我所知，它曾经属于奥勒·布尔[1]。傍晚，我在里面四处溜达，里面的家具和地毯以及一切都像博物馆似的保存完好。我溜进德拉格赛斯的办公室里打探了一会儿，翻翻那里的书，又回去坐到我的电脑前，但是这一天发生了的事太多所以我没法工作，所以我给托妮耶打电话，和她聊了一小时，然后上床睡觉。

我十一点钟醒来，吃了早餐，打开电脑，坐下。

我该写些什么？

我全无头绪。

我打开了在电脑里躺着的不同文档，看看有没有哪些可以继续发展下去。

　　一切都有自己的时令。现在它就在这里，在这房子里，在这扇窗前是精确的一段外在自然，在这朦胧的五月之暗里休息；它不可能有什么不一样。

* 　　　　　　　　　　　*

　　柔软草地上的脚步声，雨中淅淅索索。雨落在田野上，当他停下脚步打开大门时顺着枝叶落在他脖根上的雨滴。随着轻轻的咯吱一声，它荡开了，摆回来撞到柱子上，是用一圈绳子

---

[1] 奥勒·布尔（Ole Bull，1810—1880），挪威著名小提琴家。

固定住的。他的手冰冷。他把它们塞进口袋里，沿着那条窄窄的湿透了的路往前走。

*

风雪里能看见那个人影了，奔跑着，埋头顶着风。他从窗户看着这动静，看着人影怎样越来越清晰，在不变的深灰色背景下显眼起来；一个携带着重要消息和巨大责任的男孩那热切的，被热血激荡的脸庞。他知道什么是重要的，几分钟前就已经听到了枪声。这让他心里充满了不情愿，以至于他立即怀疑起来这一切，觉得自己刚才听到的很可能只是雷声；他没有立刻出去冲到暴风雪里，跑上坡顶去看看究竟是怎么回事，而是在壁炉里添了一块新柴，在窗前的椅子上坐了下来，还没有能从睡眠后的昏沉里完全清醒过来。但是现在他不得不出去了，那个男孩用双拳砸他的门上，喊着他的名字。

*

每天晚上都一样。在脚手架上，在很高的地方，手上拿着一根铁管。下面是让人晕目眩的城市街道。什么地方响起了警笛。金属撞在墙上那突兀的巨响。有人在喊。我走到栏杆那里。一架吊臂被摇到屋顶上。用链条拴在一起的集装箱缓缓地前后摇晃。正如战利品一样，我想。我转过身，把管子撞进了锁里。这能带来怎样的满足感啊。抓着栏杆。手套里的手指，那粗糙

700

织物压在手指的皮肤上。我知道金属是冷的，知道只要紧紧握住就会感觉到它。但是我一矮身钻到它下面，朝脚手架上的木板走过去。把头盔稍微顶上去一点，脱下一只手套，挠挠头发。感受汗湿的额头上那突如其来的冷意。那感觉就像寒意是由内而外走的。一位年龄大一些的工人站在栏杆旁向外凝视。我走向他，他什么也没说。我们眺望这城市。在这坚硬的蓝天背景上太阳几乎是白色的。这让我们能极其精确地看到一切，我想。阳光让所有结冰处都在发光。我有欲望想对他说点什么。我们下方的街区在人行道上布下阴影，形成强烈的明暗分界线。在那冰封湖面缓缓隆起的水泥桥。烟从屋顶的烟囱里升起，几乎是看不见的，只是空气中的波动，暗沉的一声。热度。以及起重机吊臂的那平稳的由液压调度着的运动。我什么也没说，我总是什么也不说。

*

我只能看到离房屋二十米的山顶，顶部是一丛花楸树和摇摇欲坠的篱笆，标识出和邻居家农场的边界。外面的风景，峡湾和另一侧的陡峭山峰，都融在灰濛濛的大雾里。我推开窗户。水涨的越来越高的溪流传来越来越响亮的呼啸声。外面土地上拖拉机轮留下的深深轨迹又被泥泞的灰棕色雨水填满。我在想那残酷的声音。拖拉机每转一圈，就往下陷得深一些，那声音的力度也增强了，其侵略性和力量也增强了。发出不耐烦的警告，也告知后续将会发生的活动，以及所有问题必将得到解决的坚定信念。然后一切静止了。邻居下到了拖拉机旁边的地面，穿着他的长筒雨靴和黄色雨衣，站那儿看了一会儿，然后才循着拖拉机轮印走了回去。他上了斜坡，穿过长着红加仑灌木丛的那块地，经过篱笆，拖拉机浩浩荡荡犁了过去，消失在我们视线外，我们站在窗边观望着。过了一会儿，我们听到了另一辆拖拉机的声音，它从碎石路上拐上来，跌跌撞撞地开到地里；邻居站在升降板上，抓紧车门框，另一个邻居坐在驾驶室里。外公站在窗旁边，这时他们把两辆拖拉机之间用链条连起来，启动了各自的引擎，他看到就在引擎使劲的时候黑色浓烟从排气管中涌出来，那辆拖拉机前后晃动着，直到在几分钟内终于被从凝结的地里拉了出来，另一个邻居则可以把拖拉机开回去了。他面无表情地看着这一切，我读不出那背后的任何想法，而我也不能问。两天前，也就是我到这里的第一个晚上，他，可亲可敬地，走到了谢尔坦那片地里，他还把这片地叫做洼地，他今年打算用它来做什么。在看到他站在自己的窗边盯着外面所有这些活动后，那些我们没有参与进去的活动，邻居为什么不来找我们帮忙？他为什么不来借我们的电话，它就在这儿，在门廊里，他完全可以用它来打电话啊？我想到了他对谢尔坦所说的话，关于经营并不是一种经过计算的邪恶，我一开始就觉得，他这么说这并不是出于一种初露头角的昏聩，他已经开始忘事了，不。是因为这损失如此重大，以至于他受不了就这样接受现实，他必须假装一切都像以前一样，创造出一种依然在外面继续的日常生活，给它一个他可以接受的说法。你觉得我们能请得起外面所有这些人吗？那天晚些时候他这么问谢尔坦，当时我们坐在客厅吃华夫饼。他喝着那一半奶油一半咖啡的温热混合物，嗑了口糖块，等着答复。我看着谢尔坦。他没有想说话的意思，大吃大嚼，但是不能更清楚了，我知道他正在按捺着一种暴烈的烦躁。这已经有一阵子了。但是你还是有一笔收入的，外公说，他就此安静了下来。我不知道我应该说什么，所以我们安静地吃饭。没什么要问的，也没什么可谈的。

　　我把锅盖拿开。一圈圈的油浮了上来，几根香肠已经爆开。我把它拨到一旁，在抽屉里找到了木夹子。窗户上方的钟显示马上就十二点了。即使土地的使用权已经被租出去，被称为农场经营的一切早在许多年前就停止了，他们的就餐钟点依然照老规矩：早餐六点，正餐十二点，午歇五点，夜宵九点。这些习惯都劳动息息相关。几百年来这一带就都是这样。这些也都出于一个原因。我有时会感到愤怒，当他们在十二点钟准时坐下来吃正餐时，但是我的愤怒很冤枉他们，为这事着恼很不像话。但是，毕竟，还是有理由的，这算什么生活呢，天蒙蒙亮就起床，就为能呆坐着一整个上午，她就是这样，坐在椅子上，或者像他那样，总是窝在沙发上，收音机的音量调到声音都吱吱喳喳变形了；过着这种日子算什么呢，日复一日，仿佛他们在等着什么，在等待中他们走进厨房就餐，然后又出去，就这样下去。这些已经在他们身上扎根，几乎就是一种本能，在这里，无论多么小的变化都会引发绵延持久的震荡，以至于变得，至少是显得，无法忍受，甚至可能是性命攸关的。

　　我把配香肠的面包从烤箱里拿出来，关掉炉子，把香肠放到一个盘子上，然后进入客厅叫他们。外公按照他的习惯坐在沙发里，穿着黑西装，打着领带，一件有些污点、已经不再纯白的衬衫。我朝电视那边瞟了一眼，画面上是一群形容狼狈、被雨水浇湿的孩子们在挪威某地的某条马路上走成一队，还半心半意时而喊一声"加油！"，用电视遥控器关掉了它，然后对着外婆坐的那把椅子弓下了腰。她也打扮了，一条有白色刺绣的蓝裙子，胸口有一枚胸针。在脖子领口挂着一圈手纸。

那就是我所有的全部。两年的工作都在这儿。这些句子我都背得出来。被它们折磨到这么筋疲力尽说出来都没人信。还有这样一句表达带来的喜悦："埋头顶着风"，"雨中淅淅索索"。但是并没有什么可以写下去的，它们中的一切都在那儿停下来了。

我该写些什么？

我关上电脑，穿好衣服，走了出去，走到外面主路上的公交车站，坐公车进城。它比我记忆中的要小，和风景融合得更紧密了一些，尤其是那紧靠着街道，沉甸甸地晃荡着的大海。我沿着马肯斯大街上上下下走了几次，街上还没有什么人，但是这气氛还是很有活力，人们互相问好或停下来聊天。天空是灰色的，我所看到的，我以为，就是日常，只是这里无穷尽的开始又结束的日子里普通的一天。这些路人们，就在他们各自生命的正中央，在他们存在的深处中点。这就好像我站在这一些之外，我不属于这里，对我来说这只是一个地方，归属感变得很玄妙。它到底包含着什么？它不是这个地方本身，因为这儿不过是海边几所房子，几段山峦，还有他们把这个地方变成的样子，是他们所赋予的意义。

所有的，都编织进了回忆，所有的，都被心灵赋予颜色。所以，我们的生活是茧，被流逝的时间贯穿。曾经，我们十七岁，曾经，我们三十五，曾经，我们五十四。我们还记得那一天吗？1997年1月9日，那一天我们走进"利马1000"超市买东西，出来的时候两手各提一个口袋，走下来到汽车边上，将口袋们放在地上开车门，再把口袋都放在后座上，我们也坐进了车里？在暗下来的天空下，沿着海边开，里侧则矗立着黑沉沉光秃秃的森林？

我买了些CD和整整一摞书，这些书在打折，我觉得在写作中也许用得着。

我应该去看奶奶，我不能在同一城市里住着又不去看她，因为我随时都可能撞上居纳尔，他会认为这太奇怪了，可能也不甚礼貌，我都在这儿住下了，也没有和他们打个招呼。

但是还是可以等上几天的，首先，我是来这里工作的，他们想必会理解。所以我去了图书馆的咖啡厅，买了杯咖啡，坐下来翻翻书，不时地看一眼窗外。在柜台后面工作的那个她，是我从初中起就认识的，但是又没熟到必须要和她打招呼的程度，她也没有流露出要和我相认的意思。这个城市到处都是这样的面孔，曾经是我生活的一部分，但现在除此以外就不具备任何意义了。

一个女孩在外面停好了自行车，带着一种美妙的理所当然感，完成了所有那些必须的动作，轮子放过来，拿出锁，咔嗒按到位，调整好位置，四下望一圈，朝门走来，退下雨衣戴的帽子。

她和坐在我后面桌的一个女孩打招呼，买了杯茶，坐下来开始聊天。她说起了基督，她和基督有过一段体验。

我把她的话逐字逐句记下来。

小说可以从这里写起。就在这，在海边的这座城市，在这家图书馆的咖啡厅里，这一段关于基督的对话正在展开。

我兴奋地坐着记下来。一个年轻人来到家乡克里斯蒂安桑，在图书馆咖啡厅里偷听到一段谈话，遇到了高中时的一个老朋友，肯特，回到了旧时光。

几个小时后我回到房间并开始写作。到了傍晚，我给托妮耶打电话，并读给她听。她觉得很不错。我继续写了一个通宵。每到写不下去或者我认为写得太糟的时候，我就翻一翻我身边放着的那些书，尤其是普鲁斯特，饱饮来自那丰富而清澈的语言里的情绪，又接着写了下去。没有任何情节，我想把那内在的和外在的编织在一起，把大脑的神经网络和港口的渔船编织在一起，因为主角并不是我，我刻意让语言保守一些，再也不用有方言感的字结尾,把所有的重新再写一遍,最后写成了半页,我就睡了。

到周末的时候，我已经有八页纸了。

我给奶奶打电话。是你吗，她说。我说我在城里，方便过来看她吗？她说爸爸也在，我能来的话就太好了。

我已经差不多两年没见到爸爸了。我并不想见他，但既然现在他已经知道我在这里，我也不能不去了。

我下了公共汽车站，一直走过去，走过伦德桥，和到房子的最后一公里路，一路都紧张而激动，有那么一瞬间也很害怕，他一定会把我好好教训一顿，为什么我之前就没有对他明确表达过自己的态度？

我按门铃，几分钟过去了，奶奶来开的门。

她的样子变了。她瘦了，裙子上有污渍，皱巴巴的。但是她的眼睛没变。会突然间光芒大盛，也会突然间变得疏离。

"他在上面坐着，"她说，"你来了真好。"

我跟着她走上楼梯。

他坐在客厅里，电视机前。我走进房间时他转过了头。他的脸上被汗打湿了。

"我要死了，"他说，"我得了癌症。"

我低下头。他什么都能撒谎，这事也是，但我不能表现出我已经知道了，我得装出一副相信他的样子。

"太可怕了。"我说，迅速瞥了他一眼。

"我刚从医院里出来。他们在我背上开刀了。你可以看看那个伤疤，如果你想的话。"

我什么也没说。他看着我。

"你的父亲要死了。"他说。

"是啊，"我说，"但是也有可能会没事的吧？"

"不会了，"他说，"没有其他可能了。"

他看着电视，我在脚凳上坐下来。奶奶进来了，在另一把椅子上坐下，正对着电视。我们对着电视看了一会儿。

"这儿一切还好吗，奶奶？"我说。

"好啊，你知道的。"她说。一缕烟绕着她的头盘旋。爸爸慢吞吞地站起来，沉重地走过地板到了厨房，带着一瓶啤酒回来。

他们坐在以前的正式客厅里，只在隆重场合下才启用。

"我在鸭岛农场那边写东西。"

"这很好，这事，卡尔·奥韦。"他说。

"是啊。"我说。

我们三个人看着那台大电视。一个女孩在吹长笛。

"埃尔林的小女儿吹得特别好，他们说。"奶奶说。

爸爸看着她。

"为什么你总在说她？"他说，"我吹得也很好。"

我内心一下全冰凉了。他说这个的时候是完全认真的。

在电视前坐了半小时后，我起身说差不多要走了。

"我们找一天晚上去餐馆吃饭，趁你在这儿的时候，"爸爸说，"我请客。"

"好的，"我说，"我会给你们打电话的。再见了。"

没有人送我下去。我离开了那里，心烦意乱，坐公共汽车去了鸭岛，那里浓雾低垂，弥漫在建筑工地的房子之间，我打开门，煎了三个蛋，各放在一片面包上，在窗前站着吃掉，然后坐下来开始写作。

三个月后我回到卑尔根时，已经写了六十页，我用电子邮件发给了盖尔·古利克森。到他给我打电话时，两周已经过去

708

了，这段时间里我一直被不时发作的无底洞般的耻辱感和恐惧感所困扰。起初，我试图在意识里清除掉我写的东西，假装它没有存在过，但没有用，为了对这种汹涌的自我贬低感有所控制，我在一个上午坐下来，试图通过他的眼睛来看看这些文章。打开电脑，打开文档，标题页在我面前亮了起来。

《万物皆有时》
小说，1997
卡尔·奥韦·克瑙斯高

第一部分
时代的先锋

　　这个城市就在那儿，世界上某个地方，它的住家和商铺，它的街道，它的港口，它的周围。地理，建筑，物质性。某个地方。有时候我在坠入睡眠前想起这个城市，沿着其中一条街走下去，经过一栋又一栋房屋，一个又一个街区；也许我在某个建筑立面前停驻，让目光滑过那不计其数的细节。阳光总是照在那肮脏的，刷成白色的房屋墙壁上，在一扇半开的阳台门上闪光；在它的前面立着一个陶土色的花卉箱，两个空瓶子，一个塑料袋，那是被风对着阳台柱子吹过来的。一只手握住了门，一张脸出现了几秒钟，门又滑上了。那里面有人，我想，在那暗沉沉的客厅里，在整个城市里都是这样。一名老女人把窗帘拉到一边，凝视着外面，一个声音引起了她的注意。那是邻居打开了车库门。就像以前无数次那样，她看着他上车，倒车到车道上，她放下窗帘，低下头，再度把注意力集中在杂志上的填字游戏上，杂志就放在她面前的厨房桌上。偶尔她会点燃烟灰缸里许多半截烟里的一根，写下点什么。一个学生疲惫地坐着，呆呆地盯着电视上，它的声音和图像在上午阳光里变得模糊。一个女人把头弯向前方，用手摸着颈背，一个生病的男孩注视着他驾驶的汽车，在玩具车道上跑了一圈又一圈；另一个则坐在电脑前,点射所有移动的东西。没有人在看着他们，他们的举动都是不假思索的；她懒洋洋走过厨房地板，打开一个橱柜，而洋葱在炉子上的煎锅里滋滋地响，收音机开着，叽叽喳喳。猫醒了，舒展身体，然后溜出去看看碗里有没有食物，一个婴儿尖叫。就是这样，我想，在我周围，然后我看到这低矮排屋投下的阴影划出了锐利的分界线，大概就在人行道和街道之间的冰包和残雪上。交通灯尖锐地发出哨音，预备着如果有个盲人要过到马路的另一边。汽车开着空档，等待着，光滑锃亮，好看；天气很冷，我能呼吸到清新锐利的空气混着温吞的汽车尾气，就在我沐浴在阳光里穿过马路走到皇后街的时候，我曾经多少次地这么做过，在这个城市里，我有时候闭着眼睛也能完成。在卑尔根公寓的卧室里，在我的祖父母在松恩农场的客房里，甚至在遥远南方的非洲，特兰士瓦 [1] 地区的一个酒店房间里，我都能让它们纤毫毕现浮现在眼前，这些街道，

---

[1]　南非的一个省，

尽管此刻我正沿着克罗默[1]那曼妙的海滩散步，在我脑海闪现，光，那片海；它在我心里，我把它随身携带，就在我脑海深处。

这晴朗的蓝天，低悬在那大酒店上的太阳，人头涌动。你走过去想看得更清楚些，在人群里滑来滑去，他们后面是为了隔开人群而临时搭起来的箱体和绳子。推着你的那些身躯，每个人的脖颈都向后弯，头歪着，眼睛都望向建筑物的顶部。蓝黑色的烟雾渗出来，升起，跟随着风那不可预测的冲动，消失。新的黑烟不断涌入清澈的空气。一架吊臂向上滑动，你听到那微弱的嗡鸣，汇入围观者景仰的低低的议论声里。其中一个人还跳了起来。沥青路面的边缘就在你面前，以及这蓝天。这是清洁的，这是临床科学的，世界是精准的。但是烟雾继续涌出来，浓而且黑。你看不到火焰，只有烟。这场灾难是无声的，正如痛苦是无声的。他们在背后推着你。又一辆救护车到了，两个人下车了，靠着车身，抬头张望，他们也是这样。该酒店的人已经撤离。只有戴着面罩和宇航服似的救生服的消防员才能在过道里走动，进入一个又一个房间，以防可能有更多的人在窒息之前来不及离开房间，当他们的身体已经无法吸入更多的烟，原地瘫倒，像布口袋那样摊在地上。这一定像溺水那样，你想，但更糟糕，因为空气是有的，就在附近，他们还有希望，直到死去。这是你的忌日。你在酒店餐厅吃晚餐，早早回房休息，不停转台看看电视，也许停在放着老电影的频道上，直到

[1] 英国诺福克郡北海岸的海滨小镇。

711

打起瞌睡。几个小时后你醒来，电视还开着，尽是雪花点，频道没有讯息了，你关掉它，脱掉衣服，蜷入被子里，又睡了过去。你再醒来的时候，已是最后一次。被尖叫声和拍门声吵醒，被火焰的呼啸吵醒，你即将这样死去，在不断渗入又填满你所租用房间的浓烟里，你的视野被阻断，你因为慌乱已经搞不清方向，你就这样死了，坐在浴室地板上，脸上捂着块打湿的手巾。现在这一切都结束了，你想，死者们已经被运出来，活人都已撤离。但是大火还在烧。火焰在里面盲目地行动着，带着恶意，点着下一个地方，既然它已被释放。

"嗨，亨里克。"

你回过头，看到肯特在和你打招呼，他朝你走过来，穿着他长长的灰色外套，一只手拿着白色的半头盔。

"你逃课了？你竟然也？"

"我今天早些时候在新闻上听到了。但显然这已经结束了。"

"它还在燃烧。"他说着，抬头看上面。

"但是他们已经把所有人都弄出来了，他们说的。"

"这真太可怕了。"肯特说，他微笑着。

"最可恶的是所有的人都跑到这里来围观。太操蛋了。你说，也微笑着，因为你感到了一股突然的愉悦，就这样站着和肯特交谈，就像一个十七岁孩子能做的那样。一个十七岁的人能从最平常最琐碎的事物里感到这突如其来的愉悦，比如和一个同龄人聊天，这样的喜悦，如果持续下去就有凌驾于一切的风险，声音会充满感情，或者笑声，他可能会为了琐屑小事乐

712

得不可开交，会屈服于这让人心醉神迷而不断蔓延的东西从而失去了控制，就这样他开始要去避免这样的情况出现。他要放低视线而不是去迎上对方的目光，吞下一句评语而不是高声脱口而出收获别人的大笑和赞许。你再也不能相信自己了，你想，有什么在你身体里发生。还有一种截然相反的形式，那种突然想哭的难受劲儿抓住了你，在最不合时宜的情况下，你的双眼开始泛起泪光，你拿它没辙，只能低头向下看，忍住它。就像现在，在酒店前面，你感到快乐在喷涌，但是你只能让目光停驻在上面的烟上，似乎已经沉迷于这烟雾，以及它所警示的：酒店大火。当天晚些时候，燃烧中酒店的图像将在被播放到世界各地，德国人民将坐在屏幕前看到这旅馆的图景，发生地点在此处，英国人，瑞典人，法国人，在这座城市，瑞士人，丹麦人，在这家旅馆。

十四人丧生了。

从那里开始文笔一转，到了主人公居住的卑尔根，那个他露宿外面的情节也写出来了，写到他穿过托加曼尼根广场回家时，我有个了白痴的点子，他在一个电话亭前停下脚步，拨了他小时候家里的电话号码，在电话那一头，是他自己，十岁时的自己，他告诉他他现在过得怎么样。

盖尔·古利克森会怎么想？

他沾上了一个不成熟的男人，给他发了那些最让人寒毛直竖的白痴文字，太不要脸了，而且，还正经八百地认为这些能出版，认为除了作者以外的任何人会对其产生兴趣。

那怎么可能？

我怎么会这么愚蠢？

如此自负？

电话来了。

"嗨，我是盖尔·古利克森。"

"嗨。"

"嗨！你写的文字太精彩了！"

"你这么认为？"

"当然，它非常，非常好。尤其是主人公给自己打电话那里，你知道……他走过那儿的广场。你知道我说的是什么吧？"

"知道。"

"在那儿你真的达到了某个境界。"

"嗯。"

"你就只要往下写就行了。多写一些。肯定会很棒的，你知道。我的意思是，确实好。如果你希望你一路写我一路读，发给我就好。我也可以在最后一起读，如果你觉得那样更好。"

"好的。"我说。

"我还在想一个小地方。在这一部分结尾，你写进世界里，然后出来，再写进世界里，再出来。你还记得吗？"

"记得。"

"那真是绝妙地好。我就想，难道这里不是就有个现成的标题吗？一个可能的标题？走出世界。你想想，至少考虑一下。"

在如此惊人的鼓励下我又写了两百页，其中还有一长段是关于爸爸的，我写的时候哭了，模糊泪眼几乎看不清屏幕，而且我知道这写得很好，它和我以前写的东西完全不一样。

那个春天在克里斯蒂安桑有次家族聚会，因为居纳尔的一个儿子行坚信礼。我又南下去了那儿，上午很早就在奶奶家集合。爸爸坐在厨房里，庞大的身躯很臃肿，手在颤抖，脸上铺着一层汗。他穿着西服，衬衫，打着领带。在我们后面的客厅里，他的兄弟埃尔林一家与奶奶在一起。

我人生中第一次感到自己比他强壮，这是我人生中第一次和他在一起时没有感到恐惧。

他一点也不危险。

我问他是否仍然和他遇到的那个女人在一起，我甚至不知道名字。

"不，我没有，"他说，"她想决定我的鞋子放哪儿。那可不行。"

"不行。"我说。

"这事你可以做主吗？"

"可以，我觉得应该是吧？"

"这很好，不要放弃你的自由。你永远不要这么做，卡尔·奥韦！"

"不会的。"我说。

他低头看着面前桌上的报纸。他沉重又迟缓，但是他的气场可不是这样，而是紧张不安的。

"我们动身前你得帮我打领带，"我说，"我还没有学会这个。"

"那么，谁帮你打的领带？"

"一般是英韦。"

"他会这个？"

"是的。"

他慢慢地站了起来。

"我们现在就来。你的领带在哪儿？"

"这里。"我说，从外套口袋把它拿出来。他把它在我脖子上绕过来。他的呼吸沉重。他把领带两端叠在一起，看着它们，然后收紧。

"就是这样。"他说。

我们的目光相遇了，我的眼睛泛起泪光，他转过身去坐下，埃尔林进了门，他手里拿着钥匙圈。

"那我们走吧？"他说，"我们不想去教堂迟到，对不对？"

"卡尔·奥韦今天是不是很帅？"爸爸说。

他真这么说了。

"是啊，"埃尔林微笑着说，"但是现在我们走吧。"

牧师在讲道中谈到祈祷。他说上帝不是自动售卖机，你把钱放进去，一瓶可乐就会出来。我简直不敢相信自己的耳朵。他受过六年的神学教育，而且有三十年的实践经验，一副审判人的模样，然后他以这种方式谈论神圣事物？

崇拜仪式结束后，我在外面遇到了一位老朋友。我好多年没见她了。她给了我一个拥抱，我们聊会天，她说她又回到了克里斯蒂安桑，有点不好意思的样子，就像是她已经屈从了某些比她本人强的力量。就在我们站在那儿的时候，我看着正朝着汽车走过去的爸爸。也许要怪所有这些在场的人，也许要怪周围的环境，我不习惯在这种场合下见到他，但突然间我看到了他现在的样子。所有那些左右着我投向他目光的，所有我们在一起度过的时光，所有他做过的，当过的，说过的，所有加总就成了"爸爸"的东西，在他身上，或者在我对他的注视里的，让我罔顾他实际上是什么模样的，所有这些突然消失了。他看上去像个衣冠楚楚的醉鬼。他看上去像一个酒虫，被家里人接出来，打扮停当，带着一起出门。

在车里讨论起了走哪条路出去是最好的。爸爸说我们必须在那儿右转。没人理会他，于是他激动起来，满口只说着那条往右的路，说他是对的，说他们会知道的。

我心里发凉，坐在那里看着他。这退化也太惊人了。他就像个孩子。在去居纳尔家的路上，他一直在哼哼唧唧，认为我们该按他说的路开。当我们到了以后，他小心谨慎地下车走上砾石路面，迟缓地走到门口。晚餐时，他旁若无人，完全不参与谈话；时不时他也会发表一句评论，每次都没头没脑。他一直在出汗，当他把装着苹果酒的玻璃杯移向嘴边时他的手在颤抖。晚餐后孩子们四下奔跑玩耍，过了一会儿他们想到了一个游戏，那其实就是，他们喊着爸爸的名字，跑向他，然后喊着他的名字摸他一下，并大笑着。他全然听之任之，抖了一下，从他们身上转开了视线。埃尔林不得不要求他们停下来。我们在那儿剩下的时间里，我的耳朵里始终响着孩子们轻蔑地喊着他名字的声音。

这是一个曾经有着国王那样的力量和气场的人。

现在他身上什么也没有了。

然后，当一切结束时，他首先转向我。第一次他能夸我很帅了。但是我是二十八岁，不是八岁，我不再需要它了，也不再需要他了。

我们坐着两辆小一点的车回家，埃尔林一家人和奶奶一辆车，爸爸和我一辆车。我时间不够了，我要赶飞机，我那个装着换洗衣服的包放在玄关里。爸爸站在台阶上摸索着找钥匙。最后终于找到了，开门。防盗警报器低声嘀嘀响。爸爸看着它。

"你得按密码。"我说。

"是，"他说，"但是我不记得了。"

"我现在就得拿这个包，"我说，"它就放在那儿。你觉得我能就这么进去拿它吗？动作尽可能快？

"去拿吧，你。"他说。

我飞身进去。警报器立即叫起来，尖锐，震耳欲聋。我抓起包又跑出来。我确定他会把我教训一顿，但他只是呆呆站着，困惑地盯着密码盒，开始戳着那上面的数字键盘。在坡上奶奶走过来了。

"你又成功地弄响了防盗警报！"她喊着，"我要和你说多少次你要先输密码才能进去！"

她径自走过他身边，输入了一个数字。

"我不记得密码了。"他说。

"但是这是多简单的事啊！"奶奶喊着，"你太匪夷所思了！你什么都不会！"

她抬起怒火中烧的双眼盯着爸爸。爸爸两臂贴着身体站着，低头看地面。

在卑尔根，我继续写我的小说。到五月中旬已经有了三百页，我寄给了盖尔·古利克森。他让我去找他，这样我们就可以好好讨论一下它。我去了奥斯陆，住在埃斯彭那里，当我走进他办公室时，我的稿子就放在了桌上。

他就稿子说了大概有十分钟。

然后他说："你想现在签合同吗？我们这边没问题，你知道。或者你想等到有了最后版本再说？如果我们加快速度，有可能在秋末出版。"

"出版？"我说。我从来就没敢往这方面想过。

"是啊？"他说，"这差不多快写完了。就算你现在出门被电车撞了，我们这里有的也尽够出书了。"

他笑了。

在春天的白色阳光下，我像在一种无意识的入神状态里被行人裹着，走上又走下人行道上。想着他所说的那些话，我全身都被涨得满满的；我身边所有的一切，好像都很遥远了。一列电车吱吱呀呀地开过去，一个胖子下了出租车，两辆小汽车相随着驶上坡。我不敢相信这一切是真的，所以要一遍又一遍地告诉自己。我要出第一本书了，小说被接受了。我是作家了。就好像这喜悦的压力使我跟跟跄跄。我要出第一本书了，小说被接受了。我是作家了。

我按埃斯彭家门铃，他开了门，立即转身走进房间，他正忙着。我借了电话打给托妮耶。她当然不在家。然后我给英韦的办公室打了电话。我说那本小说被接受了。

"哦呀。"他说。

我没明白他语调里的这种漠然。

"这难道不是太棒了吗？"我说。

"是啊，"他说，"但是你知道这是迟早的事吧？我的意思是，你与出版社联系已经很久了啊？"

"我真的一点都不知道。我真的从来没有想过这会发生。"

"是啊，是啊，"他说，"那么，你在奥斯陆出去玩了吗？"

我们挂了电话后，我坐在沙发上等埃斯彭忙完，届时我就可以把这事告诉他。但是他也没有表现得特别上心的样子。

"我听到你在电话里说了，"他说，"恭喜。"

这事对他来说可能很理所当然。毕竟他所有的熟人，都是作家呢。

"你以前想到过这事吗？"我说，"想到我有一天也会出书？"

"是啊，我想过的。但是可能不是纯文学。我曾经觉得很有可能是论文集或者这一类的东西。"

夏天开始的时候，我们清空了公寓，把所有东西都放进离城里很近的一个仓库里，它们会在那儿一直堆到八月底，那时我们会搬到沃尔达。托妮耶申请了 NRK 霍达兰郡分部的暑期工作职位，但没有得到这份工作，为了赚点钱，她打算改去她父亲的医生办公室工作，在莫尔德。我们一起去约尔斯特看了妈妈，根据计划我该待在那儿把小说写完。我们在那里期间，她给 NRK 松恩和峡湾郡分部打了电话，奇迹般地在那儿找到了活干，所以就不去干秘书工作了，然后整个夏天我们都待在那儿。她早上去 NRK，我开始写作，她坐在她那白色 NRK 工作车上在郡里四处跑，而我在洒满阳光的房间里汗流浃背地写作，光线太猛以至于我几乎看不到面前屏幕上的字母，她下午回家，我们去游泳，或者在花园里烧烤，或者呆家看电视。在小说上我走投无路了，它被挡在了原地，我越来越绝望，开始把一整天都用于工作，甚至写个通宵。我脑子里再没有任何别的念头。就按目前的状态出版，将会是个巨大的错误，所有的叙事目前还缺乏一个动机。一个年轻人回到家乡，租了间房，碰到了一些老相识，他的整个人生都就此浮现出来，一长串的漫长回忆，它们从自身来说是可以成立的，但为什么要说起这些呢？这里找不到任何叙事动力。我必须要把它制造出来。但是怎么造？显然他必须之前去过什么地方，在那个地方必须发生了什么事，足以把他打得七零八落，让他不得不逃走，同时也是他要回溯这一生的理由，为了寻找一个目的，寻求一种整体视角，尝试了解自己。

除了这事我的心里容不下任何其他东西。其他所有一切我都躲得远远的。一天晚上托妮耶喊出了她的沮丧。

"我不想这样过！我才二十六岁！我要生活，卡尔·奥韦！你懂吗。"

我试图让她放松下来，这事与她一点关系都没有，但我必须写，因此我没有心思去干别的，不过这事马上就要结束了，而且我爱着她，我永远爱她。正面讨论是有帮助的，尤其对她来说，那天晚上她的心情也轻松了，我们离彼此更近了，就好像我们又重新开始了一样。

几天后，我写了关于北挪威的一段，让亨里克·默勒－斯特雷，也就是主人公，在那儿当老师。让他坐在教师办公室里，和其他老师聊天，跟他担任班主任的班上学生聊天，我一开始这么处理的时候就知道我已经解决了所有问题。

他爱上了其中一个学生，最后与她发生了关系，她才十三岁，他不得不从那里逃走，除了克里斯蒂安桑他没有任何地方可去。

这样一来就四角到位了，但是我不能这么安排，不能让他爱上一个十三岁的孩子，不管怎么说不能让他们发生关系。这是不道德的，那将会是投机性的，因为我必须这样做的原因其实出于小说在技术上的要求。我需要一个情节，在某一个点上必须尽可能地过分。他也可以杀死某人，但是我对那种冲突完全没有兴趣。偷东西？不不。一定是有什么美好的东西的牵引着他，某种精致又美丽的东西，一次恋爱，其他的什么都不合适。

但是我不能。

如果这样的话最后就只会有这一点被拿出来讨论，小说里的道德议题，我对此绝对不感兴趣。

另一个让我觉得不舒服的时刻就是我会感到我把自己写进了小说里了，因为那里也有一些确实发生过的事情，一些最好永远别让人知道的东西，如果我这么写，那么这事就真的在这世上存在了，而不仅仅是在我心里，不管其中有多少是被虚构出来的。

托妮耶去了莫尔德，我还留在这里等托雷过来，我们要去我们家族拥有度假屋里的一间，要在那里写完一个电影剧本。那是关于一个牧场的，几个故事在那里展开，其中最重要的是关于一个女人，她听到空中传来奇怪的声音，到剧本结束的时候，经过许多折腾，发现这个声音来自两个兄弟所住的公寓，他们把父亲关在那里并虐待他。

一天晚上我们结束了那天工作后，我对他说起了这个两难局面。

"就这么写，去他的，你根本就不该考虑这个问题。放手干吧！这会成为经典！"

我们在那儿待了四天，我反复表达了我的顾虑和不安，他则始终非常坚定，放手干吧，就这么写。我们沿着狭窄的碎石子路穿过树林走到水边，在那里的一家小店里买东西，我带他去看博格希尔，博格希尔嘲笑我们和我们所剃的光头，你们看起来像囚犯一样。她给我们上了咖啡，我问起她的童年，她告诉我她得过肺结核，在疗养院躺了几个月，疗养院就位于一个峡湾上方，治疗手段就是尽可能多晒太阳，女人们坐在二楼露台的椅子上，男的则坐在一楼的露台上，因为我们都是上空的，按照今天的说法，她笑着说，然后继续说她回家以后的情况，那时候得这种病是很羞耻的事，而在疗养院晒出的棕色皮肤也同样。托雷被她迷住了，而她也喜欢托雷。每个人都喜欢托雷。我们走上山继续工作，当我们在那儿坐着的时候一匹马把嘴探进窗户，我们给了它糖块和一个苹果，到了傍晚我们坐在外面喝啤酒，抽烟，被森林上方的瀑布啸声所环绕，而另一边山峰顶上的积雪在下沉的夕阳映照下闪耀。

八月中旬我坐公共汽车去了沃尔达。托妮耶在公交车站等着我，我们沿着山坡走到我们要租下整个二层的那幢房子，房子是旧的，条件也不是特别好，但是它有三个房间，只有我们两个人住在那儿。去年一整年她和另一个学生合租了这里，现在就只有我们了。我们是丈夫和妻子了，想到这个依然让我全身闪过冰晶般的震颤。我们一辈子都会在一起，而我们现在就在这里，在群山中的一个小镇，这里到处都是大学生。

在我用来作书房的房间里，能看到峡湾的景色，渡轮在那儿差不多从早到晚来回穿梭，夜间它也在暮色里一闪一闪，我在把电脑放到写字台上的时候就知道我将在这里完成书稿。

托妮耶在学校里过得很好，在那儿有很多朋友，有时他们来我们家，但她通常在外面和他们聚会。我有时会加入，但不是经常。我来这里是为了写作的，这是我最后的机会，还有两年我就满三十了，我必须把自己的所有孤注一掷。与我以前待过的其他所有地方都不一样，我不去和沃尔达建立任何联系。我整晚写作，通宵写作，清晨时上床睡觉，带着对下一个夜晚的满满渴望，那时我又可以继续写了。有时我骑车去那小小的镇中心买 CD 或书籍，但就算这些花不了多少时间，也让我觉得像巨大的牺牲，本来决不能允许自己如此去做的。在那几个月里，我发现了固定流程和重复的强大力量。我每天都做完全相同的事情，这样我就不需要去花任何精力去想它，一切为写作服务。而且它也从同一来源获得动力，就比如说一天有了三页，一百天就有了三百页，一年就有超过一千页。我一晚上会在同一个位置卷二十根烟，总会掉下几根烟丝，半年后，在椅子腿边的同一个地方，烟丝就聚成了一个美妙的小堆。键盘上的字母依着我的秘密体系在慢慢磨损，半年后有些键还亮着，没怎么被碰过，有些键上的字母则差不多磨光了。但这些固定流程还有一个功能，它保护着我，不让我从外部视角来审视我写的东西。这些固定习惯让我日复一日地置身于同样的事物中。一旦我走出了这个模式，比如说，去拜访某人，或者和托妮耶一起出门喝了些啤酒，所有东西就会倾斜，我就出来了，会注意到那里面的这些固定流程和我写的东西，那些文字其实糟糕得可笑。我想的都是什么啊，居然会认为有任何其他人愿意看我这些孩子气的青涩念头？一旦我开始这么想，这些念头就会越来越强烈，它们越强烈，我也就越难回到这例行习惯所构成的坚壁内，获得安宁。所以我一旦再次回到那闭关的状态里，我就决定再也不做类似的事了，不去见任何人，不和托妮耶出去喝酒。然后这些决心也消失了，因为在里面就是这样，外界的一切都消失了。在工作的时候，我常站在浴室里，贴着墙上的暖炉，盯着窗台，就像一只猫那样，用眼睛追随外面在移动的一切，这样可以待上半小到一个小时，然后又回房继续工作。这是一种透一口气或休息的方式，也用不着从那种状态里走出去。

我的这种感觉，妙不可言。这条路我走了十多年，什么都没有折腾出来，而就在突然间，完全不知道怎么回事，只要写就可以了。我写的东西具备了这样的质量，与我以前所写的那些相比，让我每天晚上通读前一天晚上写的东西时都为之吃惊。这就像一种迷醉，或者就像梦游，一种灵魂出窍的状态，而且这体验的神奇之处就在于它在不断延续下去。

托妮耶知道这对我来说有多重要，她很独立，过着自己的日子，有自己的野心，但有时我留意到她想要得更多，想要更多的我，更多的我们，目前有的对她还不足够，然后我也试着给，不是为我自己，我已经有了我所需要的一切，只是为了她。

有次她问我借个人电脑用一下，就半个小时，有什么她必须要写的东西，而为了这事跑一趟学校太紧张了。我顿时火很大，但也没说什么，很显然她完全可以借用半小时电脑，只是为了让她了解我的牺牲，我坐在走廊上的一把椅子上，就在门口等着，气冲冲很不耐烦。

她有时会说到某个朋友对我们生活的观感，我整天埋头工作从不和她出来见人，真太奇怪了，她说这话当然因为她其实也这么想，在内心最深处，我生气了，他和我们的生活有什么关系？

春天的一个晚上，她肚子突然疼得很厉害。她必须要去看急诊，她说。我问要不要我陪她去，她说，不用，你写你的，没事，

726

于是我从客厅的窗户看到她弯着腰走上坡，觉得她让我接着写而不是陪她去看急诊真是很慷慨的举动。我对独自去看急诊这种事完全无动于衷，我也不因为这种事而感触多多，很高兴她和我态度一样。

两三个小时后，她打来了电话，他们把她送进了医院，他们没查出来病因，所以要做一个小小的侵入检查找出是怎么回事。

"要我来吗？"

"好啊，你能来吗？"

我到那儿的时候她躺在床上，她的微笑温柔而含着歉意，她已经不痛了，很可能什么事都没有。

第二天我又去了，他们并没检查出什么问题，这是一个谜。我要去奥斯陆把稿子最后过一遍，机票很早之前就订好了，所以她得自己回家，这没问题，而且她有很多朋友可以帮她购物，如果需要的话。

五月份，我最后一次通读了全稿，所有要改的地方必须现在改好，然后五月十七号国庆节到了，托妮耶问我那天能不能陪着她，先和朋友们一起吃早餐，然后到镇上看国庆游行，然后再坐在餐馆里喝点啤酒，但是不行，稿子的事很急，我没有一整天可浪费，再说你在那儿也有很多熟人！

她穿着她那件水手夹克，美得像一个梦，我透过窗户看着她时这么想了一会，然后就坐在外面平台上的阳光里，手里拿着笔开始读稿子。过了一会儿，我走进屋里吃了点东西，又继续看稿，直到电话响了。那是托妮耶。

"我就是这么想你。"她说,"你不能下来吗?就一小会儿?我在这儿很开心,真的。但是如果你来的话就会更好了。另外其他人在琢磨我们是不是出问题了。因为你也没出现。"

"别闹了,"我说,"你知道我要工作的。你明白的,对不对?"

是啊,她当然明白。

我们结束了通话。

我站着望向峡湾。

我究竟是在干什么啊?

我是彻底傻了吗?

她要这样穿着她的水手外套,在国庆节,孤独地待着?

我匆匆套上外套和鞋子,紧走几步上了坡。就在我刚刚到山顶然后往下面走的当口儿,我看到了托妮耶。她低着头慢吞吞地走着。

她哭过吗?

是的,她哭过了。

哦,托妮耶。

我朝她跑过去,用胳膊搂住她。

"不用管我,"她说,"我不知道自己是怎么回事。"

她话音刚落,就微笑起来了。

我们走下去又去了镇上,去了她那些朋友都在的那个喝东西的地方,后来去了餐馆,我们在那儿喝得大醉,就像人们在国庆节时该做的那样。当我们坐在那里时,我说我的小说出版后一定会登上《日报》头版。托妮耶看着我。我们要打赌吗?我说。好啊,她说。去一次巴黎。如果你赢了,你带我去。如果我赢了，我带你去。

那天晚上我们紧紧搂在一起回家了。她说了我们现在的情况怎样困扰着她，我说这一切很快就要结束了，还有一个月，之后一切都会不一样了。

"最糟糕的是我相信你。"她说。

英格兰在世界杯上与阿根廷队对决的那个晚上，一个搬家公司运走了我们所有的家当。第二天我们飞往卑尔根，站在新公寓外面，等着搬家公司的车。我们已经回复了一个仅限邮件回复的广告，托妮耶写了封信，介绍了我们的情况，然后我们就得到了这套公寓，一个老太太拥有它，而且基本也不想通过它挣什么钱，它很大，至少和我们原本目标相比是很大的。

手机响了，是货车司机，他停在坡脚也不再往上开了。我们朝他的位置赶过去。

"不行了，"他说着，挠着脸，"我就在这里把你们的东西卸下来。"

"这里？就卸在街上？"我说。

他点点头。

"但是这样是不行的！"我几乎吼起来了，"我们给你们付的是搬家的钱。肯定的，你要把所有这些东西搬到公寓里面！"

"但是我上不了坡，"他说，"你们可以从我这里借手推车，条件是你们答应搬完了还回来。"

我屈服了，还帮着他把所有家具和纸箱都卸到地上。堆得像人那么高。他把车开走了，我给埃里克打电话，他是我认识人里唯一现在就在城里的，但他来不了，所以就动手干吧。

来来往往的人盯着我们的家当。这太不对了，我想，边把三个纸盒放到手推车上，开始推着它们上坡。这看起来很淫秽，暴露，无遮无挡。一张日间床在马路上，我们的床在马路上。一张沙发，一把椅子，一盏灯。画。写字台。一切都在阳光下下亮闪闪的，映着那灰色干燥的沥青路面。

在接下来的日子里，我们把公寓重新粉刷了一遍，当我们终于把所有家具和东西都归置好以后，我们可幸福了。觉得这就是我们第一个像样的公寓，我们再也不是学生，未来从这里开始。托妮耶在 NRK 霍达兰郡分台找了份工作，我的小说完成了；剩下来唯一的事就是校对。封面的事，我南下斯塔万格，去找英韦帮忙。我带上了齐柏林飞艇的一些图片，我从一开始就觉得应该走这个路子，因为我在小说里要表达的气氛，那种压倒一切，对已不再有的那些，所有的时代，所有的纪元，所感到的情绪，很难找到比飞艇更合适的表达，这空气中的鲸，这向前游的大白鲸莫比·迪克，如此美丽而奇异，以至于让人心痛。我也带了一本爸爸给我的书作为备选，它是关于太空的，没有照片，只有绘图。在五十年代初期还没有太空旅行，但是它已被预见到；画出来的太空服，也许是第一个宇航员会穿的那种。火箭也是画出来的，荒凉星球上的房子，月球车。它们的风格全都那么五十年代，那美式的，广告般的乐观。一个父亲和他指着星空的孩子。未来，传奇，整个宇宙向人类张开怀抱。

英韦和阿斯比约恩制作的各种封面，也包括齐柏林飞艇和五十年代绘图的，都很好看，但对于小说来说依然略欠精确。他们试着做了一些新的版本，阿斯比约恩想到了一本摄影杂志上刊登的美国摄影师乔克·斯特奇斯的作品，我开始觉得能接受它了。其中一张照片展示的是一个女孩，也许十二岁，也许十三，她赤裸着，以背影示人，当我们看到它，一切水落石出。这就是这本小说要说的东西。不是过去的时代，而是主人公对一个十三岁女孩的渴望。

回到家，我白天以读报纸看电视来打发时间，有时候去船厂区喝咖啡，手里捧着书，托妮耶在工作，我神不守舍，因为那些固定流程已经不再有带着我往前的动力了，它们只是一些固定程序而已，在它里面的日子不再有内容。英韦和阿斯比约恩住在斯塔万格，埃斯彭和托雷住在奥斯陆，汉斯和我认识的几乎所有人也都搬去了那里。回到卑尔根的人只有少数几个。我知道奥勒在城里，他已经离婚并搬回来了，我打电话给他，我们一起出去喝啤酒。我最早在学生电台结识的爱里克在做文学批评方面的博士论文，我骑车去他的办公室，和他在食堂里一起喝咖啡。

当我回家时，妈妈打电话来，说博格希尔死了。她睡过去了，没生病，没有受苦，但在睡着时死了。自从我上次见到她已有一年了，当时我从妈妈家骑车去她那儿，坐在她的露台上，问起她那些过去日子里的农场生活。我把她的话记在笔记本上；这些对她来说是回忆，对我来说是历史。当下的世界和那个世界有那么大的差异，简直无法思量。博格希尔属于这两个世界，但现在她死了，我听得出来母亲为此多么难过。我们说好了我会来参加葬礼。托妮耶要工作，来不了。但我在前一天晚上收拾好行李箱，早上冲了个澡，吃早餐，正要去长途汽车站，这时电话响了。是英韦。他说爸爸死了。

四天后我走出了克里斯蒂安桑的小教堂，我见到了爸爸，或者是曾经是爸爸现在却只是一具带有他特征的躯体，这是第二次了。天空明亮但朦胧。一串汽车从我面前的马路驶过。看到他真是可怕的事，尤其是这些日子以来，他的样子距我第一次见到他又走样了许多。皮肤更黄了，并且凹陷下去。他已在通往地下世界的路上，有什么以巨大的力气把他往下，往那儿拽。我走过人行天桥，汽车在我下面滑过，引擎的声音差不多都能传到我心里，我点了根烟，抬头看着面前建筑物的顶部。它们仅仅矗立在这里，就已经像说了什么话，它们说的东西没有人味，不是活生生的，就是一个声明而已。路对过的房子，也许是三十年代的，它们说的又是另外一些东西,整个城市都是这样，所有城市都是这样。在苍穹下张大着嘴，人们走进走出。

那些血是从什么鬼地方来的？

当我们第一次看到他的时候，殡仪馆职员警告过我们，他说，曾经流过很多血，看上去可能有点不像样。他们肯定给他清洗过，但是没能把血迹全部弄掉，血已经几乎渗到他的皮肤里。而且鼻子也断了。但是在找到他的客厅里，那里并没有什么血。是不是疼痛来得如此暴烈，以至于他站了起来，又摔向了壁炉那边的砖墙，比如说，撞断了鼻子，抓着椅子要起来，死了，然后在那被发现？有或者是在头一天摔断了鼻梁，在进城的时候？或者摔断的鼻子和血迹就是让他心跳停止的原因？

但血去了哪儿？

我明天一定要打电话给医生，问问他被找到的那天到底发生了什么。

我回来时奶奶坐在厨房的桌旁。她的脸色亮了那么一瞬，她不想孤单，一秒钟也不想：每次英韦和我离开这房子时，她都送我们出来。

我坐上一壶咖啡，走进客厅，给英韦打电话，先把通向她的门在我身后关上。

"你跟医生谈过了吗？"他说。

"不，这事我还没做。明天吧，我想。"

"很好，"他说，"你那边其他的情况怎样？"

"我今天把花园里的草差不多都割完了。或者这些可以说是干草了。然后我想明天来个大扫除。"

"那么，牧师呢？"

"你说得对啊！我得先解决这事。待会儿再给你打。但是我想殡仪馆应该和他联系好了吧。"

"是的，他们已经联系过了。但是你们自己要先把仪式过一遍，他肯定要就爸爸讲上两句，所以你要先提供一些情况。"

"那我要说什么？"

"不用说什么，就是提供一些生平概况。在特罗姆岛当老师，在当地政坛很活跃，集邮家。第一次婚姻有两个小孩，第二次一个，感兴趣的是……是啊，他到底对什么感兴趣？"

我无声地哭了。

"钓鱼，"我说，"他喜欢这个。"

都沉默下来。

"但是……你觉得结束的时候我应该说点什么吗？"我说，"最后这几年？"

"也许不用直接说。"

"他过得很难之类的？"

"好吧，这么说可以。"

"我只是希望这是个有意义的仪式。"

"我知道，我也希望。"

"你什么时候下来？"

"葬礼那天。也许。或者前一天晚上。"

"好吧。但是我明天还会给你打电话。"

"行。"

"那么先再见了。"

"再见。"

到了晚间乌云已消散，低垂的太阳将橙色的光洒向城市，与此同时暮色缓慢地跨过田野而来，很快就要升腾起来，充满四下，直达天际，光最后的防守工事，它会高悬在那儿，深沉的蓝，然后，几乎谁也不会觉察到，一颗星星的光已经显露，微弱得就像个新生婴儿，但它会长得越来越强，被其他光线所包围，很快这依然明亮的夏夜天空就满是星光。

就在奶奶坐在客厅看电视时，我站在露台上，交替着抬头看天空，展目看市区和大海。我想起了爸爸给我的那本五十年代的书。那是他读过的书。孩子都有的太空梦，想着火箭和机器人，发明与发现会带来怎样的未来。他对这些事是怎么想的？

他那时过得怎么样？

他遇到妈妈的那个夏天，他们都是十七岁，那是一九六一年，他告诉她他患了睾丸癌，也许生不了小孩。

这是撒谎，当然，当他告诉我他得了癌症快死了，那次也是撒谎。

但是他要死了并不是谎话。

也许没法生孩子根本就不是谎言？他确实不想要，他已经知道他不要。

天哪，那时他们二十岁。如果他们像我二十岁时那样不成熟，那么他们所经营过的就像是盘生意。

我把烟掐了，走进了屋子。

电话响了。

"你去接。"奶奶说，没有看着我。现在她好像又是在对着另一个人而不是和我说话，用上了另一种完全不同的语调，这另一个人，除了爸爸不可能是其他人。

我走进饭厅，拿起话筒。

"嗨，我是居纳尔，你们那边怎么样？"

"就眼下情形来说一切还好。"我说。

"是啊，这真是糟透了，卡尔·奥韦，"他说，"不过我们明天想带你们去度假屋。这样你们也能换个环境。天气预报说会是个好天。你觉得呢？"

"听起来很棒。"

"那我们就这么说定了。我们明天一大早过来接你们。你们要保证到时已经起床了！最好能早点出发，这样我们就可以有一整天在那里，我说的对不对？"

"没错，"我说，"这样最好了。"

我们一起去休息，我在她后面走下楼梯，她在玄关转身说晚安，消失在她的房间里，我打开我房间的门，在床上坐下来，把头埋在手里哭了很长时间。事实上我想和衣倒下就这么睡过去，但是居纳尔明天一大早过来，我不想显得衣冠不整，乱糟糟的，所以我调动起最后的气力，去洗手间刷了牙，洗了脸，把脱下来的衣服叠好，把它们放在椅子上，才向床走去。我畏惧那一刻的到来，最坏的时刻是当我闭上眼睛躺在这房子里，什么都看不见的，好像所有那些可怖的念头都朝我砸过来，它们终于逃出樊笼，今晚就是这样的时候，就在我慢慢地沉下去，就像在半梦半醒之间往复的时候，不是不像一根绳索上挂着的钩子，我模糊地想，像一张向下抽出的彩票，然后黑暗涌入，我的意识消失了。

我八点钟醒来时，奶奶已经起床了。她穿着这几天来一直穿着的那条脏裙子，闻起来味道很冲，而她也似乎深陷在自己的情绪里无法自拔。

应该有人帮她洗个澡，给她干净的新衣服。她的床垫早该扔掉了，她应该有新的舒服的床垫，还有新的舒适的一套床上用品。她应该吃点东西，好吃的热腾腾的食物，她应该好好休息。

所有这些我都给不了她。

"他们马上要到了。"我说。

"谁啊?"她说,抬头看着我,手指中间抽着根烟雾缭绕的香烟。

"居纳尔和托薇,"我说,"他们今天要带我们去度假屋,你记得吗。"

"是这样的,是的,"她说,"应该会很好的。"

"是的。"我说。

九点才过一点,他们的车就在外面停下来。奶奶看着窗外,姿势就和我小时候记忆中一模一样,就是那样飞速地把颈背上的头发抬了一下。

"居纳尔来了。"她说。

"那么,我们要走下去吗?"我说

"你不觉得他们是要上来吗?"她说。

"他们要带我们去度假屋。"我说。

"是这样。"她说。

我在她身后走下楼。居纳尔站在玄关里等着。晒成棕色的皮肤,金发,瘦高个。他看着我,眼神温暖。

"你怎么样?"他说。

"一切都还好。"我说,眼神茫然起来。"出去转一转应该会很好。"

奶奶穿上一件大氅,抓起一个包,夹在腋下,我们走下台阶朝汽车走去。托薇在阳光下眯缝着眼,和我们打招呼,握着奶奶的胳膊，扶她上车。我绕到另一边，坐进了车里。

度假屋在城市东边开过去两三公里，就在群岛上。我上一次去那儿已经是很多年前了。我小时候，我们大概每年会去那儿一次。那时候这样的一程总伴随着许多仪式，一切都那么有童话色彩。光说那停车场吧，在森林里的一小块平地上，那里的每一个车位都标好了一个车号，用油漆写在一块石头或者木块上。爷爷把车开到他们的车位，紧靠着一堵石头矮墙，在一棵大橡树树枝撒下的明灭不定的阴影下，我打开车门，走了出去，那儿的空气，闻起来有土壤，草木，树和花朵的味道，那么温暖，感觉就像我踏入了它的内部。四下寂静无声，除了鸟儿的歌声，也许还有零星传来的声音或者从我们要去的小港口传来的嗡嗡船鸣。

把车停在草地上！

奶奶从行李尾厢里拿出的硕大的方形冰袋，石头矮墙缝隙里的干燥苔藓，这里所有的气味，有些是相当暗沉，有种霉味，如果你拿起一块石头，它下面可能很潮湿，满是小爬虫，往四面八方蠕动。这些干硬的草也是如此，它闻起来干燥温暖，但就在它下面，如果稍微挖一下，就能发现截然不同的气味，更饱满深沉，就在腐烂的边缘。

大黄蜂绕着石墙另一侧的玫瑰茄丛里嗡嗡地飞。小径上的空气就像某些被太阳晒了一早晨的地方，像一束束的温暖，一种我们能走进走出的空间。含盐的海味更清晰了，以及腐烂的海藻。海鸥的尖叫声。

我们总是由同一个老船工开船送去岛上。奶奶和爷爷站在码头上，把我们要带的东西递给他，他把它在船底放好，然后我们走下来，在船上坐下。奶奶，一位六十出头的优雅女子，当风吹乱她头发时，她总要与之抗争，不停地抚着头发按回原位，爷爷比奶奶小几岁，事业成功，黑色的头发全往后梳，嘴唇敏感。那位老船工穿着雨靴和黑色遮阳帽，一只手握着悬挂在船舷外的油箱操纵杆，另一只手放在大腿上。我们慢慢地开出去，越过窄湾，在另一边的码头上走上岸，抬头就是那朴素的小白屋。我和英韦都对那里很向往。那里长着野樱桃树，野苹果树。我们可以在紧靠着度假屋外面的羊背石那边游泳。码头那里则可以钓螃蟹。那里还有一艘红色的先锋牌小艇可以供我们划。但我们最喜欢的还是在度假屋后面那一小块平地上踢足球，尤其是成年人也加入的时候，爷爷，居纳尔，有时爸爸也一起。

我今天早上看着这里时一切都回来了。停车场不再在草地上，铺上了沥青。长长的穿过树林的路其实不长，没用几分钟就走完了。没有船工在等着我们，他可能早就死了，而那时候码头上和附近的那种工作气氛已完全没有了，现在的氛围是那种小船和度假屋生活的。

但是毕竟。还是这片森林，还是这些声音和气味，还是这片外面散落着小岛和岛屿的海。

居纳尔把船拉过来，托薇帮助奶奶上船，我们很快就在高广的蓝天下越过海峡。外婆纹丝不动地坐着，低头看着她的前方，似乎这周围的环境，这已经让我们来到了另一个世界的开阔和轻盈都无法企及她。她苍白瘦削有点像鸟类的脸在这里看起来比在房子里还让人难过。因为在这里，是阳光下晒了很多天的棕色皮肤，是让人振奋清爽的泳后头发里的咸味，微笑和笑声，幸福，调情勾搭的眼神，有虾，蟹和龙虾的晚餐。

托薇把她的手放在我肩膀上，看着我抚慰地微笑。

我哭起来了。

噢噢噢噢，噢噢噢噢，噢噢噢噢。

我转过身去，看着那个海口。峡口里都是船，夏天这里是游船的一个过道。阵阵小浪拍打着船身，不时有一阵咸水喷向我们。

托薇帮着奶奶上岸的时候，居纳尔停好了船，他转向了我。

"奶奶昨天喝酒了吗？"他说。

我的脸热起来，低下了头。

"我想她喝了一点，是的。"我说。

"我想我能闻出来，"他说，"这样不行。"

"不行。"我说。

"她不能再照顾自己了。"

"不能了，"我说，"这很明显了。"

"这么多年我们都在这里照顾，"他说，"你父亲和埃尔林都从这里搬走了。所以就只有我们来罩着这些事了。"

"你们能受得了这么多事情，真是了不起。"我说。

"谈不上什么受得了受不了，"他说，"这些是我们必须要做的事。这是我的母亲，你知道。"

"是啊。"我说。

"去吧，给自己弄杯咖啡喝！"他说。

我眼睛湿湿的，走进度假屋里。我完全被融化了。有时候只需要一抹微笑，一只友善的手，一切就不可收拾了。

　　奶奶是他的母亲。爸爸也是我父亲。我知道他在做什么，我知道他想死。我却没有抬一下手指。我本可以南下，和他谈话，说他应该住进一家康复中心。英韦也可以一起来，我们可以坐在一起，他的两个儿子，接过照顾他的责任。

　　这个想法有多么不可思议就有多么陌生。有那么多我可以的事，几乎所有的事情，如果有必要，我都可以强迫自己去做，但是不是这个，永远不会。

　　我要对他说，现在你要和我去卑尔根，你可以在我和托妮耶家住一阵，然后我们给你在附近找个公寓？

　　哈哈。

　　哈哈哈。

　　"坐下来吧，卡尔·奥韦，放松一下，"托薇说，"最近你经历的事太多了。在这里你可以自在一会儿。在回去前你们还有足够的时间。"

　　我打起了嗝，用一只手挡住眼睛。

　　奶奶坐着抽烟，瞥一眼下面的码头，居纳尔从那儿走上来了。

　　一个小时后，他带着我往小岛里面走一走。开始我们什么也没说，只是肩并肩沿着小路走着，四下都是树木，高高的干枯草丛，杂木林和灌木，这里那里是闪耀的花朵，除了山脊上，全灰色，布有一块块低矮杂树,这里那里有几块陷落下去的地方，纤草在清风里摇摆，然后前方开阔起来，这些都汇入一片长形的土地，那儿有些房子闪烁着耀眼的白色，橙色的屋顶，旗杆上扑拉着红色三角旗。

"你还认得这里吗？"居纳尔说。

"认得。"我说。

"我记得我小时候来这里，我们就在这外面玩，"他说，"那时候你父亲已经是个青年。他在奥斯陆学习。我对他是仰视的，就像所有小弟弟那样仰视他们的大哥。"

"是啊。"我说。

"他身上有些特别的地方。他与我们其他人都不同。我记得他能熬通宵。没有任何其他人这么做。"

"没有。"我说。

"他比我大那么多所以我们并没有一起长大，"他说，"我十岁的时候，他已经有了一个儿子。他的生活完全是自己的。"

"是啊。"我说。

"他最后这几年过得不轻松。事情发展成这样子真可悲。但是那也许又是最好的，当一切都尘归尘，土归土了。你明白我的意思吗？"

"是啊，我觉得是这样。"

"夏天的时候这里是一家小餐馆。"他说，朝我们经过的一间小房子点点头。

"看起来挺美。"我说。

我们走到那去的一路上，我都在无声地哭泣。我再也不知道自己为什么哭泣，我再也不知道自己的感受，不知道这些都是打哪儿来的。

我们在旧的出海港口停了下来，那里的所有船屋都翻新过了，一切都因优越和富裕而崭亮。那边远处的地平线锐利如刀锋。蓝色天空，蓝色大海。白帆，什么地方发出的笑声，碎石路上的步伐。一个女人拿着一个绿色的大壶给花床浇水。水流在太阳光下亮闪闪的。

当居纳尔把汽车停在城里的房子外面时，已经五点了，所有树木都在海边吹来的傍晚微风里窸窸窣窣。

"明天我们会过来一趟，"居纳尔说，"然后这里的事我们来处理。这里还是有一些事情要做的。"

他微笑了。

我点点头，我们进去了。从外面所有那些阳光和空气里走进来，房子里的不堪就再次进入眼帘，我其实已经以某种方式对此有所准备。我们一起床，我又开始清洗。这次我擦洗的是厨房那边的两个客厅。长凳，餐厅长桌，椅子，一切都是三十年代的风格，有含混的维京式样浮雕，沙发茶几，八十年代装上的白色墙板，窗框，露台的门廊，楼梯。两个房间都有盖满整块地板的地毯，我用吸尘器把它们吸了一遍，但也没有怎么干净；明天我要去买些地毯清洁剂，我想着，把脏水倒掉，然后给托妮耶打电话。

她给自己买了张南下的机票，以及我们两个人的回程机票。我和她说了这几天发生的事情，还有我明天要去见牧师，还有多得难以想象的一堆事要做，但是都会处理好的。我说我想她，说我真希望她在这里就好了。第一句是真的，第二句不是。在这里我必须独自一人，或者和英韦一起。葬礼又不一样了，那时她必须在场。她说她一直都想着我，说她爱着我。

我们挂上电话后，我给英韦打了电话。葬礼之前他都没法下来，有小孩们一切都变得太复杂，但是他会做他在那里也能做的。给亲戚们打电话邀请他们，与殡仪馆保持联系，这些都是我觉得棘手的。

第二日居纳尔和托薇来了。托薇帮奶奶洗澡，帮她把干净的衣服找出来，居纳尔和我擦擦洗洗扔东西的时候她在做饭，我尽量听从他的调度，他才是在这所房子里长大的，那是他的母亲，我则是毁掉了一切的那个人的儿子。对于奶奶来说，这一番收拾真是创造了奇迹，她似乎又变回了平日里的自己，忽然我看到她走下楼，手里拿着一盆盥洗用水，嘴角叼着烟。托薇，站着清洗衣柜，对我笑着挤了下眼。她看起来就像个纯正的啤酒厂工人！她说。

我两点钟去了隆的教堂办公室。走进一道长长的走廊，朝一扇敞开的门里看了一眼，一个女人坐在里面的写字台后，她站起来，用眼神询问着我，我说了来意，她指指右边的门，我敲门走了进去。

牧师是个中年人，眼睛很友善，和我握了手，然后我们就坐下了。我对挪威牧师没有太大的信心，我带着惊吓回想起那年春天关于可乐售卖机的寓言，而我想让父亲埋葬在教堂墓地的唯一原因，是这是种传统，其中有尊严感。上帝的那些鬼话会为他而被朗声读起。所以我刚开始和这位牧师交谈时是有所保留的。我想要一个传统的仪式，有赞美诗，布道，抛洒泥土，尽可能地不个人化，拉开最大的距离。我希望大家通过这个视角来看父亲的生活，而不是从那琐碎的小角度，不是孩子们都害怕的，把自己喝死了的那个人，而是从一个更宏大的视角，他降生在人间，和其他的婴儿一样纯洁无辜，也和其他人一样过了自己的一生，最后同样走向死亡。

但是这似乎办不到。在我们详细讨论了一些事务性的细节后，我们开始讨论在他的追思里要涉及的内容。

"你父亲是怎样的人？"他说。

我说他曾在奥斯陆学习，在阿伦达尔的一所中学当了很多年老师，和西塞尔结婚，生了两个孩子，英韦和卡尔·奥韦，然后他分手了，又再婚，在北挪威生活和工作了几年，有了个女儿，又搬回南部，然后在那里去世，享年五十四岁。

"对你来说，你父亲是什么样的人，卡尔·奥韦？"他说。

我不喜欢他用提起我名字来表现出亲热感，同时我也暗暗希望干脆就这样从了他吧。这是一种该死的伎俩，我也知道，因为他根本不不了解我，但是我迎上了他的目光，在其中我没有看到一丝愚蠢，没有那种自命拯救者的愚昧，只有温暖和理解。他对醉死的人并不陌生，这我能看出来，他对糟糕的人也不陌生，那些可能不是世界之堕落而只是世界本身，他对这个并不陌生。

"我曾经很怕他，"我说，"我一直很怕他。是的，我现在也还怕着他，真的。我这个星期已经见了他两次，但是我依然不敢肯定他真的死了，如果你知道我在说什么。我还是害怕他会活转过来……好吧，对我发脾气。就这么简单。他曾经紧紧抓住了我，这也永远放不开了。我很高兴他死了。我就是这样的人。这是一个极大的解脱。我对此疯狂地感到内疚。因为他做下这些事情，或者这样行事，并不是有意的。"

我看着他。

"你哥哥和他的关系怎么样？对他来说也是这样的感受吗？"

"我不知道。我觉得不是吧。我觉得英韦恨他。我倒不恨他。但是我不知道。他对英韦的态度要差得多了。他会来找我，其实也是希望能做一些补救，但是英韦根本不想听这些事，他已经拒绝了他。"

"你说他不是有意的。那么，你觉得事情为什么会变成这个样子呢？"

"他很受罪。他是一个一直在遭罪的人。我现在才看清楚。他不想过我们曾经过的那种生活，但是他强迫自己去过。后来他离婚了，打算去做他真正想做的事，然而情况只是变得更糟，他开始酗酒，然后在某个点上他坍塌了。简单来说他不管不顾。最后一段时间他住在他母亲家里。那也是他去世的地方。他待在那儿喝酒。其实这算是一种自杀了。他想去死，这点我很肯定。"

我开始哭泣。我根本不在意这是在一个陌生人面前。我已经考虑不了了这些了。我哭个没完没了，我把我心里所有的一切都说了出来，他听着。整整一个小时，我坐在那里哭着，说着爸爸的事。当我要离开的时候，他握着我的手并谢谢我，用那温和的目光看着我，我又哭了起来，说我应该感谢他才对，当我从那里走出去，穿过走廊，走下楼梯，走进住宅区，走到主干道上时，好像有什么东西被放飞了，就好像我不再背负着它，那些我过去一直背负的东西。我们只是在谈着爸爸和我自己，但是他在那里，倾听着，就像他一定在那里倾听过无数人向他宣泄心事时那样，那些从生之艰难的深处倾吐出来的话，这让我们说的不仅仅只是关于爸爸和我自己，而是关于人生：这样就是一生了。这就成了爸爸的一生。

托妮耶来了，我紧紧地抱着她，我们紧紧地抱着前后摇晃着。

"你在这里真好。"我说。

"我很想你。"她说。

房子被彻底清洗过了，仍然破旧不堪，但已经尽可能地干净了。我洗过了所有盘子，餐具和玻璃杯，我布置好了桌子，到处都是鲜花。英韦，卡丽·安妮，于尔娃和一丁点大的托耶已经到了。爸爸的兄弟埃尔林和他的妻子以及三个孩子也在。奶奶坐在餐桌旁的一把椅子旁边，我们已经把餐桌搬到了正式客厅。她今天将要埋葬她的长子，我无法看着她，那凝滞的、空洞的眼神。就在一个小时前，在那里面还有光彩，那是英韦给她展示于尔娃的时候，她拨了一下她的头发。

我看着托妮耶。

"你能帮我打领带吗？"

她点点头，我们走进厨房，她把它绕在我的脖，然后唰唰两声就系好了。这是我在婚礼上戴的那条领带。

她退后一步，看着我。

"看起来还好吗？"

"看起来特别好。"她说。

我们走进去，其他人都在那儿，我碰到了英韦的目光。

"我们要走了吧？"

他点了点头，几分钟后我们就开车离开了。天空是白色，空气很温暖，我们再次关上了门，朝小教堂走去。一个殡仪馆职员过来找我们，把流程单给我们了。英韦看了一眼。

"这个姓写错了。"他说。

葬礼人员看着他。

"我对此深表歉意。"他说，"但很不幸，现在来不及改了。"

"没关系，"英韦看着我说，"或者你觉得呢？"

"没关系，"我说，"这种事也是会发生的。"

我们俩对这个姓记得不一样，我们自己都没有随这个姓。他的姓是自己起的。就好像他的祖母构思出了我们的姓氏。

居纳尔和他一家来了。阿尔夫的女儿也和阿尔夫一起来了，阿尔夫像往常一样，他现在一定已经八十多了。他老糊涂了，她拉着他温和而坚定地朝着入口走去。

我拉住托妮耶的手，走进去。

我第一眼看到的就是这白色棺材。

爸爸，你躺在那里吗？我心里说。爸爸，你就躺在那里吗？

我们坐下了。眼泪从我的脸颊流下。有那么两三次，托妮耶紧握了我的手。除了我们这个小小家庭的成员们，里面还有坐着另外三个人。

我很恐惧，我知道接下来会发生的是什么。

从我身后传来埃尔林儿子的声音。一种高高的，清澈的音调。音调持续着，然后以戛然而止收尾，我意识到他在哭，因为这声音又来了，他在嚎啕大哭，这令人心碎，他的小小灵魂看见了棺材，这已经够了，现在他在全心全意地痛苦。

葬礼仪式开始了。我们聘请的教堂歌手很老，他的嗓子也破了，大提琴奏鸣曲拉得不是很富于技巧性，但它是合适的，生活并不完美，只有死亡是完美的，这就是生活在注视着死亡，男孩为棺材而哭泣。

牧师开口了。他讲起父亲的一生，以及今天谁来到这里和他告别。他说这是关于保持关注。如果一个人没能保持关注，就会跌倒。要对你的孩子们保持关注，对你的亲朋挚爱们保持关注，对生活中最重要的那些保持关注。如果你不这样做，你就会失去这些，你就会一无所有。一个孤零零的人就不再是一个人。

英韦哭了，当我看到这个，看到他坐在那儿时，他的脸扭曲着震颤着，并抬起头张大嘴好像要透气时，我也大哭起来，因为悲伤和喜悦，悲伤和喜悦，悲伤和喜悦。

我们站起来，把各自手里花圈放在棺材上。

在他前面无声地站着，低着头。

再见，爸爸，我想。

当我们又坐下时，大提琴手演奏了巴赫，还是那样地呕哑嘲哳，荒腔走板。我哭得几乎以为自己被撕裂了，嘴巴大张着，一波又一波最深处的情绪，只是在其他一切都消失的情况下才会浮现的，从我全身汹涌而过。

这一切结束后，英韦拥抱了我，我们站着，在彼此的肩膀上哭泣，然后，当我们走上砾石道，看着那边的汽车开过，一对老夫妻走过墓地，一只海鸥在我们上方的空中盘旋，一切都结束了。它终于结束了。我深深地吸了几次气，哭泣也不再来了。

我不认识的那对夫妇朝我们走过来。他们自我介绍说是罗尔夫的父母，罗尔夫是安·克里斯廷的丈夫。他们说爸爸是一个极优秀的老师，以至于罗尔夫一说起他就特别兴高采烈。我们感谢了他们的到来，他们向他们的车走过去了。

"这是谁？"英韦说，谨慎地向一个女人点头。她戴着帽子，脸被面纱遮住。

"完全不知道，"我说，"但是所有够分量的葬礼都应该有个陌生女人。"

我们笑了。

"是啊，现在父亲已经完了。"英韦说，我们再次笑了起来。

最亲的这些家人们回到了祖母的家，开放三明治被端了上来，没有致辞，也没有追思的话，当我坐在英韦和托妮耶之间时，我希望能有些不一样，但是要那样的话我就得自己来，这办不到，我做不到。后来我们出去坐在露台上，阿尔夫说屋顶上有个男人，我意识到他回到了很久，很久以前的一天，那时他就在这里，那时候屋顶上有个男人。这很美妙，他是在一个父亲和爷爷都活着的那个世界里。

* * *

小说已经出版了几周了，什么都没有发生。一天早上电话铃声响起。托妮耶坐着吃早餐，接了电话，我醒了，躺在床上，听到她说她过来看看我醒了没有。

我走进客厅，把听筒靠在耳朵上。

"你好，这是卡尔·奥韦？"

"我是'时代'的马斯，你读过今天的《日报》吗？"

"没有，我在睡觉呢。"

"那么我觉得你现在应该马上出去买一份。"

"评论出来了吗？"

"是，你可以这么说。我不说了。你快去，我们回头聊！"

我挂上电话，转头看着托妮耶，她正站在桌边喝最后一口茶。她的手抚摸着她美丽的嘴，微笑着。

"今天在《日报》有评论了，"我说，"我现在出去买报纸。"

"他说了那上面写的什么吗？"

"没有，他可神秘了。但是我猜应该是不错的。"

当我在卧室穿衣服时，她在玄关穿上外套，当我出门时，她已经骑上了自行车，弯着身子站在地上。

我们轻吻了对方，她骑车下坡，我则在那些沉重的树木下走路上坡，越过马路，然后登上医院那边的坡。一个气鼓鼓的男人站在那儿看着放杂志的架子，一个坐在轮椅上的胖女人坐在收银台前，腿上放着一个钱包，她要买《家居》。

我在放着《世界之路报》和《日报》的支架前停下来。

最顶端，报纸的徽标右侧，是我的一张小幅照片。轰动性的处女作，它写着。

这很好。无论如何我赢得了和托妮耶打的赌。我拿了一份报纸，付了钱，走进了门厅，翻到了文化版。书评占了一个跨版，两页。是洛特姆写的。他把我比作汉姆生、米克勒和纳博科夫。

这真的很好。事实上，不能更好了。

我把报纸塞到胳膊下面，又走回家，给自己泡了杯茶，坐在桌子前，点了根烟。然后我给托妮耶打电话。她也刚刚看到它，并为我感到兴高采烈。不过我倒没有特别高兴，因为我从某种程度来说已经预料到了这点。

上午晚些时候，《日报》的一个记者打电话来，他想给我做一个采访作为对书评的跟进。我们约好了两点钟在总站酒店见面。

下雨了，所以我没骑车，而是搭公共汽车去了城里，去了我的理发师那，我以前选择这里，是因为这家发廊是我能找到最不嬉皮风格的，也因为它的主人，一个年轻有干劲的家伙，相当讨喜。

"嗨。"我进来时他对我说。

"你有没有时间给我理发？最好是现在？"

"十分钟，"他说，"你坐下来等一会。"

就是这样了？

窗外人们举着鼓动荡漾的雨伞经过。理发师忙完了手上的顾客，一个年长的男人，他说挺满意的，地上是他那白色已死的头发。当门在他身后叮铃关上时，我在椅子上坐下来，被盖上了罩子，我说我就要剪得像往常一样短，他动手剪了。

"待会儿我要接受采访。"我说，"所以我必须尽可能精神一些。"

"那你现在是干什么的？"他说。

"我出了一本小说。它得到了很好的评价。所以现在他们想和我谈谈。"

"这个赚钱吗？你卖了多少本？"

"我不知道，书刚出来。"

"它是关于什么的？"

"什么都有一点。"

"有谋杀吗？"

"没有。"

"爱情？"

"是的，真的。"

"那它就不是我的菜，我的女人刚搬走。"

"真的吗？"

"真的。"

安静下来了，他的剪刀掠过我的头。

"你希望耳朵上是这样？然后我们就开始剃颈背？"

"完美。"

我付款的时候，才开始为采访感到紧张了。我已经被采访过一次，是新书发布会当天，晚间六点新闻[1]打电话来询问我

---

[1]　挪威广播公司的电视节目。

是否可以上当天的节目。那是直播，我如此紧张以至于我坐在演播室外的沙发上等着时几乎都没喝一口递给我的那杯水。节目主持人汤姆·克里斯滕森走出来，说很遗憾，他还没有读过我的书。

"所以我要问一些关于出版处女作的感觉以及之类事。"他说。"但在封底上印着，它是关于男性耻辱的。你能就此说点什么吗？"

"封底的文字不是我写的，"我说，"我看到它之前也不知道它是关于耻辱的。"

"那么我们再找些其他能说的话题，"他说，"没问题。"

没过一会，我就被带进去了。克里斯滕森戴着耳机坐着，在他面前的一张纸上写着什么，我带上放在我面前的耳机，一个小节就从这里开始了。

然后他介绍了我。

"目前在比利时有个很轰动的恋童癖案件，"他说，"你写了一本关于老师与十三岁女孩发生性关系的小说。你会说你是倾情投入了这个恋童癖浪潮吗？"

我惊恐地看着他。他说这话，到底什么意思啊？

"不，"我说，"我不会这么说。它与比利时一点关系都没有。"

我注意到我真的能张嘴说话，紧张感就此消失了。

"你已经是文坛新人了。这个过程是怎样的？你有没有觉得你的出版社过于强势，通过，比如说，决定在书的封底放什么内容，以及这一类的东西来左右你？"

"不，我没有这种感觉。举个例子，封面图片就是我自己选的。"

"是啊，它确实展示了一个裸体女孩。你为什么选择它？这是为了引发感官刺激吗？"

"不，不，它囊括了这本书所讲述的东西，可以这么说。"

采访结束后，我浑身是汗，心里还有些骂骂咧咧，我只是出了本小说，光看他的问题，别人还会以为我杀了个人。

这个采访不是直播，而且那篇很棒的评论也可能会对它产生影响，所以我没有任何好担心的。但我还是很紧张，在去那里的路上，穿过那些雨水闪着幽光的街道，所有的车灯光都被吸纳入灰色日光里，我把自己要说的过了一遍。走进咖啡厅，那个站起来的人一定就是记者了，他名叫斯唐，我们聊了一个多小时，顺利得异乎寻常，我滔滔不绝，关于文学，挪威的和世界的，关于我自己的书，我希望通过它来达成什么，哦，它要远离极简主义，它进入了极繁主义，那鼓荡的暴烈的，巴洛克的，《白鲸记》，但没有任何意义上的史诗风格，我试图要做的，就是从这本小书开始，它就是关于一个人，在这里没有任何大的外部事件，但是一切都关于内在的转化，然后把它拓展到一种史诗般的形式，你懂我的意思吗？

他点头，然后记录，记录着，又点点头。

第二天，我买《日报》时很是兴奋。

但是采访只有一点点大，它说我因为那篇评论感到骄傲和喜悦，还说我从十二岁起就开始读《日报》。

我骑自行车去了大学，去敲了埃里克办公室的门。

"我从十二岁起就读《日报》，"他笑着说。"你竟然拿这个来吹牛！"

我在椅子上坐下来，他明白了我真的被这个采访压垮了，我被写得得像个白痴，彻头彻尾的内心虚弱的小丑，"骄傲而喜悦"，我的天哪，我臊得都不知道路往哪边走了。

"这事也没有那么严重。"他说

"不，也许不是。"我说，"但是所有人都读到了它了。这个见鬼的小丑！"

"但是你不是小丑啊，"埃里克说，"放松一点。"

"我现在真开始这么想了，"我说，"我确实说过这上面的这些话。"

"下次被采访的时候多一点含蓄，"埃里克说，"这样就好了。"

埃里克就是那种对什么都有话说的人。不是那种模棱两可的片汤话，或者毫无根据的随口一说，他天上地下，无所不读，对我来说这些日子里他就是一件礼物，占据了埃斯彭和托雷以前曾经待过的位置，因为他也读过这本小说，他对这本小说的评语，比如说这是一本自我的地理，我厚颜无耻地在所有采访里都这么说，采访也越来越多了。我坐在总站酒店里高谈阔论，或者邀请他们到家里来，坐在写字台边高谈阔论，当托妮耶回到家时，我对她再说一遍我刚才都是怎么说的。当我读这些采访时，我的脸热辣辣地感到羞耻。我半夜还醒着，想到我是这样的白痴就辗转反侧。如果清静了几个星期，我就感到全然的空虚。我还想要更多，但是它每一次来，结果总是糟透了。与此同时，我也开始被邀请参加各种活动。我去了克里斯蒂安桑，和一个叫比亚特·布雷泰格，以及一个叫波尔·吉特马克·埃里克森的人一起朗读，他们也是在这年秋天出版了处女作，也认为托尔·乌尔文好得登峰造极，这是通过几分钟谈话我就了解到的。他们是如此热切而投契，以至于我认为他们就是文学上的哈迪兄弟：乔和弗兰克[1]。到了我们登台的时候，大厅里有四位听众。我认识其中的一位，那是我的高中老师，但是后来我去找他时，才发现他到场是因为他是观众之一的好朋友。我在总站酒店也朗读过，在卑尔根认识的每个人都来了，休息室里人满为患，但是我不得不在没有麦克风和没有舞台的情况下朗读，我站在房间地板中间，就像在谁家客厅里朗读一样，而我读的内容，是一段关于主人公亨里克看到有人在戏仿他，我的脸开始红了，因为我意识到每个人都认为我就是亨里克，而且我所读的这段戏仿的描写就是对自身经历的描述。我红着脸，干巴巴地读着，像条蚯蚓一样扭来扭去，而朋友们都在场，他们一定会认为我比他们所想象的更加失败，因为这是公开场合，我真的要去把它表演出来，所以我唯一能想到的就是戏仿终于成了对我的戏仿，与此同时我读得越来越快，想早点结束这一切。

当朗读结束，听众里的一人举起了手。这是那种所谓"文学沙龙"，都会有这个环节。

---

[1] Joe and Frank Hardy，美国青少年探案类型小说《哈迪兄弟》(The Hardy Boys) 系列里的两位主人公。

"克瑙斯高现在可能还不是世界上最好的朗读者，"他说。"但是，我只想告诉还没有读过他的书的人，他的小说写得真是好。"

他戴着一副圆眼镜，一头茂盛的老激进分子式的长发，他只是想帮我。但是，关于我的朗诵的那话让我汗颜，因为我还抱有幻想，我刚才想到的一切都只是在我自己的意识里展开的。

之后他过来找我。他有一个可以拍电影的点子，他问我愿不愿意给他写剧本。他给我解释了这个概念，给我看了许多文件和照片，我说这太有意思了，而且绝对很合时宜，同时我在心里希望他滚到地狱里去，再也别在我眼前出现。

我还在卑尔根的一个周日活动中朗诵，这里集结了城里夜生活的骨干力量，几乎所有门类都有一点，都要在舞台上表演，其中有个晚会艺人，在一个渡轮上随着音乐指挥汽车，大家爆笑得尖叫起来。还有几个半裸的女士们戴着礼帽拿着手杖跳舞。然后就轮到我了。我给自己买了一套崭新的雨果博斯牌西装。托妮耶说过在我开始朗读前绝对要说上几句。我走到台前。

"我将要读一段关于死亡的文字。"我说。

听众中有人开始咯咯笑起来。我开嗓朗读的过程中，他们甚至都没停下来，而笑声传染性地散播开。死亡，哈哈哈。我能理解他们，我是一个自命不凡，装腔作势的青年作家，居然认为他了解这些生命里的大事件。

我去了西福尔郡的一个城镇，参加一个所谓的"书浴"，一起出场的还有在那年出版了处女作的一位侦探小说作家，我装模作样，对在场的十二、三名听众说我将会成为但丁。后来那个侦探小说家拒绝与我交换书籍。

这一切有什么意义呢？在全挪威飞来飞去，就为了给四个人朗读十分钟？对十二个人自吹自擂地谈文学？在报纸上说些蠢话然后随后几天都臊得慌？

假使我能顺利写下去的话，这些就都无足轻重。但并没有写出什么来，我写了删，写了又删。到了周末，如果我们不去电影院或借录像带回家看，我们就常去托妮耶母亲家或者她兄弟家，或者去歌剧院咖啡馆，"车库"夜总会或四方区。这个社交圈子和我们当学生时比起来已经不一样了。很多人已经从这城市搬走了，而那些留下来的人，或者工作了，或者时间也没有那么灵活。别人对待我的方式也不一样了，现在我也"是"个人物了，我痛恨这样。意思已经从一切事情里消失了，这就是所发生的一切。

在三月，我的小说获得了文学评论奖 [1]。当他们打电话来告诉我这事时，我正好陷入了一场小小的电子邮件噩梦，我开始是写了些蠢话，然后我想去补救，结果就变得更愚蠢，而且也无法挽救了，再写第三封邮件是不可能了。那是我当时满脑子里唯一的念头。托妮耶要求我打起精神来，这可是大事，想想如果两年前我知道能获奖的话？我也赞同她，但是这无济于事，当那人收到第二封电子邮件时他千万不能有的误会是什么呢？

---

[1] Kritikerprisen，挪威文学界的最重要奖项，作者是有史以来唯一一以处女作得到此奖项的人。

我邀请英韦和托妮耶和我一起参加颁奖典礼，当我走上前领奖时，他们坐在众人中的一张桌子旁。在那里等着我的一小阵相机快门的风暴，着实妙不可言。盖尔·古利克森说了几句话，我很感动，不知道眼睛该往哪儿看。之后，我们和出版社的人一起去了剧院咖啡厅，起初我很不自在，几乎什么也没说，但幸好体内的情绪逐渐高涨起来。在萨沃伊酒店，我遇到了谢尔坦·弗勒格斯塔，他也被提名了这个奖项，我其实最想为我获得了这个奖而对他道歉。但是我没有，我问他是否记得我有一次曾经采访过他。不，他不记得了，他说，微笑着，对吗？他建议我们交换著作，然后他消失了。在"卡车"酒吧我真的喝醉了，当我在一张桌子边看到奥勒·罗伯特·松德时，我径直走过去在那儿坐了下来。他和一个女人坐在一起。他们也喝得醉醺醺了。突然间她靠向我，把我的脸放在她的双手之间，吻了我，良久。奥勒·罗伯特·松德什么也没说，只是看向了其他方向。我惊惶地站起身来回到我们的桌边。

　　五月份，在利勒哈默尔文学节的文学节上，我再次遇到奥勒·罗伯特·松德。文学节结束那一晚，他坐在宴会厅里一张桌子旁。当他看到我时，他高声喊道：

　　"大家看这位就是克瑙斯高！他长得不错，但是他真他妈的不会写！"

　　我对此最主要的反应就是困惑。这都什么玩意儿？这是挑衅，而且很不含蓄，尽管语调是开玩笑，但显然这也是他能说得出来的话。至少那天晚上他把同一句话喊了很多次。当我不得不去隔着几米远经过他桌子那边去上厕所时，他第二次大声喊"克瑙斯高写得真——烂！但是他长得好！"我还是什么都没做。恰恰相反，当我回来时，他朝我招手，我就走到他的桌边。他身边站着两个女人。他说："大家看这位就是克瑙斯高！"他转向那两个女人，"他长得不是很漂亮吗？看。"然后他抓住我的手。"看他长了怎样的一双手！这么大。你们知道这意味着什么吗？"下一刻他就抓住了我的裤裆。我感到他的手指紧贴着我的蛋蛋和鸡巴。"啊这里有些其他的东西也很大！"他说着大笑。但是即使这样我依然什么也没做。我喃喃地说了些什么，挣开了他，离开了那里。这个意外事件在发生时让人不舒服，因为他侵身过来如此之近，纯粹身体意义上的——事实上他是第一个，而且迄今为止依然是唯一一个摸过我的男人——但我什么也没做，除了惊奇之外它并没有打击到我。别人会觉得我好看，这我是知道的，所以这不是什么没听过的事，而至于我写得很烂……是，这有可能，但是像他说的那么烂就不可能了，毕竟这本小说被一家出版社接受而且出版了。唯一我觉得新鲜的，除了那恐吓之外，还因为它隐约地暗示着我写的文学和奥勒·罗伯特·松德的文学之间应该存有着本质差别。那时候我已经不再读他的作品了，但这并不意味着我不知道他的心智模式是什么样子。当我出了《出离世界》时，我在文学上的定位是盛期现代主义，在这片天空下的挪威作家有奥勒·罗伯特·松德，斯韦恩·亚沃尔，约恩·福瑟，托尔·乌尔文和早期的扬·谢尔斯塔。但是在利勒哈默尔距离我的书推出已经差不多有半年了，我的书很畅销，我一次又一次在报纸采访里表现得很弱智，在电台上说些蠢话，也上了电视，进入图书馆和书店做活动，我慢慢开始意识到我心目里作为作家的自己，很可能和其他人心目中的并不一致。比如说，斯蒂格·塞特巴肯在给《日报》的写的一则读者来函里把我和托雷·伦贝格称为两个法尔巴肯，我们去特罗姆瑟朗读那次，丽芙·伦德贝里已经对我们轻蔑得露牙低嘶了，我们后来喝夜酒的时候坐在一起；我们那天晚上所说的一切都让她怒不可遏，以至于最后她朝我们吐口水。然后又是奥勒·罗伯特·松德在利勒哈默尔文学节上这些大喊大叫，大家肯定都听到了。它让我彻底败了兴。我去了克里斯蒂安桑写作，既然第一次在那儿写出过东西，我也可以同样再来一次。还是那个房间，还是那种情绪，我接着把同一本小说写下去。我写出了一页纸，通过电子邮件发给了诺拉，诺拉在《出离世界》出版前就读过稿子，并为此很激动，她自己也出过诗集《屠夫会议》，她回了邮件，说很不幸，她认为那写得不太好，尤其是我几乎没完没了地打磨了很久的一个意象，一个像手一样挥舞着的洒水器，她认为这个很弱。

我思量着汉娜是不是有可能还住在这城市里，以及如果是这样我应不应该给她打电话。我决定不打电话。我联系了扬·维达尔，我已经很久没见他了，我们一起出去玩，一个美得动人心魄的女孩，可能二十五岁，金头发，冲我走过来问我是不是卡尔·奥韦·克瑙斯高。我说是的，然后我就跟她回了，她住的地方离我十六岁时住的单间公寓不远，就在她父母房子地下室的套间里。她丰饶而妩媚，但是当我站在那儿时，半夜三更，已经醺醺然，很幸运地意识到了接下来可能发生什么，我没有采取进一步行动，她泡了茶，我离她远远地坐下，说着各种事，包括爸爸的去世。当我离开时感觉自己像个白痴，但是也很开心，这回真是太险了。我爱托妮耶，我不想毁了这个，那是我唯一的好东西了。

这年冬天我去了布兰代特，我在那儿的一个小岛上租了房子，在那里待了三个月，为了写作。这岛是如此之微型，我在十分钟之内就能从这头走到那头。大海就在眼前，冬季的暴风雨有多么酷烈就有多么精彩绝伦。岛上还有其他五个人，我在那儿的时候，一个人死了，一天早上我看到救护船把他接走，当时下着雪，四个人站在码头上，看着救护人员把担架抬上船。

我没有写出来任何可用的东西。我每天钓鱼，读几个小时书，然后从傍晚写到深夜。写出来的东西一文不值，但是也许有一天里面的思绪能被理开？又或者我是那种一次性作家，一次过已经消耗掉了我的全部？

盖尔·古利克森给我的手机打来电话，他说这本小说已经卖到了英国。我想象着英国记者们来这里采访我，他们拍下我手拿鱼竿站在狂暴大海面前的照片，发表在《卫报》，《泰晤士报》，《独立日报》和《每日电讯报》上。

我去了北挪威，在罗弗敦租了间烂烂的渔民屋写作。什么也没写出来。

然而还是有些东西松动了。约翰·埃里克·莱利打电话来问我有没有什么文章给《窗》。我告诉他让我看看再回复他，我已经写了四五百页不同的小说开头，我把它们都读了一遍，发现其中一个可能还比较合适，就接着写下去了，但不是小说，而只是短文。

几天后，它就在他们的网站上发表了。

《火》

火属于那种从没有经历过任何进化的现象。因此，火之形式离变化很遥远，周围环境变化再多，它也不会因这些影响朝任何方向改变，它栖息在自身的完成里是完美的。但火最独特之处，把和其他许多不变的现象区分开来的，是它有这个力量把自己从时间和空间的暴政中挣脱出来。水永远注定要待在某地，从某种方式来说空气和山峦也是这样，但是火就有这样卓然不群的能力可以干脆地停止存在，并不只是消失在视线里，躲到什么地方，而只是彻底地了结自己——为了重新出现，和之前那次一模一样，在一个新的地方，一个新的时间。这使火在我们心里更难以捉摸，我们已经习惯把世界看成一个相互关联的延续系统，由不同事件组成，这些事件以数以亿万计的不同速度——从树木那慢得没有止境的生长到雨点全速下落——在时间里前行。火孤立于这个系统之外，这一定是为什么旧约里让神性以火焰的形式展示在人类面前：神启和火之形式是一回事。而且神性也有同样的突然现身的能力，以已完成形式，然后又消失。而神性也有这谜一般，陌生而毫不仁慈的特质，这让我们在对其恐惧的同时又为之赞叹。所有站在一座熊熊燃烧的房子前的人都明白我的意思。火焰穿越房间吞噬掉它触及的一切，火焰发出的诡异的轰隆声，这盲目的意志，几个小时之前还不存在，现在突然间转了回来，就在我们眼前肆虐，其野性如此张扬以至于人们会以为这是开天辟地以来的第一次。

但是现在，在这个配备了火灾警报器，浇水设备，消防车，消防员，消防栓，水管和粉末灭火器的世界里，不再有人怕火了。它已经被控制了起来，它在这世上的处境就和野生动物在动物园里的处境差不多，一种我们要想开心一下时观看的东西，以壁炉里的火堆或者蜡烛上的火苗这样的形式出现；而其规模仅仅是之前那野生火焰的残余：当我们把一块块的柴推得更紧一点时，木材微弱的开裂，火苗小小的扑闪，火星落在炉壁上。那神性呢？现在还谁在谈论神圣？它再也不能了。谈论神圣而不觉得害臊是不可能的。而且，因为羞耻通常是关于两种尺寸之间的错误关系——通常是你眼里自己的尺寸和别人眼里你的尺寸，神圣的东西这么容易变得滑稽，要怪它已经脱离了我们所生活的这个时代，所以加入了那些被时间抛在身后的老习惯和老物件儿的行列，飞艇，礼帽，老式的客套话，夜壶，电动打字机。事物消逝，事物出现，世界蹒跚而行。一天我们醒来，带着睡意揉揉眼睛，将窗帘拉开，看到：清澈的空气，灿烂的阳光，耀眼的雪。我们转进厨房，拧开收音机，坐上咖啡壶，给几片面包抹好黄油，吃，喝，淋浴，换衣服，走下去到了门厅，穿上外衣，打开房门，走向我们住着的这个东部住宅小镇的火车站，每天早上这里都挤满了通勤的人。他们站在站台上，卷成筒的报纸夹在腋下，手里拎着包，在寒意中来回走着，打着哈欠，盯着时钟，远眺铁轨。然后，当火车轰隆隆驶入车站时，这一群蠕动成各个车门排着的短短队列，上车，找到座位，把外套叠好，放在上方的架子上，坐下。哦，通勤生活的小乐趣！把车票拿出来，放在扶手上，展开报纸开始阅读，与此同时火车慢慢滑出车站。偶尔你抬起眼睛，望向外面：蓝色天空，阳光照耀在沿着河的另一边公路上行驶的汽车前盖上，那边山谷里的农场房子上升起的烟，白雪覆盖的山峦。车厢的门突然被打开时的呼哧声，门又被撞上了，检票员的声音离你的座位越来越近。你把票给他看，他在上面留下记号，你继续读报纸。下次你再抬起眼时，已开进了一个森林。铁轨两侧密密麻麻站着深绿色云杉树。枝叶把阳光挡在外面，但你是反过来想的，它们阻止了黑暗的上升，好像这里还有些昨夜的残留，你们沿着在树下白雪覆盖的坡上呼啸而过。有时候眼前开阔起来，进入了小小的林地，你看到栅栏，闪光的钢丝网和小堆木材。然后，就在你收回视线低头看报纸的那一瞬间，火车撞车了。你坐在里面的那节车厢像纸一样折了起来，你被巨力压向前面的座椅，晕了过去。几分钟后你醒来了，移动不得。火车头里的柴油已经被推入了车厢，你听到火焰的轰隆，乘客在尖叫，你试着挣脱，但一点用都没有。在铁轨下方的积雪里走过了后面车厢的乘客。你能听到火焰怎样爬向你的座位，你被卡在这里，只能坐等火燎向你。外面，烟灰已经开始落在雪地上。第一批救护车很快到了。你闻到了塑料熔化的气味，你闻到柴油燃烧的气味。你一动不能动，热度向上攀升，直到一切超出忍受的极限，你在这无助中向你的上帝，那全能者，那天堂和地球的创造者祈祷，你离祂从来没有像这一刻这么靠近过，因为这就是祂在向我们显现自身，以其最纯粹最美的形式：森林中一辆燃烧的火车。

所以这就是我要写的短文吗？

在没有更好选择的情况下我就从它着手了。

我写了一篇，关于爸爸。是的，我写的几乎所有内容都围绕着他，以这样那样的方式，我有无数的关于两兄弟的变体，克劳斯和亨里克，他们回到家乡给他下葬，他们走来走去，彻底清洁他在里面去世的那所可怕房子。但是，没写出来什么东西，我自己都不相信它。

一天又一天过去了，一个又一个月过去了，距我的处女作发表已经两年，我没有写出任何东西，一天晚上我醉醺醺地坐在客厅里，决定天一亮就飞到克里斯蒂安桑去，我收到了一个女孩发给我的几封电子邮件。她住在外岛上，在其中一封里她说她正一丝不挂，这已经够了，在我喝醉的时候，而且我可以这么做，就算我现在身无分文，用银行卡的信用额度支付就可以。但是越快到早晨，我就越清醒，这真是个作孽的想法，我喝高了时候的那个念头，我走过去在床上躺下来，托妮耶一直在这躺着睡觉，就在我在客厅里胡闹的时候。

黑暗退下去了。

我拥有了想要的一切。我是一个作家并且以此为生，不管怎样在创作奖金领完之前是如此，我和我爱的美丽女人结婚了，她让我随心所欲。当我说我要离开两个月时，她没有提出抗议；

当我晚上出门早上五点狼狈不堪地回家时，她什么也不说；即使我两年来都情绪低落，显然很憎恨自己，她也从未威胁过要离开我。

这样的日子怎样能过下去呢？

这也不是事情的全部。我对她来说也是有好的地方，她也需要我，我们在卑尔根的生活过得很美好，不管是我们两个人，还是和在其他人，也就是我们身边的亲朋好友圈子在一起，然后一种内在的绝望就充塞胸臆，它与围绕着我展开的那由所有小事组成的生活一点关系都没有，它会突然显形，在无意义的黄昏里亮起：门口有人来了，她回家了，倾身弯腰脱下鞋子，看着我微笑，她的脸兼具妖气和孩子气。她站起来，把油漆从一个五升桶倒进一个小一点的盒子里，登上一把椅子，开始漆窗子上方的木梶，她穿着一条沾满油漆斑点的木工裤子。她在沙发上躺在我旁边，我们看电影，她泪流满面，我笑她，她流着泪笑着。有成千上万个这样的时刻，在发生的那瞬间就开始稀薄，但还是在那儿，因为就是它们构成了一种关系，我们在一起的这一种方式，与大家的都一样，也都不一样，这里只有她和我，没有其他人，只有我们，我们尽力处理这扑面而来的一切，但我内心的黑暗更稠密了，我内在的欣悦没有了，我不再知道自己想要什么或该做什么，只是默默地站着，我被定在此处，就是这感觉，就好像我不是由内而外形成的，而只是一种全由外部事物构造出的形式。我像一个副本那样来来去去，一堆事情和目标依附在某种形式上密密缠绕，里面完全空心。到了晚上，我出去玩，满心只有一种对别样事物的渴望，我什么都可以去做，最后也真的这么做了。我在"歌剧院"，那里有很多熟人，然后去喝夜酒，我喝得很密，完全不是自己了，但是这状态能帮我喝得更多，我加入了一个聚会，坐下来和托马斯聊天，我几年前认识了他，立即就喜欢上了他，但和他并没有经常聊天，多半是在城里某家夜店见到时互相交流一下近况。五点的时候，我们说好了坐出租车去他家接着喝，有他，还有我和他的一个共同朋友。当我在等出租车时，一个女人也从聚会里出来，到了大门口，她大概三十四、五岁，那天晚上已经看了我很多眼，我都回避过去了，没看她，没和她说话，但是现在又不一样了，我朝她走过去，问她是否愿不愿意一起，她愿意，出租车来了，我们坐了进去，她紧靠着我，我把手放在她的大腿上，但还是一动不动地坐着，另外两个人根本没有注意到发生了什么，到了市中心，我们蹒跚地从出租车里出来，走上托马斯的公寓，那是在一栋公寓大楼顶层，我去过那儿很多次，总是在晚上，总是酩酊大醉。公寓有一个伸出来的阳台，我曾经和其他很多人站在那儿低头看着下面两个人在后院里打炮，她向前倾斜站着，两手撑着汽车的引擎盖，他则从后面来，我走进室内和别人聊两句，喝点酒，又走回去，他们还在那儿。当他们终于完事了，我们鼓起掌来。那时她还向我们弯腰谢幕，同时迅速地把衣服整理好，走掉了。托马斯是作家，他的脸庞美丽而感性，特征鲜明，当你看到他和谁都不像的时候就立即能明白，他是个绝无仅有的例外，慷慨友善得没边了，发自心底地恳切，所干的一切都是由衷的，他以那么罕见的方式自给自足，这一代人里可能也就能数出一只手。他拳打脚踢开辟出道路，身边围满女人，有少年气又热忱，他是我认识人里除了托雷以外唯一一个读过《追忆似水年华》的。他的写作风格优雅，他追求无可挑剔和美丽，在这方面，以及就像在几乎其他所有方面上，他和我都截然相反。那天晚上他是领头的，打开门，放我们进去，放上音乐，摆上威士忌，我们是要谈普鲁斯特的，我也谈了，但没聊多久，因为我什么都不放心上了，唯一想到的，就是她还坐在那儿，就在过去一点的椅子上，我想要她，于是我朝她走去，她坐在了我的腿上，我们开始耳鬓厮磨，我的手在她全身游走，至于这一切就发生在托马斯和他的哥们眼前，我并不在乎，现在这就是我的全世界，她就是全世界，我把她往上一搂然后站起来，用双手抱着她，走进卧室，托马斯的卧室，我关上那儿的门，从她身上撕下衣服，我懒得去解扣子，只是把夹克从中一撕为二推向两边，我吻她，解开裙扣，从她身上拉下来，扯下裤袜，她几乎完全赤裸了，我解开裤子的纽扣，让它掉下去，倾身压在她身上，完全因为欲望而疯狂，一丝其他的念头都没有，是的，在某个时候我知道我想要这个，而我就这么做了，既然我想要，为什么不做。她呻吟着我喊着，我射了，然后我站起身来准备离开，她还躺在那里看着我说我不能走，她还想继续，我觉得也行，再次压在她身上，但是不行了，于是我穿好衣服，低头走进客厅，也不看路，抓起我的外套，走到街上，挥手叫来一部出租，说了我们的地址，五分钟后付钱，开门进去，脱了衣服，在床上躺下，在托妮耶身边。

当我醒来时，我如堕地狱。外面纯黑一片。托妮耶坐在客厅里看电视，我听见了传来的声音。我的衣服在床边堆成一摞，散发着香水味。我闻到了性。想到我所做的这些，罪恶感、羞耻和焦躁之大，占据了我整个意识。它深不见底。我瘫在那儿，动弹不得，躺在黑暗里，知道死亡才是唯一出路。我醒来后就一动不动，就像黑暗把我摁在那儿，如此痛苦以至于我想尖叫，但我纹丝不动，一声不吭，外面客厅传来电视的声音，然后她走进外面的房间，在打开的房门那停下了。

我闭着眼睛躺着，呼吸声粗重。

"你还在睡？"她说，"马上六点了。你就不能起床吗，这样至少我们今天还能做点什么？"

"我太焦虑了。"我说，"我喝得太多了。"

"小可怜，"她说，"不过我们不能下去租部电影吗？我可以做披萨。"

"可以啊。"我说。

"太好了！"她说。

她出去了，我在床上坐起来，还是晕乎乎的。我拿起衣服进了浴室，把它们和其他衣服一起放入洗衣机，开动洗衣机。然后我冲了个澡。我在地狱里，这真是地狱。但是我应该能扛过来。今天我扛过来了，然后是第二天以及后面那天，就会没事的。

我琢磨着我应该走到她身旁告诉她所发生的一切。我知道我心里藏不住这事。她的情绪总是纯净而真切的，她做什么都很用心，她和我在一起也是这样，而我是这么糟，总是做最烂的事。如果我告诉她我都干了什么，她一定会离开我的。我不能拿这个冒险。还是永远地把这个谎撒下去。说谎是我最不擅长的事，但现在我必须这么做了。在这辈子剩下的每一天我都要坚持这个谎言，但我应该能做到，就这么做吧。

我们出去倒是挺好，在家里则有电话，托马斯和她都可能打过来。

我们走上了通向丹麦广场的坡路，那儿有最大的录像带公司。

"昨天玩得痛快吗？"她说。

我摇了摇头。

"没有，真的不好。太普通了。但是那儿有很多熟人。"

她问都有谁，我告诉她了。

"你没和谁胡闹吧，是不是？"她说。

我因为羞耻和恐惧而涨红起来，脸也亮了，但是我强迫自己保持正常的步伐，脑袋也保持不动，天黑了，她看不见的。

"没有啦。"我说。

"但是你为什么回来那么晚？你进门的时候已经早上八点了吧？"

"夜酒完了以后我跟托马斯一起去了他家，我还有他的一个朋友，我们喝威士忌，聊文学。那还聊得挺好的，真的。"

我们租了两部电影又买了做披萨的食材。当我们回家进门时，电话留言指示灯在闪烁。这点我没有想到。这种情况更糟糕，因为留言是通过扬声器播放的，整个房间都能听到，所以如果万一留言是关于昨晚的事件，她就会听到。

她走进厨房把买回来的东西放好，开始炒肉馅，我按下了应答键，暗中希望她不会注意到。

那是托马斯。他也没有说到什么具体的东西，只是说如果我愿意的话我们可以聊一聊。

"那是谁？"托妮耶说，她站在门口，手里拿着锅铲。

"托马斯，"我说，"他只是说谢谢昨晚的聚会。"

我删除了留言，走进去，在沙发上坐下。

第二天，她照常上班。我打电话给奥勒，我必须和谁说说这事，我受不了把这事憋在肚子里。我们说好去船厂区的电影俱乐部，他们在放一部大卫·连恩的电影。

我们在卑尔根的大部分朋友都是和托妮耶共同的朋友，我不能和他们说这事。但是离婚并从诺里奇搬回家的奥莱不在这个圈子里。是，他认识托妮耶，他们很喜欢彼此，但是他更是我这边的朋友。他还在翻译塞缪尔·约翰逊，主要是为了自己的兴趣，他已经放弃了大学，转去读护理专业了。有次他把我带到医院下面那些地下通道，我本来是想写点关于它们的东西，结果那儿比我预想的更让人着迷。那是在地下的独立小王国。我走过去时他已经在那儿了，我们一起看了连恩的电影。那是部关于背叛的电影，我坐在椅子里饱受折磨，这真是地狱啊。之后我们在韦塞尔厅喝啤酒，我一股脑地都说出来了。我想知道的是，我想征求意见的是，我该不该认错，和盘托出，然后希望她原谅我，或者什么都不说，假装一切都是应有的样子，让它自己滑过去，希望它这样。

"你别想着去坦白，"奥勒说，"这有什么用？然后她也要背上这个包袱。这样你就把责任推卸给她了。但这是你自己的责任。这是你已经做下的事。这已经覆水难收了，你做都做了。从这方面来说，她是不是知道都不重要了。"

"但那样的话我就是在瞒着她。那样我就欺骗了她。"

"你已经欺骗了她。言辞和行为不是一回事。"

"不是，你是对的，"我说，"但这只是我经历过最恶劣的事，我从来没有这么痛苦过。完全无法形容。痛到让我觉得把自己一枪崩了也许还要好点。"

"那你有枪吗？"

"哈哈，那是我唯一的念头。总在想着它，从我醒来到睡着。除了我干的那些事以外我什么都不能想，然后托妮耶……"

"都会过去的。这个听起来很冷血，但是会过去的。"

"希望是这样吧。"我说。

但是这事过去不了。每次电话响起，我心里就会腾起恐惧之焰。我尽可能不引起怀疑地拔下电话插头，在我知道没人能把电话打进来时，我至少能有片刻平静。在录像店里挑电影时，我总要读后面的说明，看它有没有可能涉及背叛的情节，有的话，我就会找个不想看它的借口。我仔细读电视节目表，这样我就知道哪些我能看，哪些不能看。如果我发现里面提到了背叛，我就干点别的。但尽管如此，这个主题还是有时候会突然冒出来，比如，有人会说到这个，然后我的脸就臊得发烫，并试着抛出别的话题引开注意力。我生硬而造作，她对此没有多想倒是件怪事。但是也许我能做下这样的事，已经远远超出她能想象的极限，以至于她从来就没有过这样的念头。我心里的罪恶

774

感一直在那儿，对她感到的内疚一直在，不管我们做什么，我都在虚伪、诓骗的状态里，我是骗子，一个烂人，她对我越热切，对我贴得越近，我的自我感觉就越差。我装得什么事都没有，但一切已经被毁了，一切都变成了一个游戏。

我们买了栋房子。托妮耶单位有人要卖房，我们捡了个便宜，它位于明德，就在NRK旁边。这房子是建于二十世纪初的三层别墅，我们买了最上面的两层，一层是一百一十平米，我们自己住，还有阁楼上的一个小套间，我们把它租出去了。我打磨了地板，给它上油，托妮耶刷墙，铺地毯。我们把门下下来，把它们刮干净，准备重新上漆，我们开始为浴室招标，准备翻修它。此外我们还要弄厨房。我们喜欢这个公寓，这是个宝藏。我在这儿有个宽敞的书房，此外还有两个厅和一个卧室，一个阳台和一个大花园。生活是正常的，未来是我们的，我们开始谈论生孩子的事。我写不出东西，距离出版处女作已经过了四年，我还是什么都没有，也许永远也不会再有。但是我还是继续在写，埋头挺进。每次电话响起，焦虑就闪过全身。它永远不会消失了。每当我看到托妮耶，或者她对我微笑，我都满心愧疚。但是日子终究过下去了，我扛住了，也许这最后会消失的。汉斯和西格丽德也回到了卑尔根，我们和他们在一起消磨了很多时间，我们一起去了趟伦敦，到对方家里吃晚餐，也和汉斯和西格丽德的朋友们在一起玩，这是个圈子，这是生活。汉斯和西格丽德搬进了桑德维肯上方的一栋房子里，有天我过去帮汉斯刷漆，那是在九月，天空清澈蔚蓝，外面峡湾里有艘救生艇在演习，它身上喷出一股巨大的水柱直冲天空，在阳光下璀璨生辉。在这样的一天，万物敞开，这城市就在世界中心，在这广袤天空下，你会认为生命该被赞颂。托妮耶突然打来电话，她让我们立刻打开收音机，有一场对世贸中心的袭击，一架飞机飞进了双塔中的一座。我们打开收音机，站在那儿在阳光下漆房子，与此同时记者们在努力描述发生了什么，发生过什么。我完全想象不出来那个画面，一切都这么模糊，汉斯说这很有可能是本·拉登，这还是我第一次听到这个名字。我回到家，托妮耶坐在那看电视，他们一次又一次地播放着飞机撞入塔楼的画面，然后建筑倒塌。我们一晚上都在看这个。第二天我们飞往帕罗斯岛，在那里我们计划要待一个星期。我们骑着一辆小绵羊摩托车到处去，托妮耶坐在背后，双臂搂着我，我们游泳，阅读，做爱，晚上出去吃饭，在这美丽的街道上漫步，有一天我们去了安提帕罗斯岛，十三年前我到过这里，我想起了一切，然后笑了起来：我就坐在那个小岛上，在一个笔记本上写小说，读乌尔夫·伦德尔，想要成为一名作家。独自一人在那里，想游泳又怕鲨鱼。就在这里，在地中海里！

哦，那真美好。但是在家里的情况还是像以前一样，秋天过去了，我写不出东西，托妮耶在工作，每次电话铃响都会吓我一跳，而我只是等着那阵不舒服的感觉过去。有很多次有人打电话过来却什么都不说，这种事也是有的，但是我不可能不把它和大约一年前那晚发生的事情联系起来。

然后，二月里我做了一个梦。我梦见我站在一头公牛面前，它被埋在沙子里，然后它挣扎着要起来。我一只手里拿着剑。我把它朝着公牛的脖子砍去。头掉下来了，但公牛还在继续，它从沙子上挣了出来，我醒了。

有些可怕的事情将要发生了。我知道，梦已经告诉了我。

但是什么事呢？

我首先想到了住在我们楼上的她，她年轻并且有固定工作，所以我们很少能见到她，但因为她也住在同一栋房子里，我想也许这事会应在她身上，她可能会报警说我强奸她之类的，因为她很情绪化又对我有了执念。这个想法在我脑子里已经有很长一段时间挥之不去，它其实完全没有理由，只是植根于我的内疚和那个千疮百孔的自我形象，但是又有了这个梦，我就觉得这事会发生。

整整一天过去了。我在书房里工作，托妮耶回到家，我们一起吃了晚餐，我又坐进房间看书，我在那儿放了把扶手椅和一张放着烟灰缸和一杯咖啡的小几，沿着四壁都有书架，我的最大快乐之一就是坐在那儿，看着书架上的书，拿出几本，读一读。现在是伯顿的《忧郁的解剖》。时间才过十一点，房子里已经静下来了，外面的街道也静下来了。我把 CD 放入我买的一个迷你音响里，《乌龟》，又点了一根烟，倒了一点咖啡。

客厅里的电话响了，我听见那微弱的声音，就像从远方传来的。

我关上了音响。

如果谁这么晚打电话来，就意味着有事发生了。

一定是有人死了。可是是谁呢？

托妮耶打开门。

"是你的电话。"她说。

"是谁？"

"他没说。一定是我没见过的某个朋友，因为他在开玩笑。"

"开玩笑？"

"是啊。"

我站起身来，走进客厅拿起电话。托妮耶紧跟在后面。

"你好。"我说。

"是强奸犯卡尔·奥韦·克瑙斯高吗？"

"你在说什么？"我说，"我在和谁说话？"

托妮耶停了下来，她站在墙边看着我。

"你他妈很清楚我说的是什么。一年前你强奸了我的女朋友。"

"不，我没有。"

"但是你知道我说的是什么事了？"

"是，但那不是强奸。"

我说这话的同时立即看向托妮耶。她脸色煞白。她大大的眼睛盯着我。靠在墙上几乎要跌倒。

"就是，操，你要不承认，我们现在就过来找你。你敢不开门，我们就把门砸烂。如果你不承认，我们就让你名誉扫地。我们要撕烂你的脸。现在，作家先生，你承认有这事吗？"

"不，那不是强奸。我承认我们在一起睡过。但那不是强奸。"

托妮耶盯着我看了又看。

"你太鸡巴知道是怎么回事了。她醒来的时候衣服都撕成碎片了。你怎么解释？她现在就在这儿。"

"那不是强奸。你现在说的这些全是她的一面之词。"

"那我们上来了。"

"我想和她通话。"

"如果你承认强奸了她。"

"那不是强奸。"

"那你亲耳听听她怎么说。"

已经过了几秒钟。我抬头看,托妮耶已经离开了房间。

"哈罗。"她从另一端说。

"你的男朋友说那是强奸,"我说,"你怎么说这事的?当时你是情愿的,至少和我一样情愿。"

"我什么都记不起来了。我醒来时所有衣服都破了。我不知道发生了什么。有可能那不是强奸。但绝对是件可怕的事。所以我就对他说了,然后他想开车过来抓你。我设法阻止了这事。但他们都气疯了。"

"他们?"我说。

"是的。"她说。

原来他们有两个人,一个是她前男友,另一位是一个作家,我和他不熟但是见过很多次。

"他说你不是那种大家都愿意来往的好人。"她说。

"他和这事有什么关系?"

"他是我朋友。"

"好吧,"我说。"我坚决不认可我强奸过任何人。那不是强奸。你应该说那不是强奸。"

"不是强奸。"

"他们还会来找我吗？"

"我不知道他们现在什么打算。"

"我们最好能见上一面。"我说，"你，你的男朋友和我。然后我们可以谈谈。"

"好。"她说。

"明天可以吗？在设计博物馆的咖啡厅里，两点？"

"好，可以。我也想谈谈这事。我已经给你打过几次电话，但接电话的总是你妻子。"

"就这么说定了。"我说，挂了电话。

话音刚落托妮耶就进了房间，她一定一直在边上等着。她盯着我。

"我们需要谈谈。"我说。

我们在我的书房里坐下。那就好像我进入了一个场域，那儿的灯是白花花的，除此以外什么都不存在了。我们说了发生过的那件事。我仔细说了那天晚上的情形。为什么你之前什么都不说？托妮耶全程都这么说。为什么你之前什么都不说？为什么你之前什么都不说？我不断请求她原谅，我说我并不想这样，我要她原谅我，但是我俩已身处两个不同的世界里，这不是关于宽恕，而是关于我们共同拥有的东西，它曾经那么美好，它已经被毁了。这事发的方式，如此凶猛而不可控制，让她震惊。她还在震惊中，她的脸还是煞白，她没有哭，只是在试图理解这一切。我也在震惊中，这白光把其他所有都点燃了，这只是我所做的那些可怕事情回来了。我说那不是强奸，她说当然，我知道，但这并不是最关键的。对我来说，这就是最关键的，什么都可能发生，她可以去警察局，他们可以突然上来这里逮捕我。世界上没有一个人会相信我，我会被定罪，成了强奸犯，糟糕事情里最糟糕的，可耻事里最可耻的，直到此生结束，直到生命尽头。我毕竟也是公众人物，如果媒体知道了这个，我就会登上全国所有的头版。但是我当时也没有想着这事，当我们坐在书房里说话，只有我对托妮耶所做下的那些事才是重要的。她没有哭，但是她的心已经收了回去，她远远地退到了她的内心，在灵魂深处颤抖着。

第二天我走下去进了城，这城市就像已经完全消失了，就像被橡皮擦掉了，唯一还剩下的，是关于我所做过那些事的念头。

他们没在咖啡厅出现。我等了一小时，他们也没来。

我给托马斯打电话，告诉他都发生了什么事。他震怒了。他说他认识阿里德，她的前男友，他有犯罪前科，瘾君子，完全不用怕他，但是你愿意的话，卡尔·奥韦，我可以去找他，去给他一点颜色，吓唬吓唬他，让他永远别来找你。如果需要的话，我可以把他揍得灵魂出窍，需要我这样吗？我说，我们可以再等等，看看会发生什么。如果他再来找我，也许你可以和他说两句话。我会的。你可以信得过我，他们那种人，他们只想让别人痛苦。

当我回家时，在被冬日阳光曼妙地照亮的公寓里，我听见托妮耶正在放浴缸里的水。我不想打扰她，走进客厅，站起来抬头看着另一边的山。

水流声停止了。

一声长长的，让人心碎的叹息，从她那儿发出来。

这叹息让我如此绝望，我哭了。

但是我安慰不了她，我帮不到她。他们再也没有打电话过来。我再没有收到他们的消息。但是我们之间的关系仍然毁了，也许在我做了那些事的那一晚起就已经是这样了，不管怎样我们决定我离开一段时间。我给一年前在布兰代特租房的房东打了电话，房子是空的，我当天就可以搬过去，我也这么做了，坐船去阿斯科沃尔，然后从那儿去了布兰代特，在本国最西部，远远地在大海中，那是我该待着的地方。

我什么也没写出来，我钓鱼、睡觉和读书。我被撕得七零八落，这不是一时的，而是在最深处的，感觉起来就是这样，因为它并没有好起来，它也没有变化，每一天我都在一种无底的绝望里醒来。这只有扛过去。那是我唯一关注的事。我必须扛过去。我读了奥拉夫·海于格的日记，它给我极大的安慰，我也不知道为什么，但是它就是发生了，有几个小时，在我读它的时候，我找到了安宁。每次渡轮到达时我都站在窗口，看着走下来的人，我想，也许会是托妮耶呢。我们没有任何约定，我们唯一达成共识的，是我们都需要一些自己的时间，然后我来到这里。我不知道我们之间是不是结束了，也不知道她是否想离婚，或者她是不是想我，希望我们继续下去。全是我的错，我不愿意给她压力，我远远躲开她，她想要怎么样，她必须自己弄明白。我望着渡轮，期盼着。但她没有来。有一次我很确定那走出来的人是她，我立即跳进雨靴里匆匆走过去迎她，但立即发现那不是她，我就回去了。

　　埃斯彭打电话过来，他要来卑尔根，我渴望能和人交谈，乘船进城，去见他，我们喝了些啤酒，我睡在他酒店房间里。当我们在外面的时候，我们遇到了托妮耶的一个女友。当她看到我时，那样子就像活见了鬼。第二天我回去了，很奇怪地觉得这里就像家一样，这个大海中央一丁点大的小岛，供我使用的这个在小岛最尖端上的五十年代黄房子。我喜欢这里的天空，它是如此庞大，戏剧化，而我也喜欢那少有的晴朗而安静的日子。我喜欢站在码头上，俯视这清澈、绿色、清新、迷人的水域，长长的海藻直立著，鱼在它们之间游过，螃蟹横着在上面爬过去。海星，贻贝，整个丰富的海底世界。一个塑料袋可能飘向那深深的水下。我也喜欢看着码头，那些小小的包装间，所有设备，所有渔网和那里所有的戳子，盒子和水壶。但最爱看的，还是天空，云怎样像船开向陆地那样滑过夜之黑暗，或者在暴风雨前堆垛起来，坏天气总从西边来，让整个房屋都为之震动，颤抖，喘息，撞击。

　　我每次去钓鱼的途中都能看到新鲜东西，其中有在附近待着的水獭；它在雪地上造了一个小小的滑梯，有时它会在那里出溜下去。有时我看到它游过来，水面上有一个黑色的小小的头。有天晚上它全速跑过我这房子外面的平台。我喜欢它，看到它就觉得高兴，就像一个朋友那样。

　　一天早晨，岛上停满了鸟。它们蔚为奇观，无可比拟。然后它们飞起，那儿有几百只鸟，一团升起的云，它们绕着岛转了几圈，然后慢慢下降，像块毯子一样。在晚上它们在黑暗中

783

完全静默着。我睡前想着它们，这来自生灵的寂静与来自死物的寂静有很大的不同，第二天一早又在它们的奇观中醒来。

冬天过去，春天来了。我没有电视，没有报纸，食品仅限于鱼、薄片燕麦饼和橙子，当我没有在想托妮耶时，我唯一想到的就是我必须做一个好人。我必须做一个好人。我必须尽我所能成为这样的人。我再也不能软弱，我再也不能退缩溜边，暧昧含糊，我一定要诚实、正直、直接、用心。我要直视别人的眼睛，我一定要堂堂正正地做自己，为我的观点和我的行为负责。我要对托妮耶更好一些，如果我们还会在一起的话。不要置气，不要说酸话，不要冷嘲热讽，要让自己超越这些，始终从大局着眼。她是一个超群出众的人，独一无二，我不能把她当作一种理所当然。

我最想的做的事是购物。做点什么，但是做什么呢？

我想过自杀，简单来说就是游着泳漂向大海，那是一种让人心痒痒的美妙感觉，它里面有一种吸力，但我永远不会这么做，我的性格里没有放弃。我是那种硬扛的人。但是没有人说过一个人在硬扛的时候不会变得更好。

我给托妮耶写信，却没有寄出去。也没有收到任何信，没收到任何消息，最后我回去了。

我们三个月没见面了。当我到了那个坡上，面前就是这栋房子，我给她打了电话。

"卡尔·奥韦，你要来吗？"她说，声音很近。

"是的，"我说，"我站在外面。

你就在这？"

我开锁进去，走上楼梯，她走出来到了门廊里，她身后站着一个同事，噢，去他的，我想，他搬进来了吗？他们在一起吗？

　　他们没有在一起。他过来是给她修浴室的推拉门。她很瘦，看起来很伤心。我也很瘦，我内心没有喜悦。

　　我们聊了几天。她希望一切继续，我希望继续，我们也就继续下去了。房子，朋友，家人，卑尔根。我待在家里写作，她在NRK工作。一切都像以前一样。夏天来了又走了，圣诞节来了又过了，我们聊到了生孩子，但始终没迈出最后那一步。一个晚上，我接到一个陌生男人的电话。他说他是那个我与之出轨的女人的前夫。他们一起有孩子。现在他希望得到这些孩子的全部抚养权。应该会打官司。他想知道我是否愿意做证人。他说那两个人，她和她的男朋友，对一个牧师做了同样的事，她与他发生了性关系，他就给牧师家里打电话，告诉了他们这事。那个男人说，牧师最后辞职了，我不知道该相信谁，有一会儿我以为这又是一个陷阱，有人在录我们的对话，但他听起来还挺真诚。我说我帮不了他。当我把这事告诉托妮耶的时候，她说这事在第一时间就会家喻户晓的。所有的媒体都关注法庭上发生的一切，一旦我说是，一切就会马上传出来，媒体关注着法庭上发生的一切，如果我答应他的话，这个我还真的考虑过，媒体的标题就会是"挪威知名作家（32岁）被控强奸"，接下去将有足够多的信息让每个人都知道这说的到底是谁。

　　我紧紧揽着写作这件事，从早到晚坐在书房里，什么都没写出来。记者们早就不打电话来了。就算这事偶尔发生，那也是要问我是否愿意参与一篇讨论写作瓶颈的报道，又或者是一篇关于一辈子只出一本书作家的报道。但是在 2002 年 2 月有什么发生了。我从一篇短文开始，把情节放在十八世纪，但是让当时有当前世界所有的一切，故事发生在特罗姆岛，但又不是，一段所能想象出来的完全不同的历史，这个平行世界和我们的世界相似，我让英韦、爸爸和我自己在一个夏夜坐船去托龙根。我描写着我记忆中的那一夜，除了一个地方：海鸥爸爸被手电照亮，翅膀下方有一对小而细的臂状突起。它们曾经是天使，我让他说，然后我就知道了：这能写成一本小说。终于，这能写成一本小说。

我极其振奋，突然间我的精力旺盛起来，去买东西、做菜、和托妮耶海阔天空地聊，满脑子都是和托妮耶有关的各种建议，我们可以去那里，做这个，忽然一切都有了可能。

托妮耶去克里斯蒂安桑参加研讨会，我可以一写就是一天，三天后她回家，直接要去参加聚会，她那个由 NRK 员工组成的乐队会在那儿演出，她问了我要不要去，但是我必须写作，她就一个人走了。一个小时后我后悔了，还是走过去了，赶上了看到她打鼓，由于某种原因我被感动了，但是之后我朝她走过去时，她在拆卸打包架子鼓，她有点难以捉摸，回避我的眼神，也不想说话。从那刻开始我就知道，有些事在困扰着她。

她把钹架拿到门厅里，我两手拿着小鼓，说她一定要告诉我是怎么回事。我知道有事发生了，说出来就好。我能看出来它让你烦恼。

"我没想过要告诉你，"她说，"但要说出来也可以，我出轨了。"

"在克里斯蒂安桑？这一次？"

"是的。"

我看着她。她看着我。

我很生气，她会投身另一个男人的怀抱，这想起来就可怕，但我也如释重负，现在不只是我有罪恶感了。

回到家里，我们在我的书房坐下，就像一年前那样。现在已经不再震惊，因为那已经发生过了，她所做的一切都是在我所做了那事后发生的，但是那同样可怕。

"为什么要这么做？"我说，"我是醉得厉害，不知道自己在做什么。但是，你绝不会做任何失控的事情。你知道自己在做什么。"

"我不知道。我想那是因为你突然兴致好起来了。你突然在屋子里走来走去，满脸幸福。四年来你一直很沮丧，从那年秋天你父亲去世，你出了第一本书以后，一直过得那么沉重，开心时刻那么少。我尝试过，我什么都试过。然后突然间你就能写出来了，然后你就又开心了！这事真的让人火大。这感觉就像我和你的人生并没有关系。这感觉就像我完全是局外人。然后堕落就发生了，当时我想去他的吧。于是我就这么做了。"

我把头埋进双手里。

看着她。

"我们现在怎么办？"我说。

我不知道。

我们睡着了，第二天一早，我收拾了一个皮箱，去英韦家，他现在搬到了沃斯。我在那里待了两天，和他说了些话，他认为我应该留下。我们一直都过得很好。托妮耶是个很棒的人，我不该离开她。

我搭火车回来找托妮耶，我们聊了一个通宵，我决定离开。我想摆脱这一切。我们让那扇门还敞开着，这一切还没有结束，没有什么是确定的，但是两个人都知道已经结束了，至少我知道了。

她送我到火车站。

她拥抱了我。

她哭了。

我没有哭，我抱住她，说她一定要照顾好自己。我们互相亲吻，我上了车，当火车滑出车站时，我看到托妮耶独自一人走过月台，走进了城里。

我坐夜班车去了奥斯陆，我一路上所做的一切都是为了不动脑子。我一张接一张读报纸，读完了以后，我读了伊恩·兰金的小说，这是二十年来我读的第一本探案小说，直到我困得一闭眼就能睡着。在奥斯陆我又买了一本兰金的小说，转乘火车去斯德哥尔摩，坐好，开始阅读。

就这样我离开了卑尔根。

著作权合同登记图字：09-2017-1055号

图书在版编目（CIP）数据

我的奋斗 . 5，雨必将落下 /（挪）卡尔·奥韦·克
瑙斯高著；李树波译 . -- 上海：上海三联书店，2021.1
ISBN 978-7-5426-7326-8

Ⅰ . ①我… Ⅱ . ①卡… ②李… Ⅲ . ①自传体小说—
挪威—现代 Ⅳ . ① I533.45

中国版本图书馆 CIP 数据核字 (2020) 第 265988 号

我的奋斗 . 5

雨必将落下

[挪威] 卡尔·奥韦·克瑙斯高 著　李树波 译

责任编辑 / 殷亚平

策划编辑 / 李恒嘉

特约编辑 / 李恒嘉

装帧设计 / 陆智昌

内文制作 / 李丹华

责任校对 / 张大伟

责任印制 / 姚　军

出版发行 / 上海三联书店

　　　　（200030）上海市漕溪北路331号A座6楼

邮购电话 / 021-22895540

印　　刷 / 山东德州新华印务有限责任公司

版　　次 / 2021 年 1 月第 1 版

印　　次 / 2021 年 1 月第 1 次印刷

开　　本 / 880mm×1230mm　1/32

字　　数 / 570千字

印　　张 / 24.75

书　　号 / ISBN　978-7-5426-7326-8/I · 1683

定　　价 / 106.00元

如发现印装质量问题，影响阅读，请与印刷厂联系：0534-2671218